Carl-W. Voss

Der Karpfenteich

Carl-W. Voss

Der Karpfenteich

Zu diesem Buch

Professor Dr. Johannes Hecht, Inhaber des Lehrstuhls für Öffentliches Recht der Universität Altenfurt, ist fachlich eine anerkannte Kapazität. Erfolgsgewohnt, dabei egozentrisch, aggressiv und von rücksichtslosem Durchsetzungsvermögen, arbeitet er äußerst effektiv, wird Dekan der Rechtswissenschaftlichen Fakultät und strebt zu noch höheren Ämtern. Als Ehemann ist er dagegen eine Fehlbesetzung; umso größere Erfolge erzielt er, sportlich schlank und gut aussehend, bei anderen Frauen.

Schon bald erobert er auch die ihm von der Hellweg-Stiftung anvertraute Promotionsstipendiatin Silke Wittmann. Sein Siegeszug scheint unaufhaltsam – da wird er Opfer einer Erpressung.

Zur selben Zeit eröffnet sich ihm die Chance, durch eine Intrige den Präsidenten der Universität, der in unsaubere Finanzgeschäfte verwickelt ist, aus dem Amt zu drängen, um selbst Präsident zu werden.

Kumpanei unter Professoren, Kungeln mit Politikern, Ausspielen der einen gegen die anderen, und immer wieder Lügen, Halbwahrheiten, Gerüchte ..., dieses Instrumentarium beherrschen alle Mitglieder der Universität. Natürlich gibt es auch Lichtblicke, Menschen mit einem Gefühl für Notlagen und Solidarität, aber unter Altenfurter Erfolgskriterien bleiben sie in der zweiten Reihe.

So entwickelt sich der Machtkampf um das Präsidentenamt zu einer gnadenlosen Schmutzkampagne, vor der sich am Ende fast niemand mehr zu schützen weiß. Einige der handelnden Personen könnten als Sieger erscheinen – aber ein Verlierer steht mit Sicherheit fest: die Universität Altenfurt.

Alle Personen in diesem Roman sind frei erfunden; irgendwelche Ähnlichkeiten mit lebenden oder verstorbenen Personen wären rein zufällig.

Die Deutsche Bibliothek – CIP-Einheitsaufnahme

Ein Titeldatensatz für diese Publikation ist bei
Der Deutschen Bibliothek erhältlich.

Herstellung: Books on Demand GmbH

Printed in Germany

ISBN 3-8311-1715-2

Inhalt

Am Tage danach

Es war ein früher Donnerstagmorgen im Juni des Jahres 1995. Von weitem hörte man einen Zug durch eine Altenfurter Häuserschneise rasseln. Zeitweise übertönte sein sich beschleunigendes Tack – Tack – Tack, Tack – Tack – Tack das dumpfe Brausen des morgendlichen Verkehrs, welches, unterbrochen durch die Intervalle der Ampelschaltungen, durch die grünen Hecken und Sträucher des Stadtparks bis in den »Rosarium« genannten Rosengarten drang. Der Stadtpark war eigentlich eine Verlegenheitslösung der Stadtplaner gewesen. Vor dem Zweiten Weltkrieg als Aufmarschplatz für SA und Militär genutzt, ursprünglich aber wohl für Jahrmärkte und Volksfeste vorgesehen, war er nach dem Ende des Krieges kurzfristig von den Amerikanern mit einem Feldlazarett belegt worden. In Ermangelung überzeugender Bebauungskonzepte und umrahmt von einer Trümmerlandschaft ausgebrannter, ehemals schmucker Fachwerkhäuser und kleinräumiger Barockschlösschen war er nach und nach in eine grüne Oase verwandelt worden. Mehrere Bombentrichter im schwer durchdringlichen Mergelboden bildeten nach jeder Regenperiode eine natürliche kleine Teichlandschaft. Ein ehemaliger Stadtgärtner, früh aus britischer Gefangenschaft entlassen und noch ohne größeres Wirkungsfeld, sowie viele freiwillige Helfer verwandelten dann die etwa fußballfeldgroße Trümmerbrache in nur zwei Jahren in ein kleines Paradies. Im Laufe der Jahre waren Sträucher, dann Bäume und natürlich auch eine Pergola und kleine Laubengänge hinzugekommen, und niemand hätte es wagen können, diese als wirkliche Bürgerinitiative entstandene grüne Seele mit den üblichen Stein-, Beton- und Glaspalästen zu überbauen.

Dort lagen als Zeugnisse einer lauen Sommernacht noch Getränkedosen, Zeitungsreste, Pappteller einer Pizzeria, Kronkorken, Zigarettenkippen und andere Hinterlassenschaften herum. Man ging fest davon aus, dass irgendwelche Heinzelmännchen der Stadtreinigung nur darauf warteten, alles einzusammeln, zu sortieren und dann dem Wertstoffkreislauf wieder zuzuführen. Es war trotz blitzblankem, blassblauem Himmel und einer weißlichtigen Sonne daran zu dieser frühen Stunde empfindlich kühl. Ein Obdachloser, auch verächtlich »Penner« geschimpft, hatte seine Siebensachen in einem im Plus-Markt »entliehenen« Einkaufswagen verstaut und war, wohl wegen der Morgenkälte, aus seinem unter einer Pergola vor einem kleinen, mit Stein gefassten Brunnen ausgebreiteten Sack- und Deckendschungel wieder aufgetaucht. Nun musterte er missmutig die Parkbank, die er als nächstes Domizil anzusteuern gedachte. Eher versuchsweise rief er den wenigen eilig und unansprechbar den Park durchquerenden Passanten sein »Hamse ma 'ne Mark übrig, oder 'n paar Groschen?« zu. Aber diese Morgenstunde hatte nicht das sprichwörtliche Gold im Munde.

Ebenfalls im Rosarium saß auf einer Bank, nicht weit vom Penner entfernt, von diesem aber durch Welten getrennt, der ordentliche Professor für Öffentliches Recht, insbesondere Staats- und Verwaltungsrecht und das Recht der Öffentlichen Betriebe, Dr. jur. Johannes Hecht, zur Zeit auch Dekan der Rechtswissenschaftlichen Fakultät der Friedrich-Ludwig-Universität zu Altenfurt an der Weser. Wie so mancher in seiner Position hielt er sich für sehr bedeutend, und in der Tat spielte er in der Altenfurter Hochschulpolitik eine wichtige Rolle.

Hecht war, ähnlich dem Penner, nicht zum Vergnügen in den Stadtpark gekommen. Zwar konnte man nicht behaupten, er befinde sich auf der Flucht – wovor sollte denn ein deutscher Ordinarius im Sommer 1995 auch auf der Flucht sein? Aber er musste dringend versuchen, wieder Herr einer etwas unübersichtlich gewordenen Situation zu werden und mindestens ein Problem zu lösen, und zwar bald.

Einem unbefangenen Beobachter hätte er den Eindruck vermittelt, er sei bei irgendeiner Party übrig geblieben und traue sich nicht nach Hause. Seine Haare trug er kurz und mit einem Scheitel in zwei ungleiche Hälften aufgeteilt. Dieser Scheitel, der üblicherweise dezent auf die an den Schläfen beginnende Lichtung seines Haupthaares hinwies, war überhaupt nicht mehr zu erkennen, vielmehr befand sich sein sonst noch volles Haar in zerzaustem Zustand. Die dunkelblaue Sommerwollhose und das pepita-gelb-blau-karierte Sakko ließen erkennen, dass deren Träger üblicherweise Wert auf modisch korrekte Kleidung legte. Das wurde unterstrichen durch das blaue, mit weißem Button-Down-Kragen gezierte Businesshemd, zu dem allerdings das Fehlen einer Krawatte sowie die Öffnung der oberen Knöpfe – einer fehlte ganz – in gewissem Gegensatz standen. Auch war die inzwischen knautschig gewordene Hose durch eine breite Tränenspur geziert, die, ihrer Konsistenz nach, irgendeine Suppenkelle, wahrscheinlich aber eine Stearinkerze als Tropfenmuster hinterlassen hatte. Einzig die etwas angestaubten schwarzen Slipper über mit Ankern beidseitig verzierten blauen Socken wiesen keine Spuren irgendwelcher Ausschweifungen auf. Hecht hatte die randlose, extraleichte Titanbrille abgesetzt – seit einiger Zeit benötigte er Gleitsichtgläser – und kaute auf dem eigentlich zum Schutze der Ohrmuschel vorgesehenen Kunststoffüberzug des Brillenbügels. Ihm war schlecht im Magen; sein Kopf dröhnte, bei jeder Bewegung hatte er das Gefühl, vom Nacken her werde ein Nagel in seinen Schädel geschlagen. Das Schlimmste aber war, dass er nun schnell eine Entscheidung treffen musste, hier im Altenfurter Stadtpark.

Altenfurt war, wie viele Städtchen am Fluss, aus einer Klostergründung entstanden. Durch Handel mit Landesprodukten und Steinen aus einem schon im Mittelalter erschlossenen Sandsteinbruch zu bescheidenem Wohlstand gekommen, hatte der ehrgeizige Fürst Friedrich-Ludwig der Zweite die vorzügliche Lage des Ortes erkannt und diesen Schnittpunkt zweier alter Handelsstraßen bei dem seit Römerzeiten genutzten Weserübergang zu einem Binnenhafen ausgebaut. Über diesen wurden in der Mitte des 18. Jahrhunderts, also zu Friedrich-Ludwigs Zeit, insbesondere Bauholz, Steine und Kies verschifft. Die Altenfurter Sandsteine bildeten das Baumaterial so mancher Herrensitze, Burgen, Schlösser und Bürgerhäuser bis hinunter nach Bremen. Aus dieser Zeit des Wohlstandes stammten viele im Zweiten Weltkrieg zerbombte Bürger- und Kaufmannshäuser der eigentlichen Stadt. Aus dieser Zeit stammte aber auch die Universität. Als echtes Kind der Aufklärung wollte der nächste regierende Fürst, es war Friedrich-Ludwig der Dritte, nun auch den Ruhm der Wissenschaft und den Glanz der Hohen Schulen des Geistes und der Künste nicht allein den gerade zwei Tagereisen entfernten Städten Halle und Göttingen überlassen. Vielmehr versuchte er, diese an Freigeistigkeit und Entfaltungsmöglichkeiten für kühne Ideen noch zu übertreffen, mit großem Erfolg. Nach dem Auszug der sogenannten »Göttinger Sieben«, die ein intoleranter hannoverscher König aus der Göttinger Gelehrtenrepublik vertrieb, nahm die »Fridericia-Ludovica«, wie die Universität sich, einer verbreiteten Mode folgend, selbst nannte, einen kometenhaften Aufschwung. Sie konnte sich über einige Zeit als das Mekka der Freigeister fühlen; sie bot den vielen Göttingen-Flüchtlingen Heim und Kanzel, und manche blieben.

Der Glanz verblich; mit der Erfindung der Eisenbahn wurde der Wasserweg bald unbedeutend. Der Hafen schrumpfte und behielt allein für das aufkommende Betonzeitalter als Sand- und Kiesumschlagplatz eine gewisse Bedeutung. Das Fürstenhaus verarmte, wurde einfach weggeheiratet und verschwand. Feinmechanische Industrie siedelte sich an, auch optische und medizinische Geräte wurden gebaut; dann in Hitlers Reich Rüstungsgüter, insbesondere elektrische und mechanische Wehrtechnik. Die Alliierten quittierten das mit dem üblichen Bombardement; Altenfurt büßte mit den meisten seiner historischen Gebäude auch den Ruf einer der besonders hübschen Fachwerkstädte ein. Einzig die Universität, in einem weisen Entschluss Friedrich-Ludwig des Dritten vor den Toren der eigentlichen Stadt gebaut, überdauerte die Kriegswirren, Bomben und Zerstörung zumindest äußerlich unversehrt. So bescherte die Befürchtung des Fürsten, die universitären Freigeister und ihre Scholaren könnten seine braven Altenfurter Ackerbürger und Handelsherren auf Abwege leiten und die Universität sei daher in geistig desinfektiöser Entfernung zu errichten, für diese 1945 eine unvergleichlich vorteilhafte Situation. Dem überwiegend in Trümmern liegenden Deutschland bot sich eine praktisch unbeschädigte Universitätshülle an, die sich unter wohlwollender Beobachtung und Förderung der Alliierten schon bald zu einiger wissenschaftlicher Reputation emporarbeitete. Viele Gelehrte kehrten, je nach Schicksal, aus Gefangenschaft oder Exil zurück; manche führte ihr Weg über Altenfurts Alma Mater, und wiederum einige blieben dauerhaft.

Nun war Altenfurt zwar kein Dorf, in welchem jeder jeden kannte. Es gab, ohne die 15.000 Studenten, die sich notorisch nicht als Einwohner anmeldeten, etwa 90.000 echte Altenfurter. Davon waren allerdings fast ein Viertel in irgendeiner Weise mit der Universität verbunden, sei es als Mitarbeiter, Auftragnehmer vielfältiger Leistungen und Dienste oder Patienten der verschiedenen Kliniken der Medizinischen Fakultät. Das Risiko, hier irgendwelchen Bekannten zu begegnen, war daher trotz der frühen Morgenstunde nicht zu unterschätzen. Hecht war viel mehr Menschen bekannt, als diese ihm. Wenn ihn hier jemand in diesem Zustand träfe, müsste er wohl einiges erklären, sowohl hinsichtlich des Ortes, der Zeit sowie insbesondere seines Aussehens.

Bei seiner Frau Ute hatte er sich am Vortage nach einem für ihn eher ungewöhnlichen Mittagsschläfchen gegen 16.00 Uhr verabschiedet. Das alljährlich an die Stelle des Betriebsausflugs und der Sommerexkursion des Professoriums getretene Fakultätssommerfest sollte als Versöhnungsfeier zwischen Geist und Dienstleistung oder, wie es Wally, die Dekanatssekretärin, auf den Punkt brachte, zwischen Oben und Unten begangen werden. Da, wie Hecht wusste, reichlicher Genuss von Alkohol in jedweder Mischung die Höhenunterschiede zwischen Oben und Unten deutlich nivellierte und dieses ja einer der Zwecke der Veranstaltung war, ließ er sein Auto in der Garage. Er überredete Ute, ihn mit ihrem Golf schnell zum Juridicum zu fahren, eine eigentlich kurze Distanz, die aber angesichts des heißen Sommerwetters eher mühsam werden konnte. Er stöhnte schon während des gemeinsamen Mittagessens. Mittwochs kam er regelmäßig zum Essen nach Hause, weil der Mittwoch während der Vorlesungszeit Gremientag war, er als Dekan sowohl Mitglied von Fakultätsrat und Senat wie auch der Haushaltskommission der Universität sein musste. In vierzehntägigem Wechsel tagten diese ab 15.00 Uhr und dauerten angesichts ausgeprägten Selbstdarstellungsbedürfnisses ihrer Mitglieder oft bis in den späten Abend. Da er wegen dieser Sitzungen mittwochs ohnehin in Altenfurt anwesend war, konnte er das dann sehr gut mit einem häuslichen Mittagessen verbinden.

Im übrigen gehörte Professor Hecht eher zu den professoralen Wandervögeln, die dank akademischer und ständischer Selbstverwaltung, der diversen auswärtigen Forschungskontakte, Gutachten und Vortragsverpflichtungen, nicht zuletzt aber auch wegen der ja dringend gebotenen Internationalisierung der deutschen Universität keine Gelegenheit ausließen, den etwas provinziellen Muff Altenfurts hinter sich zu lassen und neuen, schöneren und jedenfalls erlebnisreicheren Ufern zuzustreben. Hechts häufige Revierflucht wurde aber nicht etwa durch das Verdrängungsverhalten stärkerer Gattungsmitglieder ausgelöst. An Einfluss und Durchsetzungsvermögen fehlte es ihm nicht, was ihn in geselliger Runde und durch wohlwollende Zuhörermeinungen angeregt, schon gelegentlich veranlasste, sich als »Hecht im Karpfenteich« vorzustellen.

Der eigentliche Grund seiner häufigen Tagungs-, Kongress- und Vortragsreisen war auch nicht unmittelbar sein Bedürfnis nach Selbstdarstellung. Vielmehr hatte er sich schon während seiner ganzen wissenschaftlichen Laufbahn zu Eigen gemacht, die Gesellschaft von Personen oder Vereinigungen zu suchen, die er aufgrund ihres sozialen Standes, der Illustrizität ihrer Mitglieder, ihres Images oder auch nur ihres Vermögens für deutlich über seinem und seiner jeweiligen unmittelbaren Kollegen stehend vermutete. Ein hoher politischer Beamter, dem er während seiner Verwaltungsausbildung als Rechtsreferendar zugewiesen war, hatte ihm nach einem gemeinsamen Mittagessen im Hause Strauß in München den Satz eingeschärft: »Sag mir, mit wem du isst, und ich weiß, wer du bist.« In Anwendung dieser Lebensweisheit suchte er Abwechslung und Anregung eher außerhalb Altenfurts; in Hauptstädten, zumal solchen mit Theatern und Opernhäusern, ließ sich ein deutlich gesteigertes Lebensgefühl gewinnen.

In diesem Sinn waren die Mittwoche ein Fehlschlag und allein schon ein Grund zum Stöhnen. An diesem Mittwoch kam aber das Fakultäts-Sommerfest dazu. Nicht, dass er sich mit Vorbereitung oder gar Gestaltung und kulinarischer Betreuung hätte befassen müssen. Das lag fest in den Händen eines Festausschusses, dem der Fakultätsassistent, ein zwar noch promovierter, dann aber von der wissenschaftlichen Erfolgsleiter abgestürzter Mitarbeiter im behäbigen Lebenszeitbeamtenstatus als Akademischer Oberrat, vorstand. Dieser, ein Doktor Felgenheber, war immerhin ein anerkannt guter Organisator. Er stammte aus einer Metzgersfamilie im Westfälischen und wies exakt jene Mischung aus Biederkeit und Beharrungsvermögen einerseits, Bauernschläue und Anpassungsfähigkeit andererseits auf, die einstmals dem Handwerk den goldenen Boden beschert hatte. Dieser und die Dekanatssekretärin Wally, die eigentlich Walburga Schön hieß, hatten gemeinsam mit dem Personalrat die Planungen übernommen, eine solide Kostenkalkulation aufgemacht und, wie jedes Jahr, bei den Ordinarien eine größere Geldspende eingetrieben. Diese konnten sich dadurch von der Verpflichtung freikaufen, den ganzen Abend anwesend zu sein.

Zwei Neuerungen gab es allerdings bei diesem Fakultätsfest, und beide bereiteten Professor Hecht bei dem etwas missmutigen Mittagessen mit Ute einiges Kopfzerbrechen. Das umso mehr, als er beide selbst angeregt bzw. zustimmend akzeptiert hatte. So hatte er im Collegium Professorale, einer aus Gewohnheitsrecht entstandenen, regelmäßig tagenden Professorenversammlung der Fakultät – von den wissenschaftlichen Mitarbeitern in völliger Überschätzung des Einflusses dieser Treffen nur »Mafia« genannt – ein flammendes Plädoyer für die Teilnahme des ganzen Lehrkörpers am Fakultätsfest gehalten.

Gerade die älteren Kollegen sahen die Gemeinschaft der Lehrenden und Lernenden, die aber wohl zwei getrennte Gemeinschaften bildeten, aufs Unhistorischste gestört durch die Beteiligung solch niederen Volkes wie Sekretärinnen, Hausmeistern oder gar Reinigungskräften. So hatte Hecht auch die antiquierte ständische Verfassung der alten Universität infrage stellen müssen und Partizipation, Mitverantwortung und Abflachung von Hierarchien als moderne und zeitgemäße Führungsmittel entwickelter Korporationen hervorgehoben. Ja, er war so weit gegangen, zum Verlassen alter Denkmuster und elitärer Positionen aufzurufen, was den Kollegen Maywitz vom Handelsrecht veranlasst hatte, ostentativ die FAZ aus der Tasche zu packen, den Wirtschaftsteil herauszuklauben und sich diesen laut raschelnd und knisternd vor den Kopf zu halten. Wenn die so Eingeladenen nun alle seine Appelle beherzigten und missmutig allein aus Pflichtbewusstsein kamen, war das Scheitern des Festes programmiert.

Die zweite Neuerung war, dass die Frauenbeauftragte der Fakultät – eine solche war nach langen Mühen gefunden worden, wenn auch nur unter der Bedingung ihrer Teilfreistellung von ihren sonstigen Dienstaufgaben – auf ihrer Mitwirkung im Festausschuss bestand. Hecht verstand zwar zunächst nicht, was das bewirken sollte.

Es wurde ihm aber deutlich, als er sie, eine zwar junge und mit Männerblicken als »ganz hübsch« taxierte Lehrstuhlsekretärin, in einer vor zwei Wochen durchgeführten Personalversammlung erlebt hatte. Dort stellte sie die ganze Universität als eine von Männern dominierte Sexistenbande dar, und eine Vielzahl von Fällen so genannter sexueller Anmache am Arbeitsplatz wurde geschildert. Er, Hecht, hätte diese zwar eher für einen Flirt mit ein paar bewundernden Anzüglichkeiten gehalten; wie es eben so zugeht, wenn Männlein und Weiblein, die ja nach Hechts Meinung in einem gewissen, vom Arterhaltungstrieb vorgegebenen Spannungsverhältnis zueinander standen, in einem so besonderen Biotop wie einer Universität eng und vertraulich zusammenarbeiteten.

Nachdem ihm so mit drastischen Schilderungen des latenten Sexismus und seiner unterschwelligen Allgegenwart die Augen geöffnet worden waren, ließ er sich dazu hinreißen, für das Fakultätsfest die unverbrüchlichen Regeln von Anstand und Moral persönlich zu garantieren und zu versprechen, ganz sicher dort als Tugendwart bis zum Abgang des letzten Gastes zu verweilen.

Obwohl es also ausreichend Barrieren gegen ein unbefangen-fröhliches Fest gab und er sein Stöhnen gegenüber Ute für begründet hielt, fühlte er sich einen kleinen, ehrlichen Augenblick als Heuchler, was wiederum Anlass eines Seufzers wurde. Tatsächlich hatte er sich nämlich, wie jedes Jahr, auf dieses Fest gefreut. Eigentlich war er gern in dieser Gesellschaft, insbesondere, wenn er – bildlich gesprochen – der »Hahn auf dem Mist« war und einen – nochmals bildlich gesprochen – »Hühnerhof« um sich geschart hatte, dem er mit dem Aufplustern des schönen Gefieders, dem Spreizen der Flügel, dem Scharren mit den Füßen und lautem Krähen imponieren konnte. Er hatte vielfältige Hinweise, dass er trotz seiner 56 Jahre noch ein gut aussehender Mann war. Er war zwar nur mittelgroß, aber schlank, fast drahtig und hielt sich mit Rudern und Joggen fit. Sein ehemals stupsnasiges Lausbubengesicht mit den schmalen, oft offen stehenden Lippen und den regelmäßigen kleinen weißen Wolfszähnchen war mit den Jahren etwas faltiger und schlaffer geworden. Geblieben waren das besitzergreifende Lächeln und die vertrauenerweckenden, in der Regel freundlich blickenden Augen. So manche Sekretärin oder Studentin schaute ihn taxierend an oder sinnend hinter ihm her. Und er war eitel, wie viele Männer. Die auch oft nur visuellen Erfolge bei Frauen, nicht nur Mauerblümchen, erinnerten ihn immer daran, dass das Leben eigentlich noch nicht zu Ende sei. Er müsste doch irgendwann diese bequemen, eingelaufenen Pfade von Ehe, Familie und Beruf hinter sich lassen, ein freier Mann werden, unabhängig, wohlhabend, begehrt. Ute, die er nie völlig durchschaute, wusste vermutlich von solchen Träumen. Und nach dieser fürchterlichen Affäre mit Heidrun, aus der er sehr klein und schuldbewusst wieder ans Licht der Familie auftauchte, war er nie sicher, ob sie ihn bedauerte oder verachtete – er wollte das auch nicht so genau wissen. Wenn er nicht sehr schnell wieder Herr der Entwicklung wurde, könnte er tatsächlich schweren Schaden erleiden – eine Erkenntnis, die sich nicht länger verdrängen ließ.

An diesem Mittwoch war also sein Gefühl, was die denkbaren Pannen und Missvergnüglichkeiten anging, eine ambivalente Mischung von Vorfreude und Spannung gewesen. Dass er nun hier auf der Parkbank saß und die Umstände, die dazu geführt hatten, das alles war nicht eingeplant gewesen und bereitete ihm jetzt diese dummen Probleme.

Vordergründig ging es zunächst darum, dass er diesen Ort verlassen musste, und zwar in nächster Zeit. Aber wohin sollte er gehen? – Nach Hause, in die Brunnenstraße 14 zu Ute, die ihm ja mit einem Blick die Eskapaden der letzten Nacht ansehen würde? Den Gedanken, sich als von Räubern überfallen, entführt und jetzt erst freigelassen darzustellen, verwarf er sofort wieder; das wäre angesichts seiner sicher spürbaren Alkoholfahne leicht zu entlarven und ginge wohl auch kaum ohne Polizei weiter. Also etwas anderes: Filmriß; Amnesie; völliger Gedächtnisverlust? – Das ging auch nicht; abgesehen davon, dass diese Standardausrede aller überführten Rauschtäter kriminologisch so abgenutzt war, dass sie keinen in Ausreden auch nur halbwegs Versierten überzeugen könnte – und Ute war versiert –, nähme ihm auch keiner seiner Kollegen das ab. Und Ute würde natürlich seine Kollegen fragen, wie schlimm er sich denn betrunken hätte. Aber die Idee mit dem Rausch fand er eigentlich nicht schlecht; sie kam der Wahrheit sehr nahe. Zwar hatte er Ute gesagt, er werde nach Abschluss des Festes ein Taxi nehmen und in der Nacht möglichst leise heimkommen. Wenn er nun nicht gekommen war: Wo könnte er dann am unverfänglichsten geblieben sein? Im Institut! Natürlich! Das war ein plausibler Einfall. Ute wusste vom Mittagessen her, dass er zugesagt hatte, als Letzter das Fest zu verlassen. Wenn er dann nicht zu Hause ankam, konnte er eigentlich nur im Institut verblieben sein. Und dann wäre es wichtig, dass ihn dort die Hausmeister oder seine Lehrstuhlsekretärin Elfriede Marschner fänden. Es dürfte eben nur niemand feststellen, dass er gerade erst von außerhalb käme, dann könnte er vielleicht im Kollegenkreis und bei Ute erzählen, es sei ihm plötzlich so übel geworden, dass er sein Lehrstuhlzimmer aufgesucht und sich dort auf die Couch gelegt habe. Die stand dort wirklich, und es gab nur deshalb keine anzüglichen Bemerkungen seiner Kollegen, weil Frau Marschner wie ein Höllenhund sein Dienstzimmer von ihrem Vorzimmer aus unter Kontrolle behielt. Sie selbst mit ihren bald 60 Jahren und nach einer schweren Operation stand ganz offensichtlich jenseits aller denkbaren Verführbarkeiten auf einer Couch.

Hecht gab sich einen Ruck und fühlte sofort, wie der Magen wieder zu schlingern anfing und sein Nacken giftige Blitze in seinen Hinterkopf schoß, die, über die Schläfen geleitet, oberhalb seiner Nasenwurzel zu einem einzigen schmerzhaften Konvulsionsherd kollidierten. Nachdem er die beschlagene und mit Fettfingerspuren auf den Gläsern verzierte Brille aufgesetzt hatte, ging das Schwindelgefühl etwas zurück. Es gelang ihm, aufrecht und mit leicht nach vorn schießendem Gang den Park in Richtung Juridicum zu verlassen. Unterwegs widerstand er dem Gefühl, sich umzublicken. Nach der Theorie des Vogels Strauß, dass man von denjenigen nicht gesehen werde, die man selbst auch nicht sehe, schoss er über die Lindenallee zur großen

Kreuzung am Stadtgraben, hielt sich mit einer Hand an der Ampel fest, bis diese den Fußgängerüberweg freigab, und verschwand auf dem Campus. Es war inzwischen 6.00 Uhr geworden. Einige weitere Penner, die in der Grünanlage vor dem Eingang der Zentralbibliothek biwakierten und darauf warteten, dass die Putzfrauen die Bibliothekstür öffneten und so der Zugang zu den Toilettenanlagen freigegeben wurde, sahen ihn mitfühlend an. Im Weitergehen ging ihm durch den Kopf, dass er soeben den Schlüssel zur Aufklärung eines unlängst behandelten, bisher kontroversen Sachverhalts gefunden hatte. Häufig beklagten sich die Bibliotheksbenutzer, dass sie schon morgens um 8.00 Uhr, direkt nach Öffnung der Türen, die Toiletten in stark verschmutztem Zustand – wie der Personalratsvertreter im Senat drastisch schilderte, »alles vollgekotzt und vollgeschissen« – vorfänden. Jedesmal bestritt der Kanzler als für die Hausverwaltung zuständiges Organ diesen Sachverhalt und bezichtigte die Studenten, die Verursacher zu sein, was diese bestritten. »Diese Lokusse sind schon vollgeschissen, wenn die Bibliothek aufmacht«, giftete die AStA-Vertreterin im Senat den Kanzler an. Dieser bestritt unter Verweis auf die Aussagen der Putzfrauen jedesmal alle Vorwürfe. Jetzt war es klar: Die erste ankommende Putzfrau schloss auf; dann begannen sie ihren Dienst in den Toilettenanlagen im Untergeschoss, gingen in den Katalogsaal im Erdgeschoss und von dort durch die oberen Stockwerke. Rechtzeitig vor Öffnung mussten sie die Bibliothek ja wieder verlassen haben; die letzte schloss dann die Außentüren ab. Also kamen die Penner der ganzen Umgebung genau zu dem Zeitpunkt, zu dem die Putzfrauen die Obergeschosse reinigten, ins Haus und ferkelten dort herum. Das war's. Hechts Stimmung hellte sich deutlich auf, nachdem ihm dieses »Geheimnis« offenbar geworden war. Fast hätte er das Prekäre seines Aufzuges und seiner Situation vergessen.

Ein anderes Problem tauchte nun ganz unerwartet auf: Er hatte seine Umhängetasche nicht bei sich; und in dieser befand sich sein Institutsschlüssel; nicht allein dieser, sondern auch der Hauptschlüssel für die Außentüren des Juridicums, ohne den er nicht einmal bis ins Foyer und den quadratischen, innenliegenden Gebäudehof gelangen könnte, an den Ort also, an welchem das Fest stattgefunden hatte. Und genau dort stand vermutlich seine Tasche mit den Schlüsseln. Während er noch »Scheiße, gottverdammte Scheiße« zischte, fasste er gewohnheitsmäßig an die Außentür, und die ließ sich öffnen. Das bedeutete, dass entweder die Hausmeister gestern abredewidrig die Türen nicht abgeschlossen hatten oder dass schon Personen im Gebäude waren, oder noch, oder beides. So leise, wie es die harten Absätze seiner Schuhe erlaubten, schlich er ins Haus und sofort die Treppe hinauf ins Seminar für bürgerliches Recht; von dort konnte er aus einem Flurfenster in den Innenhof blicken. Tatsächlich, dort werkelten Felgenheber und zwei Hilfskräfte an der Zapfanlage, die eine Brauerei nebst Theke und Bratwurstgrill zur Verfügung gestellt hatte. Überhaupt schien das Haus schon zu leben; von ferne hörte er Türen klappern und ein Geräusch wie von einem Elektromotor. Verdammt, da bohnerte irgendein Idiot den Gang vor seinem Institut, und er konnte dort nicht unbemerkt vorbeigehen. Aber das nützte ohnehin nichts, fiel ihm ein, denn ohne seine Schlüssel kam er auch nicht in sein

Institut. Das Bohnergeräusch verstummte, eine Tür klappte und schlug zu; dann hörte man nur noch Grummeln und andere Unmutsgeräusche aus dem Innenhof, wo es Felgenheber anscheinend nicht gelang, die Zapfanlage abzubauen. »Das sind englische Gewinde; den Schlüssel andersherum drehen!«, wollte er schon herunterrufen, konnte das aber gerade noch vermeiden.

Mehr aus Ratlosigkeit als nach Plan querte er das Seminar für bürgerliches Recht, welches auf Anordnung des Direktors, des Kollegen Petersen, stets unverschlossen blieb. Im Seminarvorstand war dieses lange diskutiert worden; Bücherdiebstähle, Vandalismus und unbefugte Besucher wurden als Gegenargument angeführt. Aber Petersen, der eigentlich Schwede war und stets die Universität Lund als seine geistige und soziale Heimat zitierte, bestand darauf, dass diese, wie er sagte, vertrauensbildende Maßnahme durchgehalten werde. Niemand habe etwas zu verbergen, und die persönlichen Dienstzimmer könnten ja weiter verschlossen bleiben. Seines stünde allerdings immer offen, und jeder, der wolle, könne hereinspazieren.

Tatsächlich stand die Tür zwischen seinem Dienstzimmer und dem Vorzimmer stets offen, wenn Petersen anwesend war. Das war aber nicht sehr häufig der Fall, denn er hatte in seiner Berufungsverhandlung die Beschaffung eines umfangreichen Handapparates, also einer Spezialbibliothek, durchgesetzt, die nach ihrer Zweckbestimmung vorrangig ihm zur Verfügung stehen sollte. Und damit das auch so geschehe, hatte er mit stillschweigender Einwilligung seiner zivilrechtlichen Kollegen den gesamten Handapparat in sein Privathaus transportiert. Es hatte die angenehme Folge, dass er sein neues, schönes Schwedenhaus aus Naturholz nicht mehr verlassen musste, um wissenschaftlich tätig zu sein. Zunächst hatte es zwar einiges Rumoren bei seinen beiden Assistenten und den Hilfskräften gegeben; letztlich wollten diese aber bei ihm promovieren oder habilitieren, was sie zu einer Loyalität verpflichtete, die professorale Privilegien zu übersehen empfahl. Schließlich ging es darum, später selbst einmal Professor zu werden, ein Weg, der sich nach aller Erfahrung ohne wohlwollende Zuwendung eines Beraters im Professorenstand, des sogenannten »Doktorvaters« oder »Habilitationsvaters«, als wenig oder gar nicht gangbar erwies. Irgendjemand musste schließlich die Dissertation oder Habilitationsschrift betreuen und später in der Promotions- oder Habilitationskommission als exzellente wissenschaftliche Leistung preisen. Das ließ sich in aller Regel nur durch treue Dienste und eben jene alles übersehende Loyalität erreichen.

Dank des Kollegen Petersen stets geöffneter Tür also gelangte Hecht zum hinteren Treppenhaus, welches im nächsten Obergeschoss unmittelbar vor seine Institutstür führte. Und die war zu seiner großen Überraschung weit geöffnet. Sollte etwa Frau Marschner schon – da brummte ein Staubsauger los, und es erschien im Türausschnitt die Rückfront einer Putzfrau. Er kannte sie, aber sein Gehirn blockierte den Namen. Sie drehte sich um und stieß einen spitzen Schrei aus. »Nein! Was hab ich mich erschrocken! Der Herr Professor! Ja, wie sehen Sie denn aus! Herr Professor, haben Sie auch noch den ›Alten Paukboden‹ besucht? Ja, das hätte ich mir denken können! Dass Sie Ihre Schäfchen nicht allein ziehen lassen wollten, das verstehe ich.

Aber die haben's wohl etwas zu weit getrieben. Nun, der Herr Professor ist ja noch jung, der kann ja noch mithalten. Zu meiner Zeit war's auch nicht anders. Solange man noch lebt, soll man die Feste feiern. Aber jetzt geht's Ihnen nicht gut. Soll ich Ihnen einen Kaffee kochen? Aber sicher werden Sie Ihre Frau antelefonieren wollen, dass sie Sie heimholt. Gleich bin ich fertig, dann haben Sie Ihr Reich für sich.«

Hecht fühlte sich erleichtert; das war ja alles bestens gelaufen. Die Putzfrau hatte die Situation nicht durchschaut; gesehen hatte ihn offensichtlich auch niemand. Dann könnte er jetzt den letzten Teil des Problems angehen, einen Anruf bei Ute.

Sorgfältig schloss er die Tür. Zunächst wollte er abschließen; aber er hatte ja keine Schlüssel! Auch fiel ihm Frau Marschner ein; wenn die vor eine verschlossene Tür käme, und er steckte im Zimmer dahinter, auf welche Gedanken würde die kommen? Aber schließen konnte er die Tür, schon um nach außen nicht mit seiner Stimme seine Anwesenheit zu verraten.

Etwas beklommen, inzwischen aber schon wieder fast nüchtern, griff er zum Hörer und gab seine Telefonnummer ins Tastenfeld. Auf der anderen Seite wurde sofort abgehoben; »Hecht« hörte er Utes klare, stets etwas herrische Stimme. »Ja, ich bin es«, hauchte er ins Telefon. Es war, als ob er aus dem Grabe zu ihr spräche, leise, rauh und heiser. Er brauchte sich gar nicht zu verstellen; es musste sich wirklich wie eine Stimme aus dem Totenreich anhören. »Wo steckst du denn? Was ist passiert?« Diesmal klang es wirklich besorgt, Hecht fühlte sich einen Augenblick so elend, dass er am liebsten geschluchzt hätte.

Er gewann sofort seine Fassung zurück und vermeldete weinerlich, er liege auf der Couch in seinem Institut; die Putzfrau habe ihn soeben gefunden. Er habe abends, um in Fahrt zu kommen, schnell und reichlich geprostet, Bier und viele Kurze. Jemand habe aus einer Ballonflasche griechischen Wein ausgeschenkt, schwer, süß und rauschig. Ihm sei noch aufgefallen, dass viele unbekannte Studenten, irgendwelche Hilfskräfte vom Strafrecht, mit ihm zusammengesessen und ihm mit Schnäpsen eigener Destillation zugeprostet hätten. Er habe sich verpflichtet gefühlt mitzuhalten.

Bis hierhin entsprach die Schilderung auch in etwa der Wahrheit. Als Ute aber etwas indigniert zurückfragte, was das denn mit seinem Übernachten im Institut zu tun habe, und auch noch vorwurfsvoll hinzufügte, dass er als regelmäßiger Alkoholkonsument doch dessen Wirkung und auch das ihm zuträgliche Quantum kenne, die bisher vorgetragene Geschichte also sein Wegbleiben nicht ausreichend erkläre, wusste Hecht schlagartig, dass die Gefahrenzone noch nicht umschifft war und die Zeit zwischen dem Ende des Festes und diesem Anruf noch weiterer Erläuterung bedurfte.

»Ich bin irgendwie weggekippt, lag auf dem Boden, hörte Musik, jemand leuchtete mir mit einer Kerze ins Gesicht. Dann hat mich irgendjemand hier in mein Institutszimmer gebracht und aufs Sofa gelegt. Meine Schlüssel fehlen, sind wohl entwendet.«

»Quatsch! Deine Tasche mit allen Schlüsseln steht hier im Windfang. Du wärst weder hier hereingekommen, noch konntest du dein Institut aufschließen.«

»Kein Quatsch!«, gab Hecht zurück. »Zig Leute haben hier Institutsschlüssel; das war überhaupt kein Problem!«

Und in ihr misstrauisch feindliches Schweigen hinein entwickelte er ihr die kühne Theorie, dass die Strafrechtler Zugang zur Asservatensammlung der Staatsanwaltschaft und auch zur Rechtsmedizin hätten. Es sei ein üblicher Scherz, Mixgetränken Zusätze zuzugeben, die den Urin schwarz oder braun färbten oder einen schwarzen Belag auf den Zähnen hervorriefen. Diese Scherze kenne sie doch aus den Kollegenberichten. Hier sei wohl irgendjemand an sogenannte »k.o.-Tropfen« gekommen, ein in Prostituierten- und Zuhälterkreisen beliebtes Mittel, um den Freier einige Stunden zu betäuben, ihn auszurauben und an unbekanntem Ort auszusetzen. Irgendjemand von diesen Strafrechtlern – natürlich könne er niemanden Konkretes verdächtigen – müsse solche »k.o.-Tropfen« mitgebracht haben. Irgendjemand wahrscheinlich ganz anderer habe ihm dann diese Tropfen in den Schnaps gegossen. Ein übler Scherz; nicht lebensgefährlich, aber sehr unangenehm.

»Und das soll ich dir nun glauben?«, klang es schon etwas versöhnlicher aus der Ohrmuschel.

»Glaub es, oder lass es!«, raunzte der inzwischen wieder sicherer werdende Hecht in den Hörer. »Kannst du mich hier abholen?«

Diese Frage war eine Provokation, denn natürlich wusste Hecht, dass Ute zur Schule musste. Sie hatte sich alle Stunden auf den Beginn der Unterrichtszeit legen lassen, weil sie meinte, die ohnehin zappeligen und nervösen Kinder seien dann am ehesten in der Lage, ihrem anspruchsvollen Mathematikunterricht zu folgen, den sie an einem der örtlichen Gymnasien erteilte. Also war die Antwort Utes klar. Und erwartungsgemäß ließ sie ihn wissen, er könne ja jetzt das Taxi nehmen oder, viel besser, zu Fuß kommen. Der Kellereingang bleibe unverschlossen; seine Tasche stehe in seinem Zimmer. In der Küche erwarte ihn eine Thermoskanne Kaffee, Knäckebrot und eine Packung Aspirin. Dann legte sie auf.

Hecht war einerseits erleichtert, andererseit irritiert. Dass sie ihm die Geschichte mit den »k.o.-Tropfen« abnähme, war unwahrscheinlich. Aber dass sie eine Ahnung hatte, wo er zwischen Mitternacht und 5.30 Uhr tatsächlich gewesen war, konnte er sich auch nicht vorstellen. »Vorsicht, alter Hecht, Vorsicht! Es sind viele Netze und Angelhaken ausgelegt«, sagte er sich leise.

Hecht verschwand, wie er meinte, unbeobachtet wieder aus dem Juridicum und machte sich zu Fuß und immer noch mit ramponierter Kleidung, angegriffenem Magen und einem Brummschädel auf in die Brunnenstraße. Auch bei diesem Weg schien er Glück zu haben. Es begegnete ihm niemand, den er kannte. Der Kellerausgang in den Garten war, wie erwartet, geöffnet. Kaffeeduft lag noch in der Luft, und als er im Bad in den Spiegel sah, fand er sein Aussehen schon nicht mehr ganz so schlimm. Er fuhr aus den drückenden Schuhen in seine bequemen Sandalen, setzte sich an den Küchentisch; obwohl er leicht säuerlich aufstoßen musste, zwang er sich dazu, eine Tasse Kaffee und zwei Scheiben trockenes Knäckebrot herunterzuwürgen. Dann löste er in einem Glas Mineralwasser zwei Aspirin auf und schluckte auch diese bitter-saure Mischung. Er spürte hinter den Kopfschmerzen ein Brennen in den Augen; eine bleierne Müdigkeit überfiel ihn. Wenn er sich jetzt auf sein Sofa legte, schlief er bis zum Mittag durch, verpasste möglicherweise Termine und blieb doch den Tag über wie erschlagen; er kannte das. Das Beste wäre, er nähme ein heißes Bad. Das würde, angereichert mit Menthol-Öl, den Kreislauf auf Trab bringen und den Schlaf vertreiben.

Gesagt – getan! Die Folge war aber nur, dass ihm wieder übel wurde und er schwindelig und mit Herzklopfen die Badewanne verließ. Er schaffte es gerade noch, seinen Jogginganzug überzustreifen, dann sank er in seinen Ohrensessel, legte die Füße hoch, und schon schlief er ein. Das Telefon riss ihn aus einem scheußlichen Traum, an den er sich aber nicht erinnern konnte; nur, dass er unangenehm, ja ein Albtraum gewesen war.

Am Telefon meldete sich Frau Marschner. Herr Felgenheber habe ihr vertraulich erzählt, er habe ihn, Hecht, in etwas ramponiertem Zustand gegen 7.30 Uhr das Institut verlassen sehen. Ob es nicht besser sei, bei der Unpässlichkeit, die ihn ja wohl überfallen habe, die heutigen Termine abzusagen.

Was das für Termine seien, wollte Hecht wissen. Ja, um 13.00 Uhr habe er mit Herrn Professor Vetterlein essen gehen wollen. Um 15.00 Uhr sei noch ein Termin mit Fräulein Wittmann vorgesehen gewesen, wegen eines Gutachtens; die habe aber schon angerufen und um Verschiebung gebeten; sie fühle sich überhaupt nicht wohl und müsse zu Bett liegen. Und um 16.00 Uhr komme Oberkreisdirektor Franzmann, den könne man aber aus einer Sitzung rufen lassen und ebenfalls absagen.

Wie spät sei es denn jetzt? Schon 10.00 Uhr durch, na ja, Vetterlein solle kommen, er, Hecht, müsse ja auch etwas essen. Und Frau Wittmann könne man auf die nächste Woche umlegen, das habe so viel Zeit. Franzmann habe einen eiligen Gutachtenwunsch; das müsse sowieso sein Assistent Dr. Endlein bearbeiten. Der solle in jedem Fall dabeisein; dann werde er, Hecht, auch diesen Termin überstehen.

Es entstand eine Pause. Frau Marschner schien noch auf irgendeine Nachricht zu warten, so dass Hecht sich bemüßigt fühlte zu erklären, wieso er morgens in seinem Dienstzimmer gesehen worden war. Er wiederholte seinen Verdacht, man habe ihm irgendetwas in den Wein oder in den Schnaps gegeben. Jedenfalls sei es ihm so schlecht geworden, dass er sich dort auf sein Sofa habe legen müssen, wo er von der Putzfrau aufgefunden worden sei.

Frau Marschner beschwichtigte ihn; das Durcheinandertrinken und der selbst angesetzte Schnaps, der ja reichlich geflossen sei, hätten vermutlich auch so schon ausgereicht, ihn von den Füßen zu holen; dazu hätte es sicher keines Giftzusatzes bedurft. Jedenfalls sei sie nun beruhigt, dass nichts Ernsthaftes vorliege. – Wenn du wüßtest, dachte er, und war froh, dass Frau Marschner das Telefongespräch beendete.

Hecht wurde nach diesem Gespräch plötzlich deutlich: so unbeobachtet, wie er es erwartet hatte, war seine Eskapade nicht geblieben. Hoffentlich kämen da nicht noch mehr Zeugen ans Licht. Dann wäre eine diskrete Behandlung der Angelegenheit fast unmöglich. Aber von sich aus zu recherchieren, wer ihn wo gesehen hatte, wäre ganz falsch gewesen. Nur Unbefangenheit und Herunterspielen half jetzt weiter. War er erpressbar? Von wem? Und mit welchem Zweck? Die Fragen drängten sich ihm auf.

Ute musste unter allen Umständen aus dieser Geschichte herausgehalten werden. Sonst nähme das alles einen verhängnisvollen Verlauf. Sie würde ihn nicht noch einmal schonen; noch immer hatte sie die Affäre »Heidrun« nicht richtig verwunden. Und jetzt eine Affäre »Silke Wittmann« – oh, da hatte er sich eine böse Achillesferse zugelegt. Er war ja auch dumm; er wusste doch, dass seine Ehe eine Wanderung auf dünnem Eis war, und eine neue Beziehung ließ auch für ihn keine langfristige Perspektive erkennen, jedenfalls nicht mit seiner Doktorandin aus der Universität. Es würde wieder eine Herz-Schmerz-Tränen-Angelegenheit, die man nur schwer vertuschen könnte. Und dann käme es bei Ute sicher zu einer negativen Entscheidung. Es war erschreckend, das alles einmal zu Ende zu überlegen! Und mit diesen trüben Gedanken versank er erneut in seinem Ohrensessel.

Silke

Silke Wittmann stammte aus einfachen Verhältnissen. Ihr Vater war Schlossermeister, aber Angestellter bei einer größeren Spedition. Ihre Mutter hatte von ihren Eltern ein kleines Bauernhaus zwischen Werne an der Lippe und Lünen geerbt, mit zwei winzigen Feldern darum herum. Ihre ältere Schwester hatte sie auszahlen müssen, die war an dem Haus nicht interessiert. Haus und Grundstück langten nicht einmal für einen landwirtschaftlichen Nebenerwerbsbetrieb. Die Felder wurden an einen größeren Bauernhof verpachtet; das Haus bewohnte die Familie Wittmann mit ihren drei Kindern; Silke hatte noch zwei jüngere Brüder. Die Familie war, wie im Münsterland vorherrschend, katholisch; die Eltern fromm, die Kinder eher kritisch.

Silke hatte früh ihrer Mutter im Haushalt helfen müssen und war gewohnt, wenig Aufhebens von sich zu machen. Ihre Eltern hofften, dass nach einem Realschulabschluss vielleicht eine Ausbildung als Arzthelferin oder Rechtsanwaltsgehilfin folgte; dann sollte ihr Weg bald in eine Ehe führen.

Silkes Lebensweg schien vorgezeichnet; sie war mit dieser Entwicklung auch einverstanden, entsprach es doch dem, was ihre Eltern für sie für gut befunden hatten. Sie hatte sich zu einem hübschen Mädchen entwickelt, hatte blonde, dichte Haare, die sich ohne Friseurshilfe etwas kräuselten und lockig fielen. Zwar wuchs sie nur langsam und war zierlich, doch stimmten alle Proportionen an ihr. Ihr Teint war erstaunlich glatt und dunkel, ganz im Gegensatz zu ihren zwei milchgesichtigen Brüdern. Auch entwickelten sich Augenbrauen und Augenwimpern als dunkle Kontraste zu ihren blauen Augen, einem Erbteil ihres Vaters, denn alle Wittmanns hatten leuchtend blaue Augen.

Dank kurzem Schulweg in die Realschule und der Notwendigkeit, ihrer Mutter stets über die verbrachte Zeit Auskunft zu geben, war sie von so manchem plumpen Anbiederungsversuch ihrer Mitschüler verschont geblieben. Sie galt als abweisend und kühl, ein Eindruck, der sich für ihre Mitschüler noch dadurch verstärkte, dass sie eine gute Schülerin war. Sie eignete sich den Unterrichtsstoff fast im Schlaf an, ob es sich um Mathematik handelte, um Naturkunde oder später dann Englisch – alles schien Silke zuzufliegen, nichts schien erarbeitet zu sein, alles wusste sie.

Als sie in der Realschule die zehnte Klasse erreicht hatte, bestellte die Lehrerin Silkes Eltern zur Sprechstunde. Diese konnten sich überhaupt nicht vorstellen, was ihre Tochter denn ausgefressen haben könnte, das die Vorsprache der Eltern erforderlich machte. Die Lehrerin, eine ältere, besonnene Frau, machte in einer langen, von vielen Wenn und Aber der Wittmanns begleiteten Erörterung deutlich, dass Silke ein ungewöhnlich begabtes Kind sei. Weder die Eltern noch sie als Lehrerin könnten verantworten, diese Begabung nicht zu fördern; Silke müsste ihre Schullaufbahn am Gymnasium fortsetzen.

Man vereinbarte Bedenkzeit, und Silkes Mutter zog den Pfarrer, der Silke von klein auf kannte, hinzu. Aber auch dieser riet zur Förderung der Begabung. Im 50 km entfernten Münster kenne er eine von einem Nonnenorden geführte Internatsschule; dort herrsche Zucht und Ordnung; ein so hübsches Mädchen wie Silke benötige Strenge, um nicht allen Jungen den Kopf zu verdrehen und vielleicht selbst schlimm zu enden. Er wollte sich für einen Internatsfreiplatz verwenden.

Ein Besuch dort hatte in Silke aber eine starke Abneigung gegen diese Art von Klosterleben geweckt; es ging so weit, dass sie ihren Eltern erklärte, nie werde sie dort hingehen. Ins Gymnasium aber hatte sie unter allen Umständen gewollt. Die Vorstellung, ihr Leben lang auf dem gesellschaftlichen Stand zu verharren, den ihre Mitschüler zielstrebig ansteuerten, hatte für sie inzwischen ebenso wenig Reiz wie die träumerische Vorstellung, sich aufgrund ihres hübschen Aussehens einen reichen Mann zu angeln. Und so war sie Fahrschülerin geworden und besuchte ein Gymnasium in Lünen.

Dort faßte sie Vertrauen zu einem älteren Lehrer. Dieser betreute die von ihr gewählten Leistungskurse in Mathematik und Philosophie. Er war aufgrund seines einfühlsamen Unterrichts für viele Schüler eine Art Vertrauensperson. Er hatte Silkes Begabung sowie ihre ungewöhnlich schnelle Auffassungsgabe erkannt und sie darin bestärkt, nicht dem Wunsch ihrer Eltern zu folgen, Lehrerin zu werden. Vielmehr ließ, wenn schon die Neigung nicht zu einem technischen, medizinischen oder naturwissenschaftlichen Studium vorherrschte, die Begabung sowie das spätere Berufsfeld ein Studium der Rechtswissenschaften geraten erscheinen.

Äußerlich war Silke inzwischen eine junge Frau. Sie war zierlich und schlank geblieben; ihre weiblichen Attribute hatten die Proportionalität zum übrigen Körper gewahrt, und ihre Augen hatten die blaue Farbe behalten, die überraschend gut zum dunklen Teint und den inzwischen dunkelblonden, lang getragenen Haaren passte. Innerlich war sie eher ein Mädchen geblieben.

Mit siebzehn Jahren hatte sie dann einen Freund gefunden, einen etwas älteren Mitschüler und Arztsohn, der sie ziemlich oft zu treffen suchte. Nach einer kurzen Streichel- und Kussphase drängte er Silke zu mehr Intimität. Und im Sommer, Silke besuchte damals die zwölfte Klasse – von ihrem Lehrer noch altmodisch »Unterprima« genannt –, war es soweit. Silke hatte sich schon theoretisch mit der Sexualität befasst, sie wusste über die physiologischen Abläufe, dass es zunächst schmerzhaft sei und blute, dann aber zunehmend Lust bereite und den ganzen Körper erfasse. Sie sehnte sich auch nach männlicher Zärtlichkeit. Sie entdeckte, dass sie für Jungen ganz spontan ein Gefühl körperlicher Zuneigung entwickeln könnte. Und natürlich wusste sie, dass man ungeschützt schnell schwanger wurde, da es den jungen Männern schwerfiel, im entscheidenen Augenblick anzuhalten und die Frau zu verlassen. Doch verstand sie auch die Jungen, die es ablehnten, ein Präservativ zu verwenden. Das Gummi musste ja eine Gefühlsbremse sein, und bei allzu großer Emphase riss es dem Vernehmen nach gelegentlich. Die Pille nahm Silke nicht; bisher hatte ja auch keine Notwendigkeit dazu bestanden. Als Dieter eines Mittags nach der Schule signalisierte, das elterliche Haus sei frei, beide Eltern für eine Woche auf einer Kreuzfahrt, fand sie es ganz natürlich, mit ihm zu gehen. Daheim konnte sie erzählen, ein Oberstufenkurs sei auf den Nachmittag gelegt worden; noch besser, sie telefonierte eben aus Dieters Elternhaus; das ersparte spätere Erklärungen.

Dieter war vorsichtig. Zum einen benutzte er ein Präservativ, welches er zusätzlich noch mit einer samenabtötenden Salbe bestrich. Zum anderen verstand er sich so gut auf Streicheln, Küssen und Liebkosen, dass Silke ganz weich wurde. Bluse und Büstenhalter, dann Jeans und Slip fielen förmlich von ihr ab, und auch Dieter stand im Nu in seiner ganzen jugendlichen Nacktheit vor ihr. Gerade eben erreichten sie Dieters Zimmer und sein Bett. Silke verspürte nur noch den Wunsch, Dieter so nahe wie möglich zu kommen. Sie hätte sich am liebsten um ihn gewickelt wie eine Schlange um ihr Opfer, und so tat es nicht weh, als er in sie drang. Fast wäre es ihr lieber gewesen, wenn sie ihn schmerzhafter gespürt hätte; aber da fing er schon an zu hecheln, schnappte nach Luft, knirschte mit den Zähnen, stieß im Rhythmus, in dem er seinen Unterkörper auf sie presste, den Atem pfeifend und »nein, nein!« stöhnend aus. Dann blieb er atemlos und wie ein Ertrunkener auf ihr liegen. Es war, als hätte man aus einer aufgepumpten Luftmatratze den Stöpsel herausgezogen, und nun hing die schlappe Hülle formlos über ihr. Irgendwie, dachte Silke, hätte es noch weitergehen müssen; ging es aber anscheinend nicht. Alle Versuche Dieters, seine Männlichkeit wieder zu beleben, blieben ohne Erfolg.

»Du hast aber ein Sensibelchen«, meinte Silke etwas enttäuscht und sah Dieter untersuchend an. Damit machte sie es nur noch schlimmer. Nun fühlte sich Dieter unter Druck gesetzt und verteidigte sich damit, dass Liebe kein Leistungssport sei. »Du siehst doch, er will nicht mehr«, resignierte er. »Diese Scheißvorsicht verdirbt mir sowieso die ganze Lust. Das bescheuerte Gummi macht die Potenz kaputt.«

»Ach, das sagst du jetzt, nachdem du soeben trotz dieses, wie nanntest du das: »Scheiß-Gummi«? – den Schuß nicht stoppen konntest. Weißt du, was ich glaube? Die Männer können im entscheidenden Augenblick einfach nicht einhalten. Frauen sind da wohl besser, denke ich. Gezielter, beherrschter!« Sie fühlte sich in diesem Augenblick Dieter deutlich überlegen.

»Hör bloß auf mit diesem Quatsch«, maulte dieser, »nur weil ihr nie den Orgasmus bekommt, sollen wir Männer warten, bis wir platzen. Erst bekommen sie keinen Orgasmus, dann sind sie noch so fruchtbar, dass man nur zu niesen braucht, und schon sind sie schwanger.«

»Immerhin«, gab Silke zurück, »weiß ich jetzt, was ein Schlappschwanz ist. So wörtlich hätte ich mir das nie vorgestellt.«

Schließlich erholte sich Dieter aber doch wieder, und beim nächsten Angriff ließ er das Gummi im Paketchen eingerollt. Silke wurde es ganz heiß, aus den Bauchmuskeln heraus genoss sie ein unglaubliches Prickeln, und die ihr bewusste Gefahr, wenn Dieter jetzt wieder explodierte, würde sie womöglich schwanger, steigerte dieses Prickeln und Zucken über den ganzen Leib hin. Als sie fühlte, dass sie als nächstes platzen, wie ein Luftballon plötzlich in Fetzen fliegen werde, stieß sich Dieter mit einem Ruck von ihr ab, fiel wie beim ersten Mal gleich einem leeren Sack über sie.

Dieses Mal hatte sie nicht das Gefühl, ihr sei etwas vorenthalten worden. Sie verlor selbst alle Spannung und spürte auf einmal, wie die Innenseiten ihrer Oberschenkel brannten. Der Schweiß kniff ihr in die Augenwinkel, und es war ein Glück, dass sie unter der Dusche alle ihr jetzt tierisch und ekelhaft vorkommenden Zeugnisse der Lust abwaschen konnte.

Dieter war weiterhin zärtlich, besang anschaulich ihren Busen, ihren Po und ihren hübschen kleinen Bauch, den er immer wieder mit Küssen und zärtlichen Bissen traktierte. Auch war Dieter froh, dass er, wie er sagte, »... vor dem Hoftor und aus vollem Galopp noch abgesprungen ...« war.

Im Nahverkehrszug verspürte Silke neben einem Brennen in Scheide und Harnröhre sowie einem aufziehenden Muskelkater in den Oberschenkeln das Gefühl, jeder könne, ja müsse ihr ansehen, dass sie gerade aus einem Buhlbett, ja, einem Sündenpfuhl aufgestanden sei. Wie sie gegenüber ihrer Mutter wirkte, wagte sie sich noch gar nicht vorzustellen. Die stellte aber keine Veränderung an ihrer Tochter fest.

Nachts, als Silke mit schmerzenden Oberschenkeln und doch etwas verwirrt in ihrem Bett lag, wurde ihr deutlich, dass Dieter in ihr etwas angestoßen hatte, das nach Wiederholung verlangte. Sie war fast erschrocken, dass sie nun dieses letzte Tor geöffnet hatte, und sie wunderte sich darüber, dass es viel schöner, erregender und sinnlicher war, als sie es beschrieben gefunden hatte, und dass das Risiko einer Empfängnis, wenn es denn überhaupt spürbar war, eigentlich die Lust nur noch gesteigert hatte. Aber irgendwie sollte sie sich mit ihrer Mutter darüber verständigen, dass aus der Mutter-Kind-Beziehung ein neues, von Frau zu Frau laufendes Verhältnis werden müsste.

Der Versuch misslang gründlich; die Mutter, sei es aus Angst vor frühen Enkelkindern, aus eigener strenger Moralvorstellung oder auch aus geheimem Neid, konnte nun überhaupt kein Verständnis für die Tochter aufbringen. Mutter und Tochter waren sich zwar einig, dass Silkes »Verhältnis« mit Dieter den Rest der Familie nichts anging. Das war aber auch alles an Gemeinsamkeit. Dass Silke, wie die Mutter meinte, »schon« mit siebzehn einen festen Freund hatte und mit dem, wie sie leicht angewidert feststellte, »Verkehr ausübte«, machte sie gegenüber ihrer Tochter unsicher und feindselig. Und als Silke Pläne offenbarte, nach dem Abitur ein Studium aufzunehmen, wegzugehen und auf die Frage, was dann mit ihrem »Galan« geschehe, zur Antwort gab, das werde sich möglicherweise schon rein geographisch entscheiden, musste Silke sich anhören, es sei eine Schande, dass ein so liebes Mädchen, so klug und anhänglich, nun so in den Sumpf gerate. Hätte man sie doch bloß nicht aufs Gymnasium geschickt.

Auch Dieters Eltern, die zunächst glaubten, seine schulischen Leistungen würden durch den Umgang mit der Klassenbesten Silke etwas gefördert, bemerkten den eigentlichen Hintergrund der Beziehung, billigten ihn nicht, hofften aber, dass Dieter als von ihnen aufgeklärter Junge wusste, wie er sich vor ungewollter Vaterschaft schützte. Im übrigen wünschten sie den Tag des Abiturs herbei; danach, so zeichnete sich ab, werde Dieter zunächst seinen Wehrdienst ableisten. Als Ruderer und Segler – einige ihrer Liebestage verbrachten Silke und Dieter auf dem elterlichen Kajütkreuzer, der, völlig überdimensioniert, auf dem Halterner Stausee herumdümpelte – wollte und sollte er bei der Marine einrücken. Dann schloss sich, wenn alles gutging, Dieters Medizinstudium in Kiel an; ja, und dann würde man weitersehen. Auch hatte sich abgezeichnet, dass Silke in die Studienstiftung des Deutschen Volkes aufgenommen und sich wohl als Jurastudentin irgendwo in Süddeutschland immatrikulieren werde – weit weg vom westfälischen Elternhaus, das sich durch Unverständnis den Zugang zu ihr und ihrer Welt verschloss und, im Chor mit Onkel und Tanten, das Klagelied von der verlorenen Tochter anstimmte.

Das Gymnasium verließ Silke mit einem »Einser-Abitur«, was ihr auf Vorschlag der Schule das Stipendium der Studienstiftung des Deutschen Volkes bescherte und ihr auch die Möglichkeit eröffnete, als Studium ihrer Wahl mit dem der Jurisprudenz zu beginnen. So kam es, dass sie den großen Schritt nach Heidelberg wagte, in einem internationalen Studentenheim Behausung und Gemeinschaft fand und anfing, ihr Leben endgültig in die eigene Hand zu nehmen.

Universität und Studium hatten sie zunächst abgeschreckt. Da sie aber trotz oder wegen ihrer Zierlichkeit eine auffallend hübsche Studentin war, verfehlte das nicht seine Wirkung auf die diversen männlichen Kommilitonen, die ihr gelegentlich in aufdringlicher Weise, meist aber doch in Formen, die ihr schmeichelten, den Hof machten. Sie stürzte sich mit Eifer in die ihr ungewohnte deduktive Denkart der Juristen, fand dank ihres vorzüglichen Gedächtnisses schnell Zugang zu den abstrakten, auf Paragraphenketten fußenden Entscheidungskriterien für die Lösung der Übungsfälle und gehörte, als Studienstiftlerin wurde das auch von ihr erwartet, schon bald zu den Besten in den verschiedenen Übungen.

Mit ihren Eltern, die sie während des gesamten Studiums nur sehr gelegentlich besuchte und deren etwas muffige Moral und Voreingenommenheit ihr einen herzlicheren Zugang verwehrte, fand sie einen niemanden überbeanspruchenden Modus Vivendi. Aus dem fernen Heidelberg taten ihr die Eltern sogar leid. War sie aber zu Hause, konnte sie die heimatliche Atmosphäre nur schwer länger als zwei Tage ertragen. In Liebesdingen hing sie den glücklichen Tagen mit Dieter nach. Sie hatte keinen Kontakt mehr mit ihm, war sich auch der Unwiederholbarkeit dieser ersten Liebe bewusst und trauerte ihr in ruhigen Momenten nach. Dabei lebte sie keineswegs abstinent. Sie fand aber die Unverbindlichkeit, mit der man sich als Student in sexuelle Kontakte begeben konnte, schon bei Beginn eines solchen Verhältnisses herzlos und eher abstoßend. Vielleicht gerieten ihr auch deswegen die Beziehungen nur zu Episoden, die die Erinnerung nicht lohnten und die zu beenden keinen Schmerz bedeutete.

Nach fünf Semestern hatte Silke alle Pflichtveranstaltungen und Seminare abgeschlossen. Sie konnte sich nun einem Vertiefungsstudium unterziehen, belegte Übungen im Wirtschaftsrecht, um dann zum Öffentlichen Recht zu finden. Der Weg wurde ihr erleichtert durch ein am Ort befindliches Max-Planck-Institut, dessen geschäftsführender Direktor ihre Begabung in einem von ihm abgehaltenen Seminar erkannt hatte. Dort erhielt sie die zeitlich befristete Einstellung als studentische Hilfskraft, und die Institutsleitung gab ihr zu erkennen, sie nach erfolgreichem Referendar-Examen zum Zwecke einer Promotion beschäftigen zu wollen. Dass man auch in der Fakultät und bei der Studienstiftung damit rechnete, sie werde mühelos im Examen eine promotionsfähige Note erzielen, schmeichelte ihrem Ehrgeiz, stimmte sie aber doch nachdenklich, denn eigentlich schwebte ihr keine mit Askese und Einsamkeit erkaufte Universitätskarriere vor, sondern einerseits eine interessante Stelle an irgendeiner internationalen Behörde, andererseits auch ein richtiger Ehemann zum Kuscheln und als Vater ihrer mit eingeplanten Kinder.

Voller Zweifel an ihrer beruflichen Zukunft war sie dann nach dem siebten Semester, inzwischen 22 Jahre alt, ins erste Staatsexamen gegangen und hatte sich förmlich in die anstehenden Examensklausuren versenkt. Als das hinter ihr lag, fühlte sie sich besser. Die mündliche Prüfung, eher eine zeitraubende Nerven- als Wissenssache, würde sie dank ihrer Kenntnisse, ihres freundlichen Aussehens und ihres geschickt zwischen Mädchen und Frau changierenden Auftretens wohl leichter schaffen. Und tatsächlich verkündete der Prüfungsausschuss nach langwieriger Beratung das Ergebnis »gut – Obergrenze«; für Juristen war das eine Spitzenleistung, aber ausgelassene Stimmung kam bei ihr nicht auf. Bei aller Freude: Wie ging es jetzt weiter? Max-Planck oder Beginn der Ausbildung als Rechtsreferendarin? Oder beides miteinander verbinden? Ein Ausbildungsplatz in der Heidelberger Justiz war zur Zeit nicht frei; diese Stellen wurden auch mit viel Hilfestellung der Fakultät eher an besonders geschätzte Doktoranden vergeben; so weit war sie aber noch nicht. Im benachbarten Karlsruhe winkte die Justiz mit einer freien Referendarstelle in sechs Wochen. Silke bewarb sich dort. Unabhängig davon formulierte sie mit dem Direktor des Max-Planck-Instituts das Thema einer Doktorarbeit. Die Zukunft schien jetzt planbar; zweijähriges Referendariat in Karlsruhe, dabei Beginn der Promotion. Dann das Assessorexamen und eine Doktorandenstelle am Max-Planck-Institut, um die Promotion zu vollenden; und dann: das volle Leben!

Es war anders gekommen: Silke hatte die Rechnung ohne den Wirt, in diesem Fall die Gesundheit ihrer Mutter gemacht. Diese, schon immer etwas klein und rundlich und bei Ärger, Erregung oder besonderer körperlicher Anstrengung mit hochrotem Kopf nach Luft schnappend, hatte einen Schlaganfall erlitten, und das mit gerade erst 49 Jahren. Ihr Vater informierte sie telefonisch. Es klang zwar besorgt, aber auch besonnen und sachlich, als er schilderte, die linke Seite sei stark betroffen; sie könne weder Arm noch Bein bewegen, scheine aber, bis auf eine leichte Schwerfälligkeit der Sprache, keine mentalen Defekte davongetragen zu haben.

Ganz anders hatten ihre Brüder geklungen: Die Mutter sei tief deprimiert; sie könne den Haushalt überhaupt nicht mehr versorgen. Sie und der Vater versuchten sich so gut es ging durchzuwursteln. Der Vater sei selbst nicht gut dran; eine schwere Hüftgelenkarthrose sowie ein immer wieder auftretender Bandscheibenschaden machten wahrscheinlich seine Frühverrentung erforderlich, womit er sich mit seinen 53 Jahren überhaupt nicht abfinden könne.

Ein Besuch zu Hause hatte Silke davon überzeugt, dass ein Verbleiben in Heidelberg nicht zu vertreten war. Sie wurde im Elternhaus benötigt, das war ganz klar. Sie beriet sich mit dem Vertrauensdozenten der Studienstiftung, und es half ihr sehr, dass dieser ihr Mut machte, ihre beruflichen Ambitionen nicht aufzugeben. Keinesfalls solle sie ihre Promotionspläne fallen lassen; sie könnte ihr Referendariat ja in einer ihrem Elternhaus nahen Stadt mit einer Universität und einer Juristischen Fakultät ableisten, in Münster etwa oder Bochum. Man wollte sich bemühen, dass sie bei der dortigen Justiz einen Ausbildungsplatz erhielt und die Seminarbibliothek der jeweiligen Juristischen Fakultät benutzen könnte.

Vor Bochum graute ihr; die »Betonuniversität«, so hatte man in Heidelberg gelästert, schien so menschenabweisend und molochhaft, dass sie ganz erleichtert war, als sie auf ihren Antrag hin zur Ausbildung als Referendarin dem Landgerichtspräsidenten in Münster zugewiesen wurde.

Die ernste, oft etwas düstere und als Regenloch gefürchtete Stadt war ihr aus früheren Besuchen bekannt, und das Juristische Seminar mit seiner umfänglichen Bibliothek stünde ihr offen. So wurde aus Karlsruhe und Heidelberg Münster.

Sie hatte zu Anfang daheim gewohnt, nach Kräften im Haus geholfen und sich, als die Mutter eine lange Rehabilitationskur antreten musste, für diesen Zeitraum vom Referendariat beurlauben lassen. Die Tage und Wochen, die sie sich eigentlich für ihre Dissertation hatte nehmen wollen, gingen nun an die Familie. Neben allem Verantwortungsgefühl verspürte Silke doch eine deutliche Unzufriedenheit mit dieser Entwicklung. Sie wurde einerseits deprimiert, andererseits aber auch, insbesondere gegenüber ihren Brüdern, aggressiv.

Das Thema der Dissertation, ein Problem aus dem internationalen Subventions- und Wettbewerbsrecht, war anspruchsvoll und ließ sich, wie sie feststellen musste, in Münster schlechter bearbeiten als in Heidelberg. Gelegentlich fragten die Max-Planck-Leute bei ihr nach dem Sachstand. Da man aber die Gründe ihres Wechsels nach Münster kannte, gab es zunächst keinen Druck auf Vorlage eines Arbeitsplans oder gar eines Problemaufrisses.

Nach außen hin wurde Silke ein ernster, oft bedrückt ausschauender junger Mensch, dem man ansah, dass ihn ein Schicksalsschlag getroffen hatte.

An die Promotion wollte sie schon nicht mehr denken, und auch ihre fachliche Originalität und ihr gutes Gedächtnis wurden nach und nach von einem Grauschleier überzogen, der so gar nicht zu der Heidelberger Silke und ihrem dortigen Leben gepasst hätte. Wenn sie im Zug nach Münster saß, unterschied sie sich durch nichts mehr von dem Heer der Berufstätigen, die lust- und antriebslos in ihren als Tretmühle empfunden beruflichen Alltag strebten, um diesen Ort des Missvergnügens abends abgekämpft und müde wieder zu verlassen. Die langsamen gesundheitlichen Fortschritte ihrer Mutter, der desolate Gesundheits- und Gemütszustand ihres Vaters und die immer mehr aus dem familiären Bereich fliehenden Brüder nahmen ihr jede Freude an der Zukunft. In dieser düsteren Lage war es ein Lichtblick, dass sie in ihrer Ausbildung beim Landgericht an einen Richter geraten war, der anscheinend ihren Seelenzustand begriff und der behutsam damit anfing, ihr auch schwierigere Fälle zur Lösung zu übertragen, und dem anzumerken war, dass er die Betreuung von Referendaren nicht als lästige Pflicht, sondern auch als Gelegenheit zum Dialog mit jungen, unverbrauchten Menschen verstand. Aus einer früheren Tätigkeit als Strafrichter ging ihm der Ruf voraus, er sei der »Prior der Barmherzigen Brüder«; so jedenfalls hatte ihn die Staatsanwaltschaft tituliert, wenn er wieder einmal zu sehr das individuelle Schicksal des Angeklagten und weniger den Unrechtsgehalt der Straftat im Blick gehabt hatte.

Dieser Richter, Dr. Sadlowski, war ein dunkelhaariger, mittelgroßer, feingliedriger Endvierziger. Ohne gleich wie ein Dressman auszusehen, war er doch stets modisch-elegant gekleidet, bevorzugte im Winter Anzüge mit Weste, im Sommer leichte Leinenkleidung und musste einen unendlichen Vorrat an Krawatten und Querbindern angelegt haben; eine Wiederholung dieses Halsschmucks war höchstens im Monatsintervall denkbar. Er leitete die Referendararbeitsgemeinschaft III, die der Vertiefung theoretischer Kenntnisse im Bürgerlichen Recht und 14-tägig einer Leistungskontrolle durch eine Klausur unter Examensbedingungen diente.

Die praktische Ausbildung, die aus der Begleitung von Richtern oder Staatsanwälten in Gerichtsverhandlungen sowie insbesondere dem Erstellen von Probeplädoyers oder Entwürfen von Urteilsbegründungen und Anklageschriften bestand, spöttisch auch »Trockenschwimmen« genannt, wurde sowohl von manchen Ausbildern wie auch von vielen Referendaren als wenig lehrreich und oftmals als Zeitdiebstahl empfunden. Die meisten jobbten nebenher; glücklich, wer eine Nebentätigkeit in einer Anwaltskanzlei oder eine Stelle als examinierte Hilfskraft in der Universität ergatterte; auch Hilfstätigkeiten für Versicherungen oder Banken waren beliebt. Wer ein guter Schüler gewesen war, konnte sein Glück auch mit Nachhilfestundengeben versuchen. Dieser Acker wurde aber überwiegend von Studenten bestellt, die ihre Schüler wie wertvolle Erbstücke weitergaben, wenn sie Münster verließen. Silke, die täglich anreiste, konnte davon nur träumen; zu Hause war ihr eine klare Rolle zugewiesen, und in der kam Privatleben nur in Form der Betreuung der Mutter und Wiederaufrichtung des Vaters vor. Sie gehörte aber in der Arbeitsgemeinschaft wieder zu den Besten und hatte bei den Klausuren keine Ausrutscher.

Je länger sie die Verhältnisse in ihrem Elternhaus durchlebte und durchlitt, desto stärker stieg ihre Unzufriedenheit an. Ihre ehemaligen Mitschülerinnen waren sämtlich noch im Studium über die ganze Bundesrepublik verstreut oder in sonstiger auswärtiger Ausbildung; von den Jungen kannte sie eigentlich nur Dieter, der über die Wehrpflichtigenquote zu einem Medizinstudienplatz in Ulm gekommen war.

Dem Vernehmen nach hatte er eine feste Freundin in Meersburg, deren elterliches Segelboot er mit Freundin so oft es ging über den Bodensee bewegte. Für Männerbekanntschaften fehlte Silke aber außer der Lust auch die Zeit. Die Pille nahm sie nicht; sie konnte ja bei Bedarf damit anfangen.

Ausbildungsbedingt wechselte sie in die Kommunalverwaltung. Sie wurde einer anderen Arbeitsgemeinschaft zugeteilt, wechselte daher auch den Leiter. Dr. Sadlowski, den sie sehr sympathisch fand, ja, fast könnte man sagen, der sie stark anzog – er wurde von vielen Referendarinnen angehimmelt, galt aber, weil gut verheiratet, als unverführbar –, hatte den Kurs in ein am alten Pulverturm gelegenes, rustikales Wirtshaus mit Biergarten eingeladen, um sich von den Teilnehmern zu verabschieden. Es war ein schöner Frühsommertag, die Stimmung heiter und ausgelassen. Es wurde viel über Prozessparteien und ihre Rechtsvertreter gelästert. Ein Mitreferendar konnte vorzüglich Personen imitieren, und seine Darstellung eines prominenten Münsteraner Wirtschaftsanwalts bei einem Prozess war so exakt und dabei doch so umwerfend komisch, dass die Gesellschaft aus dem Lachen nicht herauskam. Aber Silkes Grauschleier verhüllte weiter ihr Gemüt; es war auch für den nicht mit ihr Vertrauten leicht zu merken. Dr. Sadlowski nutzte den Aufbruch einiger Referendare, um sich neben Silke zu setzen. »Nun, Kummer?«, fragte er sie ganz vertraulich.

Silke erschrak; so nah hatte sie noch nie bei ihm gesessen. Und wie sie ihn etwas aufgeschreckt anblickte, blieben ihre Augen an seinen hängen; sie waren dunkelbraun, fast schwarz, und man konnte den Übergang der Iris in die Pupille fast nicht erkennen. Das Weiß im Augapfel hatte leicht den Ton von Elfenbeinfarbe, und dabei hatte Dr. Sadlowski einen Blick, der vertrauenerweckend einerseits, fordernd und forschend andererseits schien.

»Will er mich wohl anbaggern?«, schoß es Silke durch den Kopf. Aber sofort verwarf sie diesen Gedanken. Sie zog sich trotzdem in ihr Schneckenhaus zurück und erwiderte: »Nein, nur müde und kaputt.«

»Ja, den Eindruck habe ich auch schon einige Zeit von Ihnen. Eigentlich müssten Sie doch sehr zufrieden sein. Studienstiftlerin, oberes Prädikatsexamen und auch hier nur gute Leistungen! Aber es sitzt irgendetwas fest in Ihnen, das lassen Sie nicht an die Oberfläche, das darf nicht raus.«

»Nein, ernsthaft nicht!«, widersprach Silke. »Ich komme aus einer einfachen Familie; die prägt mich und macht mich unsicher. Nicht jeder bekommt zu Hause Kommunikationsfreude beigebracht. Da hilft einem auch keine Studienstiftung, wenn man schüchtern ist.«

Das war keine überzeugende Verteidigung, Silke spürte es sofort, und tatsächlich sah Dr. Sadlowski sie so skeptisch und intensiv an, dass sie sich in die Enge getrieben fühlte.

Aber auch das schien Dr. Sadlowski zu spüren. »Sie müssen überhaupt nicht mit mir sprechen; und schon gar nicht hier am Biertisch.«

Oh je, jetzt kommt bestimmt der Vorschlag, er will mich ins Konzert einladen, und danach zum Essen und danach ..., also doch Anmache, dachte Silke.

Aber Dr. Sadlowski machte einen ganz anderen Vorschlag. »Irgendwie bedrückt Sie doch etwas, was Sie nicht mitteilen können. Wie wär' das denn, wenn Sie mal auf einen Kaffee bei meiner Frau und mir hereinschauen würden. Sehen Sie, ich mag Sie und finde es eigentlich schade, dass Sie nicht das aus Ihrem Leben machen, was möglich wäre.«

»Ach, was wäre denn möglich?«, fragte Silke etwas aggressiv und völlig verunsichert über sein Bekenntnis, dass er sie möge.

»Wissen Sie, meine Frau ist Sonderschullehrerin, und wir haben beide viel mit menschlichen Wechselfällen zu tun; vielleicht fassen Sie ja Vertrauen zu uns, und wir können Ihnen etwas helfen; und wenn nicht, dann war's eben ein kollegialer Kaffee.«

Er sah in seinen Terminkalender, wollte sich aber ohne Rückkopplung mit seiner Frau nicht festlegen, und Silke versprach etwas zögerlich, ihn morgen kurz aufzusuchen. »Bitte erst am Mittag; Sie kennen ja meine Sitzungstage. Und morgen vormittag muss ich erst wieder der Gerechtigkeit – nein, besser: dem Gesetz – auf die Beine helfen.«

Wenn Silke den Zug um 19.42 bekommen wollte, musste sie sofort aufbrechen. Ein harter Kern würde wohl noch sitzen bleiben und später dann durch die Kneipen des Bereichs ziehen, den die Münsteraner für die Altstadt hielten. Als sie Dr. Sadlowski die Hand gab, errötete sie ungewollt; und er hatte es wohl gemerkt. Jedenfalls rief er ihr noch ein »Kopf hoch« nach, dem ein Referendarkollege das aufmunternde Kommando »Brust raus, Bauch rein, und wenn ein Gully kommt: Arme breit!« folgen ließ. Wieherndes Gelächter schwappte hinter ihr her, als sie schon längst den Biergarten verlassen hatte.

Als Silke sich in der Eisenbahn die Abschiedsszene nochmals durch den Kopf gehen ließ, verspürte sie ein sehr ambivalentes Gefühl. Einerseits fand sie, dass das Beisammensein mit den in etwa gleichaltrigen Kollegen doch, verglichen mit dem trüben häuslichen Ambiente, ein stark entbehrtes Gefühl von Solidarität und Eingebundensein in ihr geweckt hatte. Andererseits wollte sie nicht wieder, wie in Heidelberg, mehr episodenhafte Beziehungen anknüpfen – und darauf liefen engere Kontakte mit den Kollegen wohl hinaus. Und Dr. Sadlowski? Auch hier überkam sie ein wechselhaftes, unüberschaubares Gefühl. Menschlich zog er sie durchaus an. Er war in seiner spöttisch selbstkritischen und einfühlsamen Art genau der Typ Mann, den sie mochte. Und gut sah er dabei auch noch aus, so gepflegt und, wie sie meinte gerochen zu haben, leicht nach Lavendel duftend. Aber diese so offen gezeigte Besorgnis um sie und das damit verbundene Gesprächsangebot konnte natürlich auch eine besondere Art von Begehrlichkeit sein; die Werbung eines psychologisch erfahrenen Liebhabers. Dazu passte dann allerdings nicht die Einladung in seine Familie. Er hatte ja von sich aus die Ehefrau erwähnt und als mögliche Gesprächspartnerin angeboten. Oder war das nur ein besonders subtiler Trick, ihr Vertrauen zu gewinnen? – Nein, so viel Menschenkenntnis traute Silke sich zu; das war nicht der übliche Macho; dazu war er viel zu dezent. Jedenfalls: Eines stand für sie fest, eine Affäre mit einem verheirateten Mann kam nicht in Betracht. Das war ihr nicht allein aus Gründen der Moral, sondern insbesondere wegen der erwarteten Kompliziertheit eines solchen Verhältnisses viel zu unerquicklich. Probleme hatte sie auch so genügend; dann vielleicht noch die Eheprobleme eines anderen auszubaden, um am Schluss eben doch immer nur die diskret verborgene Nebenfrau zu sein: Nein, danke! Im übrigen: Das waren doch alles Hirngespinste!

Zu Hause herrschte große Aufregung; Tante Lisbeth, Mutters seit zwei Jahren verwitwete Schwester, sollte ihre Wohnung räumen. Die Zechengesellschaft, der die Wohnhäuser ursprünglich gehört hatten, war in eine Grundstücksgesellschaft umgewandelt worden – Kohle wurde schon lange nicht mehr gefördert. Und nun sollten die Wohnblocks aus den fünfziger Jahren abgerissen werden. Ein Gewerbepark expandierte; da standen die Häuser im Weg. Und weil die Investoren mit neuen Arbeitsplätzen winkten, knickte die Stadt schnell ein und erklärte sich mit dem Abriss einverstanden. Nun sollten die Wohnungen, wie man sagte, »entmietet« werden. Was immer das hieß: Tante Lisbeth fühlte sich betrogen und um ihren Lebensabend gebracht. Nun saß sie, wie ihre Schwester etwas füllig und klein, gleich einem verunglückten Wackelpudding auf einem Küchenschemel und schluchzte. Alles an ihr zitterte; das Kinn zuckte in immer neuen Weinanfällen, die wie Wellen ihren Körper überzogen – ein echtes Bild des Elends. Und Silke, die Juristin, wusste auch keinen Rat. Leider lag ein Räumungsurteil bereits vor. Tante Lisbeth hatte den Prozess und die mündliche Verhandlung längst vergessen. Und nun die Räumungsaufforderung; die angebotene Ersatzwohnung in einem Hochhaus – voller Ausländer, igittigitt – und auch ganz woanders, in der Walachei zwischen Castrop und Herne! Nein, nie würde sie diesen Schock verwinden, und wenn Onkel Theo das erlebt hätte, nein, nein, nein!

Silkes Vorschlag, sie könne doch zunächst zu Günter, ihrem Sohn, und seiner Familie ziehen, löste neue Schockwellen aus. Günter, dieser Unglücksrabe, war zu einer Freundin gezogen, hatte die – zugegebenermaßen nicht gerade wohlgebaute, etwas in die Breite gegangene – Marlies mit den beiden Kindern sitzen lassen. Und die neue war ein Biest; sie würde Günter unglücklich machen und ihn dann fallen lassen wie eine heiße Pellkartoffel. Dass Günter das seiner Mutter antat! Was musste dieses Ungeheuer von Freundin für einen Einfluss auf Günter haben! Nein, es war einfach grässlich alles!

Ja, und weil Silkes Mutter schließlich das Elternhaus geerbt hatte, wäre es doch nur recht und billig, wenn sie einstweilen ihre Schwester aufnähme. Dass Lisbeth nur deswegen nicht an dem Haus beteiligt war, weil sie sich hatte auszahlen lassen, und dass sie sich geweigert hatte, ihre Eltern zu versorgen, sie zu sich zu nehmen, als diese nicht mehr allein leben konnten, schien sie ebenso wie den Räumungsprozess vergessen zu haben, und ebenfalls, dass Silkes Eltern ihr eine Abfindung, viel höher als der Pflichtteil, gezahlt hatten. Aber die jetzige Situation war ein echtes Desaster, zwar verschuldet, aber deswegen nicht weniger schmerzlich.

Als Silke nach diesem unerfreulichen Abend, der damit endete, dass Tante Lisbeth die nächsten Tage noch bleiben würde, unter ihre Bettdecke kroch, konnte sie nicht einschlafen. Wie ein gewaltiges Räderwerk gingen ihr die Szenen des Tages durch den Kopf. Münster, Dr. Sadlowski, die ausgelassene Stimmung im Biergarten, das herrliche Wetter und die Referendarkollegen. Das war doch eigentlich ihre Welt. Was war das denn für ein Leben, das sie führte? Selbst wenn sie keinen Freund hatte – das schien noch am leichtesten entbehrlich! Aber die immer gedrückte Stimmung im Elternhaus, die selbstverständliche Erwartung, sie könnte Referendariat, Doktorarbeit und häusliche Pflege miteinander verbinden, überforderte sie, machte die Tage und ihr Leben darin grau und bedrückend; und die Unzufriedenheit mit ihrer Existenz, die gegenüber den Eltern für ein schlechtes Gewissen sorgte, drückte noch zusätzlich auf die Stimmung. Sie durfte doch nicht unsolidarisch sein und sich verweigern. Es war schon schlimm genug, wie ihre beiden Brüder von der Fahne gingen. Sie konnte nicht gut von deren Verhalten enttäuscht sein, wenn sie selbst ganz ähnlich fühlte. Vielleicht war es gar nicht Pflichtgefühl, sondern Angst vor den eigenen Ansprüchen, die sie in dieser elenden Tretmühle verharren ließ?

Der Schlaf musste Silke dann doch irgendwann freundlich umhüllt haben, denn sie wurde durch den Wecker gegen halb sieben unsanft ins wache Leben zurückgeholt. Schnell wusch sie sich, warf einen prüfenden Blick in den Spiegel, ja, doch, sie konnte sich durchaus sehen lassen. Der Busen war noch etwas gewachsen und wäre, wenn sich denn Gelegenheit geboten hätte, sicher der Konkurrenz der vielen Nackedeis in den Zeitschriften gewachsen gewesen. Und auch die kleine Spur von Bauch, eher Bäuchlein, um den Nabel herum und ihr gut ausgeprägter, fester Po waren Attribute, die, sie wusste es aus Heidelberg, aber auch von Dieter, ihre Wirkung auf Männer überraschend deutlich entfalteten – sofern man sie vorzeigte oder mindestens ihre Existenz ahnen ließ. Dazu ihr etwas rundes, von der dunkelblonden Haarfülle eingerahmtes Gesicht mit der schlanken, geraden Nase und den zarten Lippen, die blauen Augen, die gleichmäßigen, weißen Zähne: Warum machte sie eigentlich nicht mehr aus sich?

Aber jetzt erst einmal die Beantwortung der Frage: Was sollte sie anziehen, falls sie heute Dr. Sadlowski traf? Es war warm, also kam nur leichte Kleidung in Betracht. Leinenjeans und Rolli? Nein, besser Bluse. Mit oder ohne BH? »Quatsch!«, sagte sie laut. Sie wollte doch Dr. Sadlowski nicht verführen. Also Bluse und BH. »Jeans oder Rock?« Sie hatte aus der Heidelberger Zeit einige enge (und kurze) Jeansröcke. Einen davon anziehen? Besser nicht! Das Landgericht war kein Uni-Campus. Und Voyeure wollte sie auch nicht anlocken. Also Leinenjeans, Bluse mit BH und eine dünne Jacke; dazu Sandalen mit Söckchen, das wär's.

Irgendwie hatte ihr die Selbstbetrachtung vor dem Spiegel gutgetan; vielleicht lag es auch an dem schönen Wetter oder an Dr. Sadlowski oder an allem zusammen: ihre Stimmung stieg. Sie wurde deutlich selbstbewusster. Schnell deckte sie in der Küche noch für ihre Eltern den Frühstückstisch. Beide Brüder waren schon aus dem Haus, hatten Butter, Marmeladengläser, schmutzige Tassen hinterlassen. Silke wollte den

Bus zum Bahnhof noch erreichen; also blieb die Küche unaufgeräumt – mochte Tante Lisbeth sich nach dem Frühstück der Beseitigung seiner Spuren widmen.

Im Zug kam Silke dann ein kühner Einfall: Warum könnte die ja von Obdachlosigkeit bedrohte Tante Lisbeth nicht wieder in ihr Elternhaus zurückkehren und die Pflege ihrer Schwester übernehmen? Es fehlte ihr doch nichts, außer, dass sie zu dick und zu missmutig war. Sicher, der Hausrat, den sie in ihrer Dreizimmerwohnung angesammelt hatte, ließ sich hier vermutlich nicht völlig unterbringen. Aber die beiden Brüder benutzten ihre Zimmer praktisch nur noch als Schlafstellen, flohen vor der häuslichen Missstimmung in die Arme inzwischen fester Freundinnen und könnten gerade so gut ein Zimmer gemeinsam bewohnen. Und Silke könnte ihr Zimmer auch räumen, wenn sie sich, vielleicht in Münster, ein eigenes Appartement mietete. Sie wurde bei so erfreulichen Perspektiven richtig optimistisch und zufrieden.

Vom Regierungspräsidium gegenüber dem Dom, wo sie den jetzt anstehenden Abschnitt ihrer Ausbildung absolvierte, zum Landgericht war es nur ein kleiner Fußmarsch, quer durch Grünanlagen und am Juristischen Seminar vorbei, wo viele Studentinnen und Studenten in der warmen Sonne lagerten und, ihrem missmutigen Aussehen nach zu urteilen, unausgesetzt über die schlechten Berufsaussichten, die teuren Bier- und Kneipenpreise sowie die Bildungsmisere insgesamt und in Münster im besonderen zu grübeln und zu diskutieren schienen. Sie durcheilte diese Auen des Misserfolges und des Zeitdiebstahls, wurde vom Justizwachtmeister in der Pforte des Landgerichts zunächst kritisch gemustert, dann nach ihrem Besuchsziel gefragt. Als ob Terroristen so aussähen wie Silke! Gegen Mittag hatte sie nicht nur das Dienstzimmer, sondern nach einigem Warten auch Dr. Sadlowski selbst gefunden.

»Oh, welch strahlendes Licht leuchtet in diese Finsternis von Unrecht und Missetat!«, begrüßte sie der inzwischen seiner Robe entstiegene Dr. Sadlowski. Schnell tauschte er die weiße Krawatte des Richters gegen einen fröhlich geblümten Querbinder und schlüpfte in ein leichtes Sommersakko in Hellblau. »Aber auch Ihr strahlendes Licht macht diesen Tempel der Gerechtigkeit nicht wohnlicher. Kommen Sie, wir fliehen nach gegenüber in den Schlossgarten. Dort hat die Gaststätte den Freiluftbetrieb eröffnet. Jetzt ein Salat, ein kühles Alster und das viele Grün! Das ist der passende Rahmen für ein so schönes Paar, wie wir das sind.« Mit beiden Händen fasste er sie an den Arm, drehte sie sanft in Richtung Treppenhaus, fasste sie an den Schultern und schaute sie mit einem Blick an, der Spott und Bewunderung zugleich auszudrücken schien. »Aber im Ernst, welcher Prinz hat Sie geküsst, Dornröschen? Sie sind ja gegenüber gestern kaum wiederzuerkennen, mit Ihren hübschen blauen Augen!«

Silke wusste nicht, wie sie sich verhalten sollte. Alle Alarmglocken in ihr schrillten, sie erinnerte sich, dass es mit Faust und Gretchen auch so ähnlich angefangen hatte. Aber die spöttisch funkelnden braunen Augen Dr. Sadlowskis signalisierten, dass dieses alles nur Ritual, eintrainiert und oft verwendet war. So entschloss sie sich, auf das Spiel einzugehen, fragte zurück, ob er immer die Rolle des Prinzen spiele oder vielleicht auch einmal die des bösen Wolfs. »Nein, es sei denn, Sie entschließen sich, Rotkäppchen zu sein; dann könnte ich ja mal Wolf probieren.« »Besser nicht – Sie wissen ja, wie das für den Wolf ausgegangen ist«, gab Silke zurück. »Ja, ja, wenn es gut geschmeckt hat, dann endet es oft so«, lachte Dr. Sadlowski sie an. Und Silke schoss wieder das Blut ins Gesicht, was sie aber nur noch jugendlicher machte und Dr. Sadlowski mit einem Augenzwinkern zur Kenntnis nahm. Er ließ sich nichts anmerken, hörte auch auf, sie anzuhimmeln, und beide gingen, ohne sich weiter zu berühren, in den mit mächtigen Bäumen bewachsenen, von einem Wassergraben umfassten Schlossgarten, der mit großen Rasenflächen, einem Botanischen Lehrgarten und eben jener Terrassengaststätte bei schönem Wetter ein Magnet für die Münsteraner und ihre Studenten war.

Dr. Sadlowski wollte gern mehr über Silke erfahren. Als sie im Gastgarten einen noch freien Tisch entdeckt und in Beschlag genommen und beide eine große Salatschüssel sowie ein großes Alster bestellt hatten, entstand eine Gesprächspause. »Erzählen Sie mal ein bisschen von sich«, ermunterte er sie. »Diskretion zugesagt. Und bitte, nur was Sie wirklich berichten wollen. Dies ist ja kein Verhör – oder, um das Eis zu brechen, will ich Ihnen etwas von mir erzählen. Ich bin jetzt 49 Jahre alt, na ja, für Sie bin ich da wohl schon ein Methusalem. Aber ich fühle mich nicht so. Oft denke ich, der Kalender lügt, so alt kannst du noch nicht sein, jemand hat deine Lebensuhr vorgestellt. Aber wenn dann mein Sohn zu Besuch kommt, so die Art, wie er redet, dieses Vokabular, dieses Lebensgefühl – dann weiß ich wieder, wie alt ich bin. Also: eine Frau habe ich, Gudrun, das wissen Sie ja schon, und einen Sohn von zwanzig, der ist zur Zeit, wie man sagt, beim Bund. Und noch eine Tochter, die ist fünfzehn, und die Pubertät hält sie in ihren Fängen. Der Spagat, den sie zwischen ihren Eltern und ihren Kumpels machen muss, wird immer größer. Gudrun ist aber optimistisch. Constanze, die sich nur Conny nennen lässt, schluckt neuerdings allmorgendlich unter Aufsicht ihrer Mutter die Pille, und Gudrun meint, das sei heute ebenso wichtig für ein fünfzehnjähriges Schulkind wie die Schluckimpfung gegen Kinderlähmung. Aber bevor ich geschwätzig werde: Jetzt sind Sie dran; offenbaren Sie mir etwas von Ihren Geheimnissen.«

Wieder errötete Silke. Dr. Sadlowski war so charmant freundlich und strahlte sie so herzlich an, dass sie in groben Zügen ihre häusliche Situation, ihre Unsicherheit hinsichtlich der Doktorarbeit und insbesondere ihre gesellschaftliche Vereinsamung schilderte.

»Ja, aber das ist ja wirklich schlimm«, konstatierte Dr. Sadlowski. »Sie haben sich ja niemals von zu Hause gelöst; das ist ein echtes Crash-Programm, was Sie da leben. Sie machen sich unglücklich und schädigen auch das Verhältnis zu Ihren Eltern. Wenn Sie so weitermachen, werden Sie eine unzufriedene alte Jungfer, und Ihren Eltern ist damit auch nicht geholfen.

Sie müssen da unbedingt heraus. Ein so nettes Mädchen, und dann dieses Leben!« Er legte seine Hand auf ihren Unterarm und sah sie prüfend an.

»Schade, dass ich schon so alt und eingebunden bin; ich würde Sie da herausholen, ich würde Ihnen den Kopf verdrehen, dass Ihnen Hören und Sehen verginge.«

Das tun Sie doch jetzt auch, dachte Silke, sprach es aber nicht aus, sondern holte ihn schlagartig auf die Erde zurück, als sie anmerkte, eigentlich könnte sie auch schon seine Tochter sein – rein altersmäßig. »Nein, ernsthaft, Sie müssen da raus. Sie müssen unter Leute Ihres Alters und Ihrer Interessen kommen. Die Tante, wie hieß sie, Lisbeth, soll die Alten betreuen – oh Gott, die »Alten« sind ja in meinem Alter –, und Sie müssen hierherziehen. Ich muss das mit Gudrun besprechen; die hört oft von Wohnungen und Wohngemeinschaften. Ja, sicher, da können wir Ihnen bestimmt helfen – und Sie sind mir ein bisschen näher«, sagte er, schrak aber doch ob dieser Vertraulichkeit etwas zusammen und errötete nun seinerseits. »Ich mag Sie wirklich, ganz platonisch, freundschaftlich, Sie wissen, wie ich das meine«, machte er die Verwirrung Silkes nur noch größer.

Ein nervöser Blick auf die Uhr; es entfuhr ihm ein Seufzer, und bei der herbeigerufenen Kellnerin bezahlte er für beide die Salate und das Bier. »Jetzt muss ich zu meiner wirklich platonischen Liebe zurück, in Justitias spröde Umarmung«, scherzte er im Aufstehen. »Rufen Sie mich auf jeden Fall morgen an« – er gab ihr eine Visitenkarte mit den Telefonnummern. »Sie müssen uns unbedingt besuchen; Gudrun wird sich nach einer Wohnung für Sie umschauen. Sie müssen kommen, versprechen Sie mir das?« Dabei sah er sie so ernst und suggestiv an, dass sie nur noch »versprochen« antworten konnte.

Dann gingen beide schweigend durch das große, eiserne Tor vor dem Schlosspark. Auf dem Schlosshof trennten sich ihre Wege; er stürmte nach rechts, sie ging langsamer geradeaus über den Parkplatz in Richtung Universitätsbibliothek. Sie zwang sich, nicht nach ihm zu schauen und war einerseits entsetzt über das Gefühlswirrwarr in ihrem Kopf, andererseits glücklich, dass er so unbedingt ein Wiedersehen gewünscht hatte. Eines hatte sie mit Bestimmtheit gewusst: So sicher sie damals war, ein Gymnasium besuchen zu wollen, so sicher war sie sich, dass sie dringend dieser häuslichen Umklammerung entkommen musste, um für sich eine eigene, gewollte und selbstbestimmte Entwicklung zu nehmen. Und wenn das mit Dr. Sadlowskis Hilfe einfacher ging, dann gut. Er war ja schließlich verheiratet, hatte Familie, und bisher war es neben einem ganz ernsten Interesse an ihr als jungem Menschen, das sicher nicht vorgeschoben war, bisher nur ein charmanter Flirt gewesen. Und, verdammt noch mal, es tat auch gut, wenn mal jemand merkte, dass sie keine kleine, graue Maus war, dass sie hübsch aussah und auch als Frau und nicht nur als Referendarin und Auszubildende existierte. Daheim nahm es jeder als selbstverständlich hin, dass sie funktionierte; dass sie auch leben wollte, jung sein und begehrenswert, das ging dort unter.

Zu Hause verflog ihre Aufbruchstimmung schnell. Obwohl es ihrer Mutter inzwischen besser ging – sie konnte, wenn auch etwas akzentuiert, wieder deutlich und zusammenhängend sprechen –, fasste sie noch immer keinen neuen Lebensmut. Und das Gehen, wenn auch unsicher und mit Hilfe eines Stocks, hätte es längst zugelassen, wieder selbst einzukaufen und weitere Bereiche ihres Haushaltes selbst zu versorgen. Sie war oft stark deprimiert; beide, Ursula und Karl Wittmann, waren sich keine Hilfe, sondern verbreiteten eine bleigraue Lethargie um sich. Heute abend schien noch irgendeine nervöse Spannung hinzuzukommen. Silke fragte sich, ob es vielleicht an ihr liege. Aber als der Vater etwas stockend und mit tragischer Miene begann, man müsse im Familienkreis eine schwierige Sache besprechen, und es komme nun darauf an, ganz ruhig alles Für und Wider gegeneinander abzuwägen, ahnte Silke, dass es mit Tante Lisbeth und dem Haus zu tun hatte.

Karl druckste noch etwas herum, kam dann aber mit dem Plan heraus, der Silke aus eigener Überlegung auch eingefallen war: Tante Lisbeth konnte doch wieder zurück in ihr Elternhaus ziehen. Was sollte sie allein in Herne, Günter hatte genug Probleme mit seiner gescheiterten Ehe – und warum konnte sie nicht ihrer Schwester zur Hand gehen? Natürlich war da der kleine Schönheitsfehler, dass Silke und ihre Brüder noch zu Hause wohnten. Aber auch der Pastor hatte Karl Mut gemacht; die »Pension Mama« müsse doch angesichts von Ursulas Gesundheitszustand sowieso geschlossen werden. Und Silke, warum hatte die eigentlich noch keinen Mann abbekommen – oder hatte sie längst? Jedenfalls, auch für Silke sei es doch ganz unnatürlich, immer noch als Hauskind zu leben. Die werde doch als Akademikerin bestimmt nicht mehr lange zu Hause sein, sondern in die Welt gehen. Und deswegen sei es wie eine glückliche Fügung des lieben Gottes, dass ausgerechnet jetzt die liebe Lisbeth frei sei, nach Hause kommen könne und die Schwester pflegen wolle.

»Und hat der Herr Pastor auch schon den passenden Mann für mich ausgesucht und vielleicht auch schon eine Wohnung für mich gefunden?«, war ihre spontane Erwiderung.

Ein Gefühl der Enttäuschung überfiel sie. Einerseits fühlte sie sich benutzt, man hatte sie aus Heidelberg weggelockt, und nun wurde sie nicht mehr benötigt. Andererseits regte sich auch ihr Verstand, und der sagte ihr, dass sie doch eigentlich genau dieses gewünscht hatte. Nun war sie doch endlich in der Lage, ohne moralische Skrupel, ja, sogar als Märtyrerin aus dieser unglücklichen Situation zu fliehen. Und ihre Mutter würde den Schmerz über die Trennung von der Tochter sicherlich bald überwunden haben, auch wenn sie jetzt so unglücklich aussah.

Die ganze Szene hätte sich zu einem Rührstück entwickelt, wäre nicht Silkes ältester Bruder hereingepoltert. »Oh, Beerdigungsstimmung!«, stellte er fest. »Haben sie's dir beigebracht? Der Sprung ins Leben wird unvermeidbar, Schwesterherz. Der Duft der weiten Welt ruft. Mach nicht so 'ne Leichenbittermiene. Pack deinen Püngel, zieh ins Leben. Lass die Oldies hinter dir! Alter ist ansteckender als Schnupfen.«

Als sie am nächsten Morgen vor dem Verlassen des Hauses ihren gerade aufgestandenen Bruder sah und dieser ihr zuwinkte »Na, alles Paletti, Schwesterchen?«, da hatte sie endgültig verstanden, dass diese Entwicklung auch in ihrem Sinne war und alles viel schwieriger verlaufen würde, wenn die Initiative von ihr ausgegangen wäre und sie sich vielleicht Vorwürfe machen müsste, die armen, kranken Eltern im Stich gelassen zu haben.

Gudrun und Hardy

In Münster rief Silke gleich Dr. Sadlowski an. Aber mit dem Wetter schien auch dessen Stimmung umgeschlagen zu sein. Das mit der Wohnung ließe sich schwieriger an als vermutet. Und heute hätten seine Frau und er keine Zeit, aber vielleicht am Donnerstag, so gegen 16.00 Uhr zum Kaffee oder Tee. Die Anschrift stehe ja auf der Visitenkarte. Am besten fahre sie mit dem Bus ab Prinzipalmarkt bis zur Endstation, dann in Richtung Handorf, 200 m, danach links in die Neue Mühlenstraße, ja, das sei das vierte Haus rechts, Nr. 8.

Etwas enttäuscht war Silke doch. Zwar fragte sie sich, was sie von Dr. Sadlowski erwartet hatte. Er war schließlich berufstätig, verheiratet und sicher auch sonst noch stark engagiert. Dass der sie an die Hand nähme und mit ihr eine Wohnung suchen ginge, war wohl eher Traum als Realität. Und vielleicht hatte ihn seine Frau gebremst; die würde ja auch nicht begeistert sein, wenn er eine junge Referendarin anschleppte, die dann auch noch eine Wohnung suchte. Nein, es war gut, dass ihre Schwärmerei einen Dämpfer bekam und sie wieder mit den Tatsachen umzugehen lernte, ehe sie eine harte Landung machte. Und Tatsache blieb, dass Dr. Sadlowski verheiratet war, Familie hatte und nicht den Beruf des Wohnungsmaklers ausübte.

Am Donnerstag gab es wieder trockenes, aber merklich kühleres Wetter. Silke schwankte lange, wie sie sich anziehen und frisieren sollte. Eigentlich trug sie gern Pony, bei dem die Haare in die Stirn fielen und sie diese dann mit zwei gebogenen Kämmen und zwei Spangen nach hinten zurücksteckte. Heute meinte sie aber, die Ponyfrisur mache ihr Gesicht zu rund; hohe Stirn war angebracht und machte sie etwas weniger kindlich. Gern wäre sie statt einmeterachtundsechzig einmeterachtundsiebzig groß geworden. Aber der liebe Gott hatte das nicht gewollt; und da sie zierlich geblieben war, schlanke Beine und kleine Füße hatte, fand sie sich auch so hinreichend attraktiv. Also entschloss sie sich zu einem Mittelscheitel und der Betonung ihrer eigentlich hohen, noch ganz faltenlosen Stirn. Sie konnte dann die Haare einfach zurückkämmen und auf die Schultern fallen lassen, was etwas wild aussah, weil die dichte Mähne bei jedem Windstoß wie ein Vorhang hinter einem geöffneten Fenster um ihr Gesicht wehte. Sie konnte aber auch einen Mozartzopf binden, was ihr ein etwas strengeres, disziplinierteres Aussehen verlieh. Saß die Frisur erst einmal fest, war sie auch durch Sturm und Regen nicht mehr aus der Fasson zu bringen. Schließlich konnte sie sich auch zwei Piroschkazöpfchen flechten; diese, verbunden mit dem Stirnpony, machten sie wieder zum Teenager und ließen sie wie eine etwas größere Ausgabe von Pippi Langstrumpf erscheinen. Also Mozartzopf, kein Rouge, nur Natur. Und was anziehen? Jeans, weiße Bluse, natürlich mit BH, und ihr Samtjackett. Sie besah sich nochmals im Spiegel und fand, dass sie ausreichend dezent aussah, um zu einer Nachmittags-Kaffee-Einladung gehen zu können, aber auch, dank ihrer Jugendlichkeit, ausreichend verführerisch-weiblich, um als Frau akzeptiert zu werden.

Es war etwas lästig, mit dem Bus herauszufahren, und dem Blumenstrauß war der volle, rumpelnde Omnibus auch nicht gerade förderlich. Silke überlegte, ob sie vielleicht doch einmal ein kleines Auto brauchte; den Führerschein hatten ihr ihre Eltern zum Abitur finanziert, aber mit seinem Opel war ihr Vater äußerst empfindlich und besorgt. Alles konnte man sich von ihm ausleihen, nur nicht das Auto. Doch nun war der Bus da, und ohne langes Suchen fand sie das Haus Neue Mühlenstraße Nr. 8. Es war eine größere, in einem Garten gelegene Doppelhaushälfte, verklinkert, gepflegt und inmitten ganz ähnlicher Nachbarhäuser eher unauffällig. Noch bevor sie klingeln konnte, summte der Türöffner, und durch einen kleinen Flur, von dem links eine breite Treppe ins Obergeschoss führte, gelangte man vor eine Glastür; die war mit einem Lorbeerkranz, roten Ilexbeeren und einer in Sütterlinschrift verheißungsvoll bedruckten Schleife »Welcome« verziert. Die Tür öffnete sich, und Silke stand einer etwa gleichgroßen Frau gegenüber, ohne Zweifel Frau Sadlowski.

Silke hatte sich keine Vorstellung von Frau Sadlowski gemacht; so hatte sie sie aber nicht erwartet. Frau Sadlowski war nämlich extrem schlank, ganz in Schwarz gekleidet; zur schwarzen Flanellhose trug sie einen schwarzen Rolli, schwarze Schuhe und schwarze Strümpfe und, als Krone des Styling, eine Metallbrille, deren Bügel und Einfassung der kreisrunden Gläser aus hauchdünnem, ebenfalls schwarzem Draht bestanden. Die wohl schwarz gefärbten Haare zu einer enganliegenden Pagenfrisur gekämmt, hatte sie ein überraschend stark profiliertes Gesicht. Über vollen Lippen, die Oberlippe von einem ganz leicht dunklen Flaum umrahmt, stand eine kräftige, leicht gebogene Nase, die ihr, zusammen mit dunklen Augen und einer niedrigen Stirn, einen leicht mediterranen Einschlag verlieh. Dieser wurde durch die fast knabenhafte Figur widerlegt. Sie lächelte Silke an und begrüßte sie, indem sie sie hereinwinkte. »Sie sind also Silke, Hardys großer Schwarm? Ich freue mich, Sie kennenzulernen. Ich bin Gudrun, Sie können mich ruhig beim Vornamen nennen, der Hausname ist ja nicht so ansehnlich«, sagte sie bewusst munter.

Sie gingen durch einen kleinen Flur, in welchem neben einer Garderobe und mehreren Türen auch zwei raumhohe Spiegel das Gefühl einer gewissen Überfülle vermittelten. Am Ende dieses Flures öffnete sich eine braun getönte Glastür in ein sehr großes Wohnzimmer, welches zwar sparsam, dafür aber erlesen und fast einheitlich mit Louis-Seize-Möbeln förmlich dekoriert war. Die der Eingangstür gegenüberliegende Wand bestand nur aus großen Glasfenstern und öffnete sich zum Garten hin. Während die linke Hälfte des Raumes mit Sekretär, Vitrine, Vertiko und einem für das Telefon genutzten Demi-Lunchen sowie einem schwarzen Konzertflügel eher repräsentativ aussah, wurde die rechte Hälfte durch einen auf geschwungenen Beinen stehenden, vom Verlobungssofa und vier passenden Stühlen umrahmten Biedermeiertisch als der bewohnte Teil des Zimmers ausgewiesen. Auf dem Tisch, der hübsch dekoriert und mit Rosenthal-Sommerstrauß-Gedecken vorbereitet war, dampfte in englischen Silberkannen Kaffee und Tee. Es war für Silke ein überwältigender Eindruck; sie hatte das Gefühl, in das Schaufenster eines Stilmöbelgeschäftes geraten zu sein. Und die offensichtlich edlen Teppiche stellten jenes Maß an Schalldämpfung her, das den großen Raum doch als gemütlich und intim erscheinen ließ.

»Hardy kommt etwas später; er hat noch ein schwieriges Gespräch mit einem Vertreter des Justizministeriums. Sie wollen die Ausbildungszeiten für Referendare nochmals verkürzen, und Hardy ist schon jetzt der Meinung, Ihr jungen Leute hättet nicht mehr ausreichend Zeit, euch zu qualifizieren und aus den vielen Spezialgebieten das passende herauszufinden. Na ja, er wird uns das ja dann gleich alles erzählen, wenn er kommt. Einstweilen also erst einmal herzlich willkommen!«

Wie alt mochte Gudrun sein? fragte sich Silke. Schwer zu schätzen; durch die dunklen Haare und diesen Kinderkörper war sie irgendwie zeitlos. Während sie zum Tisch gingen, stellte Silke fest, dass Gudrun etwas hinkte, sie zog das rechte Bein nach, und als sie sich jetzt setzten, stellte sie fest, dass das Kniegelenk betroffen war; Gudrun hatte offensichtlich Probleme, das rechte Knie zu beugen und streckte Unterschenkel und Fuß etwas von sich ab. Sie hatte Silkes Blick bemerkt und sagte ganz gelassen »Ja, das ist eine Erinnerung an einen Spanienurlaub. Hardy war immer ein rasanter Autofahrer, und die Spanier sind das auch. Da genügt schon ein kleiner Fahrfehler, und es passiert. Wir waren eigentlich nicht schuldig, aber Hardy macht sich noch heute Vorwürfe. Er hat keinen Porsche mehr gekauft und fährt nur noch Volvo. Er hat auch Schleuderkurse und Sicherheitstraining absolviert, aber nun hab' ich diese schöne Erinnerung. Dabei hatten wir noch Glück. Ein zufällig vorbeikommender Arzt sah sofort, was los war. Er hat den Hubschrauber bestellt und ließ uns gleich nach Malaga fliegen. Und dann drang er darauf, dass wir nach einer notdürftigen Wundversorgung ein Rettungsflugzeug nach Deutschland bekamen. Hier im Klinikum hat man dann geflickt und gesägt und gestückelt. Das Bein ist Gott sei Dank drangeblieben, ich kann sogar wieder Auto fahren. Aber Tennis und Skifahren ist passé. Doch wenn ich bedenke, was alles hätte passieren können.«

Silke wunderte sich über diese Offenheit, konnte aber wenig zu dem Thema beitragen und blickte etwas unglücklich auf den mitgebrachten Blumenstrauß, der inzwischen auf dem Tisch stand. »Ja, mein Mann hat mir von Ihnen erzählt. Dass Sie eine so tüchtige Juristin sind; so lieb und gut erzogen, und immer so depremiert und traurig. Aber wenn ich Sie so betrachte – entschuldigen Sie meine Direktheit, ich bin leider nicht zum Diplomaten erzogen worden –, dann machen Sie doch einen ganz normalen Eindruck. Sind Sie bei Hardy immer vor Ehrfurcht erstarrt, oder wie kommt er an dieses Bild von Ihnen?« Silke rührte in der Kaffeetasse, und Gudrun unterbrach sie: »Ach, was bin ich unaufmerksam. Ich habe ja etwas Gebäck geholt, damit uns der Kaffee nicht so trocken runtergeht«, bei der Gelegenheit deutete sie ein kehliges Lachen an, stand auf und holte aus der angrenzenden Küche zwei Silberschalen mit Mandelgebäck, Nussplätzchen und Pralinen. »Mögen Sie süß?«, fragte sie, »sonst müssen wir warten, bis Hardy kommt. Der soll nämlich Käseplätzchen und Schüttelbrot mitbringen – falls Sie das mögen.«

Silke war immer noch befangen, und das übertrug sich auch auf Gudrun, die nun ihrerseits verstummte. Die Tür ging auf, und es schaute eine noch dünnere Ausgabe von Gudrun in engen Röhrenjeans, dicken Nikes und grauem Schlabberpullover durch die Tür; das Gesicht war das von Gudrun, nur dass die Brille aus Horn war, in allen Regenbogenfarben changierte und die Frisur etwas kürzer und wie abgefressen aussah; die Haare waren offenbar einmal lila gewesen, dann entfärbt worden, waren aschfarben geblieben und wuchsen an der Kopfhaut schwarz nach. »Hi! Ihr Kaffeetanten! Esst nicht soviel Süßes, sonst bekommt ihr schlechte Zähne, und dick macht's auch«, war ihre spöttische Begrüßung. »Constanze, das ist Silke Wittmann, ein aufgehender Stern am Juristenhimmel deines Vaters«, nahm Gudrun den Ton ihrer Tochter auf. »Das ist unsere Tochter«, setzte sie erklärend hinzu. Diese nahm sich ganz ungeniert einige Pralinen aus der Schale, gab kurz bekannt, dass sie noch mal weg müsse, der Alex habe ein neues Nitendo, »geil, sag ich euch«, und außerdem wollte sie diesen Spasti noch etwas für die morgige Englischklausur aufrüsten. Damit verschwand sie wieder. Kurz hörte man Türen klappern, dann dröhnten Bässe durchs Haus – den dazugehörigen, gebetsmühlenartigen Rap konnte man nur ahnen –, verstummten aber wieder und machten einem Gepolter und Geschepper Platz, das sich anhörte, als ob ein Güterzug über eine Brücke führe. Die Tür fiel dumpf ins Schloss, und Silke bemerkte zutreffend, dass diese Inlineskates im flachen Münster sicher ein ideales Fortbewegungsmittel seien. »Ich weiß nicht, auf die Straße dürfen sie nicht, auf den Bürgersteig wollen sie nicht, und wenn sie auf den Radwegen skaten, fluchen die Radfahrer und treten nach ihnen. Ich bin immer unruhig, wenn Conny mit diesen Dingern unterwegs ist. Aber was soll ich machen? Hardy hat sicher Recht, wenn er sagt, du kannst sie nicht behüten. Die muss alles selbst erfahren, sonst glaubt sie das nicht. Ich kann nur hoffen, dass sie von uns gelernt hat, Risiken zu erkennen und einzuschätzen. Ich wäre froh, wenn sie die Schule erst mal gepackt hätte. Danach wird dann vieles wieder besser. Oder schlechter. Jedenfalls aber nicht mehr so hautnah wie jetzt.«

Etwas von der Befangenheit war nun abgebaut, und Gudrun machte einen neuen Anlauf, Silke aus ihrer Verschlossenheit zu locken. »Hardy erzählt mir, dass Sie daheim Kummer haben. Kranke Eltern, kein Verständnis für Sie, ständiger Druck auf Ihr Gewissen – ja, ist das so?«

»Na ja«, ließ sich Silke jetzt aus ihrem Schneckenhaus locken, »man kann das so sehen. Meine Mutter hatte einen Schlaganfall, und mein Vater hat einfach morsche Knochen bekommen; er war Platzmeister bei einer Spedition und hat immer zu schwer gehoben und gezogen und geschoben. Und weil es bei meiner Mutter ganz unvorbereitet kam, und weil Vati mit Krankheit gar nicht umgehen kann, und weil noch so ein paar Sachen dazukamen, mit denen sie nicht fertig wurden, haben sie mich zu Hilfe geholt. Das ist ja auch o.k., ich bin die älteste Tochter, und in ihrer Welt ist dann die älteste Tochter eben dran. Jedenfalls hab ich mich verpflichtet gefühlt mitzuhelfen. Aber ich bin auch kein Athlet und ich wollte promovieren und das Referendariat ordentlich durchstehen und keine Repetitoren aufsuchen. Na ja, war wohl gut gemeint, aber etwas viel.« »Das säh' ich auch so«, stimmte Gudrun zu, »man merkt das erst gar nicht, wie einen die eigene Mischpoke einfängt. Das wird immer schlimmer, und die Verwandten kennen da keine Hemmung. Ich kenn das, hab mich oft gefragt, ob ich eine schlechte Mutter oder Tochter bin. Aber das ist diese Falle dabei: wenn man nicht ganz massiv auch mal an sich selbst denkt, die anderen tun das nicht. Die wundern sich höchstens, warum man so ab ist und immer gereizter wird. Da hat Hardy sicher Recht, wenn er Sie beschwört, aus dieser Tretmühle schnellstens auszubrechen. Das hat er bei mir gelernt, haha!«

»Als ich gerade so weit war, die Lehren Ihres Mannes – ich meine jetzt nicht die zivilrechtliche Arbeitsgemeinschaft – zu beherzigen, hat ein glücklicher Zufall es gefügt, dass die ältere Schwester meiner Mutter, die Witwe ist und allein wohnt, aus ihrer Wohnung muss. Und da haben sie gedacht, dass das doch ganz gut ginge, wenn die zu ihnen zieht und im Haus mithilft. Das hatte nur den Nachteil, dass meine beiden Brüder und ich noch unsere Zimmer dort hatten und leider auch noch da waren. Sie haben mir dann plausibel gemacht, dass ich sowieso irgendwann weggehe und ebenso gut schon jetzt, genau wie meine Brüder, die Zimmer freimachen und nur noch zu Besuch kommen könnte.« Silke merkte, wie sie ihre Zehen anzog und die Finger ineinander krampfte. Irgendwie war diese Undankbarkeit noch nicht verarbeitet, und sie verstummte. »Aber das ist ja phantastisch!«, rief Gudrun, sichtlich erleichtert. »Das ist doch eine ideale Wendung der Geschichte. Kind, nein, Silke, Sie sind frei und brauchen nicht einmal ein schlechtes Gewissen zu haben. Wenn Sie wüßten, wie schwer es die Alten oft ihren Kindern machen, auf eigene Füße zu kommen – diese aufgesetzte Anhänglichkeit, die nur den Zweck hat, dem anderen bei dessen Interessen ein schlechtes Gewissen zu machen, dieses Nicht-loslassen-Wollen – nein, Silke, kein Anlass für Tränen, es sei denn, solche aus Freude. Sie kommen aus einer Tretmühle, schnuppern Sie die Luft der Freiheit!« »Es tut mir gut, wie Sie mir Mut machen, wirklich! Und so deutlich hat mir das auch noch nie jemand gesagt. Jetzt fehlt mir zu meinem Glück eigentlich nur noch ein bezahlbares, halbwegs gemütliches Zimmer, und ich wäre wirklich gut dran.«

Es entstand wieder eine Pause, und in Gudruns Kopf jagten sich die Gedanken. Was für ein Goldstück hatte Hardy da gefunden. Dieses schöne Kind, das so wenig angekränkelt durch Zeitgeist, Emanzipationsgerede und Modetorheiten schien! Und Hardy, dieser Spitzbube, hatte sicher wieder alle Register seines Charmes spielen lassen, hatte sein schönes Gefieder gespreizt und wie ein Auerhahn im Frühjahr gebalzt. Gudrun kannte das; und irgendwie taten ihr die jungen Frauen leid, die nicht durchschauten, dass das alles nur ein Spiel war, welches Hardy zu seiner Selbstbestätigung brauchte. In Wirklichkeit war er eher prüde und, wie sie meinte, im Großen und Ganzen auch treu. Sie wollte es auch gar nicht ganz genau wissen. Er kam stets zurück, war durch ein unerschütterliches Grundvertrauen mit ihr verbunden und stand durch den Autounfall, der so tief in ihr Leben eingegriffen hatte, auch moralisch in ihrer Schuld, was sie aber eher belastete – schließlich wollte sie mit ihm aus Zuneigung und nicht wegen seines schlechten Gewissens zusammenleben. Aber wenn sie sich dieses junge Mädchen anschaute, ein Buch mit lauter leeren Seiten, in die Hardy sich sicher mit großer Begeisterung eintragen wollte, dann witterte sie auch instinktiv die Konkurrentin in Silke. Sie spürte schon, dass zwar viel Leidensfähigkeit, aber auch viel Kraft und Mut in dieser scheinbar noch so ungeprägten Person steckten und dass es vielleicht für Hardy und damit indirekt auch für sie gefährlich werden könnte, dieses Dornröschen wachzuküssen, besonders, weil Hardy die Rolle des Prinzen so perfekt beherrschte. Also, entschied sie, ist es für alle Beteiligten besser, wenn ich selbst die weiteren Hilfestellungen erbringe. Deshalb werde ich wohl nach einem Zimmer suchen. Und werde dieses nette Kind – und irgendwie fand sie, dass Silke auch für sie eine persönliche Bereicherung sein könnte – mal etwas an die Hand nehmen. Silke war eigentlich so, wie sie sich ihre Constanze wünschte; aber das war natürlich Unsinn, denn Conny war fast eine Generation unter Silke – zumindest mental –, und wenn Hardy recht behielt, würde Conny mit fortschreitendem Alter auch etwas seriöser und dem Erziehungsziel ihrer Eltern wieder näher kommen.

Erneut fiel die Wohnungstür schmetternd ins Schloss, und Hardy, wie immer dezent-elegant angezogen, betrat die Bühne – so kam es Gudrun jedenfalls vor. Und ihrem prüfenden Blick entging nicht, dass er heute die ganz teure Armani-Krawatte und das ganz besondere Eterna-Hemd trug. Auch duftete er schon mehr als dezent nach Lavendel – lächerlich, diese Männer! Und nach der von Gudrun gefürchteten, nicht einmal mehr bei ihren Freunden gepflegten Angewohnheit des Küsschens auf die linke und rechte Wange, packte Hardy zwei Paketchen mit Salzgebäck aus. »Fehlt nur der Champagner«, rief er fröhlich, »aber noch ist nicht aller Tage Abend.« Freundlich sah ihn Gudrun an. »Was die Rettung dieser netten jungen Frau vor dem Moloch Familie angeht, lieber Bernhard, da kommst du zu spät. Sie hat sich schon selbst gerettet. Das einzige, was dir zu tun bleibt, ist, bewundernd zu applaudieren.«

»Aber wie das? Hat sie die Alten eingeschläfert, entmündigt und einweisen lassen, oder war ein Dolch im Spiel?« »Wie immer im Leben: Es kommt stets anders, als man denkt«, gab Gudrun zurück. »Aber vielleicht erzählen Sie es nochmal von vorn – ach nein, es hat sie soeben so sehr mitgenommen; lassen Sie mich berichten. Also: Ein deus ex machina in Person irgendeiner obdachlosen Tante hat unsere Heldin von Heim und Herd verdrängt, wird nun statt ihrer die Alten pflegen und öffnet ihr damit ungewollt das Tor zur Welt.«

»Das ist ja großartig«, freute Hardy sich. »Und ich bin ein Problem los. Ich hatte doch tatsächlich schon erwogen, selbst zu den Eltern Wittmann zu fahren und ...« »Sag jetzt nur noch, um die Hand ihrer Tochter anzuhalten, du alter Verführer«, fiel ihm Gudrun ins Wort. »Nein, natürlich nicht. Noch ist Bigamie ein Straftatbestand. Aber um ihnen mal vor Augen zu führen, was sie für eine Verantwortung für ihre Tochter haben und dass die weiß Gott andere Professionen hat, als solche zur Altenpflegerin. Aber wie gut, dass das jetzt alles entfallen kann. Da bin ich aber wirklich froh!«

Hardy machte wieder einen freundlichen, lockeren Eindruck, empfand Silke, und man kam überein, dass Gudrun sich verstärkt im Kollegenkreis umhören wollte, ob es irgendeinen Tipp für ein preiswertes Appartement gebe, zur Not auch im Landkreis, sofern es eine brauchbare Nahverkehrsverbindung nach Münster gebe, die auch noch später abends funktioniere.

Gudrun berichtete noch aus ihrer Schule für behinderte Kinder. Sie war eigentlich Realschullehrerin, wurde aber nach ihrem Unfall auf das Thema Behinderung förmlich gestoßen, hatte in Oldenburg noch ein Zusatzstudium absolviert und es inzwischen zur stellvertretenden Schulleiterin gebracht. Bernhard meinte dagegen, er habe den Zug zum beruflichen Aufstieg vor einigen Jahren verpasst. Der Justizminister hatte ihm, wohl in Kenntnis seiner Beliebtheit und Erfolge bei der Referendarausbildung, einen entsprechenden Referatsleiterposten im Düsseldorfer Justizministerium angeboten; da er aber kein Freund ministerieller Tätigkeiten war und auch wenig Neigung verspürte, täglich mit der Eisenbahn nach Düsseldorf zu fahren – ein Umzug kam wegen Gudruns Tätigkeit nicht in Betracht –, hatte er entgegen den Ratschlägen der Kollegen und seines Chefpräsidenten abgelehnt. Er war gern Richter, und auch der Vorsitz in einer Strafkammer entsprach seinen Neigungen. Kurz darauf hatte man die Ressortverteilung geändert; jetzt saß er einer Zivilkammer vor, hatte viel mit Miet- und Familienrechtssachen zu tun, was sich zum Teil auch als Einzelrichtertermin erledigen ließ, wodurch ihm etwas Freiheit bei seiner Zeitplanung blieb. Ja, und dann war er noch für die zivilrechtliche Referendarausbildung am Landgericht zuständig, was ihn sehr befriedigte und wo, so meinte er, auch seine eigentliche Begabung liege. Manchmal bedauerte er, der Anregung seines Doktorvaters nicht gefolgt zu sein, dessen Assistent zu werden und sich zu habilitieren, um dann selbst Professor zu werden. »Ich habe aber dem langsamen Genickbruch den schnellen Sprung ins tiefe Wasser vorgezogen; noch 6 bis 8 Jahre abhängig sein, als fachlicher Kofferträger die ganze Grobarbeit am Lehrstuhl erledigen und allenfalls mal im Vorwort eines Werkes lobend erwähnt werden – der Preis war mir zu hoch. Heute soll es ja besser sein, nicht mehr ganz so viel Dienen und schon etwas mehr Herrschen. Aber wenn ich hier die Fakultät sehe, ich hatte gelegentlich mal einen Lehrauftrag und habe versucht, mich mit denen abzustimmen, dann frage ich mich wirklich, auf welchen Beruf hin die ausbilden. Die können doch nicht alle zu Amtsrichtern machen, und selbst das geht ja nur mit Hilfe der teuren Repetitoren. Das ist eine Traumkombination: ›Ich halt sie dumm, mach du sie arm‹, so ähnlich funktioniert das hier in der Fakultät.«

»Hardy, nun nimm doch unserer jungen Adeptin der Rechte nicht alle Motivation, nur weil sie dich verschmäht haben, oder du sie – je nach Standort«, wandte Gudrun ein. Silke wiegelte ab; Hochschullehrer sei nicht ihr Berufsziel, und promovieren wolle sie überwiegend am Heidelberger Max-Planck-Institut. Die Universität werde sie sich ohnehin nur in schwacher Dosierung zumuten, gerade so viel, wie man zu einer passablen Promotion brauche. Und sie habe auch positive Erfahrungen mit der Juristenfakultät gemacht; auch hier in Münster gebe es einige nette Professoren, und wenn sich die Assistenten nicht immer nur duckten und zurückhielten, sondern etwas mehr Zivilcourage zeigen würden, wäre auch manches anders. Hardy lächelte; er wolle nicht als Besserwisser gelten, und Erfahrungen müsse man selbst machen, die könne man sich ohnehin nicht erzählen lassen.

Es wurde ein ganz harmonischer Nachmittag, und Silke, die ihre häusliche Telefonnummer hinterließ, machte sich optimistisch auf den Heimweg. Hardy bot ihr zwar an, sie eben mit dem Wagen zum Bahnhof zu fahren. Sie lehnte aber entschieden ab und hatte den Eindruck, dass Gudrun das auch ganz in Ordnung fand.

Eine Woche lang passierte nichts, und Silke erwog bereits, einen Makler zu befragen. Aber als sie am Freitagabend nach Hause kam – Tante Lisbeth war inzwischen wieder abgereist, es blieb unklar, wie das Ganze jetzt weitergehen würde –, teilte ihr die Mutter mit, eine Frau Sadlowski habe für sie angerufen, sie solle so schnell wie möglich zurückrufen. Es sei wichtig.

Silkes Herz krampfte sich zusammen, schlug ihr bis in die Halsschlagader, und der Kloß rutschte wieder in ihre Kehle. Sie bemühte sich, gelassen zu sein, bat die Mutter, mal einen Moment ungestört in der Diele telefonieren zu können, besorgte sich einen Kugelschreiber und Papier und wählte die Nummer der Sadlowskis. Es meldete sich eine kratzige Stimme »Sadlowski«, und als Silke fragte, ob sie mit Gudrun spreche, tönte es »Nein, hier ist Conny. Ich warte schon die ganze Zeit auf deinen Anruf, Mensch. Ich muss weg! Ich verpass noch die ganze Session, nur, weil du nicht zurückrufst, Mann!« »Nun tu ich's ja, und ehe wir noch mehr von deiner wertvollen Zeit verplaudern« – Conny schniefte hörbar – »sag mir schnell, ob deine Mutter eine Nachricht für mich hinterlassen hat.« »Ja, das hab' ich mir doch irgendwo hingeschrieben, ach, Scheiße, der Zettel ist weg. Warte mal – ne, das ist er auch nicht.« »Ging das um eine Wohnung?«, versuchte Silke zu erfahren. »Sag ich doch, oder? Also, da gibt es irgendeinen Schuppen in Handorf oder Telgte oder so, den sollst du ganz schnell begucken, und einen Sack voll Knete mitbringen, wegen der Kaution.« »Wenn du den Zettel mit der Anschrift nicht wiederfindest, wird das aber schwierig, den Schuppen zu besichtigen.« »Logo, ich bin ja schon am Suchen.« »Weiß deine Mutter denn, wo genau das ist?« »Wird sie ja wohl, sonst hätte sie mir das nicht gesagt.« »Dann ruf ich später nochmal an, wenn deine Mutter zurück ist. Weißt du, wann sie wiederkommt?« »Ne, musst du halt probieren, die sind beide in Münster, ham sie gesagt.« »Na, dann saus ab zu deiner Session, was sitzt ihr denn?« »Sitzen? Du bist gut! Wir planen hier einen Beach Beat an der Ems, und die Jungs probieren heute die Musik. Und wenn ich da nicht aufpasse, dann wird das irgend so 'n Seniorenquark.« »Dann nichts wie hin«, sprach Silke noch in den Telefonhörer; die Gegenseite hatte aber schon aufgelegt.

Die macht einem keine Lust auf Kinder, dachte Silke. Von wem ist die so erzogen worden? Oder ist sie gleich in die Obhut ihrer Schulkumpane geschlüpft, und das ist alles Protest gegen die Erwachsenen? Jedenfalls war sie froh, nicht Lehramt studiert zu haben; dann doch lieber das Gerichtspublikum, da hatte man schlimmstenfalls noch den Justizwachtmeister fürs Grobe.

Kurz darauf klingelte das Telefon. Jetzt war es Gudrun Sadlowski selbst. »Ja, hallo, Silke, Sie sind's. Ja, hat Sie Conny noch erwischt? Hier ist sie nicht mehr, sie hat außer einem Haufen von Notizzetteln nichts hinterlassen. Wissen Sie schon Bescheid?« »Nur dem Grunde nach«, verfiel Silke in ihren Juristenjargon. »Also, nicht weit von uns hier, aber eigentlich schon in Telgte, da hat der Bruder meiner Zugehfrau ein Haus mit Obstgarten dahinter. Und in dem Obstgarten steht ein Gartenhaus, eigentlich war das mal eine Doppelgarage, aber die hat er mit ein paar Nachbarn in ein Gartenhaus umgebaut, richtig mit Licht und Wasser und Klo. Früher haben die da alle im Sommer draußen gesessen und gefeiert. Aber dem einen Nachbarn ist die Frau weggestorben. Und die Freundin, die er jetzt hat, die will lieber in die Stadt gehen oder verreisen. Und die anderen Nachbarn sind weggezogen; da wohnen jetzt neue Leute, die wollen mehr Ruhe und keine Gartenparties. Und weil schon den ganzen letzten Sommer nichts mehr los war, wollen sie das Häuschen wohl vermieten; jedenfalls dann, wenn sie jemand Ruhiges finden, der sich da etwas anpasst und nicht stört. Ich kenne das Haus; natürlich sieht man, dass das mal Garagen waren. Aber innen ist es ganz putzig. Und wenn Sie nicht ängstlich sind: ruhig ist es dort, und der Hauswirt hat gesagt, wenn da eine Dame einzieht, die ein bisschen furchtsam ist, will er noch eine Klingelleitung in sein Schlafzimmer ziehen. Da könnten Sie dann bei Bedarf klingeln, und er käme Sie beschützen. Es fährt auch eine Eisenbahn vorbei, die entlang der B 51 nach Lippstadt. Und Busverbindung gibt es auch.«

»Hört sich ja vielversprechend an«, meinte Silke, »wissen Sie denn, wieviel die dafür haben wollen?« »Nein, das ist Verhandlungssache. Sie müssten nur schnell kommen und es ansehen, denn die Schultes, so heißen die Leute, wollen in der nächsten Woche zu ihrer Tochter nach Thüringen, und wie lange sie weg sind, wissen sie nicht. Können Sie nicht jetzt eben noch herüberkommen? Dann würde ich schnell mit hinfahren. Es ist ja noch länger hell.«

Dass Silke den Opel ihres Vaters bekam, war mehr als unwahrscheinlich. Und mit Bus, Bahn und wieder Bus würde das leicht zwei Stunden dauern. Nein, heute war es nicht mehr zu schaffen. »Dann will ich mit den Schultes reden, dass wir morgen ganz früh kommen, wann könnten Sie denn hier sein?« »Am Samstag fahren nicht alle Busse, aber 9.30 Uhr sollte ich schaffen können.« »Oh, je, dann muss Hardy mit Ihnen hinfahren, wenn die Schultes überhaupt können. Ich muss um 9.45 Uhr in der Schule sein, und das kann ich nicht verschieben.« »Es tut mir leid, dass ich Ihnen soviel Mühe mache; Sie kümmern sich so um mich, ich weiß gar nicht, wie ich Ihnen das wieder gutmachen kann«, sagte Silke, um einmal etwas Positives zu äußern. »Ach, das tun wir schon ganz gern, sonst täten wir's ja nicht. Und Hardy wird sicher sein Auto vorher waschen lassen, wenn er mit Ihnen fährt. Im Ernst: Wenn Hardy nicht seinerseits irgendwas Wichtiges vorhat, fährt er Sie gern. Ich muss das klären, auch mit den Schultes. Wie lange kann man bei Ihnen anrufen?« »Immer«, erwiderte Silke, »das Telefon steht in der Diele; irgendjemand hört es bestimmt läuten, und ich gehe nicht mehr aus dem Haus.« »Tschüs dann; ich rufe so oder so an und sag Bescheid. Tschüs!«

Das Gespräch war beendet, und Silke stand immer noch mit Herzklopfen in der Diele und war ganz gerührt davon, dass Gudrun plötzlich soviel Aktivität für sie entfaltete. Damit hatte sie nicht mehr gerechnet. Ja, die Dinge schienen auf gutem Wege; hoffentlich war der Preis so, dass sie sich das leisten konnte. Von ihren nicht einmal 2.000 Mark Referendarvergütung konnte sie keine großen Sprünge machen. Rücklagen hatte sie keine, und an ein Auto war unter diesen Umständen auch nicht zu denken. Aber sie wäre endlich wieder auf eigenen Füßen. Und da sie so schnell wie möglich mit dem Referendariat durchkommen und das Assessorexamen ablegen wollte, konnte sie sich durchaus auch etwas einschränken. Es schien ihr zwar unheimlich, nun ganz allein für sich sorgen zu sollen. Bisher hatte sie den größten Teil ihrer Vergütung in die Familienkasse gesteckt. Dafür hatte sie umsonst gewohnt, war verköstigt und auch versorgt worden; aber wenn sie es richtig überlegte, hatte sie für die Familie, einmal ganz von ihren praktischen Dienstleistungen abgesehen, bestimmt mehr Geld aufgewendet, als ihr an Leistungen zurückerstattet worden war. Eine finanzielle Verschlechterung würde die demnächstige Selbstständigkeit daher nicht sein.

Silke aß mit ihren Eltern zu abend. Die Brüder kamen wirklich nur noch zum Schlafen, und das auch nicht mehr regelmäßig. Gerade als ihr Vater das Schweigen bei Tisch mit einer neuen Erläuterungsrede für die Pläne mit Tante Lisbeth unterbrechen wollte, klingelte das Telefon erneut. Ja, Schultes führen sowieso erst am Sonntag, und Hardy hätte doch nur Tennis gespielt. Das könne er gut verschieben. Eine Ausfahrt mit einer netten jungen Dame sei allemal einem schweißtreibenden Tennisstündchen vorzuziehen. Hardy habe auch schon den passenden Zug: 8.14 Uhr ab Werne. Das könne sie ja schaffen. Er habe einen grünen Volvo und werde ab 9.00 Uhr in Münster den Bahnhofsvorplatz in konzentrischen Kreisen umfahren. Irgendwann müssten sich ihre Bahnen dann kreuzen.

Gudrun hörte sich in keiner Weise verlegen oder verstimmt an; offenbar bereitete ihr die Hilfe für Silke tatsächlich Freude, und so versicherte Silke nochmals, sie wisse wirklich nicht, wie sie sich bedanken könne. »Nun, da findet sich noch Gelegenheit; sehen Sie sich die Idylle erst mal an, und dann schauen wir mal. Also, viel Glück und Tschüs!« Damit war das Gespräch beendet.

Silkes Vater, der teils unfreiwillig, teils interessiert, Silkes Part bei dem Anruf mitbekommen hatte, bot an, sie morgen nach Münster zu fahren. Aber Silke war das gar nicht recht, und sie einigten sich, dass sie auf das Angebot im Falle eines Umzuges zurückkommen werde und es für morgen schon ausreiche, wenn er sie bis Werne an den Bahnhof bringe, und, falls es später würde, sie dort auch wieder abholte.

Love Story

So geschah es dann auch. Es war immer noch sehr kühl, regnete aber nicht, und Silke machte sich in Jeans, weißem Rolli und blauem Walkjanker – diese kamen gerade in Mode – auf nach Münster. Als sie die Bahnhofshalle in Richtung Stadtzentrum verließ, stand, mitten im Halteverbot, der grüne Volvo, und Hardy sprang heraus, umarmte Silke kurz, als sei sie ein Staatsgast bei einer Trauerfeier, öffnete die Beifahrertür, ließ Silke einsteigen, lief schnell um das Auto herum und reihte sich in die stockende Schlange von Fahrzeugen ein, die versuchten, sich in den fließenden Verkehr einzufädeln. Heute war er ganz salopp gekleidet. Wie Silke bemerkte, hatte er ebenfalls Jeans angezogen, trug ein weißes Seidenhemd mit offenem Kragen, und darüber hatte er einen blassroten Pullover geschlungen, die Ärmel locker über der Brust verknotet. Er sah erholt aus, etwas gebräunt, aber nicht so, wie die Dressmen in den Prospekten und Modezeitungen. Als sie am Servatiiplatz vor der Ampel standen, sah er sie lange an. Silke war das nicht angenehm; zum Glück bewegte sich die Autoschlange weiter, und er musste seine Aufmerksamkeit wieder dem Straßenverkehr zuwenden. Als sie am Mauritz-Tor nach rechts in die Warendorfer Straße einbiegen wollten, kam der Verkehr wieder zum Stillstand; und erneut war sie Hardys testenden Blicken ausgesetzt. »Ach, Silke«, seufzte Hardy, »wie schön Sie sind. Wie schade, dass ich schon so alt bin, und so festgelegt. Man müßte nochmal ganz von vorne anfangen können, aber mit der Erfahrung von heute.« Weiter kam er nicht. Lautes Hupen hinter ihm machte deutlich, dass er zu einem Hindernis geworden war, und wo soeben noch lauter Autos vor ihm gestanden hatten, schimmerte ihm nun der graue Asphalt entgegen. Schnell machte er einen Satz nach vorn, und der Rest der Fahrt verlief schweigsam. Ob Hardy sich schämte oder ob ihm einfach der Gesprächsstoff ausgegangen war, konnte Silke nicht feststellen. Aber böse war sie ihm auch nicht. Wenn sie nicht zum Glück auch Gudrun kennengelernt hätte, vielleicht wäre sie dann einem Gefühl nachgegangen, das ihr sagte, mit Hardy könnte sie ganz, ganz glücklich werden, wenn sie es richtig anstellte. Aber seit sie Gudrun kannte, kam so etwas nicht in Betracht, auch wenn sie spürte, wie sehr sie im Begriff stand, sich in Hardy zu verlieben.

Nach kurzer Fahrt, vorbei an der großen Handorfer Ampelkreuzung, die, wie um Hardy zu ärgern, in ihrer Fahrtrichtung beharrlich auf Grün stehen blieb und keine Pause zuließ, bogen sie nach rechts in eine Siedlung ab. Es waren Häuser aus den fünfziger oder sechziger Jahren; fast jedes war irgendwie mit einem Anbau oder zumindest Dachausbau erweitert worden, und hinter fast allen Häusern gab es große Gärten, in denen Lauben, kleine Stallungen oder Garagen standen. Vor einem Haus, an das ein großer hölzerner Carport angebaut war, hielten sie an. Schon als sie ausstiegen, kamen ihnen Schultes entgegen, kräftige, sicher mehr als sechzigjährige Leute, die wandelnde Gesundheit und Lebensfreude im Alter.

Das Gartenhaus wurde schnell besichtigt, es war wirklich puppenstubenhaft, aber sehr gemütlich. Ein kleiner Schlafraum, von dem eine Tür in eine Toilette, eine andere in einen Waschraum mit Dusche und Waschbecken führte, wurde durch einen Wohnraum mit Sofa, Sessel und einer kleinen, offenen Pantry-Küche erschlossen. Vor den Eingang in dieses Zimmer hatten geschickte Handwerker einen hölzernen Windfang gebaut, der seinerseits eine Garderobe und einen Einbaukleiderschrank enthielt. Beheizt wurde das Haus durch zwei Nachtstromspeicheröfen; »garantiert asbestfrei«, wie Herr Schulte versicherte. Es waren sogar Porzellan, Bestecke, Töpfe und Pfannen vorhanden. Allein Bettwäsche und Handtücher fehlten. Hardy war überrascht von der Geschicklichkeit, mit der dieses Puppenstubenparadies aus zwei Garagen entstanden war, ließ sich das aber zunächst nicht anmerken. Er wollte den Preis nicht durch zuviel Lob in die Höhe treiben. Und auch Silke, der dieses Zuhause inmitten der Obstbäume so gut gefiel, dass sie am liebsten »Ich nehme das« gesagt hätte, ohne über den Preis zu verhandeln, erkundigte sich scheinbar besorgt nach Einkaufsmöglichkeiten und Verkehrsverbindungen. Als Schultes hörten, dass Silke kein Auto besitze, wurden sie etwas nachdenklich. Ja, doch, die Bushaltestelle war nur 250 m entfernt. Aber wann und wie oft der Bus fuhr, nein, das wussten sie nicht. Und natürlich gab es die Eisenbahn, aber bis zum Haltepunkt war es sicher ein guter Kilometer, und bei Wind und Wetter liefe es sich nicht so angenehm dorthin. Einkäufe wollten Schultes gern miterledigen; sie fuhren häufiger nach Telgte, und dort gab es gleich mehrere Lebensmittelmärkte. Silke brauchte da nur abends einen Zettel hereinzureichen, dann brächten sie mit, was benötigt würde. Und sicher sei die Gegend auch. Die Nachbarn waren fast immer im Haus und würfen einen Blick auf Häuschen und Garten. Im Winter brannte rund ums Haus die Außenbeleuchtung, und wenn Silke das wollte, dann legte Herr Schulte eine Klingelleitung herüber. Wenn Silke dann Angst habe und klingele, käme er schnell mit Axt und Schrotflinte zu Hilfe. Silke glaubte aber nicht, dass sie Angst haben würde.

Es entwickelte sich eine kurze Diskussion über die Höhe des Mietpreises, der nach Schultes Meinung mit 700 DM noch günstig angesetzt war. Silke überlegte; das war mehr, als sie erwartet hatte, aber weil ihr das Häuschen und seine Umgebung so gut gefielen, wollte sie schon »einverstanden« sagen, als Hardy einen Ohnmachtsanfall zu bekommen schien. Es bezog sich aber auf den Mietpreis, den er »angesichts der Winzigkeit des Häuschens und der abgelegenen Wohnlage« für völlig überzogen erklärte. Die Debatte konzentrierte sich darauf, ob irgendjemand Seriöses – und Silke, als Tochter einer katholischen Arbeiterfamilie aus dem Münsterland, war der Inbegriff von Seriosität – bei klarem Verstand einen solchen Wucherpreis zahle.

Angesichts der eisigen Gesichter der Schultes wurde es Silke unheimlich; sie wollte das Häuschen auf jeden Fall mieten, und nun machte Hardy aus purer Rechthaberei alles kaputt. Die Kontrahenten warfen sich, wie bei einem Ballspiel, Zahlen über Nettomiete, warm oder kalt, mit Berücksichtigung der AfA und der Steuerprogression – oder vielleicht ohne als schwarzes Konto – zu.

Als Silke schon Hardy ins Wort fallen wollte, holte Herr Schulte noch einmal tief Luft und sagte betont langsam und deutlich: »Also, Herr Doktor, letzter Vorschlag: 400 kalt oder 450 warm – oder gar nicht!« »Na ja«, erwiderte Hardy, »wenn Frau Wittmann das zahlen will, dann wäre es ein Kompromiss.« »Doch, ja, das sollten wir so machen«, bestätigte Silke erleichtert. »Wäre noch die Frage der Kaution«, warf Schulte ein. »Drei Monatsmieten, und zwar heute und bar auf die Hand.« »Zwei, Herr Schulte. Drei bekommen Sie bei Gericht nicht mehr zugestanden; glauben Sie mir, ich bin vom Fach.« »Gut, aber dann heute in bar auf die Hand.«

Hardy sah Silke an. Die erschrak und meinte, sie habe höchstens Geld für eine kleine Anzahlung dabei. Der Rest könne erst in der nächsten Woche folgen. »Da sind wir in Thüringen«, wandte Frau Schulte ein. Und wieder half Hardy über die aufkommende Verlegenheit weg. »Ich gebe Ihnen einen undatierten Verrechnungsscheck über 800 DM. Der Scheck wird von mir auf mein Konto bei der Sparkasse Münster ausgestellt. Den legen Sie in Ihre Schatztruhe, und wenn Silke ihre Miete nicht zahlt, lösen Sie ihn ein. Und wenn sie auszieht, geben Sie ihn mir zurück. Dann müssen Sie sich auch nicht um die Verzinsung kümmern; Kautionen muss man nämlich verzinsen. Im übrigen sollten wir das jetzt schriftlich festhalten; Sie wissen ja, wer schreibt, bleibt, sagen die Advokaten.«

Damit ging Hardy zum Auto, kam mit einem kleinen schwarzen Aktenköfferchen wieder.

»Wir ham da schon was vorbereitet«, damit öffnete Frau Schulte den Gartenausgang ihres Hauses, und man betrat über einen kleinen Windfang eine geräumige Wohnküche. Der vorbereitete Vertrag wurde von Hardy sorgfältig gelesen; hier und da strich er noch einige Sätze weg; sie seien nicht angemessen und auch nicht gerichtsfest, aber sonst könne man das so machen.

Silke unterschrieb, ohne den Vertrag gelesen zu haben. Frau Schulte reichte ihrem Mann Brille und Kugelschreiber. Während dieser die Streichungen noch überflog, kam Frau Schulte mit einer Flasche rötlichen Likörs und vier kleinen Schnapspinnchen. »Oh, Aufgesetzter«, stellte Hardy mit Kennerblick fest. »Was ist es denn?« »Hagebutte und Schlehen, was hier so am Bahndamm wächst.« Herr Schulte goss die Gläser randvoll, reichte sie einzeln weiter und hob am Ende seines bis vor die Brust: »Dann man auf gute Nachbarschaft!«

Sie tranken, und Hardy ließ ein wohliges Stöhnen vernehmen. »Woll, datt is besser als unsern Pastor die Hand drücken?« Damit stand Frau Schulte auf, und Silke wurde noch einmal genau in die Benutzung des Hauses eingewiesen, erhielt gegen Quittung zwei Schlüssel und die Erlaubnis, sofort einzuziehen; Miete dann ab nächstem Ersten, da waren Schultes großzügig.

Am liebsten wäre Silke sofort dort geblieben. Als sie mit Hardy einen Augenblick allein in dem Haus stand, nahm sie ihn ganz spontan in den Arm, drückte ihn und lachte. »Toll! Einfach ganz toll! Unheimlich gut hast du das gemacht!« Dann fiel ihr auf, dass sie ihn geduzt hatte, und etwas weniger emphatisch berichtigte sie sich: »Also: haben Sie das gemacht.«

Hardy strahlte. »Das mit dem Du, das können wir beibehalten; jedenfalls unter uns. Ich finde es nur natürlich, ja?« Und als Silke etwas unsicher zurücklächelte, kam er auf sie zu, sagte »Ich heiße Bernhard; meine Freunde nennen mich Hardy. Und jetzt kriege ich einen richtigen Kuss von dir.« Silke erschrak, aber Hardy lächelte sie so verschmitzt und glücklich an, dass sie seinen Kopf in beide Hände nahm und ihm laut schmatzend einen Kuss auf die Stirn gab. »Ach, tut das gut«, gluckste Hardy, und dann gingen sie vor die Tür, schlossen das Häuschen ab, drückten den vor ihrer Küchentür stehenden Schultes noch die Hand, und schon saßen sie wieder im Auto.

»Jetzt müssen wir eigentlich noch einen auf dein Glück trinken«, sagte Hardy. »Aber erst einmal weg hier, sonst ruinieren wir deinen Ruf schon vor dem Einzug.« Damit startete er das Auto, wendete und fuhr zurück. »Hier in Handorf gibt es ein passables Hotel. Da wird man um diese Zeit – es war inzwischen halb zwölf geworden – schon bedient.« Sie fuhren durch Handorf, und im Wintergarten des Hotels bekamen sie zwar keinen Schampus, aber einen guten Prosecco, von dem Hardy behauptete, er mache überhaupt nicht betrunken. Man könnte ruhig nochmal nachschenken lassen. Als der Kellner unruhig wurde und zum zweiten Mal fragte, ob er vielleicht die Speisekarte bringen dürfe, bezahlte Hardy.

Silke wollte nicht mehr mit zu Sadlowskis; zum einen fürchtete sie, sie sei gegenüber Gudrun befangen und unsicher; diese Zärtlichkeit mit Hardy war nicht in Ordnung. Und zum anderen wollte sie nach Hause. Sie musste erst einmal ruhig überlegen. Das mit dem Häuschen war wirklich toll, aber diese Sache mit Hardy – nein, sie konnte das ganz schlecht einordnen. Und sie war sich ihrer selbst hinsichtlich Hardy auch keineswegs sicher; er war ein attraktiver Mann, er hatte sich gut angefühlt, in seiner Wolke von Lavendelduft. Und so ganz weg vom Leben fühlte sie sich auch nicht. Also erst einmal heim!

Hardy schien nicht enttäuscht; eher war er froh, dass das alles so gut funktioniert hatte, und etwas stolz auf seine Beschützerrolle war er auch. So verlief die Fahrt zurück zum Bahnhof ohne weitere physische Annäherung Hardys. Als sie ausstieg, sah sie ihn noch einmal an, drückte ihm besonders heftig die Hand und wusste gar nicht, wie sie sich noch für seine Hilfe bedanken sollte. »Wir bleiben in Verbindung, du kommst mal wieder zu uns. Gudrun wird sich auch freuen.« Dann musste er den Platz im Halteverbot räumen, andere wollten auch Passagiere an den Bahnhof bringen und wurden ungeduldig.

Bei der Rückfahrt stellte Silke eine Umzugsplanung auf, die ihren schnellen Wechsel nach Münster ermöglichte. Da das Häuschen eingerichtet war, ging es nur um den Transport von Wäsche, Büchern und persönlichen Gegenständen. Schon am darauffolgenden Wochenende kam die ganze Familie – bis auf Tante Lisbeth – zur Besichtigung. Silkes Mutter hatte größte Bedenken, dass Silke so allein und in der Fremde Schaden nehmen könnte. Aber sowohl Karl Wittmann als auch die ebenfalls am Häuschen eingetroffenen Brüder nebst Freundin und Lebensgefährtin konnten diese Bedenken zerstreuen. Als alle wieder abgereist waren und Silke nun endlich für sich allein und ungestört über ihre neue Situation nachdenken konnte, machte ihre nervöse Stimmung langsam dem Gefühl großer Erleichterung und Ruhe platz. Einzig das Fehlen eines Telefons störte sie; zu Schultes mochte sie nur im Notfall gehen, aber es war ja auch nur eine Zwischenstation auf ihrem Lebensweg; je nachdem, ob sie ihre Promotion gleich nach dem Assessorexamen in Angriff nehmen wollte oder zunächst einmal eine Stelle annähme, um etwas Geld zu verdienen, konnte ihr Aufenthalt dort zwischen zwei und fünf Jahren dauern. Das war eine sehr akzeptable Perspektive; sie fühlte sich entspannt und unendlich erleichtert.

Schon nach ein paar Tagen, Silke war gerade aus der Stadt gekommen, klopfte es stürmisch an der Tür. Es war Hardy, der sich beklagte, Silke sei ja völlig verschwunden, meide ihn gar. Ob etwas gegen ihn vorliege?

»Ach, Hardy, ich bin ja so froh, dass ich hier bin, du glaubst das nicht. Nur das Telefon fehlt etwas. Aber sonst komme ich hier richtig zu mir, ich merke wieder, wie Leben schmeckt.«

Hardy war zufrieden. Das mit dem Telefon könne man leicht ändern. Er schenke ihr zum Einzug einen Telefonanschluss. Er hatte schon mit der Telekom gesprochen; das Kabel liege in der Nähe, Schultes könnten nicht widersprechen, und gleich morgen werde er den Auftrag erteilen. Im übrigen sei eine House-Warming-Party fällig. »Am besten ohne die alten Wittmanns.« »Ganz bestimmt«, nickte Silke. »Aber mit Gudrun und mir und vielleicht ein, zwei Freunden von dir. Da fällt mir auf, hast du überhaupt Freunde, Freundinnen oder sowas?«

Silke überlegte. Ihr fiel nur Dieter ein, aber der kam ja wohl nicht in Betracht. Oder Hans-Jürgen. Der hatte gemeinsam mit ihr das Abitur gemacht, hatte, wie sie, Jura studiert, allerdings immer nur in Münster. Dort hatte er jetzt auch die Referendarausbildung begonnen. Ja, Hans-Jürgen schien geeignet. Er war lieb, groß und hellblond, etwas schüchtern und seinerzeit im Gymnasium schnell durch Dieter von Silkes Seite verdrängt worden. Und Waltraud, ebenfalls eine ehemalige Mitschülerin, die nach dem Abitur eine Ausbildung beim Finanzamt begonnen hatte und seit einiger Zeit als wohlbestallte Oberinspektorin bei der Oberfinanzdirektion Münster tätig war; Silke hatte sie neulich zufällig am Bahnhof getroffen. Sie hatten die Anschriften ausgetauscht und verabredet, sich mal in der Stadt zu treffen.

Hardy fand es passend, zwei ehemalige Mitschüler von Silke mit einzuladen. Und in dieser Runde wurde dann auch das Häuschen eingeweiht. Hardy hatte einen Grill besorgt, Gudrun Fleisch, Würste, Senf und Brot. In Hardys Kofferraum befand sich im übrigen ein Vorrat an Bier, Sekt und Likör, der ausgereicht hätte, eine ganze Busladung betrunken zu machen.

Die beiden Neulinge Hans-Jürgen und Waltraud tauten schnell auf und trugen mit zunehmendem Alkoholpegel ihren Teil zur Unterhaltung bei. Insbesondere Gudrun und Waltraud schienen sich recht gut miteinander zu verstehen.

Star des Abends war Silke in ihrem knappen Jeanskostüm. Wie die Falter die Lampe, umschwärmten Hardy und Hans-Jürgen sie förmlich um die Wette, priesen ihren Liebreiz, wollten das eine ums andere Mal gelobt und mit Küsschen bedankt werden und gurrten wie die Täuberiche im Frühling. Silke trank wenig, und wenn sie die zurückhaltend dreinblickende Gudrun ansah, wurde ihr unheimlich; der lief Hardy bestimmt aus dem Ruder, nur wusste Silke nicht, wie sie diese Entwicklung bremsen konnte.

Als sich nach weiteren zwei Stunden, mit Grillen und reichlichem Nachspülen mit Bier und Korn, das Repertoire von Hardy und Hans-Jürgen erschöpfte und deren Stimmen deutlich unter dem Einfluss des Alkohols zu lallen begannen, verkündete Gudrun laut »Gentlemen, last order!« Diesen Ruf kannte Hardy aus seiner Londoner Zeit: Noch eine Bestellung, dann schloss das Pub. Es gab einen Fernet zum Abschluss, dann mahnte Gudrun »Hardy, lass es gut sein, Ihr habt alle genug. Marsch, ins Auto! Das Jungvolk bringen wir noch bis zum Servatii-Platz. Und dann wird's wirklich Zeit für uns. Tschüs Silke, machen Sie's gut, ich melde mich bei Ihnen. Los, Hardy, hinein mit dir, Silke erhört dich doch nicht, darum ab jetzt!«

Schon setzte sich das Auto in Bewegung – es war gerade erst 23 Uhr. Silke war einerseits froh, dass sie nun wieder Ruhe hatte; andererseits wäre sie gern noch länger in Gesellschaft geblieben, insbesondere in der Hardys. Den Grill ließ sie draußen stehen, die Essensreste packte sie in die kleine Pantry-Küche und ging sofort ins Bett. Sie fiel in einen tiefen, wie sie meinte, traumlosen Schlaf, aus dem sie am nächsten Morgen ohne weitere Nachwirkungen erwachte.

Mit Hans-Jürgen traf sie sich bald wieder. Er fiel aber wieder in die Rolle des lieben, etwas gehemmten jungen Mannes zurück, der zwar sehnsuchtsvolle Blicke schweifen, ihnen aber keine Taten folgen ließ. Anders Hardy; nachdem das Telefon funktionierte, hatte sie ihn fast jeden Tag am Apparat. Wie es ihr gehe, wie sie den Tag verbracht habe, ob sie auch an ihn denke.

Und dann erschien er auch bald wieder in Person. Sie fuhren in ein Landgasthaus, er gestand ihr, sie bringe ihn ganz schön aus dem Tritt, so könne das nicht weitergehen. Er brachte sie zurück, kam noch mit ins Haus, und sie setzten sich nebeneinander auf das Sofa. Er streichelte sie zunächst nur an den Händen, dann an den Armen und den Wangen; schließlich zwängte er sich mit der Hand durch ihren Blusenärmel und hielt ihre Brust. Als er sie verzweifelt ansah und Anstalten machte, die Bluse aufzuknöpfen, sagte sie gequält »Nein, Hardy, nein! Es geht nicht, ich kann das nicht! Ich bin auch in dich verliebt, aber es darf nicht sein! Wirklich, lass uns doch nicht alles kaputtmachen, was wir miteinander haben. Man muss sich doch auch mögen können, ohne gleich miteinander schlafen zu wollen.«

Hardy gab sich einen Ruck, stand auf und guckte Silke eindringlich an. »Ich fürchte, so rein platonisch können wir beiden nicht miteinander umgehen. Nein, Silke, du weißt das, und ich weiß das. Aber es wird nichts geschehen, was du nicht auch wünschst, wozu du freiwillig bereit bist. Ich hasse Vergewaltigungen, und wenn ich dich jetzt herumkriege und mit dir schlafe, dann ist das schon so eine Art Vergewaltigung, die ich verabscheue. Lass uns hier nicht weiter darüber reden. Ich verschwinde jetzt, und wir überlegen beide mal in Ruhe, wie es weitergehen kann mit uns.«

Hardy zog das Jackett wieder an, rückte die Krawatte gerade und lächelte müde. Silke brachte ihn bis zur Tür, dann gab sie ihm einen leidenschaftlichen Kuss, löste sich von ihm, drehte sich um und ging zurück ins Zimmer. Hardy öffnete schweigend die Haustür, verschwand und fuhr langsam und leise vom Hof. Silke fiel aufs Bett, und erstmals seit langer Zeit musste sie tief, lange und voller Schmerz weinen.

Nach einigen Tagen, Silke fühlte sich wieder leidlich im seelischen Gleichgewicht, rief Gudrun an. Ob Silke nicht Lust habe, mal wieder zu einem Kaffee und einem Plauderstündchen herüberzukommen.

Nachdenklich und etwas zögernd sagte sie zu und vereinbarte die genaue Zeit. Lange überlegte sie, ob sie Hardy anrufen und fragen sollte, ob und was er seiner Frau über ihre Beziehung und ihre Gefühle füreinander gebeichtet habe. Aber sie traute sich letztlich doch nicht und fuhr mit sehr unguten Gefühlen zu Gudrun.

Die war offenbar allein zu Hause. Sie war freundlich, fast herzlich, erkundigte sich ausführlich nach Silkes Familie, nahm Anteil an Silkes schlechtem Gewissen gegenüber ihren Eltern, von denen sie fast nichts hörte und von denen sie, genau genommen, auch nichts hören wollte.

Dann kamen sie aber doch auf Hardy zu sprechen. Nachdenklich begann Gudrun: »Sie brauchen gar nichts zu sagen, ich möchte Ihnen nur ein paar Gedanken vortragen, die ich mir gemacht habe. Natürlich habe ich gemerkt, dass Hardy Sie mag, dass er Sie umflirtet und Ihnen alle Arten von Komplimenten macht. Ich kenne das, es ist seine Art, er gefällt sich in der Rolle des Charmeurs. Aber es ist eigentlich nie ernst gemeint. Es ist eher so eine Art von Verteidigungsstrategie, wenn ihn die Studentinnen oder Referendarinnen anhimmeln. Aber bei Ihnen ist es anders. Da steckt für ihn ein Stück Ernsthaftigkeit hinter, und das macht es gefährlich. Er ist in dem Alter, in dem die meisten Männer meinen, sie müssten noch einmal heftig an den Ketten rütteln, die sie aber nicht abstreifen wollen. Wenn Sie Ernst mit ihm machen würden, gar ein Kind von ihm bekämen, dann wäre das für ihn eine Katastrophe; er würde nach Mitteln suchen, Sie abzudrängen, Sie irgendwie loszuwerden, um seine vorzüglich geordneten Lebensbahnen nicht verlassen zu müssen. Männer wie Hardy leben davon, dass sie sich vormachen, sie könnten noch mit der Traumfrau ein neues Leben beginnen, sie wären noch liebesfähig und stark genug für eine neue Bindung, das Leben liege noch vor ihnen. Aber wehe, wenn das dann wirklich eintritt, wenn die Entscheidung ansteht; dann sind sie wehleidige Feiglinge, kriechen auf Händen und Füßen in ihr warmes Gehege zurück und wollen am liebsten ungestört ihrem Selbstmitleid frönen. Armeen von enttäuschten Neben-, Zweit- oder Drittfrauen der berühmtesten Männer legen davon ein kummervolles Zeugnis ab. Ich kenne Hardy, er ist nicht anders, allenfalls vorsichtiger und ängstlicher; aber ein Held, nein, dazu langt es bei ihm nicht. Silke, ich will nicht wissen, wie sehr Sie ihn mögen und was zwischen Ihnen und Hardy inzwischen vorgefallen ist. Aber ersparen Sie sich diese Enttäuschung und mir den ganzen Ärger beim späteren Wegräumen der Scherben.

Wenn es Ihnen eben möglich ist, drehen Sie das Rad wieder zurück. Wenn Hardy Sie wirklich gern hat, und das glaube ich, dann wird er Sie loslassen. Er ist kein Held, aber er verfügt über ausgeprägte Fürsorglichkeit und fühlt sich auch für andere verantwortlich. Seien Sie klug, handeln Sie wie eine erwachsene Frau und nicht wie ein Backfisch. Ich mag Sie auch, ich habe Ihnen das schon gesagt. Machen Sie sich das nicht unnötig kaputt, helfen Sie Hardy, indem auch Sie ihn loslassen.«

Sichtlich erregt goß Gudrun Kaffee nach; ihre Hände zitterten. Auch Silke war aufgeregt und kämpfte mit den Tränen. Sie war innerlich ganz zerrissen. Einerseits fühlte sie eine starke, auch körperliche Liebe zu Hardy; natürlich wollte sie ihn ganz. Andererseits mochte sie Gudrun, die kühle, distanzierte Frau, die nun offensichtlich ihre Selbstsicherheit zu verlieren schien. Aber von Gudrun hatte sie einiges gelernt; die Ruhe, die Beherrschung, die Geduld. Auf Gudrun wollte sie auch nicht verzichten. Sie verlor die Übersicht über ihre Gefühle.

Und wieder war es Gudrun, die ihr half. »Sie sollten keinerlei Erklärungen zu meinen Überlegungen abgeben, Silke. Nur einfach wissen, wie ich denke, wie ich an die Situation herangehe, was ich fühle. Und dann sollten Sie versuchen, zu einem Ergebnis zu kommen.

Das kann ich dann nicht mehr bestimmen, das muss aus Ihnen selbst abgeleitet sein. Nur: So wie bisher herumzuschlingern, macht uns alle unglücklich, das kann zwar noch lange dauern, aber nicht gut enden.«

»Gudrun, ich möchte Sie beide nicht verlieren, Hardy nicht, aber Sie auch nicht, bestimmt nicht. Vielleicht gehe ich erst einmal zurück nach Heidelberg und schaffe Distanz. Oder ich versuche ein Auslandsstipendium zu erhalten. Ich weiß es nicht. Ich meine, dass ich Hardy sehr gern habe, aber ich weiß es nicht richtig. Was ist Liebe dabei, was ist Sinnlichkeit? Und was fühlt Hardy wirklich?«

Nun begann sie doch noch zu schluchzen. »Mein Gott, Kind, nun sagen Sie sich doch auch einmal, soviel Kummer lohnen diese blöden Männer eigentlich gar nicht. Richtig ertragen kann man sie ohnehin nur mit Abstand und Distanz. Und jetzt hören wir auf damit!« Damit stand sie auf, ging zu Silke, nahm sie in den Arm und streichelte ihr den Rücken, bis das Schluchzen schließlich aufhörte.

»Nun werde ich uns mal was aus Hardys Hausapotheke holen«, nahm Gudrun das Gespräch wieder auf. Sie öffnete ein Barfach in dem Biedermeiervertiko und goss zwei Gläser voll. Es war ein bitter-süßer Magenlikör, der höllisch auf der Zunge, im Rachen und sogar noch in der Speiseröhre brannte. »Den braucht Hardy immer, wenn er aus dem Justizministerium kommt; er glaubt, dass es hilft.«

Beide Frauen saßen noch einige Zeit beieinander. Es wollte aber so recht kein Gespräch mehr aufkommen. So verabschiedeten sie sich mit einer freundschaftlichen Umarmung, und Silke ging zur Bushaltestelle.

Zum Glück war der Bus gut besetzt, die anderen Menschen lenkten Silke soweit von ihren aufgewühlten Gefühlen ab, dass sie nicht erneut in Tränen ausbrach. In ihrem Häuschen – es hatte inzwischen zu regnen angefangen und es war recht gemütlich – gewann ihr Verstand erstmals wieder Einfluss über ihre Gefühle. Sie teilte zwar

Gudruns Vermutung nicht, Hardy spiele nur mit ihr. Nein, es war sicher für ihn eine wenn auch späte, dafür aber echte Liebe, da war sie ganz sicher. Aber ob Hardy auch die Kraft und, wie sie es empfand, auch die Skrupellosigkeit besaß, sich von Gudrun zu trennen? – Neu anzufangen wäre ja vermutlich reizvoll und sicher auch für Hardy sehr verlockend. Aber das alte Leben ganz aufgeben? Gudrun mit ihrer Behinderung, die Kinder, beide noch unfertig und auf Familie angewiesen, der Beruf und das gesellschaftliche Umfeld, das alles einfach zurücklassen, um mit einem jungen Mädchen, das die eigene Tochter sein könnte, in ein neues Leben aufzubrechen? – Nein, das traute sie Hardy nicht zu. Je mehr sie darüber nachdachte, umso deutlicher wurde ihr, dass Hardy aus seinem Beziehungsgeflecht nicht zu lösen sein würde. Sicher suchte er mit Silke kein bloßes Abenteuerchen, ganz bestimmt war es für ihn und für sie große Liebe. Aber Hardy war nicht an sich zu haben, sondern nur mit seinem familiären, beruflichen und gesellschaftlichen Umfeld. Und das würde ihm wie ein Strick um den Hals liegen, von dem er sich nicht würde befreien können. Wäre das nicht so, dann wäre es nicht der Hardy, den sie kannte und liebte. Und weil es so war, gab es kein Happyend. Das wurde ihr bei allem Kummer und aller Liebe immer deutlicher. Das, was Hardy so liebenswert machte, seine Fürsorglichkeit, sein sich verantwortlich Fühlen, sein Mitdenken, machte ihn andererseits auch so unerreichbar. Und für eine bloße Lebensabschnittsbeziehung fühlte sich Silke ungeeignet. Ohne Perspektive konnte sie sich eine Liebesbeziehung nicht vorstellen, jedenfalls keine mit Hardy. Es war genau das, was sie an ihm so mochte, was andererseits die Unerfüllbarkeit ihrer Liebe verursachte. Es blieb ihr dabei unklar, wie sie aus dieser Sackgasse herausfinden konnte, ohne dauerhaft Schaden zu nehmen und an ihrem Kummer zu ersticken.

An ihr Telefon ging sie nicht mehr; sie wusste nicht, was sie Hardy hätte sagen können. Und nach einigen Tagen läutete es auch nicht mehr. Stattdessen sprach Hans-Jürgen sie in der Arbeitsgemeinschaft an: ob sie nicht Lust habe, ein Semester die Hochschule für Verwaltungswissenschaften in Speyer zu besuchen. Die Zeit dort werde voll auf die Ausbildung angerechnet, und die Besoldung laufe auch weiter. Es seien noch Plätze im Nordrhein-Westfälischen Kontingent frei, und er habe mal vorsorglich für sie – und natürlich auch für sich selbst – eine Voranmeldung abgegeben. Sie müsste sich aber ganz schnell entscheiden, sonst werde der Platz anderweitig vergeben. Die Hochschule habe ein Wohnheim, in welchem man preiswert und im Einzelzimmer unterkommen könne; schließlich sei die Zusatzqualifikation eines erfolgreichen Semesters in Speyer nicht zu unterschätzen.

Silke kam es vor, als räume ihr eine himmlische Macht die Möglichkeit ein, den Aufbruch in das eigene, selbstständige Leben noch einmal zu wiederholen. So gern sie in Münster war, so sehr sie ihr Puppenhaus liebte und die Universität schätzte: letztlich erinnerte sie fast alles an Hardy; fast alles hatte er ihr vermittelt, alles hatte irgendeine Beziehung zu ihm und ließ sein Bild niemals verblassen. Wenn sie sich überhaupt von ihren Gefühlen zu Hardy lösen und für andere Menschen öffnen wollte, musste sie noch einmal radikal von vorn anfangen. Und das ging in Münster nicht. Aber war Speyer wirklich eine echte Chance, selbst wenn das den endgültigen Abschied von Hardy bedeutete?

Viel Zeit zur Überlegung blieb ihr nicht mehr; nach einer schlaflosen Nacht und dem Gefühl, so oder so eine falsche Entscheidung zu treffen, rang sie sich dazu durch, ihre Bewerbung für das Wintersemester der Verwaltungshochschule abzuschicken. Und schon bald erhielt sie die Zulassung zum Studium. Auch Hans-Jürgen wurde zugelassen; dieser war ganz glücklich, dass Silke ihn nun begleiten konnte, aber eigentlich fand Silke ihn eher etwas langweilig und weniger anziehend als Hardy. Ihre Gefühle waren alle durch ihn blockiert.

Da das Semester in Speyer nur 4 Monate dauerte, entschloss sie sich, ihr Häuschen weiter angemietet zu halten. Aber die Kaution wollte sie nicht länger von Hardy erbracht haben. Das musste sie mit Schultes und ihm regeln. Und irgendwie war sie sich und ihren Gefühlen für Hardy auch schuldig, dass sie sich nicht wie ein Dieb in der Nacht fortschliche, sondern ihm eine Erklärung gab, warum sie nach Speyer ging und dass das kein Verrat an ihrer Liebe zu ihm war, sondern ein Akt des Verzichts und der Verantwortung.

Es fiel Silke schwer, Hardy anzurufen. Zunächst hatte sie ihm schreiben wollen; aber weder wollte sie an seine private Anschrift, noch an seine dienstliche einen verschlossenen Brief schicken. Obwohl sie einerseits fürchtete, eine erneute Kontaktaufnahme mit ihm könnte falsche Hoffnungen wecken, sah sie andererseits doch nur diese Möglichkeit, ihm ihre Entschlüsse zu erläutern und mit ihm im Guten auseinanderzugehen. So rief sie ihn vormittags im Landgericht an, und er zeigte sich froh und glücklich, dass es sie noch gebe und sie an ihn gedacht habe.

Silke wollte ihn nicht zu sehr verprellen und begründete den Anruf damit, dass es wohl an der Zeit sei, eine Standortbestimmung in ihrer Beziehung vorzunehmen und eine gewisse Ordnung in ihre beiderseitigen Gefühle zu bringen, dieses umso mehr, als sie entschlossen sei, ein Semester an der Verwaltungshochschule in Speyer zu studieren.

Zu Silkes Überraschung gab es keinen Widerspruch, als sie ihn bat, auch nicht mehr zu ihr zu kommen.

Hardy schien alle Leichtigkeit und Fröhlichkeit verloren zu haben, als er leise antwortete: »Eigentlich brauchst du mir gar nichts mehr zu erläutern. Ich bin dir zu alt, zu oberflächlich, zu erstarrt und zu festgefahren. Du gehörst einer anderen Generation an, du hast das ganze Leben noch vor dir, ich bin schon auf dem absteigenden Ast, auch wenn ich das noch nicht wahrhaben will. Und wenn du in zwanzig Jahren noch in der Blüte deines Lebens stehst, bin ich bereits im Greisenalter; rheumatisch, schwerhörig, vielleicht schon zittrig und impotent. Geht dir das durch den Kopf?«

Silke war entsetzt. »Nein, Hardy, nein! Damit liegst du ganz falsch. Das musst du doch spüren; das sind doch so kalte, berechnende Argumente; auf die wäre ich nie gekommen. Nein, du bist und bleibst ein attraktiver Mann. Was weiß ich, was in zwanzig, dreißig Jahren ist? Nein, Hardy, das ist es überhaupt nicht.« »Aber was dann? Warum dieser plötzliche Umschwung deiner Gefühle?« »Den Umschwung gibt es doch gar nicht. Das weißt du auch. Das Gegenteil ist der Fall. Ja, ich liebe dich, mit allem Ernst und mit aller Verbindlichkeit. Und weil das so ist, weil es für mich eine so existentielle Frage geworden ist, kann ich keine Kompromisse ertragen. Wenn, dann will ich dich ganz und ungeteilt. Ich will mich ja auch ganz und gar in eine solche Beziehung einbringen. Ich weiß, dass so eine Haltung romantisch und unmodern ist, aber ich bin so. Und kann ich dich so bekommen, wie ich dich haben möchte? Selbst wenn du keine behinderte Frau, keine Familie, die dich braucht, keine beruflich exponierte Stellung hättest: Würdest du dich in eine so absolute Bindung zu mir begeben? Sag nicht ja, Hardy, denn die Frage stelle ich dir gar nicht. Ich kenne deine Familie, dein Berufsleben, deinen Bedarf an Selbstdarstellung, aber auch deine ganz persönliche Verantwortung. Davon kommst du nicht los. Mich als Verhältnis neben Gudrun, das könntest du vielleicht durchhalten. Aber mich als Lebensinhalt, als Aufgabe mit deiner sich daraus ergebenden Verantwortung für mich? Hardy, das schaffst du nicht, ohne mit deinem bisherigen Leben völlig zu brechen und alles hinter dir zu lassen, was heute dein Leben ausmacht. Und eben das kannst du nicht; du nicht, und auch kein anderer Mann könnte das. Aber ohne diese völlige Zuwendung würde es für mich ein Leben in Heimlichkeit bedeuten, verborgen und verleugnet, das will ich nicht, und das kannst du mir eigentlich auch nicht wünschen!«

Hardy schwieg. »Mein Gott, Hardy, mach es mir und dir nicht so schwer«, Silke kamen ganz gegen ihren Willen die Tränen. »Glaub mir doch, ich liebe dich, ich würde nichts lieber tun, als mit dir zu leben, für immer, und ganz absolut. Aber ich kann dich mit niemandem teilen. Ich habe wenig Freunde, bin oft allein. Den Menschen, an den ich mich binden will, den will ich ganz haben, den kann ich nicht teilen. Und dich müßte ich teilen. Ach, Hardy, sag doch was!«

Als es aus dem Hörer weiter schwieg, wusste Silke plötzlich, dass Hardy aufgelegt hatte.

Speyer und die Folgen

Silke fuhr nach Speyer, ohne sich nochmals von Gudrun oder Hardy verabschiedet zu haben. Es war ihr noch gelungen, für das Wintersemester einen Mieter für ihr Häuschen zu finden, der auch Schultes zusagte. Ein junger australischer Physiker, der als Gastwissenschaftler das Wintersemester in Münster verbrachte, fand das Quartier »lovely« und konnte auch Schultes Bedenken gegen diese Zwischenvermietung durch eine um 150 DM höhere Monatsmiete überwinden. Was an den Weihnachtstagen geschehen würde, war Silke noch unklar; im Übrigen war sie fest entschlossen, ihren Aufenthalt in Speyer nicht durch irgendwelche Besuche bei ihren Eltern oder in Münster zu unterbrechen.

Das Wohnheim war etwas heruntergekommen und unfreundlich, aber sehr preiswert. Und die übrigen, meist flachen, modernen Gebäude der Hochschule waren in eine Grünanlage eingebettet, die im Sommer sicherlich zur Erholung und zum kurzen Abschalten von Fachproblemen geeignet schien. Jetzt im Winter war alles Grün welk geworden und machte ebenfalls einen abgewirtschafteten Eindruck. Bibliothek, Veranstaltungsräume, ja selbst die kleine Mensa waren dagegen gepflegt und einladend, also die richtige Umgebung für ein arbeits- und ertragreiches Semester.

Silke belegte gemeinsam mit Hans-Jürgen einige Pflichtveranstaltungen, darunter auch die sehr lieblos abgehaltene Referendararbeitsgemeinschaft; um wieviel besser war doch die von Hardy in Münster gewesen. Überhaupt Hardy: sie konnte ihn nicht aus ihren Gedanken bannen; immer wieder überflutete sie die Trauer über den Verlust. Als Gegenmittel verordnete sie sich anspruchsvolle Veranstaltungen. Ein wirtschaftsrechtliches Seminar, das vom Finanzvorstand einer großen Firma durchgeführt wurde, war fesselnd und erforderte Mitdenken und gute Vorbereitung. Und dann hatte sie sich noch für ein dreistündiges Seminar im Behördenorganisationsrecht beworben, welches von einem Altenfurter Gastprofessor angeboten wurde – ein persönliches Anmeldegespräch war obligatorisch. Hans-Jürgen hatte gewarnt; der Professor namens Hecht sei zwar ein unbestrittener Experte, menschlich aber problematisch. In Altenfurt gelte er als typischer Macho, sehr zynisch und eingebildet, insbesondere gegenüber Frauen. Er verlange für seine Übungen und Seminare höchste Qualität, werde bei schwachen Leistungen schnell ausfällig und nutze seine Assistenten auch aus, um sich von ihnen Literaturrecherchen und Buchexzerpte anfertigen zu lassen. Er habe aber eine gute Habilitationsrate, und er kümmere sich später auch um seine Leute, sofern die als Assistenten pariert hätten und seinem Arbeitstempo hätten folgen können. Hier in Speyer, wo er auch schon früher aufgetaucht sei, gelte er als rechtes Ekel. Aber es gebe auch eine kleine Fangemeinde, die durchaus menschliche Züge an ihm entdeckt habe, zumindest dann, wenn man sich bemühe, in etwa seinen überzogenen Leistungserwartungen zu entsprechen. Hans-Jürgen wollte sich aber keinesfalls einem solchen Stress aussetzen; für ihn kam dieses Seminar nicht in Betracht.

Silke ging mit bösen Ahnungen und vielen Vorbehalten zu Professor Hechts Sprechstunde. Aber den Versuch musste sie wagen, schließlich hatte sie beabsichtigt, ihren Kummer – Liebeskummer wollte sie sich nicht zubilligen, das war ihr zu romantisch – mit Arbeit auszuhungern. Nach den letzten Monaten in Münster, die weder irgendwelche Auseinandersetzung mit ihrem Promotionsvorhaben noch überhaupt eine rechtstheoretische Beschäftigung zugelassen hatten – alles war irgendwie von Hardy und der Frage, wie es mit ihnen beiden weitergehen könnte, überlagert gewesen –, spürte sie nun das Bedürfnis, wieder stärker in die Rechtsmaterien einzudringen, die sie sich eigentlich als Lebensschwerpunkt vorgenommen hatte.

Sie konnte sich nicht vorstellen, wie Professor Hecht aussah. Vielleicht war er groß, korpulent und mit einer dicken Hornbrille geschmückt. Umso überraschter war sie, als sie im Gastdozentenzimmer auf einen nur mittelgroßen, schlanken und sehr sportlich wirkenden Mann traf, dessen Alter schlecht abzuschätzen war. Die noch vollen Haare waren dunkel, nur wenige graue Strähnen zeigten an, dass er die Fünfzig wohl überschritten haben mochte. Durch eine randlose Brille sah er sie mit braunen Augen freundlich an, stellte sich knapp als »Hecht« vor, winkte Silke auf einen freien Stuhl, setzte sich ihr gegenüber, sah sie erneut genau an, ohne etwas zu sagen. Silke war gewarnt, und sie wusste, dass diese Behandlung eine oft praktizierte Einschüchterungsmethode darstellte. Aber es war ihr nicht unheimlich; vielmehr wurde sie neugierig, wie Hecht dieses Spiel wohl weiter betreiben würde. Hätte sie eine Brille gehabt, sie hätte sie jetzt aufgesetzt und Hecht ebenso angeschaut wie er sie. Schließlich hatte sie doch genug von diesem Spiel, und ehe er noch fragen konnte, was sie wünsche – die Frage lag jetzt förmlich in der Luft –, stellte sie sich ihm mit den Worten vor: »Ich bin Silke Wittmann aus Münster, und ich möchte an Ihrem Seminar teilnehmen. Ich hatte Ihnen eine kurze Bewerbung mit Stationszeugnissen zugeschickt, und meine Personalakte müsste Ihnen von der Verwaltung auch vorgelegt worden sein; das hatte mir die Geschäftsstelle zugesagt.«

Hecht schien immer noch wie geistesabwesend, sah Silke unausgesetzt an und fragte nun: »So, Sie wollen an meinem Seminar teilnehmen? Wie ist denn Ihr Name?« Silke kam das Ganze wie absurdes Theater vor, aber sie wiederholte ihren Namen und ihren Herkunftsort. Hecht stand auf und sah sie immer noch mit erstauntem Gesicht an: »Sie müssen entschuldigen, dass ich so perplex bin. Aber Sie sehen einer früheren Kollegin so absolut und unglaublich ähnlich, dass ich fast geneigt wäre, an einen Fall von Reinkarnation zu glauben. Aber die andere Dame ist gottlob noch lebendig, so dass sich die Frage nach Reinkarnation nicht stellt. Doch es ist wirklich ganz unglaublich! Wundern Sie sich nicht, wenn ich Sie mal irrtümlich mit Heidrun anrede, das ist der Name Ihrer Doppelgängerin.«

Damit schien das Eis gebrochen zu sein. Hecht war jetzt die personifizierte Liebenswürdigkeit. Er nahm sich Zeit, befragte sie nach Thema und Stand ihrer Dissertation. Das von ihr gewählte Thema missfiel ihm. »Viel zu aufwendig und viel zu langlebig. Allenfalls für eine Habilitation brauchbar. Für eine Doktorarbeit nicht geeignet. Suchen Sie sich doch etwas Kleineres, Lebensnäheres, Aktuelleres. Da gibt es dann auch den heilsamen Druck, mal fertig werden zu müssen, weil das sonst keine Redaktion und keinen Verlag mehr zur Veröffentlichung reizt, wenn es mit der Zeit inaktuell ist. Hier in Speyer finden Sie über Ihr Thema sowieso nichts, da müssten Sie schon über den Rhein nach Heidelberg zu den Max-Planck-Leuten fahren. Nein, kommen Sie mal in mein Seminar; für die Guten – und das sind Sie als Studienstiftlerin ja wohl, und Ihr Examen liegt ja auch über dem Durchschnitt –, da fällt oft ein Thema für eine Dissertation ab. Ich mache »real life«, behandle Fragen, die mir als Wissenschaftler von Obergerichten und Prozessparteien gestellt werden, über die ich gutachte.« Er lächelte vor sich hin. »Das hat nämlich für alle Vorteile: Meine Hörer sind immer mit den neuesten rechtlichen Problemen befasst, fast früher noch als Verwaltungs- und Verfassungsgerichte; und ich bekomme dabei so viele interessante Anregungen, dass ich das nicht missen möchte.«

Silke war überrascht. Dieser Mann – er war übrigens recht elegant gekleidet und sah wirklich nicht schlecht aus – trat auf wie der reine Menschenfreund. Lag das an der Doppelgängerschaft, oder lag es an Silkes weiblichen Reizen, über deren Vorhandensein sie ja oft genug männliche Rückmeldung erhalten hatte, oder suchte er wirklich geeigneten wissenschaftlichen Nachwuchs, um sich von ihm anregen zu lassen, aber auch, um ihn zu fördern?

Jedenfalls gefiel ihr Hecht auf den ersten Eindruck hin, und nachdem er noch etwas in ihren Personalakten geblättert hatte, die, welch ein Wunder, auf dem Schreibtisch lagen, dachte er laut, »... ja, das wäre eine interessante Fragestellung für eine junge Frau, wirklich ein Problem, das man erfühlen muss, mit Impetus und Phantasie.« Dann sah er sie an und gab seiner Stimme eine etwas härtere Tonart: »Bestimmt, das müssen Sie machen. Ich hab ein Thema für Sie, damit können Sie sich für höhere Aufgaben qualifizieren. Das machen wir zusammen. Das wird Sie interessieren. Also: am Dienstag von 17.00 bis 20.00 Uhr hier in der Hochschule und ab 20.30 Uhr in der ›Schwarzen Ameise‹ in der Bäckergasse. Machen Sie's gut bis dahin, und kommen Sie, es lohnt!« Damit stand er auf, drückte ihr mit harten, sehnigen Fingern die Hand und geleitete sie zur Tür.

Zum Glück traf sie im Gang auf Hans-Jürgen; der dämpfte ihre Aufregung, signalisierte, er benötige dringend einen Kaffee, und gemeinsam gingen sie durch den welken Garten zur Cafeteria. Draußen begann es zu nieseln, die etwas verräucherte, gemütlich warme und gut besuchte Gaststube gab so etwas wie eine Heimat ab. Hans-Jürgen war neugierig. Silke musste minutiös die Szene in Hechts Zimmer schildern. Einzig die Andeutung über die Doppelgängerin Heidrun ließ sie weg; das wäre sicher eine Indiskretion gewesen. Das Geheimnis von Heidrun wollte sie Hecht – wenn überhaupt – dann allein und vertraulich entlocken.

Hans-Jürgen hatte weitere Informationen über Hecht gesammelt. Die Niedersachsen, mit denen Hans-Jürgen in einem Seminar zusammenarbeitete, hätten berichtet,

Hecht habe die Wiedervereinigung eiskalt genutzt, um in seinem Institut auszumisten. Seinen ganzen Assistentenschrott habe er blitzhabilitiert und in den Osten verschoben. Dort gebe es an einigen Universitäten schon lange Gesichter, aber für drüben seien die natürlich immer noch gut zu gebrauchen. Nun sei er, wie Drakula, auf der Suche nach frischem Blut. In Altenfurt hieße er bei den Assistenten »der Krake«, weil er mit langen Fangarmen junge Juristen einfange, sie umschlinge und dann aussauge. Nur als Larven, als leere Wissenschaftlerhüllen, kämen die Ärmsten nach Jahren wieder frei.

Silke hatte keine direkt negativen Eindrücke, wollte aber auf der Hut sein, sich nicht umschlingen zu lassen. Hans-Jürgen kannte Hecht ja überhaupt nicht, und Geschichten vom Hörensagen wollte Silke eigentlich nicht zur Grundlage von Entscheidungen machen.

Das Seminar bei Hecht fand sie zwar schwierig und gelegentlich auch als Veranstaltung allein zur besseren Selbstdarstellung des großen Gelehrten Hecht. Aber sie wurde endlich wieder fachlich gefordert. Hecht hatte sie, durchaus auch in ihrem eigenen Interesse, mit einem Kapitel eines Gutachtens betraut, das er zu erstellen hatte; es war dann zugleich auch ihre Seminararbeit. Er besprach ihre Entwürfe sorgfältig mit ihr, war oft ungeduldig und von penetranter Genauigkeit. Er lehrte sie Gründlichkeit beim Quellenstudium, konnte fast ausfällig werden, wenn sie eine zitierte Fundstelle nicht gelesen und als Kopie nicht in ihr Archiv genommen hatte, mäkelte an ihrem, wie er es nannte, »Kleinmädchenstil« herum.

Bald schon, als er auch als Persönlichkeit und gut aussehender Mann einigen Eindruck auf Silke gemacht hatte, fragte sie sich, wie das damals in Münster mit Hardy angefangen hatte. War das nicht ganz ähnlich, sah Hecht nicht sogar äußerlich etwas wie Hardy aus? – Nein, dachte sie, nur nicht wieder so eine gefühlige Geschichte mit einem älteren Mann, bloß nicht. Aber die Ähnlichkeit mit Hardy war einfach unübersehbar. Das gepflegte Äußere, die Lust an Selbstdarstellung, die scheinbar persönliche Zuwendung und auch die Komplimente und das Anhimmeln. Doch nach und nach traten die Unterschiede deutlicher hervor. Zwar konnte Hecht sehr witzig und schlagfertig sein; Opfer waren aber stets die anderen. Ob er nun einem unglückseligen Referendar die schriftliche Seminararbeit mit dem Bemerken zurückgab, er solle in diesem Semester nur noch Schwarzbier trinken, schwarz als Farbe der Trauer über die völlig ungenügende Leistung; ob er der etwas legeren Referendarin, zu der er eine sichtbare Antipathie pflegte, die handschriftliche Skizze zur Lösung einer komplizierten Rechtsbeziehung mit dem Bemerken zurückreichte, er könne das nicht lesen, das sehe ja aus, als ob ein Ochse im Gehen gepinkelt habe; stets waren andere das Ziel seines Spottes. Und auch vor den üblichen Machosprüchen über die zwei Kategorien von weiblichen Juristen: den geschlechtslosen Arbeitstierchen und den arbeitslosen Geschlechtstierchen schreckte er nicht zurück. Selbstkritik lag ihm fern; seine Selbstsicherheit und sein Selbstbewusstsein waren so ausgeprägt, dass ihm stets Platz gemacht wurde, sei es in der Bibliothek, in der Mensa oder bei Vortragsveranstaltungen in der Hochschule.

Silke erfreute sich indessen seiner unverhohlenen Zuneigung. Er lobte sie oft in den Seminarsitzungen, fast war es ihr peinlich. Und in den anschließenden, wie er es nannte »Nachberatungen« in der »Schwarzen Ameise« war sie seine unbestrittene Wunschnachbarin am Tisch. Er trank schnell und viel. Nach und nach wurde er zunächst jovial, fast väterlich, dann sentimental und rührselig. Er beklagte sein Alter, seine angeblichen Gebrechen, die nachlassende Leistungsfähigkeit. Dabei freute er sich kindisch, wenn alle ihm widersprachen, ihn lobten und bewunderten. Mit Silke begann er zunächst ganz ungeniert zu flirten. Als das aber für Aufsehen sorgte und seine Komplimente so plump waren, dass jeder sie als schlichte Anmache erkennen konnte, unterließ er das wieder. Unübersehbar blieb aber, dass Silke seine Lieblingsschülerin war. Und fachlich glänzte Silke. Sie hatte wieder ganz Anschluss an die gegenwärtigen Rechtsprobleme gefunden.

Zu Weihnachten fuhr sie dann doch zu ihren Eltern, wo inzwischen Tante Lisbeth das Regiment übernommen hatte. Den Jahreswechsel beging sie mit Waltraud, die eine bunte Gesellschaft von Finanzbeamten, Steuerberatern und Wirtschaftsprüfern zur Einweihung ihrer neuen Eigentumswohnung eingeladen hatte. Es war ein ausgelassenes Fest. Obwohl es einen leichten Damenüberschuss gab, war Silke die Favoritin. Es hätte nicht viel gefehlt und sie hätte sich in einen jungen Rechtsanwalt verliebt. Der suchte dann aber doch so deutlich erkennbar nur ein Abenteuer, dass er Silke als Therapie gegen Hardy nicht geeignet erschien. Waltraud meinte zwar, er sei wirklich noch zu haben, räumte aber auch ein, der Weg zu ihm führe unweigerlich durch ein Bett.

Die zweite Semesterhälfte verging Silke wie im Flug. Referate, zwei Exkursionen, erste Versuche, etwas zu veröffentlichen – zwar unter eigenem Namen, aber doch unter der Herausgeberschaft von Hecht –, füllten die regnerischen Winterwochen, daneben sorgte der Fasching für einige Abwechslung. Da Silke eine begehrte Partnerin war, konnte sie kaum alle Einladungen annehmen, so viele Verehrer hatte sie inzwischen angelockt. Weil sie aber stets wenig Alkohol trank und es niemandem gelang, sie ganz zu erobern – ans Bett war nicht zu denken –, war der häufige Wechsel der Verehrer unvermeidlich. Niemand wollte sich mit dem zufriedengeben, was Silke letztlich an Erotik und Zuwendung freiwillig anbot. Und um mehr zu erreichen, hätte es schon physischer Gewalt bedurft, die niemand riskieren wollte. Auch hatte Silke den nicht nachweisbaren, gleichwohl deutlichen Eindruck, dass Hecht, dem die zum Teil ausschweifenden Festivitäten der Referendare nicht verborgen blieben, irgendwie eifersüchtig sei. Sie wurde aus ihm nicht schlau, fand ihn aber trotz aller Eigenarten im Grunde recht sympathisch, was auch er instinktiv erfasst hatte.

Ganz gerührt war Silke schließlich, als Hecht sie bei ihrer Abreise nach Ende des Semesters persönlich an der Tür mit einer Umarmung verabschiedete und sie fast schon beschwor, doch als Doktorandin an sein Institut nach Altenfurt zu kommen. Er könne sie dort gut fördern und habe sicherlich bessere Dissertationsthemen anzubieten, als das jetzt von ihr vorgesehene. Er gab ihr seine Visitenkarte mit und sah sie dabei so erwartungsvoll an, dass Silke sich traute, doch noch zu fragen, wer ihre Doppelgängerin Heidrun denn sei und ob sie in Altenfurt auf sie treffe. Kurz verfinsterte sich sein Gesicht, dann entspannte es sich wieder und er antwortete: »Das erzähle ich Ihnen frühestens, wenn Sie bei mir in Altenfurt angefangen haben – wenn überhaupt.«

Hecht saß immer noch in seinem Ohrensessel, und immer noch grübelte er über die Frage, mit welchen Konsequenzen er möglicherweise zu rechnen habe und wie er am elegantesten vermeiden könnte, dass diese unglückselige Nacht noch Folgen hätte. Was hatte ihn eigentlich getrieben, sich in diese missliche Lage zu bringen, sinnierte er zerknirscht. Nun gut, angefangen hatte das in Speyer, vor fast zwei Jahren. Er hatte sein Forschungsfreisemester verwendet, um dort an der Verwaltungshochschule ein schwieriges verfassungsrechtliches Gutachten zu schreiben. Dieses Gutachten wurde von mehreren Gerichten dringend erwartet. Sein Wort hatte da Gewicht. Um dem Rektor der Verwaltungshochschule etwas entgegenzukommen – schließlich nutzte er als Gastwissenschaftler deren Bibliothek und auch die sonstigen Einrichtungen –, aber auch aus eigenem Interesse hatte er angeboten, für die dort ein Semester lang studierenden Rechtsreferendare eine verfassungsrechtliche Übung sowie ein kommunalrechtliches Seminar anzubieten. Ein Lehrauftrag wurde erteilt und sogar vergütet. Hecht arbeitete gern mit Referendaren zusammen; denen musste man nicht erst noch die erforderlichen juristischen Grundlagen beibringen. Und man bekam manche originelle und unorthodoxe Theorie zu hören, von der man auch selbst noch profitieren konnte. Insoweit versprach das Semester in Speyer wieder ein Erfolg für beide Seiten zu werden.

Bei den Vorstellungsgesprächen für sein Seminar hatte ihn unter gut 15 Bewerbern eine junge Referendarin fasziniert. Sie wies eine solch verblüffende Ähnlichkeit mit Heidrun Schmitt auf, dass ihm, als er sie sah, fast die Stimme versagte und er tief erschrak. Sie glich Heidrun aber nicht nur äußerlich – da war sie zierlicher –, sondern die Art ihres Auftretens, eher zurückhaltend-schüchtern und leise, sehr deutlich sprechend, erinnerte ihn schlagartig an München, sein Versagen, seine Schuld und seine große Liebe.

In den folgenden Seminarveranstaltungen stellte er schnell fest, dass diese Referendarin mit Namen Silke Wittmann klar denken und Sachverhalte auf ihre juristische Grundsubstanz zu deduzieren wusste. Sie war etwas scheu, schien mit einem Kollegen aus Nordrhein-Westfalen, einem sehr sauerländisch-blonden jungen Mann, befreundet zu sein, schloss sich aber zu Hechts Überraschung auch dem Teil des Seminars an, der gemeinsam mit ihm nach der Seminarveranstaltung noch eine der Pfälzer Weinstuben aufsuchte. Dort konnte sie sogar lustig aus Münster von ihren Wirtsleuten erzählen, beherrschte das Ruhrgebietsidiom und gab gelegentlich verbale Kostproben ihrer engeren Heimat. Hecht war fasziniert von ihren strahlenden blauen

Augen und ihrem Lächeln, das sofort Sympathie schuf. Am meisten aber verblüffte ihn immer wieder neu ihre Ähnlichkeit mit Heidrun.

Da sie zudem eine gute Juristin war, konnte sie ihm bei seinen Arbeiten sehr behilflich sein, und sie stellten fest, dass sie in der rechtlichen Streitfrage des Gutachtens dieselbe Meinung vertraten, so dass Hecht sie einige Abschnitte allein formulieren ließ; die konnte er praktisch unverändert übernehmen.

An seinem Gutachterhonorar beteiligte er sie aber nicht. Er war es gewöhnt, dass seine Mitarbeiter schon allein aus Dankbarkeit, an seinen wissenschaftlichen Arbeiten beteiligt zu sein, auf eine Honorarbeteiligung verzichteten. Immerhin ließ er Silke darüber hinaus einen kleinen Aufsatz zu einem personalvertretungsrechtlichen Thema schreiben, der mit seiner Mithilfe unter ihrem eigenen Namen in einer Fachzeitschrift erschien. Sie könnte ihm eine ideale Mitarbeiterin sein, nicht allein wegen dieser verblüffenden Ähnlichkeit mit Heidrun, dachte er. Und es dauerte nicht lange, da teilte er seine Tage ein in solche mit Silke Wittmann und solche ohne sie. Letztere verliefen immer zäh und ohne wissenschaftlichen Impetus, erstere dagegen steckten voller fachlicher Überraschungen und origineller Ideen; und gelegentlich gingen sie auch gemeinsam zum Essen.

Das Semester endete viel zu schnell; Frau Wittmann erhielt von ihm die höchstmögliche Benotung und ein ausgezeichnetes Zeugnis – das hatte sie einfach verdient. Und als die Stunde der Verabschiedung kam – es gab eine offizielle durch den Rektor und einige inoffizielle Abschiedsfeiern der einzelnen Seminare und Arbeitsgruppen –, hatte er ihr angeboten, sie könne, falls sie wolle, jederzeit bei ihm in Altenfurt promovieren; und eine Hilfskraftstelle werde er sicher auch für sie an Land ziehen können.

Als am nächsten Morgen das Taxi vor dem Wohnheim der Hochschule vorfuhr, um Frau Wittmann zum Bahnhof zu bringen, hatte er sich mit einer freundschaftlichen Umarmung verabschiedet, die ihm etwas zu innig geriet, was peinlich war, und die ihn daran erinnert hatte, dass nichts, aber auch gar nichts an Gefühlen für Heidrun verschwunden war; zwar tief vergraben, aber immer noch da.

Später, mit der Distanz einiger Monate, war die Erinnerung an Frau Wittmann wieder verblasst. Der Alltag in Altenfurt hatte Hecht schnell eingeholt. Es stand zu erwarten, dass ihn die Fakultät zum Dekan wählen würde. Dieses Amt war wenig beliebt. Es machte Arbeit und bereitete auch Ärger. Es hatte allein den Vorteil, dass das Stundendeputat von 8 auf 4 Semesterwochenstunden Vorlesung reduziert, eine kleine Dienstaufwandsentschädigung gezahlt und die Reisekosten zentral übernommen wurden.

So kam es dann. Hecht füllte das Amt des Dekans, wie nicht nur er meinte, sondern wie es ihm auch von den Kollegen bestätigt wurde, vorzüglich aus. Seine Wiederwahl für ein weiteres Jahr war unausweichlich. Er hatte sich dank seiner zupackenden Art schnell die Sympathie des Fakultätsassistenten Dr. Felgenheber und der Dekanatssekretärin Schön erworben. Auch die Fakultätsbibliothek gewann an Aktualität, weil er persönlich den etwas müden Bibliothekar Wolf beaufsichtigte und, welches Wunder, zu größerer Aktivität motivieren konnte.

Wenn er jetzt mit seinem schweren Kopf darüber nachdachte: Seine Malaise hatte angefangen, das wurde ihm jetzt ganz deutlich, als er im Januar 1995 in seiner Lehrstuhlpost einen Brief mit Absender: Assessorin Silke Wittmann, Münster, erhielt. Neugierig hatte er ihn geöffnet und aus den wenigen maschinengeschriebenen Zeilen erfahren, Frau Wittmann habe mit einem oberen »Gut« das Assessorexamen bestanden. Ob seine Zusage aus Speyer noch gelte, sie könne jederzeit bei ihm promovieren. Eine Hilfskraftstelle benötige sie nicht, da sie voraussichtlich ein Promotionsstipendium der Hellweg-Stiftung erhalte. Es eile allerdings, da sie für ihre Stipendienbewerbung ein Thema benennen müsse. Bei dessen Festlegung sei ja die Bereitschaft eines Hochschullehrers, die Arbeit zu betreuen, unerlässlich. Und da sie aus Speyer den Eindruck behalten habe, er könne mit ihr gut zusammenarbeiten, wolle sie ihn gern einmal aufsuchen, um die Möglichkeit der Promotion konkret zu erörtern.

Hätte er doch bloß damals abgesagt; das wäre ohne Nachteile für ihn möglich gewesen. Aber nein, sein Jagdinstinkt, den er jetzt zugleich mit seinem Alkoholkater verfluchte, war mit ihm durchgegangen. Damals, als er versucht hatte, sich Frau Wittmann vorzustellen, kam das Bild Heidruns in sein Gedächtnis. Und dass unter der Asche noch Glut glomm, wusste er seit Speyer genau.

Natürlich mochte er Mitarbeiterinnen; der Umgang mit jungen Frauen, wenn sie denn seinem Bild von Frau entsprachen, war für ihn immer wie eine Art Elexier, das ihn beflügelte und manchmal in Verwirrung stürzte. Sein Verhältnis zu Ute dagegen: lieber nicht ganz ausloten. Und seine Ablenkungen im Bett beschränkten sich auf Reise-Amouren und kurze Episoden, gerade so schwer, dass sie keine Narben hinterließen. Also: »Frau Wittmann bekommt einen Vorzugstermin, noch in dieser Woche! Frau Marschner soll mit Frau Schön einen Termin ausgucken und den telefonisch mit Frau Wittmann abstimmen!« Da man Altenfurt von Münster aus mit der Bahn an einem Tag erreichen und noch zurückkehren konnte, stellte sich das Problem eines Hotelzimmers nicht. Und zum Mittagessen ließ Hecht einen ruhigen Tisch im Ratskeller reservieren.

An einem trockenen, kalten Januardonnerstag 1995 war Frau Wittmann erschienen. Hecht überkam wiederum das Staunen, wie ähnlich sie Heidrun sah. Wenn er die als Doktorandin annähme, so war ihm damals schon deutlich geworden, musste er sie vor Ute verborgen halten. Die würde diese Ähnlichkeit ebenfalls sofort merken und ihm Gott weiß was unterstellen.

Es wurde ein rein fachliches Gespräch. Hecht arbeitete an dem Problem der Delegierbarkeit von Regierungsverantwortung auf Privatpersonen; er hielt das – und damit befand er sich in der hochaktuellen Diskussion über die Einsetzung von Hochschulräten zur Beaufsichtigung von Universitäten – für verfassungswidrig. So stand er in krassem Widerspruch zu Landesregierung und Kultusministerkonferenz. Wenn er diese Frage durch eine in seinem Sinne argumentierende Doktorandin in Form einer Dissertation beantworten ließ, war er aus der unmittelbaren Schusslinie gerückt, konnte das Ergebnis bekanntgeben und verbreiten, ohne die direkte wissenschaftliche Verantwortung übernehmen zu müssen. Und wenn die Rechtsprechung diesem Ergebnis irgendwann einmal folgen würde, dann war es sein »Stall«, der solche wegweisenden Gedanken unter seiner Anleitung entwickelt hatte. Und wenn nicht, dann war es ja nur eine Dissertation. Das hatte ihm sehr gut gefallen.

So war es gekommen, dass er Frau Wittmann als Doktorandin angenommen hatte. Das Thema schien ihr zuzusagen, und die Arbeitsbedingungen sollten kein Hinderungsgrund sein. Hecht hatte eingeschränkt, dass er allerdings erwarte, Frau Wittmann werde sich an den Übungen zum besonderen Verwaltungsrecht beteiligen. Das sei ohnehin die Domäne der Assistenten, lohne den Aufwand eines Ordinarius nicht und gebe den jungen Leuten Gelegenheit, sich in der Lehre zu profilieren. Da in der Regel pro Semester bis zu 300 Klausuren und bis zu 100 Hausarbeiten zu korrigieren waren – »keine Sorge, natürlich nur nach Musterlösung«, beschwichtigte er die entsetzt blickende Frau Wittmann – wären seine 2 Assistenten sicher froh, wenn sie Verstärkung erhielten. Und Literaturrecherchen sowie die regelmäßige Auswertung der verschiedenen Rechtsprechungsdatenbanken gehören natürlich auch dazu. Nicht allein, dass man unglaublich viel dabei lerne, es sei schließlich unsolidarisch gegenüber den angestellten und beamteten Mitarbeitern, sich solchen Tätigkeiten als Stipendiat zu verweigern.

»Bedenken Sie die ungeheuren Vorteile, die Sie gewinnen, wenn Sie zu einem Lehrstuhlteam gehören«, hatte er versucht, Frau Wittmann zu überzeugen. »Der unmittelbare Zugang zum Doktorvater, das ständige Feed-back beim Konzipieren der Doktorarbeit und der beachtliche Zeitvorteil: Ich korrigiere die Dissertationen meiner Mitarbeiter und Stipendiaten sofort; bei Externen kann schon mal ein Jährchen zwischen Abgabe und Korrektur verstreichen; wissen Sie, wegen dieser ungeheuren Überlastung, die vielen Studenten! Aber für meine Leute tue ich natürlich alles, was möglich ist.« – Vorausgesetzt, sie fressen dir aus der Hand, dachte Silke, sagte aber, dass sie sich dem anpassen wolle und könne.

Hecht hatte versprochen, die Formalitäten in der Fakultät schnellstens zu erledigen; sie sollte ihm möglichst bald Lebenslauf, Zeugnisabschriften und eine Verzichtserklärung für Reise- und Umzugskosten hereinreichen. Sobald sie die Bewilligung des Stipendiums in Händen halte, sei sie am Lehrstuhl willkommen. Dann hatte Hecht zwei Gläser Champagner bestellt, und sie stießen auf gute Zusammenarbeit an. Auf eine Umarmung zum Abschied hatten beide verzichtet. Frau Wittmann erhielt bald die Stipendienzusage; schon im Februar 1995 begann sie ihren »Dienst« am Lehrstuhl Professor Hecht.

So war Silke froh, als sie ihr Münstersches Häuschen aufgeben und nach Altenfurt wechseln konnte. Die dortige Universität war kleiner als die in Münster. Die Stadt schien halbwegs gemütlich. Durch die Studenten gab es eine Vielzahl von Kneipen. Das Leben in der Kneipenszene begann erst am späten Abend richtig; fast die ganze Nacht über bevölkerten die jungen Menschen die Innenstadt. Trotz ihres jugendlichen Alters – an Lebensjahren war sie vermutlich jünger als die vielen Altenfurter

Nachtschwärmer – fühlte Silke sich von dieser Art alternativ angehauchter Kneipenkultur eher abgestoßen. Alkohol und auch, je nach Wunsch, harte und weiche Drogen wurden konsumiert wie Nahrungsmittel. Viele zum Teil noch junge Bettler streiften durch die Stadt, hatten große Hunde bei sich, lagen an Denkmälern, Brunnen und in Grünanlagen. Horden von angetrunkenen, ganz jungen Männern – vermutlich noch Schülern – liefen grölend und laut durch die Gassen, fast wurde es Silke unheimlich, wenn sie am Abend noch durch die Innenstadt gehen musste.

Morgens in der Frühe war der Spuk dann, bis auf die Obdachlosen und Bettler, verschwunden. Offenbar bestand die Studentenschaft aus zwei voneinander getrennten Gruppen: die sie am Tage bevölkernde bestand überwiegend aus fleißigen, teils heiter, teils missmutig dreinblickenden jungen Menschen, die völlig unangefochten von irgendwelchen revolutionären Parolen nur ein Ziel zu verfolgen schienen, diesen Lebensabschnitt so schnell wie möglich zu durcheilen und ein frühes Examen zu machen. Die langen Studienzeiten wurden wohl von der anderen Gruppe, der der Nachtschwärmer und Lebenskünstler, verursacht.

Anfangs war es Hecht vorgekommen, als sei er wieder mit Heidrun zusammengetroffen; aber zunehmend hatte Frau Wittmann eigene Konturen angenommen. Er konnte ihr für den Beginn ein Zimmer im Schwesternwohnheim des Klinikums besorgen. Aber Felgenheber war kurz darauf erfolgreicher. Er wusste von einer demnächst freiwerdenden möblierten kleinen Wohnung mitten im Stadtzentrum in der Nähe des Stadtparks. Es war ursprünglich die Hausmeisterwohnung. Sie lag in einem Haus mit Zahnarztpraxis, Steuerberatungsbüro und einer Exportfirma; und eben dieser ehemaligen Hausmeisterwohnung im Dachgeschoss. Es gab sogar einen Parkplatz im Hof; einstweilen trat Silke ihn einer Sprechstundenhilfe des Zahnarztes ab; sie hatte kein Auto.

Hecht arbeitete im Frühjahr 95 an einem großen Manuskript; da musste auch Frau Schön mit einspringen, denn Frau Marschner schaffte das allein nicht. Frau Schön hatte aber im Dekanat so reichlich zu tun, dass sie regelmäßig länger bleiben musste. Und Frau Schön hatte einen unsympathischen Lebensgefährten, einen Jura-Studenten. Wie Hecht vermutete, befand er sich im 40. Semester. Mit Gelegenheitsjobs als Barkeeper, Diskjockey, aber auch als Vorleser in der Seniorenresidenz »Atlantis« und Urlaubskraftfahrer für wohlhabende ältere Herrschaften, denen er den Mercedes oder BMW in den Urlaubsort nachbrachte, schien er ausreichend Geld zu verdienen, um sein etwas unübersichtliches Leben finanzieren zu können.

Wie Hecht wusste, wohnte er nicht bei Frau Schön, jedenfalls nicht ständig. Und es hieß, er habe sie vor dem Untergang gerettet, als sie als arbeitslose Hauptschullehrerin an den Alkohol und noch härtere Sachen geraten sei. Dass Wally nach einer Kur im Trockendock – so hieß die entsprechende Abteilung des Landeskrankenhauses – zur Sekretärin umgeschult habe, sei allein sein Werk gewesen. Er habe die lebenshungrige Wally sexuell von sich abhängig gemacht, aber nur dann mit ihr geschlafen, wenn sie nüchtern gewesen sei. Dieser Bursche mit Namen Karl Hesse, von allen nur Charly gerufen, war später selbst an Drogen geraten. Es war mit ihm bergab gegangen. Dafür machte er, das ließ Frau Schön gelegentlich durchblicken, die Juristische Fakultät verantwortlich, die ihn nicht akzeptiere, die seine Arbeiten nicht gewürdigt und jede Form von Kritik mit anhaltender Feindschaft vergolten habe. Also: Als Frau Schön laut darüber nachzudenken begann, warum sie unbezahlte Überstunden dafür leisten sollte, dass eines seiner Manuskripte rechtzeitig geschrieben werde, obwohl das doch, wenn überhaupt, reine Lehrstuhlsache sei und deswegen das Dekanat gar nichts anginge, da erklärte sich Frau Wittmann bereit, das Manuskript auf ihrem PC zu schreiben.

Hecht war das damals sehr angenehm gewesen; jetzt war ihm klar, dass es einen entscheidenden weiteren Schritt zu seiner heutigen Situation bedeutet hatte. Seinerzeit empfand er es als Glück, noch näher mit Frau Wittmann zusammenarbeiten zu können. Da sie ihren PC in ihrer Wohnung installiert hatte, ergab sich nämlich die Gelegenheit, sie dort aufzusuchen.

Bei seinem Besuch beschränkte sich seine Anwesenheit allein auf ihren Wohn- und Arbeitsraum. Sie stellten in einem Kapitel mehrere Absätze um, veränderten schließlich auch Teile längst fertiggestellter Kapitel. Hecht erkannte erst mit Frau Wittmanns kundiger Hilfe, welche Möglichkeiten in solch einem Computer steckten. Frau Marschner und Frau Schön nutzten ihn nur als Schreibmaschine. Bei seinem dritten Besuch – längst knisterte zwischen ihnen eine erotische Spannung, Hecht versuchte, unauffällig ihren Arm oder ihre Schulter zu berühren – hatte sie Kaffee gemacht und Kuchen gekauft. Eigentlich war das Manuskript auch längst fertig. Aber wie bei den Kampfflugzeugen ein Gerät den Piloten informiert, wenn er vom feindlichen Zielradar erfasst wird, signalisierte sein Gefühl warnend, dass auch Frau Wittmann ihn mochte und seine Nähe suchte. Zu seinem Unglück, so sagte er sich jetzt, hatten seine Steuerungsanlagen damals nicht auf Abwehr geschaltet. Im Gegenteil: Er hatte sich in klarer Erkenntnis, dass er vielleicht einen Fehler machte, hinreißen lassen, ihr zu erklären, dass sie ihn in faszinierender Weise an seine eigentliche, große Liebe Heidrun erinnere.

Womit er nicht gerechnet hatte, war Frau Wittmanns Reaktion gewesen. Die war nämlich nicht liebevolle Anteilnahme, sondern eher eine leichte Verstimmung, als sie ihm deutlich gemacht hatte, dass sie nicht der Anknüpfungspunkt für alte Erinnerungen sein wollte. Auch sei sie vermutlich verschieden von dieser Heidrun, selbst wenn es vielleicht äußerliche Ähnlichkeiten gebe.

Er entschuldigte sich, stellte klar, dass er sie keineswegs mit Heidrun identifiziere, bat um Verständnis, dass er sich trotzdem, ganz unsinnigerweise, in sie zu verlieben beginne. Seine Frau gehe nämlich überhaupt nicht auf ihn ein, habe weder Interesse an seinem Beruf noch frage sie nach seinen vielen auswärtigen Aktivitäten. Und das so genannte Liebesleben, das sei im Laufe der Jahre einfach abhanden gekommen.

Frau Wittmann, die während dieser Bekenntnisse unruhig auf ihrem Stuhl herumgerutscht war, nutzte eine Unterbrechung seiner Klagen, um festzustellen: »Also, verstehen kann ich diese Geschichte nicht so richtig. Sie sind doch freiwillig zu Ihrer Frau zurückgekehrt, auch wenn Sie heute meinen, es sei Pflichtgefühl gewesen. Und

Sie würden doch vermutlich auch wieder so reagieren; Sie haben gar nicht die Freiheit auszubrechen. Das könnten Sie ja auch jetzt versuchen, aber Sie haben Angst davor. Sie wollen niemandem wehtun. Aber damit schaden Sie nur allen, am meisten sich selbst.«

Wie recht sie gehabt hatte, seufzte er. Als sie damals sah, dass er unwillig in seiner Kaffeetasse rührte und sich ganz offensichtlich missverstanden fühlte, hatte sie ihn beschwichtigt. »Ich sollte hier nicht Moral predigen. Aber ich sehe doch auch, dass Ihnen Ihre derzeitige Existenz aufs Gemüt geht und Sie zwischen Pflicht und Neigung hinundhergerissen sind. Leider kann ich Ihnen wenig helfen. Ich mag Sie auch. Das haben Sie ja auch schon gemerkt. Aber was wäre denn, wenn wir unsere Beziehung vertieften, vielleicht sogar« – Frau Wittmann stockte, errötete, suchte nach einem passenden Wort – »intim miteinander würden? Damit wäre doch Ihr Problem nicht gelöst. Allenfalls hätte ich ein Problem mehr. Nein, ich denke, der Preis wäre für uns beide zu hoch.« Hecht hatte enttäuscht geblickt, Ärger war in ihm hochgekrochen. Was tat er hier eigentlich, er, der große Ordinarius machte bei seiner Doktorandin bitte, bitte.

Diese hatte ihn ihrerseits unglücklich angeschaut. »Wir wollen es dabei belassen, dass wir uns mögen, ja?«, war ihr Vermittlungsversuch. Und mühsam antwortete er »Sie haben völlig recht, Silke – ich nenne Sie mal beim Vornamen. Ich bin ein alter Esel, ein Gefühlsromantiker, und Sie retten mich vor meiner eigenen Dummheit. Wir wollen Freunde sein, sollten das aber nicht nach außen tragen und schonend mit unseren Gefühlen umgehen.«

Aus seiner heutigen Stimmung heraus war es ihm wirklich unverständlich, warum er es nicht dabei belassen hatte. Es war ja fast das ganze Semester gut gegangen. Er freute sich, wenn er mit Silke zusammenarbeitete, war aber wenig da, weil er gemeinsam mit einem Richter des Staatsgerichtshofs an einem Musterentwurf einer Kommunalverfassung arbeitete, die das Auswärtige Amt in Auftrag gegeben hatte und die den Nachfolgestaaten der ehemaligen Sowjetunion beim Aufbau handlungsfähiger demokratischer Gebietskörperschaften helfen sollte. Sie waren gelegentlich zum Essen gegangen, er nannte sie beim Vornamen, allerdings nur ohne Zeugen, merkte, wie die Glut in seinem Inneren wieder strahlte, hatte die Situation aber in der Hand.

Eine Wende trat ein – das verspürte er noch heute –, als er ungewollt Zeuge einer Unterhaltung zwischen Felgenheber und seinem Assistenten Dr. Rosky wurde. Dieser hatte Felgenheber gefragt, »Na, wie war's mit der Prinzessin? Bist du ihr Prinz?« »Das wär' schön, aber von einmal in die Sauna gehen wird man nicht geadelt, und außerdem war's lausig voll. Seit die renoviert haben und jetzt im Obstgarten auch die Biosauna in Betrieb ist, kannst du die halbe Uni dort treffen; war aber vielleicht auch besser so.« »Wieso, hat dich ihre Schönheit so geblendet? Oder war das eher ein Flop mit dem Prinzesschen?«

Hecht wusste, dass Silke am Lehrstuhl »die Prinzessin« genannt wurde, was ebensoviel Abwertung und Neid ausdrückte, wie heimliche Anerkennung ihrer zwar freundlichen, stets aber reservierten Haltung gegenüber ihren Assistentenkollegen.

»Nein, nein, die ist schon o.k.«, antwortete Felgenheber. »Da ist alles dran, Hintern, Bauch, Busen, auch nicht mager, nur alles etwas klein, weißt du, wie Bonsai, hübsch, aber empfindlich.« »Die Bonsai-Prinzessin! Ist ja toll! Und? Bist du scharf auf sie? Lässt sie dich?« »Ach, du spinnst ja! Die hat bestimmt jemanden, einen heimlichen Prinzen in Münster, glaube ich. Und der Hecht macht ja auch schon Stielaugen, den lässt sie doch auch nicht ran.« »Mensch, verbrenn dir mit Hecht bloß nicht den Mund, der wird bei so was völlig humorlos!«

Dass er eigentlich durch diesen Dialog hätte gewarnt sein müssen, seine Bemühungen um Silke seien nicht unbemerkt geblieben, hatte er verdrängt. Stattdessen waren ihm immer wieder die Schilderungen ihrer äußeren Reize durch den Kopf gegangen. Immer, wenn er sie jetzt sah, stellte er sie sich in der Sauna vor, und sein Instinkt sagte ihm, dass er das alles haben könnte, und noch viel mehr, wenn er nur wolle. Und je mehr er sie sich vorgestellt hatte, umso mehr hatte er gewollt. Es war ihm zwar gelungen, sich in ihrer Gegenwart zurückzuhalten, aber er war sich völlig sicher, dass Silke uneingestanden auf ein Signal von ihm wartete. Es musste sich nur eine passende Gelegenheit ergeben, dann würde aus der Glut offenes Feuer.

Das Fakultätsfest

Dass das Fakultätsfest eine solche Gelegenheit böte, war Hecht nicht in den Sinn gekommen. Auch hatte es zunächst so ausgesehen, als wollte Silke dort gar nicht erscheinen. Ob nun sein Appell, alle Lehrstuhlangehörigen müssten hingehen, das sei doch Ehrensache, wo der Chef Dekan war, den Ausschlag gab, oder ob Felgenheber, mit dem sie sich etwas angefreundet zu haben schien, ihr noch weiter zugeredet hatte, wusste Hecht nicht. Jedenfalls war sie gekommen, sah in ihrem Jeanskostüm und mit ihrem Pferdeschwanz – diese Frisur hatte er an ihr bisher noch nicht wahrgenommen – so jugendlich aus wie eine Schülerin, und nicht wie eine Assessorin der Rechte.

Gleich einem Film lief jetzt der Abend und die Nacht in Hechts Phantasie nochmals ab; er hatte das alles kameraartig in seiner Erinnerung abgespeichert. Jetzt, bei nachlassenden Kopfschmerzen und in der Abgeschiedenheit seines Ohrensessels, durchlebte er alles noch einmal. Er war gestern zunächst von den Ordinarienkollegen in Beschlag genommen worden. Es herrschte angesichts erneuter Haushaltskürzungen und einer Stellensperre auch für Assistentenstellen große Missstimmung, und die kolportierte Ankündigung des Kanzlers der Universität, wenn die Institute nicht sparsamer wirtschafteten, werde man die Telefonkosten kontingentieren und die Öffnung der Bibliotheken an Wochenenden einstellen, um Personal- und Energiekosten zu sparen, löste Empörung aus. Man werde die Studenten gegen den Kanzler hetzen, diesem Ignoranten einmal vorführen, wozu eine aufgebrachte Gelehrten- und Studentenrepublik fähig sei, wenn es um ihre Existenz gehe. Auch Frau Dumke, die einzige Ordinaria im Kreis der zum Teil kurz vor der Emeritierung stehenden ordentlichen Professoren, stimmte mit ein in den Chor der Empörten. Hecht hatte sich gewundert, denn eigentlich trafen die angekündigten Sparmaßnahmen in erster Linie den Studienbetrieb und nicht die von den Professoren so hoch gehaltene Forschung; und Frau Dumke war sonst eher zurückhaltend und abwägend.

Später hatte sich Hecht, um demonstrativ zu zeigen, für wen sein Herz wirklich schlug, zu den studentischen Hilfskräften gesetzt. Die hatten schon ordentlich geladen; das schöne Sommerwetter, die Wärme, die im Innenhof förmlich wie ein feuchter Mantel um einen lag, und das laute Reden machten eben Durst. Felgenheber bemühte sich mit mehreren Hilfskräften, so viel Bier wie eben möglich in die Glaskrüge zu füllen; sie wurden ihnen immer halbvoll aus den Händen gerissen. Und auch die diversen Bratwürstchen konnten kaum knusprig werden; zu groß war die Nachfrage. Einer der Assistenten aus dem Strafrecht telefonierte per Handy mit dem Küchenbetrieb des Studentenwerks, und schon bald erschien der grüne Lkw der Mensaversorgung mit zwei großen Thermophoren voller Gulaschsuppe und etlichen Kästen Bier. Es war eine Spende von Professor Windmüller, dem großen alten Strafrechtler, der nach diesem Semester emeritiert wurde und der an seinen Kommentaren so viel Geld verdiente, dass einer seiner Assistenten, schon etwas angeheitert, feststellte, es handle sich wohl um eine Wiedergutmachung für die vielen Stunden Arbeit, die seine Mitarbeiter in die Kommentare gesteckt hätten. Der Alte habe sich ja strikt geweigert, einen PC auch nur anzusehen, und wenn seine Assis – so nannten die Studenten die Assistenten – nicht alle neuere Rechtsprechung per PC aus den in- und ausländischen Datenbanken abgefragt und verarbeitet hätten, wäre der berühmte Kommentar auch als Neuauflage stets veraltet geblieben. So aber lebte Windmüller mit Hilfe seines Mittelbaus als großer Gelehrter. Immerhin behandelte er sie gut, verschaffte ihnen Publikationsmöglichkeiten, und da sie ihn nahezu völlig von der lästigen Korrektur der Semester- und Examensklausuren und Hausarbeiten freistellten und ihn nur die von ihnen vorgenommenen Schlussbewertungen einschließlich der Benotung unterschreiben ließen, gab er sich seinerseits Mühe, deren eingereichte Dissertations- und Habilitationsschriften schnell zu bearbeiten. Heute also wollte sich Windmüller verabschieden, und seine guten Gaben waren allgemein willkommen. Die etwa 100 Personen machten einen Lärm, als sei endlich die große Hochschulrevolte ausgebrochen. Es herrschte aber friedliche Stimmung, nur war es eben, weil jeder wichtigste Dinge zum Besten gab, entsprechend laut.

Als der Abend hereindämmerte, tönte aus einer Lautsprecheranlage Tanzmusik. Es tanzte aber niemand. Die meisten saßen auf den Biergartenbänken an klappbaren großen Holztischen oder standen an der von der Brauerei geliehenen »langen Theke«, einem etwa zehn Meter langen, zerlegbaren Tresen, hinter dem das Bier eingeschenkt wurde und in dessen Unterbau diverse Kühlfächer dafür sorgten, dass Schnaps, Wein und Sekt nicht zu warm wurden. Und davon gab es reichlich. Auch hatten irgendwelche Mitarbeiter oder Sekretärinnen vom nahe dem Campus gelegenen griechischen Lebensmittelladen zwei Ballons mit Mavrodaphne, einem dunkelroten, aromatisch-süßen und alkoholreichen Wein besorgt, der in Plastikbechern angeboten wurde und lebhaft nachgefragt war.

Hecht saß mal hier, stand mal da, prostete viel und trank eindeutig mehr, als ihm zuträglich war. Immer verfolgte er Silke mit den Augen. Als er sie einige Zeit nicht sah – sie hatte mit Dr. Rosky und zwei Sekretärinnen an einem der Biergartentische gesessen, war aber jetzt verschwunden –, wurde er unruhig. Sollte sie etwa schon gegangen sein? Einfach so? Da hörte er von der Theke Rufe wie »Ein Hoch auf die Prinzessin – Prost Majestät, Prost – ach dürfte ich mal Frosch sein, und Sie küssen mich zum Prinzen.« Letzteres war eindeutig der Kollege Maywitz, und der stand in einer Traube von Menschen mit Silke an der Theke, hielt in einer Hand eine Sektflasche, die andere ruhte auf Silkes Schulter. Ein Stich von Eifersucht und Zorn zuckte durch Hechts Brust. Der Maywitz, dieser scheinheilige Schleimer, machte sich so einfach an Silke heran, an »seine« Silke, dachte er wütend. Und Silke schien dieser ganzen angeheiterten Bande hilflos ausgeliefert zu sein. Als er noch überlegte, ob er sich dazugesellen sollte, legte jemand ganz vertraulich die Hand auf seinen Unterarm, zog ihn beiseite und flüsterte ihm zu »Armer Prinz, da entführt jemand die Prinzessin, und der Prinz hat's nicht verhindern können.«

Es war Walburga Schön, die Dekanatssekretärin, von allen nur Wally genannt. Er hatte seinerzeit, als sie die Stelle im Dekanat antrat und er gelegentlich mit dem Dekan zu tun hatte, ein Auge auf sie geworfen. Sie war sicher über 30, stämmig, hatte einen beachtlichen Busen, ein etwas derbes Gesicht mit kräftiger Nase, vollen Lippen und etwas auseinanderstehenden, überraschend kleinen Zähnen. Über einer großen Stirn türmten sich Locken in Fülle – sie hätte einer Barockoper entsprungen sein können. Hecht hatte sie einmal zufällig in der Cafeteria getroffen, ihr Komplimente gemacht und sie mit seinem Charme beflirtet, der als schwer widerstehlich bekannt war. Zu seiner Überraschung war es ganz leicht gewesen, sich mit ihr zu verabreden, um in Ruhe über die Fakultät und ihre verschiedenen Typen zu reden; Wally war damals noch ziemlich neu im Dekanat und schien für Zuwendung dankbar zu sein.

Man traf sich, fuhr zu einem Gartencafé, hechelte tatsächlich die Fakultät einmal durch und war ganz vergnügt. Wally beichtete ihre Geschichte mit dem Alkohol und Charly, die Hecht längst kannte, was er sich aber nicht anmerken ließ. Bei der Rückfahrt legte er ihr seine rechte Hand zunächst auf den linken Oberschenkel, versuchte dann, ihren Busen zu streicheln, was in dieser Position einige Verrenkungen erforderlich machte. Wally führte mit sanftem Griff seine rechte Hand wieder ans Lenkrad und brummte »Aber doch nicht hier, mitten auf der Straße, und überhaupt!« Trotzdem hatte Hecht gemeint, Zustimmung gespürt zu haben.

Als sie an einer Ampel, schon wieder in Altenfurt, anhalten mussten, stellte Wally plötzlich fest, dass sie dringend noch in den nebenan liegenden Drogeriemarkt müsse, sagte »vielen Dank, bis bald mal«, und sprang aus dem Auto.

Das »bis bald mal« hatten sie aber nicht mehr realisiert. Hecht war zu viel unterwegs, und so richtig war Wally auch nicht sein Typ: zu drall, zu direkt, und im übrigen auch zu gefährlich. Mit der eine verschwiegene Affäre zu haben, konnte Hecht sich nicht vorstellen, und außerdem wäre er dann auch sehr leicht erpressbar gewesen. Als sich seine Dekanswahl abzeichnete, hatte er sie einmal aufgesucht; noch als er daran herumdruckste, das damals sei ihm doch sehr unangenehm, sei gewissermaßen ein Missverständnis gewesen, fragte sie ihn, was er denn meine? Was denn das wohl gewesen sei, damals? Sie könne sich an nichts erinnern. – Dankbar hatte er die goldene Brücke betreten, die sie ihm damit gebaut hatte; er hatte ihr soviel Größe gar nicht zugetraut.

Nun hatte Wally ihn mit Silke offenbar durchschaut. »Ach ja«, sagte er, »wie Johann ohne Land. Aber die junge Dame bedarf sicherlich nicht meines Schutzes, da wird Felgenheber schon ein Auge drauf haben.« »Oder auch nicht«, meinte Wally, »der bezirzt gerade die Frauenbeauftragte. Die hat den Mavrodaphne wohl als Brombeersaft getrunken und muss nun gerettet werden. Aber der Herbert« – gemeint war Dr. Felgenheber – »hat das alles sicher im Griff.« »Und Sie«, fragte Hecht, »müssen Sie auch gerettet werden?« »Sie wissen doch, no drugs hat der Onkel Doktor gesagt, ich habe Ihnen das doch mal erzählt. Und ob ich mich von Ihnen retten ließe? Das wäre doch den Teufel mit dem Beelzebub austreiben«, dabei hatte sie laut gelacht, Hecht kräftig auf die Schulter geklopft und sich umgedreht.

Diese Wally, dachte Hecht, immer unterschätze ich die.

Der Film in seinem Kopf lief unaufhörlich weiter: Im Hof des Juridicums war es inzwischen dunkel geworden. Auf den Tischen hatten freundliche Hilfskräfte Teelichter angezündet. Viele waren auch schon gegangen. Hecht hatte sich verpflichtet gefühlt zu bleiben, saß wieder am Tisch bei seinen Lehrstuhlleuten, trank Mavrodaphne, und plötzlich saß Silke neben ihm. »Ja, Mädchen, wo warst du denn? Ich wollte dich retten, aber plötzlich warst du verschwunden. Hat dir der schlimme Maywitz die neuesten Börsentipps erzählt oder gar Verruchtes?« »Verehrter Herr Professor«, wandte sich Silke ihm zu, »ich sehe zwar aus wie fünfzehn, bin es aber nicht mehr. Ich kann mich, wenn ich will, auch selbst gut wehren.« »Und wenn du nicht willst?«, warf ein anderer Assistent ein. »Dann will ich nicht. Basta!«, lachte Silke. Sie hatte offenbar ebenfalls einiges getrunken, war ganz obenauf und lachte viel. Auch schien es Hecht so, als lehne sich Silke etwas stärker an seine rechte Seite, als die Statik es erforderte. Als er seinerseits etwas drückte, wurde dieses Signal erwidert. Hecht schoss nicht allein wegen seines beginnenden Rausches das Blut in den Kopf; ein Kribbeln ging durch seinen Unterleib, und er war wie elektrisch aufgeladen.

Als Silke kurz vor Mitternacht Anstalten machte aufzubrechen, flüsterte er ihr zu, sie solle draußen unbedingt auf ihn warten. Die Nacht sei viel zu schön, um nach Hause zu gehen. Man könne sicher noch irgendwo hingehen. Silke sagte weder ja noch nein, schien ihn überhaupt nicht vernommen zu haben. Plötzlich, Hecht wusste gar nicht, seit wann schon, war sie verschwunden. Er ging zur Theke, kaufte noch eine Flasche Sekt und machte sich, wie er meinte, unbeobachtet davon.

Er verließ das Juridicum durch den Seitenausgang und spazierte so unauffällig wie möglich zum Haupteingang. Da stand zwar ein Auto; darin saß aber nicht Silke, sondern irgendein männliches Wesen. Schon kroch ihm die Enttäuschung den Rükken herauf, da ging die Glastür auf, und Silke huschte heraus. Sie hatte ihn nicht gesehen, schaute einmal nach rechts, dann nach links, dann auf ihre Uhr. Noch einen Augenblick stand sie unschlüssig da; nun ging sie langsam nach rechts, weg von Hechts Standort. Er machte ein paar schnelle, etwas taumelige Schritte nach vorn, Silke verlangsamte ihr Tempo, Hecht trat neben sie, zog sie an sich, wollte sie küssen, aber Silke wandte sich ab. »Komm, schnell weg hier. Wir stehen ja mitten auf der Bühne.«

Sie nahm ihn an der Hand und zog ihn weg vom Eingang. Irgendwie gelangten sie in den Stadtpark und dort auf eine freie Bank. Hecht küsste Silke; diese erwiderte seinen Kuss. Er streichelte sie, knöpfte ihre Jeansjacke auf, dann auch die Bluse. Darunter war sie nackt, er fühlte ihre Brüste, legte seine Stirn zwischen sie und stöhnte wie ein Verwundeter, dem ohne Betäubung der Fuß amputiert wird. Er kniete vor ihr im Kies, küsste saugend und beißend die eine und die andere Brustwarze und gab laute Schmatzlaute von sich.

Schon bald hatten sie festgestellt, dass sie keineswegs allein waren. In den Sträuchern raschelten irgendwelche Menschen, gegenüber unter einer Bank campierte ein Penner, und immer wieder kamen Paare und suchten nach einem freien Plätzchen. Silke fand das extrem störend; Hecht stimmte zu. Aber in eine Bar wollte er nicht gehen, da kannten ihn die anderen Gäste vielleicht. »Wir können zu mir gehen«, sagte Silke, »ich koch uns einen Kaffee, du machst dich etwas frisch, und dann rufe ich dir ein Taxi. Du musst ja sicher auch irgendwann wieder bei deiner Frau auftauchen.«

»Genau da ist der entscheidende Fehler passiert; der Rest war zwangsläufig«, sagte Hecht in seinem Sessel laut zu sich selbst, erschrak über seine eigene, rauhe Stimme und versank wieder in seinen filmartigen Erinnerungen.

Als sie den Stadtpark verließen, hatte sie ihn um Verständnis gebeten. »Ich weiß, dass das falsch war, auf dich zu warten. Nun haben wir uns beide aneinander aufgeheizt. Ich seh schon, wie schwer das für dich wird, nicht mit mir schlafen zu wollen. Aber es geht nicht, wirklich nicht!« »Hast du deine Periode?«, fragte er hörbar enttäuscht, »dann machen wir eben ein Blutbad!« »Nein, ich habe keine Periode. Aber wir müssen ab morgen wieder zusammen arbeiten, du als Prof, ich als Assi. Und ich will bei dir promovieren, nicht durchs Bett, sondern ehrlich. Und dann deine Frau? Du wirst dich doch nie trennen, wir hätten doch gar keine Chance. Am Ende wäre alles ein Scherbenhaufen. Nein, du, versprich mir, dass du nicht mit mir schläfst!« »Geschenkt!« war seine Antwort. »Lass uns erst mal hier verschwinden. Ich dusche bei dir, und dann kannst du mich abservieren.«

In Silkes Wohnzimmer setzten sie sich zuerst nebeneinander auf das Sofa. Hecht hatte die Sektflasche noch immer bei sich, wollte sie öffnen, hatte aber keine Gläser zur Hand, und Silke schlug vor, sie geschlossen zu lassen, keinen Alkohol mehr zu trinken. Nachdem Hecht das Bad gefunden hatte, ging er dort zunächst einmal zur Toilette und ließ die viele Flüssigkeit aus sich laufen. Dann setzte er sich wieder neben Silke, die den Kaffee kochen wollte. »Nur noch ein kleines Viertelstündchen, bitte!«, sagte Hecht etwas weinerlich. »Bestimmt kein Quickfick, nur soft!« Damit knöpfte er ihr wieder die Bluse auf und begann, sie erneut mit Küssen und kleinen Bissen zu traktieren.

Ihn störte das helle Licht. Er entdeckte eine Kerze, stellte die auf den Tisch, entzündete den Docht und knipste die Lampe aus. Er nahm jetzt auch seine Brille ab, tastete sich mit den Lippen bis zu Silkes Bauchnabel, dann versperrte ihm der Gürtel des Jeansrocks den Weg. Trotz seines Rausches knöpfte er erstaunlich schnell den Rock auf, auch die Gürtelschnalle öffnete sich wie von selbst, und Silke, die mehrfach »nein, lass das, ich will nicht, nein!«, herauspresste, saß plötzlich im Slip da. Ängstlich versuchte sie, zumindest diesen hochzuziehen, aber plötzlich kniete Hecht wieder vor ihr, riss mit einer Bewegung den Slip aus ihrer Hand, streifte ihn ihr über das linke Knie und den linken Fuß und drückte gegen ihre Knie. Er umfasste mit eisernem Griff Silkes Oberschenkel und presste sie auseinander. Mit den Ellenbogen drückte er die Knie herunter. »Bist du wahnsinnig, aua, au, du tust mir weh, nein, ich will nicht, nein!«, rief Silke nun mit sich überschlagender Stimme. »Ach, meine Prinzessin, ich mache dich glücklich, komm auf meinen Glückstrip, dann tut dir nichts mehr weh, schön locker machen«, damit begann er, sich mit Küssen und Saugen vom Bauchnabel abwärts vorzuarbeiten. Silke versuchte, ihre Knie wieder frei zu bekommen, aber Hechts vom Rudern sehr muskulöse Arme und Hände hielten sie wie ein Schraubstock fest. Er hatte längst ihre Scham erreicht, tastete mit seiner Zunge nach ihr. Neben einem starken Brennen nahm ihr Körper auch Signale der Lust wahr. Sie hatte aufgehört, sich zu wehren. Sie kannte diese Art, befriedigt zu werden, nur aus Büchern. Es war ganz anders als alles ihr bisher Bekannte: brutaler, direkter, scharfschneidend, aber auch rauschhaft. Hecht selbst schien dabei in eine Raserei zu verfallen; er stöhnte, schnappte nach Luft, tauchte wieder in sie ein. Als sie meinte, es nicht mehr aushalten zu können, bäumte sie sich mit einem gewaltigen Ruck auf, stieß Hecht zurück und rollte sich zur Seite. Er krachte gegen den Tisch, die Kerze fiel um, rollte brennend herunter und landete auf Hechts Hose, wo sie eine dicke Stearinspur hinterließ, bevor sie verlosch. Es war fast dunkel, nur von draußen drang fahles Laternenlicht durchs Fenster und tauchte die Szene in gespenstisches Dämmern. Hecht setzte sich wieder neben Silke, versuchte, sie zu streicheln, stöhnte dann. »Ich weiß, ich bin ein Schwein. Ein geiles Schwein, aber ich kann nicht mehr bremsen. Silke, du machst mich rasend. Ich drohe zu verbrennen. Herrgott, sag doch was. Sitz doch nicht so traurig da. Verdammt, ich liebe dich. Ich werde wahnsinnig ohne dich. Silke, Prinzessin, ich hab das doch aus Liebe gemacht. Ich habe doch versprochen, dich nicht zu ficken. Vielleicht wäre das besser gewesen. Silke, sag doch irgendetwas!« »Da gibt es wohl nicht mehr viel zu sagen«, war Silkes Antwort. »Ich bin ebenso in Schuld. Ich hätte dich für fairer gehalten. Aber ich Idiotin lade dich auch noch zu mir ein, will dir Kaffee kochen, dich wieder herrichten. Das war ja wohl wie eine Aufforderung zur Plünderung. Mein Gott, was bist du brutal. Zu glauben, dass so etwas einer Frau Spaß macht!« »Hast du eine Ahnung!«, seufzte Hecht leise, aber Silke schien es nicht gehört zu haben.

Hecht hatte den leicht salzigen Geschmack von Silke auf den Lippen und im Mund. Er langte nach der Sektflasche, knallend flog der Korken heraus, und er stülpte schnell seinen offenen Mund über den aufschäumenden Sekt, der ihm aus beiden Mundwinkeln auf sein Hemd tropfte. Er riss sich Krawatte und Hemd herunter, reichte die Sektflasche zu Silke, die sie zurückwies, trank dann auf einen Zug die Flasche halbleer, rülpste, setzte sie erneut an, verschluckte sich, hustete kurz, und mit einem großen weiteren Rülpser leerte er sie ganz.

»Und, darf ich jetzt das Taxi rufen?«, fragte Silke. »Nein, natürlich nicht. Ich muss mich erst etwas zurechtmachen, duschen wäre gut, dann einen Kaffee und dann das Taxi.«

Wortlos und nackt stand Silke auf, knipste im Bad das Licht an, legte ihm ein Handtuch hin, zog sich einen Bademantel an und ging hinüber in die Küche. Während er duschte, lief der Kaffee durch. Silke stellte die Glaskanne und einen Becher auf den Tisch, setzte sich auf einen der beiden Stühle und wartete. Das Geräusch der Dusche war schon länger verstummt. Nun hörte sie den Lichtschalter, und im Dunkel der Türöffnung erschien Hecht. Zuerst erkannte sie es nicht richtig; aber er war splitternackt, kam auf sie zu, und nun erst entdeckte sie, dass er ihr sein rötlich schimmerndes, prall erigierte Glied entgegenstreckte. Sie war wie gelähmt vor Scham und Angst. Wenn er jetzt verlangte, dass sie ihn mit dem Mund befriedigte, dann würde sie ohnmächtig vor Ekel. Nie würde sie das können! Erschreckt und leblos starrte sie ihn an. »Nein, nicht, nein, oh Gott«, stammelte sie; plötzlich kniete er wieder vor ihr, öffnete ihre Oberschenkel und verteilte mit seiner Zunge Speichel über ihre Schamlippen. Mit einem Ruck zog er sie über sich, ließ sich rückwärts nach hinten auf den Teppich fallen, drehte sie auf den Rücken und steckte schon tief in ihr. Es war ein kurzer, keuchender Ringkampf; er krümmte sich, als habe ihn jemand in den Magen geboxt, streckte sich lang aus und rollte von ihr herunter. »Und wenn es mich Beruf und Familie kostet, das war es wert. Silke, du bist mein Untergang. Aber es tut so gut, so gut, ah ...« Bewegungslos lag Hecht auf der Seite.

Silke schüttelte sich vor Ekel. Sie ging ins Bad, betrachtete ihre Scham und sah sofort an den grauen Schleimfäden, dass Hecht sich in sie ergossen hatte. Entsetzen überkam sie. Wenn sie nun schwanger wurde? Aber die fruchtbaren Tage kamen erst noch; ihre Periode lag kaum eine Woche zurück. Dieser Schreck würde ihr also erspart bleiben. Sie duschte sich lange und gründlich ab, rieb und frottierte an ihrem Körper herum, bis sie rot wie ein Krebs anlief und saß auf dem Badezimmerhocker. Dieses Schwein, dieser geile Bock, der ließ sich an unerfahrenen Mädchen aus, dieser Versager. Aber, so ahnte sie unterbewusst, auch sie hatte einen Grund, sich zu schämen. Sie hatte ihn ja förmlich eingeladen. Und anfangs war es ein Spiel gewesen, das auch sie erregt hatte. Sie wollte ihn provozieren, wollte auch ihre Reize durch ihn bestätigt sehen. Aber dass er ein solches Schwein, ein so völlig außer Kontrolle geratener Eber wurde, das hatte sie sich nicht vorstellen können.

Was sollte sie jetzt machen? Die Polizei rufen, wegen Vergewaltigung? Das würde ihr niemand abnehmen. Ein Taxi rufen? Aber wie bekam sie ihn unauffällig nach unten? Vielleicht war ihm ja was passiert. Er atmete schnaufend, lag immer noch nackt auf der Seite. Silke legte eine Decke über ihn, sie konnte diesen nackten Körper nicht ertragen.

Es war inzwischen gegen vier Uhr morgens; am Himmel erschien eine zartrosa Färbung, die Vögel riefen sich irgendetwas Wildes zu – es klang ganz aggressiv. Bald würde es hell werden. Also rüttelte sie heftig an Hechts Körper, klatschte ihm mit den Händen auf die Wangen und kniff ihm kräftig in die Seite. »Bist du wahnsinnig, hör sofort damit auf!« Hecht schien übergangslos erwacht zu sein, tastete nach seiner Brille, setzte ein dümmliches Lächeln auf und sagte »Sieht aus wie nach einer Schlacht.«

In Silke kam die ganze Wut und Scham wieder hoch, und mit zitternder Stimme sagte sie »Der Herr Professor hat wohl eine Vorliebe für diese Art Schlachtfelder!«

Hecht brauchte einige Sekunden, um sich ganz zu orientieren. Dann antwortete er kühl: »Zu so einer Schlacht gehören immer zwei. Im Ernst, Silke, ich bin ja nicht durch den Schornstein hier hereingefallen, sondern jemand hat mich mit hierhin genommen, hat aufgeschlossen, mich zum Bleiben aufgefordert, wollte offensichtlich ein Abenteuerchen erleben. Der Hecht war ja auch so niedlich betrunken, den konnte man mal richtig vernaschen. Ich will Ihnen was sagen: sicher habe ich mich nicht gut aufgeführt; ich weiß es nicht, ich war volltrunken, habe keinerlei Erinnerung. Aber was ich auch angestellt habe, Sie waren dabei, sie waren nicht betrunken, Sie waren Herr der Situation. Und Sie haben mitgemacht. Haben Sie sich gewehrt? Wo sind Ihre Verletzungen, Ihre Zeugnisse der Gegenwehr? Nein, liebes Kind, dieses Spiel steht eins zu eins; und Sie haben das doch auch genossen, den Prof mal richtig an die Brust zu legen!«

Er angelte nach seiner Unterhose, zog sich diese noch unter der Decke an, stand auf und schlüpfte in Hemd, Hose und Jackett, fand in der Nähe der Tür auch noch Schuhe und Socken. Silke hatte die Sprache verloren. Nicht einmal schluchzen oder weinen konnte sie; sie starrte Hecht an, als sei er ein Gespenst. »Und weil das Spiel jetzt eins zu eins steht und es keinen Gewinner und keinen Verlierer gibt, schlage ich Ihnen vor, wir tilgen diese Nacht aus der Erinnerung. Wir vergessen beide, dass es diese Nacht gab. Wir fangen wieder an, wie normale Menschen zu reagieren. Sie wollen bei mir promovieren; ich will Ihre wissenschaftliche Arbeit fördern. Dabei kann es bleiben. Und weiter war nichts. Also: Bei eins zu eins, da schließt man Vergleiche, macht Kompromisse und lebt weiter. Denken Sie gut darüber nach. Solche Friedensangebote gibt es immer nur einmal!«

Er wandte sich zur Tür. »Komme ich so heraus, oder müssen Sie mir irgendwo aufschließen?« Silke fand ihre Sprache wieder. »Verschwinde endlich, hau ab, ja, geh endlich! Du bist so mies, so widerwärtig mies!«

Hecht wandte sich zu Silke um, grinste sie an und sagte »Nur Mut, Prinzessin, nur Mut! Und denken Sie über mein Friedensangebot nach, wirklich!« Damit stapfte er mit etwas unsicheren Schritten durch das Treppenhaus davon, froh, dieser Falle entkommen zu sein. Angriff war eben doch die beste Verteidigung.

Jetzt, mit wieder nüchternem Kopf, fand er diesen Abgang nicht mehr so gut. Was war, wenn Silke ihn erpressen wollte? Oder wenn sie ernsthaft erkrankt war?

Der Film in seinem Kopf lief weiter. Noch im Hinausgehen hatte er gemerkt, dass sein Magen streiken wollte. Er war gerade noch bis zum Stadtpark gekommen, dann übergab er sich heftig in einen Ligusterstrauch. Er rettete sich auf eine Bank, sein Kopf begann, ebenfalls mit krampfartigen Schmerzanfällen zu rebellieren. So hatte er alle Überlegungen über die Nacht und ob er sich wirklich geschickt genug aus der Affäre gezogen hatte, zurückgestellt, bis es ihm etwas besser ginge.

Das schrille Läuten des Telefons holte ihn erneut aus seinen Gedanken und der Erinnerung. Diesmal war es Ute, die nur wissen wollte, ob er heil wieder angekommen sei. Er versuchte, so leidend wie möglich zu klingen. Das schien auch zu glücken, denn sie sagte ganz teilnahmsvoll: »Hans, das ist Unsinn, dass du in deiner

Verfassung mit dem Vetterlein essen gehst. Leg dich wieder hin. Ich komme gleich und koch dir eine Haferschleimsuppe.« Als Hecht widersprach und ihr erläuterte, dass der Termin mit Vetterlein der Vorbereitung einer unaufschiebbaren Personalentscheidung diene, seufzte Ute, »Männer! Aber wenn du schon wieder so weit im Leben stehst, mein Schatz, dann lass dich nicht hindern. Tu Gutes, hilf den armen Fischlein, im warmen Teich der Wissenschaft zu schwimmen. Mach's gut und bis später!«

Knack, sagte das Telefon; dann war die Leitung tot. Hecht sah auf die Uhr. Schon nach zwölf. Er widerstand der Versuchung, sich nochmals im Sessel zurückzulehnen und in Gedanken zu versinken. Er verschob die kritische Auseinandersetzung mit der letzten Nacht endgültig auf später, vielleicht auch viel später. Er wusch sich das Gesicht kalt ab und befand, er sei jetzt ausreichend nüchtern, um in sein Auto zu steigen und zum Institut zu fahren.

Charly Hesse einen jungen Mann zu nennen, wäre wohl verfehlt gewesen, denn mit seinen inzwischen 38 Jahren gehörte er durchaus zu den Oldtimern im Dunstkreis der Studentenschaft. Aber seine Lebensanschauungen, sein Selbstgefühl und – leider – auch seine finanziellen Umstände waren seinem kalendarischen Alter nicht gefolgt. Einstmals hatte er die Juristische Fakultät das Fürchten gelehrt. Aber das war lange her, fünfzehn Jahre schon.

Die großen Erschütterungen der 68er Revolte gegen Professorenklüngel und Universitätsmuff ebbten ab; die sogenannte »verfasste Studentenschaft«, repräsentiert durch Studentenparlament und Allgemeinen Studentenausschuss, »Stupa« und »AStA« abgekürzt, hatten ihr eigentliches Territorium, die Hochschule, verlassen. Man entdeckte das große Unrecht und die kapitalistische Unterdrückung in der Welt, im wesentlichen durch westliche Demokratien und insbesondere durch die USA. Man stritt um ein allgemeinpolitisches Mandat, wollte nicht einsehen, dass man als verfasste Studentenschaft nur deswegen von allen Studenten Beiträge einziehen durfte, weil man deren studienbezogene Interessen vertreten sollte; und Fidel, Ché oder Ho waren nun einmal keine Studenten mehr.

Das war Charlys Stunde gewesen. Er kam aus bürgerlichen Verhältnissen; als Lehrerssohn konnte er sich gewandt ausdrücken, fast schon etwas demagogisch. Und er baute die im Hochschulgesetz ebenfalls vorgesehene studentische Interessenvertretung auf Fakultätsebene, die Fachschaft, zu seiner Bühne aus. Während für das Studentenparlament von Wahl zu Wahl die Beteiligung der Studenten unter 20 % sank, stieg sie in der Fachschaft Jura bald wieder über 50 %. Charly kultivierte insbesondere seine rhetorische Begabung; als eine Mischung von Robespierre und Savonarola, anscheinend seine heiligen Vorbilder, deckte er die vielen »Skandale« in der Fakultät auf. Er ließ von einer Arbeitsgruppe des Fachschaftsrats überprüfen, ob die verhassten Professoren ihre Lehrveranstaltungen tatsächlich in der ersten Semesterwoche begannen und bis zur letzten Semesterwoche durchhielten und wie viele davon durch Assistenten abgehalten wurden, weil die Professoren zu irgendwelchen Tagungs- oder Vortragsreisen entflohen waren. Das Ergebnis war erschreckend: Mehr als 50 % fingen verspätet an oder hörten vorzeitig auf. Andere Veranstaltungen waren trotz Ankündigung im Vorlesungsverzeichnis ersatzlos entfallen. Wieder andere wurden von einigen Professoren auf vier oder sechs mehrstündige Kompaktveranstaltungen komprimiert und in zwei Wochen abgehandelt; den Rest des Semesters hatte der Professor dann Zeit, sich seinen Gutachten, seinen Reisen, seinen Verbandstätigkeiten und vielleicht auch seinem Privatleben zu widmen. Beliebt war es auch, mit drei oder vier Professoren ein gemeinsames Seminar anzukündigen. In der Regel erschien dann zur jeweiligen Seminarsitzung nur einer; das hatte die angenehme Folge, dass man nur noch jedes dritte oder vierte Mal in der Pflicht stand, sich aber die Veranstaltungsstunde voll auf das Wochenstundendeputat anrechnen lassen konnte.

Charly deckte mit inquisitorischem Eifer alle diese Unerfreulichkeiten auf und publizierte sie auf Flugblättern. Diese wurden in Anlehnung an Lichtenberg »Sudelblätter« betitelt, erschienen wöchentlich und stellten mitleidslos und unter Namensnennung die tatsächlichen oder vermeintlichen Untaten dar. Als sich auch der Rechnungshof der Sache annahm und der Wissenschaftsausschuss des Landtages vom Ministerium Auskunft und Bericht forderte, war es mit der Ruhe in der Universität vorbei. Eine gemeinsame Arbeitsgruppe von Ministerium und Universitätsdekanen wurde gebildet und mit der Untersuchung der Missstände beauftragt. Lautstark ließ sich auch der Hochschulverband, die Standesvertretung der Hochschullehrer, vernehmen. Die grundgesetzlich garantierte Freiheit der Forschung sei durch die Untersuchungen gefährdet, die Methoden erinnerten an solche in der sogenannten »DDR«, man werde diese rechtswidrigen Eingriffe in die Rechte der Professoren keinesfalls hinnehmen.

Der Konflikt hatte endgültig die politische Ebene erreicht; schon nannte der »Spiegel« Charly den »Fouchée von der Weser.« Also wurde eine weitere Kommission eingesetzt, dieses Mal mit Vertretern auch der Studenten aus der Fachschaft, allerdings handverlesenen und nicht vom Fachschaftsrat beeinflussten. Es stellte sich heraus, dass Charly manches dramatisiert hatte, von einem irrationalen Hass auf alle Professoren getrieben wurde. Aber vieles stimmte einfach.

Als später sowohl im Senat der Universität wie insbesondere in der Kommission auch mehrere Professoren ihr Unbehagen bekundeten und meinten, die Missstände bestünden ja wirklich, man könne das nicht beschönigen, sondern nur schnellstmöglich und geräuschlos abstellen, schien die Situation wieder unter Kontrolle zu kommen. Allerdings, mit Charly wollte man nichts zu tun haben. Dessen Methoden seien völlig unakzeptabel, der akademischen Korporation unangemessen und nicht hinnehmbar.

Zwar wurde Charly nicht auf einem Scheiterhaufen verbrannt. Aber irgendwie hatten er und seine Mitstreiter den Kontakt zur Basis verloren. Die Studenten gingen ihnen von der Fahne, wollten Ruhe und Frieden, dachten an Examen, Beruf, Zukunft. Nach weiteren zwei Semestern war der »Skandal von Altenfurt« in Form eines Kommissionsberichts abgehandelt, in Aktendeckeln gebunden und sowohl im Ministerium wie in der Universität auf eine »langfristige Wiedervorlage« gelegt; so behandelte man Vorgänge, die man zwar nicht ganz verschwinden lassen konnte, an die man sich aber ungern und auch nur auf Anweisung erinnern wollte. Charly hatte zweierlei bewirkt: die Missstände waren von den Fakultäten – alle waren mehr oder weniger betroffen gewesen – abgestellt worden, seinerzeit wenigstens; und Charly war der von den Professoren meistgehasste Student.

Das professorale Gedächtnis erlittener Schmach war lang; Charly, der nach sechs Semestern Kampf für die Rechte der Studenten nun selbst sein Studium wieder ernsthaft aufnehmen wollte, erfuhr von allen Lehrenden, den Professoren, den Gastdozenten, den Lehrbeauftragten und den meisten Assistenten eisige Ablehnung. Die Hochschule wechseln wollte er nicht; hier war er bekannt, hier hatte er gekämpft, gelitten und auch triumphiert. Aber seine Kommilitonen mieden ihn und seine wenigen noch verbliebenen Mitstreiter. Bei den Professoren bekam er »kein Bein an die Erde«, wie Wally es formulierte. Weder eine Stelle als Hilfskraft noch als Bibliotheksaufsicht war ihm zugänglich; nicht einmal als Sitzwache in der Medizinischen Fakultät – ein eher unbeliebter Studentenjob – wollte man ihn beschäftigen. So meldete er sich mit nur mäßigen Übungs- und Seminarnoten und ohne Besuch eines Repetitors zum ersten juristischen Staatsexamen und fiel durch. Mit allem hatte er gerechnet, aber nicht, »dass die Rache so weit gehen würde.« Die Idee, dass er ohne Repetitor vielleicht nur schlecht präpariert gewesen sein könnte, kam ihm nicht.

Verbittert hatte er sich in seine Wohngemeinschaft zurückgezogen, rechtete mit dem Justizprüfungsamt, der Universität und insbesondere mit deren Juraprofessoren. Einziger Trost war ihm eine ebenfalls in der Wohngemeinschaft lebende junge Frau, die nach erfolgreich abgelegter Prüfung für das Lehramt an Grund- und Hauptschulen keine Stelle bekommen hatte und nun mutlos dort herumhing. Wally Schön, so hieß sie, wollte eigentlich als Alternative zum Lehramt in Altenfurt ein Aufbaustudium für Erwachsenenpädagogik beginnen. Aber irgendwie war sie dort nicht angekommen. Trost hatte sie mehr und mehr beim Alkohol gefunden; und bei Charly, den sie bewunderte und der sich seinerseits an sie lehnte. Charly war Gelegenheitstrinker, wusste, dass er unter Alkohol den größeren Teil seiner diversen Gelegenheitsjobs verlieren würde. Und weil Wallys eigentlich reichlich vorhandene Sinnlichkeit im Alkoholrausch erlosch und sie auch begann, sich hygienisch zu vernachlässigen, stets etwas säuerlich nach Schweiß und Fusel roch, setzte er es durch, dass sie sich einem Arzt des Landeskrankenhauses anvertraute, der zunächst eine stationäre Entgiftung, später dann eine Kur in der Entziehungsstation des Landeskrankenhauses veranlasste. Wally gab das ganze Studieren auf, unterzog sich einer vom Arbeitsamt finanzierten Umschulung zur Bürokauffrau und hatte das große Glück, als Mutterschaftsvertretung im Dekanat der Rechtswissenschaftlichen Fakultät angestellt zu werden, zunächst für ein Jahr; als dann die Vertretene in Erwartung des nächsten Kindes ganz ausschied, wurde der Vertrag unbefristet verlängert.

So schnell es nun mit Wally bergauf ging, ging es mit Charly bergab. Sie wohnte inzwischen in einer eigenen Wohnung, hatte auch die Einrichtung schon abbezahlt und war längst die unentbehrliche Stütze für jeden Dekan. Charly trank ganze Wochenenden durch, hatte zweifelhafte Jobs in noch zweifelhafteren Etablissements, dealte mit Hasch und härteren Sachen und blieb als Kernbestand der Wohngemeinschaft dort hängen. Er ließ Wally nicht los, und sie wollte ihn auch nicht verlieren. Seine Kumpane gefielen ihr überhaupt nicht, zusammenziehen wollten sie beide nicht, und Heiraten passte einfach nicht in Charlys Weltbild. Trotzdem war er eifersüchtig auf Wallys Bekanntenkreis, holte sie bei jeder geselligen Veranstaltung ab und wachte darüber, dass kein anderer Mann ihr zu nahe käme. In unregelmäßigen Abständen wohnte er bei ihr. So schön das die ersten zwei, drei Nächte auch für Wally war: spätestens nach vier, fünf Tagen war sie froh, wenn er wieder in die Wohngemeinschaft zurückkehrte und sie ihre Wohnung für sich allein hatte.

Natürlich wusste Charly von dem Fakultätsfest, und seine Eifersucht schlief nie. Er traute Hecht alles und Felgenheber vieles zu, wollte aber keinesfalls dort selbst in Erscheinung treten. So saß er ab 23.00 Uhr in seinem alten Escort, den er vor dem Juridicum auf den jetzt unbelegten Behindertenparkplatz gestellt hatte. Kurz vor Mitternacht öffnete sich die Glastür, und eine junge Frau schaute heraus, erst nach links, dann nach rechts; sie wartete noch einen Augenblick und verschwand wieder im Gebäude. Das war doch die Prinzessin, fuhr es ihm durch den Kopf, Silvia oder Silke – den Hausnamen kannte er nicht. Was suchte die denn hier? Mal abwarten. Und wer kam da aus dem Nebeneingang und schlich tapsig ums Gebäude? Der Hecht, dieses Miststück, und auch noch die Sektflasche in der Hand. Na, wenn es da keinen Zusammenhang gab. Und richtig, schon öffnete sich die Glastür wieder. Die Prinzessin schaute in die Runde, sah Hecht nicht und wandte sich unschlüssig zum Gehen. Hecht schoss hinter ihr her, fiel ihr um den Hals. Dann schwankten beide in Richtung Stadtzentrum.

Dieser Hecht, das geile Schwein! Dem würde er das Handwerk legen. Er stieg aus, schloss leise die Wagentür, ohne abzuschließen, und schlich hinter den beiden her. Sie querten den Stadtgraben bei roter Ampel, es kam aber kein Auto. Dann ging es durch die Lindenallee weiter. Die wollen in den Stadtpark, vermutete Charly. Er folgte in weiterem Abstand, verlor sie aber nicht aus den Augen. Richtig, schon bogen sie rechts in die Grünanlage ab, Richtung Rosarium. Da standen Bänke und drumherum Büsche. Charly blieb hinter den Büschen, konnte aber nicht sehen, wo sie geblieben waren. Wie ein Spanner, dachte er, als er durchs Gebüsch näher schlich. Mein Gott, da wäre er beinahe schon in sie hineingestolpert, so dicht stand die Bank an den Sträuchern. Was machten die da? Donnerwetter, der Hecht ging aber ran! Da hatte er die Kleine ja schon entblättert; das waren aber schnuckelige Brüstchen. Und der Hecht, jetzt kniete der vor ihr wie beim Abendgebet, und rutschte im Kies umher. Ja, klar, der nuckelte an ihren Titten wie das Ferkel bei der Muttersau; der Kerl schmatzte ja richtig. Charly raschelte ungewollt mit einem Zweig, er hatte besser zusehen wollen, jedoch das Gegenteil bewirkt. Die Kleine zog sich die Bluse wieder an; Vorhang zu, Ende, Theater geschlossen. Was würden die jetzt machen? Würde der Hecht den Spanner suchen gehen? Nein, dazu war der zu feige. Die wollten bestimmt nur ein ruhiges Fleckchen finden. Die standen tatsächlich auf und verließen den Park wieder. Also vorsichtig hinterher. Weit gingen die nicht.

Im Eingang eines Geschäftshauses, noch in der Lindenallee, kramte die Frau in ihrer Umhängetasche, fand offenbar einen Haustürschlüssel, öffnete, und beide verschwanden. Im Treppenhaus ging kein Licht an, aber oben, im Dachgeschoss, erkannte man hinter einem großen Gaubenfenster einen Lichtschein. Ohne Leiter würde man da nicht hineinsehen können. Aber es war Charly auch so klar, was die da trieben. Das war ja sensationell! Den Dekan auf frischer Tat mit seiner Assistentin erwischt! Der war doch sonst so unnahbar. Und verheiratet war der auch. Hatte Wally nicht erzählt, die Frau sei Lehrerin und Rudertrainerin? Na klar, das war bestimmt so. Ja, dann könnte man doch richtig was Großes daraus machen. Man brauchte nur noch einen Zeugen, und schon hätte man den Hecht in der Hand.

Er schlich zur Haustür. Es gab vier Klingeln. Einmal Zahnarzt, einmal Steuerberatung, einmal Global Trade und einmal Wittmann. Hieß die so? Musste ja wohl so sein. Und nun? Wally holen, als Zeugin. Schnell zurück zum Wagen, da saß Wally schon auf dem Beifahrersitz und fauchte ihn an: »Na, schnell noch einen Deal gemacht, du Kinderverderber?« »Erzähl keinen Scheiß! Was ich habe, ist viel besser. Ich kenne das Liebesnest von Hecht.« »In der Brunnenstraße 14, ja, das steht in jedem Telefonbuch.« »Nein, in der Lindenallee, sie hat ihn abgeschleppt, eure Prinzessin. Die hat ihn mitgenommen. Jetzt vernascht sie ihn. Mensch, das ist eine Story. Der Hecht, dieser miese Wichser. Jetzt sitzt er in der Falle. Komm, wir fahren sofort hin und stellen uns in die Tür. Wenn er wieder herauskommt, begrüßen wir ihn und fragen ihn, wie es seiner Frau geht. Oder noch besser: Wir bestellen die dahin, dass sie ihren Typen gleich abholt.« »Charly, du bis ein Dreckstück«, sagte Wally zu seiner Überraschung. »Du hast schon viel Scheiß gebaut. Aber jetzt reicht's. Nicht mehr mit mir. Meinst du, ich will alles wieder aufs Spiel setzen, nur damit du Rache nehmen kannst? Der kann sich meinetwegen einen Harem halten, das geht dich doch nichts an. Mich kannst du da nicht reinziehen. Mir reicht's jetzt wirklich!« Damit riss sie die Autotür auf, stieg aus, warf die Tür krachend zu und verschwand wieder im Juridicum.

Charly hatte vor Verblüffung den Mund aufgemacht, konnte aber nichts mehr sagen, denn Wally war schon weg. Unschlüssig saß er hinter dem Lenkrad. Da hielt hinter ihm ein Taxi, Wally stürzte aus der Tür und in das Taxi; das fuhr ab. Na, dann eben nicht, dachte Charly. Aber die Idee, Hecht nach der Liebesnacht noch in der Haustür zu begrüßen, gefiel ihm so gut, dass er beschloss, das dann eben allein zu machen.

Er fuhr in die Lindenallee. Zum Glück war der Parkplatz vor der Haustür noch frei, die einzige Parklücke war offenbar für ihn reserviert; wenn das kein Wink des Schicksals war. Und Licht brannte dort oben auch noch, allerdings nur noch sehr schwach. Die hatten sich's gemütlich gemacht. Ob die wohl normal fickten oder französisch? Schade, dass er nicht durchs Fenster gucken konnte. Er bekam ja richtig einen Ständer, wenn er sich die dort oben vorstellte. Das Licht wurde noch weniger und verlosch dann ganz. »Jetzt machen die Pause, oder es geht erst richtig rund. Vielleicht erträgt sie den geilen Bock auch nur im Dunkeln.«

Allmählich wurde es langweilig, und kalt außerdem. Er nickte ein, schreckte auf, das Auto hinter ihm fuhr ab. Konnte Hecht darin sitzen, und er hatte nichts gemerkt? Wahrscheinlich nicht; der war doch viel zu betrunken. In einer Stunde wurde es hell; dann musste Hecht eigentlich verschwunden sein. Hier bei Tageslicht herauszuspazieren und in dem Zustand? Nein, das würde er nicht riskieren. Charly nickte wieder ein, wurde von einem Geräusch wach, es war taghell, die Haustür fiel ins Schloss und unmittelbar vor seinem Wagen stand Hecht, sah aber nicht ins Auto. Jetzt rausspringen, ihn anbrüllen »Du geiler Bock, war's schön? Hast du schön gefickt mit der Kleinen?« Charly saß wie erstarrt hinter dem Lenkrad, er konnte sich nicht rühren. Schon war Hecht über die noch wenig befahrene Lindenallee geschwankt, stand am Stadtpark und kotzte jetzt ins Gebüsch. Pfui Teufel, dieser geile Säufer, kotzte alles raus, und das war's dann. Voll ohnmächtiger Wut ließ Charly das Auto an und fuhr mit quietschenden Reifen los – in seine WG, in sein unaufgeräumtes Zimmer, in sein ungemachtes Bett. Eines wusste er genau: Den würde er noch kriegen, den machte er noch fertig, er wusste auch schon, wie. Und Wally? Das war ihm jetzt egal. Wenn die nicht mitmachte, dann ging es eben ohne sie. Sie war ihm sowieso in letzter Zeit viel zu angepasst vorgekommen, so richtig vom System korrumpiert. Dabei war sie doch eigentlich anders gewesen. Und über der Erinnerung an die alte, wilde, versoffene Wally schlief er ein.

Immer noch in ihren Bademantel gehüllt und wie gelähmt saß Silke in ihrem Sessel, um sich herum die schrecklichen Spuren der Nacht. Wie hatte sie sich nur in diese Situation bringen können? Hätte sie die Entwicklung vorhersehen müssen, sie steuern, entschärfen?

Eigentlich hatte sie überhaupt nicht zum Fakultätsfest kommen wollen. Als Promotionsstipendiatin am Lehrstuhl Hecht gehörte sie aber zur Fakultät, und er ließ keinen Zweifel aufkommen, dass er von allen Mitarbeitern seines Lehrstuhls erwarte, dass sie zum Fakultätsfest kämen und ihn bei der Verbreitung von Frohsinn und guter Stimmung unterstützten. Als Hecht sie noch persönlich angesprochen und eingeladen hatte, wollte sie der Sache auch positive Seiten abgewinnen. Die Fakultät und ihre vielen Mitglieder einmal von einer anderen Seite kennenzulernen, hatte sicher auch einen Wert. Sie hatte »ja« gesagt, sie komme gern – was etwas übertrieben gewesen war. Wenn sie geahnt hätte, wie diese andere Seite Hechts aussah, wäre sie sicher nicht erschienen. Aber diese schrecklichen Ereignisse lagen weit außerhalb ihrer Erfahrung und ihrer Vorstellungskraft.

Sie wurde einfach mit dem Erlebten nicht fertig, verfiel immer wieder in tiefes Grübeln. Die Umstände der letzten Nacht waren schrecklich und bedeuteten einen so tiefen Einschnitt in ihr Leben, dass sie befürchtete, sich davon nicht wieder zu erholen. Natürlich hatte Hecht sie vergewaltigt! In abstoßender, brutaler Weise hatte er eine Situation ausgenutzt, zu der es durch ihre eigene Leichtfertigkeit gekommen war. Sie war verzweifelt. Sie legte sich in ihr Bett, hatte es aufgegeben, durch Waschen und Baden den Schmutz loszuwerden, von dem sie sich überzogen fühlte. Sie lag immer noch völlig angespannt und verkrampft, konnte nicht weinen, nicht sprechen, nicht schlafen. Wie kam sie jemals aus dieser Situation wieder heraus?

Sie war dann doch eingeschlafen. Als sie jetzt wach wurde, war es bereits früher Abend. Sie stand auf, ging unruhig in der Wohnung auf und ab und versuchte, Ordnung in ihre Gedanken zu bringen. Sie überlegte, ob sie irgendjemanden benachrichtigen sollte. Schwach erinnerte sie sich, dass sie am Lehrstuhl angerufen und mitgeteilt hatte, sie sei erkrankt. Hatte Frau Marschner das an Hecht weitergegeben? Um Gottes willen, was sollte sie tun, wenn er nun wiederkäme, mit ihr erneut seine Gier befriedigen wollte. Sie klemmte ein Staubtuch hinter die Klingel, drehte nochmals am Türschlüssel. Nein, hereinkommen konnte niemand. Sie fühlte sich am ganzen Körper zerschlagen und beschädigt. Und je mehr sie begann, sich den Ablauf nochmals vorzustellen, umso sicherer wurde sie, dass sie selbst einen Teil zu dieser Entwicklung beigetragen hatte. Sie hatte anfangs Hechts offensichtliches Flirten mit ihr sogar interessant gefunden. Sie hielt ihn, jedenfalls bis gestern, auch für sehr anziehend. Zudem war er ja Hardy nicht ganz unähnlich, allerdings ungehobelter und rücksichtsloser. Er war verletzend, wo Hardy humorvoll getadelt hätte. In der Universität genoss er gleichwohl hohes Ansehen. Man schätzte seine Direktheit, insbesondere, wenn es seine Kollegen oder die Landesregierung betraf.

Das alles hatte sie bewogen, bei ihm mit dem Feuer zu spielen, auf seine Flirts einzugehen und ihm zu zeigen, dass er ihr nicht gleichgültig war. Angesichts der Tatsache, dass er verheiratet, in Altenfurt überall bekannt und zum Teil auch beliebt war, insbesondere aber auch in Erinnerung an die Zurückhaltung von Hardy und Hans-Jürgen, als sie die Grenzen signalisiert hatte, war sie völlig sicher gewesen, er werde nicht anders reagieren und diese Grenzen einhalten. Doch dieser Unmensch spielte nicht den brutalen Macho, er war es.

Je mehr sie versuchte, die Ereignisse des gestrigen Abends und der darauffolgenden Nacht zu bewerten, umso sicherer wurde sie, dass er ihre Bereitschaft, ihn nach dem Fest zu begleiten, als Bereitschaft zur Liebesnacht verstanden und in ihrem Widerstand wohl nur einen raffinierten Trick zur Luststeigerung gesehen hatte. Mit immer größerer Panik machte sie sich deutlich, dass sie selbst es gewesen war, die sich in diese Lage gebracht hatte.

Die Situation war aussichtlos; das Stipendium, ihr Vertrag mit der Universität, die bei Hecht begonnene Dissertation – das alles knüpfte sich zu einem Strick zusammen, der ihr tödlich um den Hals gelegt war. Es wurde ihr erneut übel, sie konnte sich nicht übergeben, offensichtlich war der Magen schon ohne Flüssigkeit.

Nachdem sie bis zum Abend in ihrem Bett gelegen hatte, raffte sie sich auf, bereitete sich Kamillentee und zwang sich, drei Zwiebäcke zu essen. Durch einen glücklichen Zufall hatte sie neulich Zwiebäcke mitgebracht; damals hatte sie nicht geahnt, in welcher Situation sie zu ihnen greifen würde. Dann schluckte sie ein Baldrianpräparat und versuchte wiederum zu schlafen. Den Freitag verbrachte sie ähnlich; sie fühlte sich unfähig, jemals wieder das Juridicum zu betreten.

Zum Wochenende traute sie sich kurz aus ihrer Wohnung, kaufte etwas ein und blieb dann zu Hause. Sie fühlte sich weiter elend; ihr Magen streikte immer noch, und auch ihr Kreislauf spielte verrückt. Kaum stand sie auf, wurde es ihr schwarz vor Augen, und sie musste sich wieder setzen. Quälend und immer wieder neu stellte sie sich die Frage, wie es zu dieser verhängnisvollen Entwicklung gekommen, warum sie sich wieder in einen viel älteren und eigentlich unerreichbaren Mann verliebt hatte. Warum war sie so? Warum hatte sie aus der Geschichte mit Hardy nichts gelernt? Warum hatten bei ihr alle Sicherungen versagt, so dass sie wie ein Falter ins Scheinwerferlicht taumelte, das sie dann prompt verbrannte?

Soviel Klarheit gewann sie immerhin: Sie musste mit Hecht gemeinsam einen Weg finden, wie es nun weitergehen würde, ob es noch eine, wie auch immer distanzierte Möglichkeit der Weiterarbeit mit ihm gäbe und was geschehe, falls das unmöglich sei. Sie wollte diese Fragen, die ihr die Luft zum Leben abschnürten, so schnell wie möglich mit Hecht erörtern. Deswegen gab sie sich am Montag einen Ruck und schleppte sich ins Institut.

Frau Marschner sah sie an wie einen Geist. »Mein Gott, Kindchen, wie sehen Sie denn aus! Das ist ja schlimm, Sie sind krank, warum bleiben Sie nicht im Bett?«

Silke erklärte ihren Zustand mit verschleppten Magengeschichten und Migräne, aber Frau Marschner schien nicht überzeugt zu sein. Dann erschien Felgenheber, sah Silke an und scherzte: »Alle Achtung, das hat aber bei dir hingehauen, das Fakultätsfest!«

Silke fühlte sich durchschaut. Wieder wurde ihr schwarz vor Augen und sie musste sich setzen.

Frau Marschner sah Felgenheber an und meinte »Herbert, kannst du mit der jungen Dame mal bei der inneren Ambulanz vorbeifahren, dass die nach ihr sehen. Hier jedenfalls ist sie nicht gut aufgehoben. Herbert, tu ein gutes Werk!« »Nein, ich muss zum Chef, es ist wichtig!«, widersprach Silke. »Nichts ist jetzt wichtig, Kindchen, nur Ihre Gesundheit! Der Chef ist ohnehin heute und morgen nicht da; irgendwas Familiäres. Und am Mittwoch jettet er ja für eine Woche in den Ostblock; da sollten Sie wohl mit, aber nun bezahlen sie nur die Kosten für ihn, also fliegt er allein. Er hat mir aber gesagt, Sie sollten mal schön fleißig an Ihrer Promotion arbeiten und die Tipps beherzigen, die er Ihnen neulich gegeben habe. Also müssen Sie jetzt vernünftig sein, mit Herbert zur Ambulanz fahren und möglichst schnell wieder gesund werden. Professor Hecht will dann nach seiner Rückkehr einen Termin mit Ihnen machen, um Ihre Promotion etwas weiterzubringen. Er machte so Andeutungen, als habe er Sie in letzter Zeit zu viel an seinen Projekten arbeiten lassen. Jetzt müssten Sie wieder etwas mehr Zeit für Ihre Dissertation haben.«

So übel es Silke auch war, Hechts verschlüsselte Botschaft hatte sie verstanden. Auch er suchte wohl nach einem Weg, das Geschehene zurückzunehmen, wieder zur sachlichen Arbeit zurückzukehren. Sie fasste etwas neuen Mut.

Als sie mit Felgenheber zu dessen Auto ging, blieb dieser kurz stehen und sah sie an. »Mensch, Mädchen, wie hat dich der Hecht zugerichtet. Du warst ja auch nicht mehr aufzuhalten, wolltest ja partout in dein Unglück rennen. Der Hecht heißt nicht nur so, der ist auch so. Das ist ein echter Raubfisch, schön, aber gefährlich; vor allem, wenn man selbst kein Raubfisch ist. Ich hab's kommen sehen, und der Maywitz auch. Er hat noch versucht, dich an der Bar festzuhalten, hat dich angehimmelt. Aber da war bei dir schon nichts mehr zu machen. Nun hat der Hecht dich gebissen, wie einige andere auch. Aber bei dir hisst er ja nun die weiße Flagge, du hast es ja von der Marschner gehört. Das ist ein Zeichen, dass er sich auch schuldig fühlt. Denn hielte er dich allein für schuldig, würde er sofort versuchen, dich loszuwerden. Da er sich mit dir in einem Boot sieht, erwartet er, dass du das auch so siehst und keiner dem anderen etwas vorzuwerfen hat. Und so muss man das bei objektiver Betrachtung ja auch sehen.«

»Herbert, hör sofort auf, sonst kannst du mich gleich bei der Intensivstation abgeben«, versuchte Silke das schreckliche Thema abzuwehren. Aber Herbert fuhr unerbittlich fort: »Ich werde dich nicht zur Ambulanz bringen, das sind wahre Nachrichtenzentralen dort; die warten nur auf Skandalmeldungen, und sie sind sehr gut im Kombinieren. Nein, dann weiß spätestens übermorgen die halbe Universität, was der Hecht mit dir angestellt hat. Denn ich bin bestimmt nicht der einzige, der euch gemeinsam hat verschwinden sehen. Ich sage dir, bloß kein Aufsehen erregen. Ich bringe dich jetzt zu deiner Wohnung, ganz ohne jeden Hintergedanken, ich bin ja schließlich kein Raubfisch. Dann sagst du mir, was du für die nächsten zwei, drei Tage zum Leben und aus der Apotheke brauchst. Das besorge ich dir. Und du bleibst daheim. Danach gehst du wieder an deinen Arbeitsplatz, lässt dir nichts anmerken, schweigst eisern über das Fest und die Tage danach, und in einigen Wochen haben es alle vergessen. Glaub mir, das ist für alle Beteiligten das Beste, insbesondere für dich. Du wirst doch wegen einer einzigen beschissenen Affäre nicht deine Zukunft aufs Spiel setzen. Sei doch nicht so blöd! Das ist hier doch »cosi fan tutte«, da kommst du doch drüber!«

»Du hast ja recht, Herbert. Warum bin ich bloß nicht bei dir geblieben an dem Abend?« »Weil du noch keine Erfahrung mit Raubtieren hattest. Erfahrung kann man auch nicht erzählen, die muss man machen. Aber das weißt du ja jetzt. Und damit kannst du dich wieder der Wissenschaft pur zuwenden. Die beißt jedenfalls nicht.«

Wie gut das Silke tat; endlich ein Mensch, vor dem sie nichts verbergen musste, der diskret war und umsichtig wie ein Vater. Und der keine sexuellen Bedürfnisse bei ihr befriedigen wollte. Herbert hatte recht; so bitter es für sie war, rein objektiv hatte sie selbst die entscheidende Weichenstellung für die Vergewaltigung – als solche empfand Silke die Nacht immer noch – vorgenommen. Und da Hecht mit nüchternem Kopf seinen Irrtum hinsichtlich der Freiwilligkeit erkannt hatte, suchte er jetzt nach einem Ausweg. Wenn sich dieser diskret beschreiten ließe, wäre es bei aller Verletztheit wirklich das Beste für sie.

Zwei Tage wollte sie sich noch schonen; dann könnte sie auch objektiv betrachtet eine leichte Erkrankung überstanden haben und wieder im Institut erscheinen. Herbert war ihr eigentlicher Retter, und exakt für ihn konnte sie keine erotischen Gefühle entwickeln. Wenn sie an Herbert dachte, fiel ihr nur der Begriff »Männerfreundschaft« ein, aber die gab es ja auch unter Männern und Frauen. Und das tröstete sie im Augenblick so, dass sie abends erstmals halbwegs gut einschlafen konnte.

Intermezzo mit Vetterlein

Als Hecht an jenem denkwürdigen Donnerstag in seinem Institut ankam, wurde er schon von Herrn Vetterlein erwartet. Frau Marschner fragte teilnahmsvoll »Na, geht's wieder besser?« »Sieht man das nicht?«, spielte Hecht den starken Mann. »Nur eine kleine Unpässlichkeit. Zum Glück reicht die Kondition immer noch, um damit schnell fertig zu werden.«

Vetterlein ging auf ihn zu. »Spectabilis, ich bin voller Bewunderung, wie Sie sich gestern geschlagen haben. Den ganzen Abend bis in die Nacht auf den Beinen, mit allen gesprochen, viel angestoßen, viel getrunken, leise abgegangen, und jetzt schon wieder in dieser Form; also, ich könnte das nicht. Gott sei Dank bin ich ja nur ein kleiner Ordinarius und nicht Dekan. Da konnte ich mich gestern schnell wieder davonmachen, und niemand wird mich vermisst haben. Wohin gehen wir denn?« »In den Goldenen Anker, wie immer«, antwortete statt Hecht Frau Marschner. »Ab 13.00 Uhr ist der Tisch bei den Nichtrauchern reserviert.« »Sie meinen es aber gut mit meiner Gesundheit«, scherzte Vetterlein, dann standen beide Herren auf, komplimentierten einander zur Tür und verschwanden in der warmen Mittagssonne.

Hecht mochte Vetterlein nicht. Dieser hatte einen der drei zivilrechtlichen Lehrstühle inne, war aber nach nunmehr 25 Jahren Altenfurt abgewirtschaftet, müde und verbraucht. Eigentlich hatte Hecht Mitleid mit diesen alten Ordinarien, die um einer vermeintlichen Ehre willen nicht aufhörten zu publizieren und Vorträge zu halten, obwohl das meiste wirklich nur noch Pflege privater Hobbies war und vielleicht noch einen Doktoranden, nicht aber die Scientific Community interessierte. Man konnte diesen Alten nicht die Mitarbeiterstellen entziehen und die Sachmittel kürzen, denn die meisten hatten noch persönliche, unbefristete Ausstattungszusagen bei ihrer Berufung herausverhandelt. Und diesen Schatz ließen sie sich nicht rauben.

Was Vetterlein heute mit ihm besprechen wollte, war Hecht längst bekannt und zuwider. Aber als Dekan hatte er nicht nur Wohltaten zu erweisen, sondern auch Wunden zu schlagen. Es gelang ihm zum Glück meistens, diese dann doch noch so zu platzieren und später zu verbinden, dass jeder den Eindruck mitnahm, der Dekan sei sein persönlicher Freund und habe wirklich alles Menschenmögliche versucht.

Nachdem sie ihren Platz im Goldenen Anker, einem gutbürgerlichen Haus und Treffpunkt des örtlichen Rotary-Clubs, eingenommen und das Essen sowie je ein Mineralwasser bestellt hatten, eröffnete Hecht die Diskussion. »Also, ich habe mir den Vorgang nochmal angesehen; sagen Sie, Herr Kollege, der von Mensing ist doch versorgt. Den haben Sie doch bei der Bundesärztekammer in Köln untergebracht.« »Nur geparkt, verehrter Herr Dekan, nur geparkt. Er hat dort einen freien Mitarbeitervertrag erhalten; Sie wissen doch, er ist längst über alle Befristungszeiten weg.

Wer ihn jetzt nach BAT, also nach dem geltenden Angestelltentarifvertrag, einstellt, behält ihn unbefristet. Ich hätte noch Drittmittel aus meinem Familienrechtsprojekt gehabt, aber der Kanzler hat einer Vertragsverlängerung bei mir widersprochen. Ich finde das ja unglaublich, wie der sich in unsere Angelegenheiten einmischt, ganz unakzeptabel, dieser kleinliche Oberinspektorenhorizont.« »Aber wo er recht hat, hat er recht«, erwiderte Hecht. »Wie ich Sie verstehe, lieber Herr Vetterlein, haben Sie Herrn von Mensing empfohlen, sich um die freie C-3-Stelle im Zivilrecht zu bewerben, die wir mit dem Schwerpunkt »Prozessrecht« ausgeschrieben haben. Wie kommen Sie zu der Hoffnung, das trotz Hausberufungsverbot durch den Senat und das Ministerium zu bringen? Und dann auch noch, obwohl er kaum einschlägig veröffentlicht hat. Er hat doch nach meiner Erinnerung bei Ihnen nur Familien- und Erbrecht gemacht. Und dass er immer besonders viele Klausuren und Hausarbeiten betreut hat, hilft ihm doch hier nicht bei der wissenschaftlichen Profilbildung. Also, ich sehe da leider sehr, sehr schwarz.«

Hecht hatte mitleidslos den Finger in die Wunde gelegt. Von Mensing war ein ganz typischer Fall von verkorkster Karriere. Er war genau in die Falle gegangen, die für viele akademische Idealisten aufgestellt war. Aus Pflichtgefühl oder auch, weil es Vorteile zu versprechen schien, ließen sich diese zu stark in den Lehrstuhlbetrieb einspannen. Sie erbrachten zu viele Dienstleistungen, ließen sich zu viele Anfängerübungen aufladen, übernahmen zu viele Klausuren- und Hausarbeitskorrekturen, bekamen zu viele Sonderaufträge im Rahmen von Publikationen, Gutachten, Vorträgen, mit denen der Ordinarius dann glänzte. Nur die eigene Arbeit, die blieb dabei auf der Strecke. Natürlich wurden sie sehr gelobt, waren unersetzlich, eine ganz unverzichtbare Hilfe im Lehrbetrieb – Hecht war bei seinen eigenen Mitarbeitern keineswegs frei von solchen Anfälligkeiten. Aber bisher hatte er noch keine Stubenhocker produziert, sie waren alle entweder auf Professorenstellen berufen worden oder hatten auf dem Arbeitsmarkt, oft dank Hechts Hilfe, eine Stelle gefunden. Dieser von Mensing war ein besonders unerfreulicher Fall. Vetterlein hatte ihn, sicher ohne eine Spur schlechten Gewissens, bis zur Grenze der Zulässigkeit als Dienstleister eingesetzt und ihm die lästigen Korrekturarbeiten aufgehalst. Und aus Dankbarkeit für treue Dienste hatte er immer neue Gründe gefunden, das Dienstverhältnis zu verlängern. Von Mensing hatte längst alle Höchstgrenzen eines befristeten Vertrages oder eines Zeitbeamtenverhältnisses erreicht. Er war bei auswärtigen Instituten »geparkt« worden, hatte eine »Jagoda-Runde« gedreht – man nannte diese nach dem Präsidenten der Bundesanstalt für Arbeit; der Trick dabei war, dass man das Arbeitsverhältnis kündigte oder nicht verlängerte und der Betroffene für ein Jahr arbeitslos wurde. Er erhielt dann die übliche Arbeitslosenunterstützung. Wenn er drohte, ein Fall fürs Sozialamt zu werden, stellte man ihn wieder ein. Und so wurden die wissenschaftlichen Mitarbeiter älter und älter, und wenn sie dann schließlich Promotion und Habilitation hinter sich gebracht hatten, waren sie in der Regel um die 40 Jahre alt oder noch älter und jedem akademischen Hochleistungssprinter, und davon gab es inzwischen auch viele, hoffnungslos unterlegen. Um genau einen solchen Fall handelte es sich hier. Von Mensing war 43 Jahre alt, und das arme Schwein hatte natürlich Frau und zwei Kinder und würde nur deswegen kein Sozialfall, weil die Frau beamtete Lehrerin war und den Familienunterhalt zur Not allein bestreiten konnte. Eine wunderbare Hochschulkarriere! Der Ärger kam Hecht hoch. Dieser Vetterlein war noch scheinheiliger als er ihn in Erinnerung hatte. Außerdem kamen jetzt auch die Kopfschmerzen wieder. Hecht kaute lustlos an seinem Sauerbraten – selbst der war zäh und sehnig.

»Sehen Sie«, nahm Vetterlein den Gesprächsfaden wieder auf, »wir sind dem Herrn von Mensing doch eigentlich auch etwas Hilfestellung schuldig.« – »Wir« ist gut, dachte Hecht – »und diese C-3-Stelle bietet sich nun förmlich an. Ich habe auch schon mit dem Kollegen Petersen gesprochen, der sieht das ganz genauso. Diese C-3-Stelle war immer die Didaktikerstelle des Zivilrechts. Alle Vorgänger haben sich mit besonderem Eifer der Betreuung der Übungen und Klausurenkurse gewidmet. Und da hat von Mensing doch nachweisbare Qualitäten. Die Studenten hängen förmlich an seinen Lippen, wenn er im Klausurenkurs die Musterlösung erläutert. Gut, wenn es sich um eine C-4-Stelle handelte, dann könnte ich die Bedenken ja verstehen. Aber so? Und, lieber Herr Kollege, nicht alle hatten das Glück und den Einfluss, ihre Schüler nahezu flächendeckend in den neuen Bundesländern unterzubringen, wie das Ihnen gelungen zu sein scheint.«

Nun wurde Hecht böse; das war ihm schon verschiedentlich in der Fakultät vorgeworfen worden. Er habe sein akademisches Entsorgungsproblem durch Wegloben an Universitäten in den neuen Ländern gelöst. Und das war eine unverschämte Lüge. Immer schon hatte er darauf geachtet, dass sein Institut keine Schlaffarm wurde. Wer bei ihm eintrat, der wusste, dass er die Höchstzeiten nicht bewilligt bekam, dass Promotion und Habilitation Vorrang vor Lehre und Studienbetrieb hatten – meistens jedenfalls. Ihm vorzuwerfen, er nutze seinen Bekanntheitsgrad und seine vielfältigen auswärtigen Aktivitäten, um die eigenen Leute zu protegieren, war einfach infam. Jeder wusste, dass er keine beschützende Werkstatt betrieb, sondern Turbo-Wissenschaft. Wer aus seinem Stall kam, der war jünger als viele Konkurrenten, besser ausgebildet und widerstandsfähiger als mancher Professor.

Obwohl er sich selten sichtbar ärgerte, jetzt stieg in ihm der Zorn hoch und rötete sein Gesicht. Leise, aber akzentuiert, sagte er: »Lieber Herr Kollege Vetterlein! Warum haben Sie Mensings Habilitation dann nicht etwas beschleunigt? Es war doch abzusehen, dass in mindestens sieben Universitäten drüben Juristische Fakultäten eingerichtet würden und es dort jede Menge Professorenstellen zu besetzen gab. Das war doch die Chance für den Nachwuchs. Warum haben Sie und von Mensing das nicht genutzt?« »Im Nachhinein ist es immer leicht, Vorwürfe zu erheben«, antwortete Vetterlein beleidigt. »Es ging wirklich nicht. Er arbeitet mit mir am großen Kommentar zum Familiengesetzbuch, wird auch als Ko-Autor genannt werden. Er ist bestens eingearbeitet, befand sich in fruchtbarer Diskussion mit mir, war unmittelbar vor der Endformulierung seines Abschnitts über das Kindschaftsrecht. Da kann ich doch nicht hergehen und sagen, komm, Junge, mach erst einmal deine Schularbeiten, stell deine Habil-Schrift fertig, die Arbeit am Kommentar mach ich ohne dich zu Ende, du wirst nämlich demnächst an die Luft gesetzt. Nein, Herr Kollege, verstehen Sie mich nicht falsch, aber das mögen Ihre Methoden sein, und für Ihre Leute kann das ja auch gut sein. Für mich wäre ein solcher Weg ganz unakzeptabel.«

Hecht hatte Lust, die unerfreuliche Diskussion zu beenden. Aber irgendwie wollte er auch nicht auf sich sitzen lassen, dass er von Mensings weiteres Fortkommen blockiere, ihn gar ins Unglück treibe. Er holte tief Luft und setzte erneut an: »Herr Vetterlein, was ich mit meinen Leuten mache und was nicht, das ist hier doch völlig unerheblich, darauf kommt es so wenig an wie darauf, wie ich Berufungspolitik betreibe. Sehen Sie doch nur einmal nüchtern die Fakten an. Da hat Ihr Institutsvorstand beschlossen, er will das gesamte Verfahrensrecht zusammenfassen und künftig durch einen C-3-Mann vertreten lassen. Das macht doch Sinn! Sie lesen es ungern, Petersen als Schwede tut sich schwer damit, und Broska wird doch den Teufel tun und Zivilprozessrecht, Vollstreckungsrecht und solchen Kleinkram anbieten. Der Broska schreibt nämlich auch an einem Kommentar, zum Liegenschaftsrecht in den neuen Ländern, und das ist auch sehr aktuell. Der weiß doch, dass Mensing kein Prozessrechtler ist. Und dass Mensing jemals noch wegberufen würde und Sie die C-3-Stelle wieder frei bekämen, das ist doch höchst unwahrscheinlich. Der blockiert Ihnen doch auf Dauer das Prozessrecht. Schon in Ihrem eigenen Institut ist Ihr Plan kontrovers. Und im Senat, wie soll das da gehen? Glauben Sie, dass die Naturwissenschaftler oder die Philosophen Ihnen abnehmen, dass das keine verkappte Hausberufung ist, nur, weil Sie den zur Zeit bei der Ärztekammer parken? Im übrigen waren da auch drei Bewerberinnen, zwei sind angehört worden, und die Berufungskommission wird eine davon auf die Liste setzen, schon der Optik wegen. Und die Frauenbeauftragten in Fakultätsrat und Senat werden ein solches Gezeter anstellen, dass wieder eine hoffnungsvolle Frau einer Seilschaft, ach, was sage ich, einem Flaschenzug geopfert wird. Und an das Ministerium mit seinem Frauenentwicklungsplan habe ich jetzt überhaupt noch nicht gedacht, und, Herr Kollege, berufen tut immer noch das Ministerium und nicht die Fakultät.«

Hecht hatte sich in Rage geredet. Es war sein alter Fehler: Wenn ihm jemand so kam wie jetzt Vetterlein, so uneinsichtig einerseits, scheinheilig andererseits, dann fielen bei ihm die Bremsen aus. »Ich kritisiere Sie doch überhaupt nicht«, versuchte Vetterlein jetzt zu beschwichtigen. »Aber trotzdem meine ich, von Mensing müsste in seiner Universität, der er ja immerhin fast zwanzig Jahre gedient hat, eine Chance bekommen, und Sie können mir doch nicht verübeln, dass ich mich für einen treuen Mitarbeiter verwende, schließlich weiß ich selbst am besten, welche Qualitäten er hat.« »Herr Kollege«, ging Hecht auf Vetterlein ein, »Ihre Fürsorge ehrt Sie, selbstverständlich müssen Sie sich um ihn kümmern und sich für ihn verwenden. Ich gebe doch nur meiner Vermutung Ausdruck, dass Mensing hier keinerlei Chance hat, ja sogar beschädigt aus dem Verfahren fallen wird. Aber natürlich weiß ich das nicht genau. Und natürlich liegt es mir fern, Sie oder ihn irgendwie zu beeinflussen. Aber dass ich Sie auf die bestehenden Risiken eines solchen Verfahrens hinweise und davon ausgehe, dass das auch Mensing erläutert wird, das können Sie mir doch nicht vorwerfen. Diese Ehrlichkeit schulde ich Ihnen doch schon als Kollege. Ich werde im übrigen weder für noch gegen von Mensing auftreten, wenn die Zivilrechtler ihn wollen, wenn die Berufungskommission ihn auf Platz 1 setzt und Senat und Fakultätsrat dem zugestimmt haben; dann bin ich als Dekan der letzte, der dem widersprechen würde; so gut sollten Sie mich doch kennen!«

Hecht hatte keine Lust mehr zu diskutieren. Auf den Kaffee verzichteten sie beide. Hecht wollte Vetterlein zum Essen eingeladen haben, dieser wiederum Hecht. So kam es, dass jeder sein Essen selbst bezahlte. Draußen gaben sie sich flüchtig die Hand. Vetterlein ging in die andere Richtung, Hecht zurück zum Juridicum. Es war inzwischen drückend warm geworden, der blaue Himmel nahm am Horizont eine schwarz-graue Färbung an; es würde wohl heute noch ein Gewitter geben. Hecht hatte wieder Kopfschmerzen, wäre am liebsten nach Hause gefahren und hätte sich erneut in seinen Sessel gesetzt. Aber davor stünde Ute. Und der jetzt diese Mischung aus Dichtung und Wahrheit über die letzte Nacht zu verkaufen, schien Hecht entschieden schwieriger als das Gespräch mit Franzmann, das im übrigen inhaltlich sowieso von Endlein zu führen war. Frau Marschner stellte ihm eine große Tasse Kaffee auf den Schreibtisch. Hecht bat sie, jetzt niemanden telefonisch durchzustellen oder gar hereinzulassen. Er müsse sich nochmal etwas lang machen und sich von diesem Vetterlein und dem gestrigen Abend erholen; wann sie denn gehe? »Wie lange brauchen Sie mich denn noch?«, fragte Frau Marschner. »Ich brauche Sie immer, das wissen Sie doch. Was wäre ich ohne Sie?« »Nein, so meine ich das nicht«, lautete ihre Antwort. Sie kannte dieses Spiel schon. »Wann würden Sie denn gern gehen?« »Wenn Sie mich entbehren können«, gab sie ihm das Stichwort zu der Antwort. »Na, dann bleiben Sie am besten bis zu meiner Emeritierung in 12 Jahren hier.« »Also lasse ich um 16.00 Uhr den Franzmann rein, stell nochmal Kaffee hin und verschwinde dann. Soll ich vielleicht um ¼ vor 4.00 Uhr nach Ihnen sehen, für alle Fälle?« »Das machen Sie mal«, lächelte Hecht sie an. Er lächelte heute das erste Mal, und mit diesem Lächeln und dem Gedanken, warum denn nicht alle Menschen in der Universität wie Frau Marschner sein könnten, legte er sich auf das Sofa.

Als er ausgestreckt lag und auch die Kopfschmerzen etwas nachließen, kreisten seine Gedanken wieder um die letzte Nacht. War das wirklich ein überzeugender Abgang gewesen bei Silke? Er versuchte, sich die Szene nochmals ins Gedächtnis zu rufen. Aber statt Silke hatte er Heidrun vor Augen. Es war wie verhext; seine Erinnerung spielte verrückt. Immer wieder war es Heidrun, aber das Gefühl der Sehnsucht, die Zärtlichkeit, die Liebe war jetzt nicht rückrufbar. Nur die blanke Lust, das Habenwollen, das Beherrschenwollen, das konnte er in der Erinnerung rekonstruieren. Hatte er sie vergewaltigt? Nein, wohl kaum. Zum einen war er nicht der erste Mann, das hätte er sonst gespürt. Zum anderen hatte sie es gewollt. Sie war ja kein Kind mehr. Sie hatte gemerkt, dass er auf sie ansprach, schon seit Speyer. Und er war ganz sicher, dass sie auch auf ihn ansprach. Doch, die hatte ihn auch haben wollen, da brauchte er sich nichts vorzuwerfen. Allenfalls war er etwas zu wild gewesen, hatte etwas zu sehr das Tier im Manne herausgelassen. Da war sie vielleicht doch anders als Heidrun; die hatte das gemocht, hatte gestöhnt und gequietscht und hatte sich bei ihrem Orgasmus immer so aufgebäumt, dass ihm fast der Schwanz abbrach. Da war die Prinzessin wohl Prinzessin geblieben, aber sonst? Ob die wohl auch gekommen war? Mit der Zunge bestimmt, das hatte er deutlich mitbekommen. Aber dann später? Wohl nicht mehr. War aber auch egal. Jedenfalls hatte die keinen Grund, ihn so anzuschreien, ihn förmlich hinauszuwerfen. War er eigentlich in ihr geblieben? Wahrscheinlich. Und wenn die nicht verhütete, was dann? Die verhütete aber, sonst hätte sie ihn doch gar nicht herangelassen. Frauen in ihrem Alter verhüteten alle, davon ging er aus. Trotzdem blieb ein ungutes Gefühl. Würde er weiter mit ihr zusammenarbeiten können? Könnte sie ihn denn erpressen? Nein, womit denn? Zeugen gab es allenfalls dafür, dass er kurz nach ihr aufgebrochen war. Und gesehen hatte sie niemand, da war er sich sicher. Allenfalls im Rosarium. Aber da war es ziemlich dunkel gewesen. Nein, niemand würde ihr eine Geschichte mit Vergewaltigung und so glauben. Nur, falls er sie nochmal traf und mit ihr schlief, dann müsste man das diskreter machen, vorsichtiger. Und wenn sie nicht mehr wollte? Dann war es auch gut. Dann müsste er sich nur zusammenreißen, dass ihm nicht immer Heidruns Bild vor Augen war. Ach, das hatte ja auch noch Zeit. Einstweilen war sie krank, hatte den Alkohol wohl auch nicht vertragen. Vor nächster Woche sähe er sie ohnehin nicht wieder. Und am nächsten Dienstag fuhr er nach Budapest und Sofia. Es war nach Meinung des Auswärtigen Amtes erforderlich, dass er in je einem Workshop mit den dortigen Regierungsvertretern seine Modelle für Kommunalverfassungen durchberiet. Ursprünglich hatte er erwogen, Silke mitzunehmen. Aber nachdem er ja schon jetzt bei ihr zum Zuge gekommen war, hatte er keine Lust, sich dort dann mit zwischenmenschlichen Problemen zu befassen. Er hatte ihr Andeutungen gemacht, sie könne mitfahren, die Bundesregierung übernehme die Reisekosten. Jetzt wollte er jedoch lieber Endlein mitnehmen; obwohl: diese Zurücksetzung könnte sie doch wohl auf die letzte Nacht und seinen Hinauswurf beziehen, was ja irgendwie auch stimmte. Diplomatischer wäre es in jedem Fall, allein zu fahren. Das konnte sie dann nicht auf sich beziehen. Außerdem schickte das Auswärtige Amt bestimmt jemanden mit, und gelegentlich gab es vor Ort hübsche Dolmetscherinnen, die einem auch abends zur Verfügung standen. Obwohl das immer noch gefährlich war, sowohl wegen Aids wie auch wegen Erpressung.

Es klopfte an der Tür. Er sprang auf; es war Frau Marschner, die ihm mitteilte, es sei gleich vier. Er bedankte sich, ließ sich über dem Waschbecken nochmals Wasser durch das Gesicht laufen und erwartete den Herrn Oberkreisdirektor Franzmann sowie seinen Assistenten Dr. Endlein.

Das Gespräch verlief wohlwollend sachlich. Endlein war gut vorbereitet. Und Franzmann war gern damit einverstanden, dass die weitere Bearbeitung des Gutachtens durch ihn erfolge, sofern Hecht gelegentlich ein Auge darauf werfe. Schon gegen 17.30 Uhr waren sie fertig, Hecht war doch bis zum Ende geblieben. Der Fall interessierte ihn einerseits fachlich, andererseits konnte man nie wissen, wofür man den OKD nochmal brauchen würde; da war es besser, bis zum Schluss Interesse zu zeigen.

Frau Marschner hatte ihm die Lehrstuhlpost hingelegt. Er verspürte keine Lust, damit noch anzufangen. Wie ein drohendes Unheil stand seine Heimkehr zu Ute vor ihm, ähnlich dem Gewitter, das draußen aufzog. »Also, bring das hinter dich«, sagte er sich. »Vorher hast du sowieso keine Ruhe!« Und er spürte, dass ein Teil seiner Gereiztheit beim Mittagessen gar nicht Vetterleins Schuld war, sondern der nervösen Unruhe über seinen Rechenschaftsbericht gegenüber Ute zuzuschreiben war.

Es gab nun nichts, was Hecht noch im Institut gehalten hätte. Und obwohl ihm noch immer nicht deutlich war, was er Ute glaubhaft berichten könnte und was sie als Lüge durchschauen würde, wollte er sich diesem psychischen Druck nicht länger aussetzen und den vorhersehbaren Streit mit ihr schnell austragen. Angriff war immer die beste Verteidigung.

Ute

Er lief in die Tiefgarage unter dem Juridicum, die zum Leidwesen der meisten Mitarbeiterinnen und Mitarbeiter ausschließlich den Professoren der an diesem Standort angesiedelten Fakultäten vorbehalten war und in welcher man für die Dekane eigene, mit einer Kette abgesperrte Parkboxen eingerichtet hatte. Nervös fuhr er nach Hause und erreichte gerade noch vor dem mit einer Sturmböe und dicken Regentropfen losbrechenden Gewitter die Garage. Etwas zittrig stieg er über die Treppe nach oben und traf Ute bereits in der Diele. »Da bist du ja endlich, großer Held!«, begrüßte sie ihn und gab ihm einen flüchtigen Kuss auf den Mund. »Du riechst ja gar nicht mehr nach Schnaps und Wirtshaus. Aber deine Hose, die im Bad lag, die kannst du wegwerfen. Und die Jacke hinterher. Das stinkt, das Zeug. Sag mal, hast du in die Hose gepinkelt, oder wovon riecht die so?« »Ach, Ute, Kind, ich weiß es doch nicht. Ich hab dir das doch schon am Telefon gesagt, es war schrecklich. Ich darf wirklich nicht so viel trinken. Nur, wie willst du das vermeiden? Hier ein Schnaps, dort ein Bier, hier ein Schampus, dort ein Vino, du kannst da nicht reinspucken, da hilft nur, Nase zu und schlucken.« »Ich könnte da schon reinspucken, du kennst mich doch. Und ich würde auch nicht immer ex trinken und auch mal zur Wasserflasche greifen.« »Die gab's da echt nicht!« »Ach, geh, das glaubst du ja selbst nicht. Du hast die nur nicht gefunden, weil der Wein viel näher stand.« »Ja, so könnte es gewesen sein.« »Und nun? Wem musst du Rosen zur Entschuldigung schicken, wem sollte ich besser die nächsten Wochen nicht begegnen?« »Nein, nein, so schlimm war das nicht. Außerdem hat Felgenheber auf mich aufgepasst.« »Das glaubst du? Da hast du aber den Bock zum Gärtner gemacht! Das merkt man, wie der auf dich aufgepasst hat.«

Hecht gab noch ein paar zutreffende Eindrücke über den Abend wieder, blieb aber hinsichtlich des weiteren Verlaufs sehr vage, und zu seiner Überraschung fragte Ute nicht mehr nach Details. Sie bot ihm an, eine Haferschleimsuppe zu kochen, und nahm erleichtert zur Kenntnis, dass es für ein Schinkenbrot schon wieder reiche; allerdings wollte er dazu doch lieber Wasser trinken.

Er saß im Wohnzimmer vor dem großen Fenster; das Gewitter war in einen rauschenden Regen übergegangen, irgendwo begann eine Amsel zu singen, und der Sommer gab Zeichen, dass er noch nicht endgültig vorbei sei. Ute setzte sich zu ihm, aß auch ein Schinkenbrot und trank Wasser. »Musst du nicht zum Training zu deinen Stilruderinnen?«, fragte er. »Nein, heute nicht, es fällt aus.« »Ach, ihr habt die Gabe der Prophetie, habt das Sauwetter vorausgeahnt und abgesagt.« »Nein, wir könnten ja auch im Bootshaus Kastenrudern machen. Aber mir geht es nicht so gut. Weißt du, das Klimakterium ist doch ein schwerer Einschnitt, und Frau Teichlers Hormone scheinen mir nicht zu bekommen.«

Frau Dr. Teichler war Utes Gynäkologin. Sie war in etwa in Utes Alter, hatte länger als Oberärztin in der Frauenklinik gearbeitet, sich nach ihrer Scheidung dann aber selbstständig gemacht und galt unter den Altenfurter Professorengattinnen als fähig, lebensnah und diskret. »Ja, und nun habe ich den Eindruck, meine rechte Brust sei etwas geschwollen, und in der Achselhöhle drückt es auch irgendwie.« »Um Gottes Willen, Ute, mach keine Sachen«, fuhr Hecht hoch, »da muss ich sofort Päule anrufen, was du machen sollst.« »Einstweilen kannst du dir das sparen. Ich denke, es sind diese Hormone. Morgen um 9.00 Uhr habe ich einen Termin bei Frau Teichler, dann sehen wir weiter. Mach nicht so ein Gesicht, Hans, es ist bestimmt nichts Schlimmes. Ich will es nur wissen. Wenn du so ein Theater machst, erzähle ich dir demnächst sowas gar nicht erst.«

Beide schwiegen; Hecht überkam ein Gefühl der Verzagtheit, was bei ihm selten passierte. Wenn das ein Karzinom war, dann konnte er seine ganze nähere und fernere Planung umstellen. Dann könnte er schon morgen damit anfangen. Denn bis ein Befund vorlag, war es Dienstag oder Mittwoch der nächsten Woche. Dann würden die Donnerstag oder Freitag operieren, und Ute würde sicher einige Tage seinen Zuspruch brauchen, auch wenn sie in der Klinik lag. Aber er konnte unmöglich die Workshops absagen. Das gäbe unendlichen Ärger, und das Auswärtige Amt würde ihn nie wieder beteiligen. Nein, er musste unbedingt schnell Klarheit haben; Päule könnte ihm sicher helfen, der war ja auch gerade Medizindekan.

Paul Bosma war ein alter Freund von Ute und Hecht. Sie hatten gemeinsam zu Anfang der sechziger Jahre in Kiel studiert, Paul Medizin und Hecht Jura. Paul kam vom Niederrhein, entstammte einer holländischen Familie, war aber Deutscher, sprach perfektes Hochdeutsch und ebenso gut Niederländisch. Kennen gelernt hatten sie sich beim Rudern in Kiel. Sie trafen sich fast jeden zweiten Abend in der Seeburg, dem Bootshaus des Hochschulinstituts für Leibesübungen, und trainierten auf der Förde. Auch Ute ging dort ein und aus. Sie studierte Mathematik und Geschichte, trat aber auch als Übungsleiterin für Frauenrudern in Erscheinung. Im Skiff hatte sie mehrfach die Jugend- und Juniorenmeisterschaften in Schleswig-Holstein gewonnen. Sie war schlank, drahtig, blond, langbeinig und so gut wie ohne Po und Busen. Die blonden Haare hatte sie meistens zu einem Pferdeschwanz oder zwei Zöpfen gebunden. Nach dem Rudern und der Dusche kam sie dann mit lang herabwallender Mähne noch auf ein Malzbier auf die Terrasse, und Päule schmeichelte ihr, jetzt käme die Rheintochter persönlich mit dem Goldschatz. Es war nicht auszumachen, wer sie mehr poussierte, Päule oder Jonni, so ließ sich Hecht von seinen Freunden nennen. Aber sie bevorzugte eindeutig den eloquenteren und witzigeren Juristen Hecht. So war sie am Schluss auch seine Frau geworden, und Päule heiratete eine Zahnärztin.

Der Zufall hatte es Ende der siebziger Jahre gefügt, dass auch Paul einen Ruf nach Altenfurt annahm. Sie hatten sich nach dem Studium etwas aus den Augen verloren. Hier nun, beide inzwischen Ehemänner und Väter bereits schulpflichtiger Kinder, erneuerte sich ihre Freundschaft. Sie waren Mitglieder des örtlichen Rotary-Clubs geworden, gingen en famille zum jährlichen Universitätsball, und ganz gelegentlich kam Päule auch mal zum Bootshaus der Universität an die Weser, um mit Jonni Zweier zu rudern. Päule war Urologe geworden, hatte sich in Köln habilitiert, wurde dort Oberarzt und dann nach Altenfurt auf die Stelle des Ordinarius für Urologie berufen. Er war Direktor der Urologischen Klinik und hatte dabei ein lukratives Spezialgebiet entdeckt, die männliche Impotenz. Gegen diese implantierte er mechanische, pneumatische und hydraulische Hilfsmittel, Penisprothesen zumeist; er experimentierte auch hormonell nicht ohne Erfolg, und da er ein liebenswürdiger, heiterer Mensch geblieben war, wurde er schnell zum Geheimtipp aller potenzschwachen, zahlungskräftigen Herren der Region. Das trug ihm in der Fakultät den Spitznamen »Pimmel-Päule« ein. Er ließ sich nichts anmerken, und niemand wusste, ob ihn der Name ärgerte oder nicht.

Beim ersten Anruf bekam Hecht nur Erika, Päules Frau, ans Telefon. Paul sei nochmal schnell in die Klinik gefahren, komme aber gleich zurück. Ob er mit Ute nicht noch auf einen Wein herüberkommen wolle? Nach dem Regen sei es jetzt wunderbar auf der Terrasse. Wollten sie? Ute schüttelte heftig den Kopf. Schade! Aber Paul riefe auf jeden Fall zurück, sobald er wieder da sei.

Gegen 21.00 Uhr meldete sich Paul. Hecht schilderte kurz seine Besorgnisse, und Paul entfuhr ein »Ach, Scheiße! Das hört sich nicht so toll an. Vor allem das mit der Lymphdrüse in der Achsel stört mich. Aber die Hormone sind auch ein merkwürdiges Zeug, kann auch daran liegen. Bei wem ist sie denn? So, die Teichler, die kommt doch vom alten Bauer hier bei uns. Doch, die soll ganz gut sein. Ich kenne sie aber nicht näher. Ja, die Ute soll sagen, dass sie die Proben morgen noch zu uns in die Patho bringen lässt. Da ist auch ein Wochenenddienst. Dann haben wir am Montag schon einen Befund.«

Als Hecht schwieg, fuhr er fort.

»Nein, Jonni, nun gerate mal nicht gleich in Panik. Ich will nur auch den worst case mal überlegen. Die Ute sollte dann auf jeden Fall zu Theo Holz kommen, der operiert dienstags, das könnte ja gerade noch klappen. Theo Holz, ja, der Titten-Theo. Du, das ist bei Brust der beste Operateur, den wir haben. Weisst du, wie vielen unglücklichen Frauen er den Busen größer oder kleiner gemacht hat? Der hat doch schon das halbe Opernhaus in Hannover geliftet. Nein, der ist nicht Bauunternehmer, ich meine die etwas fetten Sopranistinnen. Nein, du, jetzt mal ernsthaft: Wenn da was ist, muss das raus. Und der Theo ist absolut Spitze, was die Erhaltung oder Rekonstruktion der Brust angeht. Der ist zwar etwas geldgierig; das liegt am Beruf. Aber du kriegst nirgends einen Besseren. Und die Onkologie ist seit diesem Semester auch wieder besetzt. Hagemann aus München. Ein ganz junger Mann, noch auf neuestem Stand. Und ganz soft, so richtig auch was fürs Gemüt. Also, ich werde morgen mal den Fritzen in der Pathologie Bescheid sagen, dass die Teichler noch was rüberschickt, und den Titten-Theo treffe ich zufällig morgen auch. Den werde ich wohl an diese Sache kriegen. Ist ja auch ein Standardeingriff, so'n Mamma-Karzinom. Also,

Ihr wollt wirklich nicht noch vorbeikommen? Kann ich ja verstehen. Aber grüß die Ute von mir. Sag ihr, dass wir schon ganz andere Sachen hingekriegt haben, gut wie wir sind.«

Es wurde ein schweigsamer, bedrückter Abend, auch wenn das Gewitter die Luft gereinigt hatte und man nun wieder freier atmen konnte. Ute machte einen ganz ruhigen Eindruck. Sie schien sich sicher zu sein, dass es kein Karzinom war. Ob sie aber wirklich ruhig war oder dieses nur spielte, konnte Hecht nicht feststellen. Er kannte das Innere seiner Frau zu wenig. Seit Jahren lebten sie neben- und nicht miteinander. Keiner von beiden wollte dem anderen einen Blick in die Gedanken und Gefühle gewähren, weil dann womöglich der stille Konsens zerbrochen wäre, bestimmte Ereignisse und Erfahrungen unerwähnt, als individuelles Geheimnis zu belassen.

Um nicht noch Fragen nach der letzten Nacht beantworten zu müssen und Ute dann eine Geschichte aufzutischen, die sie ihm doch nicht glauben würde, gab er seiner Müdigkeit nach, gähnte mehrfach und schlug vor, ins Bett zu gehen. »Kannst du denn schon schlafen, jetzt um gerade mal 10.00 Uhr?«, fragte Ute. »Aber wenn du in der letzten Nacht so schwer schuften musstest, all diese Stemmarbeiten, Abschleppdienste und so, dann geh ruhig. Ich wollte ohnehin noch einen Blick in die Literaturbeilage der »Zeit« werfen, da bist du ja nicht interessiert.«

Hecht erhob sich, nahm sicherheitshalber noch mal eine Aspirin, besprach mit Ute kurz, dass sie ja morgen wegen des Arztbesuchs etwas länger schlafen und dann mit ihm um 8.00 Uhr frühstücken könne. Danach verschwand er.

Nachdem die Kinder ausgezogen waren, hatte er eines der Kinderzimmer als Schlafraum übernommen. Dadurch störte er Ute nicht, denn sie hatten ganz unterschiedliche Schlafgewohnheiten entwickelt. Während er oft bis weit nach Mitternacht an seinem Schreibtisch oder in seinem Wohnzimmersessel saß und Fachliteratur durcharbeitete, dafür aber morgens oft erst nach 8.00 Uhr aufstand, ging Ute, wie sie sagte, am liebsten »mit den Hühnern« zu Bett. Sie stand regelmäßig früh auf, wenn es nicht wegen der Schule war, dann um noch eine Stunde zu rudern oder zu joggen. Dadurch war sie schlank und muskulös geblieben, von den meisten Kolleginnen und Kollegen heftig beneidet. Da Hecht selbst aber ebenfalls seine Figur durch Rudern und Joggen in Form hielt, fand er es nur natürlich und angemessen, dass Ute das auch tat.

Nach einem bleiernen Schlaf, der ihn nicht entspannt und gelockert hatte, erwachte er am Freitagmorgen früh, stand schon um 7.00 Uhr auf, schlüpfte in die Sportkleidung und seine neuen Laufschuhe, um schnell noch ein paar Kilometer zu joggen. Schweißnass, aber immer noch nicht erholt, kam er zurück, duschte kalt und hatte erstmals das Gefühl, urlaubsreif zu sein. Das gemeinsame Frühstück verlief eher schweigsam; das Institutsfest lag weit zurück.

Ute war noch ernster, als sie sonst erschien. »Nur gut, dass ich gleich um 9.00 Uhr den Termin habe, meine Nerven sind nicht die besten. Ein ganzes Wochenende untätig auf einen Untersuchungstermin zu warten, wäre nicht mein Fall. Aber ein Ergebnis bekomme ich ja auch erst in der nächsten Woche«, unterbrach sie das Schweigen.

Zur Ärztin wollte Ute nicht gebracht werden; das solle Hecht sich für ernstere Gelegenheiten aufbewahren. Also fuhr er missmutig zur Universität. Der Campus war merkwürdig leer, obwohl die Vorlesungszeit noch nicht beendet war. Hecht kam die Idee, dass die Studenten sich der einst von der Bundesbahn eingeführten Di-Mi-Do-Regelung, die viele seiner Kollegen auf sich anwandten, angepasst hätten. Tatsächlich war es ein sicheres Mittel, sich vor einem Überlaufen der eigenen Lehrveranstaltungen dadurch zu schützen, dass man sie für Montagvormittag oder Freitagnachmittag ankündigte. Es wunderte ihn, warum so wenige Kollegen von diesem Trick Gebrauch machten. Di-Mi-Do war eben doch noch verlockender, oder sie hatten ohnehin nicht so viele Hörer.

Im Institut traf er nur Frau Marschner an, die ihm bescheinigte, er sehe ja immer noch wie Buttermilch und Spucke aus. Sie wolle ihm erst einmal einen ordentlichen Kaffee bereiten, dann schaue man mit anderen Augen in die Welt.

Als sie ihm den Kaffee dann ins Dienstzimmer brachte, fragte sie ganz teilnahmsvoll: »Ärger hier im Haus?« »Nein, nein, diesmal private Sorgen«, erwiderte er. »Da will ich nicht indiskret sein; aber sind's wieder einmal die Kinder?« Damit spielte sie auf eine Alkoholaffäre des Sohnes an, die seinerzeit wegen der Jugendlichkeit des Delinquenten doch für einiges Aufsehen in der Universität gesorgt hatte. »Nein, ich will es Ihnen gern sagen, aber Sie sollten nicht darüber sprechen. Ich muss mich darauf einstellen, dass meine Frau Brustkrebs hat.« Warum musst du dich denn darauf einstellen und nicht vor allem sie?, schoss es Frau Marschner durch den Kopf. Sie verschluckte eine Bemerkung und rang sich zu einem »Ach wie schrecklich, ist sie denn schon operiert?« durch. »Nein, wir haben noch nicht einmal eine gesicherte Diagnose« – Wieso wir?, dachte Frau Marschner wieder, warum nicht sie? – »Diese Unsicherheit kann ich schlecht ertragen. Und die dauert vielleicht noch das ganze Wochenende. An Arbeiten ist dann kaum zu denken. Und was aus dem Workshop wird – den kann ich unmöglich absagen, das überlebe ich nicht. Dann bekomme ich aus Bonn nie wieder einen Auftrag.«

Frau Marschner hatte Mühe, ihre Meinung zurückzuhalten. Er war doch gar nicht von Krebs bedroht, ihm stand doch keine Operation bevor, keine Todesangst, keine Schmerzen, keine Verstümmelung durch Skalpell oder chemische Keule. Die arme Frau tat ihr leid, die mit einem solchen Egomanen leben musste. Nein, lieber nichts sagen, nicht reden, wenn man nicht gefragt wird, das war ihre Lebenserfahrung. Und so verließ sie leise und schweigend sein Zimmer.

Er ließ sich im Laufe der nächsten Stunde mit einer Vielzahl von Teilnehmern telefonisch verbinden, machte Termine ab, die er Frau Marschner durchgab, diktierte noch zwei Briefe und ging dann gegen 11.00 Uhr ins Dekanat. Er bat Frau Marschner, für den kommenden Montag sicherheitshalber keine Terminvereinbarungen zu treffen. Frühestens wieder ab der darauf folgenden Woche wäre er ansprechbar, nach der Workshop-Reise. Jetzt noch eingehende Telefongespräche solle sie nur in wichtigsten Fällen ins Dekanat übergeben, er müsse mit Endlein und Rosky sowie Felgenheber noch seine Vertretung für die kommende, vielleicht auch für die übernächste Woche abstimmen, je nachdem, ob der Krebs ihn noch einhole oder nicht. Ach ja, falls Frau Wittmann sich melde, die werde ja demnächst wohl wieder gesunden, die wolle er doch etwas mehr vom allgemeinen Lehrstuhlbetrieb entlasten. »Sagen Sie ihr, sie soll die günstige Gelegenheit meiner Abwesenheit nutzen, um ihre Dissertation ein Stück weiterzubringen. Sie soll die Tipps überlegen, die ich ihr gegeben habe, und meinen Ratschlag befolgen.«

Frau Marschner, die die letzten Äußerungen auf die Arbeit an der Dissertation bezog, dachte ganz versöhnlich, dass er ja zumindest mit seinen Doktoranden und Mitarbeitern sorgfältig und fürsorglich umgehe, sicher mehr als mit seiner Ehefrau.

Diese hatte Frau Marschner dann am Telefon, kaum dass Hecht das Zimmer verlassen hatte. »Ich stelle gleich durch; er ist eben erst zur Tür hinaus, bis zum Dekanat braucht er eine Minute. Wollen Sie warten, oder rufen Sie nochmal drüben an?« »Ach, dann warte ich. Ich will ihn doch lieber sofort informieren. Er wird Ihnen ja berichtet haben, dass ich Probleme mit einer entzündeten Lymphdrüse habe. Meine Ärztin ist inzwischen der Meinung, es sei wahrscheinlich Brustkrebs im Frühstadium. Man sollte es nicht dramatisieren; die Heilungschancen sind dabei recht gut. Aber wenn die Vermutung sich bestätigt, was ich wohl morgen erfahre, dann bin ich am nächsten Dienstag auf dem Operationstisch. Und in diesem Fall wird mein Mann einige Termine verschieben müssen – denke ich jedenfalls. Und deswegen sollte er gleich noch Bescheid bekommen. Vielleicht ist er ja inzwischen im Dekanat angekommen.« »Mein Gott, Frau Hecht, das ist ja eine schlimme Nachricht!«, gab Frau Marschner ihrem Mitgefühl Ausdruck. »Natürlich stelle ich sofort durch. Da wird Ihr Mann bestimmt noch einiges umorganisieren.« Sofort hatte sie Wally in der Leitung »Hallo, Wally, Liebes, ich habe Frau Hecht am Apparat; ganz wichtig. Stell doch mal durch, auch wenn er Besuch hat.« »Hat er nicht. Gib sie mal rüber. Aber ruf mich gleich wieder an, um was es geht«, erwiderte sie.

Eigentlich glaubte Frau Marschner nicht, dass Hecht Termine verschöbe oder gar den Workshop ausfallen ließ. Vielleicht zur Beerdigung seiner Frau, aber bestimmt nicht für eine Krebsoperation. Und für solch eine Unbarmherzigkeit kommen diese Mistkerle dann in den Ruf des erfolgreichen Machers, des harten Erfolgsmenschen. Nein, schlimm ist das. Dann doch lieber Lehrstuhlsekretärin mit einer kleinen, überschaubaren Welt!

Kurz darauf hatte sie Hecht am Telefon. »Also, meine Frau hat Sie ja schon informiert. Ich habe es auch Frau Schön mitgeteilt, Sie brauchen sie deswegen nicht mehr zu unterrichten. Den Workshop werde ich nicht absagen, das ist absolut unmöglich. Aber alle anderen Termine werden verlegt. Ich komme auch vor Mittag nochmal rein. Bis dann!«, und schon war er wieder aus der Leitung.

Hecht beauftragte Felgenheber, wegen einer ernsthaften Erkrankung seiner Frau alle Dekanatstermine am Montag an den Prodekan, den Kollegen Tellmer vom Strafrecht, abzugeben. Wenn er, Felgenheber, allerdings den Eindruck habe, in der Sache sei Musik, sei es durch das Ministerium, den Rechnungshof oder innerhalb der Uni etwa durch die Studenten, den Personalrat oder die Frauenbeauftragte, dann bäte er darum, die Angelegenheit doch lieber bis zu seiner Rückkehr zu vertagen.

Ähnliche Weisungen gab er Frau Marschner und dem herbeizitierten Assistenten Dr. Endlein, der auch seine Vertretung in der Vorlesung am Dienstag und Donnerstag übernehmen sollte.

Dank Paul Bosma erfuhr Hecht nicht nur die schon erwartete Diagnose »Mamma-Karzinom« noch am Samstag. Sie konnten am Sonntag auch noch Professor Holz, den Titten-Theo, sprechen. Hecht erkannte ihn sofort wieder. Er war von undefinierbarem Alter – wie Hecht später erkundete: Mitte Fünfzig –, lang und hager, mit struppigen, hellblonden Haaren, wasserblauen Augen und einem ebenfalls struppigen, blonden Schnauz. Das Auffälligste war sein stark rheinischer Tonfall, der ihn leicht als »Kölsche Jong« offenbarte. Holz wollte Ute erst am Montag genau untersuchen. Selbstverständlich bekomme sie gleich am Dienstag einen OP-Termin. Er werde sie so gegen 10.00 Uhr dazwischenschieben. Um OP, Anästhesisten, Onkologen und die Blutbank kümmere er sich, das Bett müsse Paul besorgen, er komme neuerdings mit den zentralen Pflegediensten nur schlecht zurecht. Aber Paul werde das schon richten. Verweildauer: eine gute Woche, falls keine Komplikationen auftreten; vielleicht auch 10 Tage. Nein, die Operation an sich sei unspektakulär und auch nicht lebensgefährlich. Er, Holz, sei aber nur Handwerker; und sein Handwerk verstehe er. Er hoffe, dass dann der Onkologe und der Radiologe auch erfolgreich seien. An ihm werde es nicht scheitern. Und um Hecht etwas aufzumuntern, meinte er abschließend, er könne ja die Brust gleich etwas größer machen, wenn er schon dran sei; das sei doch viel schöner zum Anfassen. Dabei brach er in ein meckerndes Gelächter aus. Dann aber, wieder ernst werdend, verabschiedete er die beiden Hechts. »Ganz im Ernst, Frau Hecht, Ihre Prognose ist eigentlich recht gut. Krebs ist zwar immer eine schwere Erkrankung, und bei Brustkrebs kommt ja auch noch das Verstümmelungsrisiko dazu. Aber chirurgisch ist das beherrschbar. Die Stunde der Wahrheit kommt erst ein, zwei oder mehrere Jahre nach der Operation. Erst dann lässt sich eine abschließende Prognose stellen. Also, wir sehen uns am Montag. Kommen Sie um 14.00 Uhr, dann schaue ich Sie mir gründlich an. Und am Dienstag so gegen 10.00 Uhr geht's dann los.«

Das Wochenende verbrachte Hecht mit seiner Frau im Hause. Es war kühleres Wetter geworden, aber nicht regnerisch. Rudern, Wandern oder Joggen entfiel. Ute korrigierte Klassenarbeiten. Hecht bereitete sich auf die Workshops vor. Er hatte mit Ute darüber gesprochen, dass er unweigerlich am Dienstagnachmittag das Flugzeug von Frankfurt nach Budapest erreichen müsse, und zu seiner Überraschung hatte sie keinerlei Einwände. »Du hast ja gehört, die Stunde der Wahrheit kommt viel später. Also dramatisiere nichts, sondern fahr zu deinen Tagungen«, hatte sie ihn förmlich ermuntert. Ob sie wirklich so tapfer war, ob er ihr bei ihrer Krankheit so gleichgültig war, oder ob sie im Stillen nicht doch gehofft hatte, er werde bei ihr bleiben, wenn sie aus dem Operationssaal komme, wusste er nicht. Er machte sich im Augenblick auch keine weiteren Gedanken darüber. Selbst wenn sie versucht hätte, ihn zum

Bleiben zu bewegen, hätte er nach Budapest und Sofia fliegen müssen. Also besser nicht tiefer schürfen und ihre Erklärungen nicht hinterfragen.

Hecht schnitt die Frage an, wer denn von Utes Erkrankung zu informieren sei. »Die Kinder?«, fragte er. »Besser nicht. Heike steckt mitten in ihrer Diplomarbeit. Die kann man im Augenblick sowieso nicht erreichen; die zählt wahrscheinlich gerade wieder Libellen am Steinhuder Meer oder hilft den armen Kröten zum Wasser.«

Heike war das ältere der beiden Kinder, sehr sensibel und scheu. Obwohl sie ein hübsches Mädchen war, hatte sie doch kaum Kontakte zu Jungen, ging ganz in ihrem Biologiestudium auf und schrieb ihre Diplomarbeit über die Macro-Fauna in stehenden Binnengewässern. Leider war sie gar nicht sportlich, wie Ute gehofft hatte, sondern zog schon als Schülerin entlaufene Hunde und Katzen, verletzte Vögel, Igel oder anderes Getier an wie das Licht die Motten. Ein Haustier wurde bei Hechts nicht gehalten, weil beide Eltern zuviel unterwegs waren und dem Tier die erforderliche Fürsorge gefehlt hätte – so meinte Ute es zumindest. Heike kompensierte diesen Verzicht mit freiwilliger Mithilfe im städtischen Tierheim, von wo sie mehr als einmal tief deprimiert nach Hause kam, so sehr nahm sie Anteil an der armen Kreatur. Ihr Herzenswunsch ging in Erfüllung: Sie konnte in Oldenburg Biologie studieren.

Jörn, der zwei Jahre jüngere Sohn, war ein recht ungebärdiges Kind gewesen. In der Schule galt er als streitsüchtiger Raufbold; Utes Versuch, seine überschüssigen Energien in das Rudern umzulenken, gelangen nur zum Teil. Er geriet in falsche Gesellschaft, blieb oft bis spät abends weg und schien es auch mit der Schule nicht so genau zu nehmen. Als Hecht zum Gymnasium zitiert wurde, wo ihm eine stattliche Zahl von Fehltagen seines Sohnes sowie ein Bündel schriftlicher Beschwerden der Eltern anderer Schüler offenbart wurden, ging ihm auf, dass sie irgendetwas mit Jörn falsch machten. Als dann noch mehrere Trinkhalleneinbrüche mit Alkoholdiebstahl hinzukamen, war das Maß voll. Mit Mühe ließen sich die Einbrüche unter der Decke halten. Die Trunksucht seines gerade 17 Jahre alt gewordenen Sohnes aber machte die Runde in der Universität. Da mit Strenge nichts auszurichten war, überredeten sie Jörn schließlich dazu, in ein Jungeninternat in England zu wechseln und einen Neuanfang ganz ohne Eltern und gewohnte Umwelt zu wagen. Dieser Versuch war leidlich geglückt. Jörn hatte das Internat mit einem A-Level verlassen, also dem Schlüssel für einen Studienplatz seiner Wahl in Großbritannien. In Edinburgh studierte er nun Maschinenbau und war in seiner Freizeit ein leidenschaftlicher Segler geworden. Das Verhältnis zu seinen Eltern blieb kühl distanziert, und auch von seiner Schwester Heike wollte er nichts wissen.

Also: die Kinder blieben unbehelligt. Utes Eltern lebten nicht mehr, sie waren vor Jahren schon gestorben. Utes zwei ältere Schwestern, beide verheiratet und mit vielen Kindern gesegnet, sollten später informiert werden; jetzt könnten sie ohnehin nichts bewirken. Und Hechts alte Mutter verdämmerte ihre Tage in einem noblen Pflegeheim am Starnberger See; dort hielt Hechts älterer Bruder Georg noch Kontakt zu ihr. Finanziell war seine Mutter gut gestellt; Hechts Vater, obwohl gebürtiger Frankfurter, war Senatspräsident am Bayerischen Obersten Landesgericht gewesen und hatte seiner Frau neben einem kleinen Wertpapiervermögen und einem Haus in Bogenhausen auch eine auskömmliche Witwenpension hinterlassen. Das alles reichte, um von den Erträgen das recht aufwendige und kostenträchtige Pflegeheim zu finanzieren.

Georg Hecht war 3 Jahre älter als sein Bruder Johannes. Er hatte Medizin studiert, sich auch in München als Internist habilitiert, war dann aber als Chefarzt an ein mittelgroßes Krankenhaus im Münchener Umland gegangen, wurde dort schnell ein anerkannter Experte für Stoffwechselerkrankungen, hatte sich in Starnberg wohlhabend verheiratet, Kinder bekommen und dort Wurzeln geschlagen.

Früher waren die Brüder wie zwei Freunde unzertrennlich gewesen. Dann aber war die Affäre mit Heidrun ruchbar geworden, und Georg, hinundhergerissen zwischen den Fronten, hatte sich zwar schließlich auf die Seite seines Bruders geschlagen, aber ihr gutes Verhältnis war zerstört. Zu sehr verabscheute Georg das Tun seines Bruders, und auch heute, aus dem Abstand von 20 Jahren, hatte Georg ein eher distanziertes Verhältnis zu Johannes aufrechterhalten. Ganz anders war das mit Ute: Diese sah er, vielleicht etwas einseitig, als Johannes' Opfer an und schien immer das Gefühl zu haben, er müsse an Ute etwas gutmachen. Aber Georg sollte ebenfalls erst nach der Operation informiert werden, auch um zu verhindern, dass er das halbe Altenfurter Klinikum in Bewegung setzte, damit nur ja kein Behandlungsfehler unterliefe – die Altenfurter Internisten kannte er sogar alle persönlich.

So blieb Utes Erkrankung zunächst noch verborgen. Lediglich ihr Gymnasium unterrichtete sie, regelte ihre Vertretung im Unterricht, und beim Schülerruderverein sagte sie für die nächsten Wochen das Mädchenstilrudertraining ab, eine Vertretung für sie gab es dort nicht. Mehrere Freundinnen wurden informiert und gebeten, nach überstandener Operation die Besuche so zu organisieren, dass das Krankenzimmer nicht wie ein Taubenschlag werde. Und dann blieb Ute nur die bange Zeit des Wartens auf den Montagnachmittag.

Am Montagmorgen zog es Hecht wieder in sein Institut; an seinem Schreibtisch hatte er aber Probleme, sich auf dienstliche Fragen zu konzentrieren. Er überdachte nochmals seine Abwesenheitsvertretung. Felgenheber erledigte hoffentlich die Dekanatspost und traf die erforderlichen Maßnahmen gemeinsam mit Prodekan Tellmer. Am Lehrstuhl konnte er sich auf Dr. Endlein verlassen. Und sicher war es auch richtig, dass er Endlein gebeten hatte, die als »persönlich« gekennzeichnete Post liegenzulassen, bis er zurückkäme. Wer ihm persönlich etwas Wichtiges mitzuteilen hatte, konnte ihn ja zu Hause anrufen oder die Post an seine Privatanschrift adressieren.

Er suchte alle Unterlagen und Materialien für die Workshops zusammen; es war ein ganzer Koffer voller Papiere. Die Post, auch die vom letzten Freitag, wollte er jetzt nicht mehr sehen; er musste sich ohnehin beeilen, weil er Ute in die Klinik bringen wollte. Auch konnte er sich jetzt überhaupt nicht mehr richtig konzentrieren. Er fuhr wieder nach Hause und war froh, als es 13.30 Uhr wurde und Ute mit einer kleinen Reisetasche erschien, in welcher sie ihre persönlichen Utensilien mit sich führte.

Er scheute die überfüllten Parkplätze des Klinikums und überlegte während der Fahrt, wo er am zweckmäßigsten das Auto abstellte. Als er aber durch die Einfahrt fuhr, wurde ihm vom Pförtner gleich ein Dienstparkplatz neben der Notfallaufnahme zugewiesen. Der ärztliche Direktor, ein Internist, hatte ihn angekündigt und das so geregelt. Hecht war sicher, dass Ute im Klinikum bestens versorgt und behandelt würde. Er selbst genoss seit einiger Zeit hohes Ansehen bei den Chefärzten, weil er sich in einer schwierigen Situation lautstark auf ihre Seite gestellt hatte. Die Krankenkassen hatten ein etwas unappetitliches Kapitel der Leistungsabrechnung von kardiologischen Kliniken und Abteilungen an die Öffentlichkeit gezerrt, und die Staatsanwaltschaften hatten in einer bundesweiten, spektakulären Aktion einen Skandal daraus gemacht, der unter dem Titel »Herzklappenaffäre« wochenlang für Schlagzeilen in den Medien sorgte. Das Grundmuster dieser Angelegenheit war sehr einfach und offenbar auch weit verbreitet: Anstatt mit den Lieferfirmen medizinischer Geräte oder künstlicher Implantate Mengenrabatte oder Preisnachlässe für Großabnehmer zu vereinbaren, hatten viele Kliniken zu Listenpreisen eingekauft. Dabei hatten sie aber Nebenabsprachen getroffen, dass statt der Rabattleistung oder Preisreduktion entweder zusätzliche Geräte oder Materialien ohne Berechnung geliefert wurden oder dem Klinikchef bei der Lieferfirma ein Dispositionskonto eingerichtet wurde, aus dem dann Zahlungen geleistet werden konnten.

Nachdem sich herausgestellt hatte, dass nur wenige diese Gelder für private Zwecke verwendet hatten und die meisten die Geräte, Materialien oder Geldmittel für ihre Doktoranden, für ärztliche Fortbildung oder wissenschaftliche Tagungen und Kongresse einsetzten, hatte Hecht mit der ganzen Wucht seines Amtes als Dekan der Rechtswissenschaftlichen Fakultät der Friedrich-Ludwig-Universität für die verfolgten Mediziner Partei ergriffen. Die Handlungen, vielleicht formal nicht ganz korrekt, seien ausschließlich aus uneigennützigen Motiven begangen worden. Es fehle nicht nur jedes Unrechtsbewusstsein der Mediziner. Wegen permanenter Unterfinanzierung der Hochschulen durch den Staat hätten sich diese quasi gezwungen gesehen, irgendwie die Mittel für die fachgerechte Ausbildung des wissenschaftlichen Nachwuchses und die ärztliche Fortbildung bereitzustellen. Kein Pfennig sei abgezweigt worden, alles sei für Forschung und Aus- und Fortbildung verwendet worden. Der Staat sei anzuklagen, der seine Wissenschaftler dazu zwinge, auf solch unorthodoxe Weise Mindeststandards der Medizinerausbildung zu gewährleisten!

Spiegel und Focus, FAZ und Welt, ARD und ZDF, am Schluss fast alle Medien berichteten über Hechts Thesen. Und als er sich bei einer von der ARD übertragenen Podiumsdiskussion mit der Justizministerin zu der Behauptung verstieg, diese Kriminalisierung der Mediziner habe einzig den Zweck, von der öffentlich bekannten Unterfinanzierung der deutschen Krankenhäuser abzulenken, so nach dem Motto »haltet den Dieb«, da schlugen endgültig die Wogen des Wohlwollens aller Klinikchefs über ihm zusammen, und er war, zumindest für einige Zeit, fast zu jeder größeren Veranstaltung der Medizinischen Fakultäten in und um Altenfurt als Ehrengast geladen. Einzig sein Bruder Georg sprach von billigem Schmierentheater und

Effekthascherei auf Kosten der Krankenkassen. Aber Georg hatte seit jeher die Rolle des Moralisten gepachtet; seine Kritik hatte Hecht nicht weiter angefochten.

Nun also kam er nicht als Wohltäter oder Gastredner, sondern, wenn auch nur mittelbar über Ute, als Betroffener. Mit einem äußerst freundlichen Oberarzt verschwand Ute in der chirurgischen Station. Hecht wartete annähernd eine Stunde auf dem Flur. Es fiel ihm sichtlich schwer, hier unnötig zu verweilen. Abwechselnd setzte er sich auf einen der Besucherstühle, dann wieder ging er unruhig auf und ab. Schließlich teilte ihm eine freundliche Krankenschwester mit, falls er Professor Hecht sei: seine Frau liege nun in der Station C auf Zimmer 110; hier in der Etage sei es, den nächsten Gang rechts und dann wieder rechts.

Dort traf er Ute und zu seiner freudigen Überraschung auch Paul Bosma. Dieser wollte Ute noch etwas beruhigen. Das schien aber nicht nötig zu sein, denn Ute machte einen durchaus gefassten Eindruck. Es wurde noch der Anästhesist erwartet; auch mussten Blut abgenommen, ein EKG geschrieben und noch verschiedene weitere Daten erhoben werden. Nachdem Hecht und Paul etwa eine halbe Stunde bei Ute gesessen hatten und der Gesprächsstoff fast erschöpft war, kam eine Schwester, um Blut abzunehmen. Ute ermunterte beide, nun ruhig zu gehen. Sie fühle sich in guter Obhut, und da es ja vermutlich nicht ihr letztes Stündlein hier auf Erden sei, wäre sie jetzt doch lieber allein, um noch etwas auszuruhen. Wenn möglich, solle Hecht morgen kurz vor seinem Aufbruch doch noch hereinsehen; dann sei die Operation ja vermutlich vorbei und sie schon wieder bei Bewusstsein.

Hecht war dankbar, aus dieser von ihm als zwanghaft empfundenen Situation befreit zu sein. Als Paul ihn auf dem Flur überreden wollte, heute abend doch zum Rotary-Meeting in den »Goldenen Anker« zu kommen, sagte er gern zu.

Hecht fuhr zurück in die Brunnenstraße. Aber irgendwie kamen ihm Haus und Garten viel verlassener und verwaister vor als die vielen Male, bei denen er auch allein im Haus war, weil Ute ruderte, Konferenz hatte, eine Klassenfahrt unternahm. Eine ganz schwache Ahnung überkam ihn, dass ihn vielleicht unbewusst mehr mit Ute verbinde, als in ihrem vom Alltag eingetrübten täglichen Miteinander deutlich wurde. Aber um nicht eine sentimentale Anwandlung zu erleiden, nahm er sich noch einmal sein Workshop-Material vor, und schon bald war er allein darauf konzentriert.

Hecht war froh, als es 19.30 Uhr wurde und er sich zum Meeting des Rotary-Clubs auf den Weg machen konnte. Er legte die zwei Kilometer von der Brunnenstraße zum »Goldenen Anker« zu Fuß zurück, und der Gang durch die frische Luft belebte ihn. Auch die freundliche Begrüßung durch die rotarischen Freunde – keiner schien irgendetwas von seinen Eskapaden nach dem Fakultätsfest zu ahnen – ließ ihn schnell auf andere Gedanken kommen. Das Essen schmeckte ihm aber wiederum nicht, dafür trank er mit großem Genuss mehrere Glas Bier. Es gelang ihm, sich zu seinem Freund Paul zu setzen; mit am Tisch saß unter anderem noch Dr. Volkmann, Filialdirektor einer Großbank. Nach einem langweiligen rotarischen Vortrag über Rekultivierung ausgekiester Baggerseen blieben sie noch etwas beisammen. Utes Krankheit wurde nicht erwähnt; da war auf Pauls Diskretion Verlass. Stattdessen unterhielt sich Paul mit Volkmann über Aktienkurse. Paul teilte Volkmann mit Verschwörerblicken mit, dass er einen ganz heißen Tipp habe; ja, er als Urologe könne den Banker beraten.

Veröffentlichungen in der »Medical Tribune« und »Nature« habe er entnommen, dass zwei amerikanische Pharmakonzerne äußerst erfolgversprechend an einem Potenzmittel arbeiteten. Innerhalb der nächsten zwei Jahre rechne er fest damit, dass eines der Präparate in den USA die Zulassung der FDO erhalte. Und die Tatsache, dass man vom Robert-Koch-Institut in Berlin keinerlei Auskünfte darüber erhalte, werte er als ein Indiz für demnächstige Zulassung auch in Europa.

Paul sah sich durch eine solche Wunderpille einerseits um seine gewinnbringende Nebentätigkeit als Implanteur von Penisprothesen und anderen Hilfsmitteln gebracht, meinte aber andererseits, dass eine solche Pille wahrscheinlich ungeheure Gewinne für die Pharmakonzerne abwerfe, die als erste damit am Markt seien. Volkmann bekam ganz runde Augen. »Wie sicher sind Sie sich denn, dass eine solche Pille bald kommt?«, wollte er wissen. »Warum stecken Sie denn dann nicht Ihre Ersparnisse in Aktien dieses Konzerns; die Aktien kann man ja an der Wall Street kaufen?«, bohrte er nach. »Das will ich ja«, erwiderte Paul. »Ich habe ein schuldenfreies Mietshaus in Hannover, und mein Haus hier in Altenfurt ist auch unbelastet. Sagen Sie, lieber Freund Volkmann, kann Ihre Bank mir gegen Sicherung durch eine Hypothek nicht bei der Kapitalbeschaffung behilflich sein?« »Gegen entsprechende Sicherheit nichts lieber als das, Freund Bosma! Ich finde Ihren Hinweis im übrigen auch für mich hochinteressant. Hoffentlich ist das nicht schon überall bekannt gewesen. Ich werde gleich morgen durch unsere Wertpapierabteilung einmal die Kursentwicklung der beiden Konzerne in den letzten zwei Jahren analysieren lassen. Gibt es da Sprünge nach oben, dann ist die erfolgreiche Vermarktung der Pille von Insidern bereits im Wert der Firmenaktien vorweggenommen; dann sollten Sie doch lieber vorsichtig sein. Aber wenn nicht, und Ihre Einschätzung über Marktreife und Wirksamkeit des Präparats träfe zu – oh, Junge, Junge! Das wär' ja ein Volltreffer, wie es ihn lange nicht mehr gab. Und Freund Hecht? Auch ein Haus zu beleihen? Auch Spekulationsgelüste?« »Ich weiß nicht; ich habe keine eigene Meinung dazu. Darüber müsste ich erst nachdenken. Neben Frauen soll ja die Wertpapierspekulation der sicherste Weg sein, sich zu ruinieren.« »Aber, liebe rotarische Freunde«, nahm Volkmann das Gespräch wieder auf, »wir wollen uns eine Woche Diskretion auferlegen. Bis dahin habe ich herausgefunden, ob die Aktien der beiden Konzerne überbewertet sind – dann sollten wir's lassen – oder ob es noch Luft für den großen Sprung nach oben gibt. Wenn das der Fall ist, meine ich, sollten wir uns engagieren; ich denke mal, für jeden von uns zwei Millionen; dann sind wir noch nicht ruiniert, falls der Sprung ausfällt.« »Rechnen Sie zunächst noch nicht mit meinem Engagement«, warf Hecht ein. Ihm ging das jetzt alles zu schnell; und eigentlich müsste er bei solchen Größenordnungen auch Ute beteiligen, was ja nicht ging. Er verpflichtete sich aber, Stillschweigen zu wahren und alsbald nach seiner Rückkehr in fünf Tagen eine Entscheidung zu treffen. »Warten Sie nicht zu lange, Freund Hecht, an der Börse wird nicht geklingelt. Wer zu spät kommt, den bestraft das Leben, sagte Gorbi so zutreffend.«

Man verabredete, am nächsten Montag wieder beim Meeting zusammenzutreffen und dann zu entscheiden. Hecht war im übrigen nicht sicher, ob ihm die Bank die zwei Millionen finanzieren werde. Aber bei denen ließ ja die Vorsicht nach, je höher der Kreditbedarf war – das wusste Hecht seit dem Skandal um den Baupleitier Schneider und die einprägsame Wertung als »Peanuts«.

Es war 23.00 Uhr geworden; man trennte sich mit Wünschen für viel Erfolg, und fast hätte Hecht Ute mit ihrer Operation und die ungeklärte Situation mit Silke vergessen.

Daheim war er noch zu aufgekratzt und wach, um ins Bett zu gehen. Nachdem er seine Reisetaschen gepackt und auf Vollständigkeit überprüft hatte, auch die Fahrkarte nach Frankfurt mit dem Zug um 12.20 Uhr ab Altenfurt herausgelegt hatte, holte er sich eine Flasche Wein aus dem Keller, bewaffnete sich mit Korkenzieher und Glas und sank in seinen Sessel. Dort verfiel er ins Grübeln, aber weder über Silke, Heidrun oder, was nahe gelegen hätte, über Ute und ihre Krankheit. Nein, der Gewinn bei Erfolg der geplanten Börsenspekulation erregte sein Gemüt. Hatte er nicht immer schon auf einen großen Coup gewartet, einmal aufs richtige Pferd setzen, Gewinne mitnehmen wie all die jungen Schnösel in den Brokerhäusern und Finanzierungsgesellschaften? – Und jetzt, den Erfolg zum Greifen nahe, sein Zögern! Was sollte das? Mit Zögern wurde man kein reicher Mann.

Andererseits, so ging es ihm durch den Kopf, hatte er stets mit einiger Belustigung festgestellt, dass es ausgerechnet die Mediziner waren, die bei irgendwelchen todsicheren Spekulationsgeschäften oder Steuersparmodellen das größte Kontingent betrogener Anleger stellten. Er hatte das als eine Art ausgleichende Gerechtigkeit empfunden, hatten doch die Kliniker unter seinen Professorenkollegen die höchsten Nebeneinkünfte. Also war es nur richtig, wenn sie auch am schnellsten von windigen Geldsammlern wieder um ihre Schätze gebracht wurden. Und nun sollte er dem Tipp eines Klinikers folgen? – Was verstand Paul denn von Börsengeschäften und Anlagestrategien? Nein, er würde sofort nach seiner Rückkehr vertraulich mit Volkmann und ohne Paul Bosma sprechen. Und nur, wenn Volkmann auch einstieg – ach je, durfte der das überhaupt angesichts des Verbots von Insidergeschäften? Aber der würde das über Paul laufen lassen –, würde er mithalten.

Die Flasche Wein war geleert, Hecht hatte noch die 0-Uhr-Nachrichten gehört. Nun ging er ins Bett und versank in unruhigen Schlaf.

Zerschlagen und erneut mit Kopfschmerzen – warum hatte er auch wieder die ganze Flasche Wein ausgetrunken? Er hatte doch beim Meeting schon fünf oder sechs Glas Bier getrunken – stellte er sich nach dem lustlosen Erwachen unter die Dusche. Der Kaffee, den er sich aufgebrüht hatte, schmeckte bitter und leicht salzig, er goss ihn weg und trank zum Marmeladenbrot zwei Glas Wasser. Draußen war es wieder schwül geworden. Die Hitze der letzten Woche kam zurück. Nur ganz langsam rückte der Zeiger der Uhr in der Küche weiter – dort saß er am Frühstücksplatz, den sie beide über die Woche bevorzugten. Er rief den Taxendienst an und bestellte auf pünktlich 12.00 Uhr ein Taxi in die Brunnenstraße. Gegen 10.30 Uhr hielt er es im Hause nicht mehr aus. Ute hatte ihn jetzt doch eingeholt, und ihm fielen auch die vielen Geschichten über Operations- und Narkosezwischenfälle wieder ein. Also stieg er in sein Auto, fuhr zum Klinikum, stellte sich ungefragt auf einen Dienstparkplatz für Ärzte und begab sich in die Station C. Eine freundliche Schwester, die ihn mit Namen begrüßte, beunruhigte ihn mit der Nachricht, Ute sei noch in der Vorbereitung. Der Chef habe wegen eines Notfalls auf der Station Verspätung. Er könne gern warten, bis zum Ende der Operation und dem Aufwachen aus der Narkose werde es aber leicht zwölf Uhr oder mehr; er solle ruhig wieder nach Hause fahren. Man werde ihn anrufen, wenn die Operation beendet sei; dann komme er immer noch früh genug.

Als er der Schwester begreiflich zu machen versuchte, dass er dann schon im Zug nach Frankfurt sitze: »Sie verstehen hoffentlich: Es ist ein völlig unverschiebbarer Termin; ich muss dorthinfahren«, verfinsterte sich deren Miene und sie sagte eisig »Dann können Sie von unterwegs anrufen und auf der Station fragen, ob alles gut gegangen ist. Ein Handy werden Sie ja wohl haben. Und das Arztzimmer hat die Nebenstelle 4302«; damit drehte sie sich um und verschwand grußlos und eilig in einem abzweigenden Gang. Dumme Ziege, dachte Hecht, die will mir wohl ein schlechtes Gewissen machen. Aber dann wurde ihm auch deutlich, dass sein Verhalten einem Außenstehenden, der seinen Termindruck nicht nachvollziehen konnte, vielleicht doch etwas lieblos und unverantwortlich erscheinen könne.

Hier im Stationswartezimmer herumzusitzen, kam ihm aber ganz unsinnig vor. Von hier aus konnte er Ute auch nicht beistehen. Also ging er wieder zum Parkplatz zurück, setzte sich in sein Auto und fuhr nach kurzer Pause wieder in die Brunnenstraße.

Dort trank er erst einmal einen Fernet; die Sache schlug ihm auf den Magen. Die Zeit blieb jetzt fast stehen. Zum wiederholten Mal prüfte er im Haus, ob alle Fenster geschlossen, alle elektrischen Geräte ausgeschaltet und die elektrischen Warnanlagen an Garagen- und Haustür eingeschaltet waren. Der Briefkasten gähnte ihn leer an; der Postbote kam auch immer später!

Er stellte die beiden großen Reisetaschen vor die Tür, versicherte sich, dass in seiner Schultertasche alle Reiseunterlagen, Pass, Fahrkarte, Flugschein, Terminkalender, Handy und Hotelanschrift in Budapest an seinem Platz waren. Er schloss die Haustür ab und schärfte mit einem gesonderten Sicherheitsschlüssel die Alarmanlage. Dann wartete er auf das Taxi. Was würde er machen, wenn das nicht kam? Sollte er schnell mit dem Handy die Zentrale anrufen? Aber nein, da kam es ja schon. So erreichte er seinen Zug, der ihn um 14.58 Uhr am Bahnhof Frankfurt-Flughafen wieder entlassen würde.

Gegen 13.30 Uhr rief er die Station an; aus dem Zug heraus war die Handyverbindung sehr schlecht. Eine weibliche Stimme quäkte und schnarrte etwas von zu früh,

Zwischenfall, Verspätung – dann brach die Verbindung ab und ließ sich auch nicht wieder herstellen.

Erst in Hanau bekam er wieder Kontakt mit der Station. Diesmal war es eine männliche Stimme. Frau Hecht sei operiert, befinde sich im Aufwachzimmer. Die Operation sei etwas umfänglicher gewesen, aber erfolgreich verlaufen. Nein, einen Zwischenfall habe es nicht gegeben; jedenfalls nicht bei Frau Hecht. Ob er in zwei Stunden noch einmal anrufen könne, dann werde man ihn schon mit seiner Frau verbinden können. Hören könne die dann schon wieder, sprechen vielleicht noch nicht.

Hecht überschlug den Zeitplan. In zwei Stunden wäre er noch im Flieger. Aber vielleicht gegen 19.00 Uhr, dann aus Budapest? Ja, das gehe auch. Sie sei zwar etwas geschwächt, aber Gefahr bestehe keine mehr.

Hecht fiel ein gewaltiger Stein vom Herzen. Zwar hatte im Vordergrund seiner Ängste die Überlegung gestanden, was das für einen Eindruck gemacht hätte, wenn seiner Frau etwas passierte, während er auf Reisen nach Budapest war. Aber tief unter der Oberfläche schwang auch Besorgnis um Ute mit, wenn auch verschüttet durch seine ausgeprägte Neigung, alle Ereignisse zu allererst auf sich zu beziehen.

Nach kurzem Aufenthalt in Frankfurt-Hauptbahnhof setzte sich der Zug wieder in Bewegung, Richtung Mainz und Saarbrücken. In wenigen Minuten musste er aussteigen. Dann galt es, einen Gepäcktrolley zu ergattern, damit die Rolltreppen zu benutzen – entgegen dem ersten Anschein ging das – und einzuchecken. Dann noch einen Kaffee in der VIP-Lounge; dazu hatte er als Vielflieger Zugang – und dann zwei Stunden in der Kabine. Da konnte er über alles nochmals in Ruhe nachdenken.

Das Flugzeug der ungarischen Airlines, eine ältere Boeing 737, war gut besetzt, und es war unangenehm eng in der Kabine. Es gab Gebäck, Kaffee und Wein. Hecht, im vorderen Teil als Business-Reisender etwas komfortabler untergebracht als die Masse der Economy-Passagiere, fand es wieder einmal absolut unangemessen, den vorzüglichen Rotwein aus Plastikbechern trinken zu müssen. Die westlichen Airlines hatten das in der gehobenen Passagierklasse längst geändert. Aber »dieser Ostblock mit seiner Plaste und dem Sagrotan-Gestank aus allen Polstern wird sich in Generationen nicht geändert haben«, mutmaßte er finster. Als dann das Flugzeug über dem Wienerwald auch noch in turbulente Luftschichten geriet und wie ein alter DDR-Schnellzug zwischen Magdeburg und Berlin anfing zu schlingern und zu stoßen, kleine Hüpfer machte und sich selbst die Stewardessen anschnallten, war es mit der Gemütlichkeit endgültig vorbei. Ruhiges Nachdenken war nicht möglich, und inzwischen bewegte ihn auch die Frage, wie er wohl mit der Klinik in Altenfurt in Verbindung treten könnte, falls es ihm nicht gelänge, sich mit seinem Handy in irgendeine Vermittlung einzuloggen.

Nein, gute Stimmung wie sonst auf Reisen stellte sich bei ihm heute absolut nicht ein.

Er kam nach der Landung auf Budapests internationalem Flughafen schnell durch die Passkontrolle, und am Ausgang erwartete ihn ein junger Mann, der ein Schild hochhielt, auf welchem sein Name stand. Es war sein Dolmetscher, der fließend Deutsch mit österreichischem Akzent sprach und, wie sich alsbald herausstellte, ein Diplomand der Wiener Handelshochschule war, der sich im Sommer als Dolmetscher einen Teil seines Lebensunterhalts verdiente. In seiner jetzigen Gemütsverfassung war es Hecht ganz angenehm, dass es dieses Mal keine hübsche, unternehmungslustige Übersetzerin war; er fühlte sich ganz einfach missgestimmt und war wegen Ute auch in Sorge.

Zum Glück gelang es aber sofort, eine Telefonverbindung zur Klinik herzustellen. Er konnte tatsächlich mit Ute sprechen; sie hörte sich schwach und ganz heiser an; Letzteres war wohl eine Folge der Intubationsnarkose. Die Operation sei lang gewesen. Holz habe ihr im Aufwachzimmer aber gleich gesagt, beide Brüste seien erhalten und die betroffene zwar zur Zeit etwas aus der Fasson geraten, ansonsten aber ganz ansehnlich geblieben.

In ihrer Achselhöhle sei allerdings ein größeres Loch; das werde sich aber auch wieder schließen und verheilen. Holz habe einen durchaus zufriedenen Eindruck gemacht, und Paul habe auch schon nach ihr geschaut. Sie sei in guten Händen, er könne sich unbesorgt seinem Workshop widmen.

Diese Nachrichten beruhigten Hecht; und als er hörte, man habe ihn doch noch im Hotel Gellert unterbringen können, selbstverständlich stünden ihm dort sämtliche balneologischen Einrichtungen dieses Traditionshotels zur Verfügung, stieg seine Stimmung wieder etwas an.

Die Reise nahm ihren Fortgang; es wurde anstrengend, obwohl er von sich den Eindruck hatte, gut vorbereitet zu sein. Aber die Probleme dieser ehemals streng zentralistisch und planwirtschaftlich regierten Ostblockstaaten waren wohl in einer Generation nicht zu lösen. Oft hatte er den Eindruck, er erzähle Blinden etwas über den Impressionismus oder erläutere Tauben die Musik Wagners. So bestieg am Ende der Reise in Sofia ein ermatteter, unzufriedener und übermüdeter Gelehrter das Flugzeug in Richtung Heimat, zurück nach Altenfurt in die angenehm theoretische, abgeschirmte und für intakt gehaltene Gelehrtenrepublik.

Dieses Mal war es ein noch recht neuer Airbus mit eigener Kabine für die Business-Class-Passagiere, und er hatte auch genug Platz, weil diese Klasse nur schwach belegt war. Der bulgarische Rotwein wurde sogar in echten Weingläsern serviert; so fand er doch noch Muße, die Woche vor sich Revue passieren zu lassen. Seinen Berateraufgaben hatte er sich sicherlich mit Sorgfalt und Kompetenz gewidmet; da war er ohne Frage sein Geld wert. Aber ob das den armen Leuten etwas geholfen hatte? Das mochte das Auswärtige Amt entscheiden; an ihm hatte es jedenfalls nicht gelegen.

Jetzt, am Sonntagnachmittag, wanderten seine Gedanken endlich auch zu Ute. Er hatte zweimal von unterwegs angerufen. Ihre Stimme klang wieder normal. Sie klagte aber über Müdigkeit und Schlappheit. Der Eingriff war, das kam jetzt ans Tageslicht, eben doch etwas schwieriger und großflächiger gewesen, als vor der Operation vermutet. Hecht war froh, dass er das erst jetzt erfuhr. Vor der Reise hätte es ihn sicher noch mehr deprimiert als jetzt, nach den anstrengenden Workshops. Nun aber konnte er seine Gedanken nicht mehr von Utes Erkrankung ablenken.

Er versuchte sich zu erinnern: Wie war das damals mit Heidrun? Hatte er auf dem Höhepunkt seiner Verliebtheit nicht manches Mal gedacht, wie glücklich er ohne Ute werden könne; welche Lebensperspektiven sich ihm ohne Ute und mit Heidrun eröffneten? Hatte er sich nicht sogar gelegentlich gewünscht, Ute löse sich in Nichts auf, trete ab aus seinem Leben, versterbe an einer unheilbaren Krankheit? Und jetzt? Hatte er angesichts seiner wilden Gefühle für Silke nicht wieder diesen uneingestandenen Wunsch nach Befreiung von Ute, dieses Mal sogar mit einer gewissen Chance der Erfüllung? – Quatsch! sagte er sich energisch. Silke war nicht Heidrun, er nicht mehr Mitte dreißig und Altenfurt nicht München. Nein, so ging das nicht, einfach bei Heidrun anzuknüpfen und so zu tun, als habe er nicht inzwischen zwanzig Jahre recht und schlecht mit Ute gelebt. Die kleinen Fluchten zu anderen Frauen: abgehakt! Das waren eher Betriebsunfälle, die ihm in seiner Ehe unterliefen, ohne Folgen für Ute und ihn; und auch hinnehmbar für die Betroffenen, die allesamt keine Opfer waren, auch Silke nicht. Das war ein Ventil für seinen Überdruck; wenn er den nicht gelegentlich ablassen konnte, machte er Ute sicher unglücklicher, als sie jetzt war. Nein, Silke hatte zwar diese fatale Ähnlichkeit mit Heidrun, aber nein und nochmals nein, sie war es nicht und durfte es auch nicht werden.

Die Ankündigung des bevorstehenden Sinkflugs zur Landung in Frankfurt riss ihn aus seinen Gedanken. Der Blick auf die Uhr offenbarte ihm zu seiner Überraschung, dass sie pünktlich landen würden. Dann bekäme er noch den früheren Zug nach Altenfurt und hätte auch wohl Gelegenheit, zur Klinik zu fahren und nach Ute zu sehen.

Sein erster Besuch bei Ute stimmte Hecht sehr nachdenklich. Sie lag allein und sah sehr blass und im Gesicht ganz knöchern aus. Die Haut spannte sich über den Wangenknochen, und ihre ohnehin nicht vollen Lippen waren noch schmaler geworden. Auch fiel ihm jetzt zum ersten Mal deutlich auf, wie viele graue Haare unter ihren blonden Strähnen hervorschimmerten. Ihr Blick, sonst stets distanziert spöttisch oder prüfend neugierig, lag hilfesuchend auf ihm, und als sie ihn mit »da bist du ja, großer Weltreisender« begrüßt hatte, entfuhr ihr »ich bin ja so froh, dass du da bist. Ich wusste gar nicht, wie sehr du mir fehlen könntest. Hier ist es fürchterlich. Indirekt meine ich, stets Vorwürfe herauszuhören, dass sich statt meines Mannes nur sein Freund Paul um mich kümmert. Und dann sagt mir auch niemand die Wahrheit. Immer werde ich vertröstet; es würde schon alles wieder werden; ich müsse nur Geduld haben und Mut und den Willen, wieder gesund zu werden; dann könnte ich es auch schaffen. Aber ich habe den Eindruck, dass das alles nur gespielt ist, dass man mir nicht die Wahrheit sagt, bevor du nicht zurück bist. Es wird hier soviel getuschelt und, wie sie meinen, aus Barmherzigkeit gelogen. Ach, es ist schrecklich; Hans du musst mir helfen. Du musst mir die Wahrheit sagen, die ist viel leichter zu ertragen als diese ganze aufgesetzte Rücksichtnahme!«

»Ute, Kind«, versuchte Hecht seine eigene Sorge zu verschleiern, »du bist ja ganz fertig mit deinen Nerven. Was haben die dir denn angetan? Dass eine Krebsoperation kein Spaziergang ist, wussten wir ja beide. Und die erste Woche nach einer solchen Operation ist bestimmt das Härteste, was einem zugemutet wird. Aber ich finde, du siehst so schlecht nicht aus, ...« »Lüg du nicht auch noch, Hans! Ich habe doch gesehen, wie erschrocken du warst, als du mich soeben gesehen hast. Ich kenne das schon von Tina, Marianne, ja selbst von Erika Bosma; alle sind erschrocken, wenn sie mich gesehen haben, und alle sind froh, wenn sie wieder gehen können. Mit niemandem kommt ein Gespräch zustande. Ach, Hans, lass uns doch wenigstens ehrlich sein. Was haben sie dir über mich gesagt?« Das muss Todesangst sein, durchfuhr es Hecht. Fast geriet er in Panik, aber mit ihm hatte niemand gesprochen, und das konnte er Ute auch hoch und heilig versichern.

Um sie noch weiter zu beruhigen, nahm er das neben ihrem Bett installierte Telefon und wählte die Nummer von Paul Bosma. Er hatte zwar wenig Hoffnung, dort am späten Sonntagnachmittag jemanden zu erreichen, doch zu seiner großen Überraschung hatte er gleich Erika am Apparat. Sie zeigte sich sehr erleichtert, dass er zurück sei und nun bei Ute sitze. Über die medizinische Situation Utes war sie ungefähr unterrichtet. Es habe sich beim Operieren gezeigt, dass man in der Achsel und an den oberen Rippenbögen großräumiger hätte schneiden müssen. Holz habe das während der Operation mit Hecht besprechen wollen, sei irgendwie der Meinung gewesen, er, Hecht, verfolge die Operation am Monitor – doch, die Möglichkeit gebe es, und sie werde in der Lehre und ärztlichen Fortbildung und eben auch gelegentlich bei nahen Angehörigen genutzt –; jedenfalls habe er geflucht und sich wohl auch nach der Operation nochmals negativ geäußert, etwa in dem Sinne, dass es das Übliche sei: wenn es ernst werde, kniffen die lieben Angehörigen eben und ließen den Arzt allein entscheiden. Jedenfalls sei die Operation aber normal verlaufen, nur eben etwas tiefgreifender.

Wenn Paul zurückkomme, werde sie ihn bitten, Hecht anzurufen. Oder wolle er noch vorbeikommen? – Oder vielleicht besser doch nicht, denn sie hätten Gäste aus Kleve, alte Schulfreunde von Paul, und da gehe es laut und lustig zu. Aber anrufen werde Paul auf jeden Fall. Vielleicht so gegen 20.00 Uhr; nein, eher erst gegen 21.00 Uhr, dann sei er bestimmt aus dem Klinikum zurück.

Hecht tröstete Ute so gut es ging. Und tatsächlich schien seine Anwesenheit auf sie eine beruhigende und vertrauenerweckende Wirkung zu haben. Schmerzen hatte sie nicht. Die Brust spürte sie gar nicht; hätte sie nicht gewusst, dass man ihr dort eine erbsengroße Geschwulst herausoperiert hatte, wäre sie nicht auf den Gedanken gekommen, dort eine lange Schnittwunde zu haben. Ihr rechter Arm dagegen war bis über das Schultergelenk stillgelegt und bandagiert; ein dünner Plastikschlauch führte aus dem Verband heraus in eine kleine Plastikflasche, die man ihr mit Pflaster an den Unterarm geklebt hatte und in welcher eine wässerig-blutige Flüssigkeit aufgefangen wurde. Es sah etwas martialisch aus. Auch behinderte es Ute bei Bewegungen im Bett. Sie konnte zwar aufstehen, sollte das aber nur unter der Aufsicht einer Schwester. Es strengte sie auch sehr an, deswegen blieb sie jetzt wieder liegen.

Der Stationsarzt, der etwas später die Runde machte, begrüßte Hecht mit Namen und äußerte sich sehr zufrieden. Mitte, spätestens Ende der kommenden Woche sei Ute hier fertig und könne zu Hause eine Erholungspause einlegen. Die Chemotherapie werde sicher in der Tagesklinik durchgeführt; dafür brauche sie nicht wieder im Klinikum zu logieren. Für den Übernachtungspreis, scherzte er, solle sie doch lieber ein Grand-Hotel an der Côte d'Azur aufsuchen; da sei das Ambiente etwas freundlicher. Und die radiologische Behandlung erfolge ohnehin ambulant. Also habe Ute jetzt schon fast Halbzeit.

Während die Schwester die Verbände wechselte und der Arzt noch irgendwelche Messwerte überprüfte, ging Hecht aus dem Zimmer. Als der Arzt heraustrat, fragte Hecht: »Gibt es irgendetwas, was ich wissen sollte? Ich bin heute erst aus dem Ausland zurückgekommen und bin doch sehr besorgt über ihren Zustand.« »Na, da seien Sie aber froh, dass Sie jetzt erst gekommen sind. Heute geht es ihr nämlich schon wieder besser. Bis gestern ließ sie den Kopf ganz hängen und war in einer Weise deprimiert, wie wir das nur von Moribunden kennen. Aber ich glaube, Ihre Rückkehr gibt ihr Auftrieb; Sie werden wohl sehr benötigt. Im Aufwachzimmer hat sie zuerst immer nach Ihnen gerufen, sie heißen doch Jonni?«

Hecht hatte Mühe, Tränen der Rührung zu unterdrücken; das fehlte noch, dass er, der Hecht im Karpfenteich, hier dem jungen Stationsarzt etwas vorschluchzte. Dieser hatte Hechts entsetztes Gesicht wohl falsch gedeutet und versuchte, ihn zu beruhigen. »Sie können den Umständen entsprechend ganz unbesorgt sein, die Operation war völlig regelmäßig, und der Wundheilungsprozess verläuft auch planmäßig. Was uns hier etwas Sorge gemacht hat, war diese depressive Unruhe Ihrer Frau, die wir uns nur schwer erklären können. Aber nun sind Sie ja da, jetzt geht es bestimmt auch auf diesem Feld wieder aufwärts. Also: akute Gefahr besteht nicht – außer, das Klinikum brennt ab oder es gibt ein Erdbeben. Ernsthaft gesprochen: Chirurgisch ist alles bestens verlaufen. Und die Frage eines Rezidivs stellt sich erst viel später; das darf Sie heute noch nicht beunruhigen.«

Die Schwester trat schon die ganze Zeit unruhig von einem Bein aufs andere. Sicher war es unüblich, dass bei der Abendvisite so lange Gespräche mit Angehörigen geführt wurden – und außerdem hätte sie wahrscheinlich längst Feierabend gehabt. Jedenfalls war Hecht nun ausreichend informiert und bedankte sich ausdrücklich für diese überaus entgegenkommende, verständnisvolle Behandlung, was dann doch noch ein kleines Lächeln auf das Gesicht der Schwester zauberte.

Als Hecht wieder in das Krankenzimmer trat, sah ihn Ute mit vor Angst geweiteten Augen an. Er war konsterniert; in welcher nervlichen Verfassung musste sie sich befinden, dass man ihr die Angst so ansah. Er setzte sich neben sie auf die Bettkante, nahm ihre unbandagierte Hand zwischen seine Hände und sah sie ernst an. »Der Arzt meint, dass du die Operation bestens überstanden hast. Es war wohl ein etwas größerer Eingriff, aber für die hier eben nichts Aufregendes. Der Heilungsprozess verläuft ganz planmäßig, und wenn das Klinikum nicht abbrennt, wofür es aber keine Hinweise gibt, könntest du in der nächsten Woche heim.«

Ute versuchte ein Lächeln. »Du schwindelst mich nicht an, Hans?« »Nein, ganz sicher nicht. Ute, Kind, warum glaubst du nicht an dich, an das, was dir dein Körper signalisiert. Die Brust ist fast schon wieder o.k., der Austritt von Lymphflüssigkeit ist ein normales Indiz für die einsetzende Heilung, und die befallenen Gewebeteile sind längst entfernt. Nun kannst du aufatmen! Deine Prognose ist bestens, du wirst sehen, alles wird gut, nein, besser als vorher!«

Hecht schien Ute aufgefangen zu haben. Nach einiger Zeit entspannte sie sich sichtbar, trank etwas Tee und ließ sich von seiner anstrengenden Reise und seinen frustrierenden Bemühungen mit den Workshop-Partnern erzählen. Sie besprachen noch, dass Hecht jetzt Utes Schwestern benachrichtigen solle, und natürlich auch Georg. Die Kinder würden erst später, wenn Ute wieder zu Hause wäre, informiert werden.

Hecht versprach, morgen gleich vormittags mit Holz zu telefonieren und dessen Meinung zu Utes Genesungsaussichten zu erfragen. Und natürlich werde er jetzt auch täglich nach ihr sehen, falls erforderlich, auch mehrmals am Tage. Müde und zerschlagen verließ er das Klinikum und fuhr heim. Wieder kam ihm das Haus fremd und abweisend vor, so als betrachte es ihn als unbefugten Eindringling. Wenn Ute tatsächlich mal etwas passieren sollte, würde er dieses Haus sofort aufgeben. Aber das war ja zur Zeit reine Theorie.

Bald darauf meldete sich Paul am Telefon. Hecht sei von Erika ja schon genau unterrichtet. Weiteres könne er dazu auch nicht beitragen. Natürlich hätten sich einige Kollegen in der Klinik gefragt, warum er ausgerechnet an dem Vormittag, an dem seine Frau operiert werden sollte, nach Budapest ausgerissen sei. Er könne nicht erwarten, dass alle Leute die Zwangslage nachvollziehen könnten, in welcher er sich terminlich und gegenüber dem Auswärtigen Amt befunden habe. Aber das sei auch nur dummes Gerede, schnell geäußert und noch schneller wieder vergessen. Also: wenn er wolle, solle er noch rüberkommen. Sonst sähe man sich morgen beim Rotary-Meeting. Es sei wichtig, Dr. Volkmann habe unerfreuliche Auskünfte erhalten.

Vielleicht löst sich das Problem mit der Geldanlage dann von allein, dachte Hecht. Er spürte, dass er sich mit solch weitreichenden finanziellen Entscheidungen schwertun würde. Jetzt zog es ihn nur noch in seinen Sessel. Er stieg aber noch in den Keller, entdeckte eine Dose Heringsfilets in Senfsauce – das Wasser lief ihm plötzlich im Mund zusammen. Dazu ein Bier – und tatsächlich fanden sich noch verschiedene Dosen mit Bier. Ein frisch gezapftes wäre ihm lieber gewesen. Aber da er auch nur Knäckebrot fand, störte ihn das Dosenbier nicht sehr. Knäckebrot mit Hering und Bier aus der Dose – wenn das kein Katerfrühstück war.

Er leerte den Briefkasten; unglaublich, wie viel Post in den vier Tagen angekommen war. Das meiste waren aber wohl Drucksachen, Verkaufsangebote und Spendenaufrufe, Bittbriefe und Hinweise auf ultimativ letzte Gelegenheiten, sein Glück zu machen.

Er legte den ganzen Stapel auf den Küchentisch und verschob dessen Bearbeitung auf morgen. Das Bier machte ihn müde. Auch das Fernsehen, durch dessen Programme er sich per Fernbedienung zappte, weckte ihn nicht wieder. Also ging er schon um halb elf ins Bett – »mit den Hühnern«, hätte Ute gesagt.

Kaum lag er, fiel ihm ein, dass er vergessen hatte, Utes Schwestern und Georg anzurufen. Für die Schwestern war es heute wohl zu spät; aber Georg, das wusste er, war eine Nachteule, den konnte man bis Mitternacht noch stören. Also stand er wieder auf, suchte die Telefonnummer heraus und wählte. Am anderen Ende meldete sich eine Frauenstimme mit »Hecht«. Es war Adelgund, Georgs Frau. Immer wieder überraschte ihn die angenehme, warme Stimme seiner Schwägerin, deren Hochdeutsch durch einen gerade noch spürbaren bayerischen Tonfall so charmant gefärbt wurde, dass man hinter dieser Stimme eigentlich nur eine liebenswürdige, freundliche Person vermuten konnte.

»Ach, der Hans aus Altenfurt! Ja, grüß dich, Lieber! Du hast es sicher schon den ganzen Tag versucht. Aber wir kommen grad aus Salzburg heim. Ah, geh, das ist auch nicht mehr das, was es war. Die vielen Leute, das G'lump, was da jetzt Geschäfte macht; und die Musi – selbst die war heuer nur noch dritte Klasse. Aber, was hat's denn für Probleme, dass du dich so spät noch anrufen traust?« »Ich komme gerade aus der Klinik von Ute.« »Oh, Gott, Hans, ist's schlimm? Die Ute in der Klinik; mei, gibt's das?« »Na ja, sie ist zunächst über den Berg; Mamma-Karzinom mit Befall des Lymphsystems. Aber wohl gerade noch rechtzeitig entdeckt. Sie ist schon operiert, und der Chirurg ist zufrieden.« »Maria und Josef, Hans, das sind ja Nachrichten! Wart, ich hol gschwind den Georg ans Telefon, den wirst jetzt nötiger haben als mi. Also, pfüat di, und für Ute toi, toi toi.«

Dann hatte er Georg in der Leitung. Täuschte er sich, oder hatte der auch einen bayerischen Tonfall angenommen? Jedenfalls war Georg teilnahmsvoll, unterbrach Hechts Schilderung mit Rückfragen, auch entfuhr ihm ein »au, Scheiße!«. Am Ende aber war er wie der Stationsarzt der Meinung, unmittelbare Gefahr drohe nicht.

»Aber, Jonni, bei dem Genesungsprozess kommt es auch ganz stark auf dich an. Du musst sie einfühlsam stützen und ihr Selbstbewusstsein wieder aufbauen, ihr Kummer ersparen. Die Psyche spielt bei der Krebstherapie eine sehr wichtige Rolle. Hapert es da, dann ist alle Chemie vergebens. Mensch, Jonni, da darfst du nicht kneifen! Eine Frau wie Ute hast du alter Windhund eigentlich gar nicht verdient. Wenn du sie jetzt nicht auf Händen trägst, komme ich und werde dich eigenhändig ermorden.«

Man tauschte noch Informationen über das persönliche Wohlergehen aus, über Salzburg, die Münchener Musikszene, und Georg lud Ute und Hecht herzlich zum Auftakt der Münchener Opernsaison im Herbst ein. Es war zwischen den beiden Brüdern fast wie vor der Affäre Heidrun.

Nun war Hecht wieder wach. Sollte er noch aufstehen und weiter fernsehen? Nein, er blieb liegen und versuchte einzuschlafen. Utes angstgeweitete Augen gingen ihm nicht aus dem Kopf. War das vielleicht die wirkliche Ute, anlehnungsbedürftig, auf Suche nach Geborgenheit und Schutz? Oder war das nur der Schock der unvorbereitet hereingebrochenen Krankheit, die erste persönliche Konfrontation mit Leid und

Tod. Er wusste es nicht; er kannte Ute zu wenig. Vielleicht hatte er aus dieser Unkenntnis heraus ihr und sein eigenes Leben ganz falsch gestaltet. Vielleicht hatte sie immer darauf gewartet, sich ihm öffnen zu können, und er hatte ihre Signale übersehen. Fragen über Fragen – und keine sichere Antwort.

Er sah im Display des Radioweckers die Minuten verrinnen. Je mehr er versuchte abzuschalten, umso deutlicher sah er Ute in ihrem Krankenhausbett. Er stand wieder auf, trank noch eine Dose Bier. Dann wurde er erneut müde. Der Biergeschmack störte; also putzte er sich nochmals die Zähne. Danach war er wieder hell wach. Schließlich setzte er sich in seinen Sessel, legte eine CD mit Ausschnitten aus Mozarts »Cosi fan tutte« in den Player, stülpte sich den Kopfhörer über die Ohren und versank ganz im Wohlklang. Ja, dieser Wolfgang Amadeus, das war ein Bursche! Der kannte auch alle Höhen und Tiefen der Liebe, aber der konnte das in Musik umsetzen. Er, Hecht, dagegen konnte sich allenfalls in Fachaufsätzen und Lehrbüchern ausdrücken.

Nach der Stunde mit Mozart machte er einen neuen Versuch mit dem Bett. Jetzt, es war zwei Uhr, klappte es, und er schlief durch bis vier, entleerte nur kurz seine Blase, schlief sofort wieder ein und wurde erst gegen neun Uhr durch das laute Geschepper des Müllautos geweckt. Blitzartig fiel ihm ein, dass er die Tonne nicht aus der Garage gestellt hatte; nun war es zu spät, so würde der Müll weitere zwei Wochen in der Garage bleiben – die Woche fing ja gut an!

Missmutig stand Hecht auf, und seine Stimmung hellte sich auch nach längerer, abwechselnd heißer und kalter Dusche nicht nennenswert auf. Am Wetter lag es nicht; weder Hitze noch Regen konnten als Grund seiner Verstimmung herhalten, denn es war freundliches, leicht kühles Sommerwetter geworden. Auch Utes Abwesenheit war kein Grund, sie frühstückten wegen Utes Schuldienst selten gemeinsam. Also war es wohl doch die unaufgeklärte Situation mit Silke, die ihn unterschwellig belastete. Dem konnte er am besten dadurch begegnen, dass er den Besprechungstermin mit ihr bald anberaumte und feststellte, ob sie ebenfalls bereit wäre, die Nacht des Fakultätsfestes – mein Gott, das war jetzt schon fast zwei Wochen her – aus der Erinnerung zu tilgen.

Noch bevor er eine Entscheidung traf, ob er lieber in einem der vielen Frühstückscafés im Campusbereich seinen Kaffeedurst und Brötchenhunger stille oder doch nur ein Saft- und Knäckebrot-mit-Marmelade-Mahl vorziehe, wollte er wissen, was am Lehrstuhl passiert sei. Trotz des Montagmorgens: Frau Marschner war sicher bereits an ihrem Arbeitsplatz, obwohl es jetzt möglich war, Arbeitszeitguthaben zu sparen und nach Belieben abzufeiern. »Einführung von Arbeitszeitkonten« nannte die Landesregierung das. Hecht war der Meinung, es sei vor allem ein taugliches Mittel, den Dienstleistungscharakter der öffentlichen Verwaltung noch weiter abzubauen. Da aber Frau Marschner mit ihrem ausgeprägten Pflichtbewusstsein solchen Anfechtungen des dienstrechtlichen Zeitgeistes kaum zu erliegen drohte – und Wally Schön im Dekanat sicher auch nicht –, vermied er dieses Thema; er äußerte sich nicht dazu, weil er sich nicht für betroffen hielt.

Er vernahm dann auch mit Genugtuung die bekannte Stimme »Lehrstuhl Professor Hecht, Marschner«, meldete sich zurück und musste vor allen Fragen erst einmal der besorgten Frau Marschner über Utes Zustand berichten. Die Erleichterung, die aus Frau Marschners Reaktion auf seine Schilderung erkennbar wurde, war echt und nicht gespielt. Und als sie ihm noch berichtete, man habe am Lehrstuhl und im Dekanat etwas gesammelt, und es reiche für zweimal frische Blumen, und ob etwas dagegen spräche, dass Frau Schön und sie zumindest den ersten Blumenstrauß heute persönlich überbrächten, war er wieder so gerührt, dass er kaum sprechen konnte. Natürlich freue sich Ute, und Abwechslung am Krankenbett sei stets willkommen; Besuchszeiten seien nicht vorgeschrieben; auch abends sei ein Besuch möglich.

Hecht wollte dann wissen, was seit letztem Dienstag alles passiert sei. »Ach, eigentlich nichts Besonderes.« Herr Endlein habe jeden Mittag nach der Post gesehen. Es sei aber nichts Aufregendes dabei gewesen. Verschiedene seiner Professorenkollegen bäten um Rückruf. Ein Mann mit ausländischem Akzent, einen Namen habe er nicht nennen wollen, habe ihn dringend zu sprechen gewünscht. »Da der Kerl seinen Namen nicht nennen wollte, habe ich ihm auch nicht gesagt, wo Sie sind und wann Sie wiederkommen. Wer weiß, vielleicht ist der von der Mafia und will nur erkunden, ob Ihr Haus leersteht.« »Das war sehr klug von Ihnen, Frau Marschner; hervorragend reagiert«, lobte Hecht sie. »Aber hier im Haus ist alles in Ordnung, und mein Auto ist auch noch da, und das meiner Frau auch.«

Über Dekanatsangelegenheiten wisse sie nicht genau Bescheid. Aber Felgenheber habe sie einige Male getroffen, und der habe ebenfalls keine besonderen Ereignisse gemeldet.

»Und was macht unsere Prinzessin, Sie wissen doch, Frau Wittmann wird so genannt. Ist sie wieder gesundet?« »Na ja, wohl nicht so richtig.«

Hecht merkte Frau Marschners Stimme an, dass sie diese Frage in Verlegenheit brachte. Und mit deutlich hörbarer Befangenheit in der Stimme berichtete sie: »Sie war am Dienstag hier. Aber sie hat wohl noch mit einer Lebensmittelvergiftung oder irgendeiner Magen- und Darminfektion zu tun. Ich habe sie mit Felgenheber in die innere Ambulanz geschickt. Aber der hat sie wohl zu einem anderen Arzt gefahren. Er hat gemeint, falls das vielleicht eine Alkoholvergiftung sei, mache es einen schlechten Eindruck, wenn das aus der Poliklinik dann herumerzählt würde.«

Hecht wusste nicht, ob das eine Anspielung auf die Alkoholprobleme seines Sohnes sein sollte; ein leichter Ärger kroch ihm in den Magen, und mit unüberhörbarer Ungeduld fragte er nach: »Ja und was ist denn das Ergebnis? Ist sie nun wieder genesen oder nicht?« Mit ebensolcher Anspannung in der Stimme bekam er die Antwort »Ich weiß es nicht genau. Vielleicht ist es besser, Sie fragen Herrn Felgenheber direkt. Oder ich rufe Frau Wittmann an; Sie wollten doch ohnehin in dieser Woche mit ihr sprechen. Dann kann ich ihr vielleicht einen Termin durchgeben.«

Hecht schluckte seinen Ärger herunter; je mehr er sich seine Gereiztheit hinsichtlich Silke anmerken ließ, umso misstrauischer wurde Frau Marschner. Und wenn irgendwie jemals ans Licht käme, was in der Nacht wirklich passiert war, unterlag es für ihn keinem Zweifel, dass Frau Marschner auf Silkes Seite stehen würde. Also gab er seiner Stimme einen besorgten Klang. »Das ist eine gute Idee. Drängen Sie sie nicht. Erkundigen Sie sich ganz von Frau zu Frau nach ihrem Befinden. Wenn Sie den Eindruck haben, sie sei noch nicht richtig belastbar, dann lassen Sie sie am besten in Ruhe und fragen Mitte der Woche noch mal nach. Wenn es aber wieder geht, dann machen Sie doch ab Donnerstag einen Termin mit ihr ab. Sie haben ja meinen Terminplan.« »Das sieht gar nicht gut aus, Herr Professor. Die letzte Semesterwoche haben Sie sich ganz zugepackt; und irgendwann müssen Sie ja auch nach Ihrer Frau sehen; die liegt dann doch sicher noch in der Klinik.«

Ute hatte er schon ganz verdrängt; das war aber jetzt wirklich beschissen. Er schwenkte auf einen gekünstelt heiteren Ton um: »Liebe Frau Marschner, ich weiß doch, dass Sie Universitätsmeisterin im Jonglieren sind.« Aus dem Telefonhörer kam keine Reaktion. »Zumindest was meinen Terminkalender angeht. Und zaubern können Sie doch auch. Nun lassen Sie mal Ihrer Kreativität freien Lauf und arrangieren Sie meine Termine so, dass niemand zu kurz kommt. Ohne Sie wäre ich ja verloren. Aber mit Ihrer Hilfe ...« Hecht ließ offen, was er sagen wollte. Als wiederum keine Reaktion erfolgte, rief er in den Telefonhörer »Frau Marschner, hallo, sind Sie noch da? Hallo!« »Ich bin ja nur am Überlegen, ob wir dann nicht besser auch das Dekanat noch beteiligen. Die haben sicher auch Terminwünsche. Und wenn man das dann später verknüpfen soll ...« »Also, machen Sie das für mich. Sie können es doch gut mit Felgenheber und Frau Schön; dann verknüpfen Sie mich mal fest mit den verschiedenen Plagegeistern, aber nur den unerlässlich wichtigen. Felgenheber soll eventuell entscheiden, wen man noch verschieben kann.« »Ja, wenn Sie mir das zutrauen? Da wird aber mancher enttäuscht sein, wenn er nicht sofort vorgelassen wird. Da mache ich bestimmt wieder etwas falsch«, gab Frau Marschner besorgt zu bedenken. »Ach, Unsinn! Und: Habe ich Sie jemals bei so etwas schon im Regen stehen lassen?«

Es stimmte; er war dann zwar zornig und unleidig, wenn er den Eindruck hatte, man habe bei den Gesprächspartnern die Akzente falsch gesetzt. Aber nach außen hin stellte er sich eigentlich immer vor seine Leute. »Und wann, meinen Sie, darf ich Sie hier erwarten?«, wollte Frau Marschner das Telefongespräch beenden. »Ich werd' nur noch schnell frühstücken; in längstens einer halben Stunde bin ich da.« »Also ab 10.00 Uhr« stellte Frau Marschner fest. »Dann bis gleich«, verabschiedete sich Hecht und legte den Hörer in die dafür vorgesehene Mulde der Basisstation.

Kaffee würde er am Lehrstuhl bekommen, überlegte er. Knäckebrot mit Marmelade und ein Glas Orangensaft taten es jetzt auch; schließlich drohten die verschiedenen Frühstücksbuffets der Reise ohnehin ihren Niederschlag genau dort zu finden, wo er es am wenigsten mochte: am Bauch und an den Hüften. Also heute wieder etwas Askese!

Die Erpressung – der Anfang

Er setzte sich an den Küchentisch und sah die Post durch. Es waren wirklich keine wichtigen Sachen dabei. Die Angebote an Kleidung, Möbeln, Immobilien, Wertpapier-Fonds und Ähnlichem sonderte er ungelesen als Abfallpapier aus. Zwei Rechnungen legte er beiseite; die hatten bis heute abend Zeit; es blieb ein Brief ohne Absender, mit einer Sonderbriefmarke freigemacht, übrig. Widerwillig öffnete er ihn und zog einen Briefbogen heraus, der mit »Verein zur Förderung der Akademischen Fischteiche« überschrieben war. Das war wieder einer der wenig originellen Scherze irgendwelcher Studenten, die seinen Namen als Anknüpfung für verbale Attacken nutzten. Er bekam solche Briefe gelegentlich zu Semesterende. Eher gewohnheitsmäßig überflog er den von einem Laserdrucker geschriebenen Text, wurde dann aber hellwach und fing die Lektüre nochmals von vorn an. Da schrieb jemand:

> »Verehrter Herr Professor (Du verdammter Raubfisch!),
> wo waren Sie eigentlich nach dem Fakultätsfest geblieben? Was, nicht zu Hause? Sie wissen es nicht mehr genau? – Aber wir wissen, wo Sie waren, mit wem Sie was getrieben haben zwischen 23.00 Uhr und 4.00 Uhr morgens. Es ist alles dokumentiert. Sie kennen das doch, Tonband, Video, Zeugenaussagen. Jetzt sitzen Sie in der Falle – Pardon: Reuse! Wie kommen Sie da wieder heraus? Das wüssten Sie gern, was? Wir wissen es, und wenn wir Ihnen den Schlüssel zur Reuse geben: Das wird nicht ganz billig. Aber natürlich immer noch billiger als ein Skandal in der Uni. Oh, Ihre schöne weiße Weste! Und dann ein solcher Fleck darauf. Ist er aus Blut? Oder ist es Sperma? Oder beides?
> Sie hören von uns. Bleiben Sie dran!
> Ihre vereinigten Akademischen Fischteiche.«

Hecht stieg das Blut in den Kopf; vor Schreck und Wut konnte er nicht nachdenken. Er setzte die Brille ab, beugte den Kopf über die Spüle und ließ sich das kalte Wasser über Haare und Nacken laufen. Dann trocknete er sich mit dem Küchenhandtuch ab, las den Brief noch zwei weitere Male und schwankte zwischen ohnmächtiger Wut und dem Bedürfnis, den Verfasser zu verprügeln oder doch wenigstens niederzuschreien. Es half aber alles nichts. Der Brief lag da, gab seinen Verfasser nicht bekannt, und ganz langsam ging Hecht auf, in welche Falle er tatsächlich getappt war. Das war natürlich der Anrufer, der bei Frau Marschner keinen Namen nennen wollte; so abwegig war das mit der Mafia gar nicht. Hatte der Anrufer nicht ausländisch geklungen? Oder steckte die Wittmann selbst dahinter? Oder einer ihrer Freunde? Hatte Felgenheber nicht von jemandem in Münster gesprochen? Aber was wollte sie von ihm? Die Promotion? Deren Qualität wurde doch nicht allein von ihm beurteilt, sondern vom Promotionsausschuss. Also, was könnte sie wollen? Das Wahrscheinlichste war, dass sie doch beobachtet worden waren. Aber Tonband und Videoaufnahmen? Das ging nur, wenn die Wittmann da selbst mitmachte. War sie ein Lockvogel? Aber für wen und mit welchem Ziel?

Das Telefon spielte eine sich wiederholende, schrille Tonfolge: ein auswärtiger Anrufer. Hecht fuhr der Schreck in die Glieder, er zitterte, stürzte in die Diele und meldete sich mit »Hecht.« Eine ihm bekannt vorkommende Stimme näselte: »Da sind Sie ja endlich. Wenn Sie mich schon nicht fragen, dann will ich Sie von mir aus informieren« – jetzt war es Hecht klar, das war Holz, der Chirurg, der Titten-Theo –, »also: Wir mussten etwas mehr machen als zunächst erwartet. Ihre Frau konnten wir nicht mehr wecken und fragen, und Sie saßen ja im Flieger nach Ungarn, also haben wir das gemacht, was uns erforderlich schien, auch wenn wir das vorher mit Ihrer Frau so nicht besprochen hatten.«

»Aber, lieber Herr Kollege Holz, wir sind Ihnen doch aufs Höchste dankbar für Ihre Sorgfalt und Umsicht. Kein Wort des Zweifels von uns, um Himmels willen. Wir haben ganz uneingeschränktes Vertrauen zu Ihnen. Und, wie ich gestern ja auch mit eigenen Augen gesehen habe, ist der Erfolg doch eingetreten, ist doch alles bestens verlaufen und meine Frau längst auf dem Weg der Besserung.«

Ehe Hecht noch weitere, als Anerkennung Holzscher Leistungen getarnte Ausreden für seine Abwesenheit vorbringen konnte, unterbrach dieser ihn: »Lassen Sie die Kirche im Dorf, Herr Kollege. Wir Chirurgen sind ja nur die Handwerker, die eine Arbeit ausführen. Ohne Ihnen zu nahe treten zu wollen: Jetzt müssen Sie mal was tun. Die depressive Stimmung Ihrer Frau, diese große Angst vor unbekannten Gefahren: Da kann ich wenig machen. Das müssen Sie ihr wieder ausreden. Das Semester ist doch gelaufen; jetzt können Sie sich mal richtig um sie kümmern. Die Operation ist technisch bestens ausgeführt; keinerlei Komplikationen. Aber für die Stimmungslage sind wir nicht zuständig. Da hilft auch keine Medizin. Da sind Sie gefragt!«

Hechts Nerven lagen bloß. Jetzt hatte er auch noch diesen Vorwurf der Lieblosigkeit zu ertragen. Dabei waren doch gerade die Mediziner als Reiseweltmeister berüchtigt, legten ihre Kongresse immer in die exklusivsten Orte der Welt, nach Acapulco, Hawaii, Melbourne, Kapstadt oder Peking. Und dieser Holz machte ihm Vorhaltungen wegen Budapest; einfach lächerlich.

Er zwang sich mit äußerster Anstrengung, freundlich zu bleiben. »Ja, es war wirklich eine extrem unglückliche Situation. Ich konnte einfach meine Reise nicht absagen; eine Verpflichtung gegenüber der Bundesregierung. Meine Absage wäre angesichts der Empfindlichkeit unserer Ostpartner ein schwerer Affront gewesen, diplomatisch völlig unkalkulierbar. Und, lieber Herr Kollege Holz, konnte ich das Schicksal meiner Frau denn überhaupt in bessere Hände legen als in Ihre? – Wo wäre sie denn besser betreut worden als bei Ihnen? Nein, das habe ich mir genau überlegt und auch mit unserem gemeinsamen Freund Bosma beraten. Hier rief die Pflicht, hier musste das Amt Vorrang haben.«

Hecht hatte sich in ein solches Pathos verstiegen und seine Worte so beschwörend in den Hörer gesprochen, dass Holz nur zu antworten blieb: »Na ja, nun ist ja auch alles gut verlaufen. Jetzt sind Sie hier und erst einmal am Zuge. Machen Sie's gut, Herr Kollege. Vielleicht telefonieren wir am Donnerstag noch mal, und natürlich bei Bedarf. Aber seien Sie zunächst unbesorgt; ich rechne nicht mit postoperativen Komplikationen. Also, bis dann!«

Hecht war nach diesem Telefongespräch noch aufgeregter. Zorn und Angst hatten sich in seinem Inneren so gemischt, dass es ihm schwerfiel, ruhig sitzen zu bleiben oder aufzustehen und in die Universität zu fahren. Er saß immer noch in der Küche, der Brief lag vor ihm und verbreitete nach und nach Panik und Entsetzen. Am liebsten wäre er geflohen, weggelaufen oder mindestens auf eine weite Reise gegangen. Aber natürlich wusste er, dass dieses keine Lösung des Problems bedeutete. Er musste sich zwingen, wieder Herr seiner Gefühle und Gedanken zu werden und jenes Maß an Nüchternheit zurückzugewinnen, welches allein ermöglichte, die nächsten Schritte richtig vorauszuplanen.

Schließlich, es war schon gegen 11.00 Uhr, hatte er sich wieder so weit gefangen, dass er rational an die Probleme herangehen wollte. Er rief Frau Marschner an und vereinbarte, dass er erst gegen 13.00 Uhr eintreffe. Dann fuhr er in die Klinik zu Ute. Es gelang ihm, einen heiteren, gelassenen Eindruck zu machen. Er gab nur den positiven Teil seines Gesprächs mit Holz wieder, stellte es auch so dar, als ob er Holz angerufen habe. Da ihm aber seine Unruhe anzusehen war und Ute diese darauf zurückführte, er wisse eben nicht genau, was ihn am Lehrstuhl und im Dekanat erwartete, ermunterte sie ihn, jetzt nicht länger zu bleiben, sondern lieber gleich morgen früh wiederzukommen; ihr gehe es seit gestern deutlich besser, er brauche sich daher für heute keine Sorgen zu machen.

Hecht floh förmlich aus dem Klinikum. Er kämpfte mit sich, ob er wieder nach Hause in die Brunnenstraße oder doch lieber in die Universität fahren sollte. Er gelangte mit sich zu einem Kompromiss: Er führe jetzt in die Universität, stellte sein Auto in die Tiefgarage, ginge dann zu einem nahe gelegenen italienischen Restaurant, äße dort eine Pasta, am besten mit Crema Gorgonzola, tränke einen Cappuccino und stellte sich dann wieder in den Dienst der Fakultät. Diese übersichtliche Planung befriedigte ihn etwas. Zumindest die allernächste Zeit liefe dann wieder wie vorgesehen ab.

Beim Essen wurde er ruhiger. Glücklicherweise kannte er die übrigen Gäste nicht, konnte sich daher voll auf sich und seine Probleme konzentrieren. Den Brief vermochte er schlecht einzuschätzen; war das vielleicht doch nur ein Scherz? – Aber der Stil und vor allem die Tatsache, dass der Briefschreiber ja offensichtlich wusste, was in der Nacht passiert war, ließen die Aktion doch als ernst gemeinte Drohung erkennen. Wenn das aber so war, dann musste Frau Wittmann irgendwie, sei es bewusst, sei es unabsichtlich, durch irgendeine Indiskretion in den Täterkreis einbezogen worden sein. Ohne deren Mitwirkung war an Tonbandmitschnitte oder gar Videoaufnahmen nicht zu kommen. Also musste er dort die Spur aufnehmen; aber wie? – Doch am besten, indem er sie direkt mit dem Brief konfrontierte und versuchte, sie in einem Überraschungscoup zu einem Geständnis oder mindestens zu einer weiterführenden Erklärung zu zwingen. Etwas anderes blieb ihm zunächst nicht übrig, es sei denn, der Briefschreiber meldete sich nochmals bei ihm.

Noch immer innerlich zitternd vor Erregung erschien er dann in seinem Institut. Hier war aber alles so wie immer. Ein mittelgroßer Stapel Post erwartete ihn; Frau Marschner erkundigte sich teilnahmsvoll nach Ute, und als er berichtete, es gehe ihr den Umständen entsprechend, also hoffnungsvoll und im wesentlichen schmerzfrei, versprach sie, heute nach Dienstschluss mit dem Blumenstrauß zu einem Besuch zu gehen; morgen könne sie nämlich nicht so gut.

Dr. Endlein wartete schon auf Hecht. Dieser wollte aber vorab wissen, welcher Termin mit Frau Wittmann zustande gekommen sei. »Leider noch keiner«, seufzte Frau Marschner, »ich konnte sie nicht erreichen; sie ist wohl immer noch krank. Ich habe Herrn Dr. Felgenheber gefragt; der wusste aber auch nichts. Vielleicht versuche ich es gleich noch einmal.« »Ja, natürlich. Vielleicht liegt ja eine ernstere Erkrankung vor. Hat sie denn in Münster noch eine Adresse?« »Keine, die wir wüssten. Aber man muss ja auch nicht sofort an das Schlimmste denken. Vielleicht ist sie heute morgen auch nur zum Arzt gegangen. Ich versuche es gleich noch einmal.«

Hechts Besorgnis, so wenig sie sich auf Silkes tatsächliches Wohlergehen bezog, vermittelte Frau Marschner wiederum den Eindruck, er sei eigentlich doch ein fürsorglicher Chef. Warum er nur gegenüber seiner Frau oftmals so gleichgültig war? Das wollte ihr nicht in den Kopf. Hecht dagegen fühlte sich in seiner Meinung bestärkt, Frau Wittmann sei irgendwie an der Erpressungsaktion beteiligt. Dass sie jetzt die Schwerverletzte spielte, die gesundheitlich nicht wieder Tritt fasste, hatte doch nur den Sinn, aller Welt zu demonstrieren, welch ein Schurke er, Hecht, sei. Die arme, von ihm abhängige Doktorandin habe er in einem Anflug von sexueller Raserei so schlimm zugerichtet, dass sie aufs Schwerste davon erkrankt sei. Und, das machte Hecht sich mit ohnmächtiger Wut auch klar, wenn sie irgendwelche Zeugen dafür aufbieten konnte, vielleicht tatsächlich ein Tonband mitgelaufen war, dann säße er jetzt übel in der Falle. Natürlich würde jeder in der Universität die zurückhaltende, arme Prinzessin bedauern, ihr helfen wollen, und er als Unhold wäre wohl am Ende seiner Karriere angekommen. Aber wenn er sie sich vorstellte, wie sie sich in Speyer verhalten hatte, wie ihr bisheriger Umgang gewesen war, bis zu jener unglückseligen Nacht: Irgendwie ergab das kein stimmiges Bild. Eine so gespaltene Persönlichkeit konnte er sich hinter der zurückhaltenden Prinzessin überhaupt nicht vorstellen, nicht einmal, wenn er ihr irgendwelche Rachegelüste unterstellte. Solch ein Typ war sie nicht. Wie er es auch drehte und wendete, es gab keine überzeugende Antwort.

Nach Durchsicht der Post und verschiedenen Telefonaten nahm Hecht zur Kenntnis, dass es offenbar nicht gelang, mit Frau Wittmann in Verbindung zu treten. Das machte sie ihm wieder verdächtig. Denn ohne mit ihr sprechen zu können, tappte er weiterhin völlig im Dunklen. Er ging ins Dekanat, wo ihn Frau Schön mit einem großen Topf Kaffee und der Frage, wie es seiner Frau gehe, begrüßte. Hecht gab Auskunft, wollte dann aber mit Felgenheber in Ruhe die angefallene Post durchgehen. Insbesondere die am Mittwoch anstehende Fakultätsratssitzung, die letzte des

Sommersemesters, musste vorbereitet werden. Zu seiner großen Erleichterung gestand ihm Felgenheber aber, er habe, vielleicht etwas eigenmächtig, schon mit dem Prodekan Professor Tellmer vereinbart, dass dieser die Sitzung leite. Angesichts der schweren Erkrankung von Frau Hecht und der ja wohl extrem anstrengenden Workshops habe dieser auch sofort zugesagt, Hecht zu vertreten. Und so habe er am letzten Freitag die Sitzung mit Tellmer bereits umfassend vorbereitet. Sie seien beide auch der Meinung gewesen, die C-3-Liste »Prozessrecht« habe mit von Mensing auf Platz 1 keine Chance. Man habe auch mit Professor Vetterlein darüber gesprochen. Dieser bestehe aber darauf, dass der Fakultätsrat entscheiden müsse, weil bei einer Ablehnung die wissenschaftliche Laufbahn von Mensings wohl zu Ende sei. Er, Vetterlein, wolle diese Art von Grausamkeit nicht mit verantworten müssen. »Dieser Feigling!«, zischte Hecht, und Felgenheber erlaubte sich den Anflug eines Lächelns. Immerhin kam es Hecht sehr gelegen, dass Tellmer und nicht er der Vollstrecker dieses vernichtenden Urteils wäre – dass er vielleicht auch ein solcher »Feigling« sei, der Gedanke lag ihm fern.

Nicht ohne Sorge nahm Hecht dann noch zur Kenntnis, dass sich für den September und Oktober der Rechnungshof zur Prüfung mehrerer ausgewählter Institute angesagt habe. Felgenheber hatte aber von der Innenrevision des Kanzlers gerüchteweise gehört, dieses Mal gehe es um die Naturwissenschaften; der Kanzler selbst habe durch Weitergabe von Indiskretionen einiger neidischer Doktoranden die Prüfung erst verursacht und wolle jetzt die Flucht nach vorn antreten. Wäre Hecht nicht durch den Erpresserbrief – so qualifizierte er ihn jetzt – geistig stark absorbiert gewesen, er hätte sich brennend für diesen aufziehenden Konflikt und die Möglichkeit, sich wieder einmal öffentlich als Retter der Wissenschaftsfreiheit darzustellen, interessiert. So aber konnte er sich gerade noch zu der Bemerkung aufraffen: »Na, dann wird das aber ein vergnügliches Wintersemester!«

Abschließend kam er noch auf Frau Wittmann zu sprechen. Felgenheber bestätigte, Frau Wittmann sei in erbarmungswürdigem Zustand am Montag im Institut erschienen. Frau Marschner habe ihn gebeten, sie in die Klinik zu fahren. Frau Wittmann habe aber im Auto geäußert, keinesfalls in die Universitätsklinik gefahren werden zu wollen. Vielmehr habe sie sich in einer Apotheke mit Medikamenten versorgt, habe auch versichert, im Fall ausbleibender Besserung einen Arzt aufzusuchen, dann aber unter allen Umständen wieder in ihre Wohnung gehen wollen. Dort habe er sie abgesetzt.

Das war erneut eine Bestätigung seines Verdachtes gegen Silke. Gegenüber Felgenheber spielte er jedoch den väterlich Besorgten. Ob es irgendeine Vertrauensperson gebe? Nein, keine, die Felgenheber kannte. Dann müsse man ja wohl, falls es bis Mittwoch nicht gelungen sei, mit ihr in Kontakt zu treten, die Polizei verständigen und vom Hauswirt die Wohnung öffnen lassen. Vielleicht sei ja etwas Ernsthaftes passiert, es gebe bei alleinlebenden Menschen oft wochenlang keine Besucher, und er wolle doch lieber sichergehen, dass sie nicht in hilflosem Zustand in ihrer Wohnung liege.

Felgenheber lobte Hechts Umsicht und schlug vor, schon morgen die Wohnung zu öffnen, denn bis zum Mittwoch verstreiche vielleicht zu viel Zeit. Natürlich hatte er Hecht längst durchschaut. Dieser wollte vermutlich im Gespräch mit Silke herausfinden, was er von ihr noch zu gewärtigen habe und ob sie auf seine Angebote hinsichtlich gemeinsamer Weiterarbeit eingehe. Außerdem wusste er, dass Silke durchaus zu Hause war; er hatte am Sonntag mit ihr telefoniert und von ihr erfahren, dass sie sich mental noch nicht in der Lage sehe, mit Hecht zusammenzutreffen. Sie benötige noch Zeit und Abstand, um sich dazu zu zwingen, mit Hecht wieder zu sprechen. Sie werde die Woche über unsichtbar bleiben, weder die Tür öffnen noch das Telefon bedienen. Felgenheber hatte sie beschworen, wenigstens ihren Briefkasten täglich zu leeren; dann könne er ihr, falls erforderlich, eine schriftliche Botschaft zukommen lassen. Für diesen Fall werde er dreimal hintereinander kurz die Türklingel betätigen; sie wisse dann, dass sie in den Briefkasten schauen müsse.

Nun trat dieser Notfall nach Felgenhebers Meinung ein. Also musste er heute noch versuchen, sie auf diese Weise zu erreichen und zu überreden, ihre Angst und Abneigung zu bezwingen und mit Hecht einen Besprechungstermin zu vereinbaren.

Nachdem seine Beratungen mit Hecht beendet waren, schrieb er auf einen großen Zettel: »Hallo, Prinzessin! Du musst dringend wieder auftauchen. Hecht will dich sprechen. Wenn Frau Marschner dich morgen nicht am Telefon erreicht, verständigt Hecht die Polizei, lässt dich als vermisst suchen und die Wohnung aufbrechen. Das kannst du nicht ernsthaft wollen. Also: lauf ja nicht weg, das hilft nicht. Geh zu Hecht, hab keine Angst vor ihm! Er hat nämlich jetzt große Angst vor dir. Habe Mut zur Konfrontation; ich werde dir helfen. Herzlich! Dein Froschkönig (ungeküsst und unerlöst).«

Er besorgte sich einen neutralen Umschlag, faltete den Zettel, legte ihn in den Umschlag, klebte diesen zu, ohne ihn irgendwie zu adressieren. Gegen 17.00 Uhr ging er zu Fuß zum Stadtpark, sah sich kurz nach Bekannten um, fand die Haustür, wie erwartet, noch unverschlossen und steckte seine Botschaft in Silkes Briefkasten. Dann gab er die angekündigten Signale mit der Wohnungsklingel und verschwand unauffällig. Er konnte jetzt nur hoffen, dass seine Botschaft die Empfängerin erreiche und auch überzeuge.

Hecht verspürte wenig Lust, noch das Rotary-Meeting zu besuchen; zu viel Belastendes ging ihm durch den Kopf. Aber zum einen hatte er Paul und Dr. Volkmann sein Kommen zugesagt. Zum anderen wollte er wissen, ob er vielleicht doch nicht die Chance seines Lebens auf das große Geld verpasse, weil längst andere die Chance wahrgenommen hatten.

Neben Essen und Vortrag blieb kaum Gelegenheit, ungestört zu sprechen; also blieben sie nach dem Ende des Meetings noch bei einer Flasche Rotwein im Gesellschaftszimmer des »Goldenen Anker« sitzen. Dr. Volkmann hatte herausgefunden, dass die Aktien der Pharmakonzerne schon vor einem Jahr eine sprunghafte Aufwärtsentwicklung genommen hatten. Das New Yorker Broker-Haus hatte ganz offen mitgeteilt, in beiden Firmen seien am Markt voraussichtlich äußerst gefragte Medikamente entwickelt worden, die unmittelbar vor ihrer Zulassung stünden. Da aber davon auszugehen sei, dass weitere Firmen, insbesondere auch im ostasiatischen Raum, solche Medikamente auf den Markt brächten, werde es wohl nach einigen Gewinnen der beiden ersten zu einer Konkurrenz kommen, die nicht allein die Medikamentenpreise, sondern auch die Aktienkurse in weiterem Höhenflug bremsen werde. Um sich zu engagieren, sei es nach Meinung der Broker zu spät; vor einem Jahr sei das noch anders gewesen; jetzt aber rate man ab.

Hecht war erleichtert. So hatte er schon einmal ein Problem weniger. Vielleicht lösten sich ja auch einige andere von selbst. Paul war dagegen sehr enttäuscht. Wenn es diese Potenzpille wirklich gab, und daran zweifelte er nicht, verlor er einen Teil seiner Privatpatienten und damit seiner Nebeneinkünfte.

»Sie müssen jetzt dieses Medikament ordentlich problematisieren«, versuchte Dr. Volkmann ihn aufzumuntern. »Nebenwirkungen, Risiken und Gefahren drohend aufzuzeigen, sollte den Ärzten ja nicht schwer fallen; es ist doch fast alles hoch giftig, was Ihr uns verordnet – zumindest, wenn man den Beipackzettel liest. Und dann muss es natürlich verschreibungspflichtig werden, erst nach umfassenden Voruntersuchungen kann seine Einnahme verantwortet werden. Und ständig sind aufwendige Begleituntersuchungen erforderlich – am besten stationär.«

»Ja, ja«, unterbrach ihn Paul, »und Sie müssen auch berücksichtigen, welche Bedenken der Papst haben dürfte, usw. usw. Nein, dass wir Mediziner nicht ganz arbeitslos dabei werden, das können wir wohl noch steuern. Aber schade ist es doch; allein der chirurgische Aufwand bei der Implantation solcher Prothesen ernährt einen Facharzt – und nun: schnell eine Pille aus der Apotheke einwerfen, ein Schluck Wasser hinterher, und ab geht die Post!«

Hecht hörte nicht mehr zu; Paul merkte das, beruhigte ihn wegen Ute, und beide waren nicht verstimmt, als Hecht unerträgliche Müdigkeit als Grund seines Aufbruchs anführte. Irgendwie stimmte das auch; er war nicht so sehr schlafmüde, als vielmehr entmutigt und unzufrieden mit seinem jetzigen Wartestand. In der Erpresserbriefsache kam er nicht weiter; falls die sich nicht meldeten, blieb alles offen. Und er konnte auch kein Arrangement mit Frau Wittmann finden, wenn die verschwunden blieb. Und dazu dann Ute mit ihrer unseligen Erkrankung und ihrer plötzlich erwachten Anhänglichkeit an ihn – es war, wie er meinte, verdammt viel, was da auf einmal auf ihn einstürmte.

Zurück in seinem nach wie vor abweisend stillen, dunklen Haus trank er erst einmal einen großen Whisky, und weil er sich immer noch nicht besser fühlte, gleich noch einen weiteren. Die Kinder konnte er wiederum nicht anrufen – es war schon fast Mitternacht. Kurz entschlossen ging er zu Bett und schlief bald ein.

Am Dienstagmorgen fühlte er sich etwas besser. Die Angst war einer aggressiven Nüchternheit gewichen. Die Schlüssel zur Lösung des Problems »Fakultätsfest und Folgen« lagen wahrscheinlich bei Frau Wittmann. Die hatte er einfach falsch eingeschätzt, harmloser und gutartiger. Aber wenn die ihm den Kampf ansagte, dann würde sie sich wundern. Er würde sich wehren, und er war sicher, dass sie am Ende auf der Strecke bleiben würde. Nein, wenn Frau Wittmann hinter dieser Erpressung stand, könnte er sich viel besser verteidigen als damals bei Heidrun, die das perfekte Opfer war oder sich zumindest so in Szene gesetzt hatte. Mit Frau Wittmann würde er schon fertig.

Im Dekanat arbeitete er Post und Aktenrückstände ab; es war während der letzten beiden Wochen doch einiges liegen geblieben. Als er dann in sein Institut kam, konnte ihm Frau Marschner mitteilen, dass sie Frau Wittmann nun erreicht habe. Sie fühle sich noch immer nicht gesund, wolle aber auf jeden Fall ihre Tätigkeit im Institut am Mittwoch wieder aufnehmen. Sie habe am Donnerstag um 14.00 Uhr das Gespräch vereinbart; vorher sei er, Hecht, bereits so mit Terminen eingedeckt, dass auch nicht das kleinste Zeitfensterchen zu öffnen gewesen wäre.

Der Termin lag nach Hechts Gefühl zu spät; die Ungewissheit würde dann ja noch zwei weitere Tage dauern. Andererseits machte er sich vermutlich bei Frau Marschner verdächtig, wenn er ihre Terminplanung umstieß und schon morgen mit Frau Wittmann sprechen wollte. Also ließ er sich nichts merken und konzentrierte sich auf seine Arbeiten. Sein abendlicher Besuch bei Ute konfrontierte ihn mit einem anderen Problem: Sowohl Paul Bosma wie auch Theo Holz baten um Rückrufe, die sich aus Utes Krankenzimmer erledigen ließen. Beide fanden Utes Zustand sehr zufriedenstellend. Beide meinten aber, wegen Utes labiler Psyche und der Schwere der Erkrankung sollten Hechts möglichst noch im August, also in zwei Wochen, in eine gute Rehabilitationsklinik fahren. Dort könne er sich frei von Fluchtmöglichkeiten in sein Institut oder zu Fachtagungen ganz seiner Frau widmen. Gemeinsam sei die Krise wesentlich leichter zu meistern, und ihm, Hecht, täte eine totale Abschaltphase auch einmal gut. Danach könne man dann mit der Chemotherapie beginnen.

Hecht war klar, dass diese Erpressungsangelegenheit ohne seine Anwesenheit sehr leicht in ein unkontrollierbares Stadium treten konnte und es viel zu riskant war, aus Altenfurt zu verschwinden, bevor dieser Fall nicht zumindest aufgeklärt, wenn vielleicht strafrechtlich auch noch nicht abgeschlossen wäre. Da Ute aber das Gespräch mithörte, lobte er die gute Idee gegenüber beiden Ärzten und sagte zu, alles ihm Mögliche zu unternehmen, dass diese Reise zustande komme. Es fiel ihm nach den Telefongesprächen schwer, gegenüber Ute Optimismus und Hilfsbereitschaft zu demonstrieren. Das Versteckspielen, welches ihm über weite Strecken seines Lebens fast zur zweiten Natur geworden war und das er gelegentlich sogar schadenfroh genossen hatte, ging ihm jetzt sehr gegen den Strich. Doch nachdem die Dinge sich nun einmal so entwickelt hatten, sah er keine andere Möglichkeit als die, gegenüber Ute auch weiterhin unaufrichtig und doppelbödig aufzutreten – Frau Wittmann und ihre Erpresserbande zwangen ihn dazu.

Am Mittwoch erschien Silke wieder im Institut. Hecht vermied es zunächst, ihr zu begegnen, hatte überwiegend Dekanatstermine und sparte sich seinen Auftritt für Donnerstag auf. Er versuchte, noch einmal lückenlos zu rekonstruieren, was in der Nacht passiert war und wie Silke sich dort verhalten hatte. Leider gab es kein Indiz, welches ihre Täterschaft oder Mittäterschaft an der Erpressung hätte erkennen lassen. Die beiden Handlungsstränge: die Nacht mit Silke und der Erpresserbrief, ließen sich einfach nicht in der Person Silkes verknüpfen.

Am Donnerstag schließlich hatte Hecht sich seinen Auftritt gut überlegt und hielt wieder einmal den Angriff für die beste Verteidigung. Er empfing Silke zunächst kühl und distanziert in seinem Dienstzimmer im Institut, positionierte sie auf einem Stuhl vor den Schreibtisch, nahm selbst dahinter Platz und fixierte sie prüfend. Silke sah verändert aus, sehr blass im Gesicht, die Augen übergroß in dunklen Augenhöhlen und die Haare, obwohl sorgfältig zu einer Einschlagrolle frisiert – was sie älter machte –, waren stumpf und fast etwas grau.

Am auffallendsten waren zwei Falten, die von der Nase zu den Mundwinkeln verliefen und ihrem Gesicht einen müden Ausdruck verliehen. An Heidrun erinnerte sie ihn jetzt nicht mehr stark, und unwillkürlich fragte er sich, was er an der Frau so absolut unwiderstehlich gefunden hatte; dafür seine berufliche Laufbahn und seine Familie aufs Spiel zu setzen, lohnte sich bestimmt nicht. Das machte ihn aber nicht beschämt und nachsichtig, sondern zornig.

Diese Landschranze war es ja, die ihm alle Schwierigkeiten eingebrockt hatte! So eröffnete er das, wie er meinte, Gefecht aggressiv mit der Frage: »Mein Angebot hat Ihnen also nicht zugesagt? Sie wollen nicht das Mäntelchen des Vergessens anlegen, sondern einmal testen, was sich so machen lässt?«

Er sah, wie Silke zusammensackte, sich mit einer Hand an den Magen fuhr, der zu schmerzen schien, und noch grauer im Gesicht wurde. »Wie kommen Sie darauf; ich habe doch noch gar nichts gesagt. Dass Sie mich tief verletzt haben, wissen Sie doch. Und dass ich das nicht einfach wegstecken kann wie einen Betriebsunfall, müssen Sie mir doch einräumen. Im Übrigen habe ich gar keine Alternative zu Ihrem Angebot. Ich kann nicht einfach hier aufhören und aus dem Stipendium aussteigen. Ich will das auch gar nicht. Ich will promovieren. Wenn Sie mich an einen Ihrer Kollegen abgeben könnten, wäre es vielleicht einfacher. Aber ich habe schon über ein halbes Jahr an dem von Ihnen gestellten Thema gearbeitet. Und ich möchte das zu Ende bringen, möglichst schnell. Dann verschwinde ich aus Ihrem Leben; Ihr Angebot war doch auch, dass wir eine neutrale Arbeitsebene finden. Dazu bin ich ja bereit. Weiter will ich nichts von Ihnen.«

Tief im Innern zweifelte Hecht an der Richtigkeit seiner Strategie. Aber er hatte sich so sehr in die Idee verrannt, dass Silke ihn erpressen wollte – vielleicht doch, um leichter zu promovieren –, dass er jetzt richtig wütend wurde. »Ich glaube Ihnen kein Wort, Verehrteste, kein Wort! Ich weiß nicht, warum Sie mir dieses Theater überhaupt vorspielen!« Hecht sah, wie Silke sich krümmte, als habe sie einen Hieb in den Magen erhalten. Schlagartig überfiel ihn die Furcht, gleich werde sie anfangen zu schreien, zusammenbrechen oder ihn sonst irgendwie durch dramatisches Verhalten in neue Schwierigkeiten bringen. »Sehen Sie sich das hier an«, damit knallte er den Brief auf den Schreibtisch. »Schauen Sie genau hin! Kennen Sie den? Hier, lesen Sie, lesen Sie genau!«, herrschte er sie an. Er wagte nicht, noch lauter zu werden, schließlich brauchte Frau Marschner nicht auch noch mitzuhören, was hier verhandelt wurde.

Ängstlich griff Silke nach dem Schreiben, las es, sah Hecht entsetzt an und stammelte: »Sie glauben aber doch nicht, dass ich damit irgendetwas zu tun habe?«

»Natürlich glaube ich das«, erwiderte Hecht eisig. Bevor er noch weitere Anschuldigungen vorbringen konnte, sackte Silke wieder in sich zusammen. Hecht hörte ein Geräusch, als ob sie glucksend zu lachen beginne. Aber als er sah, wie sie zitterte und ihre Schultern zuckten, war ihm klar, dass sie weinte. Sie schluchzte hoffnungslos. Auch als er aufstand und ihr ein Papiertaschentuch und dann noch eines reichte, hörte das Schluchzen nicht auf.

Hecht war beunruhigt. Unabhängig davon, dass ihm die Herrschaft über diese Szene abhanden kam – so hatte er Silke nicht kränken wollen. Vielleicht war sie doch ganz unbeteiligt, und nun hatte er sich aus Ungeschicklichkeit ein weiteres Problem eingefangen. Er war ratlos; wie er mit dieser Situation umgehen sollte, wusste er nicht. Instinktiv stand er auf, kam hinter seinem Schreibtisch hervor und legte seine Hand auf Silkes Schulter. »Wenn ich mich geirrt habe, ist das allerdings scheußlich, für Sie und für mich«, versuchte er, wieder ein Gespräch anzufangen. »Dann sind wir beide Opfer dieser Erpressung. Und dann müssen wir gemeinsam sehen, wie wir den Täter diskret zur Strecke bringen.«

Silkes Schluchzen hatte nachgelassen, nicht aber ihr Zittern. Hecht fiel nichts Besseres ein, als an seinen Schrank zu gehen, die Cognac-Flasche zu holen und Silke ein Schnapsglas voll zu reichen. Sie guckte zu ihm auf. »Ich schwöre Ihnen, ich stecke nicht hinter diesem Schreiben. Ich habe damit absolut nichts zu tun. Ich wäre glücklich, wenn ich das Ganze, meine Tätigkeit an Ihrem Lehrstuhl, alles hier wieder rückgängig machen könnte. Wenn ich einfach weggehen könnte, und nichts wäre gewesen«, sagte Silke mit stockender Stimme.

»Das geht wohl jetzt nicht mehr«, erwiderte Hecht, immer noch mit eisiger Stimme. »Wenn Sie nicht dahinterstecken und auch nicht wissen, wer der Briefschreiber sein könnte oder wer seine Informanten sind, dann wird das noch unangenehm.«

Silke nippte an dem Schnapsglas und schien sich wieder gefangen zu haben; jedenfalls weinte sie nicht mehr, und auch das Zittern hatte nachgelassen. Obwohl sie ihm nun wirklich nicht mehr wie die Doppelgängerin von Heidrun vorkam, überkam ihn Mitleid mit diesem kläglichen Häufchen Elend. Fast hätte er tröstend seinen Arm um sie gelegt; dann kam ihm aber doch der Gedanke, das könnte eher peinlich sein und als ein erneuter sexueller Angriff gesehen werden. Also setzte er sich wieder hinter seinen Schreibtisch und schaute Silke an. Diese erwiderte seinen Blick nicht, sondern sah zu Boden.

Zunächst schwiegen beide; dann begann Hecht, laut nachzudenken: »Also, wenn Sie nicht mit von der Partie sind, was ich Ihnen jetzt glaube, und wenn es in Ihrer Wohnung weder eine Wanze noch ein Videogerät gibt, wovon ich ebenfalls ausgehen will, dann kann es doch nur jemand sein, der uns vor dem Juridicum aufgelauert hat und uns gefolgt ist. Wie ging das an dem Abend weiter? Ich habe wirklich Erinnerungslücken. Wir sind in den Stadtpark gegangen, mein Gott, war ich blöd! Und dann? Helfen Sie doch einmal meiner Erinnerung auf!«

Aber Silke hielt sich mit den flachen Händen die Ohren zu, schüttelte den Kopf und begann wieder zu zittern.

»So wird das aber nichts mit einer Verteidigungsstrategie«, redete Hecht gut auf sie ein. »Sie sitzen nämlich mit im Schiff, auch wenn Sie das jetzt am liebsten ungeschehen machten. Also nochmal: Ich denke, dass ich Sie im Stadtpark geküsst habe, na ja, und vielleicht auch noch etwas Gefummel. Aber dann sind wir zu Ihnen gegangen und waren für jeden Beobachter nicht mehr sichtbar. Leider hatte ich schon Schlagseite, als ich aus dem Juridicum kam; ich erinnere mich nicht, irgendjemanden gesehen zu haben. Ich war auch zu betrunken, um noch irgendjemanden außer Ihnen wahrzunehmen. Und nach dem Stadtpark war's genauso. Haben Sie denn nichts gesehen? Irgendeinen Menschen, der uns nachgeschlichen ist?«

Silke schüttelte den Kopf, wobei Hecht unklar blieb, ob das die Antwort auf seine Frage war, oder ob sie damit nur ihrer Seelenlage Ausdruck verleihen wollte. Auf Silkes Mithilfe war er aber bei jeder Art von Verteidigung, ob aggressiv oder defensiv, angewiesen; das war Hecht ganz deutlich. Und außerdem musste er seine Besprechungen mit Silke so unverdächtig und unauffällig abhalten, dass niemandem der Verdacht kommen konnte, es ginge um etwas anderes als dienstliche Dinge oder ihre Doktorarbeit. So blieb ihm auch jetzt nichts anderes übrig, als mit Geduld Silke soweit zu beschwichtigen, dass sie an einer Verteidigungsstrategie mitarbeitete.

Erneut unternahm er den Versuch, seine Gedanken zu ordnen und Silke mit einzubeziehen. »Der oder die Täter müssen uns vom Juridicum in den Stadtpark und von dort zu Ihrer Wohnung gefolgt sein. Dass sie an der Fassade hoch geklettert sind und ins Zimmer geschaut haben, können wir wohl ausschließen. Wir müssen aber damit rechnen, dass sie abgewartet haben, bis ich wieder herausgekommen bin. Der Rest ist deren Spekulation und keine Beobachtung. Allerdings liegt eine solche Spekulation sehr nahe für denjenigen, der uns im Stadtpark beobachtet hat. Wenn es mehrere waren, haben wir keine guten Karten, da unbeschädigt herauszukommen. War es aber nur einer, kann man viel mehr abstreiten und leugnen. Dann gibt es die Möglichkeit einer Vorwärtsverteidigung. Natürlich müssen Sie mitmachen, aber Sie sitzen sowieso mit in der Tinte.«

»Bitte, bitte, lassen Sie mich da heraus aus Ihrer Vorwärtsverteidigung. Ich bin innerlich so beschädigt, so verletzt, ich kann nicht darüber sprechen«, und schon fing sie erneut an zu schluchzen.

Hecht kam wieder um seinen Schreibtisch herum, ging zum Schrank, in dem ein Waschbecken installiert war, nahm ein Handtuch, feuchtete es an und fuhr Silke damit mehrfach über Stirn und Wangen. Das Schluchzen hörte auf.

»Sie sollen auch nichts sagen«, begann Hecht seine Strategie zu konzipieren, »im Gegenteil! Je weniger Sie sagen, umso besser. Am besten schweigen Sie insgesamt und lassen mich reden – zumindest in der ersten Stufe unserer Abwehr. Aber solange wir nicht wissen, ob es einen oder mehrere Beobachter gibt, können wir wenig machen, außer zu warten, wie nun der nächste Zug der anderen aussieht. Mein Gott, Mädchen, nun begreifen Sie, dass hier nur gute Nerven und Geduld helfen!«

Silke sah ihn unglücklich an. Hecht beschwor sie: »Ich verspreche Ihnen, ich werde die Nacht völlig aus meinem Leben streichen und Sie niemals wieder erotisch oder sexuell bedrängen. Meinen Sie, mir wäre das hier keine Lehre?«

»Und wie soll es mit mir weitergehen?«, wagte Silke einzuwenden.

»Möglichst unauffällig. Sie promovieren jetzt fleißig, ich fördere Sie dabei und belaste Sie nicht mit Korrekturarbeiten. Und einmal wöchentlich machen wir einen Besprechungstermin hier am Lehrstuhl. Dabei unterrichten wir uns dann gegenseitig. Sie brauchen eigentlich überhaupt nichts zu tun; nur schweigen müssen Sie eisern. Sie werden sehen, irgendwie bringen wir die Geschichte, wenn schon nicht zu einem guten, dann doch zu einem akzeptablen Ende. Ich helfe Ihnen und Sie mir. Einverstanden?«

Dieses Mal nickte Silke, und Hecht war erleichtert, dass er die Situation doch noch gemeistert hatte. Silke wusch sich nochmals mit dem feuchten Handtuch durchs Gesicht, dann fühlte sie sich so weit beruhigt, dass sie gemeinsam mit Hecht das Dienstzimmer verlassen konnte.

Nachdem Hecht Silke durch das Vorzimmer, vorbei an Frau Marschner, auf den Gang zum Treppenhaus geleitet und ihr zum Abschied die Hand gedrückt hatte – Silkes Hand fühlte sich an wie ein toter Fisch: kalt, feucht und wie ohne Knochen –, begab er sich wieder in sein Dienstzimmer. Frau Marschner stellte keine Fragen, blickte nicht einmal von ihrem Bildschirm auf, schien ganz mit der Gestaltung eines Manuskriptabschnittes beschäftigt. So gelangte er in sein Zimmer, ließ sich in seinen Schreibtischsessel fallen, wollte gerade damit beginnen, die Situation neu zu überlegen, als das Telefon seinen modischen Glockenton erklingen ließ. Frau Marschner wollte wissen, ob er für seinen Bruder, den Professor Hecht aus Starnberg, zu sprechen sei. Er seufzte laut: »Ja, natürlich, der ruft sonst doch immer wieder an, er fragt bestimmt nach meiner Frau. Stellen Sie ihn mal durch.«

Georg beschwerte sich zunächst über Hechts mangelhafte Berichterstattung. Nicht allein, dass er nicht anrufe, nein, auch für Anrufer sei er praktisch unerreichbar; entweder sei er unterwegs, in Sitzungen, Besprechungen, Vortragsveranstaltungen, oder das Telefon werde überhaupt nicht bedient. Gäbe es nicht Paul Bosma als sichere Informationsquelle, wisse er überhaupt nicht, wie es Ute gehe und ob sie gesundheitlich vorankomme. Und Paul habe angedeutet, es könne viel besser gehen, wenn Hecht etwas präsenter sei, etwas mehr Zeit, Verständnis und Einfühlungsvermögen für Ute aufbrächte.

Hecht unterbrach ihn. Aufbrausend, mit vor Zorn leiser, bebender Stimme belehrte er seinen Bruder: »Hör zu, Georg. Paul ist zwar berechtigt, Kritik an mir zu üben. Aber er irrt. Zum einen bin ich täglich« – er korrigierte: »bis auf wenige Ausnahmen jedenfalls – bei Ute gewesen. Und sie ist dort gut aufgehoben, entbehrt fast nichts, schwebt nicht in Lebensgefahr. Zum anderen hat weder Paul Bosma noch sonst ein Mediziner, und du auch nicht, eine Ahnung davon, was hier los ist.«

Die Doppelsinnigkeit seiner Behauptung war ihm nicht aufgefallen. So fuhr er fort: »Wir haben jetzt die letzte Semesterwoche, die letzte Woche der Vorlesungszeit. Ihr habt wirklich keinen Schimmer, was da alles auf einen Dekan zukommt. Allein die Sitzungen. Fakultätsrat, Senat, Haushaltskommission, all die Klausuren, Hausarbeiten, die unzufriedenen Studenten! Und erst die Verwaltung, dieses Heer von Ignoranten und Erfolgsverhinderern. Und alles soll sofort erledigt werden, möglichst nach Regeln, die schon um die Jahrhundertwende überholt waren. Und dazu Personalrat, Frauenbeauftragte – ich würde am liebsten alles hinwerfen, fliehen, mich in einer Bibliothek vergraben und endlich wieder Wissenschaft betreiben, etwas Nützliches, Schönes, Notwendiges. Entschuldige, Georg, aber du hast wirklich keine Ahnung!«

Georg zeigte sich ob dieser Larmoyanz wenig beeindruckt. »Du warst ja nicht gezwungen, dich nochmal als Dekan wählen zu lassen. Also kann es nicht ganz so schrecklich sein, wozu du dich hast breitschlagen lassen. Und wenn du in dieser hochbelasteten Semesterphase die Zeit hattest, für fast eine Woche durch Osteuropa zu jetten, war es mit deiner Belastung entweder nicht so weit her, oder du hast dir deinen Schlamassel selbst eingebrockt. Selbstverschuldetes Unglück erregt nun mal kein Mitleid.«

Hecht wollte protestieren, Georg ließ ihn aber nicht zu Worte kommen. »Hör zu, Jonni, was ich dir jetzt sage, meine ich ernst. Ich will dir nicht unterstellen, dass du deinen Beruf als Alibi nutzt, um dich nicht mit Ute und ihren Problemen befassen zu müssen, obwohl es fast den Eindruck macht. Aber wie dem auch sei; Ute braucht dich jetzt dringend. Gunda und ich sind der festen Überzeugung, dass sie ohne deine Hilfe schlecht wieder auf die Beine kommt. Wir wollen nicht über deine Affären sprechen; das führt jetzt zu nichts, und auch nicht darüber, wie sehr du Ute gekränkt hast mit all diesen schlecht vertuschten Weibergeschichten. Mensch, begreif doch auch mal die Chance, die du jetzt hast. Zieh einen Schlussstrich unter die Vergangenheit, fang mit Ute neu an, jetzt, sofort, ohne Wenn und Aber, sie wartet doch so auf dich.«

»Was weißt du denn von meinen sogenannten Affären? Du hast nicht die Spur von Berechtigung, mir irgendetwas vorzuwerfen. Ausgerechnet ihr in eurem goldenen Käfig, in eurer synthetischen Klinikwelt mit der goldenen Kreditkarte!« Hecht geriet in immer größeren Zorn, obwohl er tief im Innern erkannte, dass Georg ja gar nicht so Unrecht hatte. Aber dieses unterschwellige Wissen machte ihn nur noch aggressiver.

»Laß uns diesen Streit ein andermal austragen, Jonni, vielleicht mal am Kamin bei einer Flasche Wein. Verlass den Nebenkriegsschauplatz, pack da an, wo es ohne dich ganz persönlich nicht geht, nämlich bei Ute und eurer nächsten Zukunft.«

»Und du glaubst, überall sonst ginge es auch ohne mich, könnte mich jeder ersetzen?«, unterbrach Hecht Georg erneut. »Jonni, nun hör endlich auf, mich künstlich misszuverstehen! Die Frage deiner Vertretbarkeit in der Universität stellt sich doch nur mittelbar. Reagier doch nicht so empfindlich wie ein ertappter Schwindler; je mehr du dich aufregst, umso weniger überzeugen deine Argumente.« »Weil du eben keine Ahnung hast, ich sag's ja die ganze Zeit!« »Hergott noch mal, Jonni, nun hör mich doch endlich mal an!« »Wenn du dich wieder in Vorwürfen ergehen willst, kannst du dir die Telefongebühren sparen!« »Jonni!« Dieses Mal kam der Ton so hart und laut aus dem Telefonhörer, dass Hecht erschrak. Georg musste sich ja schrecklich erregt haben, wenn er so ins Telefon brüllte. »Jonni, das ist ein letzter Versuch! Danach sind wir geschiedene Leute, wenn du jetzt nicht zuhörst. Du musst dich mehr um Ute bemühen, sonst verliert sie allen Lebensmut. Du musst auf sie eingehen, auch wenn dir das schwerfällt. Du musst mit ihr Pläne für die nähere Zukunft machen. Ihr müsst nach dem Krankenhaus wenigstens zwei Wochen Zeit nur für euch haben. Fahrt in ein Sanatorium, in ein gutes Hotel oder nehmt eine Ferienwohnung. Aber gib Ute eine Perspektive. Sei bei ihr. Stell nicht immer wieder deine Scheißuniversität zwischen euch. Wenn du Ute ruinierst, wird in dieser Universität niemand mehr etwas von dir wissen wollen. Wenn du schon so großen Wert auf deine Reputation, deine Außenwirkung und deine Position legst, dann musst du doch erst recht begreifen, dass die Leute mit Fingern auf dich zeigen, wenn deine Frau wegen deiner Lieblosigkeit nicht wieder auf die Beine kommt. Ich bin nicht dein Gegner, Jonni, ich will dir helfen, aus diesem Dilemma herauszufinden, dir helfen, wieder einen Blick auf die Welt außerhalb der Universität zu werfen. Die gibt es nämlich auch noch, und da wirst du jetzt nötiger gebraucht als in deiner Fakultät, die eine genauso synthetische Scheinwelt ist wie meine Klinik!«

Hecht hatte das Gefühl, er könne nicht mehr weiter streiten. Erst Silke, jetzt Georg mit Ute, sie hatten ihn wirklich bald weichgekocht. »Ich finde es ja rührend, welche Gedanken du dir so über mich machst. Aber ich kann dich beruhigen: Sowohl Paul Bosma wie auch Theo Holz haben mich schon längst überzeugt, dass Ute und ich mal raus müssen, weg von hier, hin zu uns selbst. Und ich habe auch meine Vertretung geregelt und werde morgen mit Ute die möglichen Reiseziele besprechen.« »Aber, Jonni, wenn das so ist, warum weiß Ute das nicht schon längst?« »Spionierst du mir nach?«, fragte Hecht gereizt, und schon wieder zog ihm der Zorn sauer die Speiseröhre hoch.

»Wenn du die Tatsache, dass ich Ute anrufe und mich nach ihrem Zustand erkundige, als Spionage empfindest – nein, Jonni, so geht es doch nicht! Du warst unerreichbar, und wir haben uns um Ute gesorgt. Da habe ich sie angerufen und von ihr gehört, dass sie nicht weiß, wie es nun weitergeht, was du vorhast, ob du mit ihr wegfahren willst. Das bewegt sie doch, und die Ungewißheit belastet sie! Aber spionieren? Ach, Jonni, in welcher schlimmen Welt lebst du denn da? Fürsorglichkeit hat doch nichts mit Spionage zu tun.«

Hecht war es leid. Er war so müde, plötzlich, und deprimiert, dass er einfach nicht länger sprechen wollte. »Wir drehen uns im Kreis, Georg, und ich habe auch alles gesagt, was ich von mir aus beitragen kann. Sei mir nicht böse, aber wenn ich heute noch zu Ute will, und dazu muss ich hier erst einmal wegkommen, sollten wir jetzt aufhören. Ich habe zur Kenntnis genommen, dass du und Adelgund sehr besorgt darüber seid, dass ich mich nicht genug um Ute kümmere. Und du weißt jetzt, dass das nicht ganz so ist und ich einen schwierigen Weg zwischen Universität und Privatleben gehe. Dabei kommt Ute nicht zu kurz. Das kann ich guten Gewissens versichern. Und nun muss ich hier wirklich weitermachen. Die Welt steht leider nicht still, wenn ich persönliche Probleme habe. Also: Vielen Dank für eure Sorge; vielleicht brauch' ich euch demnächst hier auch wirklich. Aber im Moment kann ich meine Beziehung zu Ute allein gestalten und kenne ihre Probleme und Fragen längst. Grüß Adelgund von mir und verstehe ein bisschen meinen schwierigen Spagat!« »Bis bald, Jonni. Wenn du uns brauchst, melde dich. Und wenn wir wieder nichts von euch hören, werde ich dich wieder belästigen. Grüß Ute und sag ihr, dass wir an sie denken.«

Fehlt bloß noch, dass er sagt, sie beten für sie, dachte Hecht, immer noch unsicher und keineswegs von seinen Zorneswallungen befreit. Er raffte sich dann aber doch zu einem »Vielen Dank, und bis bald!«, auf, dann war das Telefon still.

Er stöhnte, ging an den Schrank, trank einen großen Schluck Cognac aus der Flasche und stellte das Telefon zu Frau Marschner um. Er sei jetzt für niemanden zu sprechen, sei einfach unsichtbar. Kein Telefon, nichts, niemanden! »Einen Kaffee?«, fragte Frau Marschner. Nein, nichts, nur wenigstens einmal eine halbe Stunde Ruhe, er sei schließlich kein Roboter, sondern ein Mensch.

Mein Gott, dachte Frau Marschner, der Bruder hat ihm aber wegen seiner Frau eingeheizt. Das ist ja auch richtig, schließlich ist er mit der und nicht mit der Fakultät verheiratet. Und sie nahm sich vor, noch einmal mit Felgenheber zu sprechen, dass Hecht unbedingt etwas entlastet werden müsse; der sei ja fast kein Mensch mehr. Und erst die arme Frau. Sie hatte Felgenheber schon einmal darauf angesprochen, dass man Hecht angesichts der Erkrankung seiner Frau etwas weniger belasten müsse. Aber Felgenheber hatte da nachdenklich gelächelt und gemeint, man könne Hecht nicht weiter entlasten, da er seine Belastungen beständig selbst produziere und jedes gelöste Problem alsbald durch Produktion eines neuen, noch schwerer lösbaren ersetze. Da könne man von außen wenig machen. »Es gibt Menschen, die brauchen so etwas eben.«

Nach dem Telefongespräch mit Georg hatte Hecht das Gefühl, die Probleme schlügen wie gewaltige Wellen über ihm zusammen. Er war müde und deprimiert und sah überhaupt nicht, wie es weitergehen konnte. Wenn er die Probleme mit Frau Wittmann und den Erpressern unter Kontrolle behalten wollte, musste er am Ort bleiben und gegebenenfalls schnell reagieren können. Wenn er aber hier bliebe, könnte er nicht mit Ute in ein Sanatorium fahren. Und das brächte nicht nur Georg und Familie, Paul und Holz gegen ihn auf, sondern würde ihn ganz sicher auch in der Fakultät und bei den Kollegen als besonders lieblos diskreditieren. Er saß wirklich in einer bösen Zwickmühle, und Angriff als beste Verteidigung ging hier überhaupt nicht. Er musste sich zwingen, nicht in Panik zu geraten. Aber er stand auch unter Zeitdruck. Spätestens heute abend musste er Ute besuchen. Und die wartete wirklich auf eine Perspektive. Er benötigte dringend ein Konzept, und dazu müßte er mit klarem Kopf seine Situation analysieren und einen Ausweg finden.

Er stand wieder auf, ging ins Vorzimmer zu Frau Marschner und teilte ihr mit, er fühle sich nicht wohl; schon den ganzen Tag habe er mit Kopfschmerzen und Übelkeit zu tun. Da er abends noch in die Klinik gehe, wolle er sich zu Hause mal etwas entspannt hinlegen und zu schlafen versuchen. Er komme heute auch nicht wieder herein, sondern verspreche sich mehr davon, morgen ganz früh wieder da zu sein und dann beide Schreibtische, den im Dekanat und den im Institut, abzuarbeiten.

»Man sieht Ihnen an, dass Sie völlig überarbeitet sind«, versuchte Frau Marschner ihn zu trösten. »Machen Sie wirklich mal eine Pause, Sie glauben nicht, wie das hilft.« »Na, hoffentlich!«, brummte er und ging.

Er ließ seinen Wagen in der Tiefgarage und ging zu Fuß in die Brunnenstraße. Das Wetter war wieder unfreundlicher geworden. Es hatte geregnet, war stark windig und kühl. Hecht empfand das als angenehm. Wäre er nicht so deprimiert und matt gewesen, hätte er versucht, mit Joggen wieder mehr Sauerstoff in sein Gehirn zu schleusen und die Trägheit zu verscheuchen. So aber fiel er in seinen Sessel und wäre am liebsten auf der Stelle eingeschlafen. Das ging aber nicht. Also brühte er sich einen Kaffee auf, konnte ihn aber dann nicht trinken; sein Magen sträubte sich mit aller Gewalt. Immerhin war er wieder leidlich wach. Er gab dem Drang nach, einen Cognac zu trinken; den bekam er auch hinunter, und der räumte im Magen etwas auf. Dann zwang er sich mit aller Kraft, die Probleme einmal systematisch anzugehen.

Bevor er eine Entscheidung treffen konnte, ob und gegebenenfalls wohin er mit Ute führe, musste er zu einer Einschätzung des Erpresserbriefs und Silkes Rolle kommen. Hinsichtlich deren Beteiligung war sein Verdacht ausgeräumt. Diese Verzweiflung war nicht gespielt; sie steckte nicht mit den Briefschreibern unter einer Decke. Unangenehm, ja wirklich scheußlich war, dass er nicht wusste, wer sie beobachtet hatte. War das nur einer, dann konnten sie, vorausgesetzt, Silke spielte da mit, einfach alles ableugnen. Aber würde Silke da mitspielen? Und wenn ja: dann steckte er untrennbar mit ihr in einer gemeinsamen Kalamität. Es würde vermutlich zu öffentlichen Diskussionen kommen, vielleicht musste er als Verteidigungsmaßnahme Strafanzeige gegen den Täter erstatten, wegen Erpressung oder Nötigung; und dann müßte Silke, gegebenebfalls unter Eid, alles abstreiten. Nein, das Risiko war ihm zu hoch. Es war nicht auszuschließen, dass ihn noch andere mit Silke in deren Wohnung hatten verschwinden sehen. Und dann hätten sie sich beide bis hin zum Meineid strafbar gemacht. Es war besser, den gemeinsamen Weg in den Stadtpark und anschließend in die Wohnung zuzugeben, das Verhalten in der Wohnung aber als gemütlichen Plausch oder als weiteres Besäufnis oder als was auch immer darzustellen, jedenfalls aber nicht als einen mehr oder weniger unfreiwillig herbeigeführten Sexualakt.

Siedend heiß fiel ihm ein, dass er sich diesen Weg selbst verbaut hatte, indem er gegenüber Ute, natürlich auch gegenüber Frau Marschner und wer weiß noch wem behauptet hatte, er hätte die Nacht in seinem Dienstzimmer auf dem Sofa verbracht. Er brach in Schweiß aus und sein Herz pochte bis zum Hals. Er versuchte, sich zur

Ruhe zu zwingen. In Panik machte er bestimmt Fehler, darum musste er sich jetzt zusammennehmen, nochmals ohne Furcht nach einem Ausweg suchen.

Ohne es überhaupt wahrzunehmen, füllte er das Cognac-Glas erneut und trank in kleinen Schlucken. Der Schnaps brannte im Mund und in der Speiseröhre und verstärkte nur das Sodbrennen, das ihn schon seit seinem Weggang aus dem Institut zwickte.

Also noch einmal von vorn: Wollte er bei der Version bleiben, er habe die Nacht im Institut verbracht, bestand die Gefahr, dass ihn mehrere beim Betreten von Silkes Haus beobachtet hatten und er der Unwahrheit überführt werden konnte. Auch war es zweifelhaft, ob Silke sich auf eine solche Lügengeschichte einlassen würde. Schließlich sprach auch dagegen, dass er sich völlig in Silkes Hand begab, wenn sie die Lügengeschichte doch mitmachte. Wie er aber dann Ute und Frau Marschner beichten könnte, dass seine erste Version der Nacht falsch war, schien ihm ein schwer lösbares Problem zu sein. Da verlöre er bei Frau Marschner gewaltig an Ansehen; und an Ute mochte er dabei überhaupt nicht denken. Trotzdem: Diese Kröte musste er schlucken, dass er den Gang in Silkes Wohnung einräumte.

Anders war es mit den Geschehnissen in der Wohnung. Hier konnte er davon ausgehen, dass es keine Beweismittel gab, außer Silke als Betroffener. Und es konnte eigentlich nicht in Silkes Interesse liegen, dass ihre Überrumpelung durch ihn bekannt wurde. Zum einen hatte ja sein stürmisches Vorgehen eine tiefe Abwehrhaltung, ja, Abscheu und Ekel bei ihr hervorgerufen, und das breitete sie sicherlich nur höchst ungern öffentlich aus. Zum anderen musste sie auch damit rechnen, dass er eine Vergewaltigung entschieden bestreiten würde – zu Recht, wie er meinte – und ihr niemand abnähme, dass sie sich ernsthaft gegen seine sexuellen Wünsche gewehrt hätte. Also musste es auch in Silkes Interesse liegen, die Nacht möglichst unverfänglich darzustellen. Natürlich wäre es immer noch wenig überzeugend, dass er in ihrer Wohnung mehrere Stunden lang nur Kaffee getrunken, sich unterhalten oder sonst wie relaxt hätte, ohne dass zwischen ihnen auch sexuelle Handlungen passierten. Aber seine starke Trunkenheit, die auch beim Fakultätsfest schon sichtbar war, könnte vielleicht doch erklären, warum er bei Silke untergeschlüpft war: nämlich, um seiner bekannt strengen Frau nicht volltrunken in die Arme zu laufen. Wenn er behauptete, er habe sich zur Ausnüchterung in den Stadtpark gesetzt, Silke habe ihn aus Sorge, er könne Opfer eines Diebstahls oder ähnlichem werden, begleitet und wegen der nächtlichen Unsicherheit des Ortes schließlich vorgeschlagen und auch durchgesetzt, seine Ernüchterung und das Ende des Rausches doch besser in ihrer ganz nahe gelegenen Wohnung abzuwarten, das Ganze sei also allein ein Akt der Fürsorge gewesen, dann entsprach das, zumindest was Silke anging, fast schon der Wahrheit. Und ganz so abwegig wie zu Anfang erschien ihm diese Version auch nicht mehr. Problematisch war allein die Korrektur gegenüber Ute und Frau Marschner und natürlich Silkes künftiges Verhalten. Wenn sie im Fall gerichtlicher Vernehmung oder auch nur in einer universitätsinternen Diskussion den Teil der Nacht verschwieg, der eigentlicher Zweck und Inhalt seines Besuches war, schonte sie ihn, machte aus ihrem Verhältnis zu ihm aber statt einer Dissertationsbetreuung eine vielleicht sogar strafbare Komplizenschaft.

Am besten wäre es natürlich, wenn es sich bei dem Erpresserbrief doch nur um einen Scherz handelte, einen einmaligen Versuch, ihn einzuschüchtern, ohne weitere, neue Versuche. Aber dazu schien Hecht der Hass, der aus dem Text sprach, und auch seine eigene, missliche Situation, zu eindeutig zu sein. Das ging bestimmt weiter. Also blieb zunächst nur abzuwarten. Es kam wirklich darauf an, was die Erpresser als nächsten Schritt vorhatten. Vermutlich setzten sie sich erneut mit ihm in Verbindung, und zwar demnächst. Da sie ihn nur über seine Privatanschrift oder über die Universität erreichen konnten, war es viel zu riskant, mit Ute in ein Sanatorium zu fahren. Denkbar wäre allenfalls ein Erholungsort in solcher Nähe von Altenfurt, dass er täglich ins Institut und die Wohnung fahren konnte. Aber dann wären sie in ihrem eigenen, bequemen Haus ja viel besser aufgehoben. Also musste er irgendwie erreichen, dass aus dem Sanatoriumsurlaub nichts wurde. Ursprünglich hatten sie beabsichtigt, die beiden mittleren Augustwochen nach Zypern zu fliegen – sie mussten wegen Utes Berufstätigkeit in den Schulferien reisen. Das fiel zwar jetzt flach. Er konnte immerhin vorgeben, seine gesamte Terminplanung darauf eingerichtet zu haben, bis zum 8. August und wieder ab 22. August in der Universität anwesend zu sein bzw. feste auswärtige Verpflichtungen eingegangen zu sein. Wenn er dann anbot, im August möglichst viel im Haus zu bleiben, sich um Ute zu kümmern, auch kleine Ausflüge mit ihr zu unternehmen, im übrigen aber einmal täglich in die Universität zu gehen, um Post zu erledigen und den Betrieb am Laufen zu halten, könnte ihm das eigentlich niemand übelnehmen. Natürlich würden Georg, Paul und auch andere wenig Verständnis für ihn aufbringen, und Ute wäre vermutlich auch enttäuscht. Aber hier stand ja viel mehr auf dem Spiel: seine Reputation, seine Stellung in der Universität und letztlich auch seine Ehe.

Also musste er Schadensbegrenzung betreiben und von zwei Übeln das geringere wählen. Dabei durfte er allerdings niemandem eine wahrheitsgemäße Begründung dafür geben, warum er sich so verhielt.

Obwohl sich nun abzeichnete, wie diese unglückliche Geschichte weitergehen könnte, ließen Hechts Spannung und der psychische Druck keineswegs nach, denn die schwierigen Schritte mussten ja erst noch getan werden, gegenüber Ute wie gegenüber Silke. Dabei schien ihm das Gespräch mit Ute, welches auch als erstes anstand, viel schwieriger als das mit Silke zu sein.

Zum Glück fiel ihm Heike ein. Als sie von Utes Erkrankung gehört hatte – nicht Hecht hatte sie informiert, sondern Frau Marschner, bei der Heike schließlich angerufen hatte, weil es ihr seit Tagen nicht gelungen war, Telefonkontakte zu ihren Eltern herzustellen –, war ihre erste Reaktion, dass sie anbot, sofort nach Hause zu kommen und zu helfen. Da sie aber bis zum Semesterende ihre Diplomarbeit abschließen wollte, kamen Ute und Hecht mit ihr überein, dass diese Vorrang habe und man später gern auf ihr Hilfsangebot zurückkomme. Auf dieses konnte Hecht natürlich zurückgreifen. Wenn Heike dann im August und vielleicht auch noch in der ersten

Septemberhälfte die Pflege der Mutter übernahm, war das ideal; Jörn kam für so etwas ja wohl nicht in Betracht und war in Edinburgh auch zu weit ab vom Schuss.

Also, das gab doch schon ein vorzeigbares Konzept: Heike kommt in den Semesterferien und kümmert sich um die Mutter. Dann brauchten sie auch wieder eine Haushaltshilfe fürs Grobe; Putzen, Waschen, Fensterreinigung. Das alles hatte früher Frau Bertram ausgeführt. Als aber beide Kinder aus dem Haus gingen und auch Frau Bertram, inzwischen fast 70, nicht mehr wollte oder konnte, hatte Ute sich entschlossen, die Hausarbeiten selbst zu übernehmen, sofern für die Fensterreinigung ein entsprechendes Unternehmen beauftragt wurde. So war es mehrere Jahre gut gegangen – jedenfalls hatte Hecht nichts Gegenteiliges vernommen, und Ute hatte sich auch nicht beklagt.

Diese Arbeiten würde sie wohl auf absehbare Zeit nicht mehr ausführen können. Also müsste er sich außerdem nach einer Haushaltshilfe umsehen. Vielleicht konnte ihm ja Frau Marschner einen Hinweis geben, die unterhielt doch nach seinem Eindruck guten Kontakt mit den Reinigungskräften des Juridicums.

Eigentlich, so fand Hecht, war die Überlegung, nicht wegzufahren, durchaus sinnvoll, auch im Interesse Utes, denn in der gewohnten Umgebung und dem, was Komfort und Behaglichkeit anging, jedem Sanatorium überlegenen eigenen Haus würde sie sich viel wohler fühlen als anderswo. Und er würde sich bemühen, so viel wie möglich daheim bei Ute zu sein und seine Universitätsbesuche auf ein, zwei Stündchen täglich zu beschränken. Heike könnte ihn bei Ute vertreten, wenn wirklich einmal ein auswärtiger Termin wahrzunehmen war. Selbst ohne seine eigentlichen geheimen Gründe gegen eine Reise schien ihm eine Rekonvaleszenzphase im eigenen Heim das bessere Los zu sein. Mit dieser Gewissheit gewann er so viel Mut und Entschlusskraft zurück, dass er sich einem Gespräch mit Ute zu diesem Thema gewachsen fühlte.

Obwohl er von der Brunnenstraße bis zum Universitätsklinikum zu Fuß bestimmt eine gute halbe Stunde benötigte, entschloss er sich zu diesem Marsch. Die kühle Luft und der leichte Regen, der jetzt wieder einsetzte, würden ihm helfen, die nötige physische und psychische Konstitution zu erreichen, die für das Gespräch mit Ute erforderlich war.

In der Klinik fand er ihr Zimmer leer. Noch bevor er darüber nachdenken konnte, was das zu bedeuten habe, erschien sie im Bademantel in der Tür. Den rechten Arm hielt sie noch etwas abgewinkelt, war aber im übrigen ausgesprochen munter und versuchte, ihn mit dem nicht in Mitleidenschaft gezogenen linken Arm zu umfangen. Sie gab ihm einen Kuss, freute sich an seiner Verblüffung und teilte ihm, wobei ihr doch eine Träne über die Wange kullerte, mit, dass sie über das Wochenende »Heimaturlaub« bekäme. Und dann müsse sie in der nächsten Woche nur nochmals am Montag und Dienstag da bleiben. Das letzte bisschen werde später ambulant erledigt.

»Aber das ist ja ganz wunderbar«, heuchelte Hecht Begeisterung. »Dann können wir ein ganz persönlich-intimes Wochenende gestalten, gemütlich und nur für uns allein, wie wir uns das schon lange nicht mehr gegönnt haben.«

Ute machte auf Hecht einen deutlich stabileren Eindruck als an den vorangegangenen Tagen. Ihre Augen waren nicht mehr so mutlos, und fast schien es, als wären auch all ihre grauen Haare über Nacht verschwunden. Irgendwie schien sie erleichtert zu sein und wieder voller Optimismus. Hoffentlich hat diese Euphorie nichts mit Reiseplänen zu tun, die Paul ihr eingeblasen hat, dachte Hecht, der schon größte Komplikationen vorhersah, ihr dann diese Reisepläne wieder ausreden zu müssen. Aber zu seiner Überraschung fand sie seine Überlegung, was alles für eine Erholung im eigenen Hause sprach, sehr einleuchtend, insbesondere, da er, Hecht, dann ja den für ihn wohl lebensnotwendigen Kontakt zum Institut aufrechterhalten konnte, ohne sie dabei vernachlässigen zu müssen. »Ach, Hans, wenn du nur lange genug in einem Logis wie diesem zugebracht hast, dann weißt du erst den Wert deiner eigenen vier Wände zu schätzen. Mein Bedarf an auswärtiger Unterbringung ist hier für längere Zeit befriedigt worden. Ja, die Idee mit dem Urlaub in der Brunnenstraße ist so gut, die könnte glatt von mir sein.«

Hecht fiel der sprichwörtliche Stein vom Herzen. Wenn sich alle Probleme so elegant und wie von selbst lösten, konnte er etwas zuversichtlicher in die Zukunft blikken.

Er wollte noch zur Universität gehen. Zum einen hatte er einige Akten liegen lassen, deren Inhalt er morgen kennen sollte; zum anderen wollte er das Auto nicht über Nacht unbewacht in der Tiefgarage stehen lassen. Er versprach, morgen kurz hereinzuschauen und sie am Samstag gleich früh um 8.00 Uhr heimzuholen. Paul, der sich bei Ute noch angesagt hatte, würde dann von ihr darüber informiert, dass sie die Rekonvaleszenz in ihrem eigenen Haus einleiten wollten.

Als Hecht zur Universität ging, hatte sich fast etwas von Utes positiver Stimmung auf ihn übertragen. Jetzt musste er nur noch die Prinzessin überzeugen und auf seine Strategie einschwören, dann konnte er erst einmal abwarten.

Georg, den er abends anrief, um ihm die erfreuliche Entwicklung in Utes Befinden mitzuteilen, zeigte zunächst wenig Begeisterung von den abgeblasenen Reiseplänen. Schließlich schien Hecht aber auch ihn überzeugt zu haben. Georg erwiderte nämlich nur noch: »Vielleicht habt ihr recht, dass es für Ute besser ist, im eigenen Haus zu bleiben. Die Vorstellung, mit einem Windhund wie dir in einem stillen Sanatorium unter lauter halbtoten Leuten zwei Wochen verbringen zu sollen, ist für sie dann doch zu abschreckend. Wenn sie das von sich aus so sieht, geht es aufwärts mit ihr. Mensch, Jonni, hast du ein Glück mit deiner Frau! Selbst mit ihrer Krankheit richtet sie sich nach dir. So eine tolle Frau, und ein solcher Luftikus!«

»Wollen wir tauschen?«, fragte Hecht provokant lachend. »Frechheit!«, schallte es aus dem Hörer, dann hatte Georg aufgelegt.

In der Nacht konnte Hecht etwas besser schlafen. Am Freitag stand er früh auf, joggte fast eine Stunde und saß danach völlig erschöpft und deprimiert am Küchentisch. Seine Kondition war ganz schlecht. Die Bewegungsarmut der letzten beiden Wochen, die Aufregungen und der gewaltige psychische Druck, der angesichts der ungeklärten Erpresseraffäre auf ihm lastete, verfehlten ihre Wirkung nicht. Er fühlte sich ausgebrannt und leer. Am liebsten wäre er doch verreist, weit weg von Altenfurt, unerreichbar für Post und Telefon. Aber er wusste auch, dass das schwierigste Stück Schadensbegrenzung erst noch zu leisten war. Ein Krieg an mehreren Fronten stand bevor; nur mit guten Nerven und Gelassenheit käme er halbwegs glimpflich aus dieser unseligen Geschichte. Und, das war ihm schmerzhaft bewusst, mit irgendjemandem beraten konnte er sich hier nicht. Es kam ganz allein auf ihn und seine richtigen Reaktionen an.

Im Institut sowie im Dekanat gab es keine besonderen Vorkommnisse. Silke blieb unsichtbar – es war ihm recht. Er musste Protokolle lesen und abzeichnen, unendliche Mengen von Zwischenzeugnissen, sogenannte »Scheine« abzeichnen; mit Felgenheber beriet er nochmals die verschiedenen Ferienklausurenkurse, die die Fakultät in der veranstaltungsfreien Zeit bis Mitte Oktober für Examenssemester anbieten wollte. Bei den Posteingängen waren auch Einladungen zu verschiedenen Fachtagungen im September und Oktober, zu denen er sich hatte vormerken lassen. Es könnte ein wirklich schönes Reiseprogramm ergeben, zwischen September und November, wenn – ja, wenn ihm diese verdammte Erpresseraffäre keinen Strich durch die Rechnung machte. Er sagte alle Reisen ab. Vordringlich war jetzt, die Zeit mit Ute erträglich zu gestalten, eine Regelung für die nächsten Monate zu finden, die Ute schonte, ihm aber ermöglichte, alle Unwägbarkeiten im Auge zu behalten und bei Bedarf schnell zu handeln.

Zu seiner angenehmen Überraschung verlief das Wochenende völlig frei von Störungen und Irritationen. Ute lebte in ihrer häuslichen Umgebung auf, war voller Optimismus und machte Pläne für die nähere Zukunft. Mit Heike wurde telefonisch verabredet, dass sie ab der letzten Juliwoche für zunächst einen Monat nach Altenfurt komme und der Mutter behilflich sei. Von Jörn, den Heike verständigt hatte, lag ein besorgter Brief vor. Auch er bot einen Besuch an, was aber als zu aufwendig wieder verworfen wurde. Am Sonntag kamen Paul und Erika Bosma schon am Vormittag. Zum Tee am Nachmittag kam Utes Schulleiterin mit Blumen und schenkte ihr den neuen Wasserwanderführer durch Mecklenburgs Seenplatte.

Als Hecht Ute dann abends ins Klinikum zurückbrachte, waren sich beide wieder näher gekommen. Fast schien es Hecht so, als ob Ute ihn mit anderen Augen angesehen hatte, viel toleranter, verständnisvoller, ja fast wie mit etwas Liebe.

Spätabends, in seinem Sessel hörte er eine Mozart-CD, wurde ihm auf bedrückende Weise deutlich, was er alles bei dieser verdammten Geschichte mit Silke aufs Spiel gesetzt hatte. Nein, es lohnte wirklich nicht, wegen dieser kleinen Doktorandin das, was er sich mühsam erarbeitet hatte, infrage zu stellen: beruflichen Erfolg, Frau, Kinder, Familie.

Das würde ihm eine Lehre sein. Nie wieder würde er solche kindlichen Seelchen wie Silke umflirten. So etwas von Hilflosigkeit und Naivität war unerträglich. Was war er dumm gewesen, auf diese schöne Kindfrau hereinzufallen; jetzt lag ein Trümmerhaufen vor ihm, und er war dafür verantwortlich. Doch er wollte nicht kampflos aufgeben. Auch wenn er zur Zeit nur abwarten konnte: aus diesem Tal der

Tränen würde er sich wieder herausarbeiten. Noch war nichts verloren, und bisher hatte er alle schwierigen persönlichen Probleme lösen können. Was nicht mit Vorwärtsverteidigung zu retten war, hatte er ausgesessen. Also: »Angst ist ein schlechter Ratgeber«, sagte er laut und fand mit dieser Überzeugung den Weg ins Bett.

Hecht hatte den Zypernurlaub, der für die mittleren Augustwochen vorgesehen war, abgeblasen. Stattdessen wollte er die letzte Juli- und die erste Augustwoche weitgehend zu Hause bleiben. Für den Rest des August plante er, verschiedene Aufsätze zu beginnen oder abzuschließen. Eine Anfrage des Städtetages, ob er mit seinem Institut eine große Querschnittsuntersuchung im Bereich des vertikalen Finanzausgleichs übernehmen könne, versprach neben einigem Gutachterhonorar auch ein politisch hoch umstrittenes Thema, mit dem man gut publizieren und vielleicht auch eine Doktorarbeit vergeben konnte. Die American Law Society fragte an, ob Hecht nicht im Winter einige Vorträge halten könne; Honorar und Reisekosten stünden bereit. Und der Präsident der Universität machte etwas unklare Andeutungen, man werde wohl in nächster Zeit dringend die Hilfe der Juristen benötigen. Es braue sich auf Landesebene etwas zusammen, was viele Fakultäten in arge Not führen werde – er könne nicht deutlicher werden, aber er sehe das Unheil kommen und rechne sehr mit Hechts Hilfe.

Sei es, dass Hecht das, wie er es nannte, »Erpresserproblem« verdrängt hatte, sei es, dass ihn der Betrieb in Fakultät und Institut zu Semesterende ganz absorbiert hatte: Er konnte wieder unbelastet arbeiten und dachte tagelang nicht mehr an die Sorgen. Einzig Silke erinnerte ihn daran, dass da noch nicht entschärfte Minen auf seinem Weg lagen und er keineswegs in Sicherheit war. Er hatte eine Arbeitsbesprechung mit ihr durchgeführt und war etwas erschrocken über ihren Zustand. Sie wirkte immer noch verstört, sah ganz grau und krank aus. Die Falten zwischen Nase und Mundwinkeln waren tiefer geworden, und für jeden, der sie vorher gekannt hatte und jetzt sah, war sie eine einzige Anklage gegen ihn. Aber, verdammt noch mal, sie hatte sich das auch selbst zuzuschreiben. Sie hatte ihn doch zu sich eingeladen und hatte das so gewollt, oder zumindest ungefähr so. Hecht verdrängte das Gespräch mit Silke schnell wieder; er durfte sich jetzt nicht zusätzlich belasten, sondern wollte erst einmal einen Teil zu Utes Wiederherstellung leisten – und das schien zu gelingen.

Den Institutsmitarbeitern und auch Felgenheber und Frau Schön war nicht entgangen, wie krank und elend Silke immer noch aussah. Das Institutsfest schien sie mächtig aus der Bahn geworfen zu haben, wenn sie jetzt, nach mehr als drei Wochen, immer noch so wirkte, als habe man ihr gerade eröffnet, sie leide an einer unheilbaren Krankheit.

Frau Marschner zerfloss vor Mitleid, bot ihr an, für sie Essen zu kochen, welches besonders magenschonend sei – Silke lehnte matt und freundlich ab. Rosky erbot sich, die Silke von der Fakultät zugewiesenen 12 Hausarbeiten über die Ferien zu korrigieren, damit sie mal ausspannen könne – Silke wollte nicht. Maywitz, der sich seit dem Fakultätsfest in der Rolle eines väterlichen Freundes wähnte, wollte mit

Hecht sprechen, dass Silke mehr geschont werde, mal Urlaub machen müsse – auch er fand keine Gegenliebe.

Inzwischen war, ohne dass Hecht es bemerkt hatte, im Institut durchgesickert, dass es wohl eine böse Auseinandersetzung zwischen ihm und Frau Wittmann gegeben habe. Frau Marschner machte Andeutungen, Hecht habe gebrüllt, dass es durch die Doppeltür geschallt sei, und Frau Wittmann wäre in Tränen aufgelöst gewesen, dabei sei das arme Ding doch ohnehin noch krank.

Da man nichts Genaues wusste, spekulierte man: Hecht, der ja – wie man wusste – kein Kind von Traurigkeit war, hatte sich bei seinem Freisemester in Speyer eine Freundin zugelegt und diese dann überredet, nach Altenfurt zu kommen. Nun, nach der schweren Erkrankung seiner Frau, hatte er diese Beziehung beendet; es sei eben nicht mehr gegangen. Und in dieser Streitsitzung mit Frau Wittmann hatte er ihr die Beendigung ihrer Favoritinnenrolle wohl etwas drastisch deutlich gemacht.

Die einen, die Frau Hecht weniger mochten, sie für elitär und langweilig hielten, empfanden nun lebhaftes Mitleid mit Frau Wittmann; sie sei förmlich wie ein altes, abgetragenes Kleid abgelegt und weggehängt worden. Die anderen, die Mitleid mit Frau Hecht hatten, bewunderten, wie sie all die Eskapaden ihres Mannes ertrug und nun noch den Kampf gegen die schwere Krankheit aufzunehmen hatte. Sie mochten Frau Wittmann nicht. Dass nun die Rolle der Favoritin ausgespielt war und Hecht offenbar ganz zu seiner Frau zurückfand, das geschah der Prinzessin recht; das hatte sie mehr als verdient.

Hecht selbst bekam von diesen Gerüchten weiterhin nichts mit; zum einen war er gewohnt, nicht auf Gerede am Institut oder in der Fakultät zu hören; zum anderen war er so mit sich beschäftigt, dass er einfach keine Antenne für diese Art von Informationen besaß.

Natürlich machte sich auch Felgenheber Gedanken; und Frau Schön sah er an, dass sie sich ebenfalls für Silkes und Hechts Beziehungen zu interessieren schien. So wunderte es ihn auch nicht, dass Wally ihn in der letzten Juliwoche – Hecht war überwiegend zu Hause, und im Dekanat herrschte etwas Ruhe – bat, ihr einmal ein halbes Stündchen für ein vertrauliches Gespräch einzuräumen. Sie brauche einen Rat, und sie könne eigentlich nur mit ihm darüber sprechen.

Zwischen Wally und Felgenheber bestand, eher ungewollt und zufällig, ein gewisses Vertrauensverhältnis. Wally wusste nämlich etwas aus Felgenhebers Lebenslauf, was in der Fakultät nie jemand erfahren hatte. Der, was seine eigene Person anging, äußerst diskrete, verschwiegene Felgenheber trug nämlich wie einen schweren Rucksack ein persönliches Problem mit sich herum – seine gescheiterte Ehe.

In Altenfurt galt er als Hagestolz, der vor lauter Fakultätsarbeit, Professorendienerei und Pflichtbewusstsein einfach nicht dazu kam, mehr als einen freundlichen Blick auf das Kontingent zugänglicher Weiblichkeit in der Universität zu werfen. Vielleicht war er ja schwul, aber dafür gab es auch keinerlei Indizien. So kommunikativ er in der Fakultät erschien, so verborgen blieb sein Privatleben. Er lebte allein, reiste im Urlaub weit weg, sprach nicht darüber, war unauffällig.

Tatsächlich hatte er sich als Student in Erlangen hoffnungslos in eine Studentin der dortigen Pädagogischen Hochschule verliebt. Sie war Tochter eines Professors der Philosophischen Fakultät der Universität und zu Hause sehr verwöhnt worden. Als sie von ihm schwanger wurde, war klar, dass sie heirateten. Felgenheber war im siebten Himmel. Er liebte seine Frau; die Schwiegereltern waren alles andere als glücklich. Immerhin besorgten sie dem jungen Paar eine Wohnung und drängten ihre Tochter, das Studium auf jeden Fall abzuschließen. Dazu kam es zunächst nicht; Petra wurde wieder schwanger. Die Kritik der Schwiegereltern wurde lauter. Felgenheber, inzwischen Referendar, versuchte, so gut wie möglich mit seinen familiären Verhältnissen umzugehen. Er entwickelte ungeahnte Fähigkeiten bei der Kinderbetreuung. Er legte sie trocken, wickelte sie, fütterte sie, kochte Brei und bereitete Fertignahrung. Petra studierte wieder, musste aber so viel mithelfen, dass an ein Examen nicht zu denken war. Sie war unzufrieden mit ihrem Schicksal, wollte etwas erleben, Reisen, Theater, Oper ...

Es kam, wie es dann leicht kommt. Zwar schaffte er die Promotion; im Assessorexamen fiel er durch. Seine Schwiegereltern hielten ihn für einen völligen Versager; sie stachelten Petra gegen ihn auf. Er verschob die Examenswiederholung, jobbte in der Universität als Hilfskraft, hütete die Kinder. Petra machte doch Examen, hatte sich mit einer etwas üppigen, jungen Mitstudentin angefreundet, einer gewissen Walburga Schön, die wie Felgenheber selbst aus Westfalen stammte. Walburga, die nur Wally gerufen wurde, führte seine Frau in die alternative Szene ein. Beide durchstreiften nächtelang die Feministinnenquartiere, probierten, ob sie lesbisch seien, beklagten ihre Arbeitslosigkeit als Lehrerinnen und machten Felgenheber das Leben zur Hölle.

Dann erschien Gunther auf der Bildfläche, smart, locker, männlich und Zahnarzt. Petras Herz flog Gunther zu; der verfügte über jenen besonderen Charme, der durch eine gefüllte Brieftasche gespeist wird. Gunther war der Wunschkandidat von Petras Eltern. Auf einmal konnte ihre Mutter die Kinder betreuen, damit Petra mehr Zeit für Gunther behielt. Walburga wurde abserviert – sie verzog zu einem Typen nach Altenfurt. Petra wohnte mit den Kindern in ihrem Elternhaus; Felgenheber blieb ausgesperrt. Man trennte sich – er liebte Petra immer noch, konnte sich nicht wehren, wurde geschieden. Zwei mal zwei Ferienwochen pro Jahr standen ihm später die Kinder zu; sie mochten ihn. Er mietete in diesen Wochen immer ein Wohnmobil und ging mit den Kindern, zwei Jungen, auf große Fahrt. Kein Wort fiel dabei über Gunther, nur wenig wurde über Petra gesprochen.

Der Zufall hatte Felgenheber später nach Altenfurt verschlagen. Er hatte gerade doch noch das Assessorexamen bestanden, da erhielt ein Assistent seines Erlanger Doktorvaters einen Ruf nach Altenfurt. Er überredete Felgenheber, als Assistent mitzugehen und sich zu habilitieren. Felgenheber ging schweren Herzens, er liebte Petra immer noch.

Zur Habilitation reichte es nicht; sein Organisationsgeschick, seine liebenswürdig zurückhaltende Art und sein ausgeprägtes Verantwortungsgefühl machten ihn dagegen sehr schnell zum unentbehrlichen Helfer jeden Dekans. Als später der eigentliche Fakultätsassistent, der Akademische Oberrat Dr. Poggenpohl, vorzeitig wegen Krankheit in den Ruhestand versetzt wurde, gab es gar keine Diskussion in der Fakultät: Als Nachfolger kam nur Felgenheber in Betracht. Und diesem war die Stelle des Lebenszeitbeamten sehr recht. Das Einkommen reichte ihm, die Sicherheit der lebenslänglichen Versorgung beruhigte ihn, und falls es ihn doch noch zu höheren Positionen zöge, konnte er immer noch den Versuch mit der Habilitation fortsetzen.

Auf Wally war er schon kurz nach seiner Übersiedlung gestoßen; er hatte sie zunächst nicht erkannt. Sie sah verwildert aus, fiel ihm sofort um den Hals und roch stark nach Alkohol. Mit Bewunderung verfolgte er später, wie sie sich aus ihrer desolaten Lage herausarbeitete. Zunächst die Entziehung, dann die Umschulung. Als Frau kam sie für ihn nicht in Betracht, wohl aber als Kumpel. Sie hatte noch losen Kontakt mit Petra; von ihr erfuhr er, dass diese von Gunther geschieden wurde. Gunther hatte eine junge Italienerin kennen gelernt. Jetzt wollte er Petra loswerden. »Geschieht ihr ganz recht«, hatte Wally angemerkt, »Dich hat sie ja auch so abgewickelt.« Felgenheber sagte nichts. Er liebte die ursprüngliche Petra zwar immer noch, aber jetzt war das nicht mehr die Petra, die seine Frau geworden war. Die Petra, die von Gunther verlassen wurde, war eine andere Frau, seine war ihm vor vielen Jahren schon abhanden gekommen – unwiederbringlich.

Als Wally sich später um die Vertretung der Dekanatssekretärin bewarb – den Tipp hatte Felgenheber ihr gegeben –, half er diskret, dass die Auswahl auf sie fiel. Er hatte es nicht bereut. Wally hielt absolut loyal zu ihm, half ihm, wo sie konnte, und hielt doch die Distanz ein, die sie beide für unerlässlich hielten.

Nun also brauchte Wally einen persönlichen Rat. Das kam selten vor, aber Felgenheber fühlte sich nicht belästigt, eher schon geschmeichelt, dass sie ihn ins Vertrauen zog.

Zu Felgenhebers Überraschung drehte sich das Gespräch, zu welchem sie kurzfristig ein nahe gelegenes kleines Café besuchten, um Hecht und Silke. Wally war voll Mitgefühl für Silke und fand deren Situation als abgelegte Geliebte höchst unerfreulich. Dabei ging sie von der geläufigen Version aus, Hecht habe seine Freundin aus Speyerer Tagen nach Altenfurt geholt. Felgenheber widersprach. »Ich bin mir fast sicher, dass die Prinzessin nicht seine Geliebte war. Zufällig weiß ich von einem Münsterschen Kollegen, dass sie dort eine unglückselige Liaison mit einem Richter hatte. Mein Kollege ist nämlich mit einem anderen Juristen befreundet, der Silke zutiefst verehrt, wegen dieses Richters aber nicht zum Zuge gekommen ist. Als der Prinzessin die Angelegenheit in Münster über den Kopf wuchs, hat sie sich abgesetzt. Sie hat beiden einen Korb gegeben und sich an ihren ehemaligen Seminarleiter aus Speyer erinnert. Der hatte schon dort ein Äugelchen auf das schöne Kind geworfen und ihr als Köder die Promotion versprochen. Und als sie sich wieder meldete, ein Stipendium mitbrachte, hat er die Falle für sie aufgestellt. Er ist eben wirklich ein echter Räuber mit untrüglichem Jagdinstinkt. Diese ganze Computerei mit ihr in ihrer Wohnung war ja nur eine Vernebelungsaktion, vertrauensbildende Maßnahme, »Anfetten des Köders«, würden die Jäger sagen. Und nach dem Fakultätsfest hat er die Falle zuschnappen lassen. So Hechte, die fressen kein Aas, es sind ja schließlich keine Aale. Die wollen nur lebendige Fische, solche, die noch ordentlich zappeln. Ja, ja, so muss das gewesen sein. Sie hat geglaubt, das ist ein Karpfen, der da um sie herumschwimmt, und dann ist das ein Hecht! Und der hat sie jetzt gebissen.«

»Au, Mann, Herbert, wenn du recht hast, wie blöd muss dann die Kleine gewesen sein! Gibt's das denn überhaupt, dass jemand so doof ist? Und du meinst, er hat sie nach dem Fakultätsfest dann so einfach aufgeknackt wie eine Auster?«

»Ich weiß es nicht. Ich bin ihm nicht nachgegangen. Ich weiß nur, dass sie gegen elf Uhr verschwand, praktisch gleichzeitig mit ihm. Ich hab mir bei ihm nichts Böses gedacht. Vielleicht geht er mal pinkeln oder so. Beide blieben aber verschwunden. Ich bin bis gegen eins geblieben, da war das Fest vorbei. Ich bin als Letzter gegangen. Er soll dann am Morgen gegen sechs im Juridicum wieder aufgetaucht sein. Er habe ausgesehen wie ein Geist, sagt die Putzfrau, sie habe sich fürchterlich erschreckt. Und dann hat er verbreitet, er sei betäubt worden, habe die ganze Nacht im Institut herumgelegen, vergiftet und beraubt. Das ist doch alles Quatsch! Die Falle war zu, das Fischlein hat mit den Flossen geschlagen, der Hecht hat zugebissen. So einfach ist das. Und die Folgen kannst du besichtigen, du brauchst beide nur anzusehen.«

»Herbert, jetzt kommt mein Problem«, erwiderte Wally. Felgenheber sah sie neugierig an. »Kannst du mir schwören, dass du alles, was ich dir jetzt sage, für dich behältst?« Felgenheber sah sie noch überraschter an. »Wenn du da Angst hast, behalt dein Geheimnis lieber für dich!«, wiegelte er ab. »Aber du sollst mir einen Rat geben, das wolltest du auch. Und dafür muss ich dir etwas berichten, was außer dir niemand wissen darf.«

Wieder wehrte Felgenheber ab. »Geheimnisse bleiben in Altenfurt nie verborgen. Und wenn deines herauskommt, möchte ich lieber nicht zum potenziellen Kreis der Verräter gehören.« »Also: Schwörst du, oder schwörst du nicht?«, verkürzte Wally die Diskussion. »O.k., ich schwöre!«, stimmte Felgenheber schließlich zu.

Wally sprach ganz leise, obwohl das Café nahezu leer war. »Du weißt, dass ich ab und an noch mit Charly zusammen war. Und weil der eifersüchtig auf Hecht ist – völlig grundlos, aber sei's drum – stand er mit dem Wagen am Hauptausgang, um mich abzuholen. Als ich herauskam, kurz nachdem Hecht und die Prinzessin verschwunden waren, stand nur das Auto dort, Charly war weg. Ich habe mich reingesetzt und gewartet. Nach längerer Zeit kam Charly angerannt und hat erzählt, direkt vor seinem Auto seien zuerst die Prinzessin und dann Hecht erschienen. Sie seien sich sofort um den Hals gefallen; dann hätten sie sich in den Stadtpark davongemacht; er hinterher. Aus dem Gebüsch habe er sie aus drei Metern Entfernung beobachten können. Der Hecht hätte die Prinzessin oben herum entblättert und dann von oben nach unten abgenuckelt. Weil es den beiden zu ungemütlich geworden sei, hätte die Kleine Hecht an die Hand genommen, und sie seien zu ihrer Wohnung gegangen und darin verschwunden. Nun wollte Charly mich als Zeugin dabei haben, um Hecht des sexuellen Missbrauchs seiner Doktorandin zu überführen. Charly war wie besessen von Wut und Hass auf Hecht. Er wollte dessen Frau anrufen und dazubestellen. Er brüllte, er mache Hecht und seine ganze Sippschaft fertig, er war außer sich.« »Und was hast du gemacht? Hast du Hecht gewarnt?«

»Wie denn? Der steckte doch unerreichbar in der Wohnung der Prinzessin. Nein! Ich habe Charly eine gescheuert und zurückgebrüllt, er solle das lassen, es gehe ihn einen Scheißdreck an. Und mich sollte er ganz da heraushalten. Ich wollte da nicht hineingezogen werden. Und überhaupt, seine ganzen miesen Geschäfte kotzten mich an, er solle mich in Ruhe lassen, verschwinden und nicht wieder auftauchen.« »Ja, und dann?« »Dann hat er gedroht, er mache den Hecht jetzt fertig und mich dazu. Wir würden uns alle noch wundern. Und dann ist er zornig im Auto sitzen geblieben. Ich bin herausgesprungen und wieder ins Juridicum rein. Mein Gott, ich war aufgeregt und hatte Angst. Zum Glück kam gerade ein Taxi; das hatte sich wohl einer der Profs bestellt. Ich hinein in das Taxi und nach Hause. Ich hab die Tür verrammelt, und erstmal geheult. Als es dann wieder ging, hab ich überlegt, was ich machen soll. Es war nach Mitternacht. Sollte ich die Prinzessin anrufen und warnen, vor ihrer Tür stünde ein Verrückter und wolle Hecht fertigmachen? Oder sollte ich Frau Hecht anrufen? Ich hab gar nichts gemacht. Ich hab Mineralwasser getrunken und bin ins Bett gegangen.«

»Das ist die ganze Story?«, fragte Felgenheber. »Das erzählen sich die Leute ohnehin schon, dass er was mit der Prinzessin hatte und dass er ihr neulich wegen der Krankheit seiner Frau den Laufpass geben musste. Die Details sind dabei doch unwichtig. Und der Gehalt der Geschichte trifft zu.« »Herbert, du verstehst mein Problem nicht.« »Doch, doch! Du fragst dich, ob du genug unternommen hast, um Charly von seiner Nachspioniererei abzuhalten.«

»Nein, oder besser, das auch. Aber überleg doch mal: Hätte ich Hecht nicht warnen müssen, ja, muss ich ihn nicht noch jetzt warnen, dass er von einem erbitterten Feind beobachtet worden ist und dass er sich kein falsches Alibi mit der Prinzessin ausdenken soll, weil er doch erwischt worden ist.«

Felgenheber sah nachdenklich in seine Kaffeetasse. Dann versuchte er, die Geschichte etwas zu ordnen. »Also, was geschehen wäre, wenn, und was du hättest tun können, als seinerzeit ... usw., usw. – das führt zu nichts. So wie es aussieht, hat Charly ja nichts unternommen. Es ist jedenfalls nichts von ihm bekannt geworden. Man könnte daran denken, dass Charly, wenn überhaupt, Hecht gezwungen hat, die Kleine loszulassen. Das wäre eine gute Tat, da sollte man ihn nicht hindern. Aber ich glaub auch das nicht. Warum sollte er die Kleine aus Hechts Falle befreien? Nein, er wird sich überlegt haben, dass es bei Erpressungen kaum ein Zurück gibt und fast alle Fälle an der Geldübergabe scheitern. Und wenn er Gerüchte über Hecht und die Kleine verbreitet – das ist doch keine Neuigkeit; die Eingeweihten vermuten das längst alle. Nein, Wally, wenn du meinen unmaßgeblichen Rat hören willst: laß es auf sich beruhen. Schreib Charly in den Wind, den kannst du nicht retten. Allenfalls zieht er dich mit in den Sumpf. Sei nicht sentimental; der Charly, den du damals gemocht hast und der dir geholfen hat, wieder Land unter die Füße zu kriegen, der ist nicht wieder zu beleben. Das ist vielleicht bitter für dich, aber im Grunde weißt du das ja alles. Und was Hecht angeht: lass den mal ruhig etwas schwitzen. Der und seine schöne Prinzessin sind beide raffiniert genug, um nicht unterzugehen. Hecht hat sich bei der Prinzessin völlig demaskiert; nur die und sonst niemand könnte ihm jetzt ernsthaft Schwierigkeiten machen. Und dass das nicht eintreffen wird, darauf nehme ich Wetten an.«

Traurig sah Wally zu Felgenheber. »Du hast recht, Herbert. Und du hast mir unheimlich geholfen.« In ihren Augenwinkeln wurde es feucht, sie schniefte in ein Taschentuch. »Was ist das für eine beschissene Welt, wo all die netten Menschen immer auf den untersten Stufen der Karriereleiter sitzen bleiben und all die Ekel immer oben!« »Nun, du kennst doch Darwin und seine Evolutionstheorie«, versuchte er, sie etwas heiterer zu stimmen. »Das ist ein ewiges Gesetz. Aber im Ernst, Wally: Du hast nichts falsch gemacht und brauchst nichts zu tun, als zu schweigen. Und ich vergesse dieses Gespräch auf der Stelle.«

Felgenheber bezahlte für beide. Dann gingen sie auseinander, jeder einen anderen Weg. Nachdenklich fragte sich Felgenheber, ob er wirklich kein Mitleid mit der Prinzessin verspüre. Er entdeckte, dass er eifersüchtig auf Hecht war, dem die Kleine in den Schoß gefallen war wie eine reife Frucht und der sie nun ablegte wie einen alten Hut. Seit die Wunden seiner hoffnungslosen Liebe zu Petra verheilt waren und er seine Minderwertigkeitsgefühle für überwunden glaubte, hatte er jede engere Bindung zu einer Frau vermieden. Ein paar flüchtige Beziehungen, ohne Tiefe, nur kein Glücksgefühl aufkommen lassen, danach hatte er die letzten Jahre gelebt. Nun erfasste ihn, wenn er sich Silke vorstellte, erstmals das Gefühl, er führe vielleicht nur ein Scheinleben. Nachdenklich ging er zurück ins Juridicum. Er musste sich mit Gewalt zwingen, die Protokolle der letzten Fakultätsratssitzungen noch daraufhin zu untersuchen, ob irgendein Beschluss oder eine vorgesehene Maßnahme der Umsetzung harrte – und dabei verschwand auch Silkes Bild wieder aus seinen Gedanken.

Utes Rekonvaleszenz machte gute Fortschritte; Hecht war häufig zu Hause. Sie unternahmen Ausflüge in die nähere Umgebung, Ute traute sich auch wieder auf ihr Fahrrad und konnte kürzere Strecken ohne Beschwerden radeln. Seit Anfang August war Heike zu ihrer Unterstützung da; Hecht hatte darüber hinaus für zwei Vormittage in der Woche eine Putzfrau engagiert; da es so viel gar nicht zu putzen gab, half sie auch bei Wäsche und Bügeln, so dass Heike wenig Arbeit und viel Zeit für ihre Mutter hatte. Selbst Silke, mit der Hecht einmal wöchentlich eine kurze Arbeitsbesprechung durchführte, fasste wieder Tritt; sie ging nicht mehr so gebeugt, sah etwas frischer aus, und die beiden Falten zwischen Nase und Mundwinkeln waren nur noch als dünne Striche erkennbar.

Es kamen Besucher, Freunde und Kollegen; alle waren voller Mitgefühl und staunten, wie gut Ute die Operation überstanden hatte. Die Chemotherapie sollte ab Mitte August mit mehrstündigen Infusionen eingeleitet werden. Der Onkologe Hagemann, tatsächlich ein noch ganz junger, liebenswürdiger Mann, wirkte auf Ute und

Hecht so Vertrauen erweckend kompetent, dass Ute keine Angst vor der Chemie hatte; dass sie vorübergehend ihre Haare einbüßen werde, war ihr bewusst. Sie würde sich dann eine Perücke anschaffen.

Hecht ging montags zum Meeting des Rotary-Clubs; es tat ihm gut, wieder unter andere Leute zu kommen, lebhaft beteiligte er sich an den Diskussionen. Es wäre alles fast idyllisch gewesen, wenn sich die Erpresser nicht wieder in Erinnerung gebracht hätten. Gleichzeitig erhielt Hecht in seiner Hauspost, die er sorgfältig abpasste, und in seiner Institutspost, die ihm Frau Marschner ungeöffnet vorlegte, wenn sie an ihn persönlich adressiert war, je einen mit einer Sonderbriefmarke frankierten Brief ohne Absender. Und wie beim ersten Mal enthielt der Umschlag ein weißes Blatt, auf welches mit einem Laserdrucker der Text »Warte, warte nur ein Weilchen, dann kommt ...« geschrieben war. Das war ein Schlagertext aus den zwanziger Jahren und bezog sich auf das Auftreten des Massenmörders Haarmann. Hecht interpretierte diese Warnung so, dass die Erpresser wohl das Ende der Ferienzeit abwarten wollten, ehe sie mit irgendwelchen Forderungen an ihn herantraten. Als dann eine Woche später, es war inzwischen die zweite Augustwoche, die Briefe, die wie üblich eingingen, den Hinweis »siehe Matthäus 25, 13« enthielten, war Hecht sich sicher, dass die Erpressung aus der Universität, ja, vielleicht sogar aus der eigenen Fakultät kam. Er suchte und fand unauffällig ein Neues Testament, schlug die Fundstelle auf und las dort »Darum wachet! Denn ihr wisst weder Tag noch Stunde!« Er fand den Gebrauch des Bibelzitats geschmacklos. Das waren bestimmt Studenten, die sich an ihm für irgendetwas rächen wollten; die Mafia oder organisierte Kriminalität steckte da nicht hinter. Auf die Täter würde man wohl irgendwann stoßen, da war er sicher. Und Aktionen würden die auch erst wieder starten, wenn die Vorlesungszeit des Wintersemesters begann, also Mitte Oktober. Vorher fehlte ihnen das Publikum.

Das beruhigte ihn etwas. Andererseits hieß das aber auch, der Nervenkrieg würde erst einmal weitergehen, es gab keine Entwarnung, und eine Verteidigungsstrategie ließ sich auch erst entwickeln, wenn irgendwelche Forderungen auf dem Tisch lagen oder Aktionen erfolgten. Wichtig war, dass diese Briefe nur in seine Hand gelangten, was eine exakte Postüberwachung durch ihn erforderlich machte. Insgesamt sah er sich aber längst nicht mehr so bedroht wie anfangs; auch sein Verhältnis zu Silke normalisierte sich in dem Maße, wie sich ihre Gesundheit wieder stabilisierte. Und da gab es ja sichtbare Fortschritte.

Die Reise nach Münster

Auch Silke gewann nach der schrecklichen Besprechung mit Hecht in der letzten Semesterwoche den Eindruck, er wolle sein Verhältnis zu ihr verbessern und sei nicht nur bereit, sie bei ihrer Promotion nachhaltig zu fördern, sondern werde künftig auch jede Art von sexueller Annäherung unterlassen. Gesundheitlich ging es ihr viel besser. Und obwohl sie an die Nacht nur mit Ekel und Grauen denken konnte und sich ohne Wenn und Aber von Hecht vergewaltigt fühlte, sagte sie sich doch auch, dass sie ihren Teil dazu beigetragen hatte, dass er überhaupt in die Lage gekommen war. Und sie musste sich auch eingestehen, dass zumindest anfangs auf ihrer Seite Zuneigung zu Hecht vorhanden war, wenn auch nicht wie bei Hardy. Sie fühlte sich einfach stärker von selbstbewussten, sicheren und älteren Männern angezogen als von Altersgenossen, die das Leben erst noch kennen lernen mussten. Aber die Erfahrung mit Hecht war ihr ein Lehrstück; das würde ihr nicht noch einmal passieren. Und in absehbarer Zeit, so spürte sie deutlich, würde sie ohnehin keine Lust auf sexuelle Erlebnisse haben. Dazu war die Erinnerung an die Nacht zu deutlich.

Auch physisch fühlte sie sich nicht wirklich ganz im alten Zustand. Sie schlief schlecht, hatte gelegentlich einen starken Juckreiz in den Brustwarzen, und wenn sie dann daran rieb, tat ihr gleich die ganze Brust weh. Das waren die Nachwirkungen von Hechts Küssen und Bissen, vermutete sie. Auch morgens, nach dem Aufstehen, hatte sie noch Schwierigkeiten, das Gleichgewicht zu halten. Sie war immer etwas schwindelig, und davon wurde ihr auch übel im Magen. Wenn sie aber eine Tasse Kaffee getrunken und ein Brot gegessen hatte, waren alle Schwierigkeiten behoben. Ihr Kreislauf spielte eben verrückt. Vorsichtshalber sah sie noch einmal in ihren Kalender. Ihre letzte Periode hatte genau sieben Tage vor der Vergewaltigung eingesetzt. Ihr Zyklus dauerte immer 25 bis 27 Tage. Wenn sie einmal ganz ungünstig rechnete, dann begannen ihre fruchtbaren Tage am 11. Tag nach der letzten Periode. Vergewaltigt worden war sie aber schon am 7. Tag. Nein, da konnte nichts passiert sein, schwanger war sie nicht. Zumindest diese Katastrophe blieb ihr erspart.

Und richtig, am Ende der ersten Augustwoche verhärteten sich ihre Brüste, und die Brustwarzen traten hervor. Das war das unfehlbare Zeichen, dass am nächsten Tag mit einigen Leibschmerzen die Blutung einsetzen würde.

Silke nahm eine ausreichende Menge Tampons mit ins Institut; man konnte ja nie wissen, wann es losging. Es passierte aber nichts. Weder setzten die charakteristischen Leibschmerzen ein, noch entspannte sich ihre Brust. Im Gegenteil, auch der Warzenhof um ihre Brustwarzen herum schien nun angeschwollen zu sein und war viel dunkler. Nach dem Aufstehen morgens wurde es ihr weiterhin übel, eher stärker als vorher. Als am Montag noch keine Blutung eintrat, geriet sie in Panik. Überdeutlich erinnerte sie sich, wie sie nach der Vergewaltigung im Badezimmer beim Licht des Spiegelschrankes ihre Scham angesehen und die grauen Schleimfäden in ihren Schamhaaren entdeckt hatte. Wie sie sich geekelt hatte vor seinem Samen, und wie froh sie gewesen war, dass es noch kein fruchtbarer Tag gewesen sein konnte. Und das sollte jetzt nicht wahr sein, sollte doch die natürliche Folge solcher Vereinigung ausgelöst haben?

Silke zwang sich mit Gewalt zur Ruhe. Sie hatte sich bestimmt nicht mit den Tagen verrechnet. Also musste sie mehr über den Eisprung wissen. In der Seminarbibliothek gab es den »Großen Brockhaus«, den sie konsultierte, und zu ihrem Schrecken lernte sie, dass ein verfrühter Eisprung keineswegs etwas Ungewöhnliches war, weshalb die Tage zwischen Ende der Periode und Einsetzen des Eisprungs immer gefährlich seien. Das hatte sie nicht gewusst. Sie hatte eigentlich ihren Eisprung immer für den 14. Tag vor dem voraussichtlichen Eintritt der nächsten Periode berechnet, und das war offensichtlich falsch, wie sie jetzt am eigenen Leibe erfahren würde.

Starr vor Schreck schlich sie aus der Bibliothek. Schwanger, das hing jetzt wie ein Damoklesschwert über ihrem Kopf. Sie sah an sich herunter: Konnte man schon etwas sehen? Matt schleppte sie sich in ihr kleines Dienstzimmer. Hier hielt sie es aber nicht aus. Langsam ging sie nach Hause.

Dort angekommen, sank sie in ihren Sessel. Plötzlich hatte sie das Gefühl, die Hose sei zu eng, alles schnüre sie ein. Sie zog alle Kleidung aus und betrachtete sich im Badezimmerspiegel. Sie sah unverändert aus. Einen kleinen Bauchansatz hatte sie immer schon. Und sonst war dort nichts zu erkennen. Nur die Brustwarzen hatten sich verändert. Sie standen immer noch hervor, und der dunkle Warzenhof wölbte sich wie ein Kragen um sie herum.

Die nächsten Tage verbrachte Silke in einem Wechselbad der Stimmungen. Sie empfand überraschend auch ein Glücksgefühl über ihren Zustand. Ein Kind in sich zu tragen, es wachsen zu lassen und es dann als fertigen Menschen zu gebären, neues Leben geschaffen und geformt zu haben, in sich, mit ihrem Fleisch und Blut, das war schon etwas ganz Tolles, etwas ungeheuer Wichtiges und Ernstes. Aber die Umstände, die zu dieser Schwangerschaft geführt hatten! Sie war nichts, Stipendiatin, Doktorandin. Und der Vater? Der eigene Doktorvater hatte sie genommen, sie benutzt, zu seinem Vergnügen und als Abenteuer.

Trotzdem: Durfte man ein solches Geschenk Gottes ablehnen, als Mutter? War Abtreibung Mord? Und wenn sie es haben wollte: Konnte sie es dann ernähren, erziehen, großziehen? In welche Situation wurde es dann geboren? War es nicht von Anfang an bereits benachteiligt? Konnte sie das verantworten, in ihrer Lage ein Kind?

Ihre Eltern wollte sie nicht befragen. Zum einen hatte sie sich weitgehend vom Elternhaus gelöst. Zum anderen wusste sie deren Antwort: Das Kind war zwar in Sünde gezeugt und empfangen, musste aber großgezogen werden; alles andere wäre eine schwere Verfehlung gewesen. Mit Hecht darüber sprechen? Ausgeschlossen!

Felgenheber, Frau Marschner, Frau Schön? – Alles keine Ratgeber! Nein, sie musste selbst entscheiden. Aber wenn sie nichts unternahm, untätig blieb, dann war alles bereits entschieden. Dann kam das Kind. Und Hans-Jürgen? Nähme der sie auch mit Kind? Vielleicht. Aber wollte sie ihn eigentlich zum Mann? Nein, das war doch schon entschieden.

Gedanklich drehte sich Silke im Kreis. Jede Entscheidung war falsch. Natürlich gab es ein Entweder-oder. Aber was war richtig, was war falsch?

Im Institut fiel niemandem etwas auf. Sie ging in die Apotheke, kaufte einen Schwangerschaftstest, wollte erst einmal letzte Gewissheit. Die erhielt sie am nächsten Morgen, als sie Urin mit einigen Chemikalien vermischt hatte und sich im Reagenzglas das für eine Schwangerschaft typische Gerinnungsbild der Probe zeigte.

Was also tun? Sollte sie einen Beratungsdienst aufsuchen? Dann müsste sie ja vermutlich sämtliche Umstände der Empfängnis und ihre Lebensverhältnisse offenbaren, denn sonst könnten die sie ja nicht richtig beraten. Das ging aber in Altenfurt überhaupt nicht. Da misstraute sie der Diskretion.

Wenn sie ihren gesamten Freundes- und Verwandtenkreis durchforschte, zu wem sie wohl Vertrauen hätte und von wem sie glaubte, einen ihrer besonderen Situation angemessenen Rat zu erhalten, kam sie immer wieder auf Gudrun Sadlowski in Münster. Hardy war vielleicht befangen und auch zu emotional. Und wahrscheinlich sogar eifersüchtig. Aber zu Gudrun hätte sie Vertrauen. Nur: Sie hatte sich erst einmal kurz aus Altenfurt bei Sadlowskis gemeldet, ihre Anschrift mitgeteilt und dann nichts mehr von sich hören lassen. Und auch aus Münster hatte sie keine weiteren Nachrichten erhalten. Es sah ganz so aus, als sollte sich dieses Verhältnis durch Zeitablauf erledigen. Konnte sie sich da überhaupt noch melden? Sie rief sich die Zeit nach ihrer Rückkehr aus Speyer ins Gedächtnis:

Zurück in Münster, war der Anfang seinerzeit schwerer als vermutet gewesen. In Speyer war sie schließlich wieder unter gleichaltrige Menschen gekommen, hatte zu Fröhlichkeit und Unbefangenheit zurückgefunden und ihre seelische Beschädigung für überwunden gehalten. Hier in Münster steckte alles voller Erinnerungen an Hardy. Außer Waltraud hatte sie auch kaum ihr näher stehende Menschen. Hans-Jürgen war etwas auf Distanz zu ihr gegangen. Er hatte es nicht verwunden, dass sie sich in Speyer nicht stärker um ihn gekümmert hatte. Offenbar war er der Hoffnung gewesen, sie für sich zu gewinnen, vielleicht sogar für immer. Aber Silke konnte sich bei aller Wertschätzung für ihn nicht vorstellen, ein ganzes langes Leben mit ihm zu verbringen. Sie wollte auch jetzt keine Entscheidung über einen künftigen Lebenspartner treffen. Und eigentlich suchte sie einen Mann, der sie inspirierte, von dem sie lernen und zu dem sie aufsehen könnte – und nicht umgekehrt.

Hardy hatte inzwischen auch erfahren, dass Silke zurückgekehrt war. Das war nicht schwierig gewesen, denn er wusste, wie lange das Semester dauerte. Und dann genügte ein einfacher Anruf, um zu hören, wer an der anderen Seite ans Telefon ging.

Silke war fast etwas enttäuscht gewesen, dass sie zunächst nichts von ihm gehört hatte. Als er aber dann am Apparat war, wusste sie nicht, wie sie mit ihm umgehen sollte. Sie verabredeten sich in Münster, um gemeinsam zu einer Ausstellung nach Dortmund zu fahren.

Silke konnte sich nach dem Ausstellungsbesuch kaum erinnern, was sie gesehen hatten. Die ungeklärte Situation lag wie eine dunkle Wolke über ihnen. Auch Hardy war verändert. Zwar sah er immer noch gepflegt und attraktiv aus, und Silke wusste beim ersten Anblick, dass ihre Liebe nicht erloschen war. Aber er sah doch anders aus. Sein Optimismus, seine jungenhafte Leichtigkeit und Fröhlichkeit war einer dumpfen Bedrücktheit gewichen, so als habe ihm der Arzt eine unheilbare Krankheit offenbart.

Obwohl sich Silke einer tiefschürfenden Auseinandersetzung zumindest im Augenblick nicht gewachsen fühlte, wussten beide, dass sie doch unaufschiebbar und nötig war. Sie saßen dann lange in einem zum Glück schwach besuchten Restaurant und redeten, jeder über seine Gefühle, seine Ängste und seine Hoffnungslosigkeit. Es wurde beim besten Willen kein weiterführendes Konzept daraus; zu viele Probleme standen zwischen ihnen. Und Hardy wusste auch, dass er aus seinem Leben nicht ausbrechen könnte, höchstens kurze Urlaube waren möglich, und das war für Silke zu wenig.

Sie kamen überein, nicht mehr in derselben Stadt zu wohnen. Silke war es ganz deutlich gewesen, dass, wollte sie jemals wieder frei sein, leben können, für andere Menschen wieder offen sein, ihr Weg von Münster wegführen musste. Heidelberg schien versperrt zu sein. Und trotz Silkes Bedenken, mit Hecht eine Neuauflage ihrer Beziehung zu Hardy zu erleben, bot sich Altenfurt an. Nach dem Examen, welches in einem halben Jahr anstand, war das Hecht'sche Institut sicher fachlich ein guter Ankerplatz. Und menschlich fühlte sie sich so weit gefestigt, mit Hecht keine persönliche Beziehung einzugehen, auch, wenn sie ihn anziehend fände.

Der Abschied von Hardy war traurig. Beide waren fast stumm. Und beide wollten auch nicht mehr miteinander über ihre aussichtslose Liebe sprechen.

Einer Einladung zu Gudrun Sadlowski folgte Silke widerstrebend. Eigentlich ging sie nur hin, um nicht zu offenbaren, wie schwer ihr die Trennung von Hardy gefallen war. Aber Gudrun machte es ihr leicht. Von Hardy wurde nicht gesprochen; viel dagegen von Silkes bevorstehendem Examen und dem dann erfolgenden Wechsel nach Altenfurt. Gudrun schien auch verändert zu sein. Sie war fürsorglich, fast mütterlich besorgt und betonte immer wieder, sie wollten Freunde bleiben. Der Kontakt dürfe auch von Altenfurt aus nicht abreißen. Sie und Hardy fühlten sich doch eher in der Rolle von Ersatzeltern. Jedenfalls wollten sie, insbesondere Gudrun, Silkes Weg fürsorglich begleiten und auf Wunsch mit Rat und Tat zur Verfügung stehen.

Im übrigen habe Hardy, der im Vorstand der Hellweg-Stiftung die Finanzen betreue, für Silke einen Förderantrag vorbereitet. Er müsse zwar im Hintergrund bleiben. Die Aussichten für ein Promotionsstipendium seien aber ausgesprochen günstig, falls ihr ein gutes Examen gelinge. Damit überreichte sie Silke eine Mappe mit Unterlagen und eine vorformulierte Bewerbung. Zum Abschied musste Silke Gudrun versprechen, mit ihr in Verbindung zu bleiben und bei allen persönlichen Problemen von Gudruns Hilfsangebot Gebrauch zu machen. Silke versprach dieses und ging, noch bevor mit Hardys Rückkehr zu rechnen war.

Sie hatte sich selbst dann eine strenge Arbeitstherapie verschrieben und bereitete sich, zusammen mit Hans-Jürgen und einem weiteren Kommilitonen namens Marcus, in einer täglich eingehaltenen vierstündigen Klausursitzung auf das Examen vor. Die beiden jungen Männer wetteiferten mit Gunsterweisen und Komplimenten. Es hatte Silkes angeschlagener Psyche richtig wohl getan, ungezwungen und ohne feste Bindungsabsichten mit jungen Menschen zusammen zu sein, sich schmeicheln und bewundern zu lassen und zu spüren, dass das Leben auch schön sein kann, selbst bei bevorstehendem Examen.

Die Prüfungstermine für Silke, Hans-Jürgen und Marcus lagen dicht beisammen. Längst hatten sie die schriftlichen Arbeiten abgeschlossen und an das Justizprüfungsamt geschickt. Erwartungsgemäß waren sie in den letzten Wochen vor den mündlichen Prüfungen aufgeregt und ängstlich. Aber Silke beruhigte die beiden Mitstreiter immer wieder. Durch ihre konzentrierte Vorbereitung seien sie so fit, dass nichts schiefgehen könne. Und tatsächlich waren ihre Ergebnisse entsprechend. Die beiden Männer bestanden mit »Voll Befriedigend«, einer bei Juristen sehr ansehnlichen Note. Silke errang erneut ein oberes »Gut«, was eine ganz besonders anerkannte Leistung bedeutete.

Der Landgerichtspräsident schrieb ihr, sie möge sich doch um eine Richterstelle bewerben; man werde sie ganz sicher übernehmen. Silke lehnte ab. Sie hatte inzwischen die Stipendienzusage der Hellweg-Stiftung in Händen und einen Brief an Professor Hecht in Altenfurt geschrieben, in dem sie sich um eine Promotion bewarb und ihre Finanzierung durch die Stiftung anführte.

Hans-Jürgen allerdings hatte sie Kummer bereiten müssen. Er hatte sie nach einer ausgelassenen Examensfeier ganz ernsthaft gefragt, ob sie seine Frau werden wolle; er liebe sie und könne sie nicht vergessen. Silke war darauf nicht vorbereitet und bat um Bedenkzeit. Nach einigen Tagen trafen sie sich wieder. Hans-Jürgen war inzwischen von der Staatsanwaltschaft in Bochum als Assessor angenommen worden. Nun wäre er auch in der Lage, eine Familie zu ernähren. Für Silke war es ganz schrecklich, Hans-Jürgen ihre Ablehnung zu vermitteln. Um ihm nicht zu sehr weh zu tun, bat sie um Aufschub einer Antwort um zwei Jahre; sie werde erst in Altenfurt promovieren, dann sehe sie weiter. Hans-Jürgen war tief enttäuscht, versprach, auf Silke warten zu wollen, immer für sie da zu sein, keine andere Frau zu begehren – Silke war einerseits gerührt, andererseits aber auch ganz hilflos in dieser Situation. So hatte sie es als Glücksfall empfunden, dass Hecht ihr einen kurzfristigen Vorstellungstermin angeboten hatte und sie dann, mit Stipendium, zum nächstmöglichen Zeitpunkt beschäftigen wollte.

Von Hardy und Gudrun hatte sie sich nur noch telefonisch verabschiedet. Konnte sie da jetzt einfach anrufen und um Hilfe bitten? Hätte sie sich nicht viel früher einmal bei Gudrun melden müssen?

Ihr psychischer Druck wurde aber immer stärker. Auch machte sie sich deutlich, dass sie mit dem Kind in sich nicht beliebig lange Zeit hätte, eine Entscheidung zu treffen. Also gab sie sich einen Ruck und rief in Münster an. Es war Dienstagnachmittag, da hatte Hardy wahrscheinlich Sitzung und diktierte anschließend Urteile. Und Gudrun war am frühen Nachmittag vermutlich allein zu Hause.

So war es auch. Gudrun schien wirklich erfreut zu sein, mit Silke zu sprechen; sie war lebhaft wie immer, berichtete kurz von Hardy und den Kindern, von ihrer Schule und ihren Zukunftsplänen. Dann sollte Silke von sich erzählen. Was diese aber hervorbrachte, war wohl so zusammenhanglos oder unsicher, dass Gudrun sie bald fragte: »Das hört sich aber alles merkwürdig an. Silke, da stimmt doch was nicht. Was ist los mit Ihnen?« Stockend antwortete Silke: »Ja, ich weiß nicht recht, was ich sagen soll. Ich bin in einer gewissen Schwierigkeit, einer Notlage ...« »Geld? Oder Schwangerschaft? Oder beides?«, unterbrach Gudrun. »Das zweite, ich bin schwanger geworden. Bei einer Vergewaltigung! Aber eigentlich war das doch keine, denn ich bin selbst schuld, ich habe es selbst dahin treiben lassen.« »Aha, der Chef also. Stimmt doch, oder?« Silke antwortete nicht. »Und wie weit sind Sie jetzt? Ich meine, in welchem Stadium der Schwangerschaft befinden Sie sich?« »Ganz am Anfang, gut fünf Wochen ist das her. Aber der Test ist positiv; und ich spüre es auch so, dass ich schwanger bin.« Gudrun schwieg. So schnell fiel ihr jetzt nichts ein.

Silke wollte schon fragen, ob Gudrun noch am Apparat sei, da entfuhr dieser: »Das ist aber eine schöne Scheiße; mein Gott, dass so etwas heute noch passiert. Aber davon wird es ja auch nicht besser. Was meinen Sie denn, was wir, ich meine, Hardy und ich, jetzt für Sie tun könnten? Ein finanzielles Problem ist es ja wohl nicht, oder?« »Nein; ich habe hier niemanden, mit dem ich mal darüber sprechen kann. Ich weiß nicht, wie es weitergeht. Ich rede immer nur mit mir selbst.« »Weiß der Vater denn schon von seinem Glück?« »Nein, auch nicht. Bis jetzt weiß nur ich das.«

Gudrun schwankte zwischen Zorn und Mitleid. Eigentlich war Silke doch Hardys Erwerbung gewesen. Und nun landete der ganze Mist bei ihr. Aber ihr Mitgefühl und ihr Verantwortungsbewusstsein gewannen rasch die Oberhand. Hier war wirklich ein Mensch in Not, und diese Not war nicht nur eingebildet. Auch hatte sie Silke – sah man mal von der Konkurrenz bei Hardy ab – ganz gern gemocht. So hatte sie sich eigentlich ihre Tochter gewünscht, fiel ihr ein. Aber besser doch nicht so. »Sind Sie denn in Ihrer Universität abkömmlich? Ich meine, könnten Sie mal nach Münster kommen? Diese Probleme kann man ja nicht so gut am Telefon besprechen.« »Ja, wenn Sie Zeit für mich haben?« »Glücklicherweise sind hier die Schulferien vorbei und Hardy und ich auch aus Spanien zurück. Das Wochenende passt nicht so gut. Obwohl, montags habe ich frei. Da könnten Sie doch am Sonntagabend kommen und bis Montag oder Dienstag bleiben. Wir haben ja ein Kinderzimmer frei, da können

Sie schlafen. Und Hardy wird sich bestimmt freuen. Ob wir ihm dann aber die ganze Wahrheit erzählen, das muss ich mir noch mal überlegen. Er wird bei so etwas immer so emotional. Also: Sie kommen am Sonntag um 19.00 Uhr. Haben Sie inzwischen ein Auto? Nein? Na, die Buslinie fährt unverändert; den Weg kennen Sie ja. Rufen Sie aber besser am Samstagmorgen kurz an, um die Verabredung zu bestätigen. Dann weiß ich auch, wieweit wir Hardy einweihen können.« »Ich bin Ihnen ja so dankbar, dass Sie Zeit für mich haben.« »Ach, das muss doch so sein, da kann man nicht kneifen. Und irgendwie wird es auch weitergehen, wir werden sehen. Sie wissen doch, wir Frauen sind ja eigentlich die wirklich starken Männer!«

Für den Rest der Woche fühlte Silke sich jetzt ausreichend gestärkt, um das Institut und auch Hecht zu ertragen. Ihr besseres Aussehen hielt an, auch gab sie sich alle Mühe, nicht besorgt oder niedergeschlagen zu wirken, und äußerlich schien sie auf gutem Wege zu sein, wieder die zurückhaltende junge, kluge Doktorandin von Professor Hecht, kurz, die Prinzessin zu werden.

Als sie Hecht dann mitteilte, sie wolle am Wochenende mal nach Hause ins Münsterland und werde voraussichtlich erst am Dienstagabend zurückkommen, war dieser sehr einverstanden. Er wertete den Reisewunsch als Indiz dafür, dass sie die Krise überwunden hatte und sich wieder unter Menschen wagte. Das Telefongespräch am Samstagmorgen ergab, dass Hardy eingeweiht und sie in Münster willkommen sei.

So fuhr sie am Sonntag los und kam, versehen mit einem Blumenstrauß, gut in der Neuen Mühlenstraße 8 an. Conny öffnete die Tür; sie sah etwas verändert aus, hatte immer noch, ganz wie Gudrun, die kurzen, jetzt wieder schwarzen Haare, trug offenbar Kontaktlinsen, wirkte im übrigen viel gepflegter und bürgerlicher. Der Grund wurde sofort mitgeteilt: Conny hatte einen Freund, einen Musikstudenten. Mit dem hatte sie die Münstersche Oper für sich entdeckt. Und in ihrem Hippielook hatte man sie einmal nicht eingelassen. Heute abend standen Wagners Meistersinger an. Unmittelbar nach Silke klingelte es wieder; Conny rief nur noch »Tschüs dann!«, und verschwand. Der Freund blieb unsichtbar. Gudrun versicherte, es sei ein ganz lieber Junge, eher etwas schüchtern, für die wilde Conny aber gerade richtig.

Gudrun hatte einige Schnittchen gemacht. Auch gab es Salzbrezel und Hobelkäse. Als es um die Getränke ging, stockte Gudrun kurz, meinte dann, sie wolle den Frauen erst einmal einen Pfefferminztee zubereiten, wie im Orient. Hardy hatte sich ebensowenig verändert wie Gudrun, fand Silke. Hardy sah das anders. Er war beruflich stark angespannt und hatte das Gefühl, das Leben gehe an ihm vorüber. Vor lauter Arbeit käme er weder zum Tennis noch zum Schwimmen. Und deswegen werde er immer dicker und unansehnlicher. Silke sagte ihm, er sei äußerlich ganz unverändert, und innerlich wohl auch, denn über Leibesfülle und Unansehnlichkeit klage er, seit sie ihn kenne, und dabei wisse er ganz genau, dass das nicht zutreffe.

So verlief der Abendimbiss in scheinbar ganz gelockerter Stimmung. Als sie sich dann in die bequemen Sessel gesetzt hatten und Gudrun, die kurz das Geschirr in die Küche gestellt hatte, wieder erschien, entstand eine etwas angespannte Pause. Gudrun überbrückte diese, indem sie Silke in das Zimmer führte, welches für die Nacht vorbereitet war: ein richtiges Jungenzimmer mit Postern an der Wand und einem alten PC am Arbeitstisch. Als die beiden Frauen wieder bei Hardy erschienen, entstand erneut eine Pause. Schließlich fragte Hardy: »Was trinkt ihr denn, ihr zwei Schönen?« »Womit wir zum Thema übergeleitet hätten«, bemerkte Gudrun, »denn Silke wird ja wohl Saft oder Wasser vorziehen.« »Muss nicht sein«, sagte Hardy lächelnd, Alkohol macht schöne kleine Kinder und eine leichte Geburt.« »Pfui, Hardy, du bist taktlos. Wenn du dich weiter so benimmst, wirst du ausgeschlossen!«, fuhr ihn Gudrun an. Der ließ sich aber nicht entmutigen. »Mein Gott, nun tut doch nicht so, als sei Silke krank, moribund oder so. Dass sie im Augenblick in der Tinte sitzt, ist doch kein Grund, den Weltuntergang zu proben. Silke benötigt keine Leichenbitter, sondern normale Menschen, die ihr die Standards anderer normaler Menschen vermitteln und ihr zu einer Entscheidung raten, die vor normalen ethischen Grundsätzen Bestand hat.« »Lieber Bernhard Sadlowski, dieses ist nicht die VII. Strafkammer, und du bist nicht unser Vorsitzender Richter. Du bist hier als Mann nur geduldet und antwortest bitte nur, wenn wir dich um Rat fragen.« »Ich will doch nur verhindern, dass wir Silkes Probleme mit allzu viel Sentimentalität behandeln, mit zu viel Moral und zu wenig praktischem Verstand. Silke, wir wollen dir ganz uneingeschränkt helfen. Wir wollen aber auch, dass deine Entscheidung dann über den Tag hinaus Bestand hat und sich nicht als Produkt eines gefühligen Nachtgesprächs herausstellt.«

»Also, die Juristen, zumindest die mir bekannten männlichen Geschlechts, sind bei Problemfällen schwer erträglich«, seufzte Gudrun. »Ich schlage vor, lieber Bernhard, du verschanzt dich jetzt hinter deinem Macon Village, und Silke und ich trinken Saft, zunächst jedenfalls. Und dann hören wir mal beide geduldig, was Silke uns erzählen und fragen will. Silke, lassen Sie sich nicht von Hardy irritieren. Der ist nämlich im Grunde seiner Seele genauso verletzt und entsetzt über das, was Ihnen passiert ist, wie Sie selbst. Entschuldige, Bernhard, wenn ich das mal so sage, aber so ist es doch. Und dann soll Silke das auch wissen.« Und an Silke gewandt, erklärte sie: »Ich habe Hardy gesagt, warum Sie uns besuchen, und da Sie ja wirklich eng mit ihm befreundet waren – das ist kein Vorwurf –, soll er auch ganz mit einbezogen sein. Schließlich ist er ja viel länger Ihr väterlicher Freund gewesen, als ich Ihre – nein, mütterliche wäre sicher falsch, sagen wir doch einfach, Ihre schwesterliche Freundin.«

Es fiel Silke schwer, einen Bericht zu beginnen. Aber nachdem Gudrun mit einigen behutsamen Fragen den Weg geebnet hatte, konnte sie die gesamte Geschichte ausbreiten. Die einfühlsamen Bemerkungen und Erkundungen von Gudrun und Hardy vermittelten ihr das Gefühl, dass hier nicht über sie beraten, ihr Leben keiner moralischen Bewertung unterzogen wurde, sondern es zunächst darum ging, das Ganze aus Silkes Sichtweise zu verstehen, um dann im Dialog mit ihr einen Weg zu finden, den auch sie gehen könnte. Und Silke hatte in dem langen und von vielen Pausen unterbrochenen Gespräch wirklich den Eindruck, sie würde verstanden. Auch drehte sie sich nicht, wie bei ihrer einsamen Grübelei in Altenfurt, stets im Kreis.

Deutlich spürte sie, wie beide, Gudrun und Hardy, nach einem Ergebnis suchten, nach einem Weg, der schnell eingeschlagen werden konnte und der Silke am wenigsten beschädigte.

Dass Hecht bei der ganzen Entwicklung eine tragende, noch dazu miserable Rolle gespielt hatte, war das wesentliche Ergebnis. Und daraus leitete sich ab, dass er auch bei einer Entscheidung, egal, ob sie nun Schwangerschaftsabbruch oder Austragen des Kindes lautete, voll verantwortlich eingebunden werden musste. Silke war es zunächst nicht bewusst, welche starke Position sie gegenüber Hecht hatte. Da es möglich war, einen eindeutigen Vaterschaftsnachweis zu führen, käme er, insbesondere angesichts der Erkrankung seiner Frau, in ein so schiefes Licht, dass er den daraus resultierenden Skandal nur schwer überstehen werde. Auch sei nicht auszuschließen, dass er bei dem erzwungenen Beischlaf mit einer ihm unterstellten Mitarbeiterin Straftatbestände erfüllt hatte. »Der Dekan einer juristischen Fakultät nutzt die lebensgefährliche Erkrankung seiner Frau, der von ihm fachlich und rechtlich abhängigen Doktorandin schnell ein Kind zu machen, um dann zum Business as usual überzugehen? Nein, das kann der Bursche niemals so hindeichseln, dass er unbeschädigt daraus hervorgeht. Da haben wir ihn in der Hand«, resümierte Hardy.

Inzwischen war es Mitternacht. Conny huschte durchs Haus, schaute kurz ins Wohnzimmer, klopfte Silke auf die Schulter und sagte: »Na, große Schwester, musst du morgen auch um halb sieben geweckt werden, oder darfst du länger schlafen?« Und mit der aufmunternden Aufforderung: »Redet man nicht zu viel, das macht Fransen an den Lippen«, verschwand sie wieder. Gudrun erläuterte: »Als wir ihr gesagt haben, Sie kämen über Nacht zu Besuch, würden neben ihr im Zimmer ihres Bruders schlafen, hat sie gemeint, eine ältere Schwester fände sie sowieso viel besser als einen älteren Bruder. Für Connys Verhältnisse ist das fast eine Liebeserklärung.«

Lange nach Mitternacht versuchte Gudrun eine Zusammenfassung. Deutlich war, dass die letzte Entscheidung über die Schwangerschaft allein bei Silke liegen musste. Gudrun ließ keinen Zweifel, dass Hardy und sie, egal wie die Entscheidung auch ausfalle, zu ihr hielten und ihr helfen würden. Fest stand weiterhin, dass Hecht eine Schlüsselrolle zukam und ihm keinesfalls gestattet war, sich durch Untätigkeit oder Abwesenheit aus der Affäre zu ziehen. Dass er sich ganz zu Silke bekennen, das Kind akzeptieren und seine Frau verlassen werde, schied wegen großer Unwahrscheinlichkeit aus. Silke brauchte darauf keine größeren Gedanken zu verwenden.

Falls Hecht aber seine Vaterschaft akzeptierte, Silkes Lebensunterhalt für die nächsten Jahre sicherstellte und natürlich für das Kind angemessen sorgte, sprach viel dafür, das Kind auszutragen, trotz aller Diskriminierung, die dabei auf Silke zukomme. Nur: das müsse sie dann wohl selbst entscheiden. Wenn Hecht aber, was beide Sadlowskis für das Wahrscheinlichste hielten, den Versuch unternahm, seinen Kopf möglichst preiswert aus der Schlinge zu ziehen, sich als trunkenes Opfer von Silkes Liebesrausch darstellte, nur den notdürftigsten Unterhalt zahlte und seine Verantwortung für das Kind nicht akzeptierte, dann war eine Unterbrechung der Schwangerschaft wohl der Silke am meisten schonende Weg, das Trauerspiel zu beenden. Ob sie diesen Abbruch seelisch leicht, schwer oder gar nicht verkraftete, könne wiederum nur sie allein entscheiden. Aber auch hier gelte ihr Hilfsangebot.

Erörtert wurde auch, wer mit Hecht sprechen sollte. Es war unübersehbar, dass Silke vor einem solchen Gespräch große Angst hatte. Hardy bot sich als Notlösung an; es würde ihm sogar ein gewisses Vergnügen bereiten, mit dem Burschen Klartext zu reden. Gudrun war aber strikt dagegen. Es musste unter allen Umständen versucht werden, Hecht auch die ethischen und moralischen Aspekte einer Entscheidung für oder gegen das Kind aufzuzeigen und ihn in eine Entscheidung einzubinden. Und das konnte eigentlich nur in einem Gespräch mit Silke erfolgen. Hardy war wirklich nur die äußerste Notlösung, wenn es Silke absolut nicht gelänge, aber auch nur dann.

Kopfzerbrechen bereitete Hardy die Erpressergeschichte, die ja vermutlich neben der Schwangerschaftsproblematik herlief. Falls das wirklich zu einer Erpressung eskalierte, konnte es natürlich sein, dass vor einem Gericht, sei es in einem Straf- oder Disziplinarverfahren gegen Hecht, sei es in einem Strafverfahren gegen die Erpresser, die Vorkommnisse der fraglichen Nacht entscheidende Bedeutung erhielten. In dem Fall könnte Hecht eigentlich nur das Interesse haben, alles abzustreiten. Und weil Hecht, wie Hardy vermutete, bei eigenem Nachdenken zu ganz ähnlichen Ergebnissen gelangen werde, sei es wahrscheinlich, dass er Silke zu einer Abtreibung zu überreden versuchte. Dann wäre nämlich kein Kind als unwiderlegbares Beweismittel mehr vorhanden. Silke werde dann vermutlich von Hecht auch zu einer Falschaussage über den Ablauf der fraglichen Nacht gedrängt. Um ihr einen solchen Konflikt zu ersparen, müsse am besten vermieden werden, dass Silke, wo auch immer, über die Nacht eine Aussage machen müsse.

Gudrun sah betreten zu Boden. Mit dieser nüchternen Logik hatte sie die ganze Sache noch nicht betrachtet. Aber natürlich hatte Hardy recht, er war eben doch der analytische Jurist. Gut, dass sie ihn eingeweiht und hinzugezogen hatte.

Silke saß blass in ihrem Sessel. Sie war am Ende ihrer Kräfte, und Gudrun machte den Vorschlag, es für heute – nein, gestern; es war schon seit zwei Stunden Montag – bewenden zu lassen. Aber Hardy hatte noch etwas beizutragen. »Dem Herrn Hecht bin ich noch in einer anderen Sache auf der Spur. Ich habe mal seine Vita in Kürschners Gelehrtenkalender nachgeschlagen. Er war zunächst ein wirklicher Senkrechtstarter. Ganz erstaunlich schnell bekam er in München den Ruf auf einen höchst renommierten Lehrstuhl. Da hat es schon im Blätterwald geraschelt, dass ein so junger Spund so erfolgreich einsteigt. Aber dann passiert etwas ganz Merkwürdiges: Schon nach eineinhalb Jahren nimmt er einen Ruf nach Altenfurt an. Die Uni dort ist zwar auch ganz reputierlich, aber überhaupt kein Vergleich zu München. Und eigentlich wäre er drei Jahre für einen neuen Ruf gesperrt gewesen. Daran haben sich damals weder die Bayern noch die Niedersachsen gehalten. Auch das ist ganz ungewöhnlich. Und dann kommt er, das junge Genie, nie wieder weg von Altenfurt, bleibt da einfach kleben, in der Provinz. Ich sage euch, der feine Herr hat einen tiefschwarzen Fleck auf seiner weißen Weste. Und einige wissen das. Ich werde das auch herausfinden, ganz sicher.« »Aber was hilft das dann der armen Silke, Hardy, wenn du so olle Kamellen auftischst?« »Ich weiß es noch nicht. Ich vermute, er wird aus allen Rohren auf Silke schießen, wenn die nicht nach seiner Pfeife tanzt. Und dann ist es ganz gut, wenn man etwas Munition hat, um zurückzuschießen.«

Silke fielen die Augen zu; Gudrun hielt sich nur noch mit Mühe im Sessel aufrecht. Einzig Hardy hatte funkelnde Augen und gerötete Wangen. Beide Frauen standen fast gleichzeitig auf. Silke taumelte und ließ sich dann nach einem Kuss von Hardy auf ihre linke Wange von Gudrun in ihr Zimmer führen, konnte gerade noch aus ihren Kleidern in ihr Nachthemd fahren. Dann sank sie ins Bett und schlief auf der Stelle ein.

Als sie am nächsten Morgen erwachte, war es schon spät. Die Sonne stand hoch am Himmel, es wurde ein heißer Sommertag. Silke stieg aus dem Bett. Sofort wurde sie schwindelig; es wurde ihr übel. Und damit war ihr auch das Schwierige ihrer Lage wieder vor Augen; ein Entrinnen gab es nicht, das neue Leben in ihr wuchs und wuchs.

Sie fand die Badezimmertür geöffnet; es gab einen Waschtisch, eine Dusche und ein WC. Das war sicher das Bad für die Kinder. Es lagen auch allerhand Utensilien herum, die unschwer auf Conny als eigentliche Nutzerin hinwiesen. Nachdem sie sich gründlich gewaschen hatte und die Treppe hinunter in den Wohnbereich stieg, brauchte sie nur dem Kaffeegeruch nachzugehen, um in die Küche zu gelangen, die auch Platz für eine Eßecke enthielt. Eine Freitreppe führte in den Garten, die Tür stand offen, und vor einem weißen Gartentisch saß Gudrun auf einer Gartenbank und arbeitete an einem Schriftstück, umgeben von Büchern und Aktenordnern. »Störe ich?« »Aber nein, überhaupt nicht. Ich habe mir nur die Zeit etwas vertrieben, bis Sie ausgeschlafen haben. Ich hatte doch gesagt, dass ich heute für Sie zur Verfügung stehe.« Gudrun kam in die Küche. »Kaffee, Brötchen, oder lieber Tee und Zwieback?«, fragte sie. Silke entschied sich trotz Übelkeit für Kaffee und Brötchen, und als sie gegessen hatte, wurde es mit der Übelkeit wieder besser. »Haben Sie denn schon einen Arzt konsultiert?« Silke verneinte. »Eigentlich müssten Sie das bei diesem Stand der Schwangerschaft. Aber wenn Sie abbrechen sollten, wäre das wieder ein unnötiger Mitwisser. Es ist wirklich eine schlimme Geschichte. Sie müssen so schnell wie möglich zu einer Entscheidung kommen, so oder so. Eine Schwangerschaft ist kein Spaziergang; die muss dann auch irgendwann medizinisch begleitet werden.«

Silke stand auf, sah durch die Tür in den Garten, auf den gepflegten Rasen, die Blumenrabatten und die immergrüne Hecke auf der Grenze zum Nachbarn. Es war ein kleines, intimes Paradies, dieser Garten. Und plötzlich überfiel sie eine abgrundtiefe Traurigkeit und Verzweiflung. Sie konnte sich nicht dagegen wehren, dass ihr die Tränen aus den Augen liefen; sie begann zu schluchzen, kläglich zu weinen, und ihre Schultern zuckten wie bei einem Schluckauf.

Gudrun war einen Augenblick hilflos und unschlüssig, wie sie reagieren sollte. Ganz instinktiv handelte sie, als sie auf Silke zuging und sie fest in den Arm nahm. Sie drückte sie und streichelte ihren Nacken und den Rücken. Worte fielen ihr dabei nicht ein. Als sie merkte, wie Silke schwankte, bugsierte sie sie vorsichtig auf die Bank beim Essplatz, schob den Tisch weg und bettete Silkes Kopf an ihrer Brust und Schulter. Silkes Weinen hörte nicht auf, und Gudrun fuhr fort, sie zu streicheln.

Nun habe ich ungewollt doch noch ein Kind dazubekommen, wenn auch schon ein großes, aber bestimmt noch kein erwachsenes, dachte Gudrun. Und Silke, die solche Nähe und Intimität bei ihrer eigenen Mutter niemals erfahren hatte, wurde ruhiger, konnte das Zucken der Schultern kontrollieren und dann abstellen, konnte aufhören zu schluchzen und richtete sich wieder auf, suchte nach einem Taschentuch, bekam von Gudrun einen Packen Zellstofftücher gereicht, putzte an ihrem Gesicht und ihrer Nase herum und sah Gudrun schließlich unglücklich an. Was sie für schöne blaue Augen hat, ging es Gudrun durch den Sinn, damit hat sie Hardy verzaubert, ja, mit den Augen.

Und nun hatte er ihr dieses Problemkind als Ziehtochter untergeschoben, ausgerechnet ihr, die wirklich keine weiteren Sorgen brauchte. Conny, Hardy und ihre Schule reichten völlig aus. Aber dieses Päckchen Unglück, das da neben ihr saß und sie verzweifelt ansah, ließ ihr keine Wahl; sie konnte und wollte sich nicht verweigern.

»Ach ja, Kind, wenn wir nur herausfänden, was der richtige Weg für dich ist. Wenn wir wüssten, mit welchem Konflikt du besser umgehen kannst. Dann müsstest Du nicht so viel allein entscheiden. Aber Du bist ja schon ein großes Kind, und dann musst du auch wie die Großen handeln. Das ist bei großen Kindern so. Aber sie bleiben trotzdem Kinder und müssen behütet werden, mal mehr, mal weniger.«

Jetzt fiel Gudrun auf, dass sie Silke unversehens mit du angeredet hatte, Silke hatte das noch gar nicht gemerkt. Da sie aber ohnehin längst mütterliche Dienste leistete, konnte es auch dabei bleiben. Silke würde das irgendwann auch merken, und man könnte sich dann auf das wechselseitige Du einigen.

Silke war jetzt wieder so weit getröstet, dass sie sprechen konnte. »Ich weiß ja, dass es für euch ganz schwierig ist, mit so einer wie mir umzugehen. Und ich will mich auch zusammennehmen. Ich habe mir das alles selbst eingebrockt.« »Ach, Unsinn. Das ist doch gar nicht das Problem! Also, halt dir von solchen Gedanken den Kopf frei.« »Was mir am meisten zu schaffen macht, ist der Gedanke, dass ich dieses Lebewesen, das da jetzt in mir seinen Anfang nimmt, behalten möchte. Gefühlsmäßig sehe ich gar keinen Zusammenhang zwischen der Vergewaltigung und diesem Ergebnis. Aber ich weiß auch, dass das sentimental und egoistisch ist. Ein Kind braucht eine Familie oder zumindest ein gesichertes Umfeld. Und die Mutter, auch wenn sie allein erzieht, braucht eine Perspektive für ihr weiteres Leben, braucht Freunde und natürlich auch einen Beruf, der sie ernährt. Das alles fehlt bei mir. Ich stehe erst am Anfang, es ist viel zu früh für mich. Ich bin auch zu unsicher, zu ängstlich, zu weltfremd, um mich mit einem Kind durchzuschlagen. Und doch möchte ich es behalten.«

Sie kamen überein, dass Silke die nächste Nacht noch bliebe und die weitere Diskussion auf den Abend verschoben werde, wenn Hardy mit dabei sein konnte. Gemeinsam bereiteten sie eine große Salatschüssel; gegen halb zwei kam Conny in Jeans und Sweatshirt auf einem Mountainbike aus der Schule, und Gudrun backte schnell noch ein Zwiebelbaguette auf. Conny begrüßte Silke ganz vertraut mit »hi, große Schwester, endlich ausgeschlafen?« Auf Anhieb verstand sich Silke mit Conny, und die überredete Silke, sich gemeinsam mal einen richtigen strammen Richard reinzuziehen, natürlich nur per Kopfhörer, wegen der Nachbarn. Gudrun warnte, ein Hörschaden sei das Mindeste, was Ungeübten beim Genuss von Wagner passieren könne. »Der Richard ist echt steil, das wirst du merken. Das geht dir in die Birne, besser als Shit und Dope!«, versprach Conny. Nach den Highlights aus dem »Ring des Nibelungen«, den sich beide in Connys Zimmer auf dem Sofa »hereinzogen«, ging es an Connys PC. Zunächst war Silke die Erfahrenere, die Conny noch etwas beibringen konnte. Als es aber ins Internet ging, das gerade die ersten Freaks gewann, war Conny die große Lehrmeisterin. So ging der Nachmittag schnell hin, und Silke hatte für ein paar Stunden ihre Sorgen vergessen. Die ist wirklich noch ein großes Kind, dachte Gudrun, als sie die beiden im Keller beim Tischfußball beobachtete, da werden wir aber viel Entscheidungshilfe geben müssen.

Gegen sechs am Abend – es war ein richtig heißer Sommertag geworden, man hielt es noch am besten im Haus aus – erschien ein Trupp junger Leute und wollte Conny abholen. Ziel war ein toter Arm des Mittellandkanals in der Nähe von Gelmer. Dort hatte sich seit Jahren ein buntes Völkchen zum Baden eingefunden, von Ordnungsamt und Polizei geduldet und aus allen Gruppen der Münsterschen Jugend rekrutiert. »Gehst du mit, große Schwester, ins Münstersche Pullefass? Jede Menge coole Typen, da findest du auch noch was«, machte Conny Silke die Sache schmackhaft. Traurig schüttelte diese den Kopf. »Klar, du bist ja schon 'ne richtige Frau. Da ist unser Daddy vielleicht doch der bessere Typ für dich, so zum Problemeknacken.«

Gudrun schärfte Conny ein, 22.00 Uhr sei absolute Deadline. Später höre jeder Spaß auf. Ob diese Mahnung bei Conny noch angekommen war, blieb offen. Sie saß schon auf ihrem Bike und fuhr ihrer Clique hinterher.

Gudrun richtete einen Früchtequark an; dazu gab es süßen Schokoladenkuchen und Zitronentee. »Hardy mag das so«, entschuldigte sich Gudrun, aber es entsprach auch Silkes derzeitiger Geschmacksrichtung.

Hardy erschien, man aß. Er berichtete über seinen Tag und fragte, wie es denn mit Gudrun, Silke und Conny gegangen sei. Gudrun meinte, zumindest Conny habe Silke bereits adoptiert, als große Schwester. Nachdenklich sagte sie: »Ja, ja, zwei Kindsköpfe haben wir da, der eine etwas älter, der andere etwas jünger. Was kann man da machen?«

Im Garten war es jetzt angenehm; so setzten sie sich um den runden Gartentisch. Für Wein war es Hardy zu warm. Aus Bier und Zitronenlimonade mischte er das als »Alster« in Norddeutschland und »Radler« in Bayern bekannte, süßlich-klebrige Getränk, welches inzwischen in jedem Biergarten der Kassenschlager war. Dann dämpfte er seine Stimme und berichtete: »Inzwischen habe ich die schwarzen Flecken auf Professor Hechts Weste etwas näher kennengelernt. Es tut mir leid, Silke;

die Geschichte, die dabei zu Tage kommt, ist alles andere als erbaulich. Aber sie zeigt auch ein Stück weit, wie dieser Hecht seine Probleme gelöst hat, jedenfalls damals. Um es kurz zu machen: Hecht hatte sich in Kiel habilitiert und galt als aufgehender Stern im Öffentlichen Recht. Einem überdurchschnittlichen Vortrag beim Staatsrechtslehrertag und der seinerzeitigen Mittelmäßigkeit der Mitbewerber verdankte er den Ruf nach München. Er war verheiratet, hatte ein Kind, die Frau war Mathematikerin und Sportlehrerin und hatte eine Stelle am Gymnasium, die sie nicht ohne weiteres aufgeben wollte. Also ging er zunächst allein nach München. Natürlich wurde er überall herumgereicht, und so kam er auch zu dem alten Schmitt, einem katholischen Pädagogikprofessor und CSU-Abgeordneten. Die Schmitts hatten eine Tochter, Heidrun, die war gerade in Romanistik habilitiert worden, hatte sich von irgendeinem Langweiler entlobt, weil sie jetzt was erleben wollte. Und hübsch soll diese Heidrun auch gewesen sein. Es muss sofort bei Hecht und ihr gezündet haben. Jedenfalls waren sie das heimliche Traumpaar des Sommers in der Universität. Bis bekannt wurde, dass Hecht Frau und Kind hatte. Nun ja, von der Frau konnte er sich ja scheiden lassen, was damals allerdings noch nicht ganz so einfach war wie heute. Alle Warnungen schlug Heidrun in den Wind, Hecht war einfach ihr Traummann. Ob sie ihn fester an sich binden, seine Scheidung beschleunigen wollte, oder ob sie nur einfach leichtsinnig war, weiß man nicht. Zu Beginn des Winters war Heidrun jedenfalls schwanger von Hecht. Dann sickerte in München durch, Frau Hecht sei schwanger, gebe einstweilen den Schuldienst dran, und die Familie werde demnächst in München wieder vereint sein. Als Heidrun dann noch erfuhr, dass Hecht dringend ein Haus oder eine große Wohnung zu mieten suchte und dass das keineswegs ihr, sondern Frau Hecht galt, hat sie die Nerven verloren. Sie hat Hecht einen Abschiedsbrief geschrieben, sie sei auch im vierten Monat schwanger, liebe ihn so hoffnungslos, dass ohne ihn das Leben keinen Sinn mehr mache; sie gebe ihn aber frei. Nur: weiterleben wolle sie nicht mehr. Da sie den Brief falsch adressiert hatte und Hecht dort unbekannt war, schickte die Post ihn an den Absender zurück; den hatte sie nämlich auch auf den Umschlag geschrieben. Ja, die Ärmste hat dann irgendwelche Barbiturate geschluckt; ausreichend, um nicht wieder wach zu werden. Aber irgendjemand hat sie schnell gefunden, den Notarzt geholt. Der hat gleich gesehen, was da passiert war, und sie kam in die Uni-Klinik. Da hat sie ziemlich lange gekämpft. Das Kind war nicht zu retten, die Frau schon, aber mühsam. Ja, und dank der Gründlichkeit unserer Post war nun der Abschiedsbrief vorhanden, ausgerechnet der alte Schmitt hat ihn in die Finger bekommen. Es muss dann fürchterlichen Ärger gegeben haben. Hecht ist wohl so kräftig unter Druck geraten, dass er in München nicht mehr tragbar war. Fachlich konnte man ihm nichts vorhalten; also hat der Münchener Rektor das so von Magnifizenz zu Magnifizenz geregelt, dass Hecht in Altenfurt auf die Berufungsliste kam. Die Frau wollte ihn eigentlich nicht zurückhaben, aber da waren nun die beiden Kinder, und Heidrun hatte ja verzichtet. Zudem gab es wohl gemeinsame Freunde aus Kieler Zeiten, die dringend zur Versöhnung rieten. Na ja, der Rest ist dann bekannt. Vielleicht noch zu Heidrun: die hat Hecht noch etwas nachgetrauert, dann aber kurz entschlossen geheiratet. Wen wohl? Einen Juristen aus dem Zivilrecht, einen Würzburger Professor. Kinder hat sie keine mehr bekommen; geschieden ist sie inzwischen auch. Und den Sprung auf einen Professorenstuhl, allerdings in Österreich, dort sagt man »Lehrkanzel«, hat sie dann auch noch geschafft. Nur hübsch aussehen, das soll sie inzwischen nicht mehr.«

»Meine Güte, Hardy, das ist ja eine Story. Das ist ja wirklich wie in einem Schundroman. Woher hast du das denn alles erfahren?« »Abromeit, Stefan Abromeit, mein Schatz, das wandelnde Gedächtnis der Universität München.« »Das hätte ich mir denken können. Ja, der Stefan muss zu der Zeit auf dem Höhepunkt seiner Macht gewesen sein. Dass der da die Finger mit drin hatte, ist klar.«

Stefan Abromeit war ein jüngerer Vetter von Hardys Vater, hatte in München Jura studiert, auch promoviert, war aber nie zur Habilitation gekommen. Zuerst war er Studentenfunktionär, gehörte zur »Jungen Union Bayern«, wurde dann Fakultätsassistent der Juristen und später, dank seiner Qualitäten als Nachrichtensammler und vertraulicher Informant mit Biedermeiergesicht und Krämerseele, über viele Jahre persönlicher Referent des Rektors, später des Präsidenten. Irgendwann begann er, Politik auf eigene Faust zu machen. Das kam schlecht an, er entwickelte sich zum echten Störfaktor. Da er aber über viele, auch vertrauliche Dinge bestens Bescheid wusste, manche Affäre durchleuchtet und manchen Berühmtheiten hinter die Fassade geleuchtet hatte, konnte man ihn nicht einfach fallen lassen. Er wurde weggelobt, bekam eine Stelle in einer anderen Universitäsbibliothek, weit weg vom Dunstkreis der Ludwig-Max-Universität, und bald war er beamteter Bibliotheksdirektor. Diesen Posten schien er zur Zufriedenheit seiner Oberen gut ausgefüllt zu haben. Jedenfalls war er mit allen Ehren in den Ruhestand verabschiedet worden, den er bei bester Gesundheit genoss. Hardy mochte ihn sehr, Gudrun war er zu theatralisch und eigensüchtig. Aber er war ein witziger, gebildeter Erzähler. In seiner Gesellschaft hatte man keine Sekunde Langeweile, und all seine haarsträubenden Geschichten hatten die fatale Eigenschaft zuzutreffen. An der Richtigkeit seiner Mitteilungen über Hecht war daher nicht zu zweifeln.

Gudrun und Silke saßen auf der Gartenbank, Hardy im Gartensessel. Während seiner Schilderung war Silke immer näher zu Gudrun gerutscht, und als diese merkte, wie sehr Silke dieser Bericht erregte und bedrängte, legte sie ganz unbemerkt ihren Arm um Silkes Hüfte; und richtig, Silke rückte ihr noch näher, wollte trotz des warmen Sommerabends Gudruns Wärme und Nähe spüren. Eigentlich war das Gudrun nicht recht. Sie konnte doch an mütterlicher Zärtlichkeit nicht nachholen, was diesem armen Kind von der eigenen Mutter vorenthalten worden war. Und außerdem war es auch noch nicht so lange her, dass sie in dieser Frau, und eine Frau war sie ja ganz zweifellos auch, eine Konkurrentin um Hardy gesehen hatte. Aber dass ein anderer Mensch so viel Vertrauen in sie setzte, so von ihrer Zuwendung profitierte und so dringend ihrer Nähe bedurfte, das tat ihr andererseits auch ein bisschen gut. Diese Wirkung auf andere hatte sie noch nie so verspürt.

Eigentlich war am Vorabend bereits alles Wichtige gesagt worden. Nur, wenn Hecht sich ganz klar zu seiner Vaterschaft bekannte, dem Kind angemessenen Unterhalt garantierte und Silke solange auch finanziell unterstützte, bis sie für sich und ihr Kind ein lebenswertes Umfeld aufgebaut hatte, war ein Austragen verantwortbar. Bei aller Bindung Silkes an das in ihr heranwachsende Leben musste man zwischen religiös oder sentimental gefärbten Lebensbildern und der um ein Vielfaches grausameren und trostloseren Wirklichkeit unterscheiden. Nur wenn ein Abbruch absolut nicht ging, wenn Silke wirklich das Gefühl habe, mit einer solchen Schuld nicht leben zu können, müsste das Kind eben zur Welt kommen. Auch dann werde man sie nicht im Stich lassen. Eine richtige Entscheidung gebe es ohnehin nicht, nur eine falsche und eine ganz falsche.

Es war dunkel geworden. Conny kam, sagte nur: »Oh, Probleme!«, und verschwand in ihrem Zimmer. Fast eine halbe Stunde saßen sie noch im Garten; dann mahnte Gudrun, alle müssten morgen vor sieben aufstehen, es sei jetzt Bettzeit. So beendeten sie die schweigende Runde. Als Silke schon im Nachthemd vor ihrem Bett stand und noch einmal ihre Blicke über die Bücherregale wandern ließ, ging die Tür auf und Gudrun kam nochmals herein. Sie nahm Silkes rechte Hand zwischen ihre Hände, sah sie an, lange und gründlich. »Ich wollte dir nur noch einmal sagen, dass wir dich nicht im Stich lassen. Das gilt auch, wenn das Kind kommt. Wir können und dürfen dich da nicht beeinflussen. Bevor du eine endgültige Entscheidung triffst, darfst du gern wieder herkommen und mit uns sprechen. Ach ja, noch etwas wollte ich dir sagen: Conny hat mir gesagt, sie findet dich ganz super. So 'ne Schwester hätte sie sich immer gewünscht. Solch ein Lob will bei Conny wirklich etwas heißen.« Silke hatte Gudrun groß und ernst angesehen, und wieder hatte Gudrun gedacht: Diese Augen! Damit bringt sie jedes Eis zum Schmelzen.

Am Dienstagmorgen ging alles ganz eilig. Gudrun musste schnell aufbrechen. Conny maulte; irgendetwas wollte sie entgegen Hardys Anweisung partout nicht einsehen. Und Hardy selbst machte auch einen ungemütlichen Eindruck; er war im Geist schon bei seinen Sitzungsterminen. So war es für Silke etwas leichter, aus dieser behüteten Welt wieder in ihren Alltag zu wechseln, und der hieß jetzt Altenfurt und Hecht.

Der Karpfenteich, Teil I

Der August war schon zu zwei Dritteln vergangen. Ute hatte mit der Chemotherapie angefangen. Noch verlor sie nur wenige Haare, aber nach den Infusionen war es ihr doch recht übel. Hecht blieb vorsichtshalber zu Hause in der Nähe des Telefons. Auch heute war es besser, wenn er seine Frau mit dem Auto abholte. Sie hatte zwar ein Taxi rufen wollen; die Infusion machte ihr aber zu schaffen.

Abends ging es schon wieder besser. Ute war bemüht, sich nicht erneut hängen zu lassen. Hecht gewann wiederum den Eindruck, sie habe angefangen, ihr Verhältnis zu ihm zu verbessern, ihm verständnisvoller und geduldiger zu begegnen. Er selbst lebte immer noch in großer Anspannung; wöchentlich meldeten sich die Erpresser mit dem ominösen Brief. Hecht zweifelte nicht, dass die noch irgendetwas gegen ihn im Schilde führten und nur auf einen günstigen Anlass warteten, mit Forderungen an ihn heranzutreten. Als er auch in der dritten Augustwoche seinen Brief erhielt, packte ihn die Wut. Das wäre jetzt doch ein Fall für den Staatsanwalt, überlegte er. Aber wenn er so einfach zur Staatsanwaltschaft spazierte und Strafanzeige erstattete, käme das vermutlich rasch an die Öffentlichkeit, und der Schaden wäre womöglich größer als der Nutzen. Am besten sprach er einmal mit dem Leiter der Altenfurter Staatsanwaltschaft, dem Leitenden Oberstaatsanwalt Dr. Sombicky. Er kannte ihn aus der Juristischen Vereinigung, einem Verein, in dem sich der größte Teil der Altenfurter Juristen, Richter, Staatsanwälte, Rechtsanwälte und auch Professoren zusammengefunden hatte. Viermal im Jahr gab es eine wissenschaftliche Vortragsveranstaltung, gelegentlich auch für die Praktiker ein Fortbildungsseminar, und jedes Jahr zu Fasching den Altenfurter Juristenball. Die Professoren gingen ohne Begeisterung zu den Veranstaltungen; oft entsprach das Niveau nicht ihren Vorstellungen, waren ihnen die Themen zu praxisbezogen oder die Referenten zu wenig akademisch.

Trotzdem! Hecht musste einmal mit jemandem vertraulich über diese Erpressung sprechen, und Frau Marschner bekam den Auftrag, Herrn Sombicky ans Telefon zu schaffen. Überraschenderweise gelang das sehr schnell; Herr Sombicky ordnete gerade seine Termine und wollte am Ende des Monats für zwei Wochen in Urlaub fahren. Hecht bat um ein kurzfristiges, persönliches Treffen. Eine sehr vertrauliche Sache, die er nur mit Sombicky und nicht mit einem Vertreter besprechen wollte.

Zu seiner Überraschung war Sombicky sofort bereit, ihn zu einem Gespräch zu empfangen. Es füge sich sogar sehr gut, meinte er, denn er habe sich seinerseits gerade mit einer Frage an den juristischen Dekan wenden wollen. Er brauche etwas Hintergrundwissen über die Finanzierung von Universitätsinstituten und auch über die Handlungsspielräume, die solch ein Institutsdirektor habe. »Also, Herr Dekan, ich schlage vor, dass wir Ihre Fragen in meinem Büro abhandeln; dort sind wir nämlich absolut ungestört und können notfalls auch sofort einen Aktenvermerk diktieren. Und wenn Sie wollen, gehen wir hinterher gemeinsam in den Ratskeller; ich lade Sie zu einer Brotzeit ein, und Sie vermitteln mir dann einmal die Geheimnisse aus dem Bauch der Universität.«

So hatte Hecht sich das eigentlich nicht vorgestellt, aber ein Zurück gab es nicht; dazu hatte er sein Problem zu dringlich gemacht. Und wenn Sombicky ihn in irgendeiner anderen Universitätsaffaire ins Vertrauen ziehen wollte, konnte das nur von Vorteil sein. Also verabredeten sie, dass Hecht am nächsten Tag, einem Mittwoch, gegen 16.oo Uhr bei Herrn Sombicky erscheine und man sich ausreichend Zeit für das Gespräch nehmen könne.

Die Staatsanwaltschaft war schon, wie auch das Landgericht, in einen Neubau hinter dem Bahnhof in die Weseraue umgezogen. Allein das Amtsgericht befand sich noch in einem in der ersten Nachkriegszeit schlecht und recht wieder aufgebauten Gebäude. Eigentlich sollte es ebenfalls in den Neubaukomplex umziehen. Dabei war dem Land das Geld ausgegangen; so gab es nur einen leeren Bauplatz, der von Besuchern des Landgerichts und der Staatsanwaltschaft nach und nach als Parkplatz erobert worden war. Er war nicht befestigt und bei Regenwetter schlammig, bei Trockenheit staubig. Die Justizangehörigen nannten ihn »die Wüste Gobi«.

Dort parkte Hecht am Mittwoch sein Auto und stieg auf Zehenspitzen um die schlimmsten Pfützen und Schlammlöcher herum. Die Vorzimmerdame von Herrn Sombicky war jung, hübsch und freundlich. Sie lächelte ihn an, als sie fragte, ob er lieber einen Kaffee oder einen Tee möge. Hecht wollte wissen, was der Chef bevorzuge. Der trank Kaffee mit Milch und Zucker. Das wollte Hecht dann auch nehmen. Er musste einen Augenblick im Vorzimmer verharren, der Oberstaatsanwalt hatte noch Besuch. Hecht gab sich Mühe, die junge Frau nicht allzu taxierend anzusehen. Die war ja wirklich ausnehmend hübsch und gut gebaut. Welch ein Glück, dass ihm nicht täglich eine solche Herausforderung an die Sinnlichkeit gegenüber saß; aber bei Frau Marschner bestand kein Risiko, dachte er fast etwas bedauernd.

Hecht war ungeduldig; doch dann öffnete sich die Doppeltür, ein Besucher wurde von Dr. Sombicky an die Tür geleitet. Und nun begrüßte er Hecht mit einem freundlichen Händedruck. »Wie schön, dass Sie unser neues Domizil auch einmal in Betrieb erleben«, eröffnete er das Gespräch. »Ich erinnere mich noch gut an den Tag der Einweihung und Ihre freundlichen Grußworte als Dekan. Wie lange ist das schon her? Fast ein Jahr? Schrecklich, wie schnell die Zeit vergeht, man merkt es gar nicht, und schon ist wieder ein Jahr vorüber. Und Sie sind immer noch Dekan?« Hecht bejahte. »Ja, ja, wenn man erst einmal beim Arbeiten erwischt worden ist, dann lässt einen das nicht los; immer bekommt man wieder Neues aufgeladen.«

Sie nahmen in einer Polstergruppe Platz; Hecht war angenehm überrascht, wie gepflegt und kultiviert das Zimmer eingerichtet war. An den Wänden hingen verschiedene Graphiken, Farblitographien waren handsigniert und deuteten auf den Geschmack ihres Eigentümers. Und der Kaffee, der jetzt von der immer noch so begehrenswert aussehenden Sekretärin auf einem Tablett auf den Tisch gestellt wurde, befand sich in einer Warmhaltekanne aus Edelstahl, einem Luxusmodell der Firma Alessi, von dem Hecht wusste, dass es besonders teuer war – Frau Marschner hatte eine ganz einfache aus Plastik. Das machte längst nicht so viel her. Und Sombicky selbst? Hecht hatte ihn eigentlich eher als unauffällige, graue Maus in Erinnerung. Aber hier trat er ganz anders in Erscheinung. Zwar nicht so schlank und drahtig wie Hecht, aber elegant gekleidet, dezent, doch mit sicherem Geschmack zusammengestellt. Er mochte etwas jünger als Hecht sein; da er aber offensichtlich keinen Sport trieb, hatte er schon eine Altherrenfigur; schade, dachte Hecht, das könnte er doch leicht ändern, wenn er wollte.

»Sie haben mich ja ganz neugierig gemacht. Hoffentlich kann ich überhaupt nützlich sein. Berichten Sie völlig frei, wir sind hier absolut ungestört.« »Darf ich Ihrer Diskretion sicher sein? Ich bin nämlich selbst Betroffener und möchte, ehe ich etwas unternehme, gern Ihre Meinung wissen.« »Aber selbstverständlich, Herr Professor, davon können Sie ausgehen«, dann sah er betreten zu Boden, »es sei denn, Sie beichteten mir jetzt Mord, Totschlag oder irgendein anderes Kapitalverbrechen – aber das ist ja ganz undenkbar.« »Ich bin nicht Täter, sonder Opfer einer Straftat«, wies Hecht ihn leicht gereizt zurecht. »Und ich weiß nicht, wann der Zeitpunkt gekommen ist, dass Ihre Behörde sich der Sache annimmt.« »Nun schildern Sie doch mal in aller Ruhe, was sich zugetragen hat. Selbstverständlich helfe ich Ihnen, so gut ich das kann. Und ich kann Sie auch beruhigen: Hier an meinem Tisch haben schon so viele Besucher mit den schwierigsten Problemen gesessen; bisher sind sie eigentlich alle ganz zufrieden wieder heimgegangen.«

Hecht berichtete dann über das Fakultätsfest und die folgende Nacht, allerdings in der neuen, von ihm jetzt bevorzugten Version. Danach hatte er deutlich zuviel getrunken; vielleicht war ihm auch ein Schlafmittel in den Wein geschüttet worden. Als ihm so gegen 23.00 Uhr stark übel geworden sei, er plötzlich rasendes Herzklopfen und Schwindelanfälle bekommen habe, sei er mit Mühe aus dem Institutsgebäude heraus auf die Straße getreten. Eine Mitarbeiterin seines Instituts, die gerade nach Hause gehen wollte, habe ihn vor dem Juridicum gesehen und auch gemerkt, wie schlecht es ihm ging. Sie habe gemeint, wenn er mal etwas hinundhergehe, werde es vielleicht besser. Da sie Angst gehabt habe, sein Zustand verschlechtere sich vielleicht noch, habe sie ihn auf seinem Heimweg zu Fuß bis zum Stadtpark begleitet. Da es ihm aber immer übler geworden sei und auch das Schwindelgefühl noch zugenommen habe, sei sie mit ihm zu ihrer ganz in der Nähe gelegenen Wohnung gegangen, habe ihm von dort ein Taxi rufen wollen. Er habe sie aber gebeten, damit noch zu warten, bis es ihm etwas besser gehe. In seinem Zustand habe er keinesfalls zu Hause bei seiner Frau erscheinen wollen. Der habe er nämlich ausdrücklich versprochen, nur ganz wenig zu trinken, weil ihm das überhaupt nicht bekomme. Kurz und gut: Die Mitarbeiterin habe ihm dann einen Tee gekocht, ihm feuchte Tücher auf Kopf und Nacken gelegt. Und tatsächlich sei es ihm nach einiger Zeit auch besser gegangen; er habe die Wohnung wieder verlassen, habe nach Hause gehen wollen. Nachdem es ihm draußen aber erneut schrecklich übel geworden sei und er sich habe übergeben müssen, sei er zunächst noch einmal in sein Institut gegangen, welches direkt am Wege lag. Dort habe er eine längere Pause eingelegt und sei dann endgültig in sein Haus in die Brunnenstraße zurückgekehrt. Seine Frau habe ihm später wegen seiner Trunkenheit und seines Aussehens Vorwürfe gemacht. Deswegen habe er ihr gar nicht erst erzählt, dass er noch von seiner Mitarbeiterin, einer Frau Wittmann, in deren Wohnung wieder aufgepäppelt worden sei. Das hätte seine Frau nur noch mehr erregt. Und da sie im Augenblick ernsthaft erkrankt sei – ein schlimmes Karzinom – und jede Aufregung vermieden werden müsse, habe er ihr diesen Umweg über Frau Wittmanns Wohnung auch weiterhin nicht berichtet.

Und nun werde er erpresst. Damit holte er aus seiner Aktentasche die verschiedenen Schreiben mitsamt den Briefumschlägen und legte sie vor Dr. Sombicky auf den Tisch. Dieser betrachtete sie aufmerksam, ließ sich das Bibelzitat nennen, lenkte seine nachdenklichen Blicke abwechselnd auf die Schreiben und Hecht, rang sich dann ein »eine wirklich äußerst unangenehme Situation« ab und versank erneut in Schweigen. Hecht stellte klar: »Ich habe natürlich nichts mit der Frau Wittmann angestellt, absolut nichts. Selbst wenn ich das gewollt hätte – in dem Zustand wäre nichts gegangen; mir war ja so elend.«

Sombicky fand seine Sprache wieder. »Je mehr ich darüber nachdenke, um so mehr vermute ich, dass das kein Fall von Erpressung ist. Wie Sie den Abend schildern: das ist eigentlich ganz plausibel. Mit was wollen die denn erpressen? Das sind doch überwiegend Spekulationen. Die haben Sie mit der Mitarbeiterin draußen gesehen, sind Ihnen vermutlich gefolgt und haben auch mitbekommen, dass Sie für einige Zeit mit ihr in deren Wohnung gegangen sind. Aber sonst? Womit können die Ihnen denn drohen? Ihre Mitarbeiterin kann doch sofort aussagen, was wirklich geschehen ist. Ihr Rausch und Ihre Hilflosigkeit sind allenfalls etwas peinlich. Aber sonst ist das doch – entschuldigen Sie – eine ganz alltägliche Geschichte. Natürlich wäre es besser gewesen, Sie hätten gleich ein Taxi nach Hause genommen, anstatt sich von der Mitarbeiterin betreuen zu lassen. Aber was Sie bei Ihrer Frau erwartete – mir leuchtet unmittelbar ein, dass Sie erst einmal eine Erholungspause einlegen wollten, bevor Sie sich diesem Gewitter aussetzten. Für Ihre Frau ist es vielleicht etwas unangenehm, von Ihnen als Hausdrache empfunden zu werden. Aber auf dieser ganzen Geschichte eine Erpressung aufzubauen – nein, das macht eigentlich keinen Sinn.«

Erneut trat eine längere Pause ein. Dann nahm Sombicky den Faden wieder auf. »Wissen Sie, was ich vermute? Das ist ein Studentenulk. Waren denn bei Ihrem Fest auch Studenten? Ja? Na, sehen Sie, da liegt doch schon eine Fährte. Die haben Ihren Zustand bemerkt, haben Sie vielleicht zufällig mit der Mitarbeiterin nach draußen gehen sehen usw.; ja, und nun wollen die ihren Professor mal etwas braten. Das Ganze gehört eher in das Kapitel »Mobbing« als in das Kapitel »Straftaten«. Für den Staatsanwalt gibt das zur Zeit nichts her. Es ist völlig unklar, ob und was die von Ihnen fordern. Vermutlich nichts; das geht eher in die Richtung »Rufschädigung«. Strafrechtlich kommen wir vielleicht in den Bereich der Beleidigung oder der üblen Nachrede. Und das sind Privatklagedelikte. Wenn Sie das verfolgen wollen, bleibt

Ihnen nur der Weg zur Privatklage. Was anderes gilt natürlich, wenn doch noch ein Schweigegeld oder ein Vermögensvorteil gefordert wird. Dann sind wir zuständig, und dann klären wir das auf. Also, lieber Herr Hecht, bei allem Verständnis für Ihre Lage, insbesondere mit der kranken Frau, und dann noch so etwas. Aber ich glaube nicht, dass das eine Erpressung wird – fast möchte man sagen, leider, denn dann könnten wir natürlich ganz anders zufassen.«

Hecht sagte nichts. Was er hier hörte, darauf hätte er auch selbst kommen können. Und zu irgendwelchen Aktionen würde er Herrn Dr. Sombicky im Augenblick nicht bewegen. Er trank die Kaffeetasse leer, ein Zeichen zur Beendigung des Gesprächs. Sombicky versicherte nochmals, dass er oder sein Vertreter, ein absolut zuverlässiger und diskreter Kollege, natürlich sofort zur Verfügung stünden, falls der Fall anders verlaufe als jetzt von ihm vorhergesehen.

Die junge Frau aus dem Vorzimmer war verschwunden; sie hatte sicher längst Feierabend gemacht. Schade, Hecht hätte sich gern von ihr verabschiedet; sie sah wirklich hübsch aus.

»Lassen Sie Ihr Auto doch hier stehen«, riet ihm Sombicky. »Beim Ratskeller kann man schlecht parken, und die paar Schritte zu Fuß tun uns nur gut.« Die »paar Schritte« waren eine Distanz von fünfzehn Minuten. Aber Hecht war es ganz lieb, sich an der Luft bewegen zu können, obwohl ein Gespräch auf dem Weg zum Ratskeller nicht zustande kam.

Sie fanden zu dieser Zeit, es war gegen 17.3o Uhr, noch leicht einen freien Tisch in einer Nische. Hecht bestellte ein dunkles Hefeweizen, Sombicky ein Viertel Rotwein. Sie einigten sich dann auf eine gemeinsame Käseplatte mit frischem Krustenbrot, das Hecht besonders gern aß.

Als die Kellnerin gegangen war, kam Sombicky gleich mit seinem Problem heraus. »Also, lieber Herr Hecht, ich habe einfach ein paar Verständnisfragen über das Berufungssystem in Ihrer Universität.« »Oh, lieber Herr Oberstaatsanwalt! Jetzt würde ich am liebsten wie Lohengrin antworten: nie sollst du mich befragen! Im Ernst, das ist eine äußerst delikate Materie und gibt zu mindestens ebenso vielen Spekulationen Anlass, wie die Frage nach dem Gehalt der Queen.« »Ich will Ihnen gern den Hintergrund meiner Frage erläutern«, versuchte Sombicky zu beschwichtigen. »Und selbstverständlich sichere ich Ihnen Vertraulichkeit zu. Mein Interesse ist auch überhaupt nicht dienstlich. Sonst hätte ich mit Ihnen diese Lokalität gar nicht aufgesucht. Aber meine Tochter, die an der Universität Tübingen als Assistentin arbeitet, sie ist Mikrobiologin, hat einen, sagen wir einmal neudeutsch, Lebensgefährten, der ebenfalls Naturwissenschaftler ist, allerdings schon habilitiert. Dem wurde von einigen Professoren Ihrer Universität sehr nahegelegt, sich in Altenfurt um eine Professorenstelle zu bewerben; allerdings wohl keine zu Pferde, sondern eine zu Fuß. Nun hat er sich erkundigt, hier in der Universität, aber die Hintergründe, die er herausgefunden hat, sind so merkwürdig, dass ich das gar nicht glauben mag. Der Ordinarius, der das Institut leitet, hat sich alle Entscheidungen über die Verteilung von Geld, Stellen und Laborkapazität persönlich vorbehalten, will nicht nur für

Nachwuchsprofessoren fast kein Geld herausrücken, sondern weigert sich auch, überhaupt irgendwelche verbindlichen Aussagen zu den Arbeitsbedingungen zu machen. Stattdessen hat er angedeutet, dass das Institut wie eine große Familie funktioniere; wer artig und fleißig sei, könne auch mit guter finanzieller Hilfe rechnen. Im übrigen sei in der Familie noch nie jemand verhungert. Nur müsse man sich seinem Rang entsprechend eben in den Familienbetrieb einordnen. Also, das hört sich an wie in einer mittelalterlichen Zunft, aber nicht wie bei einer modernen Dienstleistungseinrichtung des demokratischen Staates. Ich mag das gar nicht glauben; das kann doch so nicht sein, hier an unserer Universität Altenfurt. Und wenn das so wäre, müßte der Präsident als Behördenleiter doch einschreiten und Rechtssicherheit und Willkürfreiheit wieder herstellen. Er ist schließlich Hoheitsträger, und die Mittel, mit denen die Universität arbeitet, sind letztendlich Steuergelder.« »Wer ist denn dieser Patriarch, um den es da geht?« »Den Namen würde ich lieber nicht nennen; ich soll ja nicht irgendeine Straftat aufklären, sondern möchte mir eigentlich nur für den Hausgebrauch etwas Hintergrundwissen aneignen.«

Hecht kaute an einem großen Stück Emmentaler, spülte den Rest mit einem Schluck Weizenbier herunter und sah Sombicky nachdenklich an. Natürlich war dieses Problem, auch »Ressourcenallokation« genannt, ein zentrales Thema in der hochschulpolitischen Diskussion. Aber wie sollte man das einem Außenstehenden erklären? Die Zusammenhänge und die verschiedenen Verfahren waren ja so kompliziert, dass nicht einmal alle Professoren wussten, um was es dabei ging. Wie fing man die Erläuterung am besten an? –

»Also, lieber Herr Sombicky, Sie dürfen sich die Universitäten nicht wie Behörden vorstellen, die im engen Korsett gesetzlicher Regelungen praktisch ganz statisch und unflexibel funktionieren, wie klassische Behörden eben. Tatsächlich begreift sich die deutsche Universität – na ja, ich will mich einmal nur auf Altenfurt beschränken – als Gelehrtenrepublik. Das ist auch bis zum Ende der fünfziger Jahre nie infrage gestellt worden. Der Rektor war als »primus inter pares« auf Zeit gewählter, natürlich ehrenamtlich tätiger Repräsentant dieser Gemeinschaft. Neben ihm gab es die Ordentlichen Professoren, die Ordinarien, also die Inhaber der Lehrstühle. Sie waren die eigentlichen Träger der Forschung. Und dann gab es weitere Professoren eher niedrigeren Ranges und geringerer Besoldung, die sich verstärkt um die Lehre und, allerdings mit eingeschränkten Mitteln ausgestattet, auch um ausgewählte Forschungsthemen kümmern durften. Der ganze Lehr- und Forschungsbetrieb war in Instituten organisiert, denen ein oder mehrere Lehrstühle zugeordnet waren und die von solch einem Ordinarius geleitet wurden. Zu diesen Instituten gehörten die Mitarbeiter und die Sachmittel. Die Fakultät war ein akademischer Überbau, dessen Funktion vor allem in der Koordination der Institute und der Sicherstellung der Lehre lag. Darüber hinaus gab es bei der Qualifikation des Nachwuchses gewisse Mitspracherechte, und natürlich bei Berufungen von Professoren. Aber das eigentliche Zentrum der Universität waren und sind bis heute ihre Institute.«

»Aber gibt es denn keinerlei Eingriffsrechte für den Senat oder den Präsidenten? Wofür haben die Hochschulen denn Selbstverwaltungsgremien, in denen gewählte Vertreter aller Gruppen mitbestimmen, so wie das in Demokratien üblich ist?« »Gemach, Herr Oberstaatsanwalt, gemach! Lassen Sie mich erst einmal meine Erläuterungen abschließen.« »Ja, natürlich, ich sollte Ihnen nicht ins Wort fallen, sondern lieber erst einmal zuhören.«

»Also: Diese Institute wurden von den Ordinarien oft wie kleine Fürstentümer geleitet. Sie hatten in Berufungsverhandlungen, die ihrem Dienstantritt vorausgingen, die ihnen und dem Institut zugestandene Ausstattung mit Räumen, Geräten, Büchern und – natürlich ganz wichtig – wissenschaftlichem und anderem Personal, zum Beispiel Technikern oder Sekretärinnen ausgehandelt. Diese Berufungsverhandlungen werden heute mit der Universität und dem Ministerium geführt. Die Ausstattung wurde und wird bis heute ebenso wie eventuelle Zulagen zum persönlichen Gehalt in die Form einer rechtsverbindlichen schriftlichen Zusage gefasst und, jedenfalls bisher, unbefristet in Kraft gesetzt. Wer in einer Universität wie unserer über eine solche Berufungszusage verfügt, hat seine und seines Instituts Ausstattung auf Lebenszeit gesichert. Ihm kann eigentlich nichts mehr passieren. Natürlich konnten und können Professoren, wie sagten Sie so schön, »zu Fuß«, also die Nichtordinarien, weder Berufungsverhandlungen führen noch Zusagen erhalten. Sie arbeiten allein fürs Gehalt und waren und sind im Institut Mitesser am großen Tisch der Ordinarien.

Daneben gab es schließlich noch den Bereich der Verwaltung, der für Heizung, Beleuchtung und Instandhaltung der Gebäude, für die Einschreibung der Studenten und natürlich für die rechtzeitige Anweisung der Gehälter zuständig war. Diese wurde in der Regel von einem Kurator geleitet, einem Juristen, oft aus dem Ministerium, gelegentlich aber auch aus der eigenen Universität gewonnen. Diese Kuratoren waren im übrigen auch eine Art Bindeglied zum übergeordneten Ministerium. Ein Teil ihrer Tätigkeit bestand in der Bewältigung des daraus resultierenden Spagats zwischen Hochschule und Landesregierung.«

»Aber das ist ja wie zu Zeiten des Absolutismus, lieber Herr Hecht. Solche Strukturen können doch nicht bis heute überlebt haben«, warf Sombicky ein.

»Nun ja, in Zeiten, als Universitäten noch Eliteeinrichtungen für einen exklusiven, kleinen Teil der Bevölkerung waren, hatte das System sehr gut funktioniert, obwohl es die Universitäten auch nicht vor der Eroberung bzw. Unterwanderung durch die Nationalsozialisten schützen konnte. Als das Dritte Reich dann 1945 untergegangen war und es an den Wiederaufbau eines demokratischen Staates ging, knüpfte man bei den Universitäten einfach da wieder an, wo sie sich 1933 bei Hitlers Machtantritt befunden hatten. Die alte Ordinarienuniversität wurde wieder zum Leben erweckt. Anfangs war das sehr erfolgreich. Aber die Öffnung für immer weitere Bevölkerungsschichten führte zu einem sprunghaften Anstieg der Studentenzahlen. Das Hochschulpersonal wurde vermehrt, die vorhandenen Universitäten ausgebaut, und als das auch nichts mehr nützte, begannen die Länder Anfang der 60er Jahre in erheblichem Umfang und mit viel Geld, zur Hälfte vom Bund bereitgestellt, neue Universitäten zu gründen. Die Studentenjahrgänge wurden immer größer, die Zahl der Universitätsmitarbeiter stieg weiter. Nur: Die Leitungs- und Organisationsstrukturen der Universitäten, auch der Neugründungen, änderten sich nicht. Weiterhin gab es die entscheidende Gruppe der Ordinarien, der Lehrstuhlinhaber. Und geleitet wurden die Universitäten, die oft über Jahresetats von mehreren 100 Millionen Mark verfügten, von ehrenamtlichen Rektoren nach Regeln, die aus der Blütezeit der deutschen Universität im 19. Jahrhundert tradiert waren. Für das Finanzgebaren gab es das feingesponnene Regelungswerk der staatlichen Haushaltsgesetzgebung, die man unmittelbar auf die königlich-preußische Kameralistik zurückführen konnte.«

»Aber das ist ja kaum zu fassen, diese Oase ständischer Organisation. Das mag man wirklich nicht glauben, am Ende des zwanzigsten Jahrhunderts, nach Durchsetzung demokratischer Grundsätze bei allem staatlichen Handeln«, erregte sich Sombicky.

»Halt! Ich beschreibe ja nur ein Übergangsstadium, an welchem wir noch heute arbeiten und auf dessen Nachwirkungen wir oft stoßen. Aber ich will versuchen, es kürzer zu machen:

Nachdem dieses System von den tatsächlichen Verhältnissen völlig überrollt worden war und als die übrigen Mitgliedsgruppen der Körperschaft Hochschule mit viel Getöse Teilhabe an den Leitungseinrichtungen forderten, die Macht der Ordinarien brechen wollten – der zum Teil radikale Wandel manifestierte sich in der Staats- und Hochschulphilosophie der später so genannten Achtundsechziger –, entschlossen sich Bundes- und Ländergesetzgeber zu handeln. Die Beteiligung aller Statusgruppen an der Selbstverwaltung wurde per Gesetz eingeführt, die Macht der Institute und der Ordinarien eingeschränkt. Die Zuständigkeit von Senat und Fakultäten wurde gestärkt und, der vielleicht bedeutendste Schritt, die sogenannte »Einheitsverwaltung« eingeführt. Das Ehrenamt des Rektors wurde, außer bei ganz kleinen Hochschulen, durch das Amt eines auf Zeit, in der Regel 4–6 Jahre, gewählten hauptamtlichen Präsidenten ersetzt. Der wurde Leiter der ganzen Hochschule. Er konnte und sollte vor allem Manager sein. Ihm zur Seite sollten Vizepräsidenten stehen, möglichst solche aus der Professorengruppe, die die Verbindung zu Forschung und Lehre hielten. Die Verwaltung, auch die der Finanzen, sollte einem dem Präsidenten verantwortlichen Kanzler unterstellt sein, der allerdings weitgehende Kontrollfunktionen über das Finanzgebaren der Professoren erhielt. Und ganz wichtig: Lebenslang wirksame Berufungszusagen sollte es künftig auch nicht mehr geben.«

»Und diese Struktur haben wir jetzt hier in Altenfurt?«, fragte Sombicky. »Wie Radio Erewan: im Prinzip ja – aber?«, hakte Sombicky nach. »Der Fortschritt kam im Schneckentempo. Viele Universitäten, insbesondere die älteren mit ihren gewachsenen akademischen Traditionen, liefen Sturm gegen diese Neuerungen. Die meisten Ordinarien sahen Einfluss und Freiheit schwinden. Selbstverständlich lehnte die Universität Altenfurt die neue Struktur ab; der mehrheitlich von den Ordinarien beherrschte Senat beschloss, dem Universitätsparlament, das den Präsidenten wählen musste, nur Kandidaten vorzuschlagen, die erfahrene Ordinarien waren. Auch sollten sich diese verpflichten, ihr Amt so wahrzunehmen, dass sie mindestens die Hälfte der Dienstzeit weiterhin in Forschung und Lehre tätig seien, um zu zeigen, wo sie die eigentlichen Schwerpunkte ihrer Arbeit sahen. Ferner sollten sie sich während ihrer Amtszeit als Präsident nicht in ihrem Institut vertreten lassen, sondern dort weiterhin selbst präsent sein.«

»Das ist ja wirklich erstaunlich«, unterbrach Sombicky Hechts Redestrom. »Da lässt diese Gelehrtenrepublik ein ganzes Reformgesetz leer laufen, und kein Ministerium schafft Ordnung!« »Nein, nein! Ganz so war es nicht. Ich sagte ja schon, der Fortschritt braucht seine Zeit. Bedenken Sie: Jahrhundertealte Strukturen, die sich ja unbestreitbar bewährt hatten, bis weit ins zwanzigste Jahrhundert hinein, kann man doch nicht über Nacht ersetzen. Das ist auch ein Generationsproblem in den Lehrkörpern. Zumindest hier bei uns war es und ist es das bis heute geblieben. Die Entwicklung der letzten fünfzehn Jahre belegt diesen Konflikt deutlich. Ganz langsam kamen die neuen Strukturen zum Zuge, wirklich langsam, aber eben doch erkennbar. Ich will Ihnen das an Altenfurt als Beispiel zu zeigen versuchen:

Erster Präsident nach neuem Recht wurde Professor Wüllner, ein eher liebenswürdiger Altphilologe, der gemeinsam mit Kurator Wagner allen größeren Konflikten aus dem Weg ging. Der Einfluss der Ordinarien war immer noch groß, auch wenn die übrigen Personengruppen in den Gremien oft den Aufstand probten. Die Stimmung wurde gereizter, als in die Professorengruppe im Senat zwei Modernisierer gewählt wurden und die Ordinarien ihre absolute Mehrheit verloren. Genervt verzichtete Wüllner damals auf eine weitere Kandidatur. Kurator Wagner, der jetzt die Dienstbezeichnung ›Kanzler‹ führen musste, schlug sich, wie stets, auf die Seite der Ordinarien. Das bereitete ihm in der Summe immer noch den geringsten Ärger.

Nächster Präsident wurde Professor Nemitz, ein Betriebswirt, von dem sich insbesondere die wissenschaftlichen Mitarbeiter Reformen und mehr Offenheit versprochen hatten. Kurator Wagner – ich erinnere mich, er bestand beharrlich darauf, seine alte Amtsbezeichnung weiterzuführen – stellte sich gegen ihn und half ihm überhaupt nicht. Sein reformerischer Elan war bald verbraucht. Nemitz setzte sich nicht durch und verhedderte sich im Gestrüpp hochschulrechtlicher Regelungen, zu deren Überwindung ihm der Kanzler jede Hilfestellung verweigerte. Nach vier Jahren glückloser Amtszeit wollte er nicht wieder kandidieren. Es war ganz deutlich, dass jeder, der das Präsidentenamt anders als das eines Rektors alter Art führen wollte, zum Scheitern verurteilt war.«

»Aber warum, um alles in der Welt, hat denn Ihr Ministerium nicht eingegriffen?«, wollte Sombicky wissen. »Ja, wie denn? Die konnten doch auch keinen Präsidenten aus dem Hut zaubern. Und im übrigen sind das doch mehr oder weniger Theoretiker, die wenig Ahnung davon haben oder zumindest damals hatten, wie es vor Ort wirklich aussah. Nein, in geregelte Bahnen kam alles erst wieder, als Mackenroth zum ersten Mal Präsident wurde. Natürlich brauchte er vor allem das Vertrauen der Ordinarien. Aber die hatten ihn ja quasi zur Kandidatur gedrängt. Kein Wunder; er war noch ein richtiger Ordinarius alter Art, mit einer vorzüglichen Berufungszusage ausgestattet, und Direktor des Instituts für Festkörperphysik. Es gab in seinem Institut einen zweiten Ordinarius, Professor Mann, der jünger war, sich aber so seiner Wissenschaft verschrieben hatte, dass er kaum sein Labor verließ; allenfalls einmal, um einen Kongress zu besuchen, einen Vortrag zu halten oder als Fachgutachter an einem auswärtigen Gutachtertermin teilzunehmen. Böse Zungen behaupteten, er habe es wochenlang nicht bemerkt, als seine Frau ihn verlassen hatte. Was ihm an Außendarstellung fehlte, wies Mackenroth im Überfluss auf: Eloquenz, konservatives Sendungsbewusstsein und uneingeschränkte physische Kondition.

Weil Mackenroth nicht befürchten musste, man werde ihn im Institut im Falle seiner Wahl zum Präsidenten in irgendeiner Weise verdrängen, stimmte er schließlich einer Kandidatur zu, weniger aus Sendungsbewusstsein, als aus Überzeugung, Schlimmes verhindern zu müssen. Seine erste Amtszeit war etwas mühsam; er musste zunächst den Scherbenhaufen beseitigen, den sein Vorgänger Nemitz hinterlassen hatte, darunter auch die unglückselige, von dem Jurastudenten Hesse aufgedeckte Schlamperei bei Erfüllung der Lehrverpflichtungen durch Professoren. Nach und nach gelang es ihm aber, die Universität wieder auf Kurs zu bringen, und der war streng konservativ, allerdings auch leistungsorientiert. So wurden ihm die vielen älteren Ordinarien, die auf ihren dicken Berufungszusagen saßen, wissenschaftlich aber unergiebig bis hinderlich waren, ein Dorn im Auge. Da er meinte, diese müden alten Herrschaften seien gehäuft in den Geisteswissenschaften – von ihm oft abfällig als ›Quasselwissenschaften‹ disqualifiziert – anzutreffen, versuchte er, einen deutlichen Schwerpunkt auf die Förderung von Naturwissenschaften und Medizin zu legen. Das machte ihn den Geisteswissenschaftlern etwas suspekt. Es war aber nicht zu übersehen, dass in Altenfurt – im Gegensatz zu anderen, benachbarten Universitäten, insbesondere Göttingen – Ruhe herrschte. Es wurde gearbeitet, geforscht und gelehrt und alle neumodischen Mitbestimmungsexperimente nach Möglichkeit schon in der Anfangsphase verhindert.

Die zweite Amtszeit dauert sechs Jahre. Mackenroth wollte nicht mehr antreten, hat sich dann aber doch noch einmal umstimmen lassen. So wurde er 1991 wieder zum Präsidenten gewählt, allerdings mit vielen Gegenstimmen aus den Geisteswissenschaften und von den Vertretern des wissenschaftlichen Nachwuchses. Eine größere Zahl von Ordinarien hält aber weiter zu ihm. Das reichte für die Mehrheit.

Inzwischen steht die Umsetzung der deutschen Wiedervereinigung an: Die Hochschulen in der alten DDR lagen völlig darnieder, müssen mit viel Geld auf westlichen Standard gebracht werden, was bedeutet, dass das Geld extrem knapp geworden ist. In den Universitäten, stärker noch bei Rechnungshöfen und Ministerien, macht sich eine gestiegene Sensibilität gegenüber Geldverschwendung und Schlendrian in den Instituten bemerkbar. Einige spektakuläre Fälle, auch in Altenfurt, verdeutlichen, dass wirtschaftliches Denken nicht immer Sache der Ordinarien ist; sie sitzen ja auch auf ihren Berufungszusagen, und die Verwaltungsgerichte haben deren Beständigkeit bestätigt. Trotzdem entsteht ein steigender Binnendruck auf Umverteilung und Leistungsmessung. Die Hochschulen sollen vom ganzen kameralistischen Paragraphengestrüpp befreit werden, ihre Geldmittel, die ihnen künftig als ein Festbetrag zugewiesen werden sollen, müssen sie allein nach Effizienz und Qualitätsgesichtspunkten aufteilen. Die Leitung der Universität soll eine Art Vorstand übernehmen. Mit anderen Worten: Die Hochschulen mit ihren Hunderten von Millionen an Ausgaben werden jetzt als Wirtschaftsbetriebe angesehen und sollen auch genauso behandelt werden. Die Landesregierung ließ keinen Zweifel daran aufkommen, dass sie diese Pläne demnächst in die Form von Gesetzen gießen werde.«

»Also endlich doch ein Wandel«, atmete Sombicky auf. »Nein, freuen Sie sich nicht zu früh. In allen Hochschulen des Landes, jedenfalls den älteren, wird diese Planung nachdrücklich abgelehnt. Altenfurt und sein Präsident Mackenroth marschieren an der Spitze der Abwehrfront. Und wenn Sie mich fragen, bei dieser Reform wird wirklich das Kind mit dem Bade ausgeschüttet. Die Universität als Wirtschaftsbetrieb? Wie soll das funktionieren? Wie wollen Sie wissenschaftliche Leistung messen und gewichten? Da kommt doch die Stunde der Vielschreiber. Wie wollen Sie Kriterien für die Qualität von Grundlagenforschung festlegen? Sie können die nicht in Geld bewerten wie das Verkaufsprodukt eines Erwerbsbetriebes. Nein, lieber Herr Sombicky, bei aller Einsicht in die Notwendigkeit, in den Universitäten Kosten- und Dienstleistungsbewusstsein zu entwickeln, hier irrt Hannover!«

»Also, ich muss schon sagen, das ist wirklich eine schwierige Geschichte«, warf Sombicky resignierend ein. »Es ist ja ein Wunder, dass die Universitäten noch halbwegs funktionieren. Da geht es uns mit unseren kleinen Justizreformen und der Haftrechtsproblematik noch gut. Aber Sie haben es gesagt, Herr Hecht, die Universitäten sind von überragendem statischen Beharrungsvermögen. Wahrscheinlich ist es ein Generationsproblem, das sich nur biologisch löst: Irgendwann sind die Ordinarien der ersten Stunde alle im Ruhestand oder auf dem Friedhof. Aber die Zeit vergeht! Und was da an Steuergeldern draufgeht!«

Er winkte der Kellnerin und verlangte die Rechnung. Hecht wollte seinen Anteil bezahlen, aber Sombicky bestand darauf, dass er ihn eingeladen habe. Den Weg zum Landgericht legten sie schweigend zurück; am Parkplatz dankte Sombicky Hecht noch einmal für dieses gänzlich unbezahlbare und erhellende Privatissime. Jetzt verstehe er die Schilderung seiner Tochter und ihres Lebensgefährten schon viel besser. Dann kam er noch einmal auf die vermeintliche Erpressung Hechts zurück. Er, Sombicky, sei überzeugt, dass das alles irgendwie im Sande verlaufen werde. Spektakuläre Aktionen gebe das bisschen Sachverhalt nicht her. Und schlimmstenfalls müsse eben die Doktorandin deutlich klarstellen, was wirklich gewesen sei.

»Also eher etwas Mobbing gegen Sie, aber kein ernsthafter Grund zur Besorgnis, bestimmt nicht!« Damit verabschiedete er sich und verschwand im Gerichtsgebäude.

Hecht stakste über den Parkplatz zu seinem Auto, setzte sich hinein, fuhr aber nicht ab. Er fragte sich, ob er über Sombicky verärgert sein sollte. Aber warum? Der hatte ja recht. Er selbst gewann doch auch den Eindruck, dass das ein Studentenstreich war, wenn auch ein böser. Und eines beruhigte ihn sehr: Die neue Version von Fakultätsfest und folgender Nacht war plausibel, das hatte dieser Berufsanzweifler ihm ausdrücklich bestätigt. Und der hatte ihn, sicher unbeabsichtigt, noch auf eine weiche Stelle in seiner Verteidigungsstrategie gewiesen. Silke und er mussten eine völlig übereinstimmende Darstellung der Nacht geben. Das konnte nur die sein, die er Sombicky offeriert hatte. Die war zwar etwas peinlich für ihn, überzeugte aber nach außen. Das bedeutete, er musste Silke trotz deren Abscheu vor dem Thema nochmals auf diese Version einschwören. Da er sich Silkes Zuverlässigkeit an dieser Stelle nicht sicher war, sollte er außerdem möglichst vermeiden, dass sie überhaupt irgendwann zu der Nacht Aussagen machen musste. Leicht war das alles nicht, und Nerven kostete es auch. Letztlich war es aber eine erfolgversprechende Strategie. So könnte er das alles vermutlich mit der geringsten Beschädigung überstehen. Und eines hatte er mit seinem Vortrag über die Universität auch bewirkt: Sombicky stand jetzt bestimmt auf seiner Seite, war ihm eigentlich jetzt seinerseits eine Gefälligkeit schuldig. Also hatte sich die ganze Rederei am Ende doch gelohnt. – Mit diesem beruhigenden Gefühl fuhr er nach Hause in die Brunnenstraße.

Als Hecht am Donnerstagvormittag ins Institut kam, erwartete ihn Frau Marschner mit der Nachricht, der Präsident der Universität habe dringend darum gebeten, Hecht mal für eine Stunde sprechen zu können. Der persönliche Referent, Herr Menke, habe auf ihre Frage, um was es denn gehe und ob der Dekan sich irgendwie vorbereiten könne, nur ganz unpräzise geantwortet, es gehe um eine Rechtsangelegenheit mit Dr. Lehmkuhl, dem Kanzler. Der Präsident wolle sich mit dem Dekan beraten, da es um ein juristisches Problem gehe.

Hecht war froh, dass es sich nicht um seine Erpresseraffäre handelte; andererseits war diese Abwarterei, was die andere Seite vorhatte, auch schwer erträglich. Fast wäre es ihm lieber gewesen, wenn endlich Bewegung in die Sache gekommen wäre. Dann hätte das Gesetz des Handelns bei ihm gelegen, eine Situation, die er eindeutig bevorzugte.

Ja, und Frau Wittmann war auch zurück. Die wolle ebenfalls einen Termin haben, wenn möglich, noch in dieser Woche. Nun sei es ja schon Donnerstagmittag. Sie habe dem Präsidenten, der auch nur noch diese Woche hier sei und ab Samstag für drei Wochen in die USA fliege, natürlich den Vorrang eingeräumt. Sie habe einfach mal zugestimmt, dass er heute um 15.00 Uhr zum Präsidenten gehe. Morgen müsse er um 8.00 Uhr seine Frau zur Inneren Klinik fahren und um 11.00 Uhr wieder abholen. Sie habe Frau Wittmann gesagt, sie solle sich mal ab 11.00 Uhr bereithalten, Hecht würde sie dann rufen. Frau Wittmann habe gemeint, es würde aber wohl etwas länger dauern; sie stünde jetzt an einer schwierigen Weichenstellung.

»Haben Sie den Eindruck, sie hat Abwanderungsabsichten? Sie war ja jetzt bei ihren Eltern.« »Nein, ich glaube nicht, dass es um ihren Verbleib hier geht. Sie sieht auch wieder besser aus, hat sich wieder gefangen. Nein, das wird um die Dissertation gehen. Sie haben ja mehrfach versprochen, dass Sie sich jetzt stärker um das Vorankommen der Arbeit kümmern wollten. Nun will sie davon profitieren, zumal sie in den letzten Wochen so krank war.« »O.k., Frau Marschner, machen wir das erst mal so.« »Ja, und dann habe ich auch für mich persönlich noch eine Bitte.« Hecht sah sie überrascht an. »Ich möchte nämlich die beiden mittleren Septemberwochen Urlaub machen.« »Was, so plötzlich?«, bemerkte Hecht spitz. »Das hätten Sie aber früher sagen müssen. Wer soll Sie denn vertreten?« Er ärgerte sich. In einer Zeit, in der die Erpresser jeden Tag gegen ihn losschlagen konnten, wäre sein Vorzimmer unbesetzt. Aber auch Frau Marschner ärgerte sich jetzt. Sie hätte im letzten Jahr zwei Wochen Urlaub verfallen lassen, weil er sie für unabkömmlich gehalten habe. Und seine Antwort darauf sei nur gewesen, es sei ihr Problem, wenn sie ihren Urlaub nicht nehme. Deswegen wolle sie das in diesem Jahr aber anders machen. »Es geht ja nicht nur um mich. Meine Schwester, die im letzten Jahr ihren Mann verloren hat, die schöpft jetzt endlich wieder etwas Mut. Und wir haben uns zu einer zweiwöchigen Reise an den Gardasee angemeldet; da soll es im September so besonders schön sein. Das war ein Sonderangebot, da mussten wir uns ganz schnell entschließen.«

Hecht merkte, dass er die schlechteren Argumente hatte. Er musste Frau Marschner wohl fahren lassen. »Also, von mir aus fahren Sie«, knurrte er. »Aber wer macht Vertretung? Ich bin nämlich sehr wahrscheinlich hier; wegen meiner Frau musste ich alle Reisetermine absagen.« »Na ja, im Dekanat ist Frau Schön da. Die kann den Terminkalender führen, die Wiedervorlagen macht sie ohnehin. Und das Telefon kann man auch ins Dekanat umstellen. Ja, und wenn was zu schreiben ist, habe ich gedacht, könnte vielleicht Frau Wittmann einspringen. Die hat auf ihrem eigenen PC neulich auch das große Manuskript für Sie geschrieben. Da waren Sie doch so zufrieden mit.« »Ist die denn überhaupt da?« »Das kann ich sie ja morgen fragen. Aber die macht das bestimmt; sie ist doch so hilfsbereit.« »Das sollten wir besser nicht überstrapazieren«, warnte Hecht. »Eigentlich«, und dabei sah er Frau Marschner durchdringend an, »sind Sie für mich völlig unersetzbar.« »Danke!«, sagte Frau Marschner und dachte: Gut, dass er das auch mal empfindet. Ich sollte viel mehr krankfeiern, dann merkt er erst richtig, was er an mir hat. Laut wagte sie das aber nicht zu sagen.

Hecht beschäftigte sich noch mit zwei Rezensionen, diktierte einige Schreiben und fuhr dann in die Brunnenstraße zu Ute. Frau Marschner und Frau Schön teilte er mit, er käme erst morgen gegen 11.00 Uhr wieder, sei aber ab 14.30 Uhr beim Präsidenten erreichbar, für Notfälle.

Jedes Mal, wenn er aus der Garage die Treppen ins Haus hochstieg, bekam er Herzklopfen und fing an zu schwitzen; war da irgendeine Überraschung für ihn? Hatten die Erpresser zugeschlagen? – Natürlich wussten sie, dass Ute seine schwächste Stelle war; dort würden sie ansetzen, wenn sie losschlügen. Aber auch diesmal war alles friedlich. Ute verlor Haare, war aber ganz gefasst und meinte, die Infusion vertrüge sie inzwischen besser. Heike überraschte ihn: »Die Mutti schmiedet Reisepläne. Sie möchte mit dir Anfang Oktober nach Florenz, und euer Freund Päule findet das auch eine großartige Idee.« Hecht verlor einen Augenblick fast die Fassung. Das war genau die Zeit, in der er das Zuschlagen der Erpresser erwartete. Da würde er doch nicht nach Florenz fahren! »Sehr schön«, lobte er Heikes Mitteilung. »Florenz! Ja, da bin ich mit deiner Mutter gewesen, als die International Law School in Perugia eröffnet wurde. Da haben wir die zweite Hälfte der Tagung geschwänzt und sind nach Florenz gefahren, seitdem haben wir uns immer vorgenommen, nochmals in Ruhe dort zu sein. Ja, das ist eine gute Idee. Hoffentlich kann ich hier weg, so kurz vor Semesteranfang. Kannst du denn eventuell kurzfristig einspringen und mit der Mutti dorthin fahren; ich meine, nur, wenn es bei mir absolut nicht klappt?« »Gehen würde das schon. Aber ich meine, das müsstet Ihr eigentlich zusammen machen. Es sei damals so schön gewesen, sagt die Mutti, und jetzt hättet Ihr viel mehr Zeit, auch für euch.« »Also, wenn du auf der Reservebank sitzt, dann kann Mutti eine solche Reise buchen. Das müßt ihr aber ganz schnell machen. Anfang Oktober ist Florenz voll.«

Auch Ute war mit dem Vorschlag zufrieden; gleich heute nachmittag werde sie mit Heike zum Reisebüro gehen, um Flug und Hotel zu buchen. »Für volle zwei Wochen aber«, meinte Heike. »Ja, für volle zwei Wochen!«, echote Hecht, der jetzt keine Lust hatte, noch Widerstand gegen diese Reise zu artikulieren.

Hecht fragte sich mit Spannung, was Präsident Mackenroth mit ihm besprechen wollte. Er war als Wissenschaftler recht angesehen und über Altenfurt hinaus bekannt. Seine hochschulpolitische Position war allerdings mit »konservativ« noch zurückhaltend umschrieben. Wie Hecht in der Mitte seines 6. Lebensjahrzehnts stehend, kannte er aus seinen eigenen Berufsanfängen nur die Rektoren- und Ordinarienuniversität. Die Einheitsverwaltung mit einem Kanzler an der Spitze, der auch noch das Finanzgebaren der Universität kontrollieren und gegebenenfalls beanstanden sollte, konnte er nicht akzeptieren. Kurator Wagner, der nun wirklich ein ganz anderes Amtsverständnis pflegte und absolut loyal zum Präsidenten stand, hatte schon bald kapituliert. Diese modernen Zeiten wollte er sich nicht mehr antun. Er hätte zwar noch zwei Jahre im Amt bleiben können, wollte das aber nicht mehr und war vorzeitig in den Ruhestand gewechselt.

So musste 1992 ein neuer Kanzler gefunden werden – möglichst wieder einer mit dem Amtsverständnis eines Kurators Wagner. Das misslang gründlich. Nachdem sich Präsident, Senat und das Dekankonzil auf keinen der vorhandenen Bewerber einigen konnten – für jeden Kandidaten fehlte die erforderliche Senatsmehrheit, eine Frau war nicht darunter –, präsentierte das Ministerium einen Kandidaten. Es handelte sich um einen Dr. Lehmkuhl, Jurist, Ministerialrat aus dem Finanzministerium, gerade 40 Jahre alt, also fast ein Senkrechtstarter. Lehmkuhl hatte ein Jahr lang Aufbauhilfe in einer thüringischen Behörde geleistet, war dann etwas früher als geplant zurückgekommen und stand praktisch sofort zur Verfügung. Auch ließ er keinen Zweifel daran aufkommen, dass er das Amt des Kanzlers nur als Durchgangsstation betrachtete. Nach längstens 6 Jahren wollte er zurück in ein Ministerium wechseln. Das hatte in den Augen vieler den Vorteil, dass man ihn auch wieder los würde, ihn bei Missfallen hinausekeln könnte und dann wohl seinerseits keinen Widerstand zu erwarten hätte.

Dr. Lehmkuhl hatte mit erstaunlicher Energie die Universitätsverwaltung umgekrempelt, einige müde Faulpelze aus den mittleren Leitungspositionen entfernt und ganz gezielt jüngere Mitarbeiter, insbesondere auch Frauen, bevorzugt. Dabei war ihm das Ministerium mit Stellenhebungen und besonderen Personalzuweisungen behilflich. Ganz offensichtlich versuchte es, mit Hilfe Lehmkuhls seine Vorstellungen von Universitätsleitung in Altenfurt zu realisieren. Lehmkuhl hatte dabei auch positive Resonanz, wenngleich weniger bei den Studenten und fast überhaupt nicht bei den Dekanen und Institutsdirektoren. Und die Personalräte, die eine besondere Nähe zu den, wie sie in einem Flugblatt schrieben, »armen Opfern Lehmkuhlscher Säuberungsaktionen« pflegten, schrieben natürlich Beschwerdebriefe, zunächst an den Minister, dann an einige Abgeordnete. Es half aber nichts; Lehmkuhl galt im Finanzministerium als erfolgreicher Sanierer einer maroden Universitätsverwaltung, und das überzeugte selbst die den Gewerkschaften nahe stehenden Abgeordneten.

Mackenroth war Realist genug, um schnell herauszufinden, dass es besser war, sich irgendwie mit Lehmkuhl zu arrangieren, als in offene Konfrontation überzugehen. Er hatte auch die Erfahrung gemacht, dass Lehmkuhl stets bereit war, Konflikte anzunehmen und offen auszutragen, wobei er zwar sachlich blieb, in den eigentlichen Streitfragen aber mit Härte seine Meinung vertrat; die war leider oft die des Ministeriums und nicht die des Präsidenten. Der sicherste Weg, Lehmkuhl auf unschädliche Distanz zu halten, war nach Meinung Mackenroths, ihn so wenig wie möglich mit Informationen zu versorgen, ihn an möglichst wenig Sitzungen zu beteiligen und ihn so oft wie möglich als uninformiert darzustellen.

Diese auch vom persönlichen Referenten Menke und den beiden Vorzimmerkräften des Präsidenten gepflegte Politik blieb natürlich nicht ohne Auswirkungen. Das Verhältnis zwischen den beiden wurde eisig, und je mehr Lehmkuhl sich einarbeitete und Hintergrundwissen erwarb, desto stärker brachte er nun seinerseits den Präsidenten in Rechtfertigungs- und Begründungszwang für seine Amtsführung.

Lehmkuhl legte besonderes Augenmerk auf wirtschaftliches Verhalten der Universität; die aus den Berufungsvereinbarungen resultierenden Besitzstände bezog er in allgemeine Haushaltskürzungen ein, was ihm den erbitterten Widerstand vieler alter Ordinarien einbrachte. Aber er hatte die Rückendeckung des Ministeriums, und, das war den vernünftigeren unter seinen Gegnern auch klar, von der Hand zu weisen waren seine Argumente nicht. Offenbar versagte die Selbststeuerungskraft der Universität bei wirtschaftlichen Vorgängen.

Mit der Vermutung, Lehmkuhl habe den Präsidenten bei irgendeiner Mogelei erwischt und wolle ihn nun vorführen, betrat Hecht das Vorzimmer, wo er von der Sekretärin auch sofort zu Mackenroth geführt wurde. Es fiel ihm dabei auf, dass diese Dame bei weitem nicht so hübsch und anziehend war wie die beim Leitenden Oberstaatsanwalt; und nach Kaffee hatte sie ihn auch nicht gefragt. Immerhin ließ man ihn hier nicht warten; das war ein Indiz für die Wertschätzung, die man für ihn empfand.

Das Präsidentenzimmer war mit plüschigem, älteren Mobiliar ausgestattet. Die Sitzgruppe – leicht verschossenes Pseudo-Biedermeier – wurde wenig genutzt. Mackenroth blieb lieber hinter seinem etwas zu groß geratenen Schreibtisch sitzen und platzierte die Besucher so an die gegenüberliegende Schreibtischseite, dass schon optisch verdeutlicht wurde, wer hier der Herr im Hause war. An der Wand neben dem Schreibtisch befand sich eine wertvolle Standuhr; Mackenroth musste sich zur Seite drehen, wenn er auf deren Zifferblatt sehen wollte. Langweilte ihn ein Besucher durch allzu weitschweifigen Vortrag, so pflegte er immer abwechselnd die Uhr und den Redner stechend anzublicken, was nur bei ganz von sich überzeugten Menschen nicht zu Verunsicherung und Einschüchterung führte. Hinzu kam, dass Mackenroth lang und hager war. Er hatte ein großflächiges Gesicht; über seine lange, leicht gebogene Nase rutschte ständig eine dicke, braune Hornbrille auf die Nasenspitze und wurde mit einem Finger dann wieder vor die Augen geschoben. Augenbrauen und Haar waren grau und borstig. Aus den Jackenärmeln sahen zwei breite, knochige Hände hervor. Er bevorzugte graue Anzüge, wobei die oft ungebügelten Hosen und die unmodischen, zumeist blauen, schmalen Krawatten den Eindruck verstärkten, Mackenroth lege keinen großen Wert auf sein äußeres Erscheinungsbild.

Auch Hecht wurde nicht an den Besprechungstisch, sondern vor den Schreibtisch gesetzt. Er empfand das als unangemessene Herabsetzung; schließlich wollte Mackenroth etwas von ihm und nicht umgekehrt. Zumindest in der Sitzordnung hätte das Gleichgewicht der Bedeutsamkeit beider Personen hergestellt sein sollen. Aber so war das in Altenfurt: Die alte Ordnung galt hier noch, und die ließ schon optisch erkennen, wo oben und wo unten war.

Obwohl Hecht wusste, dass Mackenroth sich gern mit der alten Rektorenbezeichnung »Magnifizenz« anreden ließ, begrüßte er ihn mit »lieber Herr Kollege Mackenroth, ich bin zu Ihren Diensten.«

Dieser schien die Ironie nicht zu bemerken und dankte Hecht, den er mit »Spectabilis« ansprach, aufs Wärmste für den Besuch. »Also, um uns nicht mit langen Vorreden aufzuhalten: Ich sehe da einen Konflikt auf unsere Universität zukommen, der von solch grundsätzlicher Bedeutung werden könnte, dass ich mich lieber des Rates eines ausgewiesenen Hochschulrechtlers bedienen möchte, wie Sie es sind, Spectabilis. Gegner ist, wie könnte es anders sein, unser kleiner Lenin.«

Hecht blickte etwas konsterniert. Falls es sich um Dr. Lehmkuhl handelte: Der sah nicht wie Lenin aus, sondern war groß, schlank und hatte dichte hellblonde Haare und einen kleinen Schnauzbart. »Ja, den Kanzler meine ich«, stellte Mackenroth klar. »Neulich, als er im Senat angegriffen wurde, weil er versucht hatte, Herrn Kollegen Füllmann aus der Organischen Chemie auszuspionieren, hat er sich doch damit verteidigt, Vertrauen sei gut, Kontrolle aber besser. Das ist Lenin pur. Dieser Herr erdreistet sich nicht nur, in Instituten herumzuschnüffeln, nein, zur Rechtfertigung zitiert er auch noch Lenin.«

Der Präsident war sichtlich empört. Hecht wiegte bedauernd den Kopf, sagte aber nichts, sondern sah Mackenroth erwartungsvoll an.

»Ja, lieber Herr Kollege Hecht«, setzte Mackenroth erneut an, »ich muss leider etwas weiter ausholen, damit Sie die ganze Tragweite des Problems erkennen können.« Und dann berichtete er, zunächst stockend, dann immer schneller und mit steigendem Missmut: »Früher – ich weiß gar nicht, wie ich das datierten könnte, hatten wir Naturwissenschaftler den Auftrag, zweckfreie Grundlagenforschung zu betreiben, allein erkenntnisorientiert, unabhängig von wirtschaftlicher Verwertbarkeit der Ergebnisse. Sie kennen das als Geisteswissenschaftler vielleicht auch; nur geht es bei Ihnen nicht um solche Summen und um solche gegebenenfalls die Menschheitsentwicklung einschneidend verändernden Befunde und Ergebnisse.« »Na, Vorsicht«, wandte Hecht ein, »denken Sie nur einmal an Luther, an Rousseau oder Marx.«

»Nein, natürlich will ich das nicht nivellieren. Doch wenn Sie einmal die Kosten bedenken, da gibt es doch wohl Unterschiede. Aber ich will etwas anderes sagen. Seit vielen Jahren müssen wir hier in Deutschland eine ganz andere Entwicklung feststellen und berücksichtigen, nämlich die immer stärker gestellte Frage nach der rein wirtschaftlichen Nützlichkeit unseres Forschens. Und das ist ein harter Bruch mit der Tradition der allein der Erkenntnis dienenden, zweckfreien Forschung, für die wir letztlich berufen worden sind. Ich will es abkürzen; der Staat zieht sich immer mehr aus seinem Auftrag, zweckfreie Forschung zu ermöglichen, zurück. Er verweist uns auf Nutzbarkeits- und Verwertungsgesichtspunkte und, was viel schlimmer ist, er steigt nach und nach aus unserer Finanzierung aus. Praktische Anwendbarkeit unserer Erkenntnisse, Verkaufsmöglichkeiten und damit Käuflichkeit des Wissenschaftlers halten Einzug in unsere Universitäten und stellen unser Wertesystem auf den Kopf. Und die Folgen? Wer könnte sie vertuschen? Keine Nobelpreise mehr für deutsche Universitäten, nur Kommerz, nur Mittelmaß, nur Masse, aber keine Elite!«

Hecht war von diesem Gefühlsausbruch des Präsidenten unangenehm berührt. Natürlich gab es dieses Problem, aber ob das nicht auch zum Teil durch fehlende Anpassung an die allgemeine Entwicklung verursacht war, stand doch sehr dahin. Und wenn ihn Mackenroth nur einbestellt hatte, um mit ihm über solche allgemeinen Probleme zu diskutieren, dann hätte er sich den Termin sparen können. Zum Weltschmerz der älteren Wissenschaftler konnte Hecht nichts beitragen. Gereizt sah er zunächst auf die Standuhr, dann mit unübersehbarem Missmut auf seine Armbanduhr, dann wieder auf die Standuhr. Mackenroth waren Hechts ungeduldige Signale nicht verborgen geblieben. Er nahm seine Brille ab, fuhr sich mit der linken Hand über Stirn und Augen, blinzelte Hecht ohne Brille an und nahm einen weiteren Anlauf. »Also, die Feststellung dieses unerfreulichen Zustandes ist natürlich nicht der Grund, warum ich Sie zu mir gebeten habe. Anlass für dieses Gespräch ist vielmehr, dass ich mich genötigt sah, dem Kanzler und seiner Innenrevisionsabteilung ein Hausverbot für alle naturwissenschaftlichen Institute zu erteilen. Und stellen Sie sich vor, was er mir erwidert hat! Ich sollte schnellstens Rat bei einem Juristen suchen! Andernfalls werde das Finanzgebaren der Institute bald ein Fall für den Staatsanwalt sein. Und dann hat er mir eine Woche Bedenkzeit gegeben; danach müsse er weitere Maßnahmen einleiten, auch gegen mich! Herr Kollege, das ist eine Ungeheuerlichkeit, eine Provokation der gesamten Scientific Community! Einfach unvorstellbar! Ich habe ihn hinausgeworfen, ihm das Betreten meiner Diensträume untersagt, wollte ihn sofort vom Dienst suspendieren. Aber Menke hat herausgefunden, dass ich das gar nicht kann, weil ich nicht sein Dienstvorgesetzter bin. Das kann nur der Minister. Und bevor der irgendetwas veranlasst, will er erst einen schriftlichen Bericht von mir. Eine ausführliche Schilderung des Gesamtkomplexes, hat das Ministerium ausrichten lassen. Ja, wo leben wir denn? Sind wir hier in der sowjetischen Zone, der DDR, wo solche Kommandowirtschaft in den Universitäten üblich war, oder leben wir hier im freien Teil Europas? Ich bitte Sie, Herr Kollege, in welcher Welt befinden wir uns eigentlich?«

Hecht hatte es die Sprache verschlagen. So hatte er Mackenroth noch nicht erlebt. Der war aufgestanden, ging zu einem Wandschrank, entnahm diesem zwei Wassergläser und eine Flasche Whisky, sah Hecht an und goss, als dieser nickte, beide Gläser zur Hälfte voll. Nachdem er Hecht eines davon gereicht und beide einen großen Schluck genommen hatten, setzte er sich wieder hinter seinen Schreibtisch. Noch bevor Hecht vorsichtig nach den Hintergründen des Hausverbots fragen konnte, nahm Mackenroth das Gespräch wieder auf.

»Ich habe damals mit Freude und Bewunderung Ihre Stellungnahme bei der sogenannten »Herzklappenaffäre« zur Kenntnis genommen. Und ebenso erfüllt es mich mit Genugtuung, dass bisher noch keiner unserer Medizinerkollegen verurteilt oder aus seinem Amt entfernt worden ist. Das zeigt doch, wie wichtig es ist, mit Nachdruck und Festigkeit gegenüber diesem ganzen Bürokratenpack aufzutreten. Und Hintergrund hier ist ein ganz ähnlicher Sachverhalt, den Sie ja vermutlich längst kennen.«

Als Hecht ihn fragend ansah, fuhr er fort: »Ich sagte Ihnen schon, dass die Mittel, die uns zweckfrei zur Verfügung stehen, immer weniger geworden sind. Das Reglement, mit dem uns diese Bürokraten überziehen, würgt die freie Forschung ab. Kongressreisen werden eingeschränkt; Besuche in Laboren befreundeter Kollegen werden zu Privatreisen degradiert, nur weil man am Abend gemeinsam in die Oper geht. Und die Durchführung einer internationalen Tagung hier am Ort setzt einen der Lächerlichkeit aus. Kein Damenprogramm, keine Gastgeschenke, kein Arbeitsessen, kein Empfang, kein Abschlussbankett; die ausländischen Gäste müssen den Eindruck gewinnen, Altenfurt liege in Sibirien oder sonstwo im Osten, wo die üblichen akademischen Gepflogenheiten unbekannt geblieben sind. Und der Doktorand, dem man mal eine Kongressreise bezahlen konnte, der Nachwuchswissenschaftler, der mal in Japan oder den USA ein Laborpraktikum machen sollte, der Techniker, der eine Computermesse in Kalifornien besuchen müsste – alles vorbei! Kein Geld! Und falls doch Geld: alles unzulässige Reisezwecke! Das ist verordnete Provinzialität, Planwirtschaft, schlimmer als zu Stalins Zeiten!« Wieder war Mackenroth aufgestanden, um den Schreibtisch gegangen, hatte sich erneut gesetzt, die Brille ab- und nach tiefem Stöhnen wieder aufgesetzt.

»Zum Glück, lieber Herr Kollege Hecht, gibt es Drittmittelgeber, die bei der Verwendungsprüfung großzügig sind, sofern die Mittel nur als Betriebsausgaben vom Finanzamt anerkannt werden. Und auch viele unserer Lieferfirmen gehen zuvorkommend mit uns um, räumen uns Dispositionsmittel in ihrem Betrieb ein, weil wir sie immer gut behandelt haben. Korrekte Bestellung zu Listenpreisen und niemals der Versuch eines Preisdumping, das hat sich eben bewährt. Dadurch hatten wir, die Chemiker mehr als die Physiker, doch einen gewissen finanziellen Spielraum, konnten noch das eine oder andere finanzieren, zudem uns das Land die Mittel vorenthielt. Dieses Zusammenspiel von Wirtschaft und Wissenschaft hat allen gedient, das war kein Unrecht, niemand ist geschädigt worden!«

Hecht sah seine Ahnung, um was es ging, bestätigt. Offenbar hatten verschiedene naturwissenschaftliche Institute Drittmittel zweckwidrig abgezweigt und bei Beschaffungen die stets auszuhandelnden Rabatte und Preisnachlässe nicht bei den Rechnungen abgesetzt, sondern in Form von Dispositionskonten bei den Firmen stehenlassen. Das war recht schlau, denn einerseits konnten die Firmen diese Beträge, mit denen in der Regel Rechnungen Dritter beglichen wurden, als Betriebsausgaben steuerlich absetzen; dabei kamen sie sogar noch in den Genuss des Vorsteuerabzuges. Andererseits unterlag die Verausgabung natürlich keinerlei Kontrolle durch die Universität oder den Rechnungshof. Das war ein gut ausgedachtes System; nur: erwischen lassen durfte man sich dabei nicht.

»Und wie kommt der Kanzler da ins Spiel?«, fragte Hecht.

»Na ja, die Mittel waren natürlich nicht unerschöpflich, und die Institute haben schon hingesehen, wen sie unterstützt haben, ob das einen wissenschaftlichen Ertrag versprach oder nur Erlebniswert hatte. Da blieben Neid und Missgunst nicht aus. Und es scheint so zu sein, dass sich ein paar junge Leute, die glaubten, sie seien zu kurz gekommen, an den Kanzler gewandt haben. Der wollte nun alles aufklären und durch die Prüfer seiner Innenrevision die gesamten Institutsakten auf Zahlungen und Auftragsvergabe überprüfen lassen. Ich habe ihn gebeten, sich da herauszuhalten und sich lieber um seine Verwaltung zu kümmern. Aber er ist völlig uneinsichtig! Mit inquisitorischem Eifer will er den Naturwissenschaftlern ans Leder, will Köpfe rollen lassen, hat das Ganze zu einer Kraftprobe zwischen Bürokratie und Wissenschaft stilisiert. Und deswegen müssen wir diesen Streit austragen, dürfen nicht nachgeben, müssen unsere Freiheit mit Zähnen und Klauen gegen die bürokratischen Übergriffe verteidigen. Und deswegen dürfen wir diesen Lehmkuhls und ihren Helfern nicht die Tür zum Einfall in unser Territorium öffnen.«

»Wie weit ist denn der Rechnungshof schon mit im Spiel?«, wollte Hecht wissen.

»Ich glaube, nur am Rande. Wenn ich meinen Referenten Menke richtig verstanden habe, geht es beim Rechnungshof um Abrechnung von Selbstkosten bei Drittmittelprojekten; also, ob wir kostendeckende Preise genommen haben. Das allein ist schon ein unendliches Konfliktfeld. Es reicht völlig, um alle Institutsdirektoren von wichtigeren Arbeiten abzuhalten, diese Frage nach der Kostendeckung.«

Hecht war ratlos. Gefühlsmäßig stand er auf der Seite Mackenroths, der die Gemeinschaft der Lehrenden und – mit Abstrichen – Lernenden vor Schaden bewahren wollte. Und er mochte auch den Kanzler nicht, obwohl er ihn nicht näher kannte und mit ihm allenfalls zwei Sätze gewechselt hatte. Was ihn an Lehmkuhl störte, war dessen Selbstbewusstsein und seine Distanz zu den vielfältig verwobenen Strukturen der Universität. Es wurde berichtet, dass er bei seiner Vorstellung im Ministerium geäußert habe, er betrachte es als Vorteil, seinen beruflichen Werdegang nicht in diesem Biotop Universität begonnen zu haben. Der längere Aufenthalt in solchen Schutzzonen behindere die Kenntnisnahme der Probleme des wirklichen Lebens und verführe zu selektiver Wahrnehmung. Böse Zungen hatten Hecht sogar zugetragen, Lehmkuhl habe damals geäußert, dass beispielsweise die Karpfen in ihrem Teich vergäßen, dass es auch Hechte gebe. Aber das war natürlich das übliche Wortspiel mit seinem Namen; das dürfte Lehmkuhl in Wirklichkeit nicht gesagt haben. Aber immerhin: Hecht mochte den Kanzler nicht.

Nach Mackenroths Anwort war eine Pause entstanden. Hecht dachte angestrengt nach. Wenn das alles stimmte, was Mackenroth erzählt hatte, dann traf zu, was er vermutet hatte. Es wurden also doch von einigen Institutsleitern Drittmittel für nicht bestimmungsgemäße Zwecke abgezweigt und außerdem Rabatte und Preisnachlässe nicht dem Land zugeführt, sondern bei den Firmen in »schwarzen Kassen« gesammelt. Das bedeutete auch, dass Verwendungsnachweise falsch geführt wurden und vielleicht sogar Belege gefälscht worden waren. Selbst wenn man davon ausging, dass sich niemand persönlich bereichert hatte: Hier kam man unweigerlich mit dem Strafgesetzbuch in Konflikt. Und sicherlich zog das alles auch noch einen Rattenschwanz von Regressforderungen nach sich. Wenn man es so sah – man konnte das nach Hechts Überzeugung kaum anders sehen –, dann war es eine eklatante Dummheit, noch einen zusätzlichen Machtkampf mit dem Kanzler anzufangen. Der wurde ja vermutlich vom Land mit der Aufklärung beauftragt, und wenn man mit ihm nicht zusammenarbeitete, würde er sich des Rechnungshofs und der Staatsanwaltschaft bedienen. Ein Anfangsverdacht für Ermittlungen war hier allemal gegeben. Unbeabsichtigt hatte Mackenroth mit seinem ungeschickten Verhalten schon die Grube ausgehoben, in welche seine naturwissenschaftlichen Kollegen und vermutlich auch er selbst stürzen würden.

Da Hecht immer noch nachdenklich schwieg, fragte ihn Mackenroth: »Da sind Sie auch erschüttert, Herr Kollege, bei so viel Niedertracht und Aggressivität? Aber ich hoffe Sie doch auf unserer Seite, als Verteidiger gegen das bürokratische Kesseltreiben, das dieser Kanzler jetzt gegen die Universität veranstalten wird. Wir müssen zusammenrücken und die Reihen dicht schließen.«

Hecht überlegte laut: »Es wäre natürlich wichtig, einmal zu erfahren, was die nächsten Schritte des Gegners sein werden. Dazu müsste man zum einen wissen, wie viel Kenntnis der Kanzler und seine Innenrevision über den ganzen Komplex haben. Und zum anderen sollte man in Erfahrung bringen, wie er die Vorgänge rechtlich würdigt, ob er gegebenenfalls einen Weg sieht, den Streit hier im Hause beizulegen, oder ob er die Vorgänge nach außen tragen will, ins Ministerium oder zum Rechnungshof. Es wäre vielleicht gut, einfach einmal mit ihm ein Vier-Augen-Gespräch zu führen; es könnte ja sein, dass er den ganz großen Krach mit der Universität gar nicht anstrebt. Vielleicht kann man ihn überzeugen, dass er eine solche Auseinandersetzung auch nicht unbeschadet übersteht.« »Völlig ausgeschlossen! Mit diesem Menschen werde ich nicht verhandeln! Unter keinen Umständen!« »Aber wenn es der Universität diente? Denken Sie doch nur an unseren Ansehensverlust in der Öffentlichkeit, wenn wir hier möglicherweise den Staatsanwalt im Hause haben.« »Also, Herr Kollege, Sie verlangen Unmögliches von mir. Aber ich wollte Sie ja ohnehin bitten, die betroffenen Kollegen und mich in dieser Sache tatkräftig zu unterstützen, und ich deute Ihre Reaktion auch so, dass Sie dazu bereit sind. Wenn Sie es für sachdienlich halten, mit dem Kanzler zu sprechen, dann viel Glück! Von mir und meinen Kollegen erwarten Sie aber bitte nicht, dass wir uns Ihnen da anschließen.«

Hecht signalisierte nochmals seine Hilfsbereitschaft, wollte aber im Gegenzug eine exakte Schilderung aller Vorgänge und die Nennung der jeweils Verantwortlichen. Sie sprachen den Sachverhalt so genau durch, wie es Mackenroths Kenntnisse erlaubten. Er war bestens informiert, selbst mit seinem Institut intensiv beteiligt und ohne Frage einer der am meisten belasteten Wissenschaftler. Die von den Instituten mehr oder weniger stark zweckentfremdeten Mittel beliefen sich, über die letzten 10 Jahre gerechnet, auf über fünf Millionen DM. Das war ein Betrag, der nicht einfach mit Stillschweigen übergangen werden konnte. Da wäre es schon schwierig genug, die Staatsanwaltschaft außen vor zu halten. Ohne personelle Konsequenzen würde das kaum abgehen.

Da Mackenroth erst einmal in die USA reiste, kam man überein, dass Hecht die Zeit nutzen sollte, um irgendein Verfahren mit dem Kanzler zu vereinbaren, welches möglichst geräuschlos und unter grösster Schonung der Beteiligten die Angelegenheit aus der Welt schaffte. Und schweren Herzens und auf striktes Drängen Hechts hob Mackenroth das Hausverbot gegen Kanzler und Innenrevision wieder auf. Die entsprechende Verfügung würde er am Tag vor seiner Abreise, also morgen, dem Kanzler zustellen lassen.

Der Abschied Hechts fiel etwas frostig aus. Es war Mackenroth anzumerken, wie mühsam es für ihn war, Hechts Ratschläge anzunehmen und einzulenken. Aber, davon war er dann letztlich doch überzeugt, Hecht beriet ihn unvoreingenommen und sachlich; genau das tat jetzt not, also sollte Hecht sein Glück mit Lehmkuhl versuchen.

Das Gespräch mit Mackenroth hatte nur eine Stunde gedauert. Es war noch Zeit, dass Hecht im Institut hereinsehen konnte. Frau Marschner wunderte sich zwar etwas über sein Erscheinen, verwarf aber den Gedanken, Hecht könnte nur deshalb gekommen sein, um zu überprüfen, ob sie auch ihre Dienstzeit einhalte. Manchmal, wenn er von auswärts wenige Minuten vor Vier bei ihr anrief und eigentlich gar keinen einleuchtenden Anlass dafür hatte, fühlte sie sich durchaus von ihm kontrolliert; sie ließ es aber auf sich beruhen, ja konnte sich nicht einmal richtig ärgern, denn in der Tat nutzten viele Sekretärinnen die häufigen Abwesenheiten der Professoren schamlos aus, in der Dienstzeit alle möglichen Einkäufe in der Stadt zu machen oder eben den Arbeitsplatz schon weit vor Dienstende zu verlassen.

Jetzt jedenfalls erhielt sie den Auftrag, für die kommende Woche einen Besprechungstermin mit dem Kanzler zu vereinbaren; Hecht bitte ihn, doch einmal für eine halbe Stunde in sein Institut zu kommen; es gebe etwas Wichtiges zu besprechen.

Frau Marschner erschien mit der Nachricht, der Kanzler gehe am Montag für zwei Wochen in Urlaub. Er werde aber vom Haushaltsdezernenten Neumann vertreten. Ob sie mit dem einen Termin vereinbaren solle.

»Das ist aber ärgerlich!«, gab Hecht seinem Unmut Ausdruck. »Nein, es muss schon Lehmkuhl selbst sein. Warum kann der denn morgen nicht? Muss er da schon seine Koffer packen für die Reise?«

Frau Marschner fand, Hechts Äußerung sei unsachlich. Das wagte sie aber nicht zu sagen; stattdessen entgegnete sie: »Nach einem Termin morgen habe ich nicht gefragt. Da können Sie auch gar nicht. Erst müssen Sie mit Ihrer Frau in die Klinik, dann kommt Frau Wittmann. Und nachmittags wollten Sie in die Bibliothek, um endlich das Gutachten für den Kommunalverband West anzufangen; die haben ja auch schon ein paarmal nachgefragt, wann Sie fertig würden.«

Ihr Ton war vorwurfsvoll, und Hecht sah sie mit einer Mischung von Ratlosigkeit und Ärger an. »Ich habe doch deutlich gesagt, dass ich Lehmkuhl dringend und persönlich sprechen muss. Und wenn das in der kommenden Woche nicht geht, dann muss es eben morgen gehen. Zur Not fährt meine Frau mit dem Taxi in die Klinik. Und Frau Wittmann kann schließlich auch noch etwas warten; ob ich nun am Freitag oder am Montag mit ihr spreche, ist letztlich egal – oder fährt die auch in Urlaub?«

»Weiß ich nicht. Ich werde jetzt einmal versuchen, morgen einen Termin mit Lehmkuhl zu vereinbaren. Wenn der dann nicht zustande kommt, brauche ich sowieso keine anderen Termine zu verschieben. Soll der Kanzler denn zu Ihnen kommen, oder gehen Sie zu ihm?« »Na, Frau Marschner, eigentlich ist doch klar, dass er sich zu mir bemüht. Darum möchte ich aber sehr bitten.« Frau Marschner sah ihn zweifelnd an. »Nur wenn es gar nicht anders geht, besuche ich ihn. Aber wirklich nur notfalls.«

Frau Marschner verschwand stöhnend in ihr Vorzimmer. Nach einer Viertelstunde kam sie zurück, sah aber jetzt noch unglücklicher aus. »Also, der Dr. Lehmkuhl hat morgen einen Termin nach dem anderen. Er kann eigentlich keine Minute für Sie erübrigen. Wenn es aber ohne ihn absolut nicht ginge, könnte er einen Besucher, mit dem er von 11.00 bis 11.30 Uhr verabredet ist, an seinen Vertreter weiterleiten. Wenn er zu Ihnen kommen soll, verlören Sie nochmals 15 Minuten. Sie sollen entscheiden, wieviel Zeit Sie mit ihm benötigen. Wenn das mehr als 15 Minuten sind, sollen Sie zu ihm kommen.«

»Ganz schön stark, dieser Kanzler!«, ärgerte sich Hecht. »Dann muss eben die Wittmann umbestellt werden, auf Montag oder Dienstag.« Frau Marschner sah ihn traurig an. »Das geht leider auch nicht. Sie weiß nämlich nicht, ob sie dann in Altenfurt ist.« »Und wenn sie mit Endlein spricht? Der kennt sich doch auf dem Gebiet ihrer Dissertation gut aus.« »Hab ich sie auch gefragt. Will sie aber nicht. Sie meint, sie muss mit Ihnen sprechen, und das Problem hätte auch nicht so viel Zeit. Ich hab schon mal gedacht, ob Sie vielleicht mit ihr essen gehen wollen; mit dem Kanzler sind Sie ja um 12.00 Uhr sicher durch. Und wenn nicht, muss sie eben etwas warten. Sie wollten am Freitag sowieso über Mittag hier sein, weil Sie schon am Vormittag bei Ihrer Frau sind.«

Hecht hatte, Frau Wittmann betreffend, plötzlich ein ungutes Gefühl. Die war in der letzten Woche so abweisend und schweigsam gewesen, irgendetwas stimmte da nicht. Vielleicht hatten sich die Erpresser jetzt auch an sie gewandt. Er spürte dasselbe leichte Panikgefühl in sich aufsteigen, das ihn jedes Mal überfiel, wenn er sein Haus betrat und die Post noch nicht gesehen hatte. Also lobte er jetzt Frau Marschner für ihre Umsicht; so könne das morgen wohl doch noch funktionieren.

Nachdem diese ihren Dienst beendet hatte, fiel er in unruhiges Nachdenken. Was konnte Silke veranlasst haben, ihn so dringend sprechen zu wollen? War sie doch von ihm schwanger geworden? Aber das hätte sie dann schon früher gemerkt und ihn verständigt. Also hatte ihr Problem etwas mit den Erpressern zu tun. Vielleicht wollte sie ihn warnen? Zorn und Angst hielten sich jetzt in seinen Gefühlen die Waage. Am liebsten wäre er in die Bibliothek gegangen, um sie dort zu suchen und zu fragen. Ja, warum tat er das eigentlich nicht? Dann sähe er doch klarer.

Hecht ging über den Hof in die Seminarbibliothek. Um nicht durch sein Suchen aufzufallen, entnahm er verschiedenen Regalen Bücher, schlug sie auf und vermittelte den Eindruck, er überprüfe Zitate. Tatsächlich prüfte er alle Leseplätze und schaute auch in alle Regalreihen; Silke war nicht da. Auf dem Rückweg in sein Institut kam er auch an Silkes Zimmer vorbei. Eigentlich hatte er sich vorgenommen, dort nicht zu erscheinen. Jetzt klopfte er an die Tür. Keine Antwort. Er drückte die Türklinke herunter: abgeschlossen. Kurz kämpfte er mit der Versuchung, sie zu Hause anzurufen. Nein, das kam nicht in Frage! Sie wollte etwas von ihm und nicht umgekehrt. Deswegen brach er seine Bemühungen um Kontaktaufnahme ab.

Eigentlich hatte er noch ein neues Lehrbuch über Kommunalrecht durchsehen wollen; seit einiger Zeit schon musste er für eine Fachzeitschrift eine Rezension dieses Lehrbuches fertig stellen, und er kam einfach nicht dazu, das Buch zu lesen. Aber die erforderliche Konzentration fehlte ihm erneut, und als er nochmals das Erpresserschreiben dieser Woche ansah, kam ihm ein tröstlicher Gedanke. Dieses Mal hatten sie ihm die erste Strophe von Brechts Mackie-Messer-Song aus der Dreigroschenoper geschickt, allerdings so abgewandelt, dass die letzte Zeile hieß »...doch das Messer sieht man bald«. Zum einen reimte es sich nicht mehr, zum anderen, und das verschaffte ihm ein Gefühl der Überlegenheit, kannten diese Typen offenbar die Strophe nicht, die lautete: »und man kann ihm nichts beweisen, und man kann an ihn nicht 'ran. Und ein Haifisch ist kein Haifisch, wenn man's nicht beweisen kann.«

Er entschloss sich, deutlich zuversichtlicher als vorher, nach Hause zu fahren. Während der ganzen Fahrt summte er die Weill'sche Melodie vor sich hin: »und ein Haifisch ist kein Haifisch, wenn man's nicht beweisen kann.«

Daheim gab es zunächst die gewohnte panische Schrecksekunde. Aber es zeigten sich keine Hinweise auf Erpresser. Stattdessen berichteten Heike und Ute, dass sie mit Mühe noch einen Flug nach Pisa bekommen hätten, ab Frankfurt. Und das Hotel in Florenz sei aasig teuer. Preiswertere Unterkünfte seien alle ausgebucht gewesen. »Aber was sein muss, muss sein«, meinte Heike, »und außerdem, ihr habt's ja wirklich. Gönnt euch was davon, jetzt, wo Mutti sowieso ein neues Leben anfängt.«

Als Hecht Ute etwas überrascht ansah, nahm die ihn in den Arm und drückte ihn – er konnte sich nicht erinnern, wann das das letzte Mal geschehen war, so spontan und herzlich. »Seit ich dieses Karzinom habe, weiß ich erst, wie sorgfältig man mit seiner Lebenszeit umgehen muss«, versuchte Ute zu erklären, und nachdenklich fügte sie hinzu, »und mit seinen nächsten Menschen.«

Hecht schlief unruhig. Er wälzte sich hin und her, mal war es ihm zu warm, mal war es zu kalt. Erst als ihn der Radiowecker mit den Nachrichten weckte, hatte er den Eindruck, jetzt könne er richtig schlafen. Er brachte Ute, wie jedes Mal, in die Klinik. Das war für ihn eine Art Wiedergutmachung, dass er sie bei diesen schweren Wegen nicht allein ließ. Die letzten Male hatte er die Zeit, in der Ute am Tropf hing, genutzt, um zum Bootshaus zu fahren, sich ein Skiff zu nehmen und einige Kilometer stramm auf der Weser zu rudern. Heute konnte er sich nicht aufraffen. Er ging in die Cafeteria des Klinikums, traf sofort Kollegen aus der Medizinischen Fakultät, und schon war Utes Krankheit wieder im Mittelpunkt. Also verschwand er dort wieder, setzte sich auf eine Parkbank im Klinikgarten und versuchte, seine Gedanken zu ordnen.

Eigentlich hatte er sich den Bürokraten aus der Universitätsverwaltung stets überlegen gefühlt. Und der alte Kurator Wagner war immer bereit zu akzeptieren, dass die Wissenschaft Vorrang vor allem anderen hatte. Aber seit dieser Lehmkuhl Kanzler war, hatte sich einiges verändert.

Lehmkuhl hatte wenig Kenntnis vom Innenleben einer Universität und den besonderen Empfindlichkeiten der Professoren. Das verkaufte er in der Universität als Vorteil; er gab sich unbefangen und vorurteilsfrei, legte oft den Finger in alte Wunden, ging bis zur Brutalität rücksichtslos mit solchen Professoren um, die leichtfertig Sachmittel verschwendeten oder die Assistenten für eigene Arbeiten ausnutzten. Ehrfurcht vor wissenschaftlichen Leistungen war ihm fremd; die Universität hielt er für einen Dienstleistungsbetrieb wie die Eisenbahn, die Post oder das Krankenhaus. Man wusste, er gehörte der Regierungspartei an, sei auf der politischen Schiene ins Amt gekommen. Aber Hecht glaubte das nicht. Dazu war Lehmkuhl zu undiplomatisch. Der hatte einfach nur das Glück gehabt, zum richtigen Zeitpunkt zur Verfügung zu stehen, ob mit oder ohne Parteibuch. Bei den jüngeren Kollegen hatte er auch Ansehen gewinnen können. Die Assistenten schätzten ihn hoch, weil er ihnen oft schon beigesprungen war, wenn wieder einmal die Forschungsprojekte der Professoren Vorrang vor Dissertation oder Habilitation erhielten.

Die Juristische Fakultät war allerdings sehr schnell auf Distanz zum Kanzler gegangen. Für sie war es, ebenso wie für die meisten anderen Fakultäten, selbstverständlich, dass die Leitung der Universität, und das war nun einmal der Rektor oder jetzt der Präsident, allein durch sie rechtlich beraten wurde. Kurator Wagner hatte das immer akzeptiert und sich ganz zurückgehalten. Und nachdem schon bald die Zusammenarbeit zwischen Präsident und neuem Kanzler durch Mackenroth aufgekündigt worden war, hatte sich an dieser alten Regel nichts geändert. Also war Lehmkuhl sicher darauf vorbereitet, dass Hecht ihn in einer Angelegenheit des Präsidenten zu sprechen wünsche.

Was aber war eigentlich sein Verhandlungsauftrag?, fragte sich Hecht. Ging es darum, Mackenroths Kopf zu retten, oder Unheil von der Universität abzuwenden? Mackenroths Schicksal interessierte ihn nur insoweit, wie daran die ganze Professorenschaft beteiligt war. Wenn Mackenroth und einige andere Naturwissenschaftler öffentliche oder private Gelder umgeleitet hatten, dann war das haftungs- und strafrechtlich in erster Linie einmal deren eigenes Problem. Sein Auftrag konnte doch nur sein, von den Nichtbetroffenen Schaden abzuwenden und die Universität in der Öffentlichkeit davor zu bewahren, in Gänze als eine Gemeinschaft von Kleinkriminellen abgestempelt zu werden. Und das musste eigentlich auch das Interesse Lehmkuhls sein. Der hatte zwar eine sehr starke Stellung in der Ministerialbürokratie, wenn er den Präsidenten und einige weitere ranghohe Professoren beim Mogeln erwischte. Und auch unter den Abgeordneten tauchten immer wieder Gerüchte auf, die Professoren nutzten ihre oft unkontrollierte Stellung im Staate aus, um finanzielle Unkorrektheiten zu begehen und dienstliche mit privaten Geschäften zu verquicken. In der Landespolitik stünde Mackenroth vermutlich äußerst schlecht da, wenn ihm finanzielle Manipulationen nachgewiesen würden. Und Lehmkuhl würde ihn nicht schonen, dazu hatte er zu viele Demütigungen durch den Präsidenten hinnehmen müssen. Andererseits, sinnierte Hecht, war die Rolle des Königsmörders wenig beliebt und versprach auch langfristig nur Ablehnung. Wenn Lehmkuhl gegen Mackenroth und seine verschiedenen naturwissenschaftlichen Kollegen vorgehen wollte, brauchte er, um in der Universität zu überleben, auch Verbündete. Warum sollte er, Hecht, nicht mit dem Kanzler zusammenarbeiten? Vielleicht stand der als Jurist ihm ohnehin viel näher als Mackenroth. Hecht hatte sich nämlich durchaus darüber geärgert, von Mackenroth als Dekan einer »Quasselwissenschaft« diskreditiert zu werden.

Eigentlich, so war das Ergebnis seines Nachdenkens, sollte er überhaupt nicht für Mackenroth als Person Partei ergreifen, sondern, ganz Staatsmann, darauf dringen, dass das Präsidentenamt da nicht einbezogen und die drei naturwissenschaftlichen Fakultäten nicht nachhaltig beschädigt würden. Und wenn Mackenroth vorzeitig gehen müsste – »Präsident Hecht« hörte sich nicht schlecht an; nein, wirklich nicht! Dann wäre er auch tatsächlich der Hecht im Karpfenteich.

Er ging in die Tagesklinik, wo Ute in einem Bett lag, etwas blass und mit Übelkeit kämpfend. Der zweite Infusionsbeutel war noch nicht zur Hälfte durchgelaufen. Also musste er Ute allein lassen. Er durfte keinesfalls zu spät bei Lehmkuhl ankommen; der zöge jede Minute Verspätung von der Gesprächszeit ab. Ute war etwas ängstlich. Also rief er Heike an, die sofort kommen wollte und ihre Mutter dann per Taxi in die Brunnenstraße bringen konnte.

Hecht kam 10 Minuten zu früh am Gebäude der Zentralverwaltung an. Die war in einem schmucklosen Backsteinbau aus den 60er Jahren untergebracht, der früher Teile der Philosophischen Fakultät beherbergt hatte und im Zentrum des Universitätscampus lag. Rektor und Kurator hatten eigentlich im ehemaligen Kuratorium ihre Diensträume. Dieses war ein schöner, klassizistischer Bau, einige Minuten vom Campus entfernt in einem Villenviertel gelegen, welches von den alliierten Bomben verschont geblieben war. Kurator Wagner hatte es seinerzeit strikt abgelehnt, seine Diensträume in das Gebäude der Zentralverwaltung zu verlegen. Er gehörte zur Universitätsleitung und damit an die Seite des Präsidenten. Als Lehmkuhl kam, wurde das anders. Zum einen spürte er sofort die Ablehnung, mit der ihm Präsident Mackenroth begegnete; zum anderen, und das erläuterte er auch dem Senat der Universität, war es sehr unpraktisch, von seinem eigentlichen Dienstbereich und seiner Verwaltung getrennt, quasi auf einer Insel zu residieren. Also wurde ein Dezernent umgesetzt, einige Sachbearbeiter mussten zusammenrücken, und Lehmkuhl zog ins Zentrum seines Wirkungskreises.

Hecht dachte, dass das Zufrühkommen den Eindruck von Unterwürfigkeit erwecke und schlechter wirke als eine kleine Verspätung. Also ging er noch einmal über den Campus und war mit dem Glockenschlag elf Uhr im Kanzlervorzimmer.

Der Kanzler hatte eine ganz junge, etwas stämmige Sekretärin, die ihn mit freundlichem Lächeln begrüßte und sofort durch die obligate Doppeltür ins Kanzlerzimmer führte. Dieses war modern und etwas spartanisch eingerichtet. Es gab auf verchromten Füßen einen großen, schwarzen Schreibtisch, auf dem ein Bildschirm bunte Fische in allen Spielarten zeigte, sowie einen großen, ebenfalls schwarzen Besprechungstisch, um den 12 Stahlstühle mit schwarzem Lederpolster standen. Die Wände waren, bis auf eine schwarzgebeizte Regalwand, weiß gestrichen. Nur wenige abstrakte Bilder – Hecht erkannte Vasarely und Hundertwasser – brachten etwas Farbe in den Raum, der zwar auch zwei große Fenster aufwies, der aber durch Deckenstrahler in ein kalkig weißes Licht getaucht wurde. Grünpflanzen und Gardinen fehlten völlig; zum einen gingen die Fenster zur Nordseite, zum anderen lagen die Zimmer im 2. Obergeschoss und waren daher den neugierigen Blicken der Campusbesucher ohnehin entzogen.

Hinter dem Schreibtisch hatte sich Dr. Lehmkuhl erhoben; er war korrekt mit schwarzer Tuchhose, weißem Hemd und grauem Sakko sowie einer modischen Krawatte bekleidet, wirkte auffallend blond und hellhäutig. Er überragte Hecht um einen ganzen Kopf; dabei war er schlank und wirkte sportlich.

Gefühlsmäßig mochte Hecht diesen Menschentyp nicht; die meisten waren humorlos und ungemütlich. Und als Lehmkuhl ihn mit »Herr Hecht, was verschafft mir die Ehre?«, begrüßte, war er etwas überrascht. Lehmkuhl hätte ihn ja nicht unbedingt mit »Spectabilität« anreden müssen, aber »Herr Dekan« oder mindestens »Herr Professor« wäre doch angezeigt gewesen. Das war kein guter Start.

Hecht begann daher etwas stockend »Ja, also, was ich mit Ihnen besprechen möchte, ist schon etwas delikat, um nicht zu sagen, degoutant. Ich habe auch ein Besprechungsmandat des Herrn Präsidenten, möchte aber zuvor von Ihnen absolute Vertraulichkeit zugesichert erhalten.« »Selbstverständlich«, entgegnete Lehmkuhl, »nur zwei Bedingungen, Herr Hecht, die Vertraulichkeit gilt gegenseitig. Und wir reden Klartext. Ich mag es nicht, wenn man mit mir »blinde Kuh« spielt. Wenn wir das ansprechen, was ich vermute, dann müssen alle Karten auf den Tisch, sonst sollten wir es abblasen. In diesem Sinne, Herr Hecht, ich höre.«

So direkt und schneidig war Hecht noch niemals seit seiner Assistentenzeit angegangen worden. Diesen Ton musste sich Dr. Lehmkuhl in den neuen Ländern angeeignet haben. Kein Wunder, dass Mackenroth ihn verabscheute. Als Hecht zögerte, sah Lehmkuhl zur Uhr und meinte: »Wir haben 30 Minuten Zeit. Und durch glückliche Fügung gibt es bei Bedarf eine Verlängerung um 15 Minuten. Das sollte reichen. Also, Herr Hecht, wo brennt's?«

»Ich wollte Sie zunächst davon in Kenntnis setzen, dass der Herr Präsident gestern bei meinem Besuch das Hausverbot gegen Sie aufgehoben hat; auf mein dringendes Anraten!«

Lehmkuhl guckte eher etwas belustigt. »Ja, das Hausverbot. Ehrlich gesagt, ich habe Herrn Mackenroth nicht verstanden; das war wohl eine Kurzschlussreaktion. Einmal abgesehen davon, dass es unbeachtlich wäre, wenn es der Verschleierung von Straftaten diente – es macht ihn doch erst recht verdächtig. Dass er mich hinauskomplimentiert und dann gleich der gesamten Verwaltung ein Hausverbot für alle naturwissenschaftlichen Institute erteilt, ist doch eher ein Fall für die Psychiatrie als für den Disziplinaranwalt. Aber das ist ein Nebenkriegsschauplatz. Um darüber mit mir zu sprechen, sind Sie ja vermutlich nicht hergekommen.«

Hecht sah, dass sein Eröffnungszug, die Aufhebung des Hausverbots, keine Wirkung gezeigt hatte. Vielleicht war es angesichts der Kürze der zur Verfügung stehenden Zeit wirklich besser, gleich auf das Hauptproblem loszugehen. So antwortete er: »Nein, natürlich nicht. Ich bin vom Herrn Präsidenten darüber informiert worden, dass er und eine Reihe seiner Kollegen Drittmittel und auch Haushaltsmittel, lassen Sie mich einmal vorsichtig sagen, etwas unorthodox, Sie würden wohl sagen, etwas regelwidrig verwendet haben. Selbstverständlich ohne jede Bereicherungsabsicht und auch, ohne dem Land irgendwelchen Schaden zuzufügen. Mein Anliegen ist nun, gemeinsam mit Ihnen nach Wegen zu suchen, wie man dieses Verhalten selbstverständlich abstellt, insbesondere aber, wie man erreichen kann, dass daraus nicht irgendwelche bösartigen Vorwürfe gegen die Universität erhoben werden. Natürlich ist die Politik immer schnell mit Verdammungsurteilen dabei, wenn es in einer ungeliebten Einrichtung – und das sind wir doch wohl – irgendwie nach Unregelmäßigkeiten, nach Bereicherung oder so riecht. Und schnell wird dann der gute Ruf beschädigt, der durch wissenschaftliche Leistung nur mühsam wiederhergestellt wird.

Ich möchte daher an Sie appellieren und mit Ihnen absprechen, die ganze Sache etwas niedriger zu hängen, die Diskretion walten zu lassen, die meine naturwissenschaftlichen Kollegen verdient haben.«

»Ich würde vorschlagen, die beiden Komplexe strikt zu trennen, die uns beschäftigen«, hielt Lehmkuhl Hecht entgegen. »Was das Verhalten der Institutsdirektoren angeht: Dazu habe ich mir noch keine Meinung gebildet; da bin ich mir nicht sicher. Ich kenne zur Zeit auch nicht die Dimension der Sache. Fest steht, dass sowohl Landesmittel verwendet wurden, um damit sogenannte »schwarze Kassen« zu füllen, wie auch Drittmittel gegen ihre Zweckbestimmung eingesetzt und zur Vertuschung unrichtige Verwendungsnachweise geführt worden sind. Sicher bin ich mir dagegen bei Mackenroths persönlichem Fehlverhalten.«

Hecht sah Lehmkuhl überrascht an. Der fuhr fort: »Ach, das wissen Sie nicht? Ich kann Ihnen das in groben Zügen mitteilen, inzwischen redet ohnehin so mancher in der Universität darüber. Was den Schaden für das Land angeht, da sind es eigentlich Bagatellen. Aber vom Unrechtsgehalt her kann man nicht darüber hinwegsehen. Herr Mackenroth hat eine etwas eigentümliche Abgrenzung zwischen Dienstlich und Privat. So kann man feststellen, dass er sich vom Dienstwagen in vielen Fällen zu privaten Zielen hat fahren lassen. Das fängt an mit Ausstellungsvernissagen im benachbarten Ausland, mit Reisen zu Fachkongressen der Oberflächenphysik, natürlich immer mit Ehefrau.« »Aber das macht er doch nicht zum Privatvergnügen! Das ist doch beruflich begründet. Als Physiker muss er doch auf der Höhe der Zeit bleiben.« Lehmkuhl unterbrach Hecht. »Zur Zeit der Reisen war Herr Mackenroth hauptamtlicher Präsident der Universität. Allein dafür steht ihm das Dienstfahrzeug mit Fahrer zur Verfügung. Und mit seiner Präsidententätigkeit haben solche Fachtagungen nichts zu tun. Im übrigen gibt es noch hübschere Sachen. Da ist eine Fahrt mit Dienstfahrzeug nach Paris, wieder zu einer Physikertagung. Reisende sind aber allein Frau Mackenroth mit Freundin. Angeblich war er kurzfristig erkrankt. Aber es kommt noch besser: Auf Landeskosten wird für den Präsidenten ein Handy gekauft und betrieben. Dieses Handy befindet sich aber stets in der Handtasche von Frau Mackenroth und wird dann, gemeinsam mit der Handtasche, bei einem Opernbesuch der Frau Präsidentin in Mailand gestohlen. Oder die Post des Golfclubs: Jahrelang ist Mackenroth Schriftführer des hiesigen Clubs. Und der schickt Clubmitteilungen und anderes monatlich an die 420 Mitglieder. Der Zufall will es, dass die Post einmal ein solches Paket von Briefen nicht abfertigt, sondern zur Nachfrankierung an die Universität zurückschickt, weil alles mit deren Freistempler frankiert war. Und in der Poststelle hier im Haus will jemand wissen, welcher Idiot 420 Briefe falsch freistempelt und macht mal einen Umschlag auf. Da war es der Golfclub, der da zum Vorschein kam. Ersparen Sie mir Weiteres; es ist unerfreulich.«

»Man muss natürlich jeden Vorfall getrennt untersuchen und auf seinen Unrechtsgehalt prüfen. Vielleicht handelte er ja im besten Glauben. Und manche Sachen liegen sicher auf der Grenze zwischen Erlaubt und Unerlaubt.« »Aber Herr Hecht, das können Sie doch nicht wirklich glauben!«, erregte sich jetzt Lehmkuhl. Hecht schwieg. Was ihm Lehmkuhl als zweiten Komplex geschildert hatte, würde Mackenroth als Präsident das Genick brechen. Damit würde er kaum öffentliches Verständnis finden. Hecht war wirklich überrascht. »Und wie wird das jetzt weitergehen?«, ließ er sich schließlich vernehmen. »Ja, wie wird das weitergehen? Eine gute Frage. Die Unregelmäßigkeiten in den Instituten müssen wir erst noch weiter aufklären. Sind Straftatbestände erfüllt, ist der Staatsanwalt im Geschäft. Das wissen Sie so gut wie ich. Sind Schäden entstanden, werden die Verursacher in Regress genommen. Ohnehin werden wir zukünftig eine zentrale Buchhaltung für alle Institute einführen, da fällt so etwas viel schneller auf.« Hecht blickte entsetzt. »Doch, die kommt auch so, mit dem Globalhaushalt und der Umwandlung in einen Wirtschaftsbetrieb ist das unausweichlich. Aber zurück zu Ihrer Frage; eventuell wird es das eine oder andere Disziplinarverfahren geben. Gefeuert wird aber niemand. Und was mit Mackenroth passiert, hat er selbst in der Hand. Als Präsident ist er nicht länger tragbar. Wir werden ihm alle diese Sonderleistungen, die er privat in Anspruch genommen hat, zum Marktwert in Rechnung stellen. Ob das Ministerium dann noch ein Disziplinarverfahren gegen ihn anstrengt, weiß ich nicht. Es kommt auch darauf an, wie weit er zur Aufklärung der einzelnen Fälle beiträgt und wie geräuschlos er aus dem Präsidentenamt verschwindet.« »Das sind aber Abgründe, die sich da auftun«, bemerkte Hecht. »Na, na, nun übertreiben Sie mal nicht. Es menschelt etwas zu viel in dieser Universität, und die alten Strukturen müssen kräftig aufgeschüttelt und neu sortiert werden. Sie werden sehen, es wird wie bei Herakles und Augias; am Schluss ist alles wieder sauber.«

Hecht gewann seine Fassung zurück. Was der Kanzler ihm da über Mackenroth berichtet hatte, war in der Tat schwer zu entschuldigen und machte ihn, wenn es bekannt würde, als Präsidenten untragbar. Und dass das bekannt würde, war wohl kaum zu vermeiden; dazu gab es schon zu viele Mitwisser. Wenn Mackenroth als Präsident nicht zu halten war, käme natürlich die Frage nach einem geeigneten Nachfolger. Und diese Frage würde sich vermutlich auch an ihn richten. Da er eigentlich der Meinung war, er eigne sich gut für ein solches Amt und es verschaffe ihm auch Ansehen und einen gewissen Glanz, musste er jetzt nicht zu deutlich für Mackenroth Partei ergreifen. Natürlich dürften keine Zweifel an seiner Loyalität zum Präsidenten entstehen. Aber angesichts dieser Vorwürfe würde Mackenroth sicher seinen Hut nehmen müssen. Deswegen lohnte größerer argumentativer Aufwand zu seinen Gunsten nicht mehr.

Die Pause, die entstanden war, nachdem Hecht nicht mehr auf die Ausführungen des Kanzlers reagiert hatte, wurde jetzt von diesem unterbrochen. »Wie es weitergeht, habe ich ja angedeutet. Sobald wir etwas besser überblicken, was in den Instituten gelaufen ist und welche sich an diesen Geschäften beteiligt haben – es waren ja wohl nur einige –, werde ich mit dem Ministerium überlegen, was zu tun ist. Bei Mackenroth sieht es ähnlich aus. Wir werden die bekannten Vorwürfe zusammenstellen, insbesondere die Fahrtenbücher des Dienstwagens mit den Reisekostenabrechnungen des Präsidenten abgleichen und gegebenenfalls auch noch seinen dienstlichen Terminkalender hinzuziehen; den hat das Vorzimmer lückenlos seit seinem Amtsantritt geführt. Außerdem lasse ich bei der Universitätskasse alle Zahlungsvorgänge des Präsidenten, seines Vorzimmers und seines Referenten zusammenstellen. Das dauert ebenfalls noch etwas. Mackenroth fährt heute in die USA, hält dort Vorträge und kommt erst Ende September zurück. Ich bin auch erst am 15. September wieder im Dienst. Bis dahin passiert vermutlich überhaupt nichts. Falls Sie Mackenroth noch vor seiner Abreise sehen«, – Hecht schüttelte den Kopf – »dann hätten Sie schon einmal mit ihm darüber sprechen können, ob er nicht wegen Arbeitsüberlastung oder Krankheit oder was auch immer zurücktritt. Das würde eine unauffällige Behandlung der Angelegenheit vermutlich erleichtern.«

Hecht gewann zunehmend den Eindruck, mit Lehmkuhl könne er zusammenarbeiten. An diese ungeschminkte, direkte Art musste man sich zwar erst gewöhnen. Aber er schien auch an Schadensbegrenzung und Deeskalation interessiert zu sein. Und eines war auch ganz deutlich: Gegen Lehmkuhl gab es keine Strategie, nur mit ihm. Da war Mackenroth ein fundamentaler Fehler unterlaufen, als er versucht hatte, sich Lehmkuhl vom Halse zu halten.

Eigentlich hatte ihr Gespräch einen Punkt erreicht, an dem nichts weiter gesagt werden musste. Auch waren die 30 Minuten verstrichen. Hecht stand auf, Lehmkuhl ebenfalls, und wieder war Hecht überrascht, wie hoch aufgeschossen dieser Mann war; wäre er korpulent gewesen, hätte er leicht die Figur des Bundeskanzlers erreicht. Hecht sicherte nochmals Vertraulichkeit zu; man verabredete, vor Ende September wieder miteinander zu sprechen. Bis dahin werde sich hoffentlich wenig rühren. Dann müsse man weitersehen. Hecht bot Rat und Hilfe an bei den Versuchen, alles diskret, aber gründlich aufzuklären, und Lehmkuhl sagte zu, ihn über alle geplanten Maßnahmen auf dem Laufenden zu halten.

Auf dem Weg zu seinem Institut verflüchtigte sich Hechts Optimismus wieder. Wenn, womit er rechnete, die Erpresser Silke jetzt ebenfalls unter Druck setzten, hatte er große Mühe, den Kopf aus dieser Schlinge zu ziehen. Selbst wenn er bei seiner Version der Nacht bliebe und das auch nicht widerlegt würde: Dass er ernsthaft für das Amt des Präsidenten kandidieren könnte, schien ihm unter diesen Umständen sehr zweifelhaft. Wären Mackenroths Machenschaften ein Jahr später aufgefallen, hätte über die Geschichte mit Silke und der Erpressung vermutlich Gras gewachsen sein können. Jetzt aber eskalierten beide Krisen zum selben Zeitpunkt. Da musste er schon froh sein, wenn er unbeschädigt aus allem heraus kam.

Die Stunde der Wahrheit

Im Institut erschien Hecht kurz nach 12 Uhr; Silke war auch gerade erst eingetroffen. Hecht begrüßte sie freundlich, bat sie, noch einen Augenblick Platz zu nehmen, und besprach mit Frau Marschner einige Angelegenheiten. Dann fragte er Silke, wohin sie gehen wollten. Diese sah ihn hilflos an; also schlug er den Ratskeller vor. Der war bei Studenten und jungen Leuten wenig beliebt, und die Altenfurter Bürger, die ihn gern besuchten, waren entweder noch in Ferien oder kamen erst abends. Da das Wetter wieder schön geworden war, sonnig, aber nicht heiß, zogen sie jedoch den Biergarten des in der Nähe gelegenen Italieners vor. Da war es zwar luftig und angenehm, aber leider auch recht voll. Sie mussten sich zu einem Pärchen setzen, offenbar Touristen; an ein vertrauliches Gespräch war nicht zu denken. Beide bestellten eine Salatschüssel, Silke mit einem Mineralwasser, Hecht mit einem Frascati Secco. Trotz der fehlenden Vertraulichkeit fragte Hecht nach dem Grund von Silkes dringendem Gesprächswunsch. Sie sah ihn an; in ihren Augen flackerte Angst. Ganz ähnlich wie bei Ute, als ich aus Sofia zurückkam, fuhr es Hecht durch den Sinn. »Ich möchte hier nicht darüber sprechen«, antwortete Silke. »Es ist ein sehr persönliches Problem, aber es betrifft auch Sie.«

Plötzlich wusste Hecht, Silke war schwanger. Hoffentlich brach sie jetzt nicht in Tränen aus oder machte eine Szene wie neulich in seinem Dienstzimmer. Aber sie hatte sich in der Gewalt, sprach nichts, begann auch weder zu zittern noch zu schluchzen.

Zunächst durchfuhr Hecht ein Gefühl der Erleichterung. Dann waren es wenigstens nicht die unbekannten Erpresser, die zugeschlagen hatten. Aber dieses Gefühl machte bald einem dumpfen Angstgefühl Platz. Eine Schwangerschaft, ein Kind, das war etwas, was sich nicht lange verbergen ließ. Da half kein Leugnen, kein Abstreiten; eine Vaterschaft ließ sich präzise nachweisen, das wusste er.

Die Salate kamen; beide sprachen kaum miteinander, aßen stumm und ohne Appetit. Silke ließ zudem die Hälfte übrig, zog die Schultern hoch, schüttelte sich. Hecht dachte schon, sie finge doch noch an zu schluchzen, aber es war ihr nur kalt. Erst jetzt sah er, dass sie ein Kleid trug, mit einer leichten weißen Baumwolljacke darüber. Es war zwar ein Jeanskleid, fast etwas im Trachtenlook, aber es machte sie älter; darin würde sie niemand mehr für einen Teenager halten.

Hecht zahlte bald, und schweigend gingen sie zurück zum Juridicum. Zum Glück war Frau Marschner schon gegangen. In der vorlesungsfreien Zeit ging sie freitags immer schon um halb eins; sie traf sich dann mit ihrer Schwester in der Stadt. Anfangs hatte sie diese von deren Kummer über den Tod des Mannes ablenken wollen. Aber nach und nach genossen die beiden ihre Stadtbummel, gingen ins Kino, in ein

Wiener Caféhaus, das schon seit 100 Jahren den Altenfurtern etwas österreichische Atmosphäre vermittelte, oder sie besuchten eine Ausstellung.

Als sie in Hechts Zimmer angekommen waren, setzte sich dieser ganz gewohnheitsmäßig an seinen Schreibtisch. Also rückte Silke einen der Besucherstühle vor die andere Seite; nun saßen sie sich gegenüber, fast wie seinerzeit in Speyer, kam es Silke vor. Als sie noch überlegte, wie sie mit dem Gespräch beginnen könnte, sagte Hecht: »Sie sind schwanger. Das ist es doch, was Sie mir mitteilen wollen.«

Silke sah auf ihre Hände, dann zu Hecht hinüber. »Ja«; mehr konnte sie jetzt nicht antworten. »Und Sie meinen, ich sei der Vater.« »Ja«, wieder fiel Silke keine andere Antwort ein. Sie blickte ihn jetzt voll Ratlosigkeit und Trauer an. Hecht dachte: Wer so eindringlich guckt, mit diesen traurigen Augen, der lügt bestimmt nicht. Aber er war vorsichtig, wollte sich nicht zu früh geschlagen geben und verteidigte sich: »Woher nehmen Sie diese Sicherheit? Soweit ich mich an die Nacht erinnere, habe ich Sie nur ...«, hier stockte er, suchte nach einem Wort, fing wieder an: »... also hatten wir, ich meine, ich mit Ihnen Oralverkehr, so nennt man das wohl korrekt.«

Silke sah ihn wieder an, immer noch traurig ohne Tränen. »Herr Hecht, Ihre Gedächtnislücke kann nicht so groß sein. Sie wissen genau, dass Sie am Schluss ...« Jetzt suchte Silke nach Worten »... am Schluss haben Sie ganz normal mit mir geschlafen, mit Gewalt zwar, und es hat mir weh getan, aber ganz normal eben, wie Mann und Frau. Und Sie waren nicht vorsichtig, Sie hatten Ihren Höhepunkt. Es ist doch in der Dusche noch aus mir herausgeflossen, dieser graue Schleim.« »Das stimmt doch gar nicht«, protestierte Hecht. »Das hätte ich gern gehabt, aber es hat bei mir doch gar nicht geklappt.« Silke sah Hecht fassungslos an. Leise sagte sie: »Ich weiß es genau, und Sie auch. Außerdem habe ich, seit ich in Altenfurt bin, mit niemandem Verkehr gehabt, glauben Sie mir! Und ich habe mich auch erkundigt; man kann eine Vaterschaft heute sicher nachweisen, in der Genetik. Ich will das nicht, solche Inquisition. Aber ich kann auch nicht einsehen, dass Sie sagen, Sie waren es nicht und damit ist die Angelegenheit erledigt für Sie.« »Aber wenn ich's doch nicht war?«

Silke sah betreten auf Ihre Hände, die sie übereinander gelegt auf ihrem Schoß liegen hatte. So schwer hatte sie sich das mit Hecht nicht vorgestellt. Und plötzlich wusste sie, dass Hecht sich niemals zu diesem Kind bekennen würde, dass er sich immer als der Hereingelegte, der Übertölpelte darstellen würde, als jemand, dessen Gutmütigkeit ausgenutzt worden war. Es hatte alles keinen Zweck. Sie hatte im Verlauf der letzten Woche zwar immer stärker gespürt, dass sie das Kind behalten wollte, selbst wenn sie daran dachte, wie sie vergewaltigt worden war. Sie hatte davon geträumt, wie sie einvernehmlich mit Hecht einen Weg gefunden hätte, außerhalb Altenfurts zu leben, gleichwohl zu promovieren, das Kind irgendwo anders auf die Welt zu bringen, es allein großzuziehen, aber in voller Verantwortung auch des Vaters und, natürlich, auch von diesem seelisch und vor allen Dingen finanziell unterstützt. Doch wieder hatte sie Hechts Niedertracht unterschätzt. Dass er sich so einfach aus der Affäre ziehen wollte, so schlicht mit der Behauptung, er könne gar nicht der Vater sein, er sei gar nicht in ihr gewesen, darauf wäre sie nicht gekommen. Jetzt schien es ihr unmöglich, das Kind auf die Welt kommen zu lassen. Sie war romantisch gewesen, Gudrun hatte sie gleich gewarnt. Es blieb eben doch nur die Abtreibung. Und dazu musste sie noch einmal Hilfe bei den Sadlowskis erbitten. Sicher wussten die doch einen Weg, wie sie die Schwangerschaft abbrechen konnte. Von Hecht hatte sie keine Hilfe zu erwarten, was sollte sie hier länger sitzen und seine Verteidigungsversuche anhören? Sie bückte sich, griff nach ihrer Aktenmappe, die sie neben ihren Stuhl gestellt hatte, und stand entschlossen auf.

Hecht hatte schnell begriffen, dass Ableugnen keine gute Verteidigungsstrategie war. Natürlich wusste er, dass er schließlich mit Gewalt in Silke eingedrungen war und auch einen Orgasmus bekommen hatte. Allein, dieses Ergebnis hatte er nicht erwartet, hatte die Möglichkeit, dass Silke schwanger geworden sein könnte, völlig verdrängt. Und auch jetzt, als ihm die ganze Tragweite ihrer Offenbarung zu Be wusstsein kam, war seine spontane Reaktion: ableugnen, verweigern, verdrängen. Aber gleichzeitig wusste er auch, dass er in der Falle saß, dass Silke, wenn sie darauf bestand, das Kind zu bekommen, ein lebendes Beweismittel gegen ihn in Händen hatte. Sie konnte ihn erledigen, seine Ehe zerstören, seine berufliche Existenz ruinieren, ihn erpressen. Wenn es überhaupt eine Möglichkeit gab, aus dieser bedrohlichen Situation herauszukommen, dann ging das nur mit und nicht gegen Silke. Nur wenn er sie davon überzeugen konnte, dass sie mit Kind keine Chance hätte, weder für sich noch für das Kind, würde sie sich vielleicht für eine Abtreibung entscheiden. Er musste irgendwie versuchen, ein sachliches Gesprächsklima mit ihr herzustellen, frei von Vorwürfen, und ganz auf sie und ihre Probleme eingehen.

In diesem Augenblick war Silke aufgestanden. »Augenblick mal, wo wollen Sie denn hin? Was haben Sie denn jetzt vor?«, entfuhr es Hecht. Silke sah ihn wieder an, und dieses Mal hatte Hecht den Eindruck, dass sie ihn taxierend und entschlossen anblickte. »Es hat doch keinen Zweck, mit Ihnen zu sprechen. Sie sind nicht bereit, zu Ihren Taten zu stehen, und feige sind Sie auch. Es hat lange gedauert, bis ich Sie ganz kennen gelernt habe, aber nun habe ich genug!« Damit drehte sie sich um und ging zur Tür, öffnete diese und stand schon im Vorzimmer. Hecht war aufgesprungen, wie von einer Tarantel gestochen rannte er hinter ihr her und erwischte sie am Arm, noch bevor sie die Tür zum Flur ganz öffnen konnte. Er herrschte sie an: »Was soll das denn? Silke, Herrgott nochmal, stell dich nicht so kindisch an! Sei doch nicht so emotional!« »Lassen Sie mich los! Sie tun mir weh, aua! Wenn Sie mich nicht loslassen, schreie ich.« Dabei versuchte sie, sich ihm zu entwinden, zumindest aber mit der freien Hand die Türklinke zu erreichen. »Silke! Verdammt noch mal!« Hecht hatte sie angebrüllt, wie sie es noch nie erlebt hatte. Er schien völlig die Beherrschung verloren zu haben. Seine braunen Augen sprühten vor Wut Funken; es war ihr, als seien sie ganz mit Gold gesprenkelt und würden jeden Augenblick aus ihren Höhlen treten. Sie bekam Angst, hörte auf, ihren Arm aus seinem Griff zu befreien, blieb stehen. Hecht nahm jetzt auch ihren anderen Arm in einen zangenähnlichen Griff und zog sie wieder in sein Zimmer. Dort drückte er sie in einen der gepolsterten

Besprechungsstühle, hielt ihre Arme weiter fest, angelte sich mit dem Fuß einen weiteren Stuhl heran und setzte sich ihr unmittelbar gegenüber, sie konnte seinen Atem spüren, so nahe war er ihr gerückt. Sie rührte sich nicht mehr, wusste auch nicht, wie sie sich jetzt verhalten sollte. Angst hatte sie aber nicht. Sie nochmals zu vergewaltigen, das würde er nicht wagen. Und als Hecht spürte, wie Silkes Widerstand nachließ, lockerte er seinen Zangengriff um ihre Handgelenke, plötzlich hielt er sie nur noch an den Händen gefasst. »Herrgott noch mal, Silke, nun nimm doch Vernunft an! Benimm dich nicht wie ein unschuldiges kleines Mädchen! Das bist du nicht mehr. Wir sitzen gemeinsam in der Scheiße! Du genauso wie ich. Und da kommen wir auch nur gemeinsam wieder heraus.«

Hecht fiel erst jetzt auf, dass er wieder zum ehemals gepflegten vertraulichen »Du« zurückgekehrt war; er fand das der Situation angemessen, behielt es bei. »Ich will mich nicht aus der Verantwortung stehlen, glaub mir das. Ich stehe für das ein, was ich getan habe. Ich bin nicht der Feigling, der wegläuft, wenn es gefährlich wird.«

Jetzt war es Silke, die ihm entgegenhielt: »Ich glaub Ihnen kein Wort, Herr Hecht, kein Wort ist ehrlich gemeint. Sie sind ein Taktierer, der seinen Kopf möglichst billig aus der Schlinge ziehen will, egal wie. Meine Gefühle, meine Zukunft, mein Schicksal, das interessiert Sie doch überhaupt nicht. Ich bin für Sie nur noch da von Bedeutung, wo ich Ihnen schaden könnte. Zuerst war ich Ihr Lustobjekt, jetzt bin ich Ihre Bedrohung. Wie wollen Sie mir wohl helfen?«

Auf Hechts Stirn hatten sich kleine Schweißperlen gebildet. Er ließ Silkes Hände los, stand auf, ging zum Wandschrank, holte die Cognac-Flasche und zwei Gläser und stellte sie auf den Tisch. Dann setzte er sich wieder, goss nichts ein, wischte sich mit einem Taschentuch den Schweiß von der Stirn. »Lass uns ganz ehrlich miteinander sprechen, auch wenn es weh tut.« »Sie und ehrlich?« Silke sah ihn böse an, »da bin ich aber gespannt, wie das sein soll!« »Ich weiß, dass ich dein Vertrauen verspielt habe. Aber ich will trotzdem mit dir sprechen, dir erklären, was mit mir ist, warum ich so bin und so handle.«

Hecht wusste, dass er sich nun endlich um Wahrhaftigkeit bemühen musste. Wenn er jetzt wieder mit Finten kam, Ausflüchte suchte, Silke belog, dann war die letzte Chance vertan, noch einen gangbaren Weg aus den Schwierigkeiten zu finden. Silke sagte nichts mehr, rieb ihre Unterarme, wo er sie festgehalten hatte; offenbar war sein Griff härter gewesen, als er es beabsichtigt hatte.

Er öffnete die Flasche, Silke winkte ab. Allenfalls ein Glas Wasser. Hecht holte ein Glas, bemerkte, es gebe nur Leitungswasser, was Silke recht war. Er selbst goss sein Glas bis zum Rand voll, trank nur einen großen Schluck.

»Es tut mir leid; ich habe bei unserem Gespräch soeben alles falsch gemacht.« Silke sah ihn schweigend an. »Ich weiß, dass das Kind von mir ist. Ich kann auch erinnern, dass ich in dir geblieben bin, als ich soweit war. Eines sehe ich anders als du. Dein Widerstand war nicht echt. Du wolltest auch mit mir schlafen. Wäre das nicht so gewesen, dann hättest du dich von Anfang an anders verhalten. Aber o.k.;

wenn du es so siehst, dann habe ich dich vergewaltigt. Eines sage ich dir trotzdem, ich habe dich dabei auch geliebt, ganz hoffnungslos und rasend. Ich weiß, dass es so etwas gar nicht gibt, und doch war es so. Ich habe nur einmal ähnlich wirr und unrealistisch ein Mädchen geliebt, das war Heidrun. Meine Ehe ist Pflicht und Freundschaft. Und deswegen brauchst du dir auch nichts vorzuwerfen; es war wirklich Liebe.«

Hecht hatte suggestiv auf Silke eingeredet, machte wieder einen sehr erregten Eindruck. Er nahm die Brille ab, wischte sich mit dem Taschentuch die Augenwinkel, setzte die Brille wieder auf und schniefte vernehmlich. Silke fragte sich, ob das nun wieder eine neue Variante seines Theaterspiels war oder ob doch so etwas wie Gefühl in ihm verborgen lag.

»Von der Krankheit meiner Frau habe ich erst nach der Nacht bei dir erfahren. Diese Krankheit hat sie stark verändert, und mich auch. Was meine Ehe angeht, bin ich nicht mehr derselbe wie vor der Operation. Und erst seit einigen Tagen weiß ich, dass es in der Universität eine besonders schwierige Krise geben wird, bei deren Lösung es auch auf mich ankommt. Je mehr ich mir klar mache, wie alt du bist, und was für ein alter Mann ich bin, umso besser weiß ich auch, dass wir zwei verschiedenen Generationen angehören, die nur eine kurze gemeinsame Strecke hätten. Danach käme der lange Weg in die Entfremdung. Aber das alles habe ich nicht gesehen, auch nicht sehen wollen. Glaub mir, ich war so von Liebe und Begehren überschwemmt, ich war von Sinnen. Es ist diese Kombination von Liebe und Gier, die Männer wie mich um den Verstand bringt.«

Eine kurze Zeit schwiegen beide. Dann fragte Silke: »Wenn das so war, wie Sie es jetzt schildern, warum haben Sie mich dann so behandelt? Wie ein Werkzeug, das man nach Gebrauch weglegt. Weggeworfen haben Sie mich, wie einen alten Anzug, den man nicht mehr tragen will. Meinen Sie, ich hätte Sie nur vernaschen wollen, wie Sie gesagt haben? Sie haben mich einfach abgelegt, haben nur noch daran gedacht, Ihre Haut zu retten. Warum haben Sie das getan, wenn Sie mich so geliebt haben? Warum?« Hecht sah betreten in sein Cognac-Glas, trank es leer, murmelte dann: »Ich weiß es nicht. Notwehr, Panik, Angst vor Folgen. Ich weiß es nicht. Ich bestehe aus zwei Hälften; beide kennst du, und zuletzt war es die schlechte Hälfte.«

Silke empfand seine Klagen als wenig hilfreich. Das war in erster Linie Selbstmitleid; Liebe kam, wenn überhaupt, nur am Rande vor. Auch konnte sie nicht erkennen, was Hecht nun vorhatte. Also fragte sie: »Und was soll jetzt werden? Ich meine, so ganz viel Zeit für Entscheidungen bleibt ja nicht mehr. Ich komme demnächst in den dritten Monat, und da wüßte ich schon gern, mit was ich bei Ihnen rechnen kann oder rechnen muss.«

Hecht sah sie gequält an. »Lass mir dieses Wochenende Zeit. Ich muss mit mir ins Reine kommen, alle Möglichkeiten ventilieren.«

Silke sah ihn skeptisch an. »Nein, nicht was du jetzt vielleicht denkst. Ich werde nicht versuchen, mich auf deine Kosten aus der Affäre zu mogeln. Ich akzeptiere ja, dass du von mir schwanger geworden bist. Ich werde dich damit auch nicht hängen lassen. Aber ich muss in Ruhe überlegen, wie der Schaden für alle möglichst gering bleibt. Ich bin nun einmal für mehr als für dich und mich verantwortlich, auch wenn du denkst, diese Erkenntnis kommt mir ziemlich spät.« »Also wann und wo sprechen wir uns am Montag?«, wollte Silke wissen. Hecht überlegte. Hier herrschte am Montag wieder Frau Marschner, und die hatte eine gute Witterung für persönliche Dramen. »Hier im Institut ist es mir zu unsicher. Laß uns irgendwohin fahren, nicht hier in Altenfurt. Wo wir ruhig miteinander sprechen können. Wir nehmen mein Auto.« »Und wo treffe ich Sie?«, fragte Silke. »Am besten ist es unten am Parkhaus an der Weserbrücke. Das müsstest du in 15 Minuten zu Fuß erreichen, und ich kann da auch einen Augenblick stehen bleiben. Direkt neben der Einfahrt ist ein kleiner Zeitungsladen. Da stehe ich irgendwo, so kurz vor 11.00 Uhr.« »Wenn bei mir etwas dazwischen kommt, wie erreiche ich Sie?« Hecht gab ihr seine Visitenkarte; darauf war auch seine Handy-Nummer abgedruckt. Das Handy trage er immer bei sich und stelle es auch tatsächlich an. Silke steckte die Karte in ihre Tasche. »Also bis Montag«, sagte sie und ging zur Tür. Hecht versuchte noch ein Lächeln, und tatsächlich, sie lächelte zurück. Als er aber versuchte, ihre Wange zu streicheln, eigentlich meinte er es eher tröstlich, wandte sie abrupt ihren Kopf ab und sagte »Nein! Nicht, nicht wieder!«, und ging schnell hinaus.

Hecht starrte noch eine Weile auf die Tür, hinter der sie verschwunden war. Dann setzte er sich wieder hinter seinen Schreibtisch, füllte das Cognac-Glas und trank einen großen Schluck. An Arbeiten war jetzt nicht mehr zu denken. Zu Hause hatte er zwar hinterlassen, er komme erst gegen 19.00 Uhr zurück, weil er einmal einen Nachmittag in der Bibliothek brauche. Nun musste das Gutachten für den Kommunalverband West noch etwas länger warten.

Er fühlte sich völlig zerschlagen und konnte nicht länger der Versuchung widerstehen, sich für einige Zeit auf sein Sofa zu legen. Er war das Opfer einer Reihe von schicksalhaften Verwicklungen. Auch wenn er sich die Suppe mit Silke selbst eingebrockt hatte, mit dieser Wendung der Sache musste er nicht rechnen. Auf welches Landliebchen war er da nur hereingefallen? Die schlief mit ihm und sagte kein Wort dazu, dass sie die Pille nicht nahm. Und jetzt hatte diese keusche Jungfrau ihn in der Hand. Das war unerträglich. Sollte er einfach alles treiben lassen, weiter leugnen und darauf vertrauen, dass sie das Kind auch nicht wollte und schon einen Weg finden würde, es wieder loszuwerden? Darauf war kein Verlass. Heidrun hatte damals auch den Zeitpunkt verstreichen lassen, bis zu dem man in Holland eine Abtreibung vornehmen lassen konnte, hatte ihm nicht gesagt, dass sie die Pille abgesetzt hatte und schwanger geworden war.

Nein, wenn er sicher sein wollte, dass das Kind nicht ausgetragen und geboren wurde, musste er sich selbst um alles kümmern. Aber wie sollte er vorgehen? Ein Abbruch in Altenfurt kam nicht in Betracht, weil hier nichts verborgen blieb. Wenn er bei seiner Version der Nacht nach dem Fakultätsfest bleiben wollte, und das musste er, durfte niemand, aber wirklich niemand herausbekommen, dass er in der fraglichen Nacht Silke dieses Kind gemacht hatte. Wenn sie einen Arzt aufsuchte, brauchte sie vermutlich den Erzeuger des Kindes nicht zu nennen. Aber sie benötigte einen Beratungsschein einer anerkannten Beratungsstelle. Und die waren entweder fest in kirchlicher Hand, oder es war Pro Familia. Die würden sicher gegen eine Abtreibung beraten und bestimmt wissen wollen, wer der Vater war. Eigentlich kam das alles nicht in Betracht. Es gab doch immer schon kleine Privatkliniken in Holland und London. Die waren vor allem wegen ihrer Diskretion und Sorgfalt bekannt. Aber wie kam man da ran? Die standen ja vermutlich nicht im Branchenverzeichnis der Telekom. Und einen der vielen Mediziner fragen, die er kannte? Das kam auch nicht in Betracht. Selbst wenn er so täte, als handle er nicht für sich, sondern für jemanden anders, war das allzu durchsichtig. Und Päule Bosma fragen? Der wüßte bestimmt Rat und Hilfe. Aber der stand ganz auf Utes Seite und wäre vermutlich fassungslos. Das würde die freundschaftliche Beziehung zerstören; das kam auch nicht in Betracht. Blieb nur Georg. Der traute ihm ohnehin jede Schlechtigkeit zu, kannte auch die ganze Geschichte mit Heidrun, hatte ihm immer wieder sein Doppelleben vorgehalten. Wenn überhaupt, dann wäre Georg derjenige, mit dem er am offensten darüber sprechen konnte, der auch sicher eine Klinik wusste, wo man den Eingriff machen lassen würde, und der, um Ute zu schützen, auch verschwiegen wäre.

Aber wie kam er unauffällig an Georg heran? Wenn er anrief, hatte er vermutlich zunächst Adelgund am Telefon. Und wenn die den Hörer an Georg weitergab, wollte sie bestimmt wissen, weswegen er anriefe. Das beste wäre, er versuchte jetzt sofort, mit Georg in der Klinik zu telefonieren. Vielleicht war er ja noch da.

Die Telefonnummer hatte Hecht in seinem Verzeichnis. Er erhob sich wieder, ging zum Telefon, trank zuvor das Cognac-Glas leer und wählte dann die Nummer der Klinik. Er bekam eine stark bayerisch sprechende Schwester an den Hörer. Der Professor sei zwar da, habe aber jetzt Privatsprechstunde und wolle dabei nicht gestört werden. Ob es so dringend sei. Ja, sei es, antwortete Hecht ungeduldig, er sei der Bruder des Professors, es sei wichtig und dauere nicht lange. »Also dann«, seufzte die Schwester, und nach einigem Knacken hörte er Georgs Stimme »Jonni, bist du das?« »Hallo Georg, ja, ich bin das.« »Hör zu, du erwischt mich jetzt auf dem falschen Fuß; ich kann jetzt nicht sprechen. Ruf mich doch bitte nach sieben zu Hause an, da habe ich Zeit für dich.« »Nein, du, das geht nicht. Ich muss dich sehr eilig und auch allein und vertraulich sprechen.« »Ist was mit Ute?«, klang es nun besorgt. »Nein, jedenfalls nicht direkt. Aber es ist etwas mit mir!« »O.k., Jonni, ich ruf in einer Stunde zurück. Wo erreiche ich dich?« »Ich bin im Institut, unter der Lehrstuhlnummer. Hast du die?« »Ja, die habe ich mir neulich notiert. Dann bis gleich.« Damit war das Gespräch beendet.

Hecht versuchte, die Zeit bis zu Georgs Rückruf sinnvoll zu nutzen. Er begann, einen Artikel in einer Fachzeitschrift zu lesen. Immer wieder schweiften seine Gedanken ab zu Silke. Hatte er sie geliebt? Liebte er sie noch? Könnte er sich eine Zukunft ohne Ute, ohne die Kinder, ohne Ämter und Wichtigkeit vorstellen? Nein! Der Konflikt war nicht lösbar. Das einzige Ergebnis war, dass er sich vor jungen, unerfahrenen Frauen, die ihm vertrauten, hüten müsste. Silke blieb ein Traum, aber einer mit bösem Erwachen.

Endlich ging das Telefon, und es war auch wirklich Georg. Hecht wusste nicht recht, wie er das Gespräch beginnen sollte. So berichtete er erst einmal ausführlich von Ute, von Heike, die sich plötzlich so gut mit ihrer Mutter verstand, und dann kam er auf Mackenroth, dessen Probleme und seine Möglichkeit, im Falle seines Rücktritts für das Präsidentenamt zu kandidieren. »Aber das ist doch alles nicht so eilig, darüber hätten wir auch heute abend sprechen können«, wandte Georg ein. »Das ist richtig. Aber das ist auch nicht alles. Ich möchte mit dir ein persönliches Gespräch führen, vertraulich, und nicht am Telefon. Ich muss in der kommenden Woche nach München, da könnte ich dich aufsuchen.« »Du bist uns immer willkommen. Und noch schöner ist es, wenn du Ute mitbringst.« »Vielleicht habe ich mich nicht deutlich genug geäußert; ich will mit dir persönlich und ohne unsere Frauen ein vertrauliches Gespräch führen, über ein Problem, welches ich habe und für dessen Lösung ich deinen Rat brauche.« »Also, wenn das um deine Maus geht, die du dir aus Speyer mitgebracht hast: da bin ich befangen. Ich finde, dass du dich ganz unmöglich benimmst. Ich ahne ja schon, was da passiert ist. Die Kleine ist schwanger, und jetzt ist Holland in Not. Das ist doch so, oder?« »Georg, ich sage jetzt nichts dazu, schon gar nicht am Diensttelefon. Ich frage dich klipp und klar, kann ich dich in der kommenden Woche vertraulich und ohne Adelgund sprechen oder nicht?« »Du verwechselt mich hoffentlich nicht mit einem Gynäkologen«, wandte Georg ein. »Also was ist nun, geht es oder geht es nicht? Zum Beispiel am nächsten Dienstag. Ich könnte nachmittags in Starnberg sein und dich in der Klinik aufsuchen.« »Ab 18.00 Uhr ginge das. Wo bleibst du nachts? Kannst du mit zu uns kommen?« »Ja, das ist möglich. Ich muss am nächsten Morgen aber früh weg. Wenn euch das nicht zu viel Umstand für eine Nacht bedeutet?« »Nein, nein, überhaupt nicht. Weiß Ute von deiner Reise?« »Ja, natürlich. Ich kann doch nicht gut nach München fahren, ohne mit Ute darüber zu sprechen. Nur mein Vier-Augen-Gespräch mit dir sollte vertraulich bleiben.« »Oh, Jonni, was machst du wieder für Sachen? Wirst du nie erwachsen?«, stöhnte Georg ins Telefon. »Jetzt vielleicht«, antwortete Hecht.

Sie sprachen noch über Urlaubspläne, Hechts Reise mit Ute nach Florenz, Georgs Urlaubsziele. Dann war alles gesagt, das Gespräch beendet.

Hecht war erleichtert. Die Frage nach einem Ratgeber war beantwortet. Und es war auch gut, dass Georg ahnte, um was es ging. Vielleicht konnte er ja schon vorbereitende Erkundigungen einziehen. Etwas verunsichert war er aber, dass Georg von Silkes Auftauchen in Altenfurt wusste. »deine Maus« hatte er gesagt. Was sollte das denn bedeuten? Das war abwertend, sollte zeigen, dass er Silke als eine Art erotisches Spielzeug verstand. Ob er Silke vielleicht irgendwoher kannte? Nein, das war ganz unmöglich. Aber »deine Maus«, das beunruhigte ihn doch. Das konnte Georg nur aus Altenfurt haben. Hecht widerstand der Versuchung, sich ein weiteres Glas Cognac einzugießen. Weil an Arbeit nicht zu denken war – er konnte sich überhaupt nicht konzentrieren –, fuhr er nach Hause. Das Gutachten würde er morgen, am Samstag, in aller Ruhe angehen. Und im übrigen wäre es bei dem schönen Wetter auch gut, mal etwas herauszufahren, spazieren zu gehen und sich abends vielleicht mit Bosmas zu treffen. Die Sache Mackenroth konnte er ebenso wenig voranbringen wie das Problem mit Silke.

Diese kehrte in einem wahren Aufruhr ihrer Gefühle in ihre Wohnung zurück. War Hecht der skrupellose Schurke, der nur seinen Vorteil suchte und eiskalt über Leichen ging, nur um keine Scherereien zu bekommen? Oder steckte, tief verborgen, in ihm nicht doch ein guter Kern, der nur selten an die Oberfläche kam? Und was bedeutete das für sie, mit dem Kind im Bauch, für das er verantwortlich war? War er jemand, der eine solche Verantwortung zu übernehmen bereit wäre? Wenn sie alles, was seit der verhängnisvollen Nacht passiert war, zusammenfasste, dann kam Hecht schlecht dabei weg. Erst als er völlig in die Enge getrieben wurde, hatte er signalisiert, er wolle Silke helfen. Aber wozu? Doch nur, um die Schwangerschaft abzubrechen, und nicht, um ihr mit dem Kind irgendwie ein erträgliches Leben zu verschaffen. Nein, auf Hecht war kein Verlass. Und auch das, was er jetzt an Hilfe anbot, galt doch nur der Rettung seines eigenen Lebens; mit Silkes Schicksal hatte das nichts zu tun.

Je mehr sie auch darüber nachdachte, es blieb dabei: Wenn sie das Kind bekam, würde Hecht sich nur im allernötigsten Umfang am Unterhalt beteiligen. Das Kind war ihm so egal wie Silkes weiteres Schicksal. Wenn sie dagegen einer Abtreibung zustimmte, würde er dafür sorgen, dass diese medizinisch, rechtlich und finanziell korrekt abgewickelt würde. Alles bliebe vertraulich, und Silke könnte vermutlich auch als Doktorandin eine faire Behandlung erwarten. Und wenn sie abtrieb, hatte sie mit ihm gemeinsam ein Geheimnis, das er sorgsam hüten musste. Er würde es nicht wagen, ihr noch einmal nachzustellen. Sie hätte, auch wenn sie es nicht ausspräche, ein Druckmittel, um zu erreichen, dass sie so schnell wie möglich ihre Dissertation fertigstellen könnte, dass sie für ihn keine persönlichen Nebenleistungen mehr erbringen müsste und er sie so schnell wie möglich wieder loswerden wollte. Es half alles nichts, es gab fast nur Gründe für eine Abtreibung und gegen das Kind. Dieses Ergebnis stimmte sie sehr traurig; ihr Gefühl lag immer noch im Widerstreit mit ihrem Verstand. Aber diesen Konflikt müsste sie ertragen, überlegte sie. Hoffentlich dauerte es mit Hecht nicht zu lange.

Abends im Bad betrachtete sie sich genau im Spiegel. Die Brüste waren wieder weicher geworden, die Brustwarzen standen aber weiterhin aufrecht und waren druckempfindlich. Und wenn sie an sich herunterblickte, hatte sie den Eindruck, ihr Bauch wölbe sich bereits etwas vor. Konnte das sein, jetzt, nach sieben Wochen? Doch, das war bestimmt schon die Gebärmutter, die auf die Bauchdecke drückte. Und wieder hatte sie das Empfinden, es gehe schon nicht mehr mit der Abtreibung, es sei schon zu sehr ein Kind, was da in ihr wuchs. Durfte man das wirklich abtreiben?

Nach einer unruhigen Nacht rief sie am Samstagmittag bei Gudrun an. Zunächst hatte sie Conny am Telefon; wie es der großen Schwester denn gehe, wollte sie wissen. Wann sie mal wiederkäme? Zum Herbst gäbe es einen frisch aufgelegten Richard, diesmal Rheingold. Echt steil! Ob sie im Oktober könne? Silke sagte einfach ja, und Conny schien sehr erfreut zu sein. Dann war Gudrun am Hörer; sie hatte jetzt praktisch keine Zeit. Aber morgen früh. Hardy spiele von 9.00 bis 11.00 Uhr Tennis, dann könnten sie in Ruhe telefonieren.

Den Rest des Tages versuchte Silke, Literatur für ihre Dissertation durchzuarbeiten. Sie behielt wenig und musste die meisten Fundstellen mehrfach lesen. Sie fühlte sich auch sehr allein. Felgenheber war auf einer Wohnmobilreise in Kanada; Waltraud, die sie schon seit längerem nach Altenfurt eingeladen hatte, machte Urlaub in Griechenland. Hans-Jürgen wollte sie jetzt lieber nicht ansprechen. Der käme sofort, aber den könnte sie nicht gebrauchen.

Am Sonntag führte sie ein langes Telefongespräch mit Gudrun. Vielleicht wäre es für Silke leichter gewesen, sie wäre wieder nach Münster gefahren und hätte Gudrun leiblich gegenüber gesessen. Aber das Telefon musste jetzt genügen. Sie schilderte die unerfreuliche Besprechung mit Hecht. Gudrun teilte ihre Meinung völlig und legte ihr nahe, weniger aus einem Erwachen mütterlicher Gefühle zu entscheiden, als vor allem mit vorausschauendem Verstand. Gudrun sprach sich eindeutig für eine Abtreibung aus; es sei denn, sie könne das absolut nicht mit ihrem Gewissen und ihren Gefühlen vereinbaren. Inzwischen aber hatte auch bei Silke eine nüchterne Abschätzung der beiden Alternativen eingesetzt, und da gab es eigentlich nur die Abtreibung als Möglichkeit der Schadensbegrenzung.

Gudrun war des weiteren der Auffassung, die Suche einer geeigneten Klinik, Silkes Reise dorthin, die ganze Organisation dieses Unternehmens sowie die Finanzierung sei allein Hechts Sache. Silke solle ihm deutlich machen, dass er bei allen Schritten persönlich anwesend zu sein habe, anderenfalls werde sie es lassen und das Kind bekommen.

Gudrun beruhigte die ängstliche Silke; sie sei in einer starken Position. Nicht allein seine Stellung in der Universität, auch seine häusliche Situation mit der krebskranken Frau ließen ihm keine Wahl. Er werde auf alle Bedingungen Silkes eingehen. Nur, Angst dürfe sie nicht vor ihm haben, sondern besser ein Gefühl der Überlegenheit.

Am Montag stand Silke schon an dem Parkhaus, als Hecht, etwas verspätet, dort eintraf. Sie stieg ein; Hecht sah sich nicht um und fuhr über die Weserbrücke aus der Stadt hinaus. Das von ihm anvisierte Landgasthaus hatte montags Ruhetag; also fuhren sie schweigend weiter, fanden schließlich ein geöffnetes Gartenrestaurant, in welchem kaum Besucher saßen. Weil die Sonne wieder herausgekommen war, hatte die Luft sich so weit erwärmt, dass sie draußen sitzen konnten. Silke hatte sich dieses Mal eine warme Wolljacke mitgenommen, trug im übrigen aber wieder dasselbe Kleid; es drückte am wenigsten.

Eine Frau kam aus der Wirtsstube, sah sie etwas erstaunt an und fragte, was sie bestellen wollten. Hecht entschied sich für Bratkartoffeln mit Sülze; Silke nahm stattdessen ein »Bauernfrühstück«, also auch Bratkartoffeln, die mit Schinken, Zwiebeln und Ei zu einer Art Pfannkuchen zusammengebacken waren. Beide tranken Mineralwasser.

»Bist du nun zu einer Entscheidung gekommen, was wird?«, eröffnete Hecht das Gespräch. »Das liegt nicht zuletzt auch bei Ihnen, wie es weitergeht. Ich fühle mich nach wie vor dem Kind verbunden und möchte es behalten, sofern Sie mir dabei helfen, einen Weg zu finden, der das ermöglicht.« »Wollen wir nicht gemeinsam beim du bleiben?«, fragte Hecht, den es störte, dass Silke ihn so förmlich mit Sie anredete. »Nein«, war Silkes Antwort. »Sie sind mein Chef. In der Universität, ganz besonders bei den Juristen, würde es unangenehm auffallen, wenn wir uns duzten. Und heimlich »du« und öffentlich »Sie« mag ich nicht.« »Also, ich bleibe beim »Du«; bei den Problemen, die uns verbinden, geht das mit »Du« für mich leichter. Ich bleibe dabei.« »Wenn's nicht anders geht!«, war Silkes abweisende Antwort.

Das fing nicht gut an, war Hechts Eindruck. Dass Silke eine starke Stellung hatte, war ihm bewusst. Aber dass sie schon beim ersten Friedenssignal so abweisend reagierte, ärgerte ihn. »Wenn du das Kind bekommen möchtest, musst du doch irgendwelche Vorstellungen haben, wie das rein praktisch gehen kann.« »Warum?«, fragte Silke. »Ich weiß, dass ich das Kind haben will, auch wenn Sie der Vater sind. Und dann wäre es doch Ihre Sache, darüber nachzudenken, wie Sie das ermöglichen.« »So geht das doch nicht«, wandte Hecht etwas gereizt ein. »Du musst doch irgendwelche Vorstellungen über deine nächste Zukunft haben. Willst du weiter promovieren, hier in Altenfurt? Willst du an der Uni bleiben, behältst du deine Wohnung? Wovon lebst du, wer kümmert sich um das Kind, wenn du arbeitest? Du kannst mir doch nicht erzählen, dass du dir diese Fragen nicht auch längst gestellt hast!« »Ich sagte doch, es hängt alles stark von Ihnen ab. Gegenüber dem Jugendamt müssen Sie ja wohl Ihre Vaterschaft einräumen, oder wollen Sie sich dem genetischen Test unterziehen? Doch wohl kaum. Und geheimhalten können Sie das sowieso nicht. Also sprechen Sie am besten auch mit Ihrer Frau darüber, bevor sie es als Gerücht erzählt bekommt. Wenn Sie wollen, gebe ich meine Wohnung auf und ziehe in einen Nachbarort. Meine Promotion will ich auf jeden Fall abschließen. Wenn Sie meinen, dass das bei Ihnen nicht mehr geht, müssten Sie mir einen Ihrer Kollegen als Doktorvater vermitteln. Und im übrigen: Gegenüber dem Kind sind Sie unterhaltspflichtig. Ich selbst habe nur das Stipendium. Das reicht sicher nicht für alle zusätzlichen Kosten; ich kann mir ja schon jetzt kein Auto leisten. Sie müssen mich finanziell so lange unterstützen, bis ich einen Beruf gefunden habe, der mich ernährt, also mindestens zwei bis drei Jahre.«

Das Essen kam. Hecht schlang es herunter, bestellte für sich einen doppelten Wacholder. Silke aß langsam, ließ auch jetzt wieder die Hälfte zurück.

Dann seufzte Hecht. »Das sind doch alles Wunschträume. Versteh mich nicht falsch. Deine Überlegungen scheitern nicht an der Finanzierung; dafür komme ich auf, keine Diskussion! Aber alles andere? Du glaubst doch nicht im Ernst, dass du mit Kind hier in Altenfurt bleiben kannst, hier eine Promotion möglich ist. Bei mir nicht und bei keinem anderen. Und einmal davon abgesehen, dass meine Ehe einer solchen Belastung sicherlich nicht standhielte: Du ruinierst dir auch dein eigenes Leben, Deine Zukunft als Wissenschaftlerin, und dazu hast du doch das Zeug.«

Er redete suggestiv auf Silke ein; der Schweiß stand ihm wieder auf der Stirn, er brachte immer neue Argumente, und die hatten alle eine fatale Ähnlichkeit mit denen, die Gudrun gestern angeführt hatte. Sie dachte aber auch an Gudruns dringenden Rat, Hecht kein Schlupfloch zu lassen, ihn sich nicht im Falle ihrer Einwilligung zur Abtreibung mit einer Geldzahlung aus der Affäre stehlen zu lassen.

Als Hecht aufgehört hatte, fragte sie ihn daher: »Wie ginge es denn weiter, wenn ich doch einer Abtreibung zustimmen würde?« Hecht atmete auf. »Ich werde meinen Bruder in München konsultieren; der ist Internist an einer Klinik. Vermutlich würden wir dir eine private Klinik vermitteln, in der der Eingriff fachgerecht und diskret vorgenommen würde. Für die Kosten käme ich selbstverständlich vollständig auf.« »Nein, ich will von Ihnen nicht in eine Fachklinik vermittelt werden, und das war's dann für Sie. Wenn überhaupt, dann müssten Sie mich schon dahin begleiten und mit mir dort bleiben, bis es völlig sicher ist, dass bei mir keine weiteren Komplikationen auftreten. Und im übrigen müssten Sie mir in irgendeiner Weise verbindlich zusichern, dass ich meine Promotion innerhalb der Laufzeit des Stipendiums, also in 1 ½ Jahren, abschließen kann. Ich will die Promotion nicht geschenkt, ich will hart daran arbeiten, will die Dissertation später unter meinem Namen veröffentlichen. Und eines ist mir auch aufgefallen: das setzt ja alles nicht nur die Abtreibung voraus. Sie erwarten von mir außerdem auch noch, dass ich über die Nacht nach dem Institutsfest schweige oder sogar eine unzutreffende Aussage mache. Meinen Sie nicht, dass das reichlich viel ist, was Sie da für mich planen? Sie kommen dabei viel besser weg; Ihre Probleme können Sie mit dem Scheckbuch lösen, ich meine nicht.«

Während ihrer mit großer Aufregung vorgebrachten Argumente und Forderungen hatte sich Silke immer vorgestellt, Gudrun stehe neben ihr, und fast war es, als spüre sie Gudruns Arm auf ihrer Schulter. Und ihre Worte hatten offensichtlich Wirkung. Hecht sah jetzt sehr nachdenklich aus. Vorsichtig nahm er das Gespräch wieder auf. »Wer von uns das größere persönliche Opfer bringt, müssen wir jetzt nicht entscheiden. Ich glaube, ich weiß, was es für dich bedeutet, diese Schwangerschaft zu unterbrechen. Wäre ich zwanzig Jahre jünger, hätte ich keine krebskranke Frau, keine Problemkinder, mein Gott, wie gern würde ich mich zu dir bekennen. Aber heute? Was gäbe ich darum, wenn ich die Nacht in deiner Wohnung rückgängig machen könnte. Doch was nützt dir das alles? Nichts! Und darum lass uns ganz unsentimental planen, wie es weitergeht. Selbstverständlich fahre ich mit dir in die Klinik, bleibe bei dir, bis keinerlei Risiko mehr besteht. Und die Promotion: Da liegt es auch an dir, ob du so schnell fertig wirst. Ich unterstütze dich, so gut es geht. Die Dissertation musst du aber selbst schreiben, da beschränkt sich meine Hilfe nur auf Beratung, die allerdings in jedem Stadium der Arbeit, und schnelle Begutachtung.«

Es entstand eine Pause. Hecht stand auf, ging in die Wirtsstube und kam nach einigen Minuten zurück. »Ich habe schon bezahlt. Wolltest du noch einen Kaffee?« Silke verneinte. »Ich bin am Mittwoch aus München zurück. Kannst du am Donnerstag zu mir ins Institut kommen, so gegen 11.30 Uhr? Dann weiß ich vielleicht, welche Klinik in Betracht kommt.« »Wiegen Sie sich nicht zu früh in Sicherheit. Ich berate mich mit meinen Freunden in Münster; die kennen dieses ganze trübe Kapitel. Und ohne deren Rat werde ich nichts entscheiden.« Damit stand sie auf und ging auf Hechts Auto zu.

Die Rückfahrt verlief wiederum schweigsam. Einerseits war Hecht erleichtert. Silke nahm ja doch Verstand an. Aber dass da die Münsterschen Freunde eingeweiht waren, gefiel ihm überhaupt nicht. Die waren im Zweifel Belastungszeugen gegen ihn. Das war im übrigen kein schlechter Schachzug, so viel Raffinesse hätte er diesem kleinen Biest nicht zugetraut. Aber er war ja auch zu blöd gewesen; einfach zu glauben, dass sie verhütete, das war wirklich mehr als naiv.

Kurz bevor sie die Weserbrücke in Altenfurt erreicht hatten, meldete sich Silke noch einmal zu Wort. »Eigentlich hätte ich längst einen Arzt aufsuchen müssen. Dass ich schwanger bin, weiß ich zwar hundertprozentig. Aber bisher habe ich einen Arztbesuch immer wieder verschoben. Nur, noch länger geht das nicht. Wenn Sie nicht in dieser Woche ein klares Konzept für mich haben, gehe ich am Montag in die Ambulanz in der Frauenklinik. Und dann gibt es kein Zurück mehr, dann kommt das Kind. Irgendwann ist für mich der Rückweg versperrt; man kann ja fast jetzt schon sehen, dass ich in anderen Umständen bin.« »Die Mahnung zur Eile ist überflüssig; ich kann selbst rechnen und weiß, in der wievielten Woche du bist. Verlier jetzt nicht die Nerven. Ruf mich unter allen Umständen an, bevor du irgendetwas unternimmst!«

Als Silke ausgestiegen war, fuhr Hecht sofort zum Institut. Er teilte Frau Marschner mit, er müsse morgen und übermorgen nach München. Vielleicht käme nächstens wieder ein großer Gutachtenauftrag mit ordentlich Geld für Literatur und Hilfskräfte. Ein Hotel brauche sie nicht für ihn zu buchen. Er übernachte bei seinem Bruder. Da Hecht häufig kurzfristig auf Reisen ging, hatte Frau Marschner keinen Zweifel an dem Reisezweck, zumal sie auch die Fahrkarte besorgen sollte.

Auch Ute und Heike hatten Verständnis, dass Hecht seine Institutsarbeit wieder stärker aufnahm; Ute ging es besser, und diese und die nächste Woche war Heike auch noch da. Und dann ging es ja schon bald nach Florenz.

In München setzte sich Hecht unverzüglich in die S-Bahn nach Starnberg und nahm vom dortigen Bahnhof gleich ein Taxi zur Klinik. Leider musste er die Stunde, die er zu früh war, tatsächlich warten. Georg befand sich bei der Visite und hatte anschließend auch noch zwei Privatpatienten bestellt; die hatten Vorrang. Die Sekretärin ging um fünf Uhr; es kamen noch gelegentlich weißbekittelte Personen, ob Ärzte oder Pfleger, konnte Hecht nicht erkennen, und fragten: »Ist der Chef noch da?«, oder: »Kommt der Professor noch wieder rein?« Hecht sagte einheitlich: »Nein, heute nicht mehr«, denn schließlich war er ja mit Georg verabredet. Als es gegen sechs Uhr ging, erschien Georg. Er hatte einen weißen Kittel, weiße Hosen und weiße Schuhe an und begrüßte Hecht mit »Grüß dich, Jonni, altes Haus! Gut angekommen?« Dann setzte er sich Hecht gegenüber in einen der aus Chrom und weißem Leder bestehenden Besucherstühle. »Wir haben uns ja lange nicht gesehen«, fuhr er fort. »Gut siehst du aus, so drahtig, sportlich. Wie machst du das, so schlank zu bleiben? Aber es ist ja kein Wunder! Was sagt eine alte Bauernregel? Ein guter Hahn wird nicht fett!« Dabei grinste er Hecht an. Der war ganz froh, dass Georg ihn nicht sofort ausfragte oder mit Vorwürfen überhäufte. »Nix guter Hahn«, gab er zurück, »Arbeit, Reisen, Vorträge, gelegentlich Rudern und Laufen, und weniger Essen.« »Und ein aufreibendes Liebesleben, das hast du vergessen zu erwähnen«, fügte Georg, immer noch grinsend, an. »Also, fang an mit deiner Geschichte, damit wir das hinter uns bringen.«

Dass Georg so betont locker war, erleichterte Hecht den Einstieg. Er erzählte von der hochbegabten Referendarin aus Speyer, die bei ihm eine überragend gute Seminararbeit gefertigt hatte. Die sich dann, nach überdurchschnittlichem Assessorexamen und versehen mit einem Stipendium einer renommierten Stiftung, bei ihm, den sie aus Speyer kannte, um eine Doktorarbeit beworben hatte. Die dann, obwohl sie nicht in Altenfurt studiert hatte, aufgrund des guten Eindrucks ihrer Person und ihrer Zeugnisse von der Fakultät und nicht allein von ihm als Doktorandin angenommen worden sei und die unter seiner Anleitung eine vielversprechende Dissertation angefangen habe.

»In Altenfurt wird anderes gemunkelt. Da erzählt man, du habest dein Bettmäuschen aus Speyer nachkommen lassen und brauchtest ihre Tätigkeit dort für eine Verjüngungskur. Den Krankenhausaufenthalt von Ute hättest Du eiskalt genutzt, um mit der Maus unauffindbar durch den Ostblock zu jetten. Na ja, und nun ist es ja nicht schwer zu erraten, wo dich der Schuh drückt. Hast du die Kleine gleich mitgebracht?«

Hecht schnappte nach Luft. Er wurde rot im Gesicht und fand kaum Worte. »Also, Georg, das ist das Übelste, was ich seit langem gehört habe. Sag mir besser nicht, woher die Informationen stammen. Ich bin imstande und bringe die Kerle um. Es ist ekelhaft, widerlich, solche Menschen im Kollegenkreis zu haben. Das ist Rufmord der übelsten Art.« »Nun mach mal langsam, mein Lieber. Kein Rauch ohne Feuer, sagt eine andere Bauernregel. Dann erzähl doch mal deine Version der Geschichte.«

Hecht berichtete nun vom Fakultätsfest, und zwar in der zweiten Version. Allerdings erweiterte er die Schilderung um ein entscheidendes Detail: Als Silke sich in ihrer Wohnung so rührend um seine Wiederbelebung bemühte, hatte sie auch seine Männlichkeit geweckt. Und da sie ja offenbar Gefallen an ihm gefunden hatte und sie ein wirklich hübsches, junges Mädchen war, sei es fast wie von allein gegangen. Plötzlich hätten sie sich in den Armen gelegen, und eben auch ein kleines bisschen mehr, und dann sei es passiert. Silke sei ganz unerfahren gewesen, verhüte nicht, und er sei doch so berauscht gewesen, dass er sich nicht zurückgehalten habe. Es sei ein einmaliger Vorfall, weder vorher noch hinterher wiederholt. Die Reise in den Ostblock habe er selbstverständlich allein unternommen; sie sei absolut unverschiebbar gewesen.

Er wurde nicht müde, alles richtigzustellen und diese Nacht als unbeabsichtigte, spontane Entgleisung zu schildern. Als er eine Pause machte, wandte Georg ein: »Was da gewesen ist und wer da wen verführt hat, das wird man schlecht herausfinden. Du schilderst es so, ich kenne eben die andere Version, und an der ist auch was dran. Ich habe vor einem Vierteljahr unseren gemeinsamen Freund Päule getroffen, in Salzburg bei einem Kongress. Und der hat mir sein Herz ausgeschüttet, dass du die besagte Dame hast nachkommen lassen, dass du sie in ihrer Wohnung regelmäßig besuchst und wie Ute davon gekränkt wird. Und das Gerede in der Uni, Ute traute sich schon gar nicht mehr in eure Fakultät. Ja, und nachdem ich von dir gehört hatte, dass Ute dieses Karzinom hat, habe ich mit dir sprechen wollen. Du warst aber nicht zu erreichen. Dann hat Päule mir gesagt, dass Ute so schreckliche Angst hat, dass du sie im Stich lässt, mit der Jüngeren eine Bindung eingehst – und so ist das dann ja auch gewesen.«

Hecht war entsetzt, was alles über seine Beziehung zu Silke in Altenfurt erzählt wurde. Jetzt verstand er auch Utes Panik bei seiner Rückkehr; die Angst galt nicht allein der Krankheit, sondern auch seiner Beziehung zu Silke. Und deswegen hatte Paul auch alles versucht, ihn mit Ute so schnell wie möglich aus Altenfurt wegzulotsen. Das waren ja schlimme Erkenntnisse, die er jetzt gewann.

Georg sah ihn immer noch freundlich und aufmerksam an. »Und nun? Was hast du vor?«, unterbrach er Hechts Überlegungen. Dann setzte er sich aufrecht, machte ein strenges Gesicht und redete Hecht ins Gewissen. »Wie man das auch dreht und wendet, Jonni, du hast dich unmöglich verhalten. Nicht nur gegenüber dem Mädchen, insbesondere auch gegenüber Ute, und natürlich auch gegenüber der Universität. Ich habe mich nur zu diesem Gespräch bereit gefunden, weil ich meine, man muss das Unrecht abmildern, das du anderen getan hast, muss deiner Freundin auf einen Weg helfen, wie sie ohne schwere seelische Schäden aus diesem Zustand herauskommt. Insbesondere aber muss man Ute helfen, und das geht leider nicht ohne dich.«

Dann kam es knüppeldick für Hecht. Georg wusste zwar zwei Privatkliniken, eine in London, eine in Leiden in den Niederlanden. Und er konnte auch eine ganz diskrete Abtreibung arrangieren. Aber das gäbe es für Hecht nicht umsonst. Und er nannte Bedingungen: Binnen Monatsfrist verschwände die Kleine aus Altenfurt und tauche dort auch nie wieder auf. Weiterhin ließe Hecht ab sofort die Finger von jeder Frau, mit Ausnahme Utes. Päule werde er als Beobachter einsetzen. Und Hecht werde sich niemals wieder in offizieller oder dienstlicher Gesellschaft betrinken. Und weil der Geist zwar willig, das Fleisch aber schwach sei, müsse Hecht eine Erklärung unterschreiben, in welcher er zum einen seine Vaterschaft an dem von Silke erwarteten Kind anerkenne, zum anderen versichere, die Abtreibung erfolge allein auf sein Drängen und nur unter Überwindung allergrößter moralischer Bedenken der Mutter. »Und dieses Anerkenntnis, mein Lieber, das legen wir in einem versiegelten Umschlag in meinen Safe. Und auf den Umschlag schreiben wir, dass er dir auszuhändigen ist, falls ich vor dir versterbe. Falls du aber die Bedingungen nicht einhältst, mache ich von der Erklärung öffentlich Gebrauch.«

Hecht war schon vor einiger Zeit aufgestanden und wanderte wie ein Raubtier im Käfig vor Georgs Schreibtisch auf und ab. Natürlich wusste er, dass er in der Falle saß, es sei denn, er ließe sein gesamtes bisheriges Leben hinter sich und begänne mit Silke ein neues. Aber das war reine Utopie. Er zwang sich zur Ruhe. »Findest du nicht, dass du deine Bevormundung zu weit treibst? Du bist schließlich nicht mein Vater oder mein Vorgesetzter. Und zumindest eine deiner Forderungen ist unannehmbar.« »Welche?«, fragte Georg scharf zurück. »Die mit der Monatsfrist!« »Ganz ausgeschlossen!«, herrschte Georg ihn an. »Das ist eine unverzichtbare Grundbedingung. Nur wenn die Dame endgültig und dauerhaft aus Altenfurt verschwunden ist, tritt vielleicht wieder Ruhe ein.« »Nun laß mich wenigstens ausreden. Frau Wittmann, so heißt sie, ist Stipendiatin der Hellweg-Stiftung. Ich, und nicht sie, habe mit dieser Stiftung einen Betreuungsvertrag geschlossen, und zwar nicht ich als Privatperson, sondern für die Fakultät. Die Stiftung hat einen Anspruch gegen die Fakultät, dass die Doktorandin für die Laufzeit des Stipendiums betreut wird, und zwar am Ort und durch die Professoren des Öffentlichen Rechts. Nur wenn die Stipendiatin sich als unwürdig erwiese, faul wäre, ständig abwesend, könnte die Stiftung das Stipendium widerrufen. Ich habe keinerlei Einfluss darauf!«

Georg war einen Augenblick in Nachdenken versunken; er lenkte ein. »O.k., wie lange geht das Stipendium noch?« »Bis zum 31. 03. 1997, also 1 ½ Jahre.« »Junge, Junge, das ist aber eine lange Zeit. Hältst du das durch, solange auf Distanz zu bleiben? Kannst du das überhaupt?« »Nun mach aber mal einen Punkt, Georg! Du hältst mich ja für einen Triebtäter, der nicht anders kann. Warum verlangst du nicht, dass ich mich kastrieren lasse. Das wäre doch das beste. Alles abschneiden, ratzeputz weg mit den männlichen Attributen.« »Werd nicht kindisch, Jonni!« »Jetzt musst du nur noch sagen, dass du nur mein Bestes willst.« »Hör auf, ich mache keinen Spaß! Ich habe dir meine Bedingungen genannt. Du musst dich jetzt entscheiden.« »Und ich habe dir gesagt, dass eine der Bedingungen nicht von mir erfüllt werden kann, und zwar aus verbindlichen Rechtsgründen.« »Gut, wenn es nicht anders geht, dann muss ich das mal glauben. Also verlängere ich die Frist bis zum 31. 03. 1997. Aber ich fühle mich nicht an meine Schweigepflicht gebunden, wenn nochmal das geringste zwischen diesem Mädchen und dir passiert. Es gibt keine gemeinsamen Tagungsreisen und erst recht keine Besuche in ihrer Wohnung mehr!« »Mit ihr nach England oder Holland fahren muss ich ja wohl, das ist nämlich Teil ihrer Bedingung für einen Abbruch.« »Das ist vielleicht ganz gut. Denn die Abtreibung ist kein kleiner Eingriff wie Blinddarm Entfernen oder so etwas. Da kannst du sehen, was du angerichtet hast. Aber pass auf, dass da nicht wieder eine neue Bindung entsteht. Bleib auf Distanz!« »Mein Gott, Georg, ich habe schon gesagt, ich bin kein Triebtäter. Ich gehöre zu Ute, das habe ich jetzt ganz deutlich gespürt und begriffen. Ich muss aber Schadensbegrenzung betreiben, bei Ute wie bei Silke. Und das geht nur mit deiner

Hilfe!« »Also, Du akzeptierst meine Bedingungen?« »Was bleibt mir denn anderes übrig?« »Das klingt nicht nach Neuanfang, Jonni. Denk mal darüber nach!«

Georg holte ein Blatt Papier und verfasste einen Text. Danach war er berechtigt, den Universitätspräsidenten und den Minister wegen eines Dienstvergehens zu unterrichten, wenn Hecht die gestellten Bedingungen nicht erfüllte. Außerdem erkannte Hecht seine Vaterschaft an und übernahm die Verantwortung für die Abtreibung des Kindes. Hecht unterschrieb. Dann nahm Georg einen dicken Briefumschlag, schob den Briefbogen hinein und verschloss ihn mit Klebeband. Versiegeln würde er ihn morgen; er hatte jetzt kein Siegel zur Hand. Er schrieb auf den Umschlag: »Im Falle meines Ablebens vor dem meines Bruders Johannes Hecht ist diesem der Umschlag verschlossen und persönlich auszuhändigen«, und unterschrieb dieses. Georg nahm den Umschlag, öffnete einen kleinen Schranksafe und verstaute ihn darin. »Morgen, wenn er gesiegelt ist, kommt er in meinen Safe zu Hause; da liegt er sicher und ist nur mir zugänglich. Wenn die Kleine am 1. 4. 1997 verschwunden ist, bekommst du den Umschlag.«

Hecht wollte noch wissen, wie es denn jetzt weitergehe. Georg entnahm seinem Schreibtisch zwei Blätter; jedes enthielt genaue Angaben über eine gynäkologische Privatklinik, eine in London, die andere in Leiden.

Die Namen der Chefärzte waren grün unterlegt, Telefon- und Fax-Nr. angegeben. Georg bemerkte, er habe mit beiden gesprochen und sie informiert, soweit das möglich gewesen sei. Er müsse jeweils zwei Tage vorher eine verbindliche Anmeldung vornehmen. In London werde die Patientin für drei Tage stationär aufgenommen; man arbeite dort mit Vollnarkose. Leiden sei eine Tagesklinik, bei der man für die Nacht auf ein nahegelegenes Hotel zurückgreifen müsse; im übrigen werde in Leiden nur mit Spinalanästhesie gearbeitet. Zu veranschlagen seien in beiden Fällen drei Tage; am ersten Tag müsse man bis 14.00 Uhr eingecheckt haben, weil in jedem Fall eine genaue Untersuchung vorausgehe. Ob man absauge oder kürettiere, werde vor Ort entschieden. Standard sei aber die Absaugung; die sei auch schonender. Die Kosten müßten in Höhe von 90 % vor Aufnahme entrichtet werden. Am besten sei eine internationale Kreditkarte. Die Restzahlung werde bei Entlassung fällig. London sei sehr elegant und gepflegt, aber auch dreimal so teuer wie Leiden. Leiden weise technisch denselben Standard auf wie London, sei auch leichter zu erreichen und deswegen wahrscheinlich vorzuziehen. Außerdem sollte Silke ihren Ausweis nicht vergessen. Mehr konnte und wollte Georg nicht leisten, das Weitere müsse Hecht schon selbst besorgen.

Dieser sagte kurz: »Danke; du hilfst mir sehr!«, bekam ein: »Na, hoffentlich« zur Antwort. Dann standen beide auf. Georg ging voran, aus der Klinik heraus zum Ärzteparkplatz. Bald waren sie im abendlichen Verkehrsgewühl durch Starnberg hindurch und wurden in Georgs schönem Haus von Adelgund begrüßt.

Den Morgen nutzte Hecht noch zu einem Besuch der bayerischen Staatsbibliothek. Er schaute die sein Fachgebiet betreffenden Bestände durch, stellte die eine und andere Lücke seiner Altenfurter Bibliothek fest und notierte die Bücher, die beschafft werden müssten. Er vertiefte sich so sehr in die Literatur, dass er nur noch mit Mühe seinen Zug erreichte.

Im Zug prüfte er anhand seines Terminkalenders, welche Tage für die Reise mit Silke in Betracht kamen. Die Zeit eilte wirklich. Am kommenden Donnerstag war sie schon neun Wochen schwanger, das ging nicht mehr lange unbemerkt ab. Wenn er einmal davon ausging, dass der Eingriff am Mittwoch erfolgen könnte, dann müssten sie am Dienstagmittag angekommen sein. London ließ sich mit der ersten Maschine erreichen. Nach Leiden, das lag doch in der Nähe von Den Haag, nähme man besser das Auto. Da müssten sie aber schon am Montag anreisen; das war am Dienstagmorgen mit dem Auto nur schlecht zu schaffen. Ein längerer Stau, und sie kamen zu spät. Also, Dienstag die Eingangsuntersuchung, Mittwoch der Eingriff, Donnerstag noch Nachuntersuchung; vermutlich könnte man aber donnerstags die Rückreise noch nicht antreten. Das war zu riskant. Wenn das zu bluten anfing! Freitag zurück!

Das bedeutete, dass die Erpresserbriefe eingingen, während er weg war. Im Institut würde man die Post ungeöffnet liegen lassen. Zu Hause war das nicht so sicher. Aber mit diesen apokryphen Botschaften konnte außer ihm niemand etwas anfangen. Zur Not konnte er die auch als Werk irgendwelcher Verrückter darstellen. Es half sowieso nichts; die nächste Woche musste auch deswegen gewählt werden, weil dann Heike noch da war. Ute ganz allein zu lassen, ging nämlich auch nicht. Also blieb kein anderer Termin übrig.

Wo würde er hinfahren? Er liebte London, kannte sich gut aus dort, hatte ein festes Hotel, wo man ihn kannte – nein, verdammt, das ging ja nicht wegen Silke. Oder doch, wenn sie die ganze Zeit in der Klinik bliebe. Leiden gefiel ihm als Ziel trotzdem besser. Zum einen wäre es viel preisgünstiger, um etliche tausend Mark sogar. Und im Falle von Komplikationen war man in Holland viel dichter an Deutschland. London wäre insgesamt aufwendiger. Also Leiden. Er kannte die Stadt oberflächlich, war ein- oder zweimal zu Kongressen dort gewesen. Die Universität genoss einen guten Ruf, insbesondere in den Naturwissenschaften. Auch die Universitätsbibliothek war gut, und in Den Haag hätte er natürlich eine Schatztruhe voller internationalrechtlicher Entscheidungen und Quellen. Ja, Leiden war gut. Und Silke dürfte es egal sein. Er wunderte sich zwar etwas, dass die den Eingriff ambulant und nur mit Spinalanästhesie machten. Aber die waren darauf spezialisiert und wussten, was sie taten.

Jetzt galt es eigentlich nur noch, Ute und Heike zu überzeugen, dass er dort hinfahren müsse, um zu arbeiten. Und Silke dürfte es sich nicht wieder anders überlegt haben.

Die Reise nach Leiden

Als er mit Ute und Heike beim Abendessen saß, eröffnete er ihnen, dass er eine Woche in Leiden und Den Haag arbeiten müsse. Er habe für den Winter eine Vortragsreise in die USA angenommen – Ute sei herzlich eingeladen mitzufahren –, und für die Vorbereitungen sei umfangreiches Quellenstudium in Den Haag beim Internationalen Gerichtshof und in der Leidener Universitätsbibliothek erforderlich. Es komme praktisch nur die nächste Woche in Betracht, weil Heike dann noch da sei. Und außerdem stehe ja bald die Florenzreise an. Wenn das Semester erst einmal angefangen habe, komme er für eine ununterbrochene Woche nicht mehr weg. Das klang einleuchtend und überzeugend; Ute war einverstanden. Die nächste Hürde war Silke. Die kam am Donnerstagvormittag wie verabredet. Jetzt hatte auch Hecht den Eindruck, sie sähe irgendwie schwanger aus. Das Gesicht war rundlicher geworden, der ganze Körper schien etwas in die Breite gegangen zu sein. Es wurde wirklich höchste Zeit.

Silke machte einen etwas sichereren Eindruck, als sie ihn fragte, wie es nun weitergehe. »An meiner Meinung hat sich nichts geändert. Wir müssen mit Verstand handeln und nicht mit Gefühl, auch wenn es schwerfällt«, stellte Hecht gleich zu Beginn die Weichen. »Und wie sieht dieses Handeln mit Verstand aus? Ich meine, was geschieht jetzt konkret? Ich kann ja meine Schwangerschaft kaum noch verbergen.« »Mein Bruder hat dich, ich meine, uns in einer Privatklinik in Leiden angemeldet. Das liegt in der Nähe von Den Haag in Holland. Es ist eine Tagesklinik.« Und er erläuterte ihr den Ablauf, den ihre Behandlung dort nehmen würde. Er schnitt das Thema »Übernachtung« an. Er werde ein Hotel buchen. »Können wir in zwei verschiedenen Hotels wohnen?«, warf sie ein. »Das ist unzweckmäßig; falls es nachts zu irgendwelchen Komplikationen kommt, ist es viel einfacher, wenn ich bei dir bin. Ich kann dann sofort Hilfe holen oder dich in eine Klinik bringen.« »Ich übernachte keinesfalls mit Ihnen in einem Zimmer. Das kommt nicht in Frage.« »Das habe ich auch nicht geplant. Wir nehmen zwei Einzelzimmer, wenn es geht, nebeneinander.« »Und wie kommen wir dahin? Sie im Flugzeug, ich mit der Eisenbahn?« »Nein, das ist unpraktisch. Du bist ein Transportrisiko, vor allem nach dem Eingriff. Es ist viel sicherer, wenn wir gemeinsam mit meinem Wagen fahren.« »Nein, das gefällt mir gar nicht. Und außerdem fällt das auch auf. Wie wollen Sie überhaupt der Frau Marschner unsere gemeinsame Abwesenheit erklären?« »Gar nicht. Die ist nämlich ab Montag in Urlaub. In der nächsten Woche ist nur Endlein hier, und der interessiert sich nicht dafür, wo du bist.« »Ich möchte trotzdem nicht mit Ihnen im selben Auto fahren. Wirklich nicht.« Hecht unterdrückte seinen Ärger nur mühsam. »Also, eine deiner Bedingungen war, dass ich dich nicht abschöbe, sondern bei dir bliebe und dich begleite. Und genau das habe ich geplant. Jetzt ist dir das alles nicht recht. Wenn es dir lieber ist, dann fahr doch allein.« Silke verlor ihre Sicherheit. Sie sah unglücklich an sich herunter, lenkte dann ein. »Sie müssen doch verstehen, dass ich Angst habe, nur mit Ihnen und unbeobachtet auf kleinstem Raum zu sein. Sie haben mir damals versprochen, dass Sie nur zärtlich mit mir sein wollten, ›soft‹ hatten Sie gesagt. Und dann haben Sie mich ...« sie stockte, sagte nicht »vergewaltigt«, sondern »so behandelt.« »Ich habe dir schon in der letzten Woche erklärt, dass ich nicht mehr der Hecht bin, der ich damals war. Nimm mir doch mal ab, dass ich auch dazulerne, nach allem, was passiert ist.« »Den Eindruck konnte man aber nach Ihrer Geschichte mit dieser Heidrun nicht gewinnen. Die war doch auch von Ihnen schwanger.«

Der Tiefschlag saß. Hecht sagte gar nichts mehr, er hatte auch keine Lust, weiter zu diskutieren. Plötzlich merkte auch Silke, dass sie zu weit gegangen war. Sie gab nach. »Also fahren wir da gemeinsam in Ihrem Auto hin und wieder zurück. Und wie geht das dort weiter? Treten wir da als Professor Hecht mit seiner Assistentin auf? Als Ihre Frau können Sie mich nicht ausgeben. Das mache ich bestimmt nicht mit. Und außerdem fällt das auch auf.« »Will ich doch auch gar nicht. Aber wie wäre das denn, wenn wir dort als Vater und Tochter aufträten?«

Silke sah ihn völlig verdutzt an. Dann fing sie fast hysterisch an zu lachen. »Oh ja, Papa, oh, Papilein.« Als sie sich wieder unter Kontrolle hatte, fragte sie ihn »Dann sind Sie ja sicher damit einverstanden, dass ich Sie künftig nur noch Vati nenne, hier an der Uni. Au ja, mein Doktorvati, das sind Sie.«

Hecht verstummte erneut. Das konnte ja noch heiter werden. Und Silke war keineswegs fertig. »Das wird toll«, sagte sie zu ihm, »Papilein macht mit Silkelein eine Reise in die große, weite Welt, und das Mamilein, das lassen wir zu Hause!« Bevor Hecht noch irgendetwas sagen konnte, schlug ihre Stimmung um. Aus dem Gekicher wurde schlagartig Schluchzen und Zittern. Wie gehabt, dachte Hecht. Dieses Mal reagierte er kühl. Er ging zum Schrank mit dem Waschbecken, feuchtete das Handtuch an und reichte es Silke. Sie wischte sich damit mehrfach durchs Gesicht, fasste sich wieder und sah Hecht hilflos an. »Es tut mir leid. Ich habe mich schlecht benommen. Aber ich bin so fertig, ich kann wirklich bald nicht mehr. Ich kenn mich ja selbst nicht wieder.«

Hecht wollte den gefundenen Kompromiss nicht gefährden. Vorsichtig beschwichtigte er sie: »Ich versteh dich schon. Und ich weiß genau, was in dir vorgeht. Diese Hängepartie dauert auch schon viel zu lange. Lass uns diesen unseligen Schwebezustand schnell beenden. Wir haben ja keine andere Wahl. Und du siehst auch, dass ich einiges wieder gutzumachen versuche. Nur, du musst dir auch helfen lassen, sonst geht's nicht.«

Die Krise schien überwunden zu sein. Und die Entscheidung stand fest, sie würden am Montag nach Leiden fahren. Ein Zurück gab es nicht mehr.

Hecht wartete in dieser Woche vergeblich auf einen Brief der Erpresser. Vielleicht waren die es ja leid geworden. Sombicky hatte vermutlich recht, das wurde keine Erpressung mehr. So nutzte er die Ruhe des Freitags und Samstags, um die Rechtsprobleme des Kommunalverbandes West zu bearbeiten. Er saß in der kaum belegten Seminarbibliothek, ging Literaturhinweisen nach, notierte sich Fundstellen und skizzierte in groben Zügen, wie das Gutachten aufgebaut sein müsse, welche Fundstellen noch zu überprüfen waren, insbesondere, welche höchstrichterliche Rechtsprechung noch beigezogen werden musste. Auf der Basis dieser Aufzeichnungen könnte Rosky, sobald er aus dem Urlaub zurückkam, das Gutachten schreiben. Nach der Florenzreise müsste er es noch einmal durchlesen, und dann könnte es verschickt werden. Ob er Rosky am Gutachterhonorar beteiligte, konnte er erst entscheiden, wenn er die Endfassung gelesen hatte. War die so, dass er nicht noch Zeit investieren musste, würde Rosky einen 25 %-Anteil erhalten.

Silke telefonierte lange mit Gudrun. Diese machte ihr nochmals Mut und fand die gefundene Lösung auch für Silke annehmbar. Die Geschichte von Vater und Tochter solle sie doch eher von der komischen Seite sehen. Ein richtiges Problem sei das nicht. Gudrun lud Silke nach Münster ein. Wenn das alles einmal hinter ihr liege, sollte sie für eine Woche kommen. Conny sei auch dafür und habe schon Pläne; Disco, Germania-Therme, das sei ein neues Spaßbad in einer ehemaligen Brauerei, einmal Oper, Parsifal und vieles mehr. Silke musste lächeln; solche Angebote hatte sie seit ihrer Studentenzeit nicht mehr erhalten.

Am Montag, Hecht hatte die Benutzung seines Autos damit begründet, er müsse eine halbe Bibliothek mit sich führen, traf er sich mit Silke in Kassel am Bahnhof Wilhelmshöhe. Der lag fast noch am Wege, und Silke konnte den Bahnhof gut mit dem Zug erreichen. Er hatte bereits am Freitag mit Hilfe seines internationalen Business-Hotel-Führers ein großes, in der Stadt gelegenes Hotel ausfindig gemacht und dort telefonisch für die vier Nächte zwei Einzelzimmer gebucht. Er musste seine Kreditkarte mit Nummer angeben, es dauerte einen Moment, dann bestätigte die Dame des Hotels die Buchung, fragte aber nach, wer der zweite Besucher sei und ob der selbst zahle. »Ich komme mit meiner Tochter. Die Kosten übernehme ich.« »Dann ist es in Ordnung. Gute Reise, Herr Professor!«, das war's.

Hecht empfand es wieder einmal als äußerst praktisch, dass er seine Nebeneinkünfte auf ein getrenntes Konto überweisen ließ, welches niemand sonst kannte, nicht einmal das Finanzamt, und dass er für dieses auch eine Kreditkarte besaß. Ute wusste zwar von der Existenz dieses Kontos; da es keine Kontoauszüge gab, war ihr das Guthaben nicht bekannt. Sie hatte Hecht aber auch nie danach gefragt; es genügte ihr die Kenntnis des gemeinsamen Gehaltskontos.

Die Fahrt durch das Ruhrgebiet war etwas anstrengend; es herrschte dichter Verkehr. Hecht, der sehr schnell fuhr, musste sich ganz auf die Straße konzentrieren. Erst als sie Oberhausen hinter sich ließen und die Autobahn nach Arnheim erreicht hatten, wurde es ruhiger. In den Niederlanden galt dann die Geschwindigkeitsbegrenzung auf 120 Stundenkilometer. Hecht fuhr jetzt entspannter. Und auch als sie, vorbei an Utrecht, in den Feierabendverkehr von Den Haag und Leiden kamen, blieb Hecht gelassen. Er fuhr den Schildern »Centrum« nach, überquerte einige Kanäle und kam in das Gewirr kleiner Sträßchen und Gässchen. Als er das turmlose, mächtige Kirchenschiff von Sint Pancras sah, wusste er den Weg wieder. Und richtig, nach einigen weiteren Kanalbrücken standen sie vor dem Hotel, einem etwa hundert Jahre alten, sehr großen, roten Backsteinbau mit einem von Säulen getragenen Eingangsportal. Hecht lud seinen Trolly und Silkes Reisetasche aus dem Kofferraum und stellte sie in der Lounge ab, platzierte Silke auf einen Sessel daneben und kümmerte sich um das Auto. Der Portier ließ sich die Schlüssel geben, ein Boy wurde herbeigewunken. Der fuhr das Auto in die Hotelgarage. Hecht gab dem Portier zwei Gulden, dem Boy, der den Schlüssel zurückbrachte, auch zwei; dann war er mit seinem Kleingeld am Ende. An der Rezeption wurden sie freundlich auf deutsch begrüßt. Ja, der Herr Professor sei angemeldet, die Zimmer stünden bereit, zwar nicht nebeneinander, aber am selben Flur. Dann reichte die freundliche Dame Hecht das Anmeldeformular. Er stockte; als was sollte er Silke eintragen. Er war ja auf die Rolle von Vater und Tochter festgelegt. Also trug er für Silke den Namen und das Geburtsdatum von Heike ein. Etwas anderes fiel ihm in der Aufregung nicht ein.

Die Zimmer lagen im zweiten Stock, einander fast gegenüber. Das Silke zugedachte war zwar klein, aber mit Dusche, WC und einem Sessel ausreichend ausgestattet. Hecht bekam ein Doppelzimmer, sehr viel opulenter möbliert und mit Blick auf einen kleinen Kanal. Er sah Silke an und fragte: »Wollen wir tauschen?« »Nein, nein, das ist schon sehr gut so«, wehrte sie ab. Es war inzwischen nach 18.00 Uhr, und Hecht hatte Hunger. Auch war er von dem stundenlangen Sitzen im Auto ganz steif geworden. Ob Silke wohl mit ihm einen Spaziergang machte und mit ihm auch zum Essen ginge? Sie standen im Eingang seines Zimmers. Der Liftboy, der ihr Gepäck bis vor die Tür des Zimmers getragen hatte, war gegangen. Hecht prägte ihn sich ein; er hatte noch ein Trinkgeld gut, wenn Hecht wieder Kleingeld hatte.

Er trug Silkes Reisetasche in ihr Zimmer, stellte sie auf eine Pritsche neben dem Fenster und sah Silke an. Die schloss die Zimmertür und fragte: »In wen haben Sie mich hier verwandelt, wie heiße ich jetzt?« Hecht war etwas verlegen: »Ja, wie heißen Töchter? Doch wie die Eltern, zumindest mit Hausnamen.« »Und wenn sie verheiratet sind? Bin ich denn noch Silke Wittmann?« »Nein, du bist jetzt Heike Hecht.« »Nein, das ist aber peinlich. War das denn nötig? Warum konnte ich nicht die verheiratete Tochter sein und meinen Namen behalten? Warum ist denn überhaupt dieses ganze blöde Versteckspiel nötig. Wir haben getrennte Zimmer, da brauchen wir doch nichts zu verstecken.«

Hecht zwang sich mit Gewalt, freundlich zu bleiben. »Das Thema haben wir doch am Donnerstag, wenn ich mich richtig erinnere, tränenreich abgehandelt. Also nochmal: Ich möchte hier nicht als Professor mit Assistentin auftreten, sondern ganz privat, diskret und ohne Aufsehen. Vater und Tochter, das ist die unauffälligste Verkleidung.« »Ja, ja, ich hör auch schon wieder auf.«

Silke wollte demnach keine neue Grundsatzdiskussion anfangen; das war schon einmal gut. Und zu Hechts Überraschung war sie sowohl bereit, mit ihm einen Spaziergang zu machen wie auch mit ihm zum Essen zu gehen.

Sie trafen sich um sieben Uhr an der Rezeption; Hecht hatte 300 Mark in Gulden wechseln lassen. Der Boy erhielt doch noch sein Trinkgeld; jetzt kam Silke. Sie trug noch immer das Jeanskleid, hatte wieder die blaue Strickjacke über die Schultern gelegt und hielt ein kleines, schwarzes Ledertäschchen am Arm. Hecht sah sie freundlich an; das musste sie missverstanden haben. Sie errötete. »Ich habe immer dasselbe an. Dabei ist das kein Umstandskleid. Aber eine Hose drückt mir zu stark auf den Unterleib; ich vertrage das nicht. Und überhaupt, warum sollte ich mich Ihretwegen unbequem anziehen? Sie haben mich doch in diese Lage gebracht!« »Sei nicht so aggressiv. Ich übe ja schon unausgesetzt tätige Reue und bekomme nur Tiefschläge dafür.« »Nur, wo sie auch verdient sind«, antwortete Silke, lächelte aber versöhnlich und zog Hecht am Arm zur Tür. Jetzt erst fiel ihm auf, dass sie ihre Haare abgeschnitten hatte. Sie trug eine wie er meinte unauffällige Allerweltsfrisur. Von ihrer ganzen Lockenpracht war fast nichts mehr übrig geblieben, und für Affenschwänzchen, Einschlagfrisur, Mozartzopf oder gar Genoveva-Locken war das Haar viel zu kurz.

Draußen hatte es leicht zu regnen angefangen. Den Schirm hatte Hecht im Auto gelassen. Der Portier hatte sofort begriffen. Er brachte ihnen zwei Hotelschirme, einen in Rot, einen in Grün. Sie waren mit dem Wappen der Stadt, den gekreuzten Schlüsseln, und dem Hotelnamen bedruckt. Wieder war ein Trinkgeld fällig. Dann schlenderten sie entlang der ringförmig um die Stadt liegenden Gracht, über die ehemaligen Stadtwälle, kamen zur Burg und von dort aus durch verschiedene schmale Gässchen wieder an einen Kanal. Es war wie ein großes Freilichtmuseum. Fachwerkhäuser wechselten mit Backsteingebäuden ab. In den Erdgeschossen gab es jede Art von Läden, viel Touristenware, aber auch elegante Mode und schönes Kunstgewerbe. Es war ein Gewimmel von Menschen, Fahrrädern, gelegentlich mal ein Auto dazwischen, wie in einem Ameisenhaufen. Silke blühte richtig auf. Überall blieb sie stehen, musste schauen, konnte sich nicht sattsehen an all den vielen Auslagen, die direkt an der Straße aufgebaut waren. Auch Kneipen gab es reichlich, überall hingen Wirtshausschilder, Reklametafeln für Amstel- oder Heineken-Bier.

Nach fast zwei Stunden war Hecht müde; die Füße schmerzten, der Magen knurrte, und Durst hatte er auch. Er lobte die vielen indonesischen Restaurants. Die seien hier in Holland besonders gut. Fast die Hälfte des heutigen Indonesien sei früher niederländische Kolonie gewesen. Daher gebe es auch so viele Indonesier hier. Sie betraten ein Restaurant der besseren Sorte, und in der Tat war das Essen, das aus vielen verschiedenen Gängen bestand, ganz vorzüglich. Die indonesische Küche sagte Silke offensichtlich zu; dieses Mal aß sie alles auf. Nach dem Essen, Hecht hatte für sich einen Genever und für Silke einen Milchkaffee bestellt, machte er einen neuen Versuch mit dem du. »Wir müssen nochmal über die Anreden sprechen.« Silke sah ihn verständnislos an. »Ja, es geht doch nicht, dass ich dich mit du anrede und du mich mit Sie. Das wäre vor 150 Jahren üblich gewesen, aber heute fällt man damit auf.« »Und wie soll ich Sie nennen?« Sie fing wieder an zu kichern. »Doch Papi? Oder lieber Vati, oder Vater?« »Sei doch mal vernünftig! In Altenfurt können wir ja gern zum formalen Sie übergehen, das ist mir recht. Aber hier doch nicht.« »Also, Papi oder Vati oder Vater?« »Hör auf. Ich heiße Hans und so kannst du mich nennen. Kinder reden heute oft ihre Eltern mit Vornamen an.« »Und wie redet dich deine Tochter an?« »Mit Vati.« »Und Deine Frau?« »Mit Hans.« »Also dann kommt das beides nicht in Betracht. Das ist mir zu geschmacklos. Wenn ich dich schon so anreden muss, dann ohne Namen, und auch nicht Vati oder Vater. Und nur hier in Holland. Ab Grenze bin ich wieder Frau Wittmann, und Sie Herr Hecht.« »Könnten wir es nicht halten wie in den USA? Da redet man sich zwar mit Vornamen an, bleibt aber beim Sie?« »Wie geht denn das?«, fragte Silke. Hecht lachte. »Von Heinrich Lübke, dem ehemaligen Bundespräsidenten, erzählt man sich, er habe beim Staatsbesuch in England Prinz Philip angeboten: »You can say you to me«. Nein, ich werde in Altenfurt Silke und Sie sagen, das genügt als Distanz.« »Also, Papilein, ich kann hier nicht mehr gut sitzen. Lass uns noch einen Schritt gehen, und dann muss ich ins Bett.«

Draußen regnete es stärker; sie gingen auf dem nächsten Weg zum Hotel. Bei der Rezeption erhielten sie ihre Schlüssel; sie verabredeten noch, erst um halb neun zu frühstücken. Hecht sollte an Silkes Tür klopfen. Dann verschwand sie, steckte noch einmal den Kopf durch den Türspalt und grinste ihn an: »Schlaf gut, Papilein. Träum was Schönes«, und dann war sie endgültig verschwunden. Hecht ging noch in die Hotelbar, trank zwei frisch gezapfte Bier und verschwand dann auch in seinem Zimmer. Er rief kurz per Handy bei Ute an, erfuhr keine Neuigkeiten und versprach, sich am Mittwoch wieder zu melden. Im Fernseher, der auch auf ARD und ZDF programmiert war, sah er sich die Spätnachrichten an und ging danach zu Bett.

Nach dem Frühstück kaufte Hecht bei der Rezeption einen Stadtführer, suchte auf dem Stadtplan die Klinik, fand sie zunächst nicht, stellte dann fest, dass sie außerhalb fast auf dem Weg nach Den Haag lag. Das war aber unangenehm; da würden sie am besten ein Taxi nehmen. Bis 14.00 Uhr war noch viel Zeit. Zum Glück regnete es nicht mehr. Dafür war es unangenehm kalt geworden. Silke war zu leicht angezogen, sie fror. Hecht schleppte sie in ein Kaufhaus, dort in die Abteilung für Damenmoden und erstand gegen ihren heftigen Widerstand eine halblange, gefütterte Wildlederjacke für sie. Die Jacke war ein Sonderangebot und stand Silke, wie sie auch selbst fand, recht gut. Und außerdem war sie mit dem Wollfutter auch warm genug. Eigentlich fand sie es nicht richtig, die Jacke als Geschenk anzunehmen. Sie merkte, wie ihre Abwehrkräfte gegen Hecht nachließen und dieser wieder stärkeren Einfluss auf sie gewann. Nur, da war sie sich ganz sicher, gegen erotische Werbung war sie immun. Da hatte Hecht in jener Nacht ganze Arbeit geleistet.

Sie durchstreiften nochmals die Altstadt, bewunderten die großartige Sint Pieterskerk, entdeckten den Botanischen Garten der Universität, besuchten das Museum mit der berühmten »Leidener Platte«, einem Jadeanhänger aus der frühen Maya-Kultur, und aßen in einem Fischrestaurant zu Mittag. Silke war jetzt nervös. Sie hatte keinen Hunger, aß fast nichts und musste sich zwingen, eine kleine Flasche Mineralwasser zu trinken. Hecht bestand darauf. »Du musst ganz bestimmt als erstes eine

Urinprobe liefern. Und wenn dann nichts kommt, musst du dort mehrere Gläser Wasser trinken; bis das unten angekommen ist, sitzt du da nutzlos rum. Also sei vernünftig!« »Jawohl, Papi«, sagte sie, blinzelte ihn an, ob er etwas erwidere, und trank dann das Glas auf einen Zug leer.

Sie mussten nicht mehr zurück ins Hotel gehen. Während sie noch durch die engen Straßen schlenderten und nach einem Taxenstand Ausschau hielten, fragte Hecht: »Wie heißt dein Vater eigentlich mit Vornamen?« »Wieso?«, fragte Silke. »Für alle Fälle. Da ich ja dort auch als dein Vater auftrete und du dich vermutlich ausweisen musst, kann ich ja nicht gut Hecht heißen und du Wittmann.« »Der ganze Mummenschanz geht mir gegen den Strich. Und das geht so auch gar nicht. Wenn du die Rechnung bekommst, kann die doch nicht an Karl Wittmann gerichtet sein, und du bezahlst sie mit einer Kreditkarte von Johannes Hecht.« »Au, verdammt! Daran habe ich überhaupt nicht gedacht. Natürlich geht das nicht. Dass ich das nicht überlegt habe!« »Ach, der Papi, jetzt hat er doch ganz vergessen, an das Bezahlen zu denken. Was machen wir denn nun?« »Mach keine Witze, dann heiße ich eben Hecht, und du bist meine Stieftochter aus erster Ehe meiner Frau.« »Das wird immer kindischer. Und glauben tut das auch niemand. Wir fahren da jetzt hin, und du bist ganz normal Professor Hecht und ich Silke Wittmann. Und wenn die fragen, was du willst, dann sagst du klipp und klar, du seiest der Vater des Kindes und es gebe Gründe, die Schwangerschaft abzubrechen. Aber die fragen sowas gar nicht. Für die sind wir ein Standardfall, die leben davon, dass sie abtreiben und nicht rumfragen. Was meinst du, warum die die Rechnung sofort beglichen haben wollen, mit 90 % Vorauszahlung? Die kennen ihre Kundschaft. Also, ich spiele dieses Theater nicht mit. Du bist nicht mein Vater; und was du sonst bist, interessiert die doch gar nicht. Glaub mir das!« »Woher weißt du das? Hast du schon Erfahrung mit sowas?« »Nein, aber manchmal gebrauche ich meinen Kopf auch zum Nachdenken. Und dann kann man so etwas doch schon vorher durchschauen.«

So hatte Hecht Silke noch nicht erlebt. Endlich schien sie ihr Schicksal wieder selbst in die Hand nehmen zu wollen. Das war ihm recht. Das machte alles viel einfacher.

Sie fanden ein Taxi, fuhren ein paar Kilometer in Richtung Den Haag und kamen in einen Komplex moderner Bürohochhäuser. Vor einem etwa zehnstöckigen Gebäude, unten schwarzer Marmor, oben Stahl und viel Glas, hielten sie. Hecht bezahlte das Taxi, sie gingen hinein. An der Wand neben den Fahrstühlen hingen etwa 15 Firmenschilder, darunter auch ein kleines, welches in Goldbuchstaben auswies »Dr. Straaten. Speciaalklinik.«

Hinter einem großen, halbrunden Marmortisch mit mehreren Telefonen, einem Fernsehmonitor und vielen weiteren Knöpfen saß eine gut angezogene Dame. Sie nannten ihr Ziel; die Dame sprach deutsch, fragte nach ihrem Namen und telefonierte. Sie hörten, wie sie den Namen Hecht nannte, dann etwas bejahte und den Hörer wieder auflegte. Sie wies auf einen bereitstehenden Fahrstuhl; im zweiten Stock sei es, ganz geradeaus. Sie drückten die Taste 2, die Teleskoptür schloss sich, und schon zeigte ihnen die 2 im Display, dass sie angekommen waren. Sie stiegen aus, standen in einem kurzen Flur, die Wände mit weißem Marmor gefliest, der Fußboden aus schwarzem Granit. Spotlights aus der Decke verbreiteten ein steril-weißes Licht. Der Flur mündete auf eine Edelstahltür; die hatte weder einen Türgriff noch gab es eine Klingel. Wiederum mit Goldbuchstaben stand an der Tür »Dr. Straaten« und darunter »Speciaalklinik.«

Also waren sie hier richtig. Es gab einen Brummton, und die Tür sprang auf. Sie gelangten in ein großes Foyer, es gab Sessel und kleine Tischchen. Auf einer Anrichte standen Kaffeetassen, an der Wand hing ein Münzautomat für Kaffee. In einem Kühlschrank mit gläserner Tür lagen verschiedene Sorten von Säften und Mineralwässern. Vor einer schwarzen Wand, an der ein moderner, ganz in Weiß und Rot gehaltener Webteppich hing, stand ein wiederum halbrunder Schreibtisch, dieses Mal aus schwarzem Holz, und hinter dem Schreibtisch saß eine lächelnde Dame mittleren Alters, wiederum elegant gekleidet und eher Direktrice als Krankenschwester. Sie begrüßte sie freundlich. »Sie sind Herr Hecht, ja? Und Sie sind ...« »Ich bin Silke Wittmann.«

Lächelnd händigte die Dame Hecht einen eng bedruckten Bogen aus. Silke erhielt eine Art Fragebogen, mehrseitig und auch eine eng bedruckte Seite. »Bitte lesen Sie das«, damit wies sie auf die bedruckten Bögen, »sorgfältig durch. Und Sie«, sie wandte sich Silke zu, »füllen das möglichst genau aus. Und dann unterschreiben Sie bitte beide den Formularbogen und geben mir alles zurück.«

Es war das Übliche. Während Hecht die allgemeinen Geschäftsbedingungen zur Lektüre erhalten hatte, wurde Silke schriftlich über Gefahren und Risiken des Eingriffs aufgeklärt. Sie sollte bestätigen, dass sie die Entscheidung zum Eingriff frei und selbstständig getroffen habe, sich aller Risiken bewusst sei und den Arzt und die Klinik außer im Falle ärztlicher Kunstfehler von jeder Haftung freistelle. Der Fragebogen bezog sich auf den Eintritt der Schwangerschaft, Tag der letzten Regelblutung, Vorerkrankungen, Blutgruppe usw. Auch nach dem bisher behandelnden Arzt wurde gefragt, und an wen gegebenenfalls ein Bericht über den Eingriff und eventuell. weitere Befunde zu richten seien, sowie, wer im Falle des Eintritts von Komplikationen verständigt werden solle.

Silke füllte den Fragebogen aus, so gut es ihr möglich war. Dann unterschrieb sie. Hecht hatte ebenfalls sein Papier unterschrieben und reichte alle Bögen zurück. Die Dame überflog den Fragebogen, nickte, wandte sich dann an Hecht: »Wir müssen Ihre Tochter ...«, Silke gab irgendein Geräusch von sich, die Dame fuhr fort, »...es ist doch Ihre Tochter?« Hecht nickte. »Ja, die Ähnlichkeit ist ganz unverkennbar. Also, wir müssen zunächst einige Befunde erheben und auswerten. Dann will sie der Herr Doktor noch ansehen. Und vielleicht fehlt noch das eine oder andere an Messungen. Es wird so etwa drei Stunden dauern. Wollen Sie warten, Herr Hecht, oder soll ich Ihnen ein Taxi rufen? Ihre Tochter kann ja später mit dem Taxi nachkommen.« »Ja, was meinst du denn?«, frage Hecht Silke. »Fahr man ruhig zurück, Papi. Ich melde mich, wenn ich wieder da bin.« Hecht schaute etwas irritiert zu Silke. Die Dame verstand das falsch. Sie wollte Hecht beruhigen. »Sie können wirklich unbesorgt abfahren. Heute passiert überhaupt nichts. Nur etwas Blut nehmen wir ab. Sie erhalten Ihre Tochter unbeschädigt zurück.«

Hecht entschied sich für das Taxi. Vorher drückte er Silke schnell noch einen 50-Gulden-Schein in die Hand. »Fürs Taxi«, murmelte er. Die Dame bediente einen Schalter. Eine Tür öffnete sich, und eine diesmal weißbekittelte junge Frau nahm Silke in Empfang und verschwand mit ihr hinter der Tür. »Wenn Sie dann bitte unserer Verwaltung noch einen Besuch abstatten«, wandte sich die Direktrice wieder an Hecht. »Gleich durch die linke Tür und dann die zweite rechts.« Sie bediente erneut einen Schalter, ein Summton war zu hören, und Hecht konnte die Tür aufdrücken. Er stand in einem Flur, ging bis zur zweiten Tür rechts, klopfte und trat ein. Hinter einem Tresen saß ein junger Mann, sah Hecht freundlich an und fragte, ob er Herr Hecht sei. Dann legte er Herrn Hecht noch einmal die Geschäftsbedingungen hin; dieses Mal war die Abschlagszahlung auch beziffert: 5000 Gulden. Hecht reichte seine Kreditkarte hinüber. Der junge Mann verschwand im Nebenraum, kam kurz darauf zurück, Hecht musste unterschreiben, erhielt die Durchschrift sowie den Bogen mit den Geschäftsbedingungen überreicht. »Wollen Sie die Restzahlung nach der Schlußuntersuchung hier leisten, oder sollen wir Ihnen eine Abrechnung nach Hause schicken?« »Nein, ich komme am Donnerstag wieder zu Ihnen, dann zahle ich hier. Das ist einfacher als eine Auslandsüberweisung.« »Da haben Sie wohl recht«, stimmte der junge Mann zu.

Hecht ging zurück. Die Direktrice teilte ihm mit, das Taxi warte. Man sehe sich morgen wieder. »Der Doktor sagt Ihrer Tochter, wann sie morgen da sein muss. Bis dahin, Herr Hecht!« Die Tür ließ sich von innen mit einer Klinke öffnen. Hecht nahm den Fahrstuhl nach unten. Als er ausstieg, saßen gegenüber der Empfangsdame zwei Personen: ein Mann mittleren Alters, gut gekleidet, und ein auffallend junges, blasses Mädchen. Hecht hörte noch, wie die Empfangsdame sagte: »... und dann immer geradeaus bis zur Tür«, dann stand er draußen. Die nächsten Kunden, dachte er, ein voll durchrationalisierter Betrieb.

Gegen sieben kam Silke zurück ins Hotel. Sie war erschöpft, wollte nicht weit weggehen, nicht viel verzehren. Es hatte auch wieder zu regnen angefangen, und es ging ein unangenehm kalter Wind. Im Hotel wollten sie aber nicht essen; also gingen sie noch einmal los und fanden ganz in der Nähe ein Kellerlokal. Dort war es zwar etwas laut; vor allem um die Theke herum standen einige Männer, hielten Biergläser in der Hand und diskutierten irgendetwas mit Leidenschaft. Aber es war warm, und es gab auch genug zu essen.

Hecht fragte mühsam aus Silke heraus, dass es keine auffälligen Befunde gebe, alles sei ganz normal bei ihr, auch der Fötus. Hoffentlich fängt sie nicht wieder an zu weinen, dachte Hecht. Aber Silke beherrschte sich. »Die halten dich da alle für meinen Vater, und der Doktor weiß auch, dass du Professor in Altenfurt bist. Wenn das mal gut geht.« »Bestimmt«, beruhigte Hecht sie, »die leben alle von der Diskretion.

Da gibt es keine Nachfragen. Höchstens wenn du mit einem ungedeckten Scheck bezahlst.«

Silke berichtete noch, der Arzt sei sehr freundlich gewesen, wolle morgen auch mit Hecht noch kurz sprechen. Angst habe sie keine, auch der Untersuchungsstuhl sei nicht so unangenehm, wie das von manchen Frauen geschildert werde. Trotzdem wünschte sie, sie hätte das alles erst hinter sich. Um zehn Uhr müsse sie da sein, so gegen elf werde der Eingriff durchgeführt. Silke ging, kaum, dass sie wieder im Hotel waren, ins Bett. Hecht saß erst noch in der Bar, ging dann auch in sein Zimmer, sah noch etwas fern und verschwand bald im Bett. Frühstück entfiel für Silke, sie müsse nüchtern erscheinen. Um viertel nach neun wollte sie an der Rezeption stehen.

Als sie am nächsten Morgen gegen zehn Uhr wieder in dem Foyer saßen, hatte sich dieses belebt. In mehreren Sesseln saßen Damen und Herren mittleren Alters, zum Teil hatten sie sich mit Kaffee oder Saft bedient. Das waren vermutlich keine Patienten, sondern Angehörige. Sie warteten offenbar. Auch Silke wurde gleich nach der Begrüßung gebeten, doch mit zur Vorbereitung zu kommen. Der Doktor wolle auch Hecht noch kurz sprechen. Er werde dann aufgerufen. Und schon war Silke hinter der Tür verschwunden. Hecht wartete. Gelegentlich wurde eine der anderen wartenden Personen aufgerufen, verschwand ebenfalls hinter der Tür. Da niemand zurückkam, vermutete er, es gebe einen zweiten Ausgang, der nach erfolgter Behandlung benutzt werde.

Hecht hatte inzwischen fast eine Stunde gewartet, als er aufgerufen wurde. Die Tür, hinter der Silke verschwunden war, öffnete sich und gab den Weg frei in den Teil des Stockwerks, der nun wirklich wie eine Klinik aussah und auch so roch. Eine Schwester kam Hecht entgegen, sie fragte kurz: »Herr Hecht?«, und als er »ja« sagte, öffnete sie eine Tür. Der Raum war eine Mischung aus Büro und Behandlungszimmer und hatte nach hinten hin noch eine Tür. Durch die kam jetzt eine Gestalt, die offensichtlich der Doktor war. Er trug eine grüne Hose, darüber einen hochgeschlossenen grünen Kittel, der auf dem Rücken geknöpft wurde. Auf dem Kopf hatte er, ebenfalls in Grün, eine topfähnliche Mütze, wie ein Hut ohne Krempe. Seine Hände steckten noch in Gummihandschuhen; er zog sie dann aus und warf sie in einen Abfallkorb. Er begrüßte Hecht, stellte sich mit »Straaten« vor und meinte, der Anlass seines Besuches sei ja wenig erfreulich. Doch das sei sein tägliches Brot. Hecht war überrascht, wie akzentfrei er Deutsch sprach. Dr. Straaten kannte Georg Hecht aus München, wo er studiert hatte. Bei Georg hatte er, als dieser schon Oberarzt in der Inneren Klinik war, seine praktische Ausbildung gemacht. »Sie wissen schon, heute heißt das AIP, Arzt im Praktikum.« Er lobte Georg sehr. Der sei so freundlich gewesen, sowohl zum Pflegepersonal als auch zu den medizinischen Anfängern. Immer wieder habe er Georg auch auf Kongressen getroffen. Und als nun die Bitte um Hilfe gekommen sei, habe er sofort zugesagt. Es sei ja auch wirklich tragisch mit der Tochter. So eine gesunde junge Frau, und keinerlei Anzeichen für Probleme bei Schwangerschaft oder Geburt. »Aber Sie werden ja Ihre Gründe haben zu unterbrechen.« »Ja, schwerwiegende, und nicht nur als ihr Vater, sondern auch wegen weiterer Umstände.« »Wissen Sie, wie wir das jetzt machen?« »Nein.« »Ich habe es Ihrer Tochter erklärt, will es Ihnen zu Ihrer Beruhigung aber noch einmal sagen. Zunächst erweitern wir den Gebärmutterhals mit Prostaglandin, das ist ein Hormon und wird als Zäpfchen appliziert. Dann kommen wir mit einem Absaugkatheter in die Gebärmutter und saugen mit leichtem Unterdruck ab. Manchmal muss man mit der Cuvette noch etwas korrigieren, in der Regel aber nicht. Dann wird die Wunde über die Scheide versorgt und tamponiert. Größere Blutungen sind selten; ich rechne bei Ihrer Tochter nicht damit. Bei leichteren Eingriffen, und ein solcher ist das bei Ihrer Tochter, kommen wir mit einer Spinalanästhesie aus; die ist risikoloser als die alte Vollnarkose. Die Empfängnisfähigkeit bleibt voll erhalten. Nach einer kleinen Schonzeit kann Ihre Tochter durchaus wieder ein Kind bekommen, wenn sie will. Aber sie wird erst mal nicht mehr wollen. Wenn wir fertig sind und sie versorgt ist, bleibt sie noch zwei Stunden hier in einem eigenen Zimmer. Sie sollten dann zu ihr gehen und sie ein bisschen trösten. Viele Frauen fallen psychisch nach einem solchen Eingriff in ein schwarzes Loch, deswegen begrüßen wir es sehr, wenn dann ein naher Angehöriger bereitsteht. Also, Herr Hecht, Ihre Tochter schafft das schon. Machen Sie sich über den Eingriff nicht zu viel Sorgen. Schön, dass wir uns auch einmal kennengelernt haben.« Damit verschwand er wieder durch die rückwärtige Tür.

Die Schwester kam und fragte Hecht, ob er lieber hier im Zimmer warten wolle oder im Foyer, wo es auch Kaffee und Zeitungen gebe. Hecht entschied sich für Kaffee und Zeitungen. So wartete er weitere 50 Minuten, dann wurde er wieder aufgerufen. Den Weg durch dic Tür kannte er schon. Dieses Mal ging es bis ans Ende eines anderen Ganges, wo mehrere Krankenzimmer lagen. In eines führte ihn die Schwester. In einem Bett lag Silke, offenbar in ein Leinenhemd gekleidet und bis zu den Armen unter einer Daunendecke. Sie sah blass aus und blickte Hecht aus müden Augen an. »Wie war es? Schlimm? Kannst du sprechen? Darüber?« Silke nickte. Zu Hechts Überraschung sagte sie: »Gut, dass ich das hinter mir habe. Es ist wirklich gut, dass das überstanden ist.« Dann entstand eine längere Pause. Silke begann wieder mit leiser Stimme: »Es war ganz schlimm, aber anders, als ich das gedacht habe. Es tut überhaupt nicht weh. Aber du bist hellwach dabei, hörst jedes Wort, jedes Geräusch. Sie stellen einen Vorhang über deinen Bauch, du siehst nicht, was sie unten mit dir machen, spürst auch nichts. Aber als sie gesaugt haben, das war so schrecklich, das war so, als ob sie mich völlig leergesaugt hätten, Herz, Lunge, Magen, als ob alles rausgesaugt würde. Es war so schrecklich.« Und nun fing sie doch an zu weinen, leise, eher ganz für sich.

Hecht nahm ihre rechte Hand und streichelte sie. Silke leistete keinen Widerstand, die Tränen liefen ihr über die Wangen, sie schluchzte nicht, war ganz still, hatte die Augen geöffnet und die Tränen flossen. Hecht hatte in weiser Voraussicht ein Paket Papiertaschentücher eingesteckt. Jetzt konnte er ihr gelegentlich die Tränen von den Wangen abtupfen. Die wurden auch weniger. Dann, nach undefinierbar langer Zeit, kam eine Schwester, die einen Wagen mit Instrumenten, Verbandszeug und Medikamenten vor sich her schob. Es war die erste, die offenbar kein Deutsch sprach.

Aber auch so war verständlich, was sie wollte. Hecht musste den Raum verlassen, stand auf dem fensterlosen Flur fast 10 Minuten herum, dann erschien die Schwester wieder und bedeutete Hecht, dass alles sehr gut sei. Silke lag wieder unter der Decke, weinte nicht mehr, fror aber jetzt. Sie war neu tamponiert worden, hatte ein Windelhöschen übergezogen bekommen und darin eine normale Zellstoffbinde.

Kurz darauf erschien die Schwester, die Silke am Morgen hereingerufen hatte. Sie brachte ein Tablett mit Weißbrotschnitten, die waren mit Wurst und Käse belegt. Es gab auch Schokoladenkuchen und Tee in einer großen Kanne. Sie stellte das alles auf einen Tisch, meinte, Silke könne durchaus schon einmal versuchen aufzustehen und auch etwas essen. Wenn sie wolle, könne sie noch ein Stündchen liegenbleiben und sich ausruhen. Sie könne aber auch jetzt schon aufbleiben und dann, wenn ihr nicht mehr schwindlig sei, mit ihrem Vater die Klinik verlassen. Eine andere Schwester kam und brachte Silkes Kleidung. Da sie beim Ankleiden helfen wollte, musste Hecht wieder auf den Gang. Als dann die Tür aufging, saß Silke angezogen auf dem Stuhl und versuchte, ein Schnittchen zu essen. Sie trank den heißen Tee dazu und schaffte sogar noch eine zweite Schnitte.

Der Arzt schaute überraschend herein. Es sei alles ohne Komplikationen geblieben. Es werde auch kaum noch bluten. Der Tampon müsse bis morgen eingelegt bleiben. Falls er sich doch noch vollsauge, müsse Silke eben eine Vorlage benutzen und keinesfalls den Tampon entfernen. Sie solle vorsichtig auftreten, könne aber mit dem Taxi fahren. Im Hotel solle sie sich in einen Sessel setzen und die Füße hochlegen, das sei besser, als im Bett zu liegen. Und morgen wolle er sie so gegen Mittag noch einmal ansehen. Sie solle gegen zwölf Uhr kommen und etwas Zeit mitbringen. Als er hörte, dass sie erst am Freitag zurückfahren wollten, lobte er das sehr. Wenn doch noch am Donnerstag irgendwelche Unregelmäßigkeiten einträten, könnte man am Freitag in der Frühe nachschauen. Er gab Hecht eine Telefonnummer. Wenn in der Nacht irgendeine Notsituation eintrete, hohes Fieber oder starke Schmerzen mit Blutungen durch den Tampon hindurch, müsse Hecht sofort anrufen. Es käme dann ein Arzt ins Hotel und entscheide, was veranlasst werden müsse. Aber es sei äußerst selten, dass so etwas passiere. Die komplizierten Fälle überweise er an eine befreundete Klinik, in welcher er einige Belegbetten habe.

Dann winkte er Silke und Hecht zu und ging aus dem Zimmer. Kurz darauf kam die Direktrice aus dem Foyer und fragte, ob sie ein Taxi bestellen solle. Silke nickte und Hecht sagte: »Ja, bitte.« »Sie können schon langsam hinunterfahren. Wir haben hier ganz in der Nähe eine Taxenzentrale. Bis Sie unten sind, ist auch das Taxi da.« Dann öffnete sie eine andere Tür, hinter der ein Treppenhaus und ein weiterer Fahrstuhl verborgen waren. Die Dame wartete, bis der Fahrstuhl kam, wünschte »gute Besserung« und schaute ihnen nach, als sich die Fahrstuhltür schloss. Sie kamen an einer anderen Stelle der großen Eingangshalle an. Das Taxi stand tatsächlich schon da und brachte sie ins Hotel zurück. Silke fühlte sich schwach; Hecht hatte Hunger, es war schon nach zwei Uhr. Sie kamen überein, dass Silke sich doch erst einmal ins Bett legte und Hecht derweil die Universität aufsuchen könnte. Bestimmt ließe man ihn in die rechtswissenschaftliche Bibliothek; und in einer solchen habe er sich noch nie gelangweilt. Er werde so gegen 18.00 Uhr zurück sein und dann bei Silke anklopfen.

Er bekam in dem Fischrestaurant, das sie gestern besucht hatten, noch zu essen und in der Bibliothek einen Tagesausweis zum Preis von drei Gulden. Er wollte immer schon etwas mehr Überblick über das Kommunalrecht der alten Sowjetunion gewinnen; hier gab es die komplette Dokumentation des Institute of International Law aus London; da hatte er Lesestoff für mehrere Tage. Bei der Bibliotheksaufsicht erbat er sich Schreibpapier, und schon bald machte er sich Exzerpte, die er für seine Vorträge in den USA verwenden wollte.

Als er mit einer halben Stunde Verspätung schließlich bei Silke anklopfte, war diese wieder aufgestanden, saß im Sessel und wartete auf ihn. Sie hatte in der Aufregung ihrer Abreise vergessen, sich Lesestoff mitzunehmen; und da es in ihrem Zimmer keinen Fernseher, sondern nur einen eingebauten Radiowecker gab, hatte sie ein niederländisches Programm gehört, aber wenig verstanden.

Sie fühlte sich viel besser, hatte keine Schmerzen, und Blut trat auch nicht aus. Ganz vorsichtig ging sie mit Hecht in das Kellerlokal; dort aßen sie gedünsteten Fisch, von dem Hecht sicher war, dass er Silke bekäme. Da der Himmel sich aufgeklärt hatte und man ahnen konnte, dass der Sommer doch noch nicht vorbei war, saßen sie nach dem Essen eine Stunde in einem Straßencafé und sahen dem quirligen Treiben zu. Es war fast wie ein Stückchen Urlaub. Dann wurde Silke müde, wollte zurück und zu Bett gehen.

Im Hotel fragte sie: »Hast du etwas dagegen, wenn ich mal kurz vom Zimmertelefon aus in Münster anrufe?« »Was sollte ich denn dagegen haben?« »Na, wegen der Kosten, Du musst das ja alles bezahlen.« »Au ja, da hast du recht. Dann werden wir morgen wohl besser nicht mehr ins Restaurant gehen, da reicht das Geld nicht mehr«, spottete Hecht. Silke schloss das Zimmer auf, ging hinein, drehte sich noch kurz um und sagte: »Schlaf gut. Und langweil dich nicht zu sehr«, damit ging die Tür zu.

Nach einem Besuch in der Hotelbar fing er tatsächlich an, sich zu langweilen. Er rief Ute an. Der ging es unverändert gut, und Neues hatte sie auch nicht zu berichten. Ob er denn mit seiner Arbeit vorankomme? »Doch, ja, oft etwas mühsam, vieles auf Englisch, aber morgen noch mal ein konzentrierter Arbeitstag, dann fahre ich Freitag mit guter Ausbeute zurück. Ich freue mich, wenn ich wieder in Altenfurt bin«, sagte er zum Abschluss, und das war eine ehrliche Feststellung, aber nicht wegen Ute und Heike, sondern weil es hier wirklich langweilig wurde.

Daran änderte sich auch am nächsten Tag nichts. Er war im Ablauf ähnlich wie der Vortag. Silke frühstückte wieder mit ihm gemeinsam, sie machten einen Stadtbummel, fuhren zur Klinik. An Silkes Gesundheitszustand gab es nichts auszusetzen. Der Tampon wurde durch eine Binde ersetzt; es hatte keine größere Blutung gegeben.

Hecht besuchte nochmals mit der Kreditkarte den jungen Mann, der einen weiteren, aber niedrigeren Betrag abbuchte. Der Arztbericht war noch nicht fertig. Die

Direktrice fragte, an welchen Arzt er geschickt werden sollte. Silke erwiderte, sie müsse sich erst noch einen Arzt suchen. Der Bericht könne doch auch an ihre Anschrift gehen; sie wohne nicht mehr bei ihren Eltern, habe ihre eigene Anschrift in dem Aufnahmeformular angegeben.

Als sie wieder im Hotel ankamen, war es nach zwei Uhr. Hecht hatte fürchterlichen Hunger. Es war ein sonniger Spätsommertag geworden, sie setzten sich in ein Straßencafé, in welchem Hecht neben Kaffee und Kuchen auch ein großes Käsebutterbrot verspeiste.

Nach der Stärkung wollte Silke sich lieber doch zwei Stunden hinlegen. Das reichte nicht aus, um wieder in die Bibliothek zu gehen. Er sah schon, dass er zur Vorbereitung seiner Vorträge in USA viel gründlicher vorgehen musste. Es gab aus englischen Quellen mehr Literatur, als er vermutet hatte. Die völkerrechtliche Abteilung der Seminarbibliothek in Altenfurt musste dringend aktualisiert werden. Er wollte mit dem Kollegen Rodewald, der das Völkerrecht vertrat, einmal ein ernstes Wort sprechen. Man blamierte sich ja wirklich, wenn man einen auswärtigen Besucher hatte.

Etwas missmutig ging auch er in sein Zimmer zurück und fing an, in groben Zügen zu skizzieren, wie seine Vorträge aufgebaut sein sollten und welche Schwerpunkte er setzen wollte. Und ehe er wieder auf die Uhr sah, war es 18.00 Uhr; Silke wartete wahrscheinlich schon länger auf ihn. Er legte die beschriebenen Blätter beiseite, zog die Schuhe wieder an und verließ das Zimmer. Er klopfte bei Silke an. Es gab keine Antwort. Er ging in die Hotellounge, und richtig, da saß Silke hinter einer Ausgabe der FAZ, die im Hotel ausgelegen hatte. Vor ihr stand ein leeres Kaffeekännchen. Hecht guckte ihr über die Schulter. Was las sie? Ausgerechnet die Reisebeilage, die immer donnerstags erschien. »Wohin soll denn die Reise gehen?«, fragte Hecht. »Oh, der Papi! Ausgeschlafen?«, ging sie gleich zum Angriff über. »Ja, hast du mich nicht schnarchen gehört?« »Was meinst du, weswegen ich hier sitze? Ich dachte, du sägst noch die ganzen Deckenbalken entzwei.« »Einmal ernsthaft gefragt, was sollen wir jetzt machen?« »Ernsthaft geantwortet«, nahm sie seinen Tonfall auf, »weiß ich es nicht. Ich habe mich gelangweilt. Wenn man plötzlich ein Riesenproblem nicht mehr hat, weiß man gar nicht, über was man sich Gedanken machen soll.« »Na, die Probleme kommen schon noch wieder, du kennst doch die griechische Sage von der Hydra.« »Ja, aber trotzdem bin ich erst einmal froh, dass ich das hinter mir habe.« »Siehst du, ich habe es von Anfang an gewusst und gesagt, dass der Abbruch die einzig richtige Alternative war.« »Nein, so leicht darfst du dir das nicht machen. Ich hätte das Kind sehr gern behalten, ganz sicher. Und ich will auch wieder eins, das weiß ich genauso sicher. Aber keines mehr von dir, und keins unter diesen Umständen. Laß uns das Thema beenden. Dein Vorschlag war es doch, die Nacht aus unserem Gedächtnis zu tilgen. Laß uns das wirklich tun. Fang nicht wieder mit diesem Thema an, sonst reagiere ich so, wie du es nicht magst. Ich versuche dann, dich auch zu verletzen. O.k.?« »O.k. Aber trotzdem darf ich doch mal meine Erleichterung ausdrücken, dass du den Weg zurück in das normale Leben angetreten hast.« »Hör auf, ich warne dich! Das Kapitel ist für mich abgeschlossen.«

Sie gingen noch einmal den Weg, den sie am ersten Abend gegangen waren. Dieses Mal herrschte schönes Wetter, ein warmer Spätsommerabend. Sie fanden auch das indonesische Restaurant wieder, aßen dort noch einmal, und auch jetzt schmeckte es ungewöhnlich gut. Silke sah besser aus; einzig die beiden Falten von den Nasenflügeln zu den Mundwinkeln waren als dünne Striche geblieben – vielleicht gingen die ja auch noch weg. Hecht fragte Silke: »Du hast soeben den Reiseteil der FAZ gelesen. Hast du eigentlich irgendwelche Auslandserfahrungen? Du sprichst ja sehr gut englisch, warst du mal länger drüben?« »Nein, immer nur auf der Landkarte. Mit meinen Eltern bin ich gelegentlich in Holland gewesen, aber nicht hier in Leiden. Und mit der Schule war ich drei Wochen in England, in York. Das ist eine tolle Stadt, da ginge ich gern noch einmal hin. Aber sonst bin ich ganz unerfahren, vom Lande, katholisch, nur nicht mehr Jungfrau.« »Hast du nicht mal ein Auslandssemester eingelegt?« »Nein, ich bin einfach nicht dazu gekommen. Und für meine Eltern war Holland ja schon fernes Ausland.« »Dass es das noch gibt«, wunderte sich Hecht. »Ich halte mal die Augen auf. Ist dir Amerika zu weit weg? Ich gehe Anfang nächsten Jahres für drei Wochen rüber, halte Vorträge, überwiegend in Ivy-League-Universities im Osten. Da kann ich dich bestimmt mal für ein Vierteljahr unterbringen.« »Und was sind deine Hintergedanken dabei? Was muss ich dafür tun oder lassen?« »Keine Hintergedanken; absolut nichts. Nicht einmal Wiedergutmachung. Heute ist so ein Auslandsaufenthalt absolut unerlässlich. Dass die Studienstiftung dich bei deiner Begabung nicht mal in die USA geschickt hat, das verstehe ich nicht.« »Es ging damals nicht; da hatte ich auch noch eine kranke Mutter zu versorgen.« »Davon weiß ich ja gar nichts.« »Brauchst du auch nicht.« »Jedenfalls werde ich sehen, was ich da machen kann. Mal ein Term Harvard Law School oder ein Columbia Research Grant, das sollte wohl gelingen.« »Meinst du wirklich?« »Bestimmt!« Silke sah Hecht begeistert an. »Das wäre ganz toll, wenn das klappte!« Zum ersten Mal strahlen ihre Augen wieder, dachte Hecht. Dann ist wirklich das Schlimmste überstanden.

Am nächsten Morgen ging es früh los. Hecht wollte schon um 8.00 Uhr fahren. Entsprechend zeitig frühstückten sie. Hecht zahlte wieder mit der Kreditkarte. Der Boy holte das Auto, und schon bald waren sie aus Leiden herausgefahren, schwammen im großen Strom des Berufsverkehrs in Richtung Utrecht. Beide schwiegen. Hecht rechnete die Kosten nach: So etwa 9.000 DM hatte ihn diese verhängnisvolle Nacht mit Silke gekostet, alles in allem, und seine nervliche Belastung noch nicht eingerechnet. Das war eine stattliche Menge Geld. Andererseits wären zwanzig Jahre Unterhaltszahlungen noch viel teurer geworden, abgesehen davon, dass es ihn dann möglicherweise seine berufliche Position und seine Ehe gekostet hätte. Eigentlich konnte er zufrieden sein; er war mit einem blauen Auge davongekommen. Lediglich sein Honorarkonto war jetzt etwas erleichtert. Aber diskrete Ausgaben standen in absehbarer Zeit nicht an, und es würde sich bald wieder auffüllen.

Die Fahrt verlief unproblematisch. Beide sprachen wenig. Als das Ruhrgebiet hinter ihnen lag, fuhr Hecht wieder sehr schnell. So waren sie bereits gegen zwei Uhr am Bahnhof Wilhelmshöhe in Kassel. Auch jetzt war es Hecht zu riskant, Silke bis Altenfurt mitzunehmen. Wie leicht könnte sie jemand beobachten, und dann ging das Gerede wieder los.

In Wilhelmshöhe parkte er hinter dem Bahnhof. Sie gingen in die große Halle, setzten sich in einen Schnellimbiß und aßen Schnitzel mit Kartoffelsalat. Dabei besprachen sie Silkes Arbeitsplan für die Dissertation. Die Donnerstagsbesprechungen wollten sie beibehalten. Silke brauchte keine Korrekturarbeiten zu leisten, sollte an seinem Fortgeschrittenenseminar aber teilnehmen. Außerdem sei er die beiden ersten Oktoberwochen in Florenz. Dann seien aber Felgenheber und Rosky zurück. »Wenn es Ihnen recht ist«, sagte Silke, »nehme ich dann auch Urlaub; ich will mal raus.« Aha, dachte Hecht, sie macht Ernst mit der Anrede. Wir sind wieder in Deutschland, die Vertraulichkeiten haben ein Ende.

Silkes Zug kam, er brachte sie zum Bahnsteig. Ehe sie einstieg, sagte sie noch »Danke für alles! Es war richtig. Das kann ich jetzt auch von mir aus so sehen.« Dann schlossen sich die Türen, der Zug fuhr ab. Eine merkwürdige Trauer überkam Hecht. Irgendwie war es wirklich, als sei auch für ihn ein Lebensabschnitt zu Ende gegangen.

Der Karpfenteich, Teil II

Der Freitagnachmittagsverkehr erforderte seine ganze Aufmerksamkeit. Für Trübsal war kein Platz. Als er nach einer guten Stunde in Altenfurt eintraf, fuhr er zunächst zum Juridicum. Das Institut war leer und verlassen. Er rief Ute an, meldete seine heile Rückkehr. Er sei zunächst ins Institut gefahren, um seine Bücher gleich dort abzuladen. Es seien so viele, die stünden in der Brunnenstraße nur im Weg. »Kommst du denn zum Kaffee? Heike hat extra einen Apfelkuchen für dich gebacken, weil du den so gerne isst.« »Ich eile, ich kann nicht länger widerstehen, der Apfelkuchen zieht mich heim«, scherzte er und legte auf.

Dann widerstand er der Versuchung, die Post durchzusehen – an die Erpresser hatte er wirklich nicht gedacht – und fuhr nach Hause. Dort fand er es erstmals wieder richtig angenehm. Seit Ute zurück und Heike zu Besuch hier war, hatte sich der abweisende Eindruck verflüchtigt. Vielleicht hatte das doch an seiner trüben Stimmung gelegen vor einigen Wochen, als er glaubte, das Haus nicht mehr aushalten zu können.

Das Kaffeetrinken war gleichzeitig Heikes Verabschiedung. Ute hatte sich ein Abschiedsgeschenk überlegt, das nicht alltäglich war: eine zweiwöchige wissenschaftlich begleitete zoologische Exkursion durch die Wildparks im südlichen Afrika. Organisiert wurde das von der Universität in Stellenbosch, einer der renommiertesten Südafrikas. Reisetermin war entweder jetzt der November oder der Februar des kommenden Jahres. Heike freute sich riesig. Der Februar sei besser, da sei sie mit ihrem Diplom fertig und könne eine Abwechslung gut gebrauchen. Dann fügte Ute hinzu, und Hecht glaubte zunächst, seinen Ohren nicht zu trauen: »Wenn es da irgendeinen männlichen Begleiter gibt, den du dabei gern um dich hättest – du weißt schon, was ich meine –, dann ist der mit eingeladen. Dein Vater verdient durch Gutachten und Vorträge viel Geld, das er gar nicht braucht; damit ist er bestimmt gern großzügig und macht dir eine Freude. Nicht wahr, Hans?«

Hecht blieb keine Wahl, er musste zustimmen. Insgeheim überlegte er, ob Ute ihn durchschaut haben könnte, den Zweck seiner Reise nach Leiden irgendwie herausbekommen hatte. Aber das war unmöglich. Nur Georg wusste davon, und der tat gerade alles, dass Ute nichts von seinen Eskapaden erfuhr. Dieser Schuss ins Schwarze musste ein Zufallstreffer sein. Heike winkte im übrigen ab; da gab es ein paar nette Kumpel, aber eine engere Bindung kam nicht zustande. Heike war anspruchsvoll und wollte in jedem Fall einen eigenen Beruf haben, zuerst promovieren und dann einige Zeit ins Ausland. Da war ein fester Freund eher hinderlich.

Hecht verglich Heike mit Silke. Auch seine Tochter war auf ihre Weise hübsch. Sie war aber viel stärker nach innen gerichtet, sprach wenig und taute nur in ganz vertrauter Umgebung auf. Sie war sehr viel sensibler als er selbst oder Ute; hartes Durchsetzungsvermögen schien ihr zu fehlen, aber wenn sie den richtigen Mann fände, den würde sie bestimmt glücklich machen. Silke war dagegen eine richtige Frau. Kein Mädchen mehr, viel selbstbewusster und viel lebenshungriger. Was Heike wohl in Silkes Situation angestellt hätte? Unvorstellbar! Heike kam nicht in eine solche Situation, dafür war sie zu scheu und zurückhaltend. Es war wirklich ein Wunder, wie er an eine solche Tochter kam und die nicht auch wie Jörn geworden war.

Zum Abend hatten sich Bosmas angesagt, und Ute hatte eine Kollegin mit Mann eingeladen, von denen sie meinte, die passten gut zusammen. Zu Hechts neuerlicher Überraschung erfuhr er von Ute, sie habe einen Partyservice mit der Lieferung eines kleinen Buffets beauftragt. Heike und sie hätten keine Lust gehabt, den halben Freitag mit Vorbereitungen zu verbringen. Man könne sich das Leben auch einfacher machen, und eine Geldfrage sei es ja wirklich nicht. Sogar Geschirr und Gläser würden bereitgestellt; sie habe überhaupt keine Arbeit, außer etwas Putzen hinterher.

Während Heike zu packen anfing – sie wollte morgen möglichst früh zurück nach Oldenburg – und Ute das Kaffeegeschirr in die Spülmaschine räumte, las Hecht in der Küche schnell die Post der Woche durch. Ute hatte die meisten Briefe geöffnet, für den Fall, dass irgendeine eilige Sache sofort erledigt werden musste. Unschwer erkannte er den typischen Briefumschlag ohne Absender, und der war geöffnet. Er zog den Brief heraus; das Übliche, ein Blatt weißes Papier, mit einem vom Laserdrucker geschriebenem Text. Ute sah zu ihm herüber und meinte »Ein etwas merkwürdiges Schreiben. Zuerst dachte ich an irgendjemand Verrückten, der dir jetzt schon einen Weihnachtsgruß schickt. Aber so scheint das nicht gemeint zu sein. Das ist eine verschlüsselte Botschaft, die dir der Absender übermittelt. Sag mal, werden wir erpresst? Oder was soll das?« »Ja, wenn ich das wüsste. Lass mich erst einmal lesen.« Auf dem Bogen stand: »Advent, Advent, ein Lichtlein brennt. Erst eins, dann zwei, dann drei, dann vier. Dann ... ja was dann? – Das wüsstest du gern. Geduld, der Tag wird kommen!«

Hecht fing an zu schwitzen. Jetzt bloß nicht zittern, dachte er, cool sein, möglichst dicht bei der Wahrheit bleiben. »Ja, was soll das? Ich weiß es auch nicht. Ich habe schon ein paar solcher rätselhaften Botschaften erhalten, eigentlich schon seit Semesterende.« »Warum hast du mir denn nichts davon gesagt? Was wollen die von uns?« Jetzt zeigte Ute deutlich Zeichen von Erregung. »Ich bin mit diesen Schreiben, die alle irgendwie verklausuliert auf ein künftiges Ereignis hinweisen, zum Leitenden Oberstaatsanwalt Sombicky gegangen. Der hält das nicht für einen Erpressungsversuch. Er hat sich alles genau angesehen. Da es aber nichts gibt, womit man mich erpressen könnte, rein überhaupt nichts, ist er der Meinung, dass es ein Studentenulk sein muss. Und das glaube ich inzwischen auch. Da habe ich irgendjemanden unbewusst gekränkt oder, wie er meint, schlecht behandelt, und nun rächt er sich. Die einen benutzen das Telefon, die anderen schreiben Briefe. Es ist immer dieselbe Sorte von psychisch gestörten Menschen. Sombicky rät, erst einmal abzuwarten.

Wenn der oder die Täter in irgendeiner Weise aus der Deckung treten, fasst die Staatsanwaltschaft zu. Vorher ist nichts zu machen.« »Kann das irgendetwas mit deiner Reise nach Ungarn und Bulgarien zu tun haben?« »Habe ich mir auch überlegt. Aber die Reise war so steril wie ein Operationshandschuh. Jede Minute kann ich belegen. Nein, das scheidet aus.« »Könnte das denn was mit deiner neuen Assistentin aus Münster zu tun haben? Du weißt, dass in der Universität gemunkelt wird, du hättest sie aus Speyer nachkommen lassen.«

Jetzt verlor Hecht die Nerven. »Herrgott nochmal! In dieser Scheißuniversität brauchst du nur eine Assistentin einzustellen, die jung ist und ein bisschen hübscher als der Durchschnitt, schon fängt das Getuschel an. Das sind doch alles geile Alte-Männer-Phantasien, die da in die Welt gesetzt werden. Glaub doch nicht jeden Dreck. Ich habe Frau Wittmann nicht aus Speyer nachkommen lassen und auch nicht aus Münster. Sie ist Studienstiftlerin, und die Hellweg-Stiftung hat sie mir mitsamt einem Stipendium als Doktorandin angedient. Und ich werde sie nicht benachteiligen, nur weil sie etwas netter ist als andere. Du kannst übrigens den gesamten Schriftwechsel, der zu ihrer Übernahme geführt hat, lückenlos nachlesen. Nur, das tun diese Herrschaften, die da über mich reden, nicht. Lieber verbreiten sie ihre Phantasiegeschichten, die ja auch viel spannender sind.«

Seine Heftigkeit nahm Ute sichtlich mit. So sagte er etwas versöhnlicher: »Also zu deiner Ausgangsfrage: Auch mit Frau Wittmann wäre ich nicht zu erpressen, weil da auch nichts war. Warten wir ab, wohin diese komische Briefaktion führt. Wenn wir uns jetzt aufregen, dann erreichen die Briefschreiber genau das, was sie wollen, nämlich uns gründlich zu stören und zu ärgern.«

Ute sah Hecht unsicher an. »Entschuldige, Hans, ich wollte dir nicht zu nahe treten. Aber irgendwie beunruhigt mich dieser Brief. Wenn du sagst, dass selbst die Staatsanwaltschaft es für einen Streich hält, dann will ich auch davon ausgehen. Lass uns nicht mehr davon sprechen. Heike habe ich nichts gesagt. Die gerät immer so leicht in Panik.«

Hecht sah noch den Rest der Post durch; es gab nichts Besonderes mehr. Er goss sich einen großen Whisky ein, sagte Ute, er zähle die Tage, bis sie im Flugzeug nach Pisa säßen. Altenfurt könne er zur Zeit nur noch schwer ertragen. »Ja, das verstehe ich. Erst komme ich mit meiner Krankheit, und dann diese Verrückten. Und du hast in diesem Jahr auch noch nicht richtig Urlaub gemacht. Hans, ich bin genauso froh wie du, wenn wir im Flugzeug sitzen.«

Hecht verschob alles Nachdenken auf später. Jetzt wollte er von den Erpressern nichts mehr hören. Und in einer Stunde kamen auch die Gäste.

Es wurde ein angenehmer Abend. Das Buffet war gut, der Wein auch, und als Letzte gingen Utes Kollegin mit ihrem Mann. Paul fragte Hecht noch beim Abschied: »Sehen wir uns Montag bei Rotary? Ich wollte dich mal interviewen.« »Zu was denn?«, fragte Hecht zurück. Fing Paul etwa auch jetzt an, über Silke Fragen zu stellen? »Es gibt so Gerüchte, über dem Präsidenten balle sich ein Unwetter zusammen. Er soll in seinem Institut Geld abgezweigt haben. Weißt du, so ähnlich, wie bei den Herzklappen. Und man erzählt auch, du habest zwischen Mackenroth und dem Kanzler vermittelt. Mackenroth soll dich zu Hilfe gerufen haben, weil du damals, als das bei uns mit den Herzklappen hochkam, so kräftig für unsere Leute Partei ergriffen hast. Ich habe mir so meine Gedanken gemacht; ich bin ja als Urologe Außenstehender; da sehe ich vielleicht einiges deutlicher als Mackenroth und du. Lass uns das mal besprechen.« »Aber um Gottes willen, Paul, doch nicht beim Rotary-Meeting. Dann kannst du es auch gleich in die Zeitung setzen.« »Ja, das könnte sein. Wahrscheinlich hast du recht. Wann können wir denn darüber reden?« »Ich wollte am Sonntagmorgen mal wieder zum Bootshaus. Ich muss dringend ausgelüftet werden. Wollen wir Zweier rudern? Das täte dir doch auch gut.« »Eigentlich ja. Aber ich will um halb zwölf auf der Station sein. Ich hab da ein paar ziemlich vermurkste Fälle liegen. Blasenkarzinom, Hodenkarzinom usw. Du glaubst nicht, wie die Blasenkarzinome in letzter Zeit zugenommen haben; unwahrscheinlich! Ich vermute, das hängt doch irgendwie mit dem Rauchen zusammen, obwohl, beweisen kann man das nicht. Könntest du denn um halb neun, dann würde ich das bequem schaffen.« »Ich will mal Ute fragen. Ute, spricht etwas dagegen, dass ich am Sonntag um halb neun mit Päule rudern gehe? Ich bin mittags zurück.« »Nein, überhaupt nicht. Mensch, hätte ich eine Lust mitzurudern! Aber ich habe Professor Holz gefragt; in diesem Jahr wird das nichts mehr; es ist zu gefährlich.« Paul warf ein »Weißt du was? Wir rudern mal im Gig-Boot. Da kannst du steuern, kommst aufs Wasser und brauchst doch nichts zu tun.« »Und Erika?« »Die rudert nicht mehr. Sie hat Angst um ihre Hände; die braucht sie noch für ihre Zahnklempnerei. Da darf sie keinen Tremor kriegen.« »Also, willst du mit?«, fragte Hecht. »Na klar«, strahlte Ute. »Bei zwei so starken Männern, welche Frau könnte da widerstehen?« »Ich muss dich vielleicht doch warnen«, wandte Paul ein, »wir müssen mal über die Uni tratschen. Ich will deinem Mann ein bisschen was über den Präsidenten erzählen. Du kannst dir ja Stöpsel in die Ohren stecken, dann hörst du nichts!« »Ist da etwas, was ich nicht wissen darf?«, fragte Ute. »Nein, wenn du schweigst wie ein Grab, darfst du alles mit anhören. Aber nimm die Ohrstöpsel trotzdem mit, falls du es leid wirst.«

Am Samstag fuhr Hecht kurz am Bootshaus vorbei und prüfte, ob es überhaupt ein geeignetes Boot gab. Er fand aber gleich mehrere Gig-Doppelzweier in gutem Zustand; sie wurden offenbar für das Frauenrudern gebraucht. Er entschied sich für ein Kunststoffboot mit Namen »Wesertraum« und trug ins Fahrtenbuch ein »Wesertraum Sonntag 8.00 – 11.00 Uhr reserviert für Bosma + Hecht + Hecht«. Dann strich er die Eintragung am Rand des Schriftfeldes noch mehrfach dick an; das sollte genügen. Außerdem sagte er dem alten Bindel, der mit fast 80 Jahren immer noch die meiste Zeit am Bootshaus verbrachte und viel ruderte, er möge, falls er morgen früh komme, doch bitte ein Auge auf die »Wesertraum« haben, dass die niemand aufs Wasser setze. Er wolle einen ersten Versuch mit seiner Frau unternehmen, dass die mal wieder ins Boot käme. Bindel versprach, sich notfalls auf den Kiel des Bootes zu setzen, damit es kein anderer entwende. Für die Ute tue er alles, für diese nette Frau! Ob es denn wieder besser gehe? Ja, meinte Hecht, das wollte sie ja gerade herausfinden.

Am Sonntagmorgen herrschte kaltes, aber völlig klares Wetter. Die Sonne gewann langsam an Kraft, und das betaute Gras, die glitzernden Sträucher und die wie Edelsteine funkelnden Tautröpfchen in den Spinnennetzen verzauberten die Flussufer. Ute war warm angezogen, Paul und Hecht blieben im Trikot, sie wollten erst einmal ein Stück weseraufwärts, um sich aufzuwärmen. Nachdem sie zunächst mit hoher Schlagzahl ordentlich Druck gemacht hatten, fielen sie nach einiger Zeit in einen etwas gemächlicheren Trott.

Jetzt konnten sie sich auch unterhalten, brauchten nicht mehr schnaufend die Luft durch Mund und Nase zu holen. Paul berichtete über die Unregelmäßigkeiten in einigen Instituten; es entsprach dem, was Hecht schon wusste. Quelle der Gerüchte war die Zentralverwaltung. Von dort waren die Nachrichten an einige jüngere, ehrgeizige Professoren gelangt, die das nicht auf sich beruhen lassen wollten. Mackenroth, selbst stark belastet, unternehme aber alles, um die Angelegenheit zu vertuschen und eine Untersuchung zu verhindern. Und, so Pauls Information, Hecht sei von Mackenroth auserkoren, ihm dazu die erforderliche rechtliche Rückendeckung zu geben.

Paul wollte wissen, was Hecht wirklich vorhabe. Der antwortete unpräzise. »Das ist alles schwer zu bewerten. Der Lehmkuhl, mit dem ich auch gesprochen habe, bestätigt es so, wie du das gehört hast. Ich fürchte nur, in einem hat Mackenroth recht: Der Kanzler will sich mit der Aufdeckung dieser Geschichte profilieren, so als Saubermann und Sparkommissar. Für den ist die Universität nur eine Sprosse auf seiner Karriereleiter, und je mehr Missstände er hier aufdeckt, desto besser qualifiziert er sich für Höheres. Die Universität interessiert den nicht so stark wie sein eigenes Fortkommen.«

Paul war enttäuscht. Er räumte zwar ein, dass der Kanzler sicher kein Mann der Universität sei. Aber gegenüber Mackenroth hatte er viel größere Vorbehalte. »Unterschätz nicht die Menge der Leute, die mit Mackenroth unzufrieden sind. Er bewegt nichts, bringt keine Zukunftsprojekte auf den Weg, treibt eine katastrophale Berufungspolitik. Ein paar neu berufene Professoren haben ausgerechnet, dass von den 90 Ordinarien bei euch 40 über 60 sind. Und die haben 80 % der Mittel für Forschung und Lehre durch Berufungszusagen an sich gebunden. Dabei sind die meisten von ihnen allenfalls noch Mittelmaß. Sie leben vom Ruhm vergangener Zeiten, sprechen von Forschung, wenn sie ihre Hobbys pflegen. Und sie sitzen fest auf ihren Zusagen, rücken keine müde Mark für neue Professoren heraus und sind selbst oft taube Nüsse. Bei vielen Berufungen ist doch nicht die Exzellenz des Bewerbers das Kriterium der Auswahl, sondern die Überlegung, ob er den Alten mit unangemessenen Ausstattungswünschen in die Quere gerät. Da kommt eben nur noch Mittelmaß zustande, billiger Durchschnitt. Fahr doch mal auf Tagungen in andere Universitäten! Da hörst du immer wieder das Bedauern, dass eine Universität wie unsere so tief in die Durchschnittlichkeit gesunken ist. In meiner Fakultät wird zunehmend der Ruf laut, man sollte sich von der Universität abspalten und selbstständige Medizinische Hochschule werden, um nicht mit in diesen Strudel der Mittelmäßigkeit gezogen zu werden. Und jetzt gibt es vielleicht die Gelegenheit, Mackenroth und einige seiner Paladine loszuwerden. Über diese Finanzaffäre kann man zumindest Mackenroth stürzen und die anderen mundtot machen. Die Gelegenheit war noch nie so günstig.«

Hecht schnaufte laut, rang sich aber dann doch zu einer Antwort durch. »Ich verstehe schon, du möchtest mich für die Rolle des Brutus gewinnen, der den Caesar ermordet. Die Rolle gefällt mir nicht. Meuchelmord ist nicht mein Fach.«

Paul redete weiter auf Hecht ein. Es gebe wirklich eine viel breitere Front gegen Mackenroth, als er glaube. »Wenn heute Präsidentenwahl wäre, und es gäbe einen auch nur halbwegs vorzeigbaren Gegenkandidaten, der Mackenroth fiele mit Pauken und Trompeten durch! Raff dich auf, nutze deinen Einfluss! Tu dich mit dem Kanzler zusammen, der sieht diese Berufungsprobleme genauso. Du kannst ja den Staatsmann spielen und Mackenroth zum freiwilligen Rücktritt drängen. Nimm den Staatssekretär zu Hilfe, der steht auch auf unserer Seite. Der kann gut Druck auf Mackenroth ausüben.« »Junge, Junge, Paul, das ist ja eine richtige Verschwörung. Der Despot weilt im Ausland, der Hofstaat übernimmt die Macht. Und du bist Mitverschwörer? Das ist ja eine ganz neue Rolle für dich!«

Ute mischte sich ein. »Paul, lass den Hans da raus. Der hat genug mit seiner kranken Frau am Hals. Und der kann das auch nicht; für eine richtige Intrige ist er viel zu emotional und unkontrolliert.«

Sie wendeten das Boot; es war warm geworden. Ute zog den Pullover aus, saß jetzt auch im Trikot. Da die Haare inzwischen bis auf einen zarten Babyflaum ausgefallen waren, trug sie eine Perücke, die ihrer ursprünglichen Frisur recht ähnlich war. Sie hatte damit zu leben gelernt, setzte sie nur nachts ab und konnte sich damit auch umkleiden, ohne dass die Perücke verrutschte. Und auch jetzt war es trotz des Pullovers, den sie über den Kopf zog, nicht zu bemerken, dass sie nicht ihre eigenen Haare auf dem Kopf trug. Sie trieben eine Weile mit der Strömung. Schließlich fragte Paul: »Also, was ist? Stehst du lieber im Abseits, oder hilfst du uns? Mit Mackenroth gehst du unter, wenn nicht sofort, dann bald. Mensch, schlag dich doch auf die Seite der jungen Nachwuchsleute! Die müssen das Image der Universität wieder aufbauen, nicht die alten Knacker.«

Hecht war nicht zu begeistern. Immerhin sagte er zu, gründlich darüber nachzudenken. Er komme am Montag zum Rotary-Meeting; vielleicht könnten sie hinterher noch ein Bier trinken gehen und darüber reden. Er sei jetzt zu unentschlossen, um sich zu entscheiden.

Sie ruderten wieder, beide zogen mit Macht an den Skulls und traten mit aller Kraft ins Stemmbrett. Schwitzend und keuchend kamen sie am Bootshaus an und hatten sogar das Glück, dass sie das Boot an drei Damen weitergeben konnten. So brauchten sie es weder aus dem Wasser zu nehmen noch zu waschen und in die Bootshalle zu tragen. Die beiden Männer duschten noch, dann musste Paul eilig in die Klinik; Ute und Hecht fuhren langsam zur Brunnenstraße.

Ute hatte keine Lust, Essen zu kochen. So fuhren sie weiter in die Stadt, aßen dort in einem Chinarestaurant ein leichtes Gericht. Hecht trank zwei Alster, das Rudern hatte Durst gemacht. »Was machen wir jetzt?«, fragte Hecht. »Lass uns mal nach Hause fahren. Vielleicht können wir heute abend noch etwas aufs Fahrrad; das geht nämlich bei mir schon wieder; ich hab es mit Heike probiert. Jetzt zieht es mich eher in die Horizontale.« »Dann kann ich nachts nicht schlafen, wenn ich mich mittags hinlege«, meinte Hecht. Er habe aber ausreichend Fachliteratur im Hause; er könnte die Zeit sinnvoll nutzen, einen Liegestuhl aus der Garage holen, sich in den Garten legen und lesen. Im Haus angekommen, stellte sich Ute unter die Dusche, erschien dann ohne Perücke, nur mit einem Bademantel bekleidet, im Wohnzimmer, wo Hecht sich gerade durch verschiedene Fernsehprogramme zappte. »Oh, du siehst ja aus wie Nofretete, nur ohne Haube.« »Quatsch! Ich sehe aus wie Kojak in der amerikanischen Fernsehserie.« »Nein, keinesfalls, der sieht selbst auf der Pläte anders aus. Aber im Ernst, Ute, kurze Haare würden dir stehen. Das musst du unbedingt versuchen, wenn da wieder was wächst.«

Ute legte Hecht den Arm auf die Schulter: »Kommst du etwas zu mir? Ich weiß schon gar nicht mehr, wie du dich anfühlst.« »Geht denn das schon wieder?« »Die Narbe an der Brust kannst du schon nicht mehr erkennen. Und in der Achselhöhle ist auch alles zugewachsen und verheilt. Und weitere Beschädigungen hatte ich ja nicht abbekommen.« Sie gingen in Utes Zimmer, ihr früheres gemeinsames Schlafgemach, und es war fast wie in ihrer ersten Zeit nach der Heirat. Ute war immer noch mager und etwas knochig. Aber sie war auch ganz Frau, überraschend weich und anschmiegsam. Hecht hatte ihre letzten Liebesakte anders in Erinnerung. Dieses war eine ganz neue Ute. Nur gut, dass sie nicht vorsichtig sein mussten. Aber Utes Periode war schon vor zwei Jahren ausgeblieben. Jetzt bestand wirklich kein Risiko mehr.

Später lag Ute neben ihm, hatte ihm eine Hand auf die Brust gelegt und war eingeschlafen. Hecht wäre gern aufgestanden. Dann hätte er aber Ute geweckt; jetzt wegzugehen erschien ihm doch etwas zu lieblos. Er lag auf dem Rücken, und seine Gedanken kamen wieder auf das Gespräch mit Paul zurück. Konnte der denn beurteilen, wie umstritten Mackenroth wirklich war? Er hatte das jedenfalls nicht so deutlich gemerkt. Aber er unterhielt auch wenig Kontakt zu den Naturwissenschaftlern. Die Mediziner mochten Mackenroth nicht, das wusste er. Die fühlten sich von ihm im Stich gelassen, als diese Herzklappengeschichte hochkam. Mackenroth hatte damals tatsächlich keine Hand für die Kollegen gerührt und allein ihm, Hecht, das Feld der öffentlichen Verteidigung überlassen. Jetzt verstand er Mackenroths damalige Zurückhaltung; der praktizierte selbst ein ähnliches System. Und ob die Philosophische Fakultät, dieses amorphe Gebilde unterschiedlichster Fachrichtungen, deren innere Verknüpfungen, Freund- und Feindschaften Hecht nie ganz durchschaut hatte, wirklich gegen Mackenroth stünde, war schwer abzuschätzen.

Vielleicht hatte Paul tatsächlich recht und man könnte den Präsidenten jetzt über die Klinge springen lassen. Und Paul hatte nichts von diesen Machenschaften mit Dienstwagen, Telefon, Briefporto und unklaren Dienstreisen erwähnt. Das war offenbar noch gar nicht an die Öffentlichkeit gedrungen. Wenn das noch hinzukäme, wäre Mackenroth als Präsident vermutlich nicht zu halten.

Was bedeutete das nun für ihn? Natürlich durfte er nicht der Brutus sein, der Caesar ermordet. Tyrannenmörder hatten selten selbst den Thron erobert. Aber wenn er wirklich Präsident werden wollte, war das jetzt eine günstige Gelegenheit. Er könnte eine Vermittlerrolle übernehmen, die dann leider doch nicht den Kopf Mackenroths rettete; die anderen, Lehmkuhl, das Ministerium, der Rechnungshof wären stärker gewesen. Was ihm in die Quere kommen könnte, wäre allenfalls diese Erpressergeschichte. Wenn die von den Tätern richtig angeheizt würde, konnte er als Zeugin dafür, dass es in der Nacht zu keinen sexuellen Kontakten gekommen war, eigentlich nur Silke benennen. Ob die aber, schlimmstenfalls sogar unter Eid, eine solche Aussage machen würde, war zweifelhaft. Wahrscheinlich würde sie das ablehnen. Und dann stand er so schlecht da, dass er besser von allen Ämtern Abschied nähme. Druck konnte er auf Silke nicht ausüben. Womit denn? Die Abtreibung in Leiden fiel ja auf ihn zurück; und dass sie ihn in der Nacht vergewaltigt habe, würde ein Lacherfolg. Das beste war, er blieb zunächst unauffällig, beschränkte sich auf eine Rolle als Vermittler und ergriffe allenfalls Partei für die betroffenen Institute. Den Abschuss Mackenroths würde Lehmkuhl schon besorgen; es sah ganz danach aus.

Ute drehte sich um, nahm ihre Hand von seiner Brust und blinzelte ihn an. Dann stöhnte sie, kuschelte sich ganz dicht an ihn und umschlang ihn mit den Armen. Und schon sprang der Funke des Begehrens von ihr auf ihn über; er drehte sich ihr ganz zu, zog sie an sich und begann noch einmal sehr vorsichtig in sie einzudringen. Ute schnaufte, bewegte sich auch, immer schneller und heftiger. Dann war es noch einmal wie früher, wie ganz am Anfang.

Nachdem sie zur Ruhe gekommen waren, nicht mehr nach Luft schnappten und wieder nebeneinander lagen, stand Hecht entschlossen auf. »Ich mach mal Kaffee«, bot er an. Das Wetter ist so wunderbar, wir sollten wirklich noch etwas Fahrrad fahren.« »Du bist aber unverwüstlich«, stellte Ute fest. »Ja, bin ich auch. Mein Unglück ist, dass die Schere zwischen gefühltem und kalendarisch gemessenem Alter immer weiter auseinandergeht. Irgendwann ist man dann entweder lächerlich oder als Lustgreis verschrien, oder beides.« »Na, übertreib mal nicht. Das geht dir doch nicht so. Denk mal an Picasso und seine verschiedenen Frauen. Da hat auch niemand gelacht.« »Ich fürchte, mir fällt da eher der späte Goethe ein.« »Der soll aber bis zum Ende noch sehr ansehnlich gewesen sein – schreiben zumindest seine Biographen.« »Ich bin zum Glück weder Goethe noch Picasso, sondern ein kaffeedurstiger Professor.« Mit diesen Worten holte er zwei Kaffeetassen aus dem Schrank, setzte sie auf den Küchentisch, trieb auch noch eine Tüte mit Plätzchen auf und stellte sie daneben. Ute erschien in ihrer Fahrradkleidung und hatte ihre Perücke wieder aufgesetzt. Nach dem Kaffee fuhren sie noch ein langes Stück auf dem Deich die Weser abwärts; es waren viele Radler unterwegs, und oft kamen ihnen auch Fußgänger in die Quere. Ganz Altenfurt schien den warmen Spätsommertag im Freien zu genießen.

Als Hecht am Montag ins Institut kam, machte dieses immer noch einen verwaisten Eindruck. Im Auswurf des Faxgerätes steckten die eingegangenen Faxe mehrerer Tage. Im Postkorb stapelte sich die ungeöffnete Lehrstuhlpost. Es fehlte eindeutig Frau Marschners ordnende Hand. Hecht stellte fest, dass das Telefon zum Dekanat umgestellt war. Er meldete sich kurz bei Frau Schön zurück, wollte aber am Vormittag nicht gestört werden. Sie solle weiterhin mitteilen, er sei zwar in Altenfurt, zur Zeit aber nicht zu erreichen. Um 14.00 Uhr wolle er gern mit Felgenheber sprechen; er komme rüber, weil er noch in die Bibliothek gehe. Nur wenn der Kanzler anrufe: Für den sei er auch jetzt zu sprechen.

Er sortierte die Eingänge nach Dringlichkeit und Mitarbeitern, die sie bearbeiten sollten, überflog die meisten Schreiben nur. Natürlich war auch der obligate Erpresserbrief dabei; er öffnete ihn, der Inhalt war identisch mit dem in der Brunnenstraße.

Gegen 10.00 Uhr erschienen auch Rosky und kurze Zeit später Endlein. Die beiden anderen Mitarbeiterstellen nutzte Hecht schon seit einiger Zeit, um daraus Hilfskräfte zu bezahlen, in aller Regel Referendare, die auf einen Ausbildungsplatz warteten und froh waren, die gelegentlich bis zu einem Jahr dauernde Übergangszeit zwischen dem Staatsexamen und dem Ausbildungsbeginn als Referendar zu überbrücken. Hecht wollte »seine ganze Truppe«, so nannte er sie militärisch, am nächsten Tag um 10.00 Uhr in seinem Dienstzimmer sehen, ließ er Rosky wissen, »auch die HiWis« (so nannte man die Hilfskräfte, oft in Unkenntnis, dass dieser Begriff durch die »Hilfswilligen« im Dritten Reich eigentlich eine andere Bedeutung hatte). »Wir müssen das Programm für das Wintersemester durchgehen, wer da was macht. Frau Wittmann können wir kaum noch einsetzen. Ihr Stipendium läuft nur zwei Jahre. Das ist knapp für eine Dissertation. Wenn sie das nicht schafft, möchte ich nicht der Böse gewesen sein, der sie mit anderen Arbeiten abgehalten hat. Aber sie soll morgen mit dazukommen, damit sie wenigstens weiß, was im Winter hier läuft.«

Mit Felgenheber und Frau Schön sprach er nachmittags durch, was alles während seiner Abwesenheit in den ersten beiden Oktoberwochen passieren könnte; dass Tellmer ihn vertrete, sei klar. Aber man müsste auch sicherstellen, dass der nicht ebenfalls wegführe. Frau Schön hatte ihn aber schon verständigt. Er käme dann täglich ins Dekanat. »Dann bekommen Sie ja gar nicht mit, wenn die Bombe hochgeht, die der Kanzler gelegt hat«, bemerkte Felgenheber. Hecht bekam zunächst einen Schrecken. Aber er merkte, dass er gar nicht das Opfer war. »Was hat Lehmkuhl denn für eine Bombe gebastelt?« Jetzt musste Felgenheber seine Kenntnisse offenbaren. »Man hört da so Verschiedenes über den Präsidenten. Von schwarzen Konten bei Firmen ist die Rede. Und von übermäßiger Nutzung des Dienstwagens, des Telefons und des Freistemplers. Und seine Reisen sollen auch nicht ganz koscher sein.«
»Wer erzählt denn sowas? Das ist ja ganz erbärmlich, zumal Herr Mackenroth überhaupt nicht da ist und sich nicht wehren kann. Er ist ein Ehrenmann, der niemals auf die Idee käme, sich auf Kosten des Staates zu bereichern. Wo haben Sie das her?«
»Das mit den schwarzen Kassen und den umgeleiteten BMFT-Mitteln ist schon länger im Gespräch. Ich gehe ja immer in die Mensa zum Essen. Da treffe ich gelegent-

lich auch Kollegen aus der Physik und der Chemie. Es wird über diese Methode ganz offen gesprochen. Die meinen sogar, man dürfe so verfahren, solange man kein Geld in die eigene Tasche steckt. Und die verstehen gar nicht, dass der Mackenroth jetzt Schwierigkeiten bekommt, wo er das schon seit Jahren so gemacht hat. Die Sache mit der Dienstreise und dem Dienstauto posaunt der frühere Fahrer von Mackenroth aus. Der Präsident hat ihn in den Postfahrdienst versetzt, weil er meint, der Fahrer hätte seine Laborantin geschwängert. Der soll auch mal was mit ihr gehabt haben; er bestreitet aber, dass das Kind von ihm ist. Er ist entsprechend sauer auf den Präsidenten, denn bei diesem gab es jede Menge Auslandsfahrten, Überstunden, die nicht abgefeiert, sondern bezahlt wurden. Und nun, in der Poststelle, da gibt's nur noch Karo einfach.« »Ich will das eigentlich alles gar nicht hören, dieses Gerede. Nichts wie Neid und Missgunst. Wir wollen nur hoffen, dass sich das alles zu Mackenroths Gunsten aufklärt und nichts an ihm hängenbleibt. Sie sollten da äußerst zurückhaltend sein und diese schlimmen Sachen nicht auch noch weiterverbreiten.«

Als Hecht gegangen war, sagte Felgenheber zu Wally: »Verstehst du den Hecht? Der Präsident muss ihm ja mächtig Honig um den Bart geschmiert haben, dass er ihm so nach dem Munde redet. Wenn er wieder einmal die Wissenschaftsfreiheit retten will, dann doch nicht mit Mackenroth und dieser ganzen Altherrenriege. Die kennen nur noch Besitzstandswahrung und Unbeweglichkeit. Wenn er wirklich was bewegen will, muss er doch mit den jungen Neuberufenen zusammenarbeiten.« Und nach einer Pause: »Außer unseren. Die sind als Junge eher noch raffgieriger als die Alten.« »Du kennst den Chef noch immer nicht richtig, Herbert. Das war doch reine Nebelwerferei, die er dir gerade vorgemacht hat. Natürlich liebäugelt der selbst mit dem Präsidentenamt. Er wartet, bis Lehmkuhl mit Rechnungshof und Ministerium den Mackenroth gekippt hat. Solange bleibt er unsichtbar. Wenn dann die Dreckarbeit getan ist, taucht er auf, rettet die Wissenschaft und wird zum Präsidenten gewählt. Genauso geht das, es sei denn, er stolpert noch über die Prinzessin. Mit der hat er bestimmt was gehabt, Friedchen Marschner glaubt das auch. Wenn die Prinzessin nicht dichthält und das kommt an die falsche Adresse, dann, aber nur dann, lässt Hecht die Finger davon.« »Ich kann mir das eigentlich nicht vorstellen. Das mit der Prinzessin schon, aber Hecht als Präsident? Der ist viel zu gern bedeutender Gelehrter, als dass er sich einen solchen Scheißjob angeln würde.« »Herbert, du wirst es erleben.« »Na, hoffentlich nicht!«, war seine abschließende Antwort. Dann ging er zur Mensa, es war halb eins.

Wie beim Rudern verabredet, trafen sich Paul und Hecht beim Rotary-Meeting. Es gab auch nach dem Vortrag und einer kurzen Diskussion darüber im inoffiziellen Teil Gelegenheit, noch mal vertraulich und ohne Zuhörer über die Angelegenheit Mackenroth zu diskutieren. Paul blieb bei seiner Meinung, man müsse die Gelegenheit nutzen, einen Wechsel in der Universitätsleitung herbeizuführen. Und Hecht blieb vorsichtig abwartend. So viel war von Paul immerhin zu erfahren: Die Mediziner und einige Naturwissenschaftler würden erheblichen Druck auf Mackenroth ausüben. Und auch bei den Geisteswissenschaftlern sei Kritik an ihm nicht zu überhören. Einzig die Juristen stünden wohl hinter dem Präsidenten, obwohl man da auch nicht sicher sein konnte. Wenn sich eine Leitfigur wie Hecht offen gegen Mackenroth wende, hätte das wahrscheinlich Signalwirkung für die ganze Fakultät.

»Also, Paul, an meiner grundsätzlichen Einstellung hat sich nichts geändert; ich halte mich bedeckt. Meinen Vermittlungsauftrag zwischen Mackenroth und dem Kanzler verstehe ich allerdings nicht als Versuch, Mackenroths Kopf als Präsident unter allen Umständen zu retten. Darüber mögen Berufenere als ich befinden. Mein Anliegen ist einzig und allein, Schaden von der Universität und den naturwissenschaftlichen Instituten abzuwenden. Und der Ehrgeiz des Kanzlers nimmt bestimmt keine Rücksicht auf das Ansehen unserer Universität; der managt nur sich selbst.«

Sie kamen überein, dieses Thema gelegentlich wieder anzusprechen. Paul akzeptierte Hechts Zurückhaltung, ohne sie tatsächlich zu durchschauen. Dass Hecht in Wirklichkeit Ambitionen auf das Präsidentenamt hatte und er diese nur nicht durch zu viele Aktivitäten gegen den augenblicklichen Amtsinhaber diskreditieren lassen wollte, wäre dem biederen Paul nicht in den Sinn gekommen.

Am nächsten Tag, es war der Dienstag, ließ Hecht über Frau Schön feststellen, ob Lehmkuhl zurück sei. Falls ja, bäte er, ihm noch im Laufe der Woche einen Termin einzuräumen.

Lehmkuhl war zwar aus dem Urlaub zurück, schlug aber vor, erst in der nächsten Woche wieder zusammenzutreffen; er habe in dieser Woche noch eine Besprechung mit dem Ministerium. Eigentlich passte Hecht diese Verzögerung nicht. Das wäre dann die letzte Woche vor der Florenzreise. Wenn es aber noch keine weiteren Erkenntnisse darüber gab, wie sich das Ministerium gegenüber Mackenroth verhalten wollte, war eine Besprechung mit Lehmkuhl in der Tat unnötig.

Die Woche verlief ohne besondere Vorkommnisse. Hecht arbeitete an seinen USA-Vorträgen, einigte sich mit der American Law Society darauf, dass die Vortragsreise in den drei Wochen ab 7. Februar 1996 erfolgen sollte und besprach mit einigen Fakultätskollegen, dass er für ein drittes Amtsjahr als Dekan nicht mehr zur Verfügung stehe; man möge schon jetzt anfangen, nach einem Nachfolger Ausschau zu halten, der dann Ende Januar 1996 gewählt werden müsste.

Er fuhr Ute auch weiterhin in die Klinik; die Chemotherapie endete in der letzten Septemberwoche. Die Strahlentherapie würde sich in der dritten Oktoberwoche anschließen.

Das Wochenende verlief ruhig, und weil das Wetter kühl und regnerisch war, sehr häuslich. Ute und Hecht schliefen auch wieder miteinander; so schön wie nach dem Rudern kam es Hecht nicht mehr vor. Die Intensität und Innigkeit war anscheinend nur wenige Male möglich und schwer wiederholbar.

Als am Montag Frau Marschner urlaubsgebräunt und sehr zufrieden ihren Dienst wieder antrat, war auch die Bürowelt in Ordnung. Während der Zeit ohne sein bewährtes Vorzimmer fühlte Hecht sich sehr beeinträchtigt. Nicht nur, dass Frau Marschner ganz anders als Frau Schön mit Terminkalender, Reiseplänen und Gesprächspartnern vertraut war und ihm viel kommunikative Arbeit abnahm, selbst die

Versorgung mit Kaffee klappte nicht ohne sie. Schnell hatte sie die Postberge durchgesehen, die Terminliste aktualisiert und bereits alles mit Frau Schön im Dekanat abgesprochen. Wenn er Präsident würde, müsste er Frau Marschner auf jeden Fall als Sekretärin mitnehmen. Es beunruhigte ihn allein die Tatsache, dass in der letzten Woche der Erpresserbrief ausgeblieben war. Dass es damit sein Bewenden gehabt hätte, glaubte er nicht. Vermutlich änderten sie ihre Taktik, planten eine neue Phase ihres Vorgehens gegen ihn. Da er aber keinen Einfluss auf die Täter hatte, insbesondere keinerlei Anhaltspunkte besaß, wer hinter diesen Aktionen steckte, waren ihm buchstäblich die Hände gebunden; er musste abwarten, auch wenn ihm das schwer fiel.

Für den Donnerstag kam dann doch noch eine Terminvereinbarung mit dem Kanzler zustande. Hecht hatte darauf gedrungen, noch vor Antritt seiner Urlaubsreise mit Lehmkuhl zu sprechen. Es schien unverdächtiger, wenn er zu Dr. Lehmkuhl ginge, obwohl der angeboten hatte, zu ihm zu kommen. Also fand er sich am frühen Nachmittag in dem ihm bereits bekannten Raum ein. Lehmkuhl sah ihn wohl immer noch als einen Interessenvertreter des Präsidenten an; dabei konnte es zunächst auch bleiben. Dann kam er zu den Vorwürfen gegen Mackenroth. Die Nachforschungen hatten ergeben, dass die Bildung von »Dispositionskonten« – so umschrieb er die schwarzen Kassen – vor sieben Jahren, nämlich nach Anordnung einer Haushaltskürzung durch das Land, angefangen hatte. Soweit feststellbar, waren überwiegend Ausgaben daraus getätigt worden, die auch aus Landesmitteln hätten bezahlt werden dürfen. Wo das nicht der Fall war, müsse von den Institutsdirektoren Schadensersatz gefordert werden. Ähnlich sei es bei zweckwidriger Verwendung von Drittmitteln. Soweit die Geldgeber eine Zweckänderung nachträglich genehmigten, war kein Schaden entstanden. In den Fällen, in denen eine Zweckänderung aber nicht genehmigt würde, die rechtswidrig verwendeten Mittel also vom Land zurückgezahlt werden müssten, werde natürlich Regress bei den Betroffenen erhoben. Das finanzielle Volumen lag eindeutig über 5 Mio. DM. Angesichts eines solchen Betrages werde das Ministerium einzelne Disziplinarverfahren einleiten. Lehmkuhl rechnete mit Geldbußen in Höhe eines Monatsgehalts. Strafanzeigen wurden zur Zeit nicht erwogen.

Anders lag die Sache beim Präsidenten. »Da gibt es ja die sehr unerquickliche Geschichte des, gelinde gesprochen, großzügigen Umgangs mit staatlichen Mitteln für persönliche Zwecke. Nach vorläufigen Schätzungen sind allein Privatfahrten mit dem Dienstwagen im Umfang von 30.000 km zu erstatten, den Kilometer zu 3,70 DM. Und die übrigen in Anspruch genommenen Leistungen haben ebenfalls einen erheblichen Geldwert, wir schätzen, so etwa 35.000 Mark. Da kommt eine beträchtliche Schadensersatzforderung auf Mackenroth zu. Auch haben diese Sachverhalte eine so beachtliche strafrechtliche Komponente, dass das Ministerium erwägt, die Staatsanwaltschaft einzuschalten«, gab Lehmkuhl Hecht bekannt.

Dieser zeigte sich erschrocken. Ein Strafverfahren gegen den Universitätspräsidenten, und ausgerechnet wegen Eigentumsdelikten zum Nachteil des Landes, das würde der Universität nachhaltig schaden. »Das hört sich gar nicht gut an, was Sie da mit Mackenroth vorhaben. Verstehen Sie mich bitte nicht falsch. Ich bin nicht sein Rechtsvertreter. Mein Mandat geht allein dahin, Schaden vom Amt des Präsidenten abzuwenden, die Universität aus den Schlagzeilen zu halten. Was die Person Mackenroth angeht: Da übernimmt das Ministerium als vorgesetzte Stelle die Verantwortung für alle Schritte. Und er wird sich durchaus wehren; so schätze ich ihn ein. Aber die Wirkung in der Öffentlichkeit, bei den anderen Universitäten – eine Katastrophe! Herr Kanzler, das können Sie doch auch nicht wollen! Es ist auch Ihre Universität!« Hecht hatte sich in eine Emphase gesteigert, die er nicht einmal zu spielen brauchte; sie war echt.

Auch schienen seine Worte nicht ganz ohne Eindruck auf Lehmkuhl geblieben zu sein; zumindest machte er jetzt einen nachdenklichen Eindruck. »Natürlich ist dem Minister dieser Eklat nicht gleichgültig. Aber bei Mackenroths aggressiver Haltung gegenüber dem Ministerium und seiner vermutlich völlig fehlenden Einsicht in die Rechtswidrigkeit seiner Handlungen gibt es ja kaum einen Spielraum für eine etwas geräuschlosere Erledigung der Sache«, dachte der Kanzler laut nach. »Um ganz offen zu sein, Herr Hecht, ich sehe zwar auch den Imageschaden, den diese Sache anrichtet. Aber mit dem Mäntelchen des Stillschweigens können wir diese peinliche Affäre nicht verhüllen. Das beste wäre, Mackenroth verschwände irgendwie von der Bühne, tauchte für einige Zeit freiwillig ab, und wir könnten alle disziplinarischen und haftungsrechtlichen Schritte gegen die Person Mackenroth und nicht gegen den Präsidenten der Universität unternehmen.«

Hecht hatte aufmerksam zugehört. Jetzt nahm er den Faden auf. »Das heißt doch – wenn ich einmal versuche, Ihren Ausweg etwas zu konkretisieren –, dass Mackenroth aus irgendeinem Grunde sein Amt zur Verfügung stellt. Das kann ein gesundheitliches Problem sein, ein Krankheitsfall in der Familie, ein Forschungsaufenthalt an einem auswärtigen Spitzeninstitut, was auch immer – es darf nur nicht im Zusammenhang mit finanziellen Unregelmäßigkeiten in Altenfurt stehen. Wichtig wäre, dass es keinerlei Verknüpfungen zwischen dem Rücktritt und einem möglichen Fehlverhalten als Präsident gibt.«

Überrascht sah Lehmkuhl Hecht an; dann dämpfte er seine Stimme: »Wir hatten uns ja zu Anfang unserer Gespräche absolute Vertraulichkeit zugesichert. Das gilt doch weiterhin, oder?« »Ja, selbstverständlich. Erst am Ende stellen wir gemeinsam fest, was nach außen dringen kann und muss. In dieser Phase des Nachdenkens sollten wir uns keinerlei Zwängen unterwerfen, außer dem, wirklich nur solches nach außen dringen zu lassen, was nach unserer übereinstimmenden Auffassung dahin vermittelt werden muss.« »Also gut, Herr Hecht. Sie können sich ja denken, dass ich mögliche weitere Schritte mit Staatssekretär Lewerenz besprochen habe. Selbstverständlich auch die Möglichkeit, die Angelegenheit Mackenroth nur durch eine Schadensersatzforderung mit zwar disziplinarischen, nicht aber strafrechtlichen Konsequenzen zu erledigen. Doch dafür müssen einige Rahmenbedingungen erfüllt sein. Zum einen muss Mackenroth selbst mitmachen, wonach es zur Zeit nicht aussieht.

Nur wenn er zu der Ansicht gebracht wird, dass seine Zeit vorbei ist, ein leiser Abtritt ihn und die Universität am wenigsten beschädigt und eine öffentliche Diskussion unweigerlich den Staatsanwalt auf den Plan ruft, kann man die Vorgänge diskret handhaben. Zum zweiten muss er natürlich alle Vorteile, die er widerrechtlich in Anspruch genommen hat, finanziell ausgleichen; das summiert sich zu einem sechsstelligen Betrag. Und schließlich«, dabei sah Lehmkuhl Hecht intensiv an, »muss es einen geeigneten Nachfolger geben und der Amtswechsel völlig unspektakulär erfolgen.«

Hecht begann zu schwitzen. Jetzt kam die Diskussion an einen Punkt, an dem er selbst betroffen wurde. Sollte er sich Lehmkuhl offenbaren? Sollte er preisgeben, dass er für das Präsidentenamt sofort zur Verfügung stünde? War Lehmkuhl vertrauenswürdig? – Während er noch versuchte, sich seine Erregung und Betroffenheit nicht anmerken zu lassen, fuhr dieser fort: »Es wird Sie nicht überraschen, dass das Ministerium mit dem hochschulpolitischen Kurs des Präsidenten sehr unzufrieden ist. Das unsinnige Festhalten an Besitzständen, die fehlende Bereitschaft, Veränderungen der Hochschullandschaft in das eigene Weltbild einzubeziehen, das bornierte Festhalten an Strukturen des vorigen Jahrhunderts, die ganz unakzeptable Vernachlässigung von Lehre und Betreuung der Studenten, alles das hat einen rasanten Abstieg Altenfurts in die Mittelmäßigkeit ausgelöst, der dringend gestoppt werden muss. Bei Herrn Mackenroth und seinem Universitätsverständnis gibt es aber nicht einen Ansatzpunkt, der eine Veränderung etwa der Forschungs- und Berufungspolitik erwarten ließe. Warum also sollte man ihn schonen, außer, er machte den Weg frei für einen gründlichen Wechsel. Er ist der Archetyp des Altordinarius der zwanziger Jahre, von dem damals zum Beispiel keinerlei Widerstand gegen die Machtergreifung der Nazis an den Universitäten zu spüren war – es hätte ja die Besitzstände tangieren können!« Hecht gab sich Mühe, das Gespräch nicht empört abzubrechen. Den Präsidenten in die Nähe der nationalsozialistischen Professoren des Dritten Reichs zu rücken, durfte eigentlich nicht unwidersprochen bleiben. Andererseits führte der Weg ins Präsidentenamt auch über Lehmkuhl und das Ministerium. Gegen den Widerstand beider hatte ein Bewerber keine Chance. So sah er Lehmkuhl nur erregt an, und dieser fuhr fort: »Also um es abzukürzen: Mackenroth wird sein Amt noch in diesem Jahr verlieren, so oder so. Rechtlich macht auch ein Ende mit Schrecken keine Schwierigkeiten. Problematischer ist die Frage, wer ihm folgt. Von den Neuberufenen kann das eigentlich niemand sein; denen fehlt die Erfahrung mit den besonderen Altenfurter Verhältnissen. Die müssen im übrigen lehren und forschen, um den Anschluss nicht ganz zu verlieren. Und von den wenigen Alt-68ern kann das auch niemand sein. Die tragen immer noch ihren ideologischen Ballast mit sich herum wie Wackersteine im Tornister. Eigentlich müsste es jemand sein, der den Spagat zwischen den Ordinarien alter Art, die ja nicht ohne Wirkung sind, und den jungen Hochschullehrern, bei denen sich die Spreu noch nicht vom Weizen getrennt hat, also: der diesen Spagat hinkriegt, ohne gleich in die Orthopädie zu müssen. Und dabei – aber das wird Sie nicht besonders überraschen – sind Herr Lewerenz und ich zu der Auffassung gekommen, dass Ihnen das wohl gelingen könnte.«

Hecht traf es wirklich nicht unerwartet. Die ganzen verbalen Girlanden, die Lehmkuhl in den letzten Minuten geflochten hatte, waren erkennbar auf eine solche Anfrage ausgerichtet. Trotzdem hatte Hecht das Gefühl, der Boden unter ihm beginne leicht zu schwanken. Aus dieser Option Realität werden zu lassen, dürfte für ihn schwierig, wenn nicht gar unmöglich sein. Schließlich hatte Mackenroth ihn ins Vertrauen gezogen, ihn zu seinem Interessenvertreter während seiner Abwesenheit gemacht, ihm die Rolle des Bewahrers der bestehenden Verhältnisse übertragen.

Lehmkuhl deutete sein Schweigen richtig. Er fuhr fort: »Natürlich wissen wir, dass Mackenroth sich seines einzigen ernsthaften Konkurrenten in der Hochschule dadurch entledigen will, dass er ihn zu seinem Vertrauten und Verteidiger macht. In dieser Rolle ist er nämlich als Konkurrent unschädlich. Aber man kann das Spiel mit verteilten Rollen spielen. Der Schurke, der den armen Präsidenten unter Druck setzt und aus dem Amt drängt, muss ja nicht der präsumptive Nachfolger sein, sondern eine »vis externa«, eine externe Macht, und nur um Schlimmeres abzuwehren, findet sich dann ein mutiger Verantwortlicher, der sich vor den Karren spannen lässt, den der Vorgänger in den Sumpf gesteuert hat. Um es dramatisch auszudrücken: Die Schurken und Königsmörder sind der Staatssekretär und ich; Sie kommen erst auf die Bühne, wenn die Leiche entfernt ist. Und Staatsmann, das liegt Ihnen doch!«

Hecht war deutlich verunsichert. Dass dieser Kanzler die tabuisiertesten Themen der Universität so direkt ansprach, so respektlos und machiavellistisch, war für ihn schwer erträglich. Andererseits hatte er eigentlich auch immer gehofft, es werde jemand dieses zufriedene, satte Selbstbedienungskartell aufbrechen und Reformen erzwingen. Nur, dass das ausgerechnet der Staatssekretär und der Kanzler waren, das schmerzte ihn als Ordinarius doch. Das war wirklich problematisch; warum konnten denn solche Überlegungen nicht auch aus dem Kreis seiner Kollegen entwickelt werden? – Die Frage, was er denn selbst bisher dazu beigetragen hatte, stellte er sich nicht. Auch an seine Diskussionen mit Paul Bosma erinnerte er sich jetzt nicht. Allein sein Status als Ordinarius war ihm bewusst. Dabei ahnte er, dass er als Präsident diesen Status nur der Akzeptanz eventueller Reformen wegen benötigte; inhaltlich verbände ihn dann nichts mehr mit Mackenroth und seiner konservativen Klientel.

Hecht war im übrigen nur mühsam zu bekehren; es wurde aus einem Saulus über Nacht kein Paulus. Aber er hatte begriffen, dass jetzt die Rolle des Reformers, nicht die des Bewahrers zu spielen war. Warum sollte er diese nicht auch einmal versuchen?

»Sie brauchen sich jetzt nicht zu äußern«, begann Lehmkuhl das Gespräch wieder. »Mackenroth ist gerade erst zurückgekommen, und von Ihrer Sekretärin habe ich erfahren, dass Sie in den nächsten zwei Wochen in Urlaub sind. Das ist gut so, dann können der Staatssekretär und ich während Ihrer Abwesenheit ausprobieren, ob Mackenroth auf den Vorschlag des Amtsverzichts eingeht. Die Universität kann, falls er freiwillig und schnell geht, mit verkürzten Fristen die Präsidentenstelle ausschreiben. Im Dezember könnte das Hochschulparlament schon wählen. Zu Januar 1996 müsste der neue Präsident sein Amt antreten können – immer vorausgesetzt, es gibt diese einvernehmliche Lösung und Sie entscheiden sich positiv. Andernfalls bleibt Mackenroth Präsident, und wir können ihn frühestens mit Erhebung einer Anklage wegen Untreue vom Amt suspendieren. Das wird dauern, und der Schaden für die Universität wird dann durch die öffentliche Diskussion sicher viel größer. Nun hoffen wir mal auf Mackenroths Einsicht und eine schnelle Lösung.«

»Sie werden verstehen, dass ich mich zu diesen Plänen nicht äußern kann. Zum einen schulde ich dem Kollegen Mackenroth Loyalität, zum anderen dränge ich mich auch selbst nicht zu einem solchen Himmelfahrtskommando. Da nützt es wenig, dass der Herr Staatssekretär und Sie mich gern als Präsident sähen – hoffentlich täuschen Sie sich im Übrigen nicht über mich und meinen hochschulpolitischen Standort. Wenn überhaupt, dann müsste ein ganz eindeutiges Signal aus der Hochschule selbst gesendet werden. So wie die Dinge liegen, kann doch nur dann ein Präsidentenwechsel eine Veränderung herbeiführen, wenn er im Einvernehmen mit der Hochschule und nicht als Abstrafung des Altpräsidenten erfolgt.«

»Ich entnehme Ihren Worten, Sie wollen gebeten werden; wenn das geschieht, wären Sie aber bereit. Das ist doch für den Anfang ein vorzeigbares Ergebnis. Da unsere Besprechung vertraulich bleibt – bis auf den Staatssekretär, den möchte ich, allerdings ebenfalls vertraulich, informieren –, gehen Sie doch keinerlei Risiko ein. Sie warten einfach ab, bis die Universität auf Sie zukommt. Und falls nicht: Was haben Sie verloren? Überhaupt nichts.«

»Herr Kanzler, eins sollten Sie aber doch wissen und im Auge behalten: Ich strebe das Präsidentenamt nicht an. Gerade habe ich die Kollegen gebeten, mich nicht noch einmal zum Dekan zu wählen, weil ich endlich wieder wissenschaftlich arbeiten will. Wenn ich nicht sofort nein zu Ihren und des Herrn Staatssekretärs Plänen gesagt habe, dann allein, um Schaden von der Universität abzuwenden, aus Verantwortungsbewusstsein, nicht aus Neigung.«

Offensichtlich unbeeindruckt von Hechts Pathos stand Lehmkuhl auf, sah zur Uhr und bat um Verständnis für seinen Wunsch, das Gespräch zu beenden. Er müsse dringend in eine andere Besprechung gehen; es sei ja auch alles gesagt, und zumindest das Vertrauen des Ministeriums besitze Hecht. Das sei ja schon ein gutes Fundament für eine künftige Präsidentschaft.

Nach dem Besuch bei Lehmkuhl lief Hecht zurück ins Institut. Er ließ sich die gesamten Posteingänge vorlegen; wieder war kein Brief der Erpresser dabei. Wenn er doch nur wüsste, was die vorhatten. Jetzt, wo ein Weg ins Präsidentenamt sichtbar wurde, konnte er sich weniger als jemals zuvor einen Eklat leisten. Es war wirklich zum Wahnsinnigwerden, diese Ungewissheit.

Es half aber alles nichts; bis zu seiner Abreise gab es keine weiteren Hinweise. Auch mit Mackenroth war ein Termin nicht mehr zustande gekommen, was Hecht angenehm war. Mit Felgenheber und Prodekan Tellmer hatte er alle Eventualitäten während seiner Urlaubszeit besprochen. Im Institut würden sich Frau Marschner und

Dr. Rosky bemühen, alle vielleicht auftretenden Probleme zu lösen. Wäre nicht die Ungewissheit mit der Erpressung gewesen, hätte Hecht ruhig wie selten in Urlaub fahren können.

Er telefonierte mit Georg, bedankte sich für die gute Beratung, die zu einem zufrieden stellenden Ergebnis geführt habe; in Leiden sei ihm sehr geholfen worden. Am letzten Abend, die Koffer waren schon gepackt, fuhr Hecht noch einmal ins Institut und telefonierte von dort aus mit Silke. Er erfuhr, dass sich bei ihr auch kein Erpresser gemeldet hatte. Sie konnte nichts weiter mitteilen. Im Übrigen führe sie ja, wie er wisse, ebenfalls in Urlaub; nach Münster und vielleicht auch noch nach Heidelberg. Sie sei erst am 17. Oktober zurück.

In einem langen Telefongespräch beriet er sich mit Paul über sein Vorgehen gegenüber Mackenroth. Er ließ durchblicken, dass er für den Fall, dass Mackenroth von sich aus zurücktrete, unter Umständen zur Kandidatur bereitstehe, nicht aus Neigung, sondern aus Pflichtbewusstsein. Paul war hocherfreut. Dann konnte er an die Fakultät weitergeben, dass im Falle eines Rücktritts des Präsidenten kein langes Vakuum entstehen müsse, sondern schon bald ein geeigneter Kandidat aus dem eigenen Hause bereitstehe. Sie verabredeten, dass Hecht mit Ute noch für ein Stündchen bei Bosmas hereinschaue. Alle seien ja so froh, dass es mit Ute wieder bergauf gehe und diese schöne Reise jetzt möglich sei.

Wie geplant begaben sich Hechts am Samstagmorgen mit der Eisenbahn zum Frankfurter Flughafen. Silke fuhr am Sonntag los; zunächst für ein paar Tage zu Waltraud, die sie eingeladen hatte, dann für das Wochenende nach Heidelberg zu einem Stipendiatentreffen der Studienstiftung und anschließend für eine Woche nach Münster zu Gudrun und Hardy. Die von Hecht eingestellte Haushaltshilfe, eine 50-jährige Hausfrau, deren Mann Frührentner geworden war und die das Geld für den gewohnten Lebensstandard gut gebrauchen konnte, hatte sich bereit erklärt, jeden zweiten Tag – natürlich gegen Bezahlung – in die Brunnenstraße zu kommen, den Briefkasten zu leeren und im Haus nach dem Rechten zu sehen. Sie war absolut vertrauenswürdig, so dass Hecht auch keine Bedenken hatte, sie würde vielleicht einen eingehenden Erpresserbrief öffnen und lesen.

Die Erpressung – die Steigerung

Ein genau solcher Brief traf am Dienstag ein; Hechts waren gerade drei Tage in Florenz. Er kam auf den Stapel ungeöffneter Post, die bis zur Rückkehr liegenblieb. Und Wally sowie Felgenheber ließen den Parallelbrief ebenfalls ungeöffnet, nachdem auch Frau Marschner der Meinung war, es handele sich um ein Privatschreiben, welches bis zu Hechts Rückkehr liegen bleiben könnte. Es war für Hecht wirklich ein Glück, dass der Brief nicht eine Woche früher eingegangen war. Er enthielt nämlich so unangenehme Nachrichten, dass er keinesfalls mehr in Urlaub gefahren wäre, sondern sofort hätte reagieren müssen. Nun aber wusste er von dem aufziehenden Unwetter nichts; er konnte sich ganz auf Florenz und Ute konzentrieren.

Die Stadt war voller Touristen. Vor allen Sehenswürdigkeiten bildeten sich lange Besucherschlangen. Es gelang nur nach Anstehen, eingekeilt in eine Menschenmenge durch die Uffizien geschoben zu werden. Der Dom war eingerüstet, und im Inneren ging es zu wie bei einer Vollversammlung der Altenfurter Studenten; Reiseleiter versuchten sich gegenseitig zu übertönen, Gruppen von Schulklassen verursachten Lärm wie auf dem Schulhof, und Bauarbeiter untermalten die Geräuschkulisse mit markigem Geknatter von Presslufthämmern.

Einzig auf dem anderen Arno-Uufer, das sie mühsam über den gänzlich überfüllten Ponte Vecchio erreichten, gab es etwas weniger frequentierte Plätze. Zwar steckte der Palazzo Pitti ebenfalls voller Touristengruppen, aber in den Boboligärten fanden sie dann doch noch eine freie Parkbank.

Schon bald wurde ihnen der ganze Touristenbetrieb lästig; so entschlossen sie sich, ein Auto zu mieten und mit Tagesausflügen die Toskana zu bereisen. In Volterra, Arezzo, Siena und San Gimigniano war es etwas besser. Als sie dann noch weiter fuhren, nach Orvieto und Monte Pulciano, waren sie offenbar dem großen Strom der Reisegesellschaften mit ihren Gruppenreisenden entkommen. Da die ganze Zeit über schönes, sonniges Herbstwetter herrschte und sie sich viel draußen an der Luft bewegten – Florenz suchten sie nur noch zum Übernachten auf –, erholten sie sich beide. Ihr Liebesleben kam allerdings zum Erliegen; Ute war abends zu müde und morgens so völlig lustlos, dass es Hecht auch nicht gefiel. Überhaupt hatte er den Eindruck, dass sie auf dem besten Wege waren, wieder in ihre alte, eher uninteressierte Routine zurückzufallen, die vor Utes Erkrankung zwischen ihnen jede Spontaneität und Zuwendung erstickt hatte. Und ob Hecht wollte oder nicht: Immer wieder wurde in ihm die Erinnerung wach, wie das mit Silke in Leiden gewesen war. Wie die sich hatte freuen können, wie neugierig und interessiert sie gewesen war, spontan und witzig. Wenn er Ute damit verglich, die wieder in ihre alte Besserwisserei verfiel, ihn ständig korrigierte, immer andere Pläne machte als er, dann fragte er sich, ob er nicht doch nur aus Pflichtbewusstsein oder Mitleid zu ihr zurückgekehrt war; ob er, als er Silke zur Abtreibung überredete, nicht seine letzte Chance verpasst hatte, in ein anderes Leben aufzubrechen, heraus aus Gewohnheit und Missmut. Und hatte Silke nicht auch zugestanden, sie hätte ihn gern gehabt, habe ihn aus Zuneigung mit zu sich genommen? – Nein, er durfte nicht weiter darüber nachdenken, es verdarb ihm die ganze Reise.

Silkes Urlaub ließ sich gut an. Waltraud war ganz unverändert, machte einen zufriedenen Eindruck, obwohl sie keinen Lebensgefährten gefunden hatte. Sie lebte auch nicht abstinent, hatte mehrere Männer, mit denen sie gelegentlich verreiste, mit denen sie auch schlief, sie nahm die Pille. Aber die Hoffnung auf die große Liebe, den richtigen Mann für den Rest des Lebens, die hatte Waltraud aufgegeben – wenn sie sie überhaupt jemals gehabt hatte. Dabei ging es ihr gut; sie war bester Stimmung, fand Beruf und Lebensumstände erfreulich und schien nichts zu vermissen.

Das Heidelberger Stipendiatentreffen verdeutlichte Silke schmerzhaft, dass sie in ihrer wissenschaftlichen wie auch beruflichen Karriere so manchem anderen unterlegen war. Fast kam es ihr vor, als drohe ihr ein Karriereknick auch ohne Mutterschaft und Familienphase. Sie musste sich unbedingt auf die Dissertation konzentrieren; alles andere hatte untergeordnete Bedeutung.

Die Woche bei Sadlowskis begann wieder gut. Obwohl sie spürte, dass sie einer anderen Generation als Conny angehörte, nahm sie deren fast geschwisterliche Zuneigung wie ein Geschenk an. In Connys Herz hatte sie einen festen Platz; warum, konnte sie sich nicht erklären. Da Conny wegen der Herbstferien viel Zeit hatte, konnten sie auch einiges unternehmen. Oper, Germania-Therme, zweimal Disko, einmal Rock-Konzert in der Halle Münsterland – für Abwechslung war gesorgt. Gudrun umsorgte sie mit einer Mischung von Mutter und älterer Schwester; obwohl sie nicht über die Abtreibung sprachen, war Gudruns Sorge nicht zu übersehen, Silke könne sich möglicherweise durch sie gedrängt gefühlt haben. Wenn Silke gelegentlich nachdenklich aussah, legte Gudrun ihr die Hand auf die Schulter, sah sie ernst an und fragte: »Kummer?« Aber Silke konnte sie beruhigen; ihre Gedanken beschäftigten sich mit der Zukunft, wie sie möglichst schnell die Promotion hinter sich brächte, um endlich einen Beruf zu finden, der sie ernährte.

Einzig Hardy verhielt sich äußerst zurückhaltend. Oft, wenn er sich unbeobachtet fühlte, sah er Silke an. Gelegentlich merkte sie es und errötete. Und als an einem Nachmittag Conny ihren Freund besuchte und Gudrun an einer Konferenz im Schulamt teilnehmen musste, kam Hardy früher als üblich nach Hause. Silke brühte für ihn einen Kaffee auf, stellte zwei Tassen auf den Tisch, goss den Kaffee ein. Hardy sah Silke wieder so seltsam an, sie wurde aus seinem Verhalten nicht schlau. Er seufzte; als Silke ihn fragend ansah, begann er: »Das Leben ist schon verrückt. Dass wir uns unter diesen Umständen noch einmal wiedersehen würden, hätte ich nicht gedacht. Irgendwie hatte unser Abschied damals so etwas Endgültiges. Ich habe immer gehofft, dich wiederzusehen. Aber nun, da das eingetreten ist, macht es mich ganz krank. Ich frage mich unausgesetzt, warum wir uns nie getraut haben, uns ganz zu lieben, Du weißt schon, was ich meine. Ich habe dich schonen wollen, habe verzichtet, obwohl ich wahnsinnige Sehnsucht nach dir hatte. Und dann diese schreckliche Geschichte. Warum hast du das getan? Was war bei diesem Hecht besser als bei mir? Und warum hast du nicht verhütet? Hast du ihn geliebt? Ach, verdammt, ich bin eifersüchtig auf diesen Kerl! Ich bin eifersüchtig, weil er sich einfach genommen hat, was ich mit Liebe nicht erhalten habe.«

Silke war erschrocken, irgendwie hatte sie so etwas doch geahnt. Auch sie steckte noch voller Gefühle für Hardy, auch jetzt noch. Aber sie empfand sich nach der Vergewaltigung und der anschließenden Abtreibung wie amputiert. Es war ihr, als hätte man mit dem Fötus auch ihre Gefühle, ihre Libido abgesaugt. Hardy sah sie an, stand auf, setzte sich neben sie, begann sie zu streicheln. Silke schoss das Blut in den Kopf, sie begann plötzlich zu schwitzen, dann zu zittern.

»Ich bin ganz kaputt, Hardy. Ich will und kann jetzt niemanden lieb haben. Ich versichere dir, ich bin vergewaltigt worden. Die Situation mit Hecht war nur ganz zu Anfang spannend. Da war er der nette, etwas betrunkene, hilflose Chef. Und dann wurde er wie ein Tier. Es war so schrecklich; ob ich jemals wieder mit einem Mann schlafen kann? – Ich weiß es nicht. Ich rieche ihn immer noch, Schweiß, Urin und Alkohol. Sei nicht eifersüchtig, armer Hardy. Was Hecht mit mir gemacht hat, war so ekelhaft, so abstoßend. Nein, mit dir wäre so etwas niemals passiert.«

Hardy nahm sie in den Arm. »Silke, ich liebe dich immer noch. Aber ich weiß, dass es nicht geht. Und dass es nicht nur gegenüber Gudrun, sondern auch gegenüber dir eine Gemeinheit wäre, das zu einer echten Beziehung zu treiben. Aber du bist mir lieb, wie eigentlich sonst niemand. Wenigstens das musst du wissen und ertragen. Lass uns in Verbindung bleiben. Gudrun mag dich, fühlt sich für dich verantwortlich. Und für Conny bist du wirklich eine ältere Schwester. Mit Conny musst du in Kontakt bleiben; auf dich hört sie, du kannst sie bändigen.«

Hardy ließ Silke los; offenbar hatte er sich wieder gefasst. Da Gudrun erst in etwa einer Stunde zurückkomme, könnten sie doch gut noch etwas Fahrrad fahren. Und so überstand Silke an diesem Tag unbeschädigt eine Situation, die sie von sich aus nicht hätte beherrschen können – auch in ihr gab es immer noch die ganz starke Zuneigung zu Hardy, das hatte sie gerade wieder voller Schrecken gespürt.

Die letzten Urlaubstage waren frei von irgendwelchen Anfechtungen. Am letzten Abend – Hardy hatte Gudrun, Conny und Silke zu einem Abendessen bei Kerzenschein in das Romantik-Hotel »Zur Linde« nach Handorf eingeladen – besprachen sie spät abends, Conny war schon im Bett und hörte Richard, welche Strategie Silke verfolgen könnte, falls die unglückliche Nacht nach dem Fakultätsfest doch noch irgendwie untersucht würde. Hardy beschwor Silke, dann unter allen Umständen die Wahrheit zu sagen, zumindest was die Vergewaltigung anging. Die Abtreibung brauchte sie ja nicht einzugestehen, von der wusste nur Hecht und sein Bruder Georg. Falls sie Hecht durch eine Lüge deckte, war sie erpressbar, wenn nicht durch ihn, dann durch andere. Sie müsse Hecht sofort nach dessen Rückkehr unmissverständlich klarmachen, dass sie als Entlastungszeugin nicht zur Verfügung stehe, sondern den erzwungenen Beischlaf auch zugeben werde. Dann wäre es Hechts Problem zu verhindern, dass sie überhaupt irgendwo aussagen müsste. Und sie werde sehen, Hecht werde das auch so hindeichseln, wenn er nur deutlich genug wisse, dass Silke ihn belasten werde.

Es fiel Silke nicht leicht, das zu versprechen – schließlich wollte sie bei Hecht promovieren und brauchte noch sein Wohlwollen. Aber Hardy und Gudrun hatten so eindeutig recht mit ihren Ratschlägen. Da gab es keine andere Möglichkeit. Das sah Silke auch so.

Am Samstag, es war inzwischen der 16. Oktober, flogen Hecht und Ute zurück. Sie hatten, alles in allem, doch noch einen guten Urlaub verbracht, auch wenn sie sich nicht wie in den Flitterwochen gefühlt hatten. Hecht war fest entschlossen, keine neuen Affären zu beginnen, Silke so gut es ging auf Distanz zu halten und sich ganz darauf zu konzentrieren, zum Präsidenten der Universität gewählt zu werden. Mit Ute hatte er darüber gesprochen; sie war strikt dagegen. Zum einen erkannte sie vorausschauend, dass Hecht ein solches Amt vermutlich nutzen würde, um möglichst mobil in der Welt herumreisen zu können, noch weniger daheim zu sein, als er das in der Vergangenheit schon gewesen war, sich seiner Familie noch konsequenter zu entziehen. Zum zweiten traute sie ihm eine solide Amtsführung nicht zu. Er war zu emotional, handelte zu oft nach Gefühl und nicht nach Verstand. Auch würden dann seine Eitelkeit und sein Geltungsbedürfnis weiteren Auftrieb bekommen und ihn zu einem wenig angenehmen Zeitgenossen machen. Da sie aber wusste, dass sie in dieser Situation auf verlorenem Posten stand – wenn Hecht sich etwas in den Kopf gesetzt hatte, war es fast unmöglich, es ihm wieder auszureden –, beschränkte sie sich darauf, ihm vorzuhalten, dass ihm ein solches Amt weder Zeit für Privatleben und Familie lassen werde noch für wissenschaftliches Arbeiten. Hecht sah das zwar auch so, gab aber vor, aus Verantwortungsgefühl für die Universität nicht ablehnen zu können, wenn er gerufen werde. Ute glaubte dieser Argumentation nicht; es lag auf der Hand, dass er nicht den notwendigen Generationswechsel in der Universitätsleitung bedeuten konnte und nur aus Wichtigtuerei Präsident werden wollte. Ihre innere Distanz zu Hecht vergrößerte sich wieder, wobei sie inzwischen immer besser mit ihrer Krankheit umgehen konnte.

Sie erreichten den Flughafen von Pisa, von dort sollte der Rückflug starten, rechtzeitig. Auch die Abfertigung erfolgte zügig. Allein das Flugzeug war nicht da. Es hätte aus Rom kommen müssen; dort stand es aber noch, warum, wusste die freundliche Dame am Abfertigungsschalter auch nicht zu sagen. Am späten Nachmittag ging es dann schließlich doch los. In Frankfurt war der letzte Zug nach Altenfurt schon weg, so dass sie einen Mietwagen nahmen, und Hecht bei Nieselregen und schlechter Sicht das letzte Stück der Reise buchstäblich eigenhändig bestreiten musste. Als sie nach Mitternacht endlich in der Brunnenstraße ankamen, war Ute völlig zerschlagen und verschwand sofort im Bett. So fand Hecht noch Zeit, von ihr unbeobachtet die Poststapel anzusehen, die auf dem Dielenschrank lagen. Wie er erwartet, aber auch befürchtet hatte, gab es wirklich wieder einen mit einer Sonderbriefmarke freigemachten Umschlag ohne Absender. Er vergewisserte sich, dass Ute nicht mehr aus ihrem Zimmer herunterkäme, erklärte, er müsse nach der anstrengenden Fahrt noch etwas trinken und abzuschalten versuchen, fand im Kühlschrank noch eine Dose Bier und begab sich mit dieser und dem Brief ins Wohnzimmer in seinen Sessel.

Dieses Mal war es wieder ein längerer Text. Unter dem Briefkopf »Verein zur Förderung der akademischen Fischteiche« wurde zunächst ein Protokollauszug wiedergegeben.

> *Top 3:* Das Tribunal nimmt mit Missbilligung zur Kenntnis, dass der Hecht seine dominante Stellung im Karpfenteich erneut, und zwar immer unkontrollierbarer missbraucht hat, um Jungkarpfen nachzustellen, sie zu jagen und zu versuchen, sie zu fressen. Das Tribunal ist der Auffassung, dass Versuche, an das Verantwortungsgefühl und die Ehre des Hechtes zu appellieren, erfolglos sein werden, weil Raubfische über solche Eigenschaften nicht verfügen. Es bleibt daher nur übrig, den Raubfisch vom Teichbesatz zu trennen, ihn umzuteichen und von der Möglichkeit, Jungfischen nachzustellen, endgültig auszuschließen. Der Oberkarpfen wird ermächtigt, alles weitere unter Wahrnehmung der erforderlichen Sicherheitsabstände und unter Vermeidung weiterer Risiken zu veranlassen.

Mit anderer Schrifttype ging es dann weiter: »Herrn Prof. Johannes Hecht wird folgendes mitgeteilt:

> Mit sofortiger Wirkung wird er von allen akademischen und staatlichen Ämtern und Ehrenämtern zurücktreten. Das bedeutet: sofortiger Rücktritt als Dekan, Prodekan, Mitglied des Senats, der Haushalts-, der Studien-, der Struktur-, der Öffentlichkeits-, der Nachwuchsförderungs- und der Disziplinarkommission. Weitere Konsequenzen: Niederlegung des Vorsitzes in allen Promotions-, Habilitations- sowie Berufungskommissionen. Verbindlicher Verzicht auf jede Art von Amt in der Hochschulleitung sowie eine entsprechende Kandidatur, auch als Präsident der Hochschule. Niederlegung des Amtes als ehrenamtlicher Richter am Oberverwaltungsgericht. Kündigung der Mitgliedschaft in allen Fachverbänden und überregionalen, in- und ausländischen Wissenschaftsgesellschaften.
>
> Weiterhin wird angeordnet, dass der Beschuldigte zur Wiedergutmachung in den nächsten 10 Semestern freiwillig die Anfängerübungen im Verwaltungsrecht persönlich betreut, die Zahl der Prüfertage im Justizprüfungsamt von derzeit 6 auf 18 verdreifacht, sein Lehrdeputat von 8 auf 12 Semesterwochenstunden erhöht. Wenn der Beschuldigte diesen allein seiner Besserung dienenden Auflagen nicht nachkommt, ist der Oberkarpfen ermächtigt, folgendes zu veranlassen:
>
> 1. Unterrichtung der Öffentlichkeit über wiederholte, auch gewaltsame sexuelle Übergriffe gegenüber von ihm abhängigen weiblichen Personen, zuletzt in dem Fall Wittmann.

2. Übergabe des reichlich vorhandenen schriftlichen, akustischen und optischen Beweismaterials an die Staatsanwaltschaft und das Ministerium für Wissenschaft und Kunst.

3. Durchführung eines öffentlichen Tribunals zur Aufdeckung aller sexuellen Übergriffe in der Rechtswissenschaftlichen Fakultät.

Dem Beschuldigten wird Gelegenheit gegeben, sein Einverständnis mit den Auflagen in folgender Weise bekannt zu geben:

Öffentliche Mitteilung des Rückzuges aus den vorgenannten Ämtern und Funktionen in einer Pressekonferenz bzw. zum 16. 10. 1995; entsprechende Verlautbarung durch die Universitätspressestelle bis zum selben Datum. Unterbleibt die Einverständniserklärung in zuvor beschriebener Weise, werden die Maßnahmen 1–3 in Gang gesetzt.

Sie, Herr Hecht, werden hiermit aufgefordert, entsprechend zu handeln. Zweifeln Sie nicht an der Entschlossenheit des Tribunals.

Für das Tribunal des »Vereins zur Förderung der akademischen Fischteiche«

gez. Balduin

(Beauftragter Oberkarpfen).«

Hecht las den Text zweimal mit wachsender Wut. Also hatte Sombicky recht gehabt, es war eine studentische Aktion – wer sonst könnte sich so etwas ausdenken. Da wollte ihn jemand fertigmachen. Da wusste jemand von den Plänen, ihn zum Präsidenten zu wählen, und wollte das verhindern. Konnte das ein Eifersuchtsakt sein? Steckte der Lebensgefährte von Wally dahinter, von Silke? Hatten die überhaupt Lebensgefährten? Hatte Silke das mit ihren Münsterschen Freunden ausgebrütet? Steckte Wally dahinter? Oder etwa Felgenheber? Wer das geschrieben hatte, wusste sehr gut über ihn Bescheid. Der kannte sowohl seinen Annäherungsversuch bei Wally wie die Nacht bei Silke. Und der wollte verhindern, dass er Präsident wurde.

In einer Mischung von Wut und Unruhe las Hecht das Schreiben noch einmal sorgfältig durch. Sicher wäre es möglich, den Urheber herauszufinden. Der Text bot viele Anknüpfungspunkte, und jeder Kriminologe wäre in der Lage, ein Täterprofil zu entwickeln, auf dessen Grundlage sich der Briefschreiber auch finden ließe. Aber was nützte ihm das? Viel entscheidender war doch die Frage, was diese Leute wirklich über ihn wussten, was nur Spekulation war, und was Frau Schön und Silke im Fall ihrer Befragung über ihn aussagen würden.

Er nahm den Brief mit in sein Zimmer, steckte ihn in seine Aktentasche, die er morgen mit ins Büro nehmen würde, und ging ebenfalls zu Bett. An Schlafen war aber nicht zu denken. Der Brief ließ ihn nicht zur Ruhe kommen. Der gesetzte Termin war verstrichen, die Täter hatten offenbar nicht gewusst, dass er mit Ute in Urlaub fuhr. Sonst hätten sie eine andere Frist gesetzt, es sei denn, sie wählten bewusst einen Termin, den er nicht einhalten konnte. – Nein! Das machte keinen Sinn; die wollten ihn schon zu einer Reaktion zwingen, und zwar unter Zeitdruck. Damit – und das beruhigte ihn jetzt etwas – entfielen seine sämtlichen Mitarbeiter, überhaupt alle Insider der Fakultät als Täter, weil die alle wussten, dass er in Italien war. Selbst wenn das Schreiben nur eine besonders perfide Form des Mobbings war und die Täter keine Reaktion seinerseits erwarteten, selbst wenn sie ihn nur schikanieren wollten, war es unsinnig, das Schreiben zwei Tage nach seiner Abreise zur Post zu bringen. Es blieb dabei: Die Täter wussten nichts von seiner Italienreise und waren daher am ehesten im Kreis der Studenten zu suchen. Jetzt musste er herausfinden, wie Silke reagierte, falls sie befragt würde. Vielleicht war es auch zweckmäßig, nochmals mit dem Leitenden Oberstaatsanwalt zu sprechen, wie er sich verhalten sollte. Da er aber immer stärker davon überzeugt war, dass es nur um Mobbing ging und die Täter selbst nicht damit rechneten, dass er irgendetwas unternahm, war es das Beste, erst einmal abzuwarten, was passierte, nachdem die gesetzte Frist abgelaufen war.

Über diesen Gedanken schlief Hecht ein. Aus dem Schlaf erwachte er auch erst wieder, als Ute gegen 7.00 Uhr in sein Zimmer kam und fragte, wann sie frühstücken wollten. Ob er sofort in die Universität gehe; und wann er zurückkomme, wollte sie auch wissen. Er bemühte sich, freundlich zu sein und sich seine Spannung nicht anmerken zu lassen. Gemeinsames Frühstück: Ja. Er sei auch bereit, mit dem Fahrrad frische Brötchen zu holen. Der Rest des Tages liege im Dunkeln. Er gehe erst einmal ins Institut, dann ins Dekanat, und dann werde man sehen. Er komme vermutlich zum Abendessen, werde das noch telefonisch kundtun.

Während des Frühstücks überflog er die restliche Post; es gab nichts Aufregendes. Ein paar Rechnungen, eine Karte von Heike, ein Brief von Jörn, der sich nach Utes Zustand erkundigte. Das meiste war Werbung und Reklame.

Im Institut wurde er freudig von Frau Marschner begrüßt. Er ließ alle Mitarbeiter auf zwölf Uhr zu einer Besprechung einladen, überflog die von Frau Marschner vorsortierte Post, fand den Erpresserbrief und legte ihn ungeöffnet auf die Seite. Frau Marschner hatte keine weltbewegenden Vorkommnisse mitzuteilen. Es war relativ ruhig gewesen; sie hatte die Aktenablage nachholen können, hatte die Adressverzeichnisse im PC auf den neuesten Stand gebracht. Jetzt sei sie für jeden Sturm gerüstet.

Im Dekanat erwartete ihn Prodekan Tellmer. Eigentlich hatte es während der zwei Wochen nur Routineangelegenheiten gegeben. Lehraufträge waren erteilt worden. Andere mussten ausfallen, verlegt oder umdefiniert werden. Die Korrekturassistenten wollten samstags keine Klausurbesprechungen mehr abhalten, die Studenten kämen ohnehin nicht. Das Ministerium habe eine Reihe von Fragen in der Berufungssache von Mensing gehabt. Es sei aber dank Felgenhebers Detailkenntnis alles schon bearbeitet, das meiste sogar erledigt.

In einer Angelegenheit wollte er Hecht aber vertraulich etwas fragen. Felgenheber und Frau Schön entfernten sich etwas unsicher, Hecht bekam einen gewaltigen Schreck. Als Tellmer dann anfing, sah Hecht seine schlimmsten Ahnungen bestätigt. »Also, Herr Kollege, eins hat mich etwas in Verlegenheit gebracht, weil ich so absolut keine Auskunft geben konnte. Es wird hier in der Universität das Gerücht verbreitet ...« Hecht blieb fast das Herz stehen, »... der Herr Präsident befinde sich in gewissen Schwierigkeiten. Es geht dem Vernehmen nach um zweckwidrige Mittelverwendungen und so etwas. Es sei aber auch zu persönlichen Bereicherungen gekommen. Der Minister soll den Herrn Präsidenten sehr zum Rückzug aus dem Amt gedrängt haben. Man hat ihm wohl eine goldene Brücke mit einem Forschungsjahr in den USA gebaut. Wie gemunkelt wird, soll Mackenroth mit seinem Rückzug in die Wissenschaft einverstanden sein; angeblich gibt es in dieser Woche noch eine Entscheidung. Und in diesem Zusammenhang wird berichtet, Sie stünden sozusagen »Gewehr bei Fuß«, um die Nachfolge anzutreten.«

So sehr Hecht einerseits erleichtert darüber war, dass es nichts mit der Erpresserangelegenheit zu tun hatte, so sehr ärgerte er sich darüber, dass nun doch etwas über seine streng vertraulichen Gespräche nach außen gedrungen war. Dabei hätte er seinen Kopf dafür verwettet, dass der Kanzler seine Diskretionszusage eingehalten hätte. Das war aber sehr ärgerlich. »Woher haben Sie denn diese tolle Nachricht? Das würde mich interessieren, in welcher Gerüchteküche diese Geschichte entstanden ist.« »Herr Kollege, ich mache Ihnen einen Vorschlag«, lachte Tellmer ihn an, »Sie sagen mir, was hinsichtlich Ihrer Person an der Sache ist, und ich nenne Ihnen den mir bekannten Teil der Quelle.« »O.k.«, trat Hecht jetzt die Flucht nach vorne an. »Ich bin, allerdings sehr diskret, aus dem Ministerium heraus gefragt worden, ob ich für den Fall, dass Mackenroth, aus welchen Gründen auch immer, das Handtuch würfe oder werfen müsse, kurzzeitig als Präsident einspringen könnte. Nun ist so etwas ja kein ganz leichter Entschluss. Ich habe daher zunächst Bedenkzeit erbeten. Ich will es auch davon abhängig machen, ob Mackenroth einen ehrenvollen Abschied bekommt und ob es aus der Universität deutliche Signale gibt, dass ich überhaupt eine Mehrheit bekomme, falls ich mich zu einer Bewerbung entschließe. Dass darüber aber nun öffentlich spekuliert wird, finde ich doch stark. Mir war jedenfalls äußerste Diskretion auferlegt worden; und die wurde mir im Gegenzuge auch versprochen.« »Au weh, Herr Kollege, da bin ich aber in ein Fettnäpfchen getreten. Doch ich fürchte, Sie sind nicht unschuldig daran. Ihr Freund Paul, Sie wissen, der Pimmelpäule aus der Medizinischen Fakultät, der macht sich sehr für einen Rücktritt des Präsidenten stark. Und der bringt dabei Ihren Namen als möglichen Nachfolger ins Spiel. Angeblich hat er mit Ihnen auch darüber gesprochen, und Sie hätten keine Bedenken geäußert, wenn er Ihren Namen nennt.«

Plötzlich fiel Hecht sein Telefongespräch mit Paul Bosma am Tag vor der Abreise nach Florenz ein. Natürlich, Paul hatte ihn gefragt, ob er seinen Namen in der Medizinischen Fakultät nennen dürfe, falls es um eine Nachfolge des Präsidenten gehe. Und irgendwie hatte er nicht widersprochen; dabei hätte er das nach seiner Diskretionszusage gegenüber dem Kanzler natürlich überhaupt nicht offenbaren dürfen. Wenn das jetzt durch die Uni ging, während Mackenroth sich noch voll in Amt und Würden befand, war das aber extrem peinlich für ihn. Da steckte er plötzlich doch in der Verschwörerrolle. Hoffentlich hatte er sich jetzt nicht auf seinem Kurs in Richtung Präsidentschaft selbst versenkt.

Bei Tellmer wiegelte er ab: »Eigentlich hatte ich Herrn Kollegen Bosma nur ermächtigt, meinen Namen zu nennen, wenn Mackenroth schon zurückgetreten war, was ja wohl nicht der Fall ist. Dass ich jetzt quasi wie ein Verschwörer gegen den Präsidenten auftrete, ist mir keinesfalls recht und sehr peinlich, umso mehr, als ich eher entschlossen bin, nicht anzutreten. Ich will endlich wieder Aufsätze schreiben, stecke in Vorbereitungen zu Vortragsreisen, stehe auch für eine weitere Amtszeit als Dekan nicht mehr zur Verfügung. Nun muss ich mal sehen, wie ich mit dieser neuen Situation umgehe.«

Tellmer ermunterte Hecht zur Kandidatur. In der Fakultät sei man sich einig, dass als Nachfolger nicht irgendein junger Hüpfer aus der zweiten Reihe in Betracht komme, sondern nur ein Erfahrener, Bewährter und mit dem Altenfurter Betrieb Vertrauter gewählt werden dürfe. Und da passe er, Hecht, doch sehr gut.

So sehr Hecht sich auch geschmeichelt fühlte: Die ganze Situation, auch die Erpressung, wurde durch das vorzeitige Bekanntwerden seiner Ambitionen viel komplizierter. Nein, das war schlechtes Krisenmanagement, was er sich da leistete, da gab es nichts zu beschönigen.

Als er zurück ins Institut kam, erwartete ihn Frau Marschner mit einer Reihe von Besprechungswünschen. Der Kanzler wollte sofort angerufen werden, ebenso Paul Bosma. Der Präsident bat um seinen Besuch, möglichst noch heute, und auch Staatssekretär Lewerenz hatte angerufen, wollte aber von sich aus zurückrufen. Mit Mackenroth wurde ein Termin um 15.00 Uhr vereinbart. Dann hatte er den Kanzler am Telefon. Der fand es zwar auch etwas unglücklich, dass Hecht so früh aus den Startlöchern gekommen sei, aber letztlich sei das unschädlich. Man hatte im übrigen mit Mackenroth gesprochen; der Staatssekretär war eigens nach Altenfurt gekommen. »Natürlich sieht der Präsident nicht ein, dass er sich unkorrekt verhalten hat. Der Staatssekretär hat wie mit Engelszungen geredet, um ihm den Unterschied zwischen Privatangelegenheiten, solchen des Physikinstituts und solchen des Präsidentenamtes zu erklären. Alles umsonst! Mackenroth ist von morgens bis abends, auch in der Nacht, an Sonn- und Feiertagen im Dienst, an 365 Tagen im Jahr. Und alles, was er tut oder lässt, ist dienstlich oder hat dienstlichen Charakter. Man kommt nicht dagegen an.« »Vieles, Herr Kanzler, viel mehr, als Sie sich vorstellen, ist wirklich dienstlich. Aber wir wollen das nicht vertiefen. Sie wollten mich sprechen; ich bin gespannt, um was es geht.« »Wir sind schon mitten im Thema. Ich mache es kurz: Mackenroth wirft die Brocken hin, im Zorn. Wir sollen ihn alle mal. Er geht ganz freiwillig, und zwar nach Chicago, in die dortige Universität. Mit denen arbeitet er schon länger zusammen. Die wissen ihn auch richtig einzuschätzen, da hat Wissenschaft eine Heimat. Er bekommt von uns sein Freijahr mit Gehalt und danach noch ein Jahr unbezahlten Urlaub. Er war am Schluss fast versöhnlich. An diesem USA-Aufenthalt scheint ihm viel zu liegen. Vermutlich machen die auch bessere Physik als wir hier in Altenfurt. Jedenfalls wird er Anfang nächster Woche seinen Rücktritt einreichen und zugleich seinen Beurlaubungsantrag stellen. Dem werden wir sofort entsprechen – nein, keine Schamfrist –, und dann schreiben wir noch im November aus. Über unsere Regressforderungen gegen ihn ist eine Einigung natürlich nicht möglich; das kämpfen wir später gerichtlich aus. Gewinnen wir, bekommt er noch eine Disziplinarstrafe, aber kein staatsanwaltliches Ermittlungsverfahren. Bisher läuft alles nach Plan. Nun hoffen wir, dass Sie uns als Bewerber erhalten bleiben. Ich will es nicht verschweigen, wir erwarten von Ihnen ein wesentlich größeres Maß an Flexibilität und natürlich eine deutlich verbesserte Zusammenarbeit. Mackenroths Ministeriumsfeindlichkeit hat ja fast neurotische Züge. Soviel zunächst einmal. Wenn wir sein Schreiben vorliegen haben, müssen wir uns zusammentelefonieren. In dieser Woche geschieht weiter nichts mehr; also warten wir ab. Ach ja, Herr Lewerenz will Sie auch noch anrufen, um sich mit Ihnen abzustimmen. Er wird Ihnen dasselbe sagen wie ich soeben. Und er wird Sie nach der Ernsthaftigkeit Ihrer Bewerbung fragen; er traut Ihnen noch nicht. Ich habe ihn aber beruhigt und ihm gesagt, Sie seien ganz Feuer und Flamme. Das stimmt doch auch, oder?« Ehe Hecht in seiner Verblüffung noch abwiegeln konnte, sagte Lehmkuhl: »Dann bleiben Sie mal bei der Stange und machen Sie's gut. Bis dahin!« Das Knacken im Hörer signalisierte, dass Lehmkuhl aufgelegt hatte.

Mit Paul Bosma kam er am Telefon überein, dass sie sich heute abend im Rotary-Club träfen; dann könnten sie sich im Anschluss an das Meeting noch unterhalten. Der Staatssekretär rief an. Er teilte Hecht im wesentlichen dasselbe mit wie der Kanzler zuvor. Man setze gewisse Hoffnungen auf einen Neuanfang, und Hecht sei dem Ministerium ein willkommener Partner.

Mit den Mitarbeitern besprach Hecht anschließend noch einmal den Arbeitsplan für das Wintersemester. Da er im Februar für mehr als 3 Wochen in den USA sei, komme auf Endlein eine besondere Verantwortung zu. Der sah unglücklich zu Boden; da Silke aus dem Korrekturbetrieb herausgenommen wurde und die Referendare als Korrekturassistenten für die Übungen im besonderen Verwaltungsrecht noch zu wenig eigene Kenntnisse mitbrachten, blieb der Löwenanteil der Arbeit wohl bei Rosky und ihm hängen. Und auch mit Gutachtenaufträgen wurden die Mitarbeiter und die HiWis reichlich bedacht. Langeweile würde im Wintersemester nicht aufkommen.

Rosky wagte anschließend die Frage, ob Hecht denn noch das ganze Semester zur Verfügung stünde. Man höre allenthalben, er werde den Präsidenten im Amt ablösen. Silke spitzte die Ohren – da war eine ganz wichtige Entwicklung an ihr vorbeigegangen. Und während Endlein und Frau Marschner in Erwartung eines Hecht'schen Wutausbruchs verlegen zu Boden sahen, antwortete der ganz jovial: »Das sind alles noch Spekulationen, die hier angestellt werden. Ich habe nur auf Befragen erklärt, dass ich mich bei Not am Mann nicht vor dem Präsidentenamt drücken kann, sofern man mich bittet, dort anzutreten. Im übrigen werde ich doch meine geistige Heimat nicht aufgeben; ich bleibe mit einem Bein im Institut; Sie bekommen vielleicht noch etwas mehr Arbeit, aber ich bleibe Ihnen erhalten. Natürlich«, dabei blickte er Silke an, »betreue ich alle Promotionen und Habilitationen weiter. Keine Angst, ich lasse niemanden im Regen stehen. Im übrigen ist es nicht sehr wahrscheinlich, dass diese Entwicklung überhaupt eintrifft. Ich dränge mich weiß Gott nicht danach, und so wird es hoffentlich auch an mir vorübergehen.«

Silke war zunächst beruhigt. Unmittelbar betroffen war sie offenbar nicht. Und die Erpressergeschichte schien Hecht auch irgendwie abgeschlossen zu haben, sonst würde er ja kaum Interesse an dem Präsidentenamt haben. Und wenn er Wort hielt und für sie einen Postgraduate-Term in USA besorgte, war eigentlich ihre Welt wieder halbwegs in Ordnung. Nur, auf der Hut bleiben musste sie; dazu hatte Hardy sie vor ihrer Abreise noch einmal eindringlich ermahnt. Sie hatte beiden Sadlowskys versprechen müssen, sie weiter über ihr Wohlergehen zu unterrichten. Außerdem wollte Conny sie unbedingt in den Weihnachtsferien in Altenfurt besuchen. Die studentische Kneipenkultur war ihr Ziel, aber in Begleitung von Silke. Das Problem ließ sich vermutlich mit Hilfe der HiWis und Assistenten lösen; die würden Conny bestimmt abends mitnehmen, und sie auch, falls sie dann Lust darauf verspürte.

Hecht hatte mittags wenig Appetit. Er bat Frau Marschner, ihm ein belegtes Brötchen mitzubringen, falls sie an einer Bäckerei vorbeikomme. Sie brachte ein mit Käse belegtes Brötchen. Hecht kaute es lustlos bei einer Tasse Kaffee. Ihm bereitete das Gespräch mit dem Präsidenten Unbehagen. Wenn er das erst einmal hinter sich hätte, könnte er vorläufig aufatmen; dann wäre zumindest an dieser Front für einige Zeit Ruhe eingekehrt.

Mackenroth begrüßte ihn am Nachmittag ganz freundlich. »Ja, Spectabilis, schön, dass Sie sich gleich am ersten Tag nach dem Urlaub herbemüht haben. Sind Sie gut erholt? Wie geht es der Frau Gemahlin? Weiter auf dem Wege der Besserung?« Eine Antwort schien er gar nicht zu erwarten. Er sprach gleich weiter: »Also, wir waren ja bei meiner Abreise so verblieben, dass Sie mal bei diesem Lehmkuhl auf den Busch klopfen wollten, was die Bürokraten mit uns vorhaben. Ich weiß nicht, was Sie herausgefunden haben. Es ist auch unwichtig geworden, weil ich inzwischen Besuch vom Staatssekretär bekommen habe. Sie wollen uns ans Leder, kaputtmachen, was wir an Fördermöglichkeiten mühsam aufgebaut haben. Und was der Gipfel der Infamie ist: Sie wollen sogar ein paar Kollegen und mich in Regress nehmen, wollen uns ans private Portemonnaie. Was mich am meisten erschüttert hat, ist diese völlige Unkenntnis von Universität, von Forschung und den Rahmenbedingungen, unter denen sie gedeihen kann. Es sind wirklich fürchterliche Ignoranten, die uns hier kujonieren. Wenn Sie, wie ich, gerade aus den Staaten zurückkommen und sehen, welchen Stellenwert dort Forschung hat, welche Selbstständigkeit die Universitäten genießen, in welchem Ansehen die Professoren stehen! Herr Kollege, Sie können sich diesen Kontrast nicht vorstellen.« Dabei setzte er wie bereits beim letzten Besuch seine Brille ab und strich sich mit der Hand über das Gesicht. Dann stand er auf, ging um seinen Schreibtisch herum, setzte sich erneut und sah Hecht, nun wieder mit Brille, böse an. »Die Amerikaner wollen gern mit mir zusammenarbeiten, haben mir ein Labor mit Ausstattung angeboten, wenn ich nur möglichst bald zu ihnen hinübergehe. Eigentlich wollte ich absagen, hier meine Amtszeit als Präsident durchstehen und die Universität vor den schlimmsten ministeriellen Irrtümern schützen. Aber der Staatssekretär wäre mich lieber heute als morgen los; einen so unbequemen Kritiker wie mich hätten die natürlich lieber jenseits als diesseits des Atlantiks.«

Hecht machte Anstalten zu widersprechen, aber Mackenroth ließ ihn nicht zu Wort kommen. »Und außerdem muss ich mit Schrecken feststellen, dass auch hier in der Universität so manche Kollegen sich dem Minister andienen, sich anpassen und die strengen Maßstäbe der Wissenschaften zugunsten irgendwelcher modischen Torheiten für ein Linsengericht verkaufen.« Nochmals setzte Mackenroth die Brille ab und wieder auf, dann ging es weiter. »Also drängt sich die Frage auf, was ich hier eigentlich noch bewirke. Und die Antwort ist bedrückend. Nichts! Zunehmend nichts, außer dass ich meine wissenschaftliche Reputation, meine Gesundheit und am Schluss auch noch mein Vermögen ruiniere. Deswegen bin ich, wenn auch widerwillig, den Lockungen des Ministeriums erlegen und stelle mein Amt zur Verfügung. Sollen sie doch sehen, wer die Dreckarbeit künftig macht. Sagen Sie nichts, Herr Kollege, versuchen Sie nicht, mich umzustimmen. Am Montag trete ich zurück, ab März bin ich bis auf weiteres in Chicago, meine Doktoranden und Habilitanden kann ich zum Teil mitnehmen, zum anderen Teil werden sie vom Kollegen Mann hier betreut. Ich gehe enttäuscht, aber nicht verbittert; dazu ist Chicago zu verlockend – ein echter Aufstieg, rein wissenschaftlich gesehen.«

Mackenroth hatte sich erhoben, wollte offenbar das Gespräch beenden. Als Hecht zu einer Erwiderung ansetzen wollte, fiel ihm Mackenroth ins Wort: »Sagen Sie nichts, Herr Kollege, bitte kein falsches Beileid, das wären verschwendete Gefühle!«

Hecht wollte zur Tür gehen, als Mackenroth ihn noch einmal ansprach. »Ach ja, Herr Kollege, eins hat mich bei Ihnen doch irritiert, zumindest ein kleines bisschen. Als Sie sich so bereitwillig anboten, meine Interessen und die meiner naturwissenschaftlichen Kollegen gegenüber dem Ministerium und dem Kanzler wahrzunehmen, als Sie sich mit Entschiedenheit gegen die bürokratischen Übergriffe der Verwaltung wehren wollten: Meinen Sie nicht, Sie hätten mir damals zu erkennen geben sollen, dass Sie selbst das Präsidentenamt so nachdrücklich anstreben? Der Begriff der Befangenheit wird so oft von den Juristen ins Spiel gebracht; fast sieht es so aus, als hätten Sie Schwierigkeiten, ihn auf sich selbst anzuwenden.«

Noch bevor Hecht kräftig protestieren konnte, darauf hinweisen wollte, dass er erst viel später und nur auf Drängen anderer diesen Kurs eingeschlagen habe, hatte Mackenroth die Tür zum Vorzimmer geöffnet, Hecht die Hand gereicht und ihn mit sanfter Gewalt aus dem Zimmer geschoben. »Nichts für ungut, Herr Kollege, ich beneide Sie nicht. Ich habe sicherlich die bessere Partie in diesem Spiel. Leben Sie wohl, Herr Kollege!« Und schon schloss sich die Tür hinter Hecht.

So etwas hatte er noch nicht erlebt. Noch nie, seit er sich erinnern konnte, war er so deutlich das Objekt tiefer Verachtung gewesen. Und selten war ihm ein so eingebildeter, hochnäsiger und elitärer Hochschullehrer begegnet. Da war der schnoddrige Dr. Lehmkuhl ja direkt ein Ausbund von Höflichkeit, Bescheidenheit und gutem

Benehmen. Er musste Mackenroth zutiefst getroffen und verletzt haben, dass der ihn so abfertigte. Ein Gutes hatte es im übrigen: auf Mackenroth brauchte er künftig keinerlei Rücksicht mehr zu nehmen. An dem könnte er sich jetzt öffentlich reiben und eigenes Profil gewinnen. Schonung hatte Mackenroth von ihm nicht mehr zu erwarten.

Die ganze Unterredung hatte nicht einmal eine Viertelstunde gedauert. Als er wieder im Institut ankam, vermutete Frau Marschner, Hecht habe Mackenroth verpasst. Denn eigentlich konnte er noch nicht wieder zurück sein. »Wir haben unsere artigen Komplimente etwas schneller ausgetauscht. Zeit ist schließlich Geld heute, und davon haben wir immer zu wenig«, scherzte er sarkastisch. Jetzt war auch Frau Marschner überzeugt, dass Hecht bei Mackenroths Sturz eine tragende Rolle spielen wollte und das Amt selbst anstrebte. Das bedeutete für sie bestimmt nichts Gutes.

Hecht rief zunächst Ute an und teilte ihr mit, dass er nun leider doch erst spät am Abend heimkomme; es sei ja Montag, und er müsse sich beim Rotary-Club dringend wieder sehen lassen. Dann setzte er sich an seinen Schreibtisch und begann sein Vorlesungsmanuskript zu überarbeiten. Morgen ging auch für ihn der Vorlesungsbetrieb wieder los. Er hatte als Dekan zwar eine fünfzigprozentige Stundenermäßigung, las aber trotzdem sieben Stunden pro Woche. Davon waren zwei Stunden sein Doktorandenseminar und drei Stunden Übungen im besonderen Verwaltungsrecht, die fast allein von Endlein, Rosky und einer Hilfskraft abgehalten wurden. Weitere zwei Stunden besonderes Verwaltungsrecht las er gemeinsam mit Endlein, der immer dann an Hechts Stelle einsprang, wenn dieser sich auf Reisen oder in Sitzungen befand, also verhältnismäßig oft. Die ersten Male wollte Hecht aber persönlich auftreten; deswegen musste er sich jetzt auf morgen vorbereiten. Auch wollte er einen Schwerpunkt beim Umweltschutzrecht setzen; das war aktuell und kam bei den Studenten gut an. Da er es bisher noch nicht behandelt hatte, musste er sich selbst sorgfältig vorbereiten. Also war es gut, dass er jetzt einige Zeit dafür erübrigen konnte.

Als Hecht abends beim Meeting erschien, war Paul sichtlich erfreut, ihn zu begrüßen. Neuere Informationen hatte er nicht. Er war sich aber so gut wie sicher, dass nach Mackenroths Rücktritt Hecht die allerbesten Aussichten hatte, zum Präsidenten gewählt zu werden. Ein Gegenkandidat war weit und breit nicht auszumachen. Die volle Unterstützung der Medizinischen Fakultät und ihres Dekans Paul Bosma war dagegen garantiert.

Als Hecht am Dienstagmorgen mit Endlein den großen Hörsaal des Juridicums betrat, war dieser bis auf den letzten Platz besetzt. Das überraschte ihn. 300 Hörer – so viel Plätze gab es – waren selten in eine Vorlesung für höhere Semester gekommen. Auch schien ihm der Frauenanteil überproportional groß zu sein. Er maß dem aber keine weitere Bedeutung bei, sondern begrüßte seine Hörer, erklärte kurz, welche Materien er in welcher Reihenfolge behandeln werde und warf mit dem Overhead-Projektor die Literaturliste an die Leinwand, deren Lektüre er empfahl. Im Saal herrschte eine merkwürdige Unruhe; irgendwelche bedruckten Blätter wurden herumgereicht, und in den hinteren Reihen entfernten sich die ersten; andere rückten auf ihre Plätze. Es war immer dasselbe, dachte Hecht: zu Anfang ein stark überbelegter Hörsaal; schon bald erlahmte das Interesse der Hörer. Es wurden immer weniger, und in der zweiten Semesterhälfte waren es weniger als die Hälfte der Hörer zu Anfang.

Hecht hatte es in der Vergangenheit verstanden, mit didaktischem Geschick seine Hörer an die trockene Materie heranzuführen, brachte teils drastische, teils humorvolle Beispiele, die sich gut einprägten, und wählte Fallstudien aus dem alltäglichen Leben. So gelang es ihm auch jetzt, die Aufmerksamkeit des größeren Teils der Studenten auf seine Vorlesung zu lenken; aus den hinteren Reihen verschwanden Gruppen von Unruhegeistern. Danach konnte er ungestört seine zweimal 45 Minuten vortragen.

Als er zum Ende kam, war er völlig zerschlagen. Diese Doppelstunden waren eine einzige Herausforderung an das Konzentrationsvermögen und die Stimme. Endlein, der während der Vorlesung in der ersten Reihe gesessen hatte, nahm einige der bedruckten Flugblätter mit. Dann gingen sie beide, eingekeilt in eine Studentenmenge, wieder zum Institut zurück. Dort herrschte hellste Aufregung. Felgenheber stand im Gebäudeeingang, wollte ihm etwas mitteilen, kam aber nicht mehr dazu, weil Hecht schon auf der Treppe von mehreren Kollegen umringt wurde, die ihn mit Fragen und Empörungsrufen überhäuften, Konsequenzen forderten, lückenlose Aufklärung, oder die auch nur schlicht Schutz vor solch ungeheurer Verleumdung verlangten. Irgendetwas sehr Gravierendes war geschehen, und Hecht beschlich die böse Ahnung, dass das ganz sicher mit der Erpresseraffäre zu tun hatte. Aber in diesem allgemeinen Durcheinander konnte er nicht herausfinden, was wirklich passiert war. Frau Schön hatte den richtigen Einfall: Sie schloss das große Sitzungszimmer der Fakultät auf und lenkte den Strom der Empörten, es waren inzwischen mehr als 50 Personen, davon zumindest ein Drittel Professoren, dort hinein. Hecht setzte sich rein gewohnheitsmäßig an den Kopf des großen, hufeisenförmigen Besprechungstisches; am Schluss fanden alle einen Sitzplatz. Auch gelang es ihm jetzt, sich akustisch verständlich zu machen. Allmählich wurde es still, und Hecht konnte Felgenheber bitten zu berichten, was der Anlass dieser Aufregung sei. Endlein hatte ihm inzwischen das Flugblatt in die Hand gedrückt und murmelte: »Das ist ja ungeheuerlich. Das ist ja ganz unglaublich. Das ist ja unfaßbar.«

Hecht rief: »Also, wenn Sie von mir irgendwelche Einlassungen erwarten, dann müssen Sie mir erst eine Lesepause zubilligen. Ich muss ja wenigstens einmal selbst gelesen haben, was Sie so erregt.« Und als er immer noch angesprochen, ja fast physisch bedrängt wurde, drohte er an, den Raum zu verlassen. »Wenn Sie alle durcheinanderreden, versteht kein Mensch mehr was. Bitte, lassen Sie mich jetzt lesen, oder ich gehe.«

Sein Zorn verfehlte schließlich nicht die Wirkung; es wurde nur noch leise diskutiert, und Hecht strich das inzwischen verknautschte Papier glatt, um es zu überfliegen. Es war eine vervielfältigte Mitteilung der Senatsfrauenbeauftragten Frau Dr. Schmidt-Güldenstern, zumindest war es der entsprechende Briefkopf, und auch die

Unterschrift schien von ihr zu stammen. Sie teilte in einem »Hinweis für weibliche Erstsemester der Rechtswissenschaftlichen Fakultät« folgendes mit:

> »Liebe Frauen, Kommilitoninnen und Kolleginnen,
>
> es wird Ihnen nicht entgehen, dass diese Fakultät nahezu ausschließlich von Männern dominiert wird. Frauen wurden zu keiner Zeit gefördert. Schon dieses ist schlimm. Wovor ich Sie aber besonders warnen muss, insbesondere die Kommilitoninnen, ist die latente Sexualisierung des gesamten Lehrbetriebes dieser Fakultät. Die Folge ist eine nicht abreißende Kette von sexuellen Übergriffen der Professoren gegenüber Studentinnen und Wissenschaftlerinnen, denen sie vorgesetzt sind. Schützen Sie sich daher selbst. Tragen Sie mir jeden Vorfall einzeln vor. Aus der Erfahrung des letzten Semesters und zweier besonders verwerflicher Beispiele von sexuellen Übergriffen sollten Sie folgende Ratschläge unbedingt beherzigen:
>
> – Besuchen Sie niemals eine Veranstaltung, in welcher Sie die einzige Frau sind!
>
> – Gehen Sie niemals unbegleitet in die Sprechstunde eines Professors!
>
> – Folgen Sie niemals der Einladung eines Professors, wohin er Sie auch immer bittet!
>
> – Gestatten Sie keinem Professor das Betreten Ihrer Wohnung; verschweigen Sie ihm stets, wo Sie wohnen!
>
> Die Erfahrung insbesondere gegen Ende des letzten Semesters hat gezeigt, dass Professoren die lockere Atmosphäre von Fakultätsfesten und anderen geselligen Veranstaltungen skrupellos ausnutzen, um sich an jungen Frauen sexuell zu vergreifen. Eine nachträgliche Aufklärung und Ahndung wird brutal unterbunden. Darum: Durchbrechen Sie die Schweigemauer, offenbaren Sie sich mir bei jeder sexuellen Belästigung.
>
> Immer daran denken: Gemeinsam sind wir stark!
>
> Ihre
>
> Dr. Eva Schmidt-Güldenstern
>
> – Senatsfrauenbeauftragte –«

Hecht zweifelte keinen Augenblick daran: Es handelte sich um eine bösartige Fälschung. Ob das aber die Erpresser waren oder ob es sich um einen Racheakt an der Frauenbeauftragten handelte, war zunächst nicht herauszufinden. Felgenheber gestikulierte mit den Armen, versuchte, Ruhe zu schaffen. Hecht rief: »Nun lassen Sie uns das vernünftig besprechen; jeder kommt zu Wort, aber nur nacheinander.«

Es wurde eine lange, empörte Diskussion, an deren Ende feststand, dass es sich um einen wirklich bösartigen Streich handelte. Das Flugblatt konnte nur eine Fälschung sein. Die Senatsfrauenbeauftragte wurde gesucht, erschien dann und dementierte erwartungsgemäß empört ihre Urheberschaft. Mit der heutigen Kopiertechnik seien Fälschungen dieser Art ein Kinderspiel. Die Mehrheit der Teilnehmer war auch nicht der Meinung, dass Zielrichtung dieses Pamphlets die Professoren der Fakultät seien, sondern dass hier jemand, vielleicht die Radikalfeministinnen, für die die Frauenbeauftragte viel zu stark auf Schmusekurs mit der Hochschulleitung lag, eine offene Rechnung mit Frau Schmidt-Güldenstern beglich. Diese und nicht die Professoren sei die eigentlich diskriminierte Person in dem schändlichen Spiel.

Hecht sagte zu, über Konsequenzen mit dem Präsidenten zu sprechen. Auch wollte er sich mit dem Hochschulreferenten des Ministeriums abstimmen, was zu veranlassen sei. In jedem Fall sollten die Hausmeister und Reinigungskräfte angewiesen werden, alle Flugblätter sofort einzusammeln und im Dekanat abzugeben. Natürlich würden alle Fakultätsangehörigen vom Dekan auf die Fälschung aufmerksam gemacht, auch sollte jeder darauf achten, wer solche Art von Flugblättern verteilte.

Große Erfolgsaussichten räumte Hecht den Maßnahmen nicht ein. Zu Semesteranfang wurde die Universität mit einer wahren Flut von Flugblättern, Handzetteln, Zeitschriften, Reklamebroschüren, amtlichen und privaten Mitteilungen überschwemmt; schrille Aufmachung und kruder Stil sollten bei diesem Überangebot Aufmerksamkeit erregen.

Ein Telefongespräch mit Dr. Lehmkuhl, dem die Flugblattaktion ebenfalls bereits bekannt war, ergab im Übrigen eine ähnliche Einschätzung der Aktion und der Aufklärungsmöglichkeiten. Also wurde zunächst weder Strafanzeige erstattet noch das Ministerium informiert. Die Hausmeister sammelten die Flugblätter wieder ein; die Frauenbeauftragte ließ sich überzeugen, dass eine Verurteilung solcher Rufmordkampagnen durch einen eindeutigen Senatsbeschluss die angemessene Antwort auf die Provokation sei; auch sie bezog die ganze Angelegenheit auf ihre Arbeit als Frauenbeauftragte, vermutete die Urheber allerdings nicht im radikal-feministischen Umfeld, sondern eher im männlichen Milieu, vielleicht bei einer der zahlreichen studentischen Verbindungen. Insbesondere viele Corps und Burschenschaften weigerten sich ja sehr polemisch, Studentinnen in ihre Reihen aufzunehmen. Aus dieser Richtung, so mutmaßte Frau Schmidt-Güldenstern, kam der Angriff gegen sie und ihre kritische Arbeit.

Einzig Hecht war sich, was er aber nicht zu erkennen gab, keinesfalls sicher, ob der Angriff nicht doch ihm galt. Die Anspielung auf das Fakultätsfest und zwei sexuelle Übergriffe waren eine unübersehbare Spur zu den Erpressern. Hoffentlich kam nicht noch ein weiteres, detaillierteres Flugblatt heraus.

In der Hochschulöffentlichkeit wurde im übrigen die Flugblattgeschichte durch Meldungen aus der Hochschulleitung überlagert. Es gab jetzt überall das Gerücht, dass Präsident Mackenroth einem hochdotierten Ruf ins Ausland nachkommen wolle, aber nicht freiwillig, sondern unter dem Druck des Ministeriums. Andere, insbesondere Mitglieder der Medizinischen Fakultät, berichteten, gegen Mackenroth werde nicht allein wegen schwarzer Kassen ermittelt, sondern wegen Veruntreuung von Universitätsgeldern. Keiner wusste Näheres, und Mackenroth selbst ließ sich nichts anmerken. Die Gerüchteküche versorgte die Universität dann ab Mittwoch mit der angeblich todsicheren Nachricht, Mackenroth werde noch zum Wochenende zurücktreten, und Hecht laufe sich als künftiger Präsident bereits warm. Als dieser in einem Zeitungsinterview schließlich zu erkennen gab, dass er in der Stunde der Not die Universität einfach nicht im Stich lassen könne und, wenn auch schweren Herzens, bereit sei, sich einer Präsidentenwahl zu stellen, begann eine lebhafte Diskussion über die Situation, über Mackenroths Rücktrittsgründe ebenso wie über Hechts Eignung. Der Minister verlautbarte durch seine Pressestelle, er habe, wenn auch mit großem Bedauern, einem vorzeitigen Amtsende Mackenroths zugestimmt. Dieser habe ein für sein wissenschaftliches Ansehen so ungewöhnlich schmeichelhaftes und ehrenvolles Arbeitsangebot aus den USA erhalten, dass man sich als Land einfach nicht habe querstellen können und dem Beurlaubungsantrag Mackenroths habe entsprechen müssen. Das sei allerdings – leider, leider – mit der Aufgabe des Präsidentenamtes verbunden. Die Stelle werde alsbald ausgeschrieben. Wie man von Universitätsvertretern gehört habe, gebe es auch schon mindestens einen geeigneten Nachfolgekandidaten. Die Lage sei also nicht dramatisch, und ein vorzeitiger Amtswechsel sei so ungewöhnlich auch nicht.

Nun war also der Vorhang zum entscheidenden Akt geöffnet. Auch wenn Hecht Ute erneut die Gründe seiner Kandidatur erklärte: Sie war nicht erfreut. Und auch, als Paul ihn verteidigte und die Notlage der Universität in düsteren, den Retter Hans aber in den hellsten Farben malte, konnte sie sich nicht begeistern. Sie hielt Hechts Kandidatur weiterhin für einen Fehler. Zum einen wurde die Chance vertan, Familie und Ehefrau wieder etwas in den Lebensmittelpunkt zu stellen; zum anderen blieb sie bei ihrer Meinung, er sei zu emotional und unausgewogen, um ein solches Amt neutral und integrativ zu bekleiden. Da sie aber gegen Hechts Geltungsbedürfnis und seinen Ehrgeiz nicht ankam, schickte sie sich in der Erwartung verlorener vier Jahre in das Unvermeidliche.

In der Universität gab es schnell zwei Fraktionen. Die eine versprach sich von Hecht einen langsamen Reformprozess mit sehr viel Augenmaß, der zunächst keinerlei einschneidende Veränderungen im Status der Professoren bewirken würde. Hecht war seit jeher ein Ordinarienvertreter, der zwar immer auch den Kontakt zu den moderat reformwilligen politischen Kräften der Regierungspartei gepflegt hatte und niemals als besonderer Aktivist des Hochschulverbandes in Erscheinung getreten war. Andererseits hatte er stets vermieden, die gut austarierten Machtverhältnisse der politischen Gruppen in den Hochschulgremien auch nur irgendwie zu stören. So konnte man im Falle seiner Präsidentschaft damit rechnen, dass er die Struktur der Universität Altenfurt, insbesondere die Stellung von Hochschulleitung, Dekanen und Senat uneingeschränkt bewahren und verteidigen werde, und damit schienen die Gefahren eines schnellen Wandels erst einmal gebannt.

Die andere Fraktion unterstellte dasselbe; nur zog sie daraus andere Schlussfolgerungen: Mit Hecht an der Spitze gab es für noch eine Amtszeit einen Stillstand jeder Weiterentwicklung. Die Zukunft der Universität lag nach ihrer Meinung darin, schnell und ohne von Besitzständen eingeschnürt zu sein, auf die stark veränderten Anforderungen der beruflichen Wirklichkeit außerhalb der Universitäten reagieren zu können. Medizin und Naturwissenschaften entwickelten sich in einem so rasanten Tempo, dass Studien- und Forschungsprofile dringend angepasst und von historisch gewachsenem Ballast befreit werden müssten. Das genau trauten sie Hecht nicht zu. Der strebte das Amt in Wirklichkeit nur seiner persönlichen Profilierung wegen an, wollte im Rampenlicht stehen und für die letzte Dekade seines Berufslebens aus der wissenschaftlichen Konkurrenz in die öffentliche Funktions- und Würdenträgerrolle überwechseln.

Einzig die Studenten blieben merkwürdig uninteressiert. Außer den üblichen Gruppierungen der Jusos, der Julis, des RCDS und einer neu eingerichteten PDS-Hochschulgruppe, die auf Fingerzeige aus ihren Mutterparteien warteten und wohl eher dazu neigen würden, Hecht zu wählen, gab es nur versprengte Kleinstgruppen unterschiedlicher anarchistischer Theoretiker, die, als Autonome verkleidet, den Staat und seine Amtswalter insgesamt abschaffen wollten. Die hatten aber in der Universität kein Gewicht. Und die große Masse der Studenten war ganz einfach desinteressiert. Spaß war das angesagte Lebensziel ihrer Generation, und Hochschulpolitk versprach keinen solchen.

Erwartungsgemäß trat Mackenroth von seinem Amt zurück, nahm es aber noch kommissarisch wahr, bis ein Nachfolger ernannt wäre. Er blieb im Hintergrund, zu viel wurde über seine finanziellen Verstrickungen gemutmaßt. Das entstehende Machtvakuum füllte der Kanzler aus, ein Zustand, der eigentlich niemandem gefiel. Und schon gab es auch Gerüchte, Lehmkuhl selbst werde kandidieren, sich ganz als Vertreter des Fortschritts darstellen und auf diese Weise die Vorbehalte gegen Hecht zu seiner eigenen Profilierung nutzen. Das führte dazu, dass Hechts Popularität stetig stieg. Ehe man sich einem Bürokraten und Ministeriumsvertreter wie Lehmkuhl anvertraute, wählten selbst die reformfreudigeren Gruppen der Universität lieber Hecht als das geringere Übel, schon des Stallgeruchs wegen.

Hecht selbst war die Entwicklung, so stolz ihn auch seine neue Rolle machte, nicht geheuer. Das Präsidentenamt schien fast zwangsläufig auf ihn zuzukommen, wenn nicht gravierende andere Entwicklungen dazwischentraten. Doch die waren keineswegs auszuschließen. Schon hatte die Zeitung das Thema »Sexuelle Übergriffe in der Rechtswissenschaftlichen Fakultät« aufgegriffen, und der für die Hochschulen zuständige Redakteur spekulierte in einer Glosse der Samstagszeitung, wer da wohl mit wem welche Abrechnungen vornehme. Nein, noch war er als potenzieller Übeltäter nicht im Gespräch, aber wenn die Erpresser konkreter würden, käme er unweigerlich ins Visier seiner Gegner, und dann konnte er das Präsidentenamt vergessen. Dann musste er froh sein, wenn er überhaupt unbeschädigt aus der Geschichte herauskam. Sexuelle Nötigung Abhängiger war immerhin ein Straftatbestand. Ob er in die Nähe einer solchen Tat gerückt würde, hing ganz davon ab, wie Silke sich verhielt. Er kam aus der Abhängigkeit von dieser Frau nicht heraus; was war er für ein

Vollidiot gewesen, sich mit dieser Prinzessin einzulassen. Es war wirklich unerträglich.

Die Woche mit ihren Gerüchten, Berichten und Erklärungen war zu Ende gegangen; die Erpresser hatten sich nicht wieder gemeldet. Auch das Wochenende verlief ruhig; Hechts innere Anspannung wuchs, er konnte nicht, wie geplant, wissenschaftlich arbeiten. Er joggte, räumte zunächst den Keller auf, dann begann er mit Gartenarbeiten. Ute blieb seine merkwürdige Unruhe nicht verborgen. Sie bot ihm an, wenn er vielleicht doch Probleme habe, die nicht mit der Kandidatur um das Präsidentenamt zusammenhingen, könnten sie das gemeinsam besprechen. Vor der Strahlentherapie sei sie nicht mehr bange, das überstehe sie auch noch. Viel schlimmer wäre doch, wenn der Neuanfang in ihrer Beziehung durch Unehrlichkeiten oder Verschweigen von Fehlern aus der Vergangenheit belastet würde. Aber Hecht blieb verschlossen, wollte nicht diskutieren und schob berufliche Belastung vor.

Auch der Montag brachte nichts Neues. Die Zeitungen, dieses Mal fast landesweit, berichteten über Mackenroths Rücktritt. Dabei wurde zwischen den Zeilen auch über die wirklichen Gründe spekuliert; auch wurde angedeutet, dass sich in der Nachfolgefrage bereits Trends und Personen abzeichneten. Die größten Chancen wurden dem Dekan der Rechtswissenschaftlichen Fakultät eingeräumt, von dem man bereits wusste, dass er sich um das Amt bewerben würde. Das Flugblatt blieb unerwähnt; auch die Erpresser schwiegen.

Am Dienstag endlich gab es das erwartete Erdbeben. Schon um acht Uhr in der Frühe rief ein Hausmeister an und verständigte Hecht, dass überall an den Wänden im Juridicum ein Zeitungsausschnitt aus den Altenfurter Nachrichten angeklebt sei, der etwas ganz Schlimmes über ihn enthalte. Und dieser Zeitungsausschnitt liege auch stapelweise in den Cafeterien und im Katalogsaal der Bibliothek. Überall auf dem Campus seien die Plakatkleber am Werk gewesen, und das Zeug gehe nur schlecht von den Wänden. Ob Hecht nicht möglichst bald selbst vorbeikommen könne und anordne, was jetzt passieren sollte.

Er verabschiedete sich nur flüchtig von Ute, sagte, er werde wohl auch über Mittag in der Universität bleiben, rufe aber an, wann er abends komme. Dann griff er nach der Tasche mit seinem Vorlesungsmanuskript und fuhr zum Juridicum. Auf dem Campus war nur wenig Betrieb; die Studenten eilten in Hörsäle oder Bibliotheken; es war eigentlich ein ganz normaler, novembergrauer Dienstagmorgen. Als er aber an den Haupteingang des Juridicums kam, sah er sofort, dass etwas nicht stimmen konnte. Auf beide gläsernen Flügeltüren waren Kopien einer Halbseite der Altenfurter Nachrichten geklebt; die Studenten, es waren jetzt doch verschiedene Grüppchen von 8 oder 10 Personen, standen im Halbkreis um die Türen und lasen. Als sie Hecht bemerkten, traten einige zur Seite und blickten Hecht an, als komme er gerade aus einer anderen Welt. Hecht verschwand gruß- und wortlos im Gebäude, stürmte die Treppe hinauf in sein Institut, wo er auf Frau Marschner traf, die sichtlich aufgeregt war. Sofort redete sie auf ihn ein: »Also, Herr Professor, da ist etwas ganz Übles gegen Sie im Gang; das ist ganz schlimm. So etwas hat es noch nicht gegeben.

Dass diese Zeitung sich nicht schämt. Die wollen alles kaputtmachen. Aber dass die sich nicht zu schade sind, jeden Dreck abzudrucken – ich verstehe das nicht.« »Nun mal langsam, Frau Marschner. Ärgern wir uns nicht zu früh. Ich habe die heutigen Altenfurter Nachrichten schon gelesen; es steht absolut nichts Schlimmes drin, und gestern auch nicht. Geben Sie mir doch mal den Zeitungsabschnitt; ich muss das erst einmal lesen. Sie können im Übrigen schon mal Felgenheber und Rosky herbeibitten, ja, und Endlein auch. Und dann muss ich sofort mit dem Kanzler telefonieren; nein nicht ganz sofort. Erst muss ich ja das Zeug gelesen haben. Und fragen Sie beim Leitenden Oberstaatsanwalt Dr. Sombicky nach, ob er da ist und ob ich ihn heute am frühen Nachmittag besuchen kann. Und mit dem Chefredakteur der Altenfurter Nachrichten will ich telefonieren. Stellen Sie mal fest, ob das noch der Herr Fischer ist. Die Nummer hat Frau Schön. Ach ja, Endlein soll sich für die Vorlesung vorbereiten; ich werde vermutlich keine Zeit haben; obwohl, wenn ich da nicht hingehe, sieht das wie Feigheit vor dem Feind aus. Na ja, er soll sich jedenfalls drauf einrichten, dass ich nicht kann. Ach ja, die Frau Wittmann soll nach der Vorlesung, so gegen ein Uhr, mal bei mir hier vorbeikommen. Und noch etwas: keinerlei Auskünfte am Telefon, an niemanden. Das Ganze scheint ein Komplott gegen mich zu werden, um mich von der Kandidatur abzubringen; aber lassen Sie mich jetzt erst einmal lesen.« Damit verschwand er mitsamt dem Flugblatt in seinem Zimmer. Vor Schreck hatte Frau Marschner ganz vergessen, die Plastikkanne mit Kaffee auf Hechts Schreibtisch zu stellen. Das war ihr noch nie passiert, aber Hecht schien den Kaffee auch gar nicht zu vermissen. Das Flugblatt bestand aus der Verkleinerung einer Halbseite der heutigen Ausgabe der Altenfurter Nachrichten, und zwar der Seite 5. Die Kopie war so täuschend ähnlich gemacht, dass eigentlich kein Zweifel aufkommen konnte: So sah die Seite 5 auch im Original aus. Hecht ließ sich von Frau Marschner die Zeitung, die im Institut abonniert war, hereinreichen. Dort befand sich auf Seite 5 unter der Überschrift »Hochschulnachrichten« eine Reportage über die Studienanfänger des Wintersemesters und ihre ersten Erfahrungen mit Stadt und Universität. Außerdem wurde in einer Reihe von kleinen, nur wenige Zeilen langen Nachrichten aus den verschiedenen Einrichtungen und Instituten berichtet – alles völlig unspektakulär.

Das Flugblatt brachte dagegen eine große Überschrift: »Kandidatenpoker um das Präsidentenamt wieder offen«, und in etwas kleineren Buchstaben darunter: »Offener Brief der Frauenbeauftragten zu den sexuellen Übergriffen bei den Juristen zeigt Wirkung. Professor Hecht gibt alle Ämter auf und steht als Kandidat nicht mehr zur Verfügung.«

Hecht fiel sofort auf, dass der Text einen seriösen, authentischen Eindruck vermitteln wollte. Zunächst wurde im Weiteren darauf hingewiesen, dass die Rechtswissenschaftliche Fakultät frauenfeindlich und sexistisch auftrete, die latente Sexualität alles überlagere und Frauen davon abhalte, sich dort um Stellung oder Studienplatz zu bewerben. Es war ein Aufguss des ersten Flugblatts. Dann kam der Text zu Hechts Kandidatur:

»Unter diesen Umständen bedurfte es eines Appells an die Öffentlichkeit, wie ihn die Frauenbeauftragte der Universität mit ihrem mutigen offenen Brief vom 25. Oktober auf den Weg brachte. Um einer drohenden Amtsenthebung wegen sexueller Nötigung im Amt zuvorzukommen, hat nun der Dekan der Rechtswissenschaftlichen Fakultät von sich aus den Rücktritt von allen Ämtern erklärt und steht auch als Bewerber für das Amt des aus der Hochschulleitung gedrängten Präsidenten Mackenroth nicht mehr zur Verfügung. Ob der Umgang des Dekans mit weiblichen Bediensteten, insbesondere aber die Vorkommnisse in der Nacht nach einem Fakultätsfest im Juli dieses Jahres bereits ausreichend geahndet sind, wird die Staatsanwaltschaft entscheiden. Hecht selbst lehnt jede Stellungnahme ab. Er hat alle Veranstaltungen abgesagt und wird sich in seinen Vorlesungen durch seine Assistenten vertreten lassen. Im privaten Kreis soll er geäußert haben, dass er sich baldmöglichst einer Heilbehandlung unterziehen werde, die sein unkontrollierbares Triebleben positiv beeinflussen solle.«

Mit dem Hinweis auf das Sprichwort von der Katze, die das Mausen nicht lasse, gab der Verfasser des Artikels allen Studentinnen und weiblichen Bediensteten den Rat, bis auf weiteres im Umgang mit Professoren der Rechtswissenschaftlichen Fakultät misstrauisch und distanziert zu bleiben.

Hecht wurde abwechselnd blass und rot im Gesicht. Es hatte ihm die Sprache verschlagen. Wie gelähmt saß er am Schreibtisch. Tiefe Mutlosigkeit wechselte mit wildem Zorn. Dabei war ihm bewusst, dass er in einer Falle saß, aus der er einzig und allein mit Silkes Hilfe wieder herauskäme, wenn überhaupt. Das war ein raffiniert angelegtes Manöver, und das wirklich Scheußliche an der Geschichte war, dass sie im Großen und Ganzen zutraf.

Seine Überlegungen wurden jäh unterbrochen; Frau Marschner hatte Lehmkuhl am Telefon. Der schien eher belustigt zu sein. »Da haben Sie wohl einen Feind fürs Leben«, begann er, »der mag Sie wirklich nicht. Aber im Ernst: Für schlichten Wahlkampf kann man das nicht halten. Da steckt so viel Hass und Neid hinter, so viel gekränkter Stolz. Wenn es nicht so abwegig wäre, würde ich an einen enttäuschten Liebhaber denken, an Kampf um die Favoritin und Liebesfrust beim Verlierer. Im Ernst, Herr Hecht, Sie sollten mal für sich überlegen, wem Sie, natürlich nur vermeintlich, die Frau streitig gemacht haben.« Dabei lachte er meckernd in das Telefon. Hecht sagte nichts, Lehmkuhl nahm den Faden wieder auf. »Also, wenn da was dran ist mit dieser angeblichen sexuellen Belästigung nach Ihrem Fakultätsfest – ich bin weit davon entfernt, so etwas auch nur zu überlegen, aber sei's drum –, also, wenn da irgendwie mit Ihnen der alte Adam durchgegangen ist, dann sollten Sie sich vielleicht ein ärztliches Attest besorgen, das Ihnen bestätigt, dass Sie den Aufregungen und Belastungen des Präsidentenamtes wegen koronarer Insuffizienz oder schwerster Arthrose oder was auch immer nicht gewachsen sind und leider Ihrem Arzt gehorchen müssen. Wenn das aber, wovon wir ausgehen, nur ein Gebräu aus Gerüchten, Vermutungen, Spekulationen und gekränkter Eitelkeit ist, dann hilft doch nur »Augen zu und durch«.

Hecht blieb jetzt nur die Flucht nach vorn. »Also, um chercher la femme dürfte es sich nicht handeln. Da konkurriere ich mangels Femme mit niemandem. Aber ich vermute auch, dass da jemand eine Abrechnung mit mir plant. Es gibt nämlich Vorankündigungen.«

Hecht berichtete Lehmkuhl kurz von den Erpresserbriefen, die ihn im Sommer erreicht hatten. Lehmkuhl war ganz optimistisch. »Wenn das Ihre Mitarbeiterin betrifft, und Sie sicher sind, dass die Sie nicht irgendwie in die Pfanne hauen will und Sie natürlich auch nichts mit der gehabt haben, dann ist das doch ganz einfach: Die Dame erklärt öffentlich und auch gegenüber dem Minister und gegebenenfalls beim Amtsrichter, was wirklich war, und schon ist der Kuchen gegessen.« »Ja, ja, so wird man das machen müssen«, reagierte Hecht auf den Vorschlag, »obwohl – sehen Sie, Frau Wittmann, so heißt sie, ist Studienstiftlerin und mir als Stipendiatin der Hellweg-Stiftung anvertraut worden. Sie promoviert bei mir. Sie ist sehr tüchtig, aber extrem zurückhaltend und scheu. Diese jetzt als Kronzeugin in einer so anrüchigen Geschichte vor ein Tribunal zu zerren, sie Aussagen über ihren persönlichsten und intimsten Bereich machen zu lassen, mit dem dadurch manifestierten Verdacht, es könnte ja etwas an der Geschichte sein – denn anderenfalls würde man sie ja gar nicht befragen –, also, ich habe da kein gutes Gefühl. Es wäre doch für Sie, für mich, für uns alle diskriminierend und belastend, wenn eine Stipendiatin, die uns wirklich anvertraut ist, sie steht ja in keinem Arbeitsverhältnis, wenn eine solche Frau, kaum in Altenfurt angekommen, schon zu so peinlichen Fragen öffentlich aussagen soll. Viele werden einwenden oder zumindest denken »kein Rauch ohne Feuer«, und sie wird wissen, dass irgendetwas an ihr hängen bleibt.« »Lieber Herr Hecht, jetzt zerbrechen Sie sich aber etwas heftig den Kopf Ihrer Doktorandin. Wenn da nichts war zwischen Ihnen, dann ist es doch eine Selbstverständlichkeit, dass sie das auch so erklären kann, warum denn nicht? Soll sie die Aussage verweigern? Ja, wie sieht das denn aus? Nein, Herr Hecht, übertreiben Sie Ihre Fürsorge nicht. Die junge Frau wird schon sprechen und Sie entlasten, auch wenn das Ganze vielleicht nicht so angenehm für sie ist. Aber so ist das eben.«

Sie kamen überein, dass die Universität eine gemeinsame Stellungnahme von Dekanen und Präsident abgeben werde. Darin sollte die ganze Flugblattkampagne als Wahlkampfaktion dargestellt und die aufgestellten Verleumdungen zurückgewiesen werden. Die Altenfurter Nachrichten sollten von sich aus auf die Fälschung hinweisen, und Hecht müsste in einem offenen Brief an den Minister, der dann über dpa möglichst breit gestreut werden sollte, alle Vorwürfe entschieden zurückweisen. Am besten, so waren sie übereinstimmend der Auffassung, spielte man die unerfreuliche Geschichte als bösen Auswuchs unkontrollierten Wahlkampfs herunter; damit komme man der tatsächlichen Situation sehr nahe.

Hecht entschloss sich, die Vorlesung jetzt gerade persönlich zu halten. Zu Beginn erklärte er den zahlreichen Hörern – es waren wieder sämtliche Plätze besetzt –, sie sollten sich nicht von einigen irregeleiteten Wirrköpfen an der Nase herumführen lassen. Weder stelle er Mitarbeiterinnen oder Studentinnen nach, noch trete er von irgendwelchen Ämtern zurück. Er werde sich auch von keiner Verleumdungskampagne daran hindern lassen, Aufgaben zu übernehmen, die ihm übertragen würden und zu deren Wahrnehmung er sich berufen fühle. Und nun sei es das Beste, zur Tagesordnung überzugehen und sich dem Verwaltungsrecht zuzuwenden. Als eine größere Zahl von Hörern »buh« riefen, »Hecht raus« zu skandieren begannen, gab es von der überwiegenden Zahl der Studenten Beifall; es wurde geklopft und mit den Füßen getrampelt; einige klatschten, andere riefen Bravo. Im hinteren Hörsaal begann eine Gruppe zu singen: »Ja, so ein Tag, so wunderschön wie heute«, und bald schallte es wie auf dem Fußballplatz beim Sieg des VfL. Nach und nach wurde es wieder ruhiger. Hecht hatte sich in die erste Reihe gesetzt. Dadurch sah es für die meisten im Hörsaal so aus, als sei er gar nicht mehr anwesend. Als die lautesten Gruppen den Hörsaal verließen, ging Endlein zum Katheder, schnappte sich das Mikrophon und schlug vor, dass alle, die die Vorlesung hören wollten, so lange ruhig sitzen blieben, bis diejenigen, die die Vorlesung nicht hören wollten, den Raum verlassen hätten. Zu Hechts Überraschung half das; etwa die Hälfte der Hörer verschwand nach und nach, Hecht tauchte aus der ersten Reihe wieder auf, wurde mit lautem Beifall begrüßt und konnte die Vorlesung ungestört halten.

Zurück im Institut gab es eine lange Liste von Anrufern, die Hecht sprechen wollten. Die Zeitung war empört über die Fälschung und verlangte von der Universität Maßnahmen, dass sich so etwas nicht wiederhole. Der allgemeine Studentenausschuss wollte mit Hecht eine Podiumsdiskussion über das Thema »Wissenschaft und Frauen – eine gestörte Beziehung« veranstalten. Verschiedene Dekanskollegen drückten ihm ihre Solidarität aus. Die Altenfurter Schwulen- und Lesbengruppe lud ihn zu einer öffentlichen Befragung über »Sexualität und Gewalt in der Universität« ein, er gewann den Eindruck, noch nie in seiner Universitätslaufbahn einen solchen Bekanntheitsgrad besessen zu haben.

Einzig Präsident Mackenroth blieb unsichtbar. Als Hecht über Frau Marschner versuchte, einen Termin bei ihm zu erhalten, hieß es, er sei so beschäftigt, die Anfragen von Ministerium und Universitätsverwaltung zu beantworten, dass eine Besprechung erst in der folgenden Woche möglich sei. Einen ganz kurzen Augenblick lang hatte Hecht sich gefragt, ob Mackenroth vielleicht auch in das Lager der Erpresser gehöre. Aber das war absurd – die Erpressung hatte viel früher angefangen als seine Differenzen mit dem Präsidenten.

Staatssekretär Lewerenz teilte ihm am Telefon mit, im Ministerium bestehe kein Zweifel an seiner Ehrenhaftigkeit. Der Minister verurteile aufs Schärfste diese Fälschungen, zunächst zu Lasten der Frauenbeauftragten und jetzt zur Verhinderung von Hechts Kandidatur. Gäbe es noch die alte DDR, dann trage dies deutlich das Markenzeichen der Stasi; aber jetzt könne man wohl nur mit Unverständnis zur Kenntnis nehmen, wie sehr der Universität die zivile Streitkultur abhanden komme. Er sei im Übrigen auch vom Fraktionssprecher der Regierungsfraktion gebeten worden, Hecht das uneingeschränkte Vertrauen zu versichern. Man bedauere eigentlich nur, dass er sich bisher noch nicht habe entschließen können, der Partei beizutreten. Denn dann könne sich diese ja in noch ganz anderer Weise schützend vor ihn stellen. Als Präsident sei für ihn eine solche Einbindung fast unerlässlich; man merke ja auch an Mackenroths schwieriger Stellung, wie schmerzlich es werde könne, wenn man sich nicht um eine politische Heimat bemüht habe. Erst durch die politische Isolation würden Krisen wie die um Mackenroth so bedrohlich. Also: Minister und Regierungspartei stünden hinter ihm, über einen Parteieintritt könne man ja in Ruhe nach erfolgter Präsidentenwahl sprechen.

Hecht hatte aufmerksam zugehört. Dass dieser Lewerenz so ungeniert auf eine Parteimitgliedschaft zu sprechen kam, fand er fast dreist. Doch es war klar, die Unterstützung von Minister und Universitätskanzler gab es nicht gratis, die hatte ihren Preis. Aber dass die seine angeblichen Probleme so eiskalt nutzten, um schon einmal mit der Rechnung zu winken, das war wirklich brutal. Andererseits: So schlecht konnte seine Position nicht sein, sonst hätten die ihn nicht umworben, sondern ähnlich Mackenroth wie eine heiße Kartoffel fallen gelassen. So wie die Dinge jetzt standen, gab es ohnehin nur eine Alternative: Augen zu und durch, da hatte Lehmkuhl bestimmt Recht.

Sherlock Felgenheber

Als Nächste stand Silke auf seiner Besucherliste; sie wartete schon. Auch Felgenheber saß bei Frau Marschner und wollte mit Hecht sprechen. Dabei fiel ihm auf, dass er ihn den ganzen Vormittag noch nicht gesehen hatte. Irgendwie machte ihn das misstrauisch. Aber das war sicher Unsinn. Felgenheber war treu wie Gold; so hatte Frau Marschner ihn einmal charakterisiert. Nein, er durfte jetzt nicht hinter jedem Busch einen Räuber sehen, das wäre allenfalls ein Hinweis auf seine Unsicherheit und sein schlechtes Gewissen. Felgenheber sollte noch etwas warten; vielleicht könnten sie ja auch gegen zwei gemeinsam zum Essen gehen. Der war einverstanden, bedeutete Hecht aber auch, es sei wichtig, heute noch miteinander zu sprechen. Hecht wurde ungeduldig. »Wenn es so wichtig ist, hätten Sie mich ja am Vormittag aufsuchen können. Frau Marschner und Frau Schön wussten, wo Sie mich hätten finden können!«, sagte er gereizt. Gelassen erwiderte Felgenheber: »Aber wie denn, Herr Dekan. Zuerst waren Sie umlagert von allen möglichen Leuten, dann hatten Sie Vorlesung, und jetzt bin ich da.« »Schon gut«, lenkte Hecht ein. »Wenn wir noch länger reden, kommt Frau Wittmann nie dran. Also bis gleich.« Damit verschwand er, begleitet von Silke, in seinem Dienstzimmer.

»Was soll man denn von all diesen Dingen bloß halten?«, fragte Frau Marschner. »Hoch explosiv«, scherzte Felgenheber. »Das Beste ist, du verhältst dich unauffällig. Als Sekretärin musst du doch nicht jede Intrige kennen. Und diese hat das Format eines Eisbergs, zu neun Zehntel unter der Oberfläche. Denk an die Titanic: Zu viel Fahrt und zu wenig Kenntnis über Eisberge. Friedchen, um bei der Seefahrt zu bleiben, spiel Unterseeboot. Unsichtbar abgetaucht, aber da, und immer eine Unterstützung für die Flotte.« »Ach, Herbert, wenn das man gut geht. Der Chef und die Prinzessin, damit hat das Unglück angefangen. Und dann die Kandidatur. Was will er eigentlich jetzt von der Prinzessin? Erpresst die ihn?« »Liebe Elfriede, so etwas darfst du nicht einmal denken, geschweige denn aussprechen. Wenn du nicht mit in den Strudel gezogen werden willst, spielst du wirklich besser U-Boot. Ich geb dir schon rechtzeitig ein Signal, wenn du wieder auftauchen kannst.« »Ach Gott, Herbert, was ist das alles schrecklich. Hoffentlich geht das für den Chef nicht daneben«, seufzte Frau Marschner. Aber Felgenheber beruhigte sie. »Friedchen, dem Chef müssen wir keine Hilfestellung geben; der hilft sich am liebsten selbst. So wird das auch jetzt wieder kommen. Wenn du überhaupt über etwas nachdenken willst, was Hecht betrifft, dann frag dich schon mal, ob du Lust auf Präsidialsekretärin hast. Vc mit Zulage wird geboten und jede Menge Stress!« »Nein, hör auf, ich will das alles nicht wissen!« »Du bist eben typisch Universität Altenfurt, für Veränderungen nicht zu erwärmen. Arme alte Elfriede, die Zeiten ändern sich, und du musst mithalten.

Wie haben die Römer gesagt: tempora mutantur, et nos mutamur in iis.« Damit verschwand er, verschwörerisch grinsend.

Selbstverständlich hatte Felgenheber den Vormittag keineswegs untätig zugebracht. Ihn hatte der Hausmeister ebenfalls angerufen, schon um sieben Uhr. Er war sofort zum Juridicum gefahren und hatte sich einige Flugblätter geben lassen. Auch hatte er Weisung gegeben, alle einzusammeln und auch alle Plakate abzuhängen oder mit Farbe zu überstreichen. Aber mit nur einem Hausmeister stand er bei der Fülle der Flugblätter und der campusweiten Klebeaktion auf verlorenem Posten; die mussten die ganze Nacht über tätig gewesen sein. Und es mussten einige tausend Flugblätter sein, die überall herumlagen und sich wie die Kaninchen zu vermehren schienen.

Als um acht Uhr Wally im Dekanat erschien, läuteten schon alle Telefone Sturm. Der Skandal hatte das Juridicum endgültig erreicht. Felgenheber zog sich mit Wally in sein Dienstzimmer zurück. Sie hatte die Aktion ebenfalls bereits bemerkt und war entsetzt. Felgenheber sah Wally scharf an. Dann fragte er: »Charly und seine Leute?« »Ich fürchte, ja.« »Was heißt das, du fürchtest? Weißt du es, gibt es Beweise?« »Weiß ich nicht. Ich bin seit dem Fakultätsfest mit Charly auseinander. Der war im übrigen auch den ganzen August und September mit seinen Millionären in Kanada, als Skipper und Butler. Und ich habe nur zufällig gehört, dass er seit Anfang Oktober wieder in seiner WG wohnt. Aber die Machart dieser Flugblätter, das ist schon deren Handschrift.« »Oh, oh! Wenn das herauskommt, dann sitzt du aber schön in der Scheiße. Jeder weiß, dass Charly dein Lover ist. Und dann stellen sich die Leute natürlich die Frage, warum du das nicht verhindert hast oder zumindest Hecht gewarnt hast.« »Herbert, du sitzt mit in der, wie sagtest du? – Scheiße. Ich habe dich gefragt, ob ich Hecht warnen soll, und du hast mir gesagt, ich soll das lassen. Komm mir jetzt nicht damit, dass du das alles vergessen hast.« »Natürlich nicht. Aber zumindest jetzt könntest du Hecht einen Tipp geben.« »Nein, Herbert, das kann ich nicht. Ich bin kein Denunziant, das weißt du. Und Charly hat mir mal sehr geholfen. Das weißt du auch. Es geht nicht, ich kann ihn jetzt nicht verpfeifen. Ich bin mit ihm auseinander, woher soll ich überhaupt von der ganzen Geschichte gewusst haben? Was der Hecht mit der Prinzessin angestellt hat, ist doch deren Angelegenheit. Dann soll die doch sagen, was wirklich war. Und dann sehen wir mal, ob sie Hecht danach abservieren oder ob er wie Phönix aus der Asche aufsteigt.« »Ja, ja, es ist schon o.k.«, beschwichtigte Felgenheber die erregte Wally. »Ich werde mir mal was anderes ausdenken, um Hecht auf die richtige Spur zu bringen. Ich lasse dich aus dem Spiel, ganz bestimmt.«

Dann hatte er sich von Wally noch Charlys Wagentyp und das Kennzeichen geben lassen. Es war ein alter Ford Escort, der in Göttingen zugelassen war. Felgenheber überlegte, dass Charly wahrscheinlich die Flugblätter nicht in Altenfurt hatte drucken lassen, sondern in Göttingen. In Altenfurt hätte man ihn leicht identifizieren können; in Göttingen war das weniger wahrscheinlich. Da Felgenheber sich dort etwas auskannte, entschloss er sich, seine Suche da zu beginnen. Er wusste, wo einige Copyshops und Schnelldruckereien ihre Dienste anboten. Also meldete er sich bei Wally für drei bis vier Stunden ab und fuhr nach Göttingen. Die Flugblätter waren in hoher Auflage gedruckt worden. Er schätzte die Zahl auf mindestens 3.000. An einen solchen Auftrag könnte sich ein Copy-Shop oder eine Schnelldruckerei bestimmt erinnern; das kam nicht jeden Tag vor.

Schon beim zweiten Laden hatte er Erfolg. Es war der studentische Quick-Druck, eine Selbsthilfeeinrichtung linker Göttinger Gruppierungen. Schüler und Studenten ließen dort drucken. Die Studentin, die im Shop Aufsicht führte, wollte erst nicht mit der Sprache heraus, als Felgenheber sie nach dem Auftraggeber des Flugblatts fragte. Als er ihr dieses aber zeigte und meinte, der Erfolg sei so gewaltig, dass man nachdrucken lassen müsste, kramte sie in ihren Unterlagen und förderte den Auftragszettel zu Tage. Charly hatte den Auftrag für den AStA der Universität Altenfurt erteilt, mit Kreditkarte bezahlt, und die lautete korrekt auf seinen Namen Karl Hesse. Angeblich war die Druckmaschine des AStA in Altenfurt defekt; daher der Auftrag an eine Göttinger Druckerei. Felgenheber befürchtete schon, die Studentin würde ihn durchschauen, Fragen stellen, ihn hinauswerfen. Aber die war so damit beschäftigt, ihren Computer zu bedienen, dass sie über seine Neugier überhaupt nicht nachdachte. Und auf seine Frage, wie denn Charly die Kartons mit den Drucksachen überhaupt nach Altenfurt transportieren konnte, antwortete sie: »Der hatte so'ne alte Rostlaube mit, 'nen Ford Escort glaub ich. Ich hab ihm noch geholfen, das Zeug in den Kofferraum zu tragen.«

Felgenheber ließ sich nochmals Preis- und Produktionszeit für eine neue 3.000-Auflage nennen, nahm zur Kenntnis, dass die erste Auflage 5.000 betragen habe und sie den Typen gleich gewarnt hatte, für ein Flugblatt in der ganzen Uni sei das zu wenig. In Göttingen brauchte man für solche Fälle immer 8.000. Aber der hatte ja nicht hören wollen.

Felgenheber gab dann vor, zunächst noch abwarten zu wollen, ob sie in Altenfurt doch ihre eigene Maschine wieder in Gang bekämen. Er ließe das Flugblatt als Muster dort, riefe am Nachmittag noch einmal an. Die Studentin fragte nicht nach seinem Namen, und dass er in seiner korrekten Kleidung wohl kaum der linken Studentenszene zuzuordnen war, hatte sie ebenfalls nicht wahrgenommen.

Da er schon so schnell fündig geworden war, legte er in Göttingen noch eine kleine Kaffeepause ein. Während er in seiner Tasse rührte und noch Milch nachgoss, überlegte er, was jetzt von ihm zu veranlassen wäre. Eigentlich brachte es wenig, wenn er Hecht auf die Spur von Charly setzte. Ganz im Gegenteil: Charly wäre dann zur Vorwärtsverteidigung gezwungen. Die bestand vermutlich darin, Hecht der sexuellen Belästigung von nachgeordneten Mitarbeiterinnen zu überführen. Felgenheber war sich dabei sicher, dass Silke von Hecht zumindest genötigt, wenn nicht gar vergewaltigt worden war. Andererseits: Sie hatte mit Hecht gespielt, jeder wusste das. Und sie hatte ihn freiwillig mit in die Wohnung genommen, nicht zum ersten Mal. Da würde ihr niemand abnehmen, dass Hecht Gewalt anwenden musste. Nein, in einen für Hecht strafrechtlich relevanten Sachverhalt ließ sich die Geschichte nicht bringen. Nicht einmal dann, wenn es in der letzten Phase doch eine Vergewaltigung war. Er überlegte weiter: Wenn sich das Ganze in der Öffentlichkeit als eine freiwillige sexuelle Beziehung darstellen ließ, dann war das zwar für Hecht nicht strafbar, wurde für beide aber extrem peinlich. Hecht kam vermutlich besser weg; vielleicht würde er nicht zum Präsidenten gewählt, aber Silke würde die Zeche zahlen müssen. Jeder würde vermuten, sie habe ihr Promotionsverfahren im Bett mit Hecht etwas fördern und beschleunigen wollen – und so abwegig war eine solche Theorie auch gar nicht. Und damit war klar, dass Silke die untragbare Person wäre. Sie und nicht Hecht müsste das Feld räumen, mit unrühmlichem Abgang.

Er merkte, wie ihn dieser Gedanke schmerzte. Oft hatte er bei seiner Reise durch Kanada überlegt, ob Silke für ihn ein Neuanfang werden könnte. Die drei Wochen Abwesenheit hatten ihm gereicht, um sicher zu sein, dass er mit Silke noch einmal von vorn anfangen könnte. Und das galt auch dann, wenn er sich eingestand, dass sie wahrscheinlich sogar freiwillig und aus Neugier die Beziehung zu Hecht aufgebaut hatte. Nur war ihr das dann gründlich aus dem Ruder gelaufen.

Wenn er mit ihr ein gemeinsames Leben versuchen wollte, musste er dafür sorgen, dass sie nicht weiteren Schaden nähme. Hecht war völlig unsensibel und skrupellos, wenn es galt, sein eigenes Fell zu retten. Aber wie sollte er sich weiter verhalten? Wie sollte er mit Hecht umgehen? – Je länger er darüber nachdachte, desto sicherer wurde er, dass nur eine aggressive Strategie nutzte. Er musste Hecht signalisieren, dass er alles durchschaut habe und schlimmstenfalls auch als Zeuge gegen ihn auftreten könnte. Und dann musste er es irgendwie steuern, dass Silke aus der Geschichte so weit wie möglich herausgehalten wurde. Und er wusste auch schon, wie er das erreichen konnte. Eine Stimmung von Kühnheit und Aufbruch erfasste ihn. Er zahlte, bestieg sein Auto und war gegen 13.00 Uhr in Hechts Vorzimmer bei Frau Marschner, um dort auf die Prinzessin zu stoßen, die auf Hecht wartete. Dieser wollte auf jeden Fall zuerst mit Silke sprechen. Also blieb ihm nur die Möglichkeit, vorsichtig aus Hecht herauszufragen, wie der mit der Situation umgehen wollte.

Nachdem Hecht, wie gewohnt, hinter seinem Schreibtisch Platz genommen und Silke ihren fast schon angestammten Stuhl vor den Schreibtisch gerückt und sich darauf gesetzt hatte, sah sie ihn unsicher an. Sie ahnte, dass diese Besprechung weniger mit ihrer Dissertation und mehr mit den Vorfällen zu tun hatte, die sie am liebsten völlig aus ihrem Gedächtnis getilgt hätte.

So war es auch. Hecht schien sich zwar auch überwinden zu müssen, begann dann aber die Besprechung. »Was da abläuft, ist dir ja vermutlich nicht entgangen. Ich werde, wie du weißt, erpresst. Dabei geht es aparterweise nicht um Geld, sondern um Ämter, die ich nach dem Willen einiger Leute nicht oder nicht mehr bekleiden soll. Das Ganze ist völlig irreal. Du hast das Flugblatt ja gelesen. Und weil das so eine Melange von Moral und Missgunst, ja fast Hass ist, kann man nur schwer abschätzen, wie es weitergeht. Es stellt sich unweigerlich die Frage: Was wissen die? Ich bin mir fast sicher, dass uns Studenten nachgegangen sind, vermutlich schon in den Park, und von dort aus bis zu deiner Haustür. Und vielleicht haben sie auch noch gewartet, bis ich wieder herausgekommen bin. Aber was in deiner Wohnung passiert ist, kann niemand beobachtet haben.« »Und was soll jetzt geschehen? Ich meine, was haben Sie vor, und was erwarten Sie dabei von mir?«, fragte Silke. »Eine gute Frage; aber schwer zu beantworten. Ich glaube nicht, dass ich alles ignorieren kann. Das würde doch sehr schnell wie ein Schuldanerkenntnis aussehen. Nein, wir müssen schon reagieren, so eine Art Vorwärtsverteidigung. Ich meine, wir können auf dem aufbauen, was ich schon bisher aus verschiedenem Anlass einigen Leuten erklärt habe. Beim Fakultätsfest ist mir irgendein k.o.-Pulver in den Wein oder Schnaps geschüttet worden. Als ich, halb ohnmächtig, vor die Tür gegangen bin, stieß ich zufällig auf dich. Du wolltest gerade nach Hause gehen. Und da du meinen bedenklichen Zustand erkannt hast, bist du zunächst mit mir durch die frische Luft gegangen. Als mein Zustand noch schlechter wurde, ich mich auf die Parkbank setzen musste, kam dir die Idee, meine Frau anzurufen und zu Hilfe zu holen. Zu diesem Zweck musstest du in deine Wohnung gehen, die ganz in der Nähe lag. Da du mich nicht allein und offensichtlich hilflos auf der Bank sitzen lassen wolltest, hast du mich mit in die Wohnung genommen. Dort habe ich dich aus naheliegenden Gründen dringend gebeten, meine Frau nicht anzurufen, sondern mir eine Erholungspause von einer Stunde in deinem Sessel zu gewähren, mir einen Tee zu kochen und erst dann zu entscheiden, ob ein Taxi mich nach Hause oder in die Notaufnahme des Klinikums bringen sollte. Und da es mir nach der Stunde etwas besser ging und ich unter allen Umständen noch an der frischen Luft bleiben, noch etwas gehen, mich bewegen wollte, habe ich deine Wohnung wieder verlassen. Du sahst dich nicht mehr gezwungen, mich zu begleiten, da ich mich erkennbar auf dem Wege der Besserung befand. So bin ich dann wieder nach draußen gegangen. Was mit mir danach passiert ist, hast du nicht mehr mitbekommen.«

Silke sah ihn ungläubig staunend an. »Doch, das ist eine absolut schlüssige, plausible Geschichte«, versuchte Hecht ihr Staunen zu beantworten. »Der Leitende Oberstaatsanwalt, dem ich sie in anderem Zusammenhang vorgetragen habe, war sofort überzeugt. »Doch, so muss es gewesen sein«, hat er geantwortet. Ganz bestimmt kann kaum jemand diese Version widerlegen.« »Und die Studenten, die uns im Park beobachtet haben?« »Ach was, da war es doch dunkel. Einzelheiten waren nicht zu erkennen, bestimmt nicht!« »Und Ihr Bruder in München? Die Klinik in Leiden, das Hotel?« »Georg schweigt wie ein Grab, da bin ich absolut sicher. Und aus Holland erfährt niemand etwas hier. Diskretion ist für die oberstes Gebot, davon lebt doch deren Geschäft.«

Silke konnte nur mühsam die Fassung bewahren. Hecht missdeutete ihr Schweigen aber als Zustimmung. »Ja, und weil nun weder du noch ich ein Interesse daran haben können, dass etwas über die Nacht und ihre Folgen bekannt wird, und weil das eine Geschichte ist, die wirklich nur dich und mich betrifft und die niemanden sonst etwas angeht, müssen wir entsprechend vorsorgen. Und dazu habe ich mir überlegt, dass du, wenn du danach gefragt wirst, genau die Version erzählst, die ich dir gerade berichtet habe. Natürlich kann man nicht verhindern, dass du dazu aussagen musst, vielleicht sogar bei der Staatsanwaltschaft, bestimmt aber in der Universität. Und wenn du dann, genauso wie ich auch, den Ablauf schilderst, ist uns beiden doch geholfen. Und einmal anders herum überlegt: Die Geschichte mit der Vergewaltigung, die nimmt dir ernsthaft niemand ab, nicht einmal ich. Wenn du den Hergang nach deiner Erinnerung schilderst, bin ich zwar auch belastet und bekomme Ärger, aber dir wird jeder unterstellen, Du hättest deiner Promotion mit mir im Bett etwas nachgeholfen, und dann kannst du deinen Doktor mitsamt dem Stipendium vergessen. So etwas spricht sich rum, verlass dich drauf. Sei also vernünftig, versprich mir das!«

Am liebsten wäre Silke weggelaufen, weit weg von Altenfurt und diesem schrecklichen Professor Hecht. Aber sie zwang sich, diesmal nicht in Tränen auszubrechen, auch wenn sie spürte, wie sie zitterte. Aber es fielen ihr auch Gudrun und Hardy ein, die diese Entwicklung vorhergesehen und sie beschworen hatten, sich nicht als Entlastungszeugin für Hecht einspannen zu lassen. So gelang es ihr, mühsam ihre Fassung zu bewahren. »Ich glaube nicht, dass ich das kann«, begann sie stockend, und als sie Hechts versteinertes, eisiges Gesicht sah, wurde sie sicherer. »Ich habe mich mit meinen Münsterschen Freunden, die die ganze Wahrheit kennen, auch die Abtreibung, ausführlich beraten, weil wir auch auf diesen Ausweg für Sie gekommen sind. Aber abgesehen davon, dass Sie wieder einmal die größere Last auf mich laden wollen – es geht auch deswegen nicht, weil es zu riskant ist. Auch wenn ich alle moralischen Skrupel über Bord würfe, es wäre viel zu riskant. Es gibt zu viele Mitwisser und Beobachter, die Ihnen und mir die Wahrheit entgegenhalten, ja uns sogar erpressen könnten. Und dann wären Sie doch erst recht erledigt. Nein, ich werde, falls man mich fragt, die Wahrheit sagen. So, wie ich sie erlebt habe, und auch mit allen Konsequenzen, einschließlich der Fahrt nach Leiden. Sie können ja Ihre Version verbreiten. Ich werde von mir aus überhaupt nichts dagegen unternehmen, außer man befragt mich und ich muss antworten.«

Hecht war wie erschlagen. Nicht einmal brüllen und toben konnte er. Fast wäre er seinerseits in Panik geraten, aus dem Zimmer gestürzt, weggelaufen, hätte sich krank gemeldet, wäre einfach untergetaucht. Aber irgendwie hatte er, wenn auch eher im Unterbewusstsein, damit gerechnet, dass sie ihn jetzt ihrerseits unter Druck setzen würde, seine Rettungsaktion boykottieren und ihm ihre Bedingungen für eine Erledigung diktieren würde. Also galt es jetzt die Nerven zu bewahren und zu warten, was ihr nächster Schritt wäre.

Silke empfand keine Rachsucht, nicht einmal richtigen Ärger darüber, wie er sie hatte instrumentalisieren wollen. Ja, fast tat er ihr etwas leid, wie er vor den wie ein Kartenhaus zusammengebrochenen Plänen für seine Präsidentschaftskandidatur saß. So versuchte sie, wiederum in Erinnerung an das Gespräch in Münster, ihrerseits einen Vorschlag zu unterbreiten. »Ich will Sie nicht unter Druck setzen, Ihnen und Ihrer Familie nicht schaden. So bin ich nicht; wirklich nicht! Und ich möchte auch weiter bei Ihnen promovieren, und zwar ehrlich und ohne irgendwelche Druckmittel. Und was war, die Nacht und die Folgen, das können wir auch ruhen lassen. Ich will davon nichts nach außen dringen lassen. Aber um Ihre Position zu retten, falsche Aussagen zu machen, vielleicht sogar gerichtlich, und dann zu wissen, wie viele Menschen die Wahrheit kennen, und dann plaudert, vielleicht nicht einmal in böser Absicht, jemand sein besseres Wissen aus – nein, ein solches Risiko will ich nicht eingehen. Das können Sie auch nicht von mir erwarten. Vielleicht gibt es einen Ausweg. Wir, insbesondere Sie, müssen eine Strategie entwickeln, die vermeidet, dass ich überhaupt irgendwo Stellung nehmen muss. Es muss Ihnen doch möglich sein, auf Entlastungsaussagen von mir zu verzichten. Sie sind doch zum Nachfolger des Präsidenten längst ausgesucht. Es sind ja hinter den Kulissen schon alle Weichen gestellt. Und wenn Sie öffentlich erklären, wie es nach Ihrer Version gewesen ist, und deutlich machen, dass Zweifel daran unzulässig sind, von Ihnen übel genommen würden, ja, Sie zum Rückzug aus der Kandidatur zwingen könnten, dann knicken die Zweifler doch ein, dann werden Sie doch auch so gewählt.«

Hecht war überrascht. Soviel Taktik hatte er der Kleinen gar nicht zugetraut. Die wollte ihn ja vermutlich gar nicht unter Druck setzen, wollte nur selbst herausgehalten werden, war bereit, ihn partiell sogar zu unterstützen. Und wenn er es einmal richtig überlegte: Natürlich wäre es auch für ihn das Beste, man hielte die Prinzessin ganz aus allem heraus, behandelte die Flugblattkampagne als üblen Wahlkampftrick und verlagerte den Schwerpunkt der Diskussion auf die Verfehlungen des Präsidenten. Das gab ebenfalls genug Stoff für böse Zeitungsartikel her. Auf Mackenroth musste er die öffentliche Diskussion lenken und nicht auf die Prinzessin.

Nach einer längeren, gedankenvollen Pause antwortete Hecht: »Hoffentlich hast du Recht. Ich fürchte, du schätzt die Stimmung falsch ein. Schlafzimmergeschichten, zumal mit hübschen Mitarbeiterinnen, sind allemal interessanter und regen die Phantasie stärker an, als Griffe in die Kasse. Aber du siehst wenigstens ein, dass wir die kommenden Turbulenzen besser gemeinsam und mit abgestimmter Taktik überstehen können. Und dass du im Falle einer Aussage, wo auch immer, deine Version der Nacht schildern wirst, habe ich begriffen. Ich teile deine Bedenken nicht, kann sie aber immerhin nachvollziehen. Also machen wir erst einmal weiter, wie du vorgeschlagen hast. Man wird ja sehen. Wir müssen in enger Verbindung bleiben – ich meine das jetzt rein verfahrenstechnisch –, und ich werde dich über alle von mir eingeleiteten Schritte, sofern sie Auswirkungen auf dich haben, sofort unterrichten.«

Hecht hatte sich erhoben, reichte Silke die Hand, und diese ging ohne irgendwelche äußeren Zeichen von Erregung aus dem Zimmer. Hecht folgte ihr, ging jovial auf den inzwischen zurückgekehrten Felgenheber zu und fragte: »Gehen wir zum Italiener oder heute lieber einmal Ratskeller diskret?« »Lieber erst einmal zurück in Ihr Zimmer, Herr Hecht. Gasthauswände haben schon seit dem Mittelalter Ohren.« »Sie machen mich aber neugierig. Haben Sie weitere Sensationsmeldungen über mich? Habe ich vielleicht auch meine Schwiegermutter ermordet oder die Sparkasse ausgeraubt?« »Ja, natürlich, und die Brandsätze im Kriminologischen Institut wurden auch von Ihnen gelegt, das wissen Sie doch!« »Na, dann schießen Sie mal los, was gibt es Neues aus der Gerüchteküche?«

Hecht saß wieder hinter seinem Schreibtisch, Felgenheber jetzt dort, wo vor einer Minute noch Silke gesessen hatte. Er schaute etwas unglücklich zu Boden, fand zunächst keinen Anfang, sprach dann stockend: »Also, Herr Dekan, Sie können natürlich gleich einwenden, was mich das eigentlich angeht, und dann könnte ich wenig erwidern. Aber ich dachte mir, dass es für Sie doch ganz nützlich sein kann, auch einmal mit jemandem zu sprechen, der mit dieser Universität sozusagen auf der Beamtenebene gut vertraut ist. Und das eine oder andere an Fakten kann man miteinander auch so in Verbindung bringen, dass aus dem Kaleidoskop dann ein überraschend klares Bild wird.« »Also, Sherlok Holmes, kombinieren Sie mal laut; ich bin ganz Ohr«, ermunterte Hecht ihn.

»Ich vermute, dass die Verursacher dieser Kampagne gegen Sie ihr Pulver schon verschossen haben. Natürlich sind Sie nach dem Fakultätsfest beobachtet worden. Irgendjemand ist Ihnen nachgeschlichen. Und als Sie, so wird es jedenfalls erzählt, für einige Zeit mit Frau Wittmann verschwunden waren, sind die Ihnen auf den Fersen geblieben. Aber Genaues wissen sie nicht. Da wird nichts vorgefallen sein, sonst stünde das in den Flugblättern. Die spekulieren einfach mal drauf los und hoffen, dass sich die anderen schlechte Gedanken machen.« »Ich kann Ihnen ganz genau sagen, was war«, unterbrach Hecht Felgenheber und berichtete ihm die Vorfälle in der jetzt zur Wahrheit erklärten Version. Felgenheber antwortete: »Ich habe keinerlei Zweifel an dem Verlauf des Abends, wie Sie ihn schildern. Das ist sogar, im Gegenteil, äußerst plausibel. Aber etwas gefällt mir an der Geschichte nicht. Ich muss jetzt ein bisschen persönlicher werden: Ich kenne Frau Wittmann inzwischen näher, natürlich nicht intim, aber ich mag sie sehr, und ich kenne auch ihre Psyche und ihren Wunsch nach Unauffälligkeit. Sie hat panische Angst davor, in irgendeiner Weise in diese ganze Schmutzkampagne um die Präsidentschaftskandidatur einbezogen zu werden. Die Rolle als Betroffene in einer Bettgeschichte, so erlogen und erfunden die auch ist, würde sie nicht ertragen. Sie würde die Promotion hinschmeißen und aus Altenfurt verschwinden. Und das gäbe dann einiges Aufsehen. Außerdem finde ich, dass man ihr das aus menschlichen Gründen nicht antun darf. Sie und auch ich müssen daher versuchen, sie aus dieser Zeugenrolle zu befreien, und verhindern, dass sie irgendwo überhaupt aussagen muss.«

Unter normalen Umständen hätte Hecht, dem Felgenhebers Zuneigung zu Silke einen Stich der Eifersucht versetzte, mit Ironie reagiert, hätte nach einem Verlobungsgeschenk gefragt oder dem verschwiegenen Ziel einer Hochzeitsreise. Blitzschnell war ihm aber klar geworden, dass Felgenheber ihn durchschaut hatte, vielleicht alles wusste, zumindest aber den tatsächlichen Verlauf der Nacht – die Schwangerschaft und Abtreibung möglicherweise nicht, aber sonst alles. Seine alte, kaltblütige Gerissenheit gewann wieder die Oberhand. Da Felgenheber ihn, gemeinsam mit Silke, in der Hand hatte, musste er sich mit ihm verbünden, ein Geschäft mit ihm machen. Wenn er auf Silke als Entlastungszeugin verzichtete, würden Felgenheber und Silke schweigen. Vielleicht konnte Felgenheber sogar die Erpresser zum Schweigen bringen. Und sicher wusste er auch einen Weg, wie man den Schwerpunkt der Diskussion wieder stärker auf Mackenroths Verfehlungen lenken konnte. Er musste daher seine Taktik ändern, einkalkulieren, dass Felgenheber Bescheid wusste und deswegen in die Rolle des Vertrauten und Mitverschwörers wachsen müsste, allerdings um den Preis, dass er dazu die Prinzessin weitestgehend schonte und sie ihm überließe.

»Ich teile völlig Ihre Einschätzung der Situation. Natürlich war es extrem leichtfertig von mir, auf Frau Wittmanns Angebot einzugehen, mich in ihrer Wohnung etwas zu erfrischen und in besserem Zustand wieder ins Institut zurückzukehren. Aber bei ihr war es bestimmt nur reine Fürsorglichkeit, und bei mir war es einfach Naivität und, natürlich, durch den Alkohol und die Beigaben herabgesetzte Erkenntnisfähigkeit. Nur, wir können beide, Frau Wittmann und ich, Stein und Bein schwören, dass weiter nichts war. Trotzdem wird sich jeder seinen Teil denken, und es bleibt insbesondere gegenüber der ja nicht betrunken gewesenen Frau Wittmann der unbeweisbare Vorwurf, sie habe sich durch erotische Zuwendungen besondere Vorteile bei mir verschaffen wollen. Wir, Sie und ich, wissen genau, wie haarsträubend solche Unterstellungen sind. Gleichwohl werden sie nicht ausbleiben. Ich bin mir durchaus bewusst, dass ich gewiss einen Teil zu dieser unmöglichen Geschichte beigetragen habe. Und deswegen stimme ich Ihnen voll zu: Wir müssen Frau Wittmann so weit wie möglich aus der Diskussion heraushalten. Es fragt sich nur, wie wir das anstellen.«

»Das ist in der Tat schwierig. Ich glaube auch, man sollte gar nicht so sehr versuchen, die Täter zu entlarven. Denn die werden natürlich Frau Wittmann zur entscheidenden Zeugin machen und sie zwingen, zum vermeintlichen Wahrheitsbeweis durch ihre Aussage beizutragen. Wir müssen die Diskussion wieder mehr auf die Sachthemen des Wahlkampfes lenken, und damit werden die Schwerpunkte verlagert. Frau Wittmann spielt dann keine so große Rolle mehr.« »Das ist wirklich schlau überlegt«, lobte Hecht, »jetzt müssen wir erst einmal öffentlich reagieren, und das kann ja nur Empörung über diesen verwahrlosten Wahlkampfstil sein. Und natürlich, aber eher beiläufig, ein Dementi aller Vorwürfe. Ich denke, Herr Felgenheber, ich überlasse die Details Ihrer kundigen Hand. Und wenn Sie sich – erlauben Sie mir diese kleine Anspielung – schon in der Rolle des freundschaftlichen Beschützers von Frau Wittmann sehen, sind Sie auch der geeignete Stratege, sozusagen von Ihren Gefühlen beschwingt und inspiriert.«

Sie gingen gemeinsam zum Italiener, aßen sehr schweigsam, Hecht gefiel es überhaupt nicht, nun mit Felgenheber einen Bundesgenossen gewonnen zu haben, von dessen Zuverlässigkeit er sich kein Bild machen konnte. Und ein Konkurrent um Silkes Gunst war er obendrein.

Obwohl Hecht den Eindruck hatte, er und die ihm unterstellte sexuelle Nötigung nähmen einen breiten Raum in der öffentlichen Diskussion ein, schien in der Universität eigentlich wenig zu passieren. Die Altenfurter Nachrichten interviewten ihn zu den Vorwürfen, die er entschieden bestritt. Das Ministerium ließ fragen, ob an der Geschichte irgendetwas Wahres sei, und Hecht räumte eigenes Verschulden insoweit ein, als er nicht mit in Frau Wittmanns Wohnung hätte gehen dürfen. Mehr sei aber nicht passiert. Der Kanzler war für den Rest der Woche zu einer Tagung gefahren und stand für Hecht nicht zur Verfügung. Der Präsident gab eine Pressemitteilung heraus, in welcher er mit dürren Worten den Stil rügte, in welchem der Kampf um seine Nachfolge ausgetragen werde. Zu den Vorwürfen selbst machte er keine Äußerungen. So schien es zunächst so, als wollte die Universität die unerfreuliche Angelegenheit vergessen. Diese Ruhe konnte aber jederzeit gestört werden, wenn neue Aktionen erfolgten. Und irgendwie schienen alle Professoren, die Hechts Kandidatur befürworteten oder ablehnten, mit angehaltenem Atem auf die nächste Aktion der Erpresser zu warten. Hecht lud ohne Frist zu einer außerordentlichen Fakultätsratssitzung ein, gab sich reuig und berichtete dieselbe Variante der Nacht wie bisher auch. Obwohl er durchaus Gegner in der Fakultät besaß, war es doch die ganz überwiegende Meinung des Fakultätsrats, man müsse sich jetzt massiv hinter ihn stellen und die Rufmordkampagne als völlig unakzeptablen Wahlkampf verurteilen. Auch Paul Bosma, der seine ganze Aktion gegen den alten Präsidenten dadurch gefährdet sah, dass der Nachfolger wegen dieser unerfreulichen Vorwürfe vielleicht so beschädigt war, dass er als Kandidat nicht mehr in Betracht kam, ermunterte Hecht nachdrücklich zur Vorwärtsverteidigung.

Ein weiteres Problem tauchte jetzt für Hecht auf: Er hatte ja gegenüber Ute bisher seinen Besuch in Silkes Wohnung verschwiegen. Es war aber vermutlich nur eine Frage von Tagen, wenn nicht Stunden, bis die Version von der Vergiftung und deren Behandlung in Silkes Wohnung zu Ute dringen würde. So entschloss er sich, das Thema anzusprechen. Er schuldete Ute ohnehin eine genaue Schilderung der Ereignisse während dieser Tage, und so gestand er ihr, dass er sich nicht getraut habe, in diesem jämmerlichen Zustand nach Hause zu kommen. Er schwor Reue und verfluchte sich dafür, dass er nicht klar erkannt habe, in welch peinliche Situation er sich und natürlich auch Frau Wittmann gebracht hatte. Ute hörte wie versteinert zu, gab keinen Kommentar ab, erhob auch keine Vorwürfe und schien irgendwie überhaupt nicht anwesend zu sein. Schließlich sagte sie resignierend: »Wenn du weiter so systematisch das Fundament unserer Lebensgemeinschaft beschädigst, wird es eines Tages nicht mehr tragen. Und wer weiß, was alles noch ans Licht kommt. Nur gut, dass ich das erst jetzt erfahre, wo ich mich wieder gefangen habe. Aber ich bin wirklich ratlos, wie es mit dir weitergehen kann. So wie bisher jedenfalls nicht. Und deine Versuche, dich zu ändern, sind nicht so erfolgversprechend, als dass ich noch an eine gemeinsame Zukunft glauben möchte.« Sie willigte aber ein, ihm jetzt genügend Zeit zu lassen, der Kampagne gegen seine Kandidatur entgegenzutreten, und ihm dabei nicht in den Rücken zu fallen. Aber: Eine gründliche Standortbestimmung ihrer Beziehung sei unverzichtbar und dulde auch keinen langen Aufschub.

Nach seiner Besprechung mit Hecht und den verschiedenen, von ihm eingeleiteten Verteidigungsmaßnahmen wie Richtigstellungen, Zeitungsinterviews, Dementis usw. hatte Felgenheber erst am späten Nachmittag Zeit, darüber nachzudenken, wie es jetzt weitergehen musste.

Zum einen war er sich nicht sicher, wie Silke reagieren würde, wenn er sie in seine Verteidigungsstrategie mit einbezöge. Und dass er sie gern hatte, wusste jetzt zwar Hecht, nicht aber Silke, weil er sich einfach nicht traute, ihr seine Zuneigung zu offenbaren. Also musste er dringend mit ihr sprechen, herausfinden, was sie sagen wollte, wenn sie doch öffentlich oder vor Gericht nach den Vorgängen befragt würde. Und irgendwie musste er sie auch von seiner Zuneigung überzeugen, um zu erfahren, ob sie auch etwas für ihn empfinde.

Zum zweiten, und das war in der zeitlichen Abfolge fast noch wichtiger, musste er verhindern, dass diese Kampagne weiterging. Zwar war er der Meinung, der Stoff sei erschöpft, neue Enthüllungen stünden nicht mehr bevor. Aber man wusste nie, was denen noch einfiel. Also war es das beste, er suchte den Kontakt mit Charly und setzte bei diesem an, indem er den Spieß umdrehte und ihn unter Druck setzte.

Wally war, welch glücklicher Umstand, noch im Dekanat. So konnte er sie davon überzeugen, dass sie ihm Anschrift und Telefonnummer von Charly geben müsste, um sowohl von Charly wie Hecht weiteres Unheil abzuwenden. Und nochmals hatte er Glück. Er bekam Charly ans Telefon. Sie kannten sich noch aus Charlys wilden Fachschaftszeiten und hatten sich später gelegentlich gesehen, insbesondere wenn Charly im Dekanat erschien, um irgendetwas von Wally entgegenzunehmen oder auch, wenn er Wally abholte, um sie niemandem anderes in die Hände fallen zu lassen.

Charly wollte sich keinesfalls mit Felgenheber treffen. Zwar räumte er ein, von der Kampagne gegen Hecht gehört zu haben. Aber er wisse absolut nichts Näheres darüber und wolle sich auch in nichts hineinziehen lassen. Felgenheber wurde ärgerlich. »Charly, spiel nicht die Unschuld vom Lande. Du steckst in dieser Sache bis über beide Ohren drin. Ich will hier am Dekanatstelefon nicht zu deutlich werden. Nur soviel: Noch kannst du mit mir über Schadensbegrenzung, und zwar ganz speziell auch für dich, nachdenken. Wenn du nicht willst: Die Staatsanwaltschaft hat schon einen Durchsuchungsbefehl für Quick-Druck in Göttingen und wird auch demnächst bei dir erscheinen. Überleg mal genau, ob du nicht doch noch mal mit mir sprechen willst.« »Vielleicht nächste Woche?«, versuchte Charly Zeit zu gewinnen. »Soll ich dich dann in der U-Haft besuchen?«, polterte Felgenheber. »Nein, Charly, wenn, dann geht das wirklich um Stunden. Also: Ich sitze hier im Dekanat bis 18.00 Uhr. Den Weg kennst du ja. Um 18.01 Uhr rufe ich den Dr. Sombicky an, das ist der Leiter der hiesigen Staatsanwaltschaft, und sage dem, dass die Universität die Sache mit eigenen Mitteln nicht mehr in den Griff bekommt und ihn bittet, nunmehr wie verabredet tätig zu werden. Charly, es ist fünf vor Zwölf für dich, aber fünf Sekunden, nicht Minuten.« »Aber wenn ich dir sage, ich kann wirklich nicht. Und ich weiß auch gar nicht, was ich damit zu tun habe.« »Also, Charly, bis 18.00 Uhr warte ich. Und wenn du nicht kommst, ist das gut. Nur, erzähl mir später nicht, es habe dich niemand gewarnt.« Damit legte Felgenheber schnell den Hörer auf. Er war völlig sicher, dass Charly käme.

Felgenheber ging durch die Bibliothek und sah sich nach Silke um; sie war nicht da. Auch ihr Zimmer war abgeschlossen. Um Charly nicht zu verpassen, ging er zurück ins Dekanat. Dort war außer ihm niemand mehr. Das war ihm ganz recht. Er rief Silke zu Hause an. Aber auch dort schien sie nicht zu sein; zumindest nahm sie den Hörer nicht ab. Hoffentlich fing das jetzt nicht wieder an, dass sie sich in ihrer Wohnung vergrub und sich totstellte. Aber auch von Charly gab es kein Zeichen. Es war inzwischen 18.00 Uhr, und niemand war gekommen. Hatte der den Bluff mit dem Staatsanwalt durchschaut? Was sollte er jetzt machen? Er war ja auch wirklich dumm gewesen, alles so auf eine Karte zu setzen. Wenn Charly jetzt den Termin platzen ließ, und es passierte ihm überhaupt nichts, dann ging die ganze Planung ins Leere. Dann konnte er nur noch hoffen, dass Charly sein Pulver verschossen hatte und die Universität auch so von weiteren Attacken verschont blieb. Aber daran mochte er so recht nicht glauben.

Während er noch überlegte, was er jetzt tun könnte, klingelte das Telefon. Es war Charly. Er war aufgehalten worden. Ob der Staatsanwalt schon mit den Handschellen unterwegs sei? Sofort war es Felgenheber klar, dass das ein Test war. Er reagierte daher ausweichend. »Du hast Glück, dass Dr. Sombicky die Sache an sich gezogen hat. Und der befindet sich noch in einer Sitzung, ruft aber heute zurück. Nur deswegen sitze ich hier noch, weil ich auf seinen Rückruf warte.«

Charly schien unsicher zu werden. Er lenkte ein. »Wenn du unbedingt Wert darauf legst, komme ich noch vorbei. Wenn dein Staatsanwalt aber vorher anruft, lass ihn ruhig ermitteln. Umso größer ist die Blamage für dich.«

Also wartete Felgenheber. Nach einer knappen Viertelstunde klopfte es, und es war wirklich Charly. Felgenheber erkannte ihn fast nicht wieder. Der sah direkt gut aus, sonnengebräunt, mit schwarzer Hose und weißem Hemd und schlank dazu. Er war fast schon eine Spur zu elegant, um seriös zu wirken. »Hi, Herbert, immer noch als Fakultätsfaktotum tätig? Noch keine Lust auf die weite Welt?«, begrüßte ihn Charly. »Sei unbesorgt, Charly, als Faktotum bist du völlig unersetzlich, jeder braucht dich, keiner kann auf deinen Rat verzichten. Du wirst es gleich selbst erleben.« »Na, da bin ich aber neugierig, wie du dich als Mädchen für alles machst. Dann komm mal damit raus, was du von mir willst.« »Also, lieber Charly, zunächst erzähle ich dir zur Einstimmung eine echte Räuberpistole. Da feiert die Fakultät ein Sommerfest, mit Studis, Mitarbeitern und Personal, richtig schön feucht fröhlich. Und da liegt ein Uraltstudent auf der Lauer, er ist nämlich der Lover von einer dieser hübschen jungen Frauen im besten Alter. Und er ist krankhaft eifersüchtig. Er meint nämlich, der Chef des Ganzen sei hinter seinem Schatz her und wolle sie ihm ausspannen. Und wie er noch so lauert, kommt plötzlich der Chef aus dem Garten. Dem geht es richtig schlecht, er wankt und schwankt und landet in den Armen einer zufällig am selben Ort befindlichen Doktorandin. Oh, denkt unser Student, da kann man vielleicht etwas erleben. Da es dem Chef aber so schlecht geht, muss er sich auf eine Parkbank setzen. Dort wankt und schwankt er weiter. Die Doktorandin bekommt es mit der Angst zu tun, bugsiert ihn in ihre nahe gelegene Wohnung, um von dort aus per Telefon einen Arzt anzurufen. Dann kocht sie ihm Tee, er erholt sich so weit, dass er die Wohnung wieder verlassen kann, und wankt und schwankt zurück in sein Institut. Und unser Student, der hatte alles mit verfolgt, die Parkbank, den Marsch zur Wohnung und den Rückmarsch zum Institut. Nur ins Haus folgen konnte er bei aller Anhänglichkeit dem Chef nicht. Die Haustür war zu.« »Eine spannende Geschichte«, stimmte Charly zu, »wo spielt sie den eigentlich? In Heidelberg oder Tübingen oder Freiburg?« »Du wirst dich wundern, hier in Altenfurt spielt sie. Und sie geht auch noch weiter. Unser Student, ich sagte es schon, es war ein Uraltsemester, überlegte, was er mit seinen Kenntnissen anstellen könnte. Erpressung schien ihm zu gefährlich, obwohl er immer knapp bei Kasse war. Aber so eine richtig schöne Schmutzkampagne, die konnte man schon damit starten. Und den Chef vielleicht auch noch beruflich schädigen, ihn aus seinen Ämtern vertreiben, seine Familie ruinieren. Und natürlich der verdammten Universität etwas anhängen. Und er begann eine Reihe von Aktionen; übelste Verleumdung, auch der Doktorandin, Lügen und Spekulationen, kurzum, das ganze Repertoire subversiver Zerstörungsstrategie.« »Das wird ja eine richtig anrührende Geschichte«, unterbrach Charly ihn. »Nur, was habe ich damit zu tun? Ich war nachweislich in Kanada, dafür gibt es reichlich Zeugen.« »Man kann Erpresserbriefe auch vorbereiten und sukzessive von Freunden abschicken lassen, um so ein eigenes Alibi zu erhalten«, entgegnete Felgenheber. »Du solltest den Job wechseln, Herbert, und in den Orient gehen. Als Märchenerzähler wärst du die Attraktion jeden Basars. Also, was willst du von mir? Warum erzählst du mir diesen ganzen Schmus?« »Du hast nicht zugehört, Charly. Die Rede war von versuchter Erpressung, Nötigung, Beleidigung, übler Nachrede, Urkundenfälschung, Körperverletzung usw. Das summiert sich. Der Student muss sich im Strafrecht nicht gut ausgekannt haben, sonst hätte er die Finger davon gelassen.« »Also, nochmal, was habe ich damit zu tun? Was willst du eigentlich von mir?« »Um es abzukürzen, Charly, der Uraltstudent bist du. Du hast erschreckend dilettantisch gearbeitet. Alle Briefe, Schreiben, Flugblätter weisen irgendwo auf deine Spur. Überleg doch nur mal, die Quick-Druckerei in Göttingen, wo du für den Altenfurter AStA die Flugblätter hast drucken lassen. Da bezahlst du Idiot mit Kreditkarte, und die lautet auf Karl Hesse. Usw. usw. Wirklich schlechte Arbeit!« »Was willst du von mir?«, unterbrach ihn Charly erneut. »Das will ich dir ja gerade erklären. Du musst nur etwas zuhören. Also: Was wird der mutmaßliche Erfolg deiner Aktion sein? Für dich vielleicht sechs Monate auf Bewährung. Und eine saftige Geldbuße. Für Hecht steht fast nichts auf dem Spiel. Du kannst absolut nichts beweisen, überhaupt nichts außer dem, was Hecht ohnehin einräumt. Was hat er für einen Schaden davon? Allerschlimmstenfalls wählen sie ihn nicht zum Präsidenten. Ja, und? Dafür kann er dir fast noch dankbar sein. Nur die Doktorandin kann sich nicht wehren. Da werden die Leute tuscheln, ob sie den hilflosen Hecht nicht vielleicht absichtlich abgeschleppt hat, um sich Vorteile für ihre Doktorarbeit zu verschaffen. Dabei hatte sie ihm nur helfen wollen. Und weil einige von uns im Mittelbau meinen, man mache dieses

Mädchen physisch und psychisch kaputt, wenn man sie zur Zeugin gegen Hecht oder dich stilisiert, wollen wir einen Weg suchen, das Mädchen da rauszulassen. Das würde bedeuten, dass wir dabei notgedrungen auch dich schonen müssen, obwohl du das nicht verdienst. Also: Das Angebot ist, dass wir dich nicht verpfeifen und du anonym bleiben kannst, wenn du ab sofort sämtliche Aktionen unterlässt und in der Versenkung verschwindest. Nur so kommst du noch einmal ohne Strafverfahren davon. Wenn deine Urheberschaft dieser Flugblätter, auch das gefälschte der Frauenbeauftragten, öffentlich bekannt wird, kannst du hier verschwinden, kannst ganz nach Kanada ziehen. Hier hättest du keine ruhige Stunde mehr.« »Moment mal, Moment, Herbert! Was ist mit dem Staatsanwalt, der das doch alles ermittelt hat?« »Oh, Charly, du bist aber wirklich nicht gut drauf. Den Tatsachenbericht hältst du für ein Märchen, und das Märchen hältst du für die Tatsache. Der Staatsanwalt war doch der Köder, mit dem ich dich in die Falle gelockt habe. Ich, und niemand sonst, verfüge über alle Beweise gegen dich. Hecht hat mich zwar aufgefordert, Strafanzeige zu erstatten, und wenn wir uns hier nicht einigen, rufe ich Dr. Sombicky gleich in deinem Beisein an und nenne Ross und Reiter. Aber wenn du klug bist, gehst du über die goldene Brücke, die ich dir gebaut habe. Bist du klug, Charly?« »Du bist ein ganz mieser Erpresser, Herbert, ein ganz gewöhnlicher, ekelhafter Typ.« »Oh, nein, Charly, verwechsle jetzt nicht Aktion und Reaktion. Du hast alles angefangen. Du wolltest auf Kosten anderer ein Geschäft machen. Wundere dich nicht, wenn die Reaktion in etwa mit denselben Methoden erfolgt wie die Aktion.« »Ich werde darüber nachdenken. Ich lasse mich von einem kleinen Fakultätsassi nicht unter Druck setzen.« »Das ist aber unklug, Charly, damit zwingst du mich, jetzt Sombicky anzurufen. Den darf ich nur dann außen vor lassen, wenn ich gewährleisten kann, dass keine weiteren Aktionen mehr erfolgen. Und das müsstest du mir schon jetzt verbindlich zusichern.« »Du bist ein richtig widerlicher kleiner Kofferträger. Den Bossen immer zu Diensten, immer den Kopf eingezogen. Ich krieche doch nicht vor dir in den Staub; ich äußere mich nicht mehr weiter. Lass dich überraschen, was passiert.« »Charly, denk nach: Dein Pulver ist verschossen. Und sechs Monate sind sechs Monate, auch wenn du beim ersten Mal noch Bewährung bekommst.« »Sonst noch Wünsche oder Anregungen? Nein? Dann kann ich ja gehen. Lass dich überraschen. Herbert, du wirst dich schon noch wundern.« Damit stand er auf, sah Felgenheber wütend an und verließ türenschlagend den Raum.

Felgenheber war nicht zufrieden mit dem Ablauf des Gesprächs. Er hatte Charly unterschätzt. Der war nicht so eingeschüchtert weggegangen, wie er sich das vorgestellt hatte. Und es war auch nicht so sicher, dass Charlys Munition schon verschossen war. Er konnte immer noch mit irgendwelchen spektakulären Aktionen das Thema »Sexuelle Übergriffe« in der Diskussion halten. Aber wirklich neue Enthüllungen waren kaum zu erwarten. Also war es in der Tat das Beste, erst einmal abzuwarten, ob die Kampagne weiterging oder nicht.

Er versuchte noch einmal, Silke telefonisch zu erreichen. Wiederum ging sie nicht ans Telefon oder war wirklich nicht zu Hause. Er sah noch die Tagespost durch, machte einige handschriftliche Vermerke zu Aktenvorgängen, glich seinen Terminkalender mit dem des Dekans ab; mehr konnte und wollte er heute nicht mehr erledigen. Den Abend würde er zunächst im Sportzentrum mit der Volleyballgruppe der sogenannten »Mittelbauer«, also der wissenschaftlichen Mitarbeiter, zubringen, vielleicht auch noch einige Runden laufen und dann noch zwei oder drei Gänge in der Sauna schwitzen. Dort war er ab 21.00 Uhr auch mit Rosky verabredet. Man konnte sich ganz gut über Neuigkeiten aus der Fakultät verständigen; die Sauna im Sportzentrum, von den Professoren strikt gemieden, stand an zwei Abenden der Woche den Mitarbeiterinnen und Mitarbeitern der Universität zur Verfügung und war, ähnlich den aus den deutsch-russischen Verhältnissen bekannten Saunatreffen, zu einer, allerdings auf die Universität beschränkten, Informations- und Nachrichtenbörse geworden. Früher, als an einem Tag Herren- und am anderen Tag Damensauna angeboten wurde, kamen nur wenige, allein auf Gesundheit und Entspannung ausgerichtete, zumeist ältere Besucher. Seit aber der Personalrat und die neu berufene Sportprofessorin Müller-Niedersfeld die Integration aller Statusgruppen und den Abbau aller geschlechtsspezifischen Tabubereiche zum Programm erhoben hatten und alle Sportveranstaltungen Männlein und Weiblein einheitlich zugänglich waren, die Sauna folglich als Gemeinschaftssauna betrieben wurde, erfreuten sich die Veranstaltungen lebhafter Nachfrage. Einzig die Professoren verweigerten sich bis auf wenige Ausnahmen, über die dann gemunkelt wurde, sie seien wohl eher in die Rolle des Zuschauers als in die des handelnden Athleten geschlüpft.

Vom Karpfenteich zum Haifischbecken

Wie ein Feuer, dem kein weiteres Brennmaterial zugeführt wird, langsam erlischt und nur noch graue Asche hinterlässt, so geschah es auch mit dem Sexskandal in der Juristischen Fakultät. Zwar gab es noch Glut unter dieser Asche, aber an der Oberfläche blieb alles ruhig. Fast machte es den Eindruck, als ob die eigentlichen Akteure, Mackenroth und Hecht, sich versteckt hielten und darauf warteten, dass irgendwo ein neuer Kriegsschauplatz eröffnet würde, auf den dann die aufgestaute Wut und Aggression gelenkt werden könnte. Aber es gab keine neuen Flugblätter, keine weiteren Enthüllungen über Hechts angebliche Übergriffe und auch keine anderen Vorwürfe gegen Mackenroth. Es lag eine gespannte Ruhe über dem Campus, und jeder las mit besonderem Interesse die tägliche Hochschulseite in den Altenfurter Nachrichten. Allein – es passierte nichts. So schrumpfte der große Sittenskandal zu einem ganz gewöhnlichen Machtkampf um die künftige Universitätsleitung und ihre hochschulpolitischen Versprechungen.

Hecht hielt sich zurück, ließ Paul Bosma für sich die Werbetrommel rühren, beschränkte sich auf einige Auftritte vor hochschulpolitischen Gruppierungen, insbesondere vor den verschiedenen Interessenvertretungen der wissenschaftlichen Mitarbeiter und vor einigen studentischen Vereinigungen. Bei den nichtwissenschaftlichen Bediensteten warb der Kanzler um Stimmen für Hecht, bei den Frauenbeauftragten war Felgenheber sein Fürsprecher. Einzig die Ordinarien, insbesondere Juristen und Physiker, ließen deutliche Distanz zu seinen hochschulpolitischen Programmpunkten erkennen. Als er die Sinnhaftigkeit der Habilitation bei Naturwissenschaftlern infrage stellte und die Meinung vertrat, eine engere Einbindung der beruflichen Praxis in die Studieninhalte könne durch Berufung hervorragender Praktiker, und sei es auch nur auf Zeit, am besten gefördert werden, hatte er die Mitglieder des Hochschulverbandes fast geschlossen gegen sich, allen voran Mackenroth, der Hechts Seitenwechsel nicht verwinden konnte. Er ließ keine Gelegenheit aus, die Rückkehr zu den jahrhundertelang bewährten Strukturen der deutschen Universität zu verlangen. Wissenschaft sei nun einmal kein Tagesgeschäft, und ob Juristen überhaupt in der Lage wären, die tragende Bedeutung der Zweckfreiheit und Unabhängigkeit von Forschung in einer Universität zu erkennen, sei mehr als zweifelhaft. Von der Landesregierung angestellte öffentliche Überlegungen, Juristen künftig in Fachhochschulen ausbilden zu lassen, kamen ihm sehr gelegen, um Hecht zu diskriminieren und ihm die Wissenschaftlichkeit abzusprechen – natürlich nicht öffentlich, sondern in kleinen Zirkeln.

So bildeten sich nach und nach Fronten heraus, die sich unversöhnlich gegenüberstanden. Die Präsidentenstelle war ausgeschrieben worden. Neben Hecht hatten sich aus der Altenfurter Universität noch ein C-3-Professor der Medizinischen Fakultät und ein akademischer Direktor aus der Pädagogik beworben. Es war deutlich, dass beides nur Alibi-Bewerber waren, die umso stärker das überragende Gewicht der Hecht'schen Eignung zum Präsidenten hervorheben sollten. Hinter beiden Bewerbungen steckte Paul Bosma, der verhindern wollte, dass die Stelle möglicherweise wegen fehlender weiterer Bewerber neu ausgeschrieben werden musste. Es gab aber auch Bewerbungen Auswärtiger, darunter auch einiger Hochschulprofessoren und eines pensionierten Bundeswehrgenerals, der sich zutraute, in Altenfurt wieder richtig Ordnung zu schaffen. Mackenroth war es anscheinend nicht gelungen, aus dem Kreis seiner Anhänger einen ernsthaften Gegenkandidaten gegen Hecht zu mobilisieren. Offenbar schätzten seine Parteigänger die Popularität Hechts so hoch ein, dass sich niemand allein als Zählkandidat ins Rennen schicken lassen wollte. Der Vorsitzende des Universitätsparlaments, seit Jahren schon im Amt und immer wiedergewählt, weil niemand Interesse an dem relativ einflusslosen Posten hatte, bekam plötzlich einen deutlichen Zuwachs an Bedeutung. Noch nie hatte es eine Kampfkandidatur um das Amt des Rektors, später des Präsidenten gegeben. Es war völlig offen, wie die Wahl enden könnte, und genau so offen war die Frage, ob der Kirchengeschichtler Paulsen, der das Amt des Parlamentsvorsitzenden bekleidete, der geeignete Steuermann war, das immerhin aus 72 Mitgliedern bestehende Universitätsparlament unversehrt durch Stromschnellen und Untiefen an das sichere Ufer einer neuen Präsidentschaft zu lenken. Vorsichtige Anfragen, ob er sich diesen Stress antun wolle, wurden aber von Paulsen zurückgewiesen. Er war für 4 Jahre gewählt; ein vorzeitiger Rücktritt sei indiskutabel. Hinter vorgehaltener Hand merkte er dann auch gelegentlich an, er sei ja schließlich nicht Mackenroth und habe auch nicht dessen Probleme.

Das Hochschulgesetz sah vor, dass der Senat dem Universitätsparlament drei Kandidaten zur Auswahl vorschlage, und zwar in einer Reihenfolge. Das Parlament würde die drei nochmals anhören und dann einen davon wählen. Der Senat setzte eine Kommission ein, die unter den inzwischen 16 Bewerbern eine Vorauswahl treffen sollte und ihm 5 davon zu Vorstellungsgesprächen vor dem gesamten Senat vorschlagen müsste. Für die Senatsanhörungen wurde von Mackenroth als Vorsitzendem des Senats die letzte Novemberwoche festgelegt. Mit Paulsen einigte er sich darauf, dass das Universitätsparlament die eigentliche Wahl in der 2. Dezemberwoche durchführte. Dann könnte das Amt zum 1. 4. 1996 wieder besetzt sein.

Damit war der äußere Rahmen abgesteckt. Nun kam es ganz darauf an, ob es noch irgendwelche Enthüllungen über Hecht geben würde, die seine Kandidatur erschütterten. Aber bis weit in den November hinein blieb es ruhig; eine fast gespenstische Ruhe, schien es Hecht. Er wurde immer angespannter und nervöser, ganz so wie im Sommer, als er die Erpresserbriefe erhielt und sich nicht dagegen wehren konnte, weil er den Urheber nicht kannte und nicht dessen Ziele. Dabei hätte er eigentlich ganz beruhigt sein können. Felgenheber war es offenbar gelungen, einen Weg zu finden, der verhinderte, dass Silke überhaupt zu den Vorwürfen der sexuellen Nötigung angehört werden musste. Das war ein genialer Trick, darauf wäre er nicht gekommen. Und mit Dr. Sombicky hatte er lange telefoniert. Der würde von sich aus nichts unternehmen, würde auch gegenüber der Öffentlichkeit den Standpunkt vertreten, die Vorwürfe gehörten in den Bereich der Privatklageverfahren, die er von Amts wegen nicht verfolge. Und außerdem lägen ihm weder Anträge noch Strafanzeigen von Frau Wittmann, Hecht oder der Frauenbeauftragten vor, so dass für die Staatsanwaltschaft kein Anlass zu Ermittlungen gegeben sei. Auch hinsichtlich der Verschwiegenheit und Loyalität Felgenhebers hatte er jetzt keine Zweifel mehr. Seit er ihm signalisiert hatte, dass er dessen Zuneigung zu Silke nicht nur toleriere, sondern im Gegenteil für beide als fast ideal ansehe, war der ihm treu ergeben. Als einziger nicht genau vorauszuberechnender Faktor blieb Silke übrig, aber da vertraute er ganz auf Felgenheber; der würde diese Flanke schon abdecken.

In der Tat war Felgenheber nach seinem Handel mit Charly wieder aktiv geworden. Auch für ihn bestand kein Zweifel, dass die weiche Stelle in Hechts Abwehrfront Silke war. Hecht hatte angedeutet, er hätte allergrösstes Interesse daran, dass diese nicht als Zeugin angehört werde, weder im Senat noch bei der Staatsanwaltschaft. Zu glauben, dass Hecht dieses nur aus Rücksichtnahme gegenüber Silke so wollte, war lächerlich. Hecht ging über Leichen, das hatte der Fall des unglücklichen Dr. von Mensing und seine erfolglose Bewerbung um die C-3-Stelle erst jüngst wieder bewiesen. Es gab auch gar keine Zweifel: Hecht war über Silke hergefallen, hatte sie mit Gewalt genommen und musste daher ihre Aussage fürchten. Und noch etwas vermutete Felgenheber: Die Versuche Hechts, Silke zu einer für ihn positiven Aussage zu bewegen, waren gescheitert, denn selbstverständlich hätte er sie als Entlastungszeugin eingesetzt, wenn er nicht damit hätte rechnen müssen, dass sie ihn bestatt entlastete.

Silke selbst war zwei Tage unsichtbar geblieben, hatte dann aber wohl von sich aus festgestellt, dass damit nichts gewonnen war. Als sie am Freitag wieder in der Bibliothek saß, nutzte Felgenheber die Gelegenheit, sie für Sonntag zu einem Konzertbesuch einzuladen. Zu seiner Überraschung sagte sie zu; er hatte schon befürchtet, sie sage ab. Dann hätte er sie wieder in seinem oder ihrem Dienstzimmer überzeugen müssen; in der entspannteren Atmosphäre einer Weinstube und nach zwei Stunden schöner Musik ließ sich manches besser erklären.

Es lief auch zunächst alles nach Wunsch. Die Musik traf genau Silkes Geschmack, und hinterher ließ sie sich auch zu einem Glas Wein in eine Weinstube einladen. Und da sie in Altenfurt kein Aufsehen erregen wollten, fuhren sie zu einem Weinlokal an die Weser, etwa 30 km von Altenfurt entfernt. Sie bestellten eine kleine Mahlzeit und zwei Karaffen Wein. Silke wirkte in sich gekehrt, sagte nichts, blickte auf ihre Hände herunter und machte es Felgenheber schwer, ein Gespräch anzufangen. Nachdem er aber das Gefühl hatte, die Zeit laufe ihm davon und Silke werde als nächstes den Wunsch äußern, möglichst schnell wieder in ihre Wohnung zurückzukehren, fasste er sich ein Herz. »Hoffentlich hast du nicht den Eindruck, ich wollte dich genauso anmachen wie der Hecht.« »Wie kommst du darauf? Glaubst du, dann wäre ich mit dir hierher gefahren? Nein, Herbert, ich kann dich gut von Hecht unterscheiden, da kannst du unbesorgt sein.« Dann verstummte sie erneut.

Dieser Eröffnungszug hatte nichts gebracht; Felgenheber war unsicher, aber so konnte das nicht weitergehen, er musste ihren Panzer aus Abwehr und Vorsicht irgendwie aufbrechen. Also begann er erneut. »Nach außen hin mache ich ja vermutlich den Eindruck, ich sei Hecht ganz ergeben und sein treuer Paladin. Dafür habe ich auch genügend Indizien geliefert. Aber ich will dir jetzt einmal ganz persönlich sagen: Ich mag den Hecht überhaupt nicht. Er ist genau der Typ von Professor, der es meisterhaft versteht, andere auszubeuten, für sich einzuspannen, sie auf dem Schachbrett seiner Machtkämpfe hinundherzuschieben, wie es ihm gerade zweckmäßig erscheint. Wenn es so aussieht, als sei ich dabei sein willfähriger Diener, dann ist das falsch. Alle Finten, die ich ausgeheckt habe, auch dass die Schmutzkampagne beendet ist und Hecht vielleicht als armes Opfer daraus hervorgeht, das habe ich eigentlich nur für dich getan, um dich da rauszuhalten und dich nicht noch weiter zu beschädigen. Und das ist nicht die reine Nächstenliebe, die mich treibt. Auch wenn du es vielleicht nicht so wahrnimmst: ich mag dich sehr, sehr gern. Nur deswegen verbiege ich mir für Hecht das Rückgrat, um dir ein Verbleiben in Altenfurt zu erleichtern, damit ich in deiner Nähe bleiben kann.«

Silke sah ihn etwas erschrocken an. »Meinst du, ich hätte das nicht bemerkt, Herbert?« Dann lächelte sie doch noch. »Dass du mich magst, hilft mir schon, auch wenn das nach außen nicht verborgen geblieben ist. Im Dekanat kannst du deine Sorge um mich ja kaum verbergen, und es ist auch gut, dass Hecht weiß, dass du auf mich aufpasst. Und das weiß er inzwischen, da habe ich keine Zweifel. Es ist wirklich so, dass mir das Gefühl, du passt auf mich auf, ganz stark hilft. Aber ich will fair sein, auch wenn ich dich vielleicht verletze. Ich glaube nicht, dass ich dich so richtig lieb haben kann, so ganz umfassend und zärtlich. In mir ist etwas kaputtgegangen, ich weiß nicht, wie ich das beschreiben soll. Es ist irgendwie eine Mauer entstanden, die zwischen mir und meinen Gefühlen steht. Du kannst das nicht verstehen. Es ist alles kaputtgegangen, was mit Liebe, mit Lust und so zusammenhängt. Immer, wenn ich Zärtlichkeit empfinden möchte, körperliche Zuneigung, kommt ein ganz starkes Ekelgefühl hoch, ich schmecke und rieche dann Schweiß und Urin. Manchmal geht mir das schon bei einem Glas Wein so, bei Sekt fast immer. Diesen Geruch, den vergisst du dein Leben lang nicht.« »Arme Silke! Der Hecht hat dich vergewaltigt, obwohl er das bestimmt nicht so sieht. Aber du hast es ihm auch leicht gemacht. Wenn ich doch bloß besser auf dich aufgepasst hätte. Ich könnte mir ja heute noch vor Wut irgendwohin beißen, dass ich nicht bemerkt habe, dass dir der Bursche nachgeschlichen ist.« »Herbert, lass das sein, es führt zu nichts. Ich bin naiv gewesen. Ich will dir ein Geheimnis verraten: Ich bin nach Altenfurt gekommen, weil ich aus einer ganz hoffnungslosen Liebe zu einem älteren Mann geflohen bin. Und da ich Hecht aus Speyer kannte, dachte ich, das ist der richtige Therapeut für mich. Der zwingt mich zur Arbeit, und er war mir auch sonst sympathisch!« »Absolut unverständlich«, seufzte Felgenheber. »Dieser Mensch hat Frauengeschichten wie ein

Hund Flöhe. So unerfahren kannst du doch nicht gewesen sein, dass du den nicht bald durchschaut hast. Sag mal, war es das erste Mal bei dir, das mit Hecht?« »Nein, obwohl ich mit meiner großen Liebe nie geschlafen habe. Weißt du, er konnte sich nicht zwischen seiner Frau und mir entscheiden. Und ich wollte ihn ganz. Das hat er nicht geschafft. Und loslassen konnte er mich auch nicht. Deswegen bin ich hierhin geflohen.« »Mein Gott, den Teufel mit dem Beelzebub austreiben – das geht doch niemals gut, nicht einmal im Märchen.«

Das Eis war, wenn noch nicht geschmolzen, so doch gebrochen. Silke erzählte von ihrer Familie, ihrer abgebrochenen Dissertation in Heidelberg, ihrem Neuanfang mit Hecht. Felgenheber lüftete das Geheimnis um seine frühere Ehe, die ja auch eine kaputtgegangene Liebesgeschichte war. So entstand jetzt Vertrauen zueinander, und schließlich wagte Felgenheber, das Thema Hecht noch einmal anzuschneiden. Ganz direkt fragte er Silke, was sie im Falle einer Befragung im Senat über die Nacht mit Hecht einräumen werde. »Alles, Herbert, alles. Ich habe das Hecht auch ganz klar gesagt. Ich kann da nicht lügen. Zum einen lässt sich nicht ausschließen, dass es Mitwisser gibt. Zum anderen würde mich eine Aussage, die unwahr ist, ganz und gar korrumpieren. Eigentlich müsste er wegen sexueller Nötigung vor den Richter und nicht auf den Präsidentenstuhl. Doch ich will es nicht übertreiben, nicht von mir aus aktiv werden. Aber dass ich ihn da aus seinen Schwierigkeiten herauslüge, nein, das kann und will ich nicht!«

Felgenheber sah seine bösen Ahnungen bestätigt. Etwas lauter als beabsichtigt, fragte er sie: »Ja, warum, um alles in der Welt, willst du dann noch hierbleiben? Wenn du ihn verpfeifst, ist er zwar angeschlagen. Dich aber werden sie hier hinausekeln. Dich machen sie fertig, gnadenlos. Du hast den hochschulpolitischen Hoffnungsträger von Universität und Ministerium auf dem Gewissen. Das wird dir nicht verziehen. Mensch, warum haust du nicht vorher ab, so schnell wie möglich?«

Silke sah ihn bestürzt an. »Es muss doch noch einen anderen Weg geben. Irgendwie muss Hecht doch hinkriegen, dass ich nicht angehört werde. Ich will nicht weg von hier. Wohin denn? Und, Herbert, ich bin wirklich froh, dass du dich um mich sorgst, dass du mir hilfst. Soll ich das alles freiwillig aufgeben?« Nun fing sie doch tatsächlich an, leise zu schluchzen. Nur gut, dachte Felgenheber, dass es hier so schummerig ist und so plüschig. Da fällt das nicht so auf.

Silke putzte sich die Nase, wischte sich ein paar Tränen von der Wange, sah ihn unglücklich an.

»Also, so geht das nicht, dass du immer so schnell die Fassung verlierst. Die Menschen sind nicht immer ehrlich, manchmal sogar in guter Absicht. Denn Wahrheit kann auch eine Waffe sein. Und die Lüge macht viele schwere Situationen erst erträglich. Trotzdem will ich versuchen, dich da herauszuhalten, ich werde ein ebenfalls nicht ehrliches Spiel beginnen, aber nicht so sehr mit dir, obwohl, mitmachen musst du auch.«

Er entwickelte ihr einen verwegenen Plan. Wenn sie durch die ganze Schmutzkampagne so traumatisiert war, wie es den Anschein erweckte, dann durfte sie einer

Einladung des Präsidenten zu einer Anhörung durch den Senat nicht folgen. Stattdessen musste man die Frauenbeauftragte dazu bringen, dass sie im Senat einen scharfen Protest gegen Silkes Einvernahme erhebe. Hier musste auf die Würde der Frau, auf den Schutz ihrer Intimsphäre gepocht werden und allen Versuchen, sie allein aus wahltaktischen Gründen als mögliches Opfer sexueller Nötigung vorzuführen, entschieden begegnet werden. Das setzte aber voraus, dass Silke diese Aktion mittrug und durchhielt; und außerdem musste die Frauenbeauftragte mitmachen und sich im Senat ganz auf Silkes Seite stellen.

»Kann man das denn nicht ganz vermeiden, indem ich einfach nicht erscheine, Urlaub nehme, einfach weg bin?«, wollte Silke wissen. »Nein, irgendeine plausible Erklärung, warum du nicht aussagst, muss es geben. Sonst unterstellen alle, Hecht habe dich gezwungen unterzutauchen. Nein, die Initiative muss von der Frauenbeauftragten ausgehen. An die trauen sie sich nicht heran. Mit der will niemand Streit anfangen. Nur mit der kann das Ganze etwas werden.«

Irgendwie war die gute Stimmung wieder verflogen. Auch als Felgenheber nochmals versicherte, er stünde für Silke auch dann als Freund und Berater zur Verfügung, wenn alles ganz anders käme, Hecht vielleicht wegen dieser Geschichte nicht gewählt und dann ein gewaltiger Druck auf Silke ausgeübt würde, stellten sich die schönen und vertrauensvollen Gefühle bei Silke offenbar nicht wieder ein. Sie wollte nach Hause. Also bezahlte Felgenheber die Rechnung; schweigend fuhren sie zurück. Vor Silkes Wohnung hielt er an, wollte sie aus dem Auto lassen. Sie blieb aber noch sitzen, legte ihre Hand auf seinen rechten Arm, wandte sich zu ihm. »Ich bin noch nicht wieder soweit, Herbert. Ich muss das jetzt alles erst einmal hinter mich bringen, ich brauche noch Zeit. Aber eins musst du auch wissen: Es gibt keinen anderen Mann, nicht in Münster und auch nirgends sonst. Hab Geduld mit mir, bitte!«

Felgenheber streichelte ihr über die Wange, sie drückte ihm den Arm, lange und fest und dann öffnete sie wortlos die Autotür, drehte sich noch einmal zu ihm um und sagte: »Du Armer, so viel Liebe, und dann keine Antwort. Aber alles braucht seine Zeit. Bleib mir erhalten, Herbert, tu es mir zuliebe. Ich brauch dich doch!« Dann stieg sie aus, hatte schon die Haustür geöffnet und verschwand, ohne sich umgeblickt zu haben.

Die Einladung zur Senatssitzung ging den Mitgliedern in der zweiten Novemberwoche zu. Einziger Tagesordnungspunkt war der Vorschlag für die Wahl des Präsidenten an das Universitätsparlament, wobei zunächst in einem 30-Minuten-Intervall die fünf Kandidaten vorgestellt und befragt werden sollten. Dieser Teil der Sitzung war hochschulöffentlich. In einem zweiten, nichtöffentlichen Teil sollten dann der Vorschlag an das Universitätsparlament und die Reihung der drei Bewerber beraten und verabschiedet werden. Dazu, so entnahm es Hecht seiner Einladung, war die Anwesenheit der Kandidaten zwar nicht vorgesehen; sie sollten sich aber für eine möglicherweise. noch erforderliche Befragung in Bereitschaft halten.

Der Einladung war nicht zu entnehmen, ob Silke dort erscheinen und gehört werden sollte. Es sah fast so aus, als ob Mackenroth auf diese Peinlichkeit verzichten wollte. Das wäre ein Zeichen von Verständnis, auf das Hecht sich aber nicht verlassen mochte. Allerdings wollte er Silke nicht sofort fragen, ob der Präsident sie zur Senatssitzung eingeladen und ihre Anhörung angekündigt hatte; das hätte ja so ausgesehen, als ob er sie unter Druck setzen wollte. Er entschloss sich daher, zunächst nicht mit ihr darüber zu sprechen, sondern Felgenheber zu konsultieren.

Frau Marschner, die über Wally versucht hatte, diesen zu erreichen, konnte aber nur mitteilen, er habe sich schon früh im Dekanat abgemeldet, um verschiedene Termine in der Universität wahrzunehmen. Gegen 11.00 Uhr sei er mit der Senatsfrauenbeauftragten Frau Dr. Schmidt-Güldenstern verabredet. So gegen 14.00 Uhr komme er vermutlich zurück.

Hecht fühlte sich darüber beunruhigt, dass er zunächst zur Untätigkeit verurteilt war. Aber ändern ließ sich das zur Zeit nicht; er musste abwarten, bis Felgenheber wieder erschien.

Dieser war gestern von Silke um ein Gespräch gebeten worden, um sich Rat zu holen. Sie trafen sich gleich morgens in einer der Cafeterien auf dem Campus. Felgenheber war glücklich, dass sie ihn von sich aus angesprochen hatte. Es war also nicht so aussichtslos mit ihnen beiden, wie es früher aussah. Silke zog einen Briefumschlag aus ihrer Tasche und reichte ihn Felgenheber. Es war ein Brief des Präsidenten. Der schrieb:

> »Sehr geehrte Frau Wittmann,
> am 23. 11. 1995 wird der Senat über die Präsidentenwahlvorschläge an das Universitätsparlament beraten. Wie Sie wissen, kandidiert auch Prof. Dr. Hecht für dieses Amt. In letzter Zeit sind über ihn und sein Verhalten Ihnen gegenüber Nachrichten in Umlauf gebracht worden, die, träfen sie zu, von maßgeblichem Einfluss auf die Beurteilung seiner Eignung als Präsident wären. Aus diesem Grunde ist beabsichtigt, Sie in nicht öffentlicher Sitzung zu diesem Komplex anzuhören und erforderlichenfalls eine Gegenüberstellung mit Prof. Dr. Hecht durchzuführen.
> Ich ordne daher als Dienstvorgesetzter Ihr Erscheinen an und weise darauf hin, dass Ihr Fernbleiben als Dienstvergehen betrachtet würde. Bitte halten Sie sich ab 16.00 Uhr vor dem Senatssaal zur Verfügung.
> Mit freundlichen Grüßen
> Prof. Dr. Dr. h. c. Mackenroth, Präsident«

»Sieht nicht gut aus für mich?«, fragte ihn Silke. »Ach nee, Unsinn! Bange machen gilt nicht. Der Präsident spinnt ja, dein Erscheinen anzuordnen. Du bist Stipendiatin und nicht wissenschaftliche Mitarbeiterin. Er ist überhaupt nicht dein Dienstvorgesetzter, und anordnen: ist nicht! Ich verstehe bloß im Augenblick den Sinn dieser ganzen Angelegenheit nicht. Ohne dir zu nahe treten zu wollen – du glaubst doch nicht im Ernst, dass du irgendein Verhältnis oder sowas mit Hecht zugeben dürftest. Du wärst ja wahnsinnig, den Hecht im Senat als Kinderschänder bloßzustellen, und das weiß der Mackenroth doch auch!« Silke sah ihn überrascht an: »Du meinst also, ich wäre wahnsinnig, weil ich für Hecht nicht lügen will?« »Ach, lass doch die Haarspalterei. Der Mackenroth kennt dich und deine Wahrheitsliebe ja nicht. Und eigentlich würde man doch wirklich keine solchen Geständnisse machen, die einen selbst ins Zwielicht rücken und einen Kopf und Kragen kosten. Also, ich versteh dich nicht. Aber gut: Jetzt wird Teil 2 meiner Strategie aktuell. Ich muss mit der Güldenstern sprechen, und zwar bald. Auch wenn es dir schwerfällt: Hier darfst du mir dann nicht mehr in den Rücken fallen. Das ist wirklich die einzige Möglichkeit, dich da noch herauszukriegen.« »Wäre ich doch nie nach Altenfurt gekommen«, jammerte Silke. »Du musst viel früher anfangen. Hättest du doch nie in Speyer den Hecht kennengelernt, nie in Münster den älteren Herrn geliebt, nie in Heidelberg Jura studiert, nie Abitur gemacht ... Nein, Silke, so geht das nicht. Ich helfe dir, und der Weg ist auch gangbar, den ich für dich baue. Nur, mit Jammern gelingt gar nichts. Also, nimm dein Leben in die Hand, lass uns kämpfen – gemeinsam sind wir stark, das ist doch der Slogan unserer Frauenbeauftragten. Das gilt auch, wenn ich keine Frau bin. Also: Kann ich dich so gegen fünf erreichen?« »Wo denn?« »Wo du willst.« »Willst du bei mir vorbeikommen?« »Ich bin zwar nicht Hecht, aber ich glaube, den Besuch spare ich mir für bessere Zeiten auf. Ich hole dich in deinem Dienstzimmer ab, und wir gehen irgendwo ein Bier trinken. Dann können wir absprechen, wie's weitergeht.« »Ach, was ist das alles schlimm«, fing Silke nochmals an zu klagen. »Nein, nicht schon wieder! Lass das! Du weißt genau, dass das nichts nützt. Also schalte deinen Verstand ein, den brauchst du jetzt nötiger als dein Gefühl!«

Felgenheber hatte in kluger Voraussicht einen Termin mit der Frauenbeauftragten abgesprochen. Auf deren Frage, worum es gehe, hatte er allgemeine Probleme, zum Beispiel die latenten Vorwürfe des Sexismus in der Fakultät, die Frage der Benachteiligung von Frauen bei der Besetzung von Stellen im wissenschaftlichen Dienst und die Sicherheit auf dem Campus angeführt. Frau Dr. Schmidt-Güldenstern hatte dann den Terminvorschlag unterbreitet, und Felgenheber war einverstanden, sie im Frauenbüro aufzusuchen. Auf seinen Einwand, ob seine Männlichkeit in diesen geweihten Hallen sie vielleicht in Rollenprobleme stürze, hatte sie lachend darauf hingewiesen, sie habe selbst einen Ehemann, sei Mutter zweier Kinder. Ob er sie vielleicht mit einer anderen Frauenbeauftragten verwechsle? Die Tatsache, dass sie sich für Belange der Frauen einsetze, bedeute doch nicht, dass sie gleichzeitig eine Männerfeindin sein müsse.

Felgenheber begab sich mit gemischten Gefühlen zum Frauenbüro, war aber angenehm überrascht, wie freundlich Frau Schmidt-Güldenstern mit ihm umging. Es gab Tee und Plätzchen. Auch war das Zimmer irgendwie gemütlich und ließ erkennen, dass die Bewohnerin Wert auf eine möglichst entspannte Gesprächsatmosphäre legte. So stimmten sie beide sowohl hinsichtlich der in der Tat wenig frauenförderlichen Situation in der Fakultät wie auch der nur begrenzten Möglichkeiten einer Verbesserung überein. Es lag nach beider Auffassung auch an der Struktur des Lehrkörpers, der sich zu wenig verjüngt und bei den Berufungen auf ganz besonders konservative Professoren beschränkt hatte. Eigentlich war das Gespräch beendet, obwohl ein konkretes Ergebnis weder erzielt war noch hätte erzielt werden können.

Frau Dr. Schmidt-Güldenstern blickte den etwas verlegen sich aus seinem Sessel erhebenden Felgenheber freundlich an und fragte: »Aber das war doch sicherlich noch nicht alles, was Sie mit mir besprechen wollten? Denn dafür wäre ja ein so kurzfristiger Besprechungstermin nicht erforderlich gewesen. Das waren ja alles Probleme, die sich nur langfristig lösen lassen.«

»Um ehrlich zu sein«, begann Felgenheber und provozierte damit sofort den Einwurf: »Ehrlich sollten Sie aber doch immer sein, lieber Herr Kollege.« »Also, um Ihre Frage zu beantworten: nein.« »Na, dann nehmen Sie mal wieder Platz.«

Sie setzte sich ebenfalls, sah ihn wohlwollend neugierig an, und da er anscheinend noch nach dem geeigneten Einstieg in ein Gespräch suchte, half sie ihm. »Darf ich raten, was Ihr eigentliches Anliegen ist? Das kann doch nur die Kandidatur Ihres verehrten Herrn Dekans sein, vielmehr die Begleitmusik, die seit einiger Zeit dazu gespielt wird.« »Sie können Gedanken lesen«, nahm Felgenheber dankbar den Faden auf. »Eigentlich geht es mir dabei auch weniger um Professor Hecht selbst als um seine Doktorandin Frau Wittmann. Ich habe mich etwas mit ihr angefreundet, weiß, wie außerordentlich empfindlich sie ist, wie sensibel sie reagiert.« Frau Schmidt-Güldenstern sah ihn skeptisch an. »Wissen Sie, die ist entweder ein ganz durchtriebenes Luder, oder sie ist tatsächlich in unglaublicher Weise naiv und unerfahren.« »Bestimmt nur letzteres«, versicherte Felgenheber. »Da ich mich erst in letzter Zeit etwas mehr um sie gekümmert habe, ist mir auch erst spät aufgefallen, in welch unangenehmer Lage sie sich befindet.« »Das sehe ich auch so. Sie ist wirklich in einer Zwickmühle. Denn entweder sie sagt nichts oder schildert die Vorgänge so, wie Hecht das zurecht biegt, entlastet ihn, dann wird man vermuten, dass er sie unter Druck gesetzt hat zu lügen. Denn natürlich, so wird jeder sagen, hat sie mit ihm was gehabt und lügt ihn jetzt heraus aus seinen Schwierigkeiten. Das hat aber später für Hecht seinen Preis, das macht sie nicht umsonst. Dann ist sie das Luder und Hecht der verführte Dummkopf. Oder sie sagt ehrlich, dass er sie überrumpelt hat, sie, wie vermutlich vorher auch schon einige andere, einfach mal so verknuspert hat, sie sich nicht wehren konnte; unabhängig davon, ob ihr das überhaupt irgendjemand glaubt, sie ist dann die Königsmörderin, die den hoffnungsvollen Präsidentschaftskandidaten gekippt hat. Was sie auch sagt, es ist immer falsch. Es führt in jeder Variante dazu, dass sie hier erledigt ist.« »Sehen Sie, Frau Schmidt-Güldenstern, das ist genau der Punkt, zu dem ich Ihre Hilfe brauche.« »Ja, ja, ich kann mir schon vorstellen, wie die aussehen soll. Sie meinen, ich müsste die Sache an mich ziehen, den bösen Sexisten Hecht zur Strecke bringen und das arme Opfer rehabilitieren. Das wird so nicht gehen. Bei allem Mitgefühl für die arme Kollegin, aber sie hat sich doch selbst in dieses Unglück gestürzt, oder wollen Sie etwa behaupten, Hecht habe sie vergewaltigt?«

»Genau das behaupte ich. Aber das kann natürlich niemand beweisen; es ist für Außenstehende auch viel einleuchtender, dass sie sich an ihn herangemacht hat, aus welchen Gründen auch immer. Und trotzdem, wer Silke, ich meine Frau Wittmann, näher kennt, weiß, dass sie das niemals könnte. Sie ist dazu viel zu scheu und weltfremd und unerfahren. Hecht kannte ihre ungewöhnliche Hilfsbereitschaft, hat sich todkrank gestellt, sie hat ihn mitgenommen, um ihn von der Straße zu bekommen, auf der er ihr vor die Füße torkelte, hat ihn in ihrer Wohnung etwas aufpäppeln wollen und ist dann von ihm überfallen worden. Da kann man doch nicht einfach mit den Achseln zucken und sagen, da hat sie aber Pech gehabt.« »Lieber Herr Kollege, das tu ich doch auch nicht. Ich will ihr ja helfen, und damit helfe ich Ihnen wohl auch, denn Sie sind selbst, wie ich sehe, empfindlich getroffen. Aber wie könnte das gehen? Sie kennen den Betrieb besser als ich; was, raten Sie, soll ich machen?«

Jetzt entwickelte Felgenheber ihr seinen Plan, so, wie er ihn vorher Silke geschildert hatte. Frau Schmidt-Güldenstern war nicht begeistert. »Damit entspreche ich wieder völlig dem Klischee der Frauenbeauftragten, wie es sich in vielen Männerköpfen festgesetzt hat«, warf sie ein. »Ich versuche doch gerade in meiner Arbeit, weg von diesen plakativen Reizbegriffen wie spezifische Würde der Frau, weibliches Selbstbestimmungsrecht, gesellschaftliche Benachteiligung usw. zu kommen. Ich habe meine Arbeit darauf konzentriert, Chancengleichheit bei Wahrung geschlechtsspezifischer Unterschiede einzufordern; ich will die Diskussion versachlichen, entemotionalisieren, um zu beweisen, dass wir Frauen und insbesondere wir Frauenbeauftragten zu derselben sachlich nüchternen Arbeit und Kooperation in der Lage sind, wie die Männer das immer für sich in Anspruch nehmen. Und nun soll ich in die Klamottenkiste des Feminismus greifen und mit alten Schlagworten und Parolen kämpfen, die längst als wirkungslos erkannt sind?«

Felgenheber resignierte. Wenn nicht einmal die Frauenbeauftragte bereit war, einer unverschuldet oder zumindest nur teilweise verschuldet in Not geratenen jungen Frau zu helfen, dann waren in der Tat alle Versicherungen weiblicher Solidarität nur leeres Gerede. Er stand auf. »Nun geben Sie doch mal nicht so schnell auf; erst lassen Sie uns nochmal nachdenken, ob Ihre Vorschläge umsetzbar sind und ob sie Frau Wittmann entlasten.«

Nach einer weiteren Viertelstunde, die Felgenhebers Optimismus etwas gestärkt hatte, waren sie sich einig, dass sein Vorschlag Silke tatsächlich am wenigsten beschädigte. Dass sie aus dieser Geschichte aber ohne Makel herauskäme, hielten beide für unwahrscheinlich. Dass jedes Wort Silkes bereits jetzt gegen sie verwendet würde, war ganz sicher. Also war jedes Wort ein Wort zu viel. Silke musste schweigen.

Der 23. November kam schneller, als es Hecht lieb war. Es war ihm nicht gelungen herauszufinden, was Mackenroth vorhatte, falls Silke nicht erschien. Aber es war ihm auch nicht deutlich, wie er selbst dann weiter vorgehen sollte. Er wusste eigentlich überhaupt nicht mehr, was passierte, wenn er nicht zum Präsidenten gewählt wurde.

Die Senatssitzung begann mit der Anhörung der fünf Kandidaten. Sie ergab, dass eigentlich nur Hecht als Präsident in Betracht kam. Der Abstand zu den vier Mitbewerbern war zu groß, als dass auch nur einer von ihnen ernsthaft in Erwägung gezogen werden konnte. Das Thema »Fakultätsfest und die Folgen« wurde überhaupt nicht angeschnitten. Die Diskussion mit Hecht ging um den Wert von Zeugnissen, über die Betreuung von Studenten, Modernisierung von Studiengängen und insbesondere Qualitätsstandards und Qualitätskontrolle in der Forschung. Und auf diesen Schlachtfeldern war Hecht ein glänzender Sieger.

Es gab eine Pause. Dann begann die nicht öffentliche Sitzung. Paul Bosma, der als Medizindekan auch Mitglied des Senats war, schlug vor, Hecht ohne weitere Personaldebatte auf Platz 1 zu setzen und die beiden anderen internen Kandidaten auf die Plätze 2 und 3. Falls, womit er nicht rechne, das Parlament dann doch nicht Hecht, sondern den Zweit- oder Drittplazierten wählte, konnte man die leicht dazu bringen, die Wahl nicht anzunehmen. Dann wäre Zeit gewonnen, um in Ruhe eine Neuausschreibung durchzuführen.

Das Vorpreschen Pauls stellte sich als ungeschickt heraus. Fast alle Senatsmitglieder wollten eine Personaldebatte führen, und es war auch nicht zu verkennen, dass die in der Flugblatt- und Plakatkampagne gegen Hecht erhobenen Vorwürfe erörtert werden sollten.

Paul geriet in Zorn. Wenn hier schmutzige Wäsche gewaschen werden sollte, dann müsse er darauf dringen, dass auch die Vorfälle zur Sprache kämen, die zum Rücktritt des jetzigen Präsidenten geführt hätten. Dann müsste erörtert werden, was der Senat an Maßnahmen ergreifen wolle, dass sich so etwas bei dem neuen Präsidenten nicht wiederhole.

Nun hatte Paul fast alle Senatsmitglieder gegen sich. Mackenroth erkannte seinen Vorteil und stellte zwei Anträge: Zum einen, ohne Personaldebatte sofort über den Vorschlag Bosma abzustimmen, zum anderen und hilfsweise, dass im Falle der Ablehnung des ersten Antrages die Debatte ausschließlich auf die Kandidaten beschränkt werde und nicht die Person oder das Verhalten des jetzigen Präsidenten erörtert werde. Erwartungsgemäß wurde der erste Antrag abgelehnt, der zweite erhielt eine breite Mehrheit.

Zunächst wurden die vier Bewerber außer Hecht diskutiert; das ging schnell, denn es wurde nochmals deutlich, dass keiner ernsthaft in Betracht kam. Der Vorschlag, die beiden Hausbewerber gleichwohl als Zählkandidaten auf Platz 2 und 3 zu setzen, damit dem Hochschulgesetz entsprochen werde, fand eine knappe Mehrheit.

Mackenroth schlug nun vor, die Diskussion um Hecht zunächst unter dem Gesichtspunkt der fachlichen, dann unter dem der charakterlichen Eignung zu führen. Das rief lebhaften Widerspruch hervor. Von Gesinnungsschnüffelei war die Rede, von Rufmord und Ehrenrührigkeit. Die Diskussion lief völlig aus dem Ruder. Schließlich gelang es zwei Professoren, einem Germanisten mit Namen Winter und dem Prodekan Tellmer von den Juristen, wieder etwas Ruhe herzustellen. Beide forderten nachdrücklich, sich auf die fachliche Bewertung zu beschränken. Als aber deutlich wurde, dass zumindest auch die Flugblatt- und Plakataktion diskutiert werden musste, bestanden sie darauf, dass man das nicht als Geschichte vom Hörensagen behandeln konnte.

Mackenroth schaltete sofort. Er erklärte, er habe genau das auch nicht beabsichtigt, sondern sowohl Herrn Hecht wie auch dessen Doktorandin Frau Wittmann einbestellt. Beide könnten befragt werden.

Es kam zu lebhaften Zustimmungs- und Ablehnungsäußerungen. Wiederum redeten alle gleichzeitig, es war kaum ein Wort zu verstehen. Jetzt brüllte Mackenroth in den Saal: »Entweder Sie nehmen wieder Platz und ich lasse Herrn Hecht zur Befragung hereinholen, oder ich breche die Sitzung ab.«

Allmählich wurde es ruhiger, und ohne weitere Abstimmungen des Senats ließ er Hecht durch den Protokollführer hereinbitten. Es wurde ganz still im Raum, alle schauten auf Hecht und Mackenroth. Der begann auch sofort: »Also, Herr Kollege, der Senat hat die unerfreulichen Aktionen gegen Ihre Fakultät und auch gegen Sie selbst in unangenehmer Erinnerung. Er fragt sich, wohl zu recht, was kommt da noch alles zutage, und wie steht die Universität im Ansehen der Öffentlichkeit.« Heftiges Zischen und Rufe wie »Unverschämtheit« und »mehr Sachlichkeit« signalisierten Mackenroth, dass sich die Stimmung gegen ihn wandte. Er fuhr fort: »Also, bevor wir hier weitere Spekulationen anstellen, bittet der Senat Sie, die Vorgänge so zu schildern, wie sie sich nach Ihrer Wahrnehmung ereignet haben.«

Hecht schilderte das Fakultätsfest und die sich daran anschließenden Vorkommnisse in der öffentlichkeitsbekannten Version. Er erwähnte auch die Erpresserbriefe. Auf die Frage, warum er nicht sofort den Staatsanwalt eingeschaltet habe, verwies er auf sein Gespräch mit Dr. Sombicky, mit dem er zu dem Ergebnis gekommen sei, es handle sich um eine unterhalb der Stufe eines Straftatbestandes liegende, besonders üble Form des Mobbing, der man besser durch unbeeindruckte Nichtbeachtung als durch Strafanzeigen begegne. Die Tatsache, dass seit vier Wochen nichts weiter in dieser Hinsicht geschehen sei, beweise die Richtigkeit seiner Theorie.

Fast schien die Befragung beendet zu sein, da meldete sich noch eine Studentin zu Wort. Sie wollte wissen, wie Hechts Verhältnis zu Frau Wittmann sei. Es heiße, er besuche sie auch privat in ihrer Wohnung, habe schon in Speyer intime Kontakte zu ihr aufgenommen, als er dort als Gastdozent tätig gewesen sei. Er habe das Abhängigkeitsverhältnis der Doktorandin missbraucht, um im dienstlichen Bereich eine intime Beziehung mit ihr zu unterhalten.

Wieder gab es lauten Protest, und es fielen böse Wort von Ausspionieren und Subversion. Aber wieder konnte Mackenroth Ruhe herstellen und fragte den noch anwesenden Hecht: »Nun, Herr Kollege, wie stehen Sie zu diesen Vorwürfen?« Hecht gelang es, kaltblütig und gelassen zu bleiben, wenn er auch meinte, vor Wut zu platzen. »Die Vorwürfe sind sämtlich unzutreffend. Aber ich weiß, dass ein Teil der Hochschule mit Freude verfolgt, wie ich hier demontiert werden soll, nur weil ich bereit bin, ein Amt anzutreten, welches dem jetzigen Inhaber, wie einige meinen, zu Unrecht abgenommen worden ist. Ich will mich dazu nicht weiter äußern. Diese Schmutzkampagne bewegt sich auf einer Ebene, zu der mir der Zugang fehlt. Das sind nicht meine Waffen, mit denen da gekämpft wird.«

Mit schriller Stimme meldete sich nochmals die Studentin. »Wenn Herr Hecht meint, er könnte uns hier Sand in die Augen streuen, so irrt er sich. Er hat meine Frage auch nicht ansatzweise beantwortet, und er wird uns auch weiter nur anlabern, statt präzise Antworten zu geben. Darum verlange ich, dass jetzt die Betroffene selbst angehört wird. Die hat der Präsident ja vorsorglich auch geladen. Herr Mackenroth, es ist mir fast peinlich, mit Ihnen in einem Boot zu sitzen. Aber hier ist das der Fall. Wir glauben nämlich beide nicht, was Herr Hecht uns hier aufgetischt hat. Und wir sind auch wohl beide der Meinung, dass er für das Präsidentenamt nicht geeignet ist.«

Erneut gab es lautstarke Kritik, aber auch Zustimmung. Der Protokollführer begab sich vor die Tür, um Frau Wittmann hereinzurufen. Offenbar hatte Mackenroth ihn dazu aufgefordert, ohne abzuwarten, ob die Mehrheit für eine Anhörung war oder nicht. Der Protokollführer erschien kurze Zeit darauf wieder, tuschelte mit dem Präsidenten, dann erhob sich dieser und brüllte voller Wut »Ruhe!«, in den Raum. Es entstand tatsächlich eine fast beängstigende Stille, und mit heiserer Stimme verkündete Mackenroth: »Frau Wittmann ist nicht erschienen. Das ist eine bodenlose Frechheit und eine Beleidigung des Senats. Sie hat meine dienstliche Weisung ignoriert. Das ist ein klarer Disziplinarfall. Das wird Folgen für diese Dame haben, das kann ich hier versprechen.«

Sichtlich erregt sprang Prodekan Tellmer auf und stürmte zum Präsidenten. Er versuchte ihn anzusprechen, aber Mackenroth wandte sich ab. Da drehte Tellmer sich um und rief: »Herr Präsident, wenn Sie schon nicht mit mir sprechen wollen, dann soll doch jeder hier im Saal meine Meinung hören.« Es wurde wieder ruhig, und mit etwas leiserer Stimme konnte er fortfahren: »Viele meiner Kollegen und ich sind mit Ihrer Verhandlungsführung nicht einverstanden. Was Sie hier treiben, ist reine Demagogie, auch wenn Sie mit verteilten Rollen auftreten.« Mackenroth wollte ihm ins Wort fallen, schrie: »Ich entziehe Ihnen das Wort, ich entziehe Ihnen das Wort«, aber Tellmer ließ sich nicht unterbrechen. »Als Präsident sollten Sie integrieren, zwischen den unterschiedlichen Meinungen vermitteln und ausgleichen. Aber Sie gießen nur Öl ins Feuer, arbeiten auf eine Spaltung des Senats hin, wollen unter allen Umständen die Wahl Ihres Nachfolgers verhindern. Schämen sollten Sie sich, Herr Präsident, schämen! Außerdem lassen Sie sich sagen: Frau Wittmann ist Stipendiatin der Hellweg-Stiftung und Studienstiftlerin. Sie ist keine Angestellte der Universität, sondern eingeschriebene Studentin. Sie haben keine Disziplinargewalt über sie, und Dienstpflichten Ihnen gegenüber hat sie nicht. Lassen Sie sich demnächst besser beraten, ehe Sie solche unsinnigen Behauptungen aufstellen. Und im übrigen: Frau Wittmann ist erst seit einem halben Jahr als Doktorandin bei der Fakultät. Es ist eine wirkliche Schande, wie die Universität sie behandelt hat. So etwas spricht sich bei den Stiftungen herum. Wir alle sollten uns fragen, wie skrupellos wir mit den jungen Menschen hier umgehen.«

Auf mehrere Zurufe antwortete er dann: »Natürlich hätte ich es besser gefunden, wenn Frau Wittmann hier gewesen wäre, allein schon, weil dann unser Kollege Hecht nochmals unzweideutig entlastet worden wäre. Aber dass ein junger Mensch, zumal noch eine Frau, angesichts der hier erhobenen Vorwürfe Angst bekommt, sich nicht länger als Täter oder Opfer instrumentalisieren lassen will, sondern schlicht die Flucht ergreift, das kann ich gut verstehen. Ich verstehe das umso besser, je mehr ich sehe, dass es Ihnen ja nicht darum geht, einen heiklen Sachverhalt mit Diskretion und Verständnis zu behandeln, sondern ein Tribunal abzuhalten.«

Angesichts dieser schweren Vorwürfe blieb Tellmers Rede nicht ohne Eindruck. Eine kleine, nachdenkliche Minute nutzte die Frauenbeauftragte, um das Wort zu ergreifen. Mit leiser Stimme begann sie: »Meine Damen und Herren, dass Frau Wittmann nicht erschienen ist, muss zum größten Teil ich verantworten. Sie hat mich aufgesucht, und ich habe selten einen Menschen gesehen, der so verzweifelt war. Alles, was sie hier sagen könnte, wirklich alles, wäre gegen sie verwendbar. Das geht vom Vorwurf, sich die Förderung ihrer Promotion durch sexuelle Wohltaten zu erkaufen, bis hin zu der Frage, ob es denn eine Vergewaltigung gibt, zu der man freiwillig hingegangen ist. Nein, meine Herren, das kann niemand von ihr verlangen. Im übrigen hat ja Herr Tellmer die Situation exakt beschrieben. Sie sollten sich wirklich schämen, was Sie einer jungen Frau hier zumuten. Aber dafür reicht Ihre Phantasie nicht. Ich sehe es schon.«

Noch während Frau Schmidt-Güldenstern sprach, hatte sich Mackenroth erhoben. Er hatte seine Brille auf den Tisch geworfen, fuhr sich unausgesetzt mit der Hand durchs Gesicht und war hochrot angelaufen. Paul dachte, hoffentlich kollabiert der nicht, und überlegte, wie schnell man gegebenenfalls einen Notarzt hierher bestellen konnte. Mit sich fast überschlagender Stimme schrie Mackenroth: »Ich verbitte mir Ihre Vorwürfe, Herr Tellmer, mit aller Entschiedenheit! Es ist ja schier unglaublich, wie Sie hier die Wahrheit verdrehen. Und dann auch noch die Frauenbeauftragte! Ja, Herrgott noch mal, meine Damen und Herren, das sind doch alles Mätzchen, leeres Stroh wird da gedroschen, mit Vorurteilen an Ihr Gefühl appelliert! Durchschauen Sie doch diesen ganzen Mummenschanz! Die Kommilitonin hat völlig recht, solange diese Frau sich nicht äußert, nicht sagt, was wirklich war, ist Hecht doch belastet. Wollen Sie denn jemanden wählen, von dem Sie nicht wissen, welche Leichen er noch im Keller hat? Der jederzeit mit diesen Geschichten erpressbar ist? Wer von Ihnen weiß denn, wann die nächste Enthüllung kommt, wann die nächste Schmutzkampagne droht? Nein, Frau Schmidt-Güldenstern, Herr Tellmer, Sie haben der Universität geschadet, indem Sie das Fernbleiben dieser Dame entschuldigen. Sie behindern die Wahrheitsfindung, und Sie zwingen mich zu einem schmerzhaften Schritt der Selbstreinigung: Ich kann nicht anders, ich werde Herrn Hecht anzeigen, ja, beim Staatsanwalt. Sie, Frau Schmidt-Güldenstein, haben soeben von Vergewaltigung gesprochen, ich denke, auch sexuelle Nötigung ist strafbar. Sie tragen für diesen meinen Schritt die Verantwortung, nicht ich.«

Ein gewaltiger Tumult brach aus. Mackenroth rief: »Ich breche die Sitzung ab«, aber man wusste nicht, ob sie beendet oder nur unterbrochen war. Noch nach einer Stunde – Mackenroth war längst verschwunden – standen die meisten Senatsmitglieder ratlos im Sitzungssaal oder davor und debattierten.

Natürlich hatte sich Felgenheber den Sitzungsverlauf sofort von Tellmer berichten lassen. Und auch Frau Schmidt-Güldenstern rief an. Sie war entsetzt, welche Entwicklung das Ganze genommen hatte. Die so wunderbar eingefädelte Verteidigungsstrategie war gescheitert. Aber ein Erscheinen Silkes hätte ähnlich verheerende Auswirkungen gehabt, trösteten sich beide. Denn dass Silke Hecht schwer belastet hätte, das war nicht zu bezweifeln. Sie verabredeten für den Abend noch ein Treffen.

Hecht kam deprimiert nach Hause. Kurz darauf erschien auch Paul. Sie erzählten Ute den Ablauf. Diese war erschrocken; der lange Schatten dieser unglückseligen Silke streifte sie schon wieder. Paul fand es extrem unangenehm, dass diese Silke einfach gekniffen hatte, statt Hecht dort zu entlasten. Er schimpfte laut auf die Frauenbeauftragte, die hinter dieser idiotischen Geschichte stecke. Aber wie es weitergehen konnte, wusste er auch nicht. Wenn Silke dort nicht reden wollte, konnte anscheinend niemand sie dazu zwingen. Und Hecht sollte keinen Druck auf sie ausüben – das wäre ja wie ein Schuldanerkenntnis.

Hecht meinte schließlich, es wäre vielleicht nützlich, Felgenheber zuzuziehen. Der sei etwas enger mit Silke befreundet. Vielleicht könne der sie ja bewegen zu sprechen.

Paul dachte laut nach: »Wenn Mackenroth seine Drohung wahr macht und Anzeige erstattet, ist Silke mit Reden dran. Da helfen ihr keine Tricks der Frauenbeauftragten. Da gibt es ja wohl Beugehaft, wenn ein Zeuge nicht reden will.« »Mein Gott, Paul, das wird ja immer schlimmer. Das gerät ja alles aus den Fugen. Nein, Hans, du musst deine Kandidatur zurückziehen. Nimm ein Forschungssemester, fahr weg, schick diese Silke in die Wüste. Gib doch endlich diese schreckliche Kandidatur auf!«

Hecht sah zweifelnd zu Paul. Der half ihm. »Nein, Ute, in diesem Stadium kann Hans das nicht. Später vielleicht, aber jetzt ist das wirklich ein glattes Schuldanerkenntnis. Gerate doch nicht gleich in Panik. Das mit der Strafanzeige ist doch genial. Bei der Staatsanwaltschaft gibt es keine Ausreden mehr, dort wird dieser Unglücksrabe sprechen. Und, Hans, wenn du dann entlastet bist, gehst du in den Senat. Alle werden sich entschuldigen, und im Triumph wirst du zum Präsidenten gewählt. Mein Gott, wenn diese wahnsinnige Frauenbeauftragte sich nicht so wichtig gemacht hätte, wenn sie Silke nicht instrumentalisiert hätte, um wieder einmal auf sich aufmerksam zu machen, dann säßen wir jetzt hier und ließen die Champagnerkorken knallen.«

Felgenheber traf sich abends mit der Frauenbeauftragten. Ihn trieb die Sorge um, ob er in irgendeiner Weise Einfluss auf Silke nehmen könnte, was er ihr raten sollte. Aber Frau Schmidt-Güldenstern riet dringend ab. »Nein, Herr Kollege, Sie sehen ja, dass unsere Versuche, das Geschehen zu lenken, kläglich gescheitert sind. Wir dürfen jetzt nicht mehr agieren. Höchstens, wenn wir ausdrücklich gefragt werden, können wir antworten. Ihre Silke ist kein Kind mehr, auch wenn sie das noch nicht wahrhaben will. Dieses Stück Weges muss sie allein gehen. Sie sollten bereitstehen, um sie aufzufangen, falls sie abstürzt. Aber nicht mehr. Wie immer sie sich verhält, sie beeinflusst maßgeblich die Geschicke dieser Universität. Das muss sie selbst entscheiden, weil sie das auch selbst verantworten muss.«

Felgenhebers Hochachtung vor Frau Schmidt-Güldenstern stieg noch weiter an. Und sie hatte wohl recht. Die ganze Taktiererei hatte Silke nicht geholfen, im Gegenteil. Der Grundkonflikt war geblieben: Lügen und damit Hecht und sich retten, oder die Wahrheit sagen und untergehen. Das konnte sie wirklich nur selbst entscheiden.

Schon am nächsten Tag sprach sich herum, dass Mackenroth seine Drohung wahrgemacht hatte. Die Anzeige war erstattet worden. Hecht gab keinerlei Kommentare ab, was die meisten verstanden. Die Zeitung hatte nur allgemein von Turbulenzen gesprochen, die eine Präsidentenwahl behinderten. Es herrschte wieder gespannte Ruhe, im kleinen Kreis der Ordinarien wurde vorsichtig nach einem anderen Präsidentschaftskandidaten gesucht. Hecht richtete sich darauf ein, dass Silke ihn belastete, ließ sich das aber nicht anmerken. Falls seine Befürchtungen zutrafen, würde er gegen sie mit einer Strafanzeige wegen uneidlicher Falschaussage reagieren und sich im übrigen als Opfer einer Intrige ausgeben. Sein Ruf wäre in Altenfurt wohl stark lädiert. Er zöge sich aus allen Gremien zurück, fast wie die Erpresser das verlangt hatten. Aber bevor er nicht wusste, was Silke aussagte, gab er nicht auf.

Silke schließlich traf sich mit der Frauenbeauftragten, ließ sich den Ablauf der Senatssitzung schildern und war sehr unglücklich über den Verlauf, den die Geschichte jetzt nahm. Frau Schmidt-Güldenstern machte ihr Mut, die Entscheidung über ihre Aussage selbst zu treffen. Sie zeigte nochmals auf, welche Konsequenzen die eine und welche die andere habe. Aber Felgenheber, das wisse sie ganz genau, der hielte so oder so zu ihr, auf den sei Verlass.

Cosi fan tutte in Altenfurt

Am Freitag rief Dr. Sombicky Hecht an. Das sei ja wirklich eine etwas desaströse Geschichte. Er verstehe die Frauenbeauftragte nicht, die dieses ganze Theater angezettelt habe. Aber er habe schon mit Mackenroth telefoniert. Die Strafanzeige sei unter den gegebenen Umständen wohl der einzige Weg, die verstockte Silke zu einer Aussage zu zwingen. Und mit dieser entlastenden Aussage könne Mackenroth dann das Vorschlagsverfahren schnell fortsetzen, so dass das Parlament noch im Dezember wählen könne. Der Mackenroth sei wirklich ein gewitzter Praktiker, man sähe ihm das zunächst gar nicht an. »Also, Herr Hecht, ich spiele dieses Mal das Spiel mit und lasse mich zur Wahrheitsfindung vor den Karren der Universität spannen. Auf Dienstag habe ich Frau Wittmann vorgeladen und auch gleich mit Zwangsgeld und Beugehaft gewunken. Früh um neun Uhr bringen wir das hinter uns. Ich verständige Mackenroth und Sie sofort, seien Sie daher so ab 9.30 Uhr telefonisch erreichbar.« Hecht bedankte sich, erklärte sein tiefes Bedauern über den skurrilen Verlauf, den diese Geschichte nun genommen habe und lud Sombicky schon jetzt zu einem Vortrag in die Universität ein.

Das Wochenende war für Hecht die Hölle. Das untätige Warten schien unerträglich. Alle Szenarios hatte er schon durchgespielt; alle waren ganz fürchterlich, wenn Silke gegen ihn aussagte.

Auch Felgenheber war unruhig. Hatte er Silke ausreichend deutlich gemacht, dass es doch gar keine andere Alternative gab, als Hecht zu entlasten? Aber ob sie überhaupt Vernunft annahm? Am Sonntag rief er sie an. Sie war zu Hause, sagte, sie sei immer noch unentschlossen, was sie tun müsse. Auch scheue sie sich, ihre Münsterschen Freunde zu fragen; was die sagten, wisse sie schon.

Felgenheber schlug vor, sie könnten ja gemeinsam spazierengehen. Sie brauchten dabei kein Wort zu sprechen. Aber so spüre Silke wenigstens, dass sie nicht ganz allein sei. Sie war einverstanden. Tatsächlich sprachen sie kein Wort über die Vorladung und die Aussage, die Silke machen müsste. Sie erzählten von ihren Familien, ihrer Schulzeit, ihrem Studium.

Am Montag blieb Silke unsichtbar; sie verließ ihre Wohnung nicht. Im Dekanat trafen Hecht und Felgenheber aufeinander. Wally war nicht im Zimmer, und Hecht sah Felgenheber grimmig an. »Das ist ja voll in die Hose gegangen, Ihre Theorie mit der Aussageverweigerung«, knurrte er. »Das kann man so noch nicht sagen«, meinte Felgenheber, »warten wir doch erst einmal den morgigen Tag ab, dann sprechen wir uns wieder. Vielleicht hatte ich doch die richtige Strategie.« »Na hoffentlich«, beendete Hecht das Gespräch und ging grußlos in sein Zimmer. Felgenheber traf Frau Schmidt-Güldenstern zufällig in der Mensa. Sie gingen auf einen Espresso zum Italiener. Felgenheber bedauerte nochmals, dass die Sache so gründlich daneben gegangen war und nun alle Senatoren ihr die Schuld zuschöben. Sie habe die hilflose Doktorandin zu dieser unsinnigen Haltung verleitet.

Frau Schmidt-Güldenstern war aber nicht böse. »Ach, wissen Sie, das ist nicht so schlimm, wie es aussieht. Es sind wieder dieselben alten Machos, die auf mich einprügeln. Die sehen jetzt ihr Bild von den Frauen bestätigt und freuen sich, dass sie mal wieder ungehindert schimpfen dürfen. Die differenzierteren Leute durchschauen, glaub ich, was da gespielt wird. Und wenn ich Ihnen und Ihrer Silke etwas geholfen habe, dann hat sich das ja schon gelohnt. Ganz bestimmt.«

Am Dienstag war Hecht bereits um sieben Uhr in der Universität. Die Putzfrau war noch nicht fertig. Er stand auf dem Gang, wie seinerzeit nach dem Fakultätsfest. Da an Arbeiten nicht zu denken war, machte er einen Spaziergang durch die dunkle Stadt und den feucht-kalten Novembernebel. Dann wärmte er sich in einem Stehcafé auf, trank zwei Becher Kaffee und ging ins Institut zurück. Frau Marschner war da, machte aber einen in sich gekehrten Eindruck und schien sehr verlegen zu sein. Er ging in sein Dienstzimmer, bat Frau Marschner, seine Telefonleitung freizuhalten. Er warte auf einen Anruf von Dr. Sombicky, den sollte sie sofort durchstellen.

Es wurde 9.15 Uhr. Hecht las die Zeitung, ohne wahrzunehmen, was darin stand. Es wurde 9.30 Uhr; Hecht kämpfte gegen den dringenden Wunsch, zur Cognac-Flasche zu greifen. Ihm war übel geworden. Schließlich, um 9.40 Uhr, summte das Telefon, er nahm den Höher ab, Frau Marschner sagte mit Grabesstimme: »Dr. Sombicky«, und Hecht blieb fast das Herz stehen. »Ja, Herr Hecht« – dieser musste einen starken Brechreiz unterdrücken – »ich habe soeben gemeinsam mit einem jungen Kollegen Frau Wittmann vernommen. Das ist ja eine ganz reizende Person. Überhaupt nicht das dumme Schäfchen, als das sie mir angekündigt worden ist.« Hecht hatte das Gefühl, als nächstes sinke er ohnmächtig vom Stuhl. »Und sie hat ganz freiwillg ausgesagt. Sie hat Ihre Schilderung voll und ganz bestätigt, keinerlei Abweichungen. Ich hab sie gefragt, ob sie sich mit Ihnen abgesprochen hätte. Aber das hat sie weit von sich gewiesen. Und das glaub ich ihr auch. Sie konnte nämlich erklären, warum sie nicht im Senat auftreten wollte. Zum einen hatten Freunde ihr das geraten. Zum anderen wollte sie sich nicht von den unterschiedlichen Senatsgruppen vereinnahmen lassen. Aber da hat Mackenroth ja wirklich einen sehr eleganten Ausweg gefunden. Im übrigen muss ich sagen, die junge Dame ist wirklich ganz reizend. Kein Wunder, dass Ihnen da die neidischen Kollegen etwas andichten wollen. Eine so nette Doktorandin hätten die auch gerne gehabt. Also, lieber Herr Hecht, es war viel Qualm und wenig Feuer. Hoffentlich ist das kein Dauerzustand in der Universität.« Hecht lachte pflichtschuldig, dankte und fragte, wie es denn jetzt weitergehe. »Ihren Präsidenten habe ich schon angerufen. Der war sichtlich erleichtert. Wir machen dann gleich von hier aus noch eine Pressemeldung, dass gegen Sie keinerlei Verdacht einer strafbaren Handlung vorliegt und dass das ein Ergebnis unserer Zeugenvernehmung ist. Ja, und dann müssen Sie nur noch gewählt werden, das kommt ja in zwei Wochen. Also, lieber Herr Hecht, viel Glück und nochmals alles Gute.« Knack, sagte der Hörer; Hecht war allein.

Er ging ins Vorzimmer, Frau Marschner sah ihn fragend an. »Wo ist denn eigentlich Frau Wittmann?« Frau Marschner fuhr zusammen; hatte der Chef den Verstand verloren? »Aber, die ist doch, das wissen Sie doch, die ist heute morgen beim Staatsanwalt. Ist sie da nicht hingegangen?« »Schon, aber da ist sie schon lange wieder weg.« »Ja und?«, fragte Frau Marschner fassungslos. »Viel Qualm, wenig Feuer, hat mir Dr. Sombicky gerade gesagt. Sie hat meine Schilderung exakt bestätigt. Warum sie das nicht im Senat konnte, weiß wohl nur die Frauenbeauftragte.« »Dann muss ich aber ganz schnell den Herbert anrufen, Entschuldigung, den Dr. Felgenheber. Der will das nämlich sofort wissen.« »Mein Gott, nun macht doch nicht so viel Qualm mit so 'nem bisschen Feuer«, seufzte Hecht, und dann verschwand er aus seinem Institut.

Felgenheber fiel der buchstäbliche Stein vom Herzen. Er versuchte in halbstündigen Intervallen, Silke telefonisch zu erreichen. Als er es schon aufgeben wollte, nach 17.00 Uhr, hatte er sie endlich erwischt. Sie klang ganz natürlich, vielleicht etwas gedämpft, aber nicht erregt. Ob sie sich treffen könnten? Doch, ja, warum eigentlich nicht? Er stehe um 18.30 Uhr vor ihrer Haustür, lade sie zum Essen ein. Sicher, das ginge gut, sie freue sich.

Als um halb sieben die Haustür aufging, trat Felgenheber schnell in den Flur, zog Silke an sich und drückte sie ganz fest. Als sie schon nach Luft schnappte, ließ er sie los, ging zur Straße, zum Auto. Sie stiegen ein, sie sah ihn fragend an: »Wohin?« »Na, wohin wohl? Zum Rebstock, du weißt doch, wie neulich. Aber heute ist mir wohler. Dir auch?« »Ach, Herbert, frag nicht. Einerseits bin ich froh, andererseits schäme ich mich.« »Silke, werde erwachsen! Sieh mal: Es gibt keine nur guten Menschen, und keine nur schlechten. Jeder hat beide Eigenschaften immer gleichzeitig, mal mehr von der einen, mal mehr von der anderen. Aber das lernst du ja jetzt.« Und nachdem sie eine Viertelstunde schweigsam gefahren waren, fing er noch einmal an: »Vielleicht wirst du doch besser nicht so richtig erwachsen. Es genügt, wenn ich das bin. Du bist mir so wie du bist eigentlich viel lieber. Ja, bist du einverstanden?« »Ach, Herbert«, seufzte Silke, dann legte sie ihren linken Arm um seine Schultern und schwieg.

Im April 1996 trafen sich Hecht und Ute mit Georg und Adelgund in Starnberg. Hecht, inzwischen Präsident der Gerlach-Adolf-Universität zu Altenfurt, hatte eine Sitzung der Max-Planck-Gesellschaft in München zu besuchen. Da er ohnehin den Dienstwagen nahm und der ja nun drei freie Sitzplätze aufwies, nahm er Ute mit. Sie hatte zwar ihren Dienst wieder begonnen, aber nur noch mit halber Stundenzahl. So konnte sie sich freimachen und mitfahren. Und da das Dienstauto nun einmal in München war und Georg sie so herzlich eingeladen hatte, da lag es doch nahe, noch einen Tag anzuhängen, Georg zu besuchen, einmal wieder richtig gemütlich in seinem Haus zusammenzusitzen, zu erzählen. Der Fahrer wurde im Dorfgasthaus nahe

Starnberg einquartiert, er war einverstanden. Und so erzählte Hecht abends am Kaminfeuer, wie es im letzten Jahr gewesen war: Wie Utes Erkrankung aus ihm einen anderen Menschen gemacht hatte; der Wahlkampf ums Präsidentenamt, die Schmutzkampagne, aber auch das gute Ende dank der Taktik des Altpräsidenten. Ach ja, das eigentliche Streitobjekt, die Doktorandin, die habe das alles heil überstanden. Der habe er gerade in New York bei der Columbia University ein Jahresstipendium verschafft, mit Verlängerungsmöglichkeit. Die sei jetzt schon fast drei Monate drüben. Und in festen Händen sei sie auch. Sein früherer Fakultätsassistent, ein etwas aus der Bahn geratener Wissenschaftler, aber menschlich ganz in Ordnung, habe sie zu seiner Favoritin erkoren, und sie sei wohl auch mit ihm einverstanden. Jedenfalls jette der jedes zweite Wochenende rüber, kein Wunder bei den niedrigen Flugpreisen, und da hielten sie dann gemeinsam Händchen. Na, ja, Ende gut, alles gut.

Als Adelgund Ute den ausgebauten Keller mit ihrer Töpferwerkstatt zeigte, stand Georg auf, rückte ein Bild an die Seite und öffnete den dahinterliegenden Safe. Er kam mit einem versiegelten Umschlag zurück, gab diesen Hecht und meinte »Jonni, ein Stück Vertrauensvorschuss. Behalt ihn, als dauernde Warnung!« »Wozu?«, fragte dieser und steckte den ungeöffneten Umschlag vorsichtig in den Kamin, sah, wie der Umschlag sich blähte, schwarz anlief und plötzlich lichterloh brannte. Georg sah Hecht an; dann seufzte er laut: »Ja, wenn man seine Vergangenheit immer so sauber entsorgen könnte – Prost, Jonni!« »Prost, Georg«, sagte Hecht und stieß mit seinem Rotweinglas an das seines Bruders.